韻文文学と芸能の往還

小野恭靖　著

和泉書院

序

日本古典文学における代表的な韻文ジャンルに和歌と歌謡がある。この両者は一般的には、王朝時代からの貴族文学の伝統を引く和歌の雅と、庶民の日常の歌声を書き留めた歌謡の俗とが対立的に位置付けられている。しかし、実際に歌謡の詞章を検討してみると、意外にも和歌との間に質的な差異はほとんど認められない。それは主として、歌謡詞章の中に和歌を典拠とした例が数多く見出せることによるものであるが、逆に歌謡を踏まえた和歌（同じ音数律を持つ狂歌を含む）もまた相当数を指摘することができる。すなわち、和歌と歌謡との間には想像以上に密接な交流の跡が窺えるのである。

本書はこれまでほとんど考察されたことのない和歌と歌謡という二種の韻文文学間の交流を指摘し、さらにそれらの韻文文学世界が音楽や芸能とどのようにかかわっているかを体系的に論じるものである。

具体的には、全体を大きくⅠ「論考編」とⅡ「資料編」に分ける。Ⅰの「論考編」では、まず第一章を「韻文文学の交流」と銘打って、平安朝の歌謡である催馬楽と和歌との関係を様々な観点から論じる。また中世歌謡の代表格である室町小歌と和歌・狂歌との間の相互交流についても具体的に論じていく。さらには禅僧が深くかかわった教訓歌謡と教訓和歌（道歌）についての基礎的な考察を行う。

以上の第一章を踏まえた上で、第二章は「韻文文学と音楽の交響」と題して、和歌と歌謡を中心とした韻文文学と音楽の関係を通史的に考察していく。具体的には、歌謡の伝承経路を口承と書承とに分けて捉え、伝承の上で和歌と歌謡とにどのような差異があったのかを考察する。また、子どもを歌う歌謡の歴史と意義について検討するとともに、仏教における歌謡の例についても具体的な資料をもとに考察する。すなわち「子ども」と「仏教」とをキーワードとして韻文文学と音楽との関係を位置付けようと試みたものである。これらの視点は先行研究にはほとんど顧みられることのなかったものであろう。

続く第三章は「中世歌謡と芸能の周辺」で、中世歌謡の諸相を分析するなかで、音楽や茶道といった芸能との接点を探求する。また、多様な芸能の場としての初期の遊里という場の問題にも言及していく。

第四章は「近世歌謡と芸能の周辺」と銘打ち、江戸期の歌謡を起点として韻文文学と芸能との多様な関係を解明する。具体的には江戸時代の物売りの歌う歌謡の芸能性を論じる。また、子ども向けに摺られたおもちゃ絵と呼ばれる一枚摺りの版画中の歌謡世界に光を当てる。

末尾のII「資料編」は全四章の索引資料で、Iの「論考編」とは一線を画す資料編である。具体的には①室町小歌の新出資料『美楊君歌集』の本文と品詞別の全語彙を検索できる総索引、②江戸時代初期に流行した五種類の歌謡の本文と七音・五音からなる各句を冒頭の五十音順に検索できる索引、③幕末から明治時代にかけて流行した「せんだい節」の管見に入った一枚摺り資料に見られる歌謡本文の集成と各句を検索できる索引、④幕末の流行歌謡『浮れ草』所収の近世小唄調歌謡（七・七・七・五）の各句を検索できる索引を収録する。いずれも中世・近世の歌謡及び芸能研究において有益な索引資料と考える。

以上、本書の概要を略述した。「論考編」で取り上げた問題は、従来体系的に論じられることのなかった内容と言え、その意味で有意義なものと考える。また、「資料編」には今後の歌謡研究の基礎となるべき索引資料四種類を収録した。本書の刊行を契機として、我が国の韻文文学と周辺芸能にかかわる研究がさらに深められることを切に願うものである。

目次

序 …… 1

I 論考編

第一章 韻文文学の交流 …… 三
第一節 催馬楽出自の歌ことば …… 三
第二節 和歌と催馬楽 …… 一七
第三節 院政期の催馬楽 …… 三三
第四節 芸能説話の生成 …… 四六
第五節 『琴腹』研究ノート …… 六〇
第六節 和歌・狂歌と室町小歌 …… 八五
第七節 『一休和尚いろは歌』小考 …… 一〇五
第八節 古月禅材『いろは歌』研究序説 …… 一二一
第九節 良寛の歌謡と和歌 …… 一五五
第十節 『道歌心の策』小考 …… 一八六

第二章　韻文文学と音楽の交響……二〇九
第一節　口承と書承の間……二〇九
第二節　歌謡の生態とテキスト……二二五
第三節　子どもを歌う歌謡史……二三三
第四節　古代・中世・近世の子どもの歌……二四七
第五節　仏教関連古筆切資料考……二五七
第六節　音の歌謡史……二八〇
第三章　中世歌謡と芸能の周辺……二九七
第一節　室町小歌の音楽……二九七
第二節　『閑吟集』に描かれた愛と性……三〇四
第三節　「朝川」考……三一六
第四節　隆達・「隆達節歌謡」と茶の湯……三二七
第五節　『美楊君歌集』小考……三四六
第四章　近世歌謡と芸能の周辺……三六五
第一節　近世歌謡の成立……三六五

第二節　近世流行歌謡をめぐる諸問題……三七九
第三節　物売り歌謡研究序説……四〇一
第四節　物売り歌謡続考……四一八
第五節　おもちゃ絵の歌謡考……四四九
第六節　おもちゃ絵の歌謡続考……四六九
第七節　『琴曲抄』影印と翻刻……四九〇

II　資料編

第一章　『美楊君歌集』総索引……五六九
第二章　近世初期流行歌謡五種　本文と各句索引……五八一
第三章　一枚摺り〝せんだい節〟歌謡集成　本文と各句索引……六三三
第四章　『浮れ草』所収近世小唄調歌謡　本文と各句索引……六四五
跋……六五五
収録図版一覧……六五九
索引（人名・書名・事項索引／歌謡索引）……六六一

I

論考編

第一章　韻文文学の交流

第一節　催馬楽出自の歌ことば

はじめに

『散木奇歌集』(1)（宮内庁書陵部蔵本、函架番号五〇一・七二三）第九・雑部上・一二九八番歌には、次のような詞書を持つ一首が見える。

山城守なりける人のめをある人忍びてもの申すときこえけるを、程もなくかれがれになりぬと聞きてつかはしける

石川やはなだのおびのなかたえば駒のわたりの人にかたらん

この歌には二曲の催馬楽《さいばら》の詞章が摂取されている。すなわち、「石川やはなだのおびのなかたえば駒」までの部分を催馬楽「石川」(2)から、また「駒のわたりの」を催馬楽「山城」から取っているのである。後述するように「駒《こま》」という音を接点に催馬楽二曲が巧みに摂取されていることになる。次に、その催馬楽二曲（ともに呂歌）の

詞章を掲出しておく。

石川の　高麗人《こまうど》に　帯を取られて　からき悔《くい》する
いかなる　いかなる帯ぞ　縹《はなだ》の帯の　中はたいれなるか
かやるか　あやるか　中はたいれたるか（催馬楽「石川」）

山城の　狛《こま》のわたりの　瓜《うり》つくり　なよや　らいしなや　さいしなや　瓜つくり　瓜つくり　はれ
瓜つくり　我を欲しと言ふ　いかにせむ　なよや　らいしなや　さいしなや　いかにせむ　いかにせむ　はれ
いかにせむ　なりやしなまし　瓜たつまでにや　らいしなや　さいしなや　瓜たつま　瓜たつまでに
（催馬楽「山城」）

典拠となった催馬楽二曲のうち、「石川」との関係はかなり密接であることが確認できる。特に注意される点は、従来意味不明とされる「石川」の催馬楽古譜鍋島家本における一節「中はたいれなるか」が、『散木奇歌集』所収の一首によって「中は絶えたるか」の意の歌いくせによる表記の可能性を指摘できることに他ならない。もっとも催馬楽譜本のうち『天治本催馬楽抄』や『仁智要録』『三五要録』には「中は絶えたるか」系の本文が記されているが、時代的に言えば俊頼はこれらの譜本の成立時代よりやや先行する。おそらく、俊頼はこの歌の本来の意味による詞章である「中は絶えたるか」に拠ったものであろう。

また、俊頼詠は「石川」の「高麗人《こまうど》」の「こま」の音を巧みに掛けて、催馬楽「山城」との接点を創出する。すなわち、山城国の地名「狛《こま》」の周辺を「狛のわたり」と歌う有名な催馬楽の一曲「山城」を踏まえるのである。それは詞書冒頭の「山城守なりける人のめ」（傍点著者、以下同様）と照らし合わせる時、完成の姿を見せると言えよう。しかし、この一見単なる同音の語を掛詞としたと思われる「こま」は、ともに朝鮮を意味する「高麗」に由来している。催馬楽「石川」の「高麗人」は南河内を流れる石川の流域に多く居住した朝鮮半島出身の帰化人たちを歌い込む。一方、催馬楽「山城」の「狛のわたり」も山城の南部に朝鮮半島出身の帰化人が多く居住し、集落を作っていた一帯を呼んだ地名である。その地の帰化人たちは、特殊な技能を所持し、朝鮮種の瓜を栽培していたと考えられている。また、この二曲はともに、相当に露骨な男女の情愛を主題としている。そして、田中初恵氏(3)によれば、催馬楽のうち恋の要素が和歌に取り入れられた代表格もこの二曲であるとされる。前掲の俊頼詠は、単に表現上の摂取に止まるのではなく、揶揄を込めた恋の歌という内容そのものにかかわる部分で、この二曲を摂取した例として貴重であろう。

本節では以上を出発点として、催馬楽詞章の一節が歌語として取り込まれた例のうち、主として歌枕・地名にかかわるものの検討を中心に論を展開させていく。その際、歌謡研究からの検討も加味して、この課題に切り込んでいきたい。

一　催馬楽「山城」と和歌

和歌の中にもっとも多く受容された催馬楽は「山城」である。「山城」は催馬楽譜においては、源家流の譜本には見えず、藤家流の譜本にのみ収録されるところから、藤家において専ら用いられた曲であることが知られる。詞章の解釈には未だ確定しない部分があり、最近においても松本宏司氏(4)の新解釈が発表された。すなわち、「欲しと言」はれる「我」は、通説では「瓜つくり」に求愛された女性であるとするが、松本説では瓜を擬人化して言ったものとする。同時に松本説は「瓜たつまでに」を通説のように瓜が熟す時までとはせず、五月五日に早瓜を献上する日までと考えるが、この点が特に注目される。この説を遡及させれば、通説が「たつ」の語を明確に定義せずに、前後の文脈から、熟すと解釈していることを批判し、奉るという意味を有する下二段活用の「献《た》つ」を想定したところに起点を置く。この「たつ」はかなり早い段階で意味が不明となり、そのまま歌い継がれたようで、元来の意味を簡単には決定できないように思われる。そこで、この催馬楽「山城」を受容した和歌をもとにして、この曲の「たつ」がどのように踏まえられているかを検討するのも、ひとつの有効な方法と考える。

まず、『清輔集』二七七番歌には歌題「寄瓜恋」の次のような一首が見える。

山しろのこまのわたりのうりよりよりもつらき人こそたたまほしけれ

上句がほぼ完全に催馬楽「山城」の詞章に拠っていることは一目瞭然であるが、ここで注目されるのは、第五句目の「たたまほしけれ」の「たた」である。これは助動詞「まほし」の直前に位置し、文法的に言えば未然形をとっているはずである。したがって、この「たた」は四段活用の動詞の未然形であって、下二段活用の動詞「献《た》つ」ではない。清輔は「たたまほしけれ」の部分でも、催馬楽「山城」で「瓜たつまでに」とされていることを踏まえて、「うりよりもつらき人こそ」と置いているのである。すなわち、この和歌の「たた」は、四段活用動詞「断（裁・絶）つ」の未然形で、つれない恋人との関係を断ち切りたいと表明しているものと言える。そこでひとつの推論として、「山城」の「瓜たつまでに」も「瓜断（裁・絶）つまでに」で、瓜が実って蔓から裁断して収穫することを言ったものとの考えも成り立つであろう。そのように考えると、催馬楽には前掲「石川」にも「中は絶えたるか」とあるので、同類の自動詞と他動詞が用いられていることとなり、前掲の俊頼詠は「たえ」の部分にも「石川」「山城」の催馬楽二曲が踏まえられているものと考えられる。しかし、一方では清輔が催馬楽「山城」に見える動詞「たつ」をもとにしながら、音のみを踏襲し、意味を変えて詠じた可能性も否定できない。これについては、今後の継続検討課題とし、さらに考察を重ねたい。

ところで、『拾遺和歌集』雑下五五七、五五八番歌には瓜を介しての贈答歌が収録されている。次に、その贈答詠を掲出する。

三位国章、ちひさきうりを扇におきて、藤原かねのりにもたせて、大納言朝光が兵衛佐に侍りける時、つかはしたりければ

おとにきくこまの渡のうりつくりとなりかくなりなる心かな

返し

さだめなくなるなるうりのつら見てもたちやよりこむこまのすきもの

物を贈る際に遣り取りされる贈答歌に俗なる狂歌・誹諧歌的色彩が強いことは、後代の三条西実隆『再昌草』にその種の歌が「狂歌」と記されているところから明瞭であるが、既に『拾遺和歌集』の贈答歌にもこの傾向が表われていることは改めて注意してよい。その際、催馬楽が受容されていることも、これを支える重要な要素であった。周知のように、催馬楽はもと風俗歌から出て、俗なる表現の詞章による曲が多いからである。ところで、国章の歌は冒頭に「おとにきくこまの渡のうりつくり」とし、催馬楽「山城」が王朝貴族の間に浸透していたことを想像させる。そして、瓜の「なる（生）」という属性から下句の「となりかくなりなる」の表現を導く。これに対する朝光の返歌は「なるなるうりの」として国章歌に応じ、さらに催馬楽「山城」から「たちやよりこむ」を新たに導入している。この「たち」も催馬楽の「瓜たつまでに」の「たつ」を踏襲したものであることは言を俟たないであろう。ただし、ここでは「たつ」を「立ち寄る」として「寄る」の接頭語的役割を持つ語に転換させていることになる。

『基俊集』一七七番歌には次にような一首も見られる。

ある女のもとにいきたるに、うりのかたかきたるあふぎがみをえさせたりしかば

うりつくる駒のわたりに尋ねきて君がかたにもなる心かな

この歌は扇と瓜の取り合せを同じくする前掲『拾遺和歌集』雑下所収の国章詠を踏まえ、やはり第五句目に「なる心かな」と置いており注目される。

「山城」を受容した和歌の早い例としては『兼盛集』六番歌の次の一首が管見に入った。

　　大監物なる時御こきましに内侍所にまゐりたりしに、いとをかしげなるこうりをつつみていだしたりしかば

　山城の駒のわたりを見てしかなうりつくりけん人のかきねを

これは家集の中では、夏の歌として配列されたものである。第二句目までを典拠とした歌謡冒頭からほぼそのまま用いており、第四句「瓜つくりけん」と合わせて、「山城」の摂取が明白である。この歌は『小大君集』八三番歌にも兼盛の歌として小異で見え、小大君が「とことはにゆけばなりけりうりつくりそのことなきにたてりしやきみ」という歌を返したことが知られる。返歌の方は「たてりしやきみ」と、催馬楽の歌詞を踏まえて動詞「たつ」を折り込んでいる点が注目される。和歌における「山城」の受容はかなり早くから「たつ」を軸に据えた形で行われていたことが確認できるのである。なお、『小大君集』には一〇〇番歌にも「左近のきみにとのたまへりしかば、我としられにけりとねたくて」という詞書を持つ「うりどころここにはあらじやましろのこまかにしらぬ人なたづねそ」なる一首が見られる。ここでは「山城」の歌詞「やましろのこま」が「こまかに」を導き出す序として用いられている。

『拾遺和歌集』以下の諸例は既に田中氏の指摘[5]があるように、瓜を介しての和歌贈答である。この贈答が王朝貴族の間で愛好されたため、催馬楽の中でも瓜とかかわる「山城」が必然的に多く受容されることに繋がったものと考えられる。

以上の他、『道綱母集』三七番歌に「ちよもへよたちかへりつつやましろのこまにくらべしうりのするなり」、

『御堂関白集』七〇番歌にも「君がよとおもひなるなるうりつくりまづはつ秋は立ちてまゐれり」と、催馬楽「山城」の歌詞から他の語とともに、「たち《（立）》」を併せて摂取した表現例が見られる。連歌の例には『大斎院前の御集』二九〇番歌に「やましろのこまどりにとるうりなれば／といへば、みぶ／たちいでぬ人はくふべくもあらず／とてくひあへめり」がある。

二　催馬楽「沢田川」と和歌

催馬楽「沢田川」は律歌を代表する一曲である。次に歌詞を掲出しておく。

沢田川　袖つくばかりや　浅けれど　はれ
浅けれど　恭仁《くに》の宮人や　高橋わたす
あはれ　そこよしや　高橋わたす

この曲を受容したと思われる和歌は比較的多い。『実国集』四九番歌に「五月雨の日をふるまゝにさはるかは《（わた川賊）》そのたかはしはなのみなりけり」とあるのをはじめ、『経正集』八三番歌に「寄催馬楽恋」の題で「なにとかくこひわたるらんさはだがはそでつくばかりあさきこころを」、『壬二集』三八三番歌に「寄河恋」題で「いかにしてかげをもみましさはだ河袖つくほどの契りなりとも」、『千五百番歌合』三百九十九番左の小侍従詠「さみだれに水やこゆらむさはだ河袖つくばかりあさかりしかど」、『夫木和歌抄』一一二二三番歌の知家詠「さはだ河みづのこころのあらはれて袖つくばかりふれるしら雪」等と、「さはだがは」「そでつくばかり」「あさき」「たかはし」など催馬楽「沢田川」の歌詞の一部を歌語として折り込んだ和歌が散見する。

一方、直接的な歌詞の摂取ではないが、沢田川の浅さや、それに付随する流れの速さを詠んだ例も多い。中でも

『好忠集』四二一番歌の「さかだが《(は)》はふちはせにこそなりにけれみづのながれははやくながらに」、同五三五番歌「さはだがはせぜのむもれぎあらはれてはなさきにけりはるのしるしに」、『拾玉集』三二七番歌「さはだがはまきのつぎはしうきぬれば人もわたらず五月雨のころ」、『寂身法師集』四八四番歌の「さはだ川ひとつたなはし水こえてわたる人なき五月雨の頃」などがそれらの代表的詠歌として挙げられる。歌枕としての沢田川が、催馬楽に歌われた景観のイメージによって、浅い川として定着を見せ、既にひとつの本意にまで至っていることを窺わせる。

三　催馬楽「席田」と和歌

催馬楽をもとにして歌枕の本意が確立したと思われる他の例に、「伊《い》津《(都)つ》貫川《ぬきがは》」がある。これは呂歌に属する催馬楽「席田《むしろだ》」に見える歌枕である。次に「席田」の歌詞を掲出する。

席田《むしろだ》の　席田の　伊津貫川《いつぬきがは》にや　住む鶴の
住む鶴の　住む鶴の　千歳《ちとせ》をかねてぞ　遊びあへる
千歳をかねてぞ　遊びあへる

これは美濃国「席田」郡の「伊津貫川」に「千歳」の時を「遊」ぶ「鶴」を題材とした祝意溢れる曲である。これに基づいて「伊津貫川」は、「鶴」と取り合わされる賀歌の歌枕として定着を見せる。この曲を受容した和歌も比較的多く、勅撰集に『金葉和歌集』二度本(6)・賀・三二三番歌・藤原道経の「きみがよはいくよろづよかかさぬべきいつぬきがはのつるのけごろも」が見える。私家集には『道済集』二二七番歌に「よろづよはいつぬきがはにむれゐたるたづのかげにぞみるべかりける」、『秋篠月清集』七九四番歌に「むしろだのいつぬきがはのしきなみにむれゐるたづのよろづよのこゑ」（院初度百首・鳥五首のうち）、『後鳥羽院御集』二〇〇番歌に「むしろ田やかねてちとせのしるきかないつぬき川に鶴あそぶなり」（正治二年二度百首・祝言五首のうち）等と詠み込まれている。また、康平六年（一〇六三）の「丹後守公基朝臣歌合」における永範法師の一番・祝・右歌「もとすよりいつぬき河にすむたづの千代のよはひを君がよとせん」もある。一方、催馬楽の描く空間世界である「伊津貫川」の「鶴」を詠み込みながら、賀を冬の歌に転じた例も見られる。例えば、『田多民治集』二〇五番歌の「月夜にはいつぬき河も氷してすむつるをさへ霜かとぞみる」（後に詳述する「法性寺忠通家月三十五首」における詠）があるが、この種の詠歌を経て『拾玉集』三六番歌の「さえさえて雪ふりしけばむしろだのいつぬきがはぞまづ氷りける」（初度百首・雪十首のうち）、『寂身法師集』一八八番歌の「おしなべて氷ぞしける莚《むしろ》田《だ》のいつぬき川の冬のあけぼの」などが登場するに至るのである。

四　催馬楽「葛城」と和歌

催馬楽を受容した和歌としておそらくもっとも著名なものに、鴨長明の一首がある。この歌は長明自身の記した『無名抄』（7）の中に、次のように紹介される（前半の源有賢をめぐる逸話は省略に従う）。

近くは、土御門内大臣家に毎月に影供せらるることの侍し比、忍びて御幸などなる時も侍き。其会に、古寺月といふ題によみて奉りし、

古りにける豊《とよら》等の寺の榎葉井《えのはゐ》になほ白玉を残す月影

五条三位入道是を聞きて、「優しくつかうまつれる哉。入道がしかるべからん時取り出んと思う給へつる事を、かなしくも先ぜられたり」とて頻りに感ぜられ侍き。此事催馬楽の詞なれば、誰も知りたれど、是より先には哥によめる事見えず。其後こそ冷泉中将定家の哥によまれて侍しか。

ここには長明が「古寺月」題で、呂歌の催馬楽「葛城《かづらき》」を受容した和歌を詠じたことが記されている。そして、それは以前には俊成、定家をはじめ誰人もなしたことのない快挙であったと自賛するのである。この長明の言をひとまず鵜呑みにするならば、和歌における催馬楽「葛城」の受容は、他の曲と比較するとかなり遅くまで行われなかったことになる。このことについてはさらに後述する。次に「葛城」の歌詞を掲出しておく。

葛城《かづらき》の　寺の前なるや　豊浦《とよら》の寺の　西なるや
榎《え》の葉井《はゐ》に　白璧《しらたま》沈《しづ》くや　おしとと　とおしとと
しかしてば　国ぞ栄えむや　我家《わいへ》らぞ　富せむや
おおしとと　としとんと　おおしとんと　としとんと

この中の地名に関して言えば、既に山田洋嗣氏[8]が指摘するように、「豊浦の寺《（等）》」の語が用いられた例はかなり多いが、それは「榎（の）葉井」「白玉《（璧）》」等の語を伴った形での詠ではない。したがって、催馬楽「葛城」の直接の受容例とは認定できない。ただし、先の長明の言にもかかわらず、それ以前の受容例が確かに存在している。それは黒坂一裕氏[9]の指摘する「法性寺忠通家月三十五首会」（以下、「月三十五首会」と略称する）における重家の詠「かづらきやそのえのは井に月すめばひかりことなりしづく白玉」である。この催しについては松野陽一氏[10]によって、『重家集』の配列から、永暦元年（一一六〇）の秋、もしくは翌二年七月上旬に行われたものと推定がなされている。長明の生誕はこの催しがあった直前くらいであろうから、この事実に気付かなかったことも考えられる。しかし、長明よりも四十歳も年長で、『千載和歌集』にこの「月三十五首会」から三首を撰入している俊成が、重家の詠を知らなかったものかどうか疑問の余地が残る。このように考えると、俊成が長明を称賛したのは、催馬楽を受容し、しかも折に叶った和歌を詠じたことによるものであったと推測される。案外「是より先には哥によめる事見えず」と、いい気になっていたのは長明一人であったかもしれないのである。

に催馬楽「葛城」を摂取しており、この曲の当時の理解に基づいて「月」の「ひかり」に反射する「榎葉井」の「しづく白玉」を描く。これは後年長明が「古寺月」題で、「榎葉井になほ白玉を残す月影」と詠じた情景を先取りしていると言える。[11] なお、この「月三十五首会」について論じた加藤睦氏「法性寺忠通家月三十五首を読む」(『論集中世の文学（韻文篇）』〈平成6年・明治書院〉）は、全歌が伝わる主催者忠通と重家の詠歌を仔細に検討し、神楽歌《かぐらうた》・催馬楽・風俗歌《ふぞくうた》等の歌謡からの取材による詠が多く見出されるという貴重な指摘を行っている。そのうち、催馬楽受容には忠通の「美作《みまさか》」と「席田」（前述）摂取の例が見られ注意される。この「月三十五首会」は催馬楽受容の和歌の歴史的節目ともなるような画期的催しであった。一方、「月三十五首会」を離れれば、重家にはもう一首、催馬楽「葛城」を受容したと思われる和歌として「かづらきやとよらのてらにきこゆなりこゐもたかまの山ほととぎす」がある。

五　催馬楽「紀伊国」と和歌

催馬楽「葛城」を受容した和歌を詠んだ重家は、同じ催馬楽の呂歌「紀伊国《きのくに》」の歌詞を摂取した和歌も詠んでいる。それは『重家集』二九二番歌の「かもめゐるうみべにゆきのふりぬればほかもしららのはまとこそ見れ」という一首であり、明らかに次の催馬楽「紀伊国」を踏まえている。

紀伊国の　白《しら》らの浜に　ま白《しら》らの浜に　下《お》りゐる鷗《かもめ》　はれ　その珠《たま》持て来《こ》
風しも吹けば　余波《なごり》しも立てれば　水底《みなそこ》霧《き》りて　はれ　その珠見えず

重家詠以外に「紀伊国」を直接的に受容した和歌は、「堀河百首」旅の仲実詠「いくよねぬしら玉よするましららの浜松がねの木の葉をりしき」、『夫木和歌抄』一二二六四番歌・しららわたり・紀伊の長明詠「たれにかは見きとかたらん玉ひろふしららわたりの秋の夜の月」、「為忠朝臣家初度百首」での為忠詠「かもめゐるしららのはまのゆふなみにまがふはあしのするゑばなりけり」が管見に入った他にはほとんど見られない。ここからも、重家が催馬楽にとりわけ深い関心を示していたことが知られるであろう。一方、「紀伊国」に歌い上げられた景観を間接的に踏まえたと思われる和歌に、『風情集』七一番歌の「ふなぢより月かゆきかとみえつるやしららのはままさ《ママ》ごなるらむ」、『山家集』一四七六番歌の「はなれたるしららのはまのおきのいしをくだかであらふ月の白波」等がある。なお、西行には『山家集』一一九六番歌の「なみよするしららのはまのからすがひひろひやすくもおもほゆるかな」、『西行法師家集』六六一番歌の「月影のしららのはまのしろかひはなみもひとつに見えわたるかな」の二首があり、催馬楽「紀伊国」の受容が著しい。これらの詠において注意されるのは、「白らの浜」を月との取り合せで用いていることに他ならない。前述の催馬楽「葛城」における「白璧《しらたま》」が月の光に映える水滴の清らかな白さを歌ったものと解釈されたように、催馬楽「紀伊国」も「白《しら》らの浜」の「珠《たま》」のように白い小石（砂）が月光に照り映えている情景として理解され、受容されていたと考えることを可能にするのである。

六　催馬楽「婦与我」と和歌

『無名抄』に長明に遅れて催馬楽「葛城」を受容した和歌を詠じたと記された定家は、「いもと我といるさの山は名のみして月をぞしたふ在明の空」（『拾遺愚草』九八三番歌／正治二年院初度百首和歌・旅五首のうち）なる歌を残している。これは次に掲出する催馬楽「婦与我《いもとあれ》」の受容例に該当する。

妹《いも》と我《あれ》と　いるさの山の　山蘭《やまあららぎ》
手な取り触れそや　貌《かほ》まさるがにや　疾《と》くまさるがにや

定家詠は初句、二句をほぼそのまま「婦与我」から取り込み、それを「名のみして」として、催馬楽によって築かれた「いるさの山」の俗なるイメージを払拭する。すなわち、催馬楽「婦与我」において掛詞に用いられた地名「いるさの山」は、男女の愛欲の現場に他ならない。定家はその卑近な俗を上句で提示し、すぐに否定する。続く下句では、同じ掛詞「入る」によって導かれ、喚起される雅の世界「在明の」「月」を詠み込む。俗から雅への急展開がこの歌の真骨頂であろう。管見によれば、歌枕「いるさの山」の定家以降の和歌での使用例は多いものの、ほとんどが最初から「婦与我」の俗には触れる事なく忌避し、「弓」「月」「時鳥」等を「いる」の音との関係で詠じたもので占められる。ここに紹介した定家の詠草は、その意味できわめて注目されよう。

おわりに

以上、歌枕・地名にかかわる六曲の催馬楽出自の歌語を取りあげて論じてきた。催馬楽六曲は「山城」、「沢田川」、「席田」、「葛城」、「紀伊国」、「婦与我」であったが、冒頭に「石川」ついても簡単に言及した。これらの催馬楽を受容し、歌詞の一部を摂取した和歌の検討は、単に和歌史の問題を解明するだけではなく、解釈に異説があり、今日まで確定を見ない多くの催馬楽自体を客観化することにも繋がるものと考えられる。この意味では、歌謡史研究の側面からも無視できない重要な問題であると言える。[12] 本節ではその問題究明に向けて手探りの第一歩を踏み出したに過ぎない。今後に残された課題は多い。

注

（1）　和歌の引用は新編国歌大観により、歌番号もすべて同書に従う。ただし、新編国歌大観に未収録の『実国集』は私家集大成・中古Ⅱによる。

（2）催馬楽の引用は日本古典文学全集『神楽歌　催馬楽　梁塵秘抄　閑吟集』所収の鍋島家本による。

（3）田中初恵「催馬楽と和歌―定家に至るまでの様相―」（『古典論叢』第二十号〈昭和63年9月〉）

（4）松本宏司「催馬楽「山城」考」（『日本歌謡研究』第三十三号〈平成5年12月〉）

（5）注（3）掲出田中論文。但し、田中氏に指摘のない『大弐高遠集』、『定頼集』、『御堂関白集』、『馬内侍集』、『大斎院前の御集』等にも瓜を介しての和歌贈答が収録される。

（6）『金葉和歌集』三奏本・三二八番歌にも所収。

（7）日本古典文学大系『歌論集　能楽論集』による。

（8）山田洋嗣「古寺の情景―「秘」が伝えられる時―」（『日本文学』第五〇五号〈平成7年7月〉）

（9）黒坂一裕「鴨長明作以前の榎葉井詠」（『和歌文学　研究彙報』第六号〈平成7年12月〉）

（10）松野陽一「平安末期散佚歌会考(1)―法性寺忠通家月三十五首会―」（『和歌史研究会会報』第六十号〈昭和51年6月〉／後に『鳥帚　千載集時代和歌の研究』（平成7年・風間書房）

（11）長明がこの催馬楽「葛城」を受容した和歌を詠じた影供歌合は、正治二年（一二〇〇）十一月八日に催された。すなわち、「月三十五首会」より約四十年を経た後のことと知られる。

（12）この問題をめぐっては和歌文学会第六十二回関西例会（平成8年12月7日、於大手前女子大学）において「催馬楽受容の和歌について―顕昭の催馬楽関連記事を起点として―」と題して口頭発表を行った。その内容をまとめたものが本書第一章第二節、第三節である。

第二節　和歌と催馬楽

はじめに

院政期歌壇の中心に位置した六条藤家の歌学については、数多くの優れた研究が発表されている。中でも後期の代表的歌人顕昭の歌学についてはとりわけ多くの言及がなされていると言える。顕昭は前時代の歌人源俊頼を継承し、『万葉集』を重視するとともに、表現の伝統性を重んじる立場からの証歌を尊重したことが、そういった先行研究の中で既に指摘されている。それはある意味では和歌史の必然的な流れでもあったが、顕昭の歌学において大きく花開いたものでもあった。本節では従来比較的注目されることが少なかったにもかかわらず、顕昭歌学の特徴の一端を担っていると考えられる催馬楽関連記事を、『袖中抄』(1)及び『六百番陳状』(2)から取りあげていく。そして、それらの分析を通して内容が大きく三点に分類できることを指摘する。さらに、三点のうち和歌と催馬楽とが密接にかかわる二点を考察の中心に置いて論述を進めていきたい。

一　『袖中抄』に見る催馬楽関連記事

顕昭歌学の到達点と評される『袖中抄』は歌語の注釈書としての性格を有しているが、管見によればそこには都合十一箇所の催馬楽関連記事が見られる（この他、巻四「カハヤシロ」には『奥義抄』からの引用として催馬楽詞章の引用を伴わない記述一箇所が見られる）。それらの中には歌語（歌ことば）を含む催馬楽詞章[3]の一節の引用に留まる例から、催馬楽の歌謡的また音楽的側面に深く切り込んだ例まで、実に様々なレベルにわたる。次にそれら十一箇所の記事を『袖中抄』の登場順に①〜⑪として一覧表を掲出する。まず、「項目」として『袖中抄』の歌語

【一覧表A】

	項目	催馬楽曲名	詞章	万葉集	俊頼
①	ヒデカサアメ	妹之門（呂）	◎	○	△
②	カタチノヲノ	藤生野（呂）	○	○	○
③	カヘシモノ	青柳（律）	○	×	×
		真金吹（呂）	○		
		美作（呂）	○		
④	コトハタナヽリ	葦垣（呂）	◎	○	×
⑤	シデノタヲサ	妹之門（呂）	◎	×	△
⑥	ナラノワギヘ	我家（呂）	○	○	×
⑦	シヾネ	美濃山（呂）	○	○	○
⑧	マユトジメ	眉止之女（呂）	△	×	×
⑨	ヒカタ（コヽロアヒノ風）	道口（律）	○	○	○
		逢路（律）	○		
⑩	ハナダノオビ	石川（呂）	○	×	○
⑪	ハギガハナズリ	更衣（律）	◎	○	○

項目を掲げる。また「催馬楽曲名」として引用される催馬楽曲名を、それが呂歌と律歌のいずれに属するかとともに掲出する。そして「詞章」の項には、引用の際、催馬楽譜本に見られるような厳密な催馬楽詞章をほぼ全部用いている場合には◎を、囃子詞や反復箇所を欠く程度で主要な詞章を用いている場合には○を、ごく一節の引用に止まる場合には△をそれぞれ記号で掲げる。さらに『袖中抄』所収催馬楽関連記事の特徴として、『万葉集』所収歌もしくは万葉語を引き合いに出すことが多く認められるので、その場合には○を、そうでない場合には×を「万葉集」の項に付す。前述のように顕昭は『万葉集』を尊重したが、これは院

政期和歌史の潮流であったことが指摘されている。しかし、直接的には前時代の歌人源俊頼の多大な影響を受けたことが考えられる。俊頼は顕昭登場以前に既に『万葉集』尊重の道を歩んでいたからである。顕昭歌学のもうひとつの特徴はこの俊頼重視の態度が挙げられよう。これは『袖中抄』所収の催馬楽関連記事においても顕著に指摘できる。一覧表には「俊頼」として、俊頼詠の引用のある場合には○を、『俊頼髄脳』の引用がある場合には△を、両方ともにない場合には×を付す。

［一覧表A］によって明らかなように、『袖中抄』には計十一箇所の歌語の記事中に催馬楽十三曲が延べ十四回引用される。この中には『古今和歌集』巻二十所収「神遊びの歌」の「返し物の歌」三首が含まれている。[4] その三首はそのまま催馬楽「青柳」、「真金吹《まがねふく》」、「美作《みまさか》」に該当するのである。したがって本来は和歌として引用されたと考えられるこれら三首を除いても、「妹之門《いもがかど》」（二回）、「藤生野《ふぢふの》」、「葦垣《あしがき》」、「我家《わいへ》」、「美濃山」、「眉止之女《まゆとじめ》」、「道口《みちのくち》」、「逢路《あふみぢ》」、「石川」、「更衣《ころもがへ》」の都合十曲が、延べ十一回引用されていることになり、かなり多くの催馬楽曲が引用されていることが知られる。催馬楽の旋律の相違による区分である呂歌と律歌の別では、呂歌九曲（延べ十回）に対して律歌四曲となっていて、呂歌が優勢であることが知られる。また、催馬楽詞章の引用という観点からは、譜本と比較してほぼ全詞章が引用されていると判断されるのは三曲（延べ四回）で、囃子詞や反復箇所を欠く程度で主要な詞章が引用されていると判断できるのは六曲（「返し物の歌」三首も催馬楽に含めれば九曲）にのぼり、この両者で九割を大きく上回る。そして、ごく一節の引用はわずか一曲に止まっている。顕昭の引用態度の丁寧さや厳密さを指摘することが可能であろう。一方、『万葉集』所収歌もしくは万葉語を引き合いに出す項目（以下「万葉集」の項と略す）は、全十一箇所中七箇所で約六四％を数える。俊頼詠の引用がある項目は五項目、『俊頼髄脳』の引用がある項目は二項目で、この両者（以下「俊頼」の項と略す）を合わせれば七項目となり、「万葉集」の項と同様に約六四％に及ぶ。「万葉集」の項、「俊頼」の項ともに見えない項目は「カヘシモノ」「マユトジメ」のわ

ずか二箇所の記事に過ぎない。

二　『六百番陳状』に見る催馬楽関連記事

顕昭の晩年の歌学を知るもう一種の格好の資料に『六百番陳状』がある。これは周知のように『六百番歌合』の俊成判への反駁の陳状であるが、自詠和歌の弁護を通して顕昭の歌学を如実に窺うことが可能となっている。この中にも催馬楽関連記事を都合三箇所見出すことができる（ただし、催馬楽曲名・詞章が引用されるのはうち二箇所）。『袖中抄』の場合と同様に、以下に一覧表を掲出する。

［一覧表B］

	部立・番・勝負・歌題	催馬楽曲名	詞章	万葉集	俊頼
①	秋上・十九番左・持・鶉	鷹子（律）	○	○	○
②	秋中・十九番左・負・鴫	—	—	×	×
③	恋六・十五番左・負・寄風恋	道口（律）	○	×	○
		石川（呂）	○		
		更衣（律）	○		

［一覧表B］によって明らかなように、『六百番陳状』所収催馬楽関連記事三箇所のうち二箇所に、催馬楽四曲が引用されていることがわかる（他一箇所は神楽歌詞章を引用し、催馬楽も含めた歌謡詞章の歌い方について記す）。

これら四曲の内訳は呂歌一曲、律歌三曲となっていて、ここでは律歌の方が多い。また、四曲の催馬楽詞章は、囃子詞や反復箇所を一部欠く程度でほぼ全詞章がそのまま引用されている。一方、①の箇所は『万葉集』所収歌「鶉《うづら》鳴く磐余《いはれ》の野辺の秋萩を思ふ人とも見つる今日哉」(5)を、和歌に鶉を詠み込んだ初例と紹介し、俊頼にも鶉を詠んだ秀歌「鶉鳴く真野の入江の浜風に尾花なみよる秋の夕暮」があると続ける。俊頼詠は③にも「心合ひの風ほのめかせ八《や》重《へ》薄《すすき》隙《ひま》無きうちに立ちやすらふと」が引用されており、顕昭は自詠歌中の核となる歌語の多くを先人の俊頼から継承していたことを明らかにしている。『六百番陳状』所収催馬楽関連記事において、「万葉集」の項、「俊頼」の項ともに見えないのは②「鴫《しぎ》」題の自詠歌への陳状のみである。

三　催馬楽各曲の先行類歌

次に『袖中抄』所収催馬楽関連記事①～⑪（以下、『六百番陳状』の記事との区別を明瞭にするためにA①～A⑪とする）、及び『六百番陳状』所収催馬楽関連記事①～③（以下、『袖中抄』記事との区別のためにB①～B③とする）の合計十四箇所の記事の内容を大きく分類すると、［I］催馬楽各曲の先行類歌について、［II］催馬楽出自の歌語について、［III］催馬楽の歌謡としての側面について、の三点に及んでいることが知られる。このうち［III］については本書第一章第三節で取りあげたので、本節では残る［I］と［II］の二点について考察を行うこととしたい。

そこでまず、［I］に関して具体的に検討する。A①「ヒヂカサアメ」の項は、一首の伝承歌「イモガ、ドユキスギカテニヒヂカサノアメモフラナムアマカクレセム」を冒頭に掲出し、歌中に見える「ヒヂカサノアメ」は、『万葉集』巻十一・二六九三番歌には「ヒサカタノアメ」とあることを指摘する。そして、その歌が『古今和歌六帖』第一・雨・四四八番歌には「ヒヂカサノアメ」とあるものの、そのような語は本来存在しないことを述べる。さらに、同じ「ヒヂカサノアメ」の語を含む催馬楽「妹之門」詞章を譜本どおりに引用して、「此哥モ万葉ノ哥ヲ本躰ニテ作レリトミエタリ」と言う。続けて「催馬楽・譜ハ一条左大臣雅信公ノツクラレタレバ　万葉ノ後ノコトナレバ　彼集ニ違タラムハ不可用之」と『万葉集』重視の発言を行っている。ここで注目されるのは「此哥モ万葉ノ哥ヲ本躰ニテ作レリトミエタリ」の部分であろう。すなわち、催馬楽「妹之門」は「イモガヽドユキスギカチヌヒサカタノアメモフラヌカソヲヨシニセン」（『万葉集』巻十一・二六九三〈顕昭引用本文による〉）をもとにして成立していることを指摘するのである。また、「イモガ、ドユキスギカネツヒヂカサノアメモフラナンアマガクレセン」（『古今和歌六帖』第一・雨・四四八）も『万葉集』巻十一・二六九三番歌を「ヤハラゲタル哥也」とする。これらの記述は催馬楽の詞章がより古い伝承的な歌をもとに成立していることを示している。催馬楽はその淵源を地方の民謡である風俗歌に求めることができる。しかし、その地方とは都に比較的近い地方であって、東国はこれには含まれていない。そして、それらの多くは大嘗会に悠紀《ゆき》・主基《すき》の歌として奏上された風俗歌と考えられる。したがって、催馬楽の多くの曲には民謡として流布していた折、すなわち先行する時代の資料が残されている。それを一覧にした表を次に掲出しておく。

【一覧表C】
催馬楽各曲典拠（先行類歌）

(1)催馬楽「我駒」――『万葉集』巻十二・三一六八
(2)催馬楽「沢田川」――『万葉集』巻七・一三八五（※1）
(3)催馬楽「青柳」――『古今和歌集』巻二十・一〇八一・神あそびのうた

(4)催馬楽「伊勢海」――『大嘗会悠紀主基和歌』一三〇・光孝天皇悠紀風俗（西暦八八五年）

(5)催馬楽「新年」
- 『万葉集』巻十七・三九〇七
- 『続日本紀』天平十四年正月十六日・恭仁京記事
- 『古今和歌集』巻二十・一〇六九・大歌所御歌
- 『琴歌譜』一四・片降

(6)催馬楽「梅枝」
- 『古今和歌集』巻一・五・題しらず・読人しらず
- 『古今和歌六帖』第六・四四〇一

(7)催馬楽「真金吹」
- 『万葉集』巻七・一一〇六（※2）
- 『古今和歌集』巻二十・一〇八二・神あそびのうた・吉備国風俗
- 『大嘗会悠紀主基和歌』一二三・仁明天皇主基風俗（西暦八三四年）
- 『古今和歌六帖』第二・一二七八・大伴黒主
- 『人丸集』二三

(8)催馬楽「山城」――『万葉集』巻十一・二三六六

(9)催馬楽「美作」
- 『古今和歌集』巻二十・一〇八三・神あそびのうた・美作国風俗
- 『大嘗会悠紀主基和歌』一二四・清和天皇主基風俗（西暦八五九年）

(10)催馬楽「婦与我」――『古今和歌六帖』第二・山・八三六・大伴良女

(11)催馬楽「葛城」――『続日本紀』光仁天皇童謡《わざうた》

(12)催馬楽「浅緑」――『万葉集』巻十・一八五一

(13)催馬楽「妹之門」――『万葉集』巻十一・二六九三（A①）

(14)催馬楽「席田」――『古今和歌六帖』第一・雨・四四八（A①）
　　　　　　　　　――『大嘗会悠紀主基和歌』一二八・陽成天皇悠紀風俗（西暦八七八年）

(15)催馬楽「鈴之川」――『万葉集』巻十二・三一七〇
　　　　　　　　　　――『大嘗会悠紀主基和歌』一三一・光孝天皇悠紀風俗（西暦八八五年）

(16)催馬楽「美濃山」――『大嘗会悠紀主基和歌』一二〇・仁明天皇悠紀風俗（西暦八三四年）
　　　　　　　　　　――『古今和歌六帖』第二・一二六六・大伴黒主

(17)催馬楽「本滋《もとしげき》」――（『梁塵後抄』に大嘗会の歌との指摘あり）

(18)催馬楽「長沢」――朱雀天皇主基風俗（西暦九三一年）

(19)催馬楽「鏡山」――冷泉天皇悠紀風俗（西暦九六八年）

(20)催馬楽「高島」――冷泉天皇悠紀風俗（西暦九六八年）

ここには(1)〜(20)まで、催馬楽二十曲の先行する類歌を示した。中には大嘗会のために創作され、後に催馬楽として享受された、すなわちいわば催馬楽の直接の原典となった歌も含まれているものと考えられる。うち(18)(19)(20)の三曲は鍋島家本には見えず、彰考館本『催馬楽』のみに見える呂歌四曲のうちの三曲に該当する。また、(17)のように古い催馬楽の注釈書に指摘がありながら、具体的に確認できないものも存在するが、おおむね『万葉集』、『続日本紀』、『古今集』巻二十、『古今和歌六帖』等所収の伝承的な古歌群、それに『大嘗会悠紀主基和歌』にほぼ共通した詞章の歌を見ることができるわけである。実はこれ以外にもいくつかの曲に、『万葉集』所収歌と類似する表現を持つものが存在するが、ここでは省略に従った。催馬楽の曲節上の成立は九世紀初頭とされるが、詞章の方の成立はそれより早いほぼ八世紀末まで、すなわち奈良時代に相当する頃の成立と言われる。そのため催馬楽詞章は

『万葉集』の表現と近似するものも多く見受けられるわけである。

［一覧表C］の⒀は催馬楽「妹之門」と『万葉集』巻十一・二六九三番歌と『古今和歌六帖』第一・雨・四四八番歌の二首に類歌が見られることを示す。具体的には先に顕昭『袖中抄』の「ヒヂカサアメ」（A①）の記事で確認したとおりである。顕昭は明らかに催馬楽「妹之門」の詞章に『万葉集』の影響を認めている。まずこの点が『袖中抄』の催馬楽関連記事の第一の注目点と考える。すなわち、諸先学によって既に多くの指摘があるように、『万葉集』への強い関心は、顕昭歌学のひとつの中核をなすものであった。催馬楽は『万葉集』と同じ、または直後の時代の詞章を有しているので、顕昭の『万葉集』への関心が、さらに催馬楽への関心に発展したことは容易に想像される。実際に『袖中抄』には「返し物の歌」も含めて、催馬楽十三曲が延べで十四回（「妹之門」のみ二回）引用されていることは前述したとおりである。

以下、顕昭の記述から離れるものの、［I］の点にかかわる問題として、［一覧表C］に（※1）（※2）とした部分について、さらに考察を加えることとする。（※1）は催馬楽「沢田川」の先行する類歌に『万葉集』巻七・一三八五番歌が存在することを示した箇所に付した。「沢田川」の詞章は「沢田川　袖つくばかりや　浅けれど　はれ　浅けれど　恭仁《くに》の宮人や　高橋わたす　あはれ　そこよしや　高橋わたす」である。冒頭に川の名「沢田川」を置き、いにしえの「恭仁の宮人」がその川に「高橋」を渡したことを歌いあげる。「恭仁の宮」が山城国南部、現在の京都府相楽郡に当たるところから、「沢田川」もそのあたりを流れていた川かと推定できる。ところで、先行類歌の『万葉集』巻七・一三八五番歌は「広瀬川袖漬《つ》くばかり浅きをや心深めて我が思へるらむ」というもので、こちらにも「袖漬くばかり浅き」という催馬楽「沢田川」に特徴的な表現が用いられていることがわかる。但し、こちらでは川の名が「広瀬川」となっている。これは大和国の川で、現在の奈良県北葛城郡河合町川合にある大和川支流を指すものと推定されている。すなわち、催馬楽詞章において、既に早く『万葉集』にも採られていた風俗歌の「袖漬くばかり浅き」という表現が継承され、一方、川の名は差し替えられたものと考えられるのである。この「袖漬くばかり浅き」の表現は後代の和歌において広く愛好されたようで、多くの用例を検索することが可能である。そこで、ここに興味深いことが指摘できる。すなわち、後代の和歌が踏まえたものが『万葉集』の方であるのか、催馬楽の方であるのかによって、川の名が異なることに他ならない。

まず、催馬楽「沢田川」受容の和歌の例の中から三例を次に掲げてみることとする。

さみだれに水やこゆらむさはだ河袖つくばかりあさかりしかど（『千五百番歌合』三百九十九番左・小侍従）

いかにしてかげをもみましさはだ河袖つくほどの契りなりとも（『壬二集』三八三・寄河恋）

さはだ河みづのこころのあらはれて袖つくばかりふれるしら雪

（『夫木和歌抄』一一二二三・宝治二年百首・浅雪・正三位知家卿）

最初の「千五百番歌合」三百九十九番左の小侍従の歌は、第三句目に「さはだ河」と置き、下句に「袖つくばかりあさかりしかど」として、明確な催馬楽「沢田川」受容歌となっている。それは『壬二集』三八三番歌の家隆詠、『夫木和歌抄』所収「宝治二年百首」の知家詠でも「さはだ河」「袖つく」という特徴的な表現を詠み込んでいてほぼ同様である。

一方、『万葉集』巻七・一三八五番歌の歌を受容した後代の和歌の例も三例掲出しておく。

ひろせがはそでつくばかりあさきこそたえだえむすぶちぎりなりけれ（『秋篠月清集』一六三・寄河恋）

広瀬川そでつくばかりあさけれど我はふかめておもひ初めてき（『金槐和歌集』四六二・名所恋の心をよめる）

ひろせ河あたりの小田にせき入れて袖つくばかりとる早苗かな

（『新千載和歌集』夏・二四五・題しらず・法印定円）

これら『秋篠月清集』、『金槐和歌集』、『新千載和歌集』所収の三首は、いずれも冒頭の初句で「ひろせがは（広瀬川）」と置き、一首の眼目に「そで《（袖）》つくばかり」を詠み込んでいる。

同様の例、すなわち催馬楽と『万葉集』とが類歌の関係にありながら、異なる地名が詠み込まれ、それら双方が受容された例をさらにもう一例挙げておく。（※2）を付した催馬楽「真金吹」は『古今集』巻二十所収「神遊びの歌」の「返し物の歌」三首のうちの第二首目に該当しており、承和元年（八三四）の仁明天皇大嘗会の吉備国主基風俗歌から発した歌謡である。催馬楽譜本での詞章は「真金《まがね》吹く　吉備《きび》の中山　帯にせる　なよや　らいしなや　さいしなや　帯にせる　帯にせる　はれ　帯にせる　細谷川の　音のさやけさや　らいしなや　さいしなや　音のさや　音のさやけさや」となっている。一首の眼目は「帯にせる　細谷川の　音のさやけさ」の部分にあるが、早く『万葉集』巻七・一一〇六番歌に「大君の御《み》笠《かさ》の山の帯にせる細谷川の音のさやけさ」なる歌が見える。これも巷間に流布していた伝承の風俗歌が『万葉集』にも採られ、一方、山の名が替えられて、大嘗会の吉備国主基風俗歌となり、それがそのまま催馬楽「真金吹」にも用いられたと考えてよい。この（※2）の例でも、後代の和歌に両者に共通する「帯にせる細谷川の音のさやけさ」の部分が多く摂取されているところから、それが『万葉集』を踏まえたのか、催馬楽を踏まえたのかは、山の名によって知ることができるのである。但し、この例では催馬楽の受容例が圧倒的に多いことが特徴となっている。その主な要因としては催馬楽「真金吹」が『古今和歌集』の「返し物の歌」としても見られるところから、催馬楽だけではなく、『古今和歌集』の方も本歌として踏まえられた可能性が高いことによろう。いわばもとの風俗歌を離れて和歌としても著名であったことによるものと考えられるのである。

次の三首は催馬楽「真金吹」の代表的受容例である。

あかねさすきびのなかやまへだつともほそたにがはのおとはせよかし（『大弐高遠集』三九八）

夏むしのほそ谷河をてらすよはたまのおびするきびの中山

（『夫木和歌抄』三二五三・長承三年六月常磐五百番歌合・蛍照廻流・源仲正）

冬くればほそたにがは《細谷川》にこほりしてたまのおびするきびのなか山（『実家集』二〇六・かはのうへのこほり）

最初の『大弐高遠集』は第二句で「きびのなかやま」を出し、第四句で「ほそたにがは《細谷川》」を詠み込んでいる。次の『夫木和歌抄』の源仲正の歌は第二句で「ほそ谷河《細谷川》」を、下句で「たまのおびするきびの中山」を詠んでいる。この歌と下句がまったく同じ歌が『実家集』二〇六番歌に見える。実家が前時代の歌人仲正の歌を踏まえたと言ってよいであろう。

一方、『万葉集』巻七・一一〇六番歌を受容した例を次に掲げる。

みかさやまほそたにがはにかげさしてさやかに見ゆるふゆのよのつき（「媞子内親王家歌合」月・源頼綱）

こちらの例はほとんど管見に入らないが、永保三年（一〇八三）に催された「媞子内親王家歌合」における源頼綱の「月」題による詠歌「みかさやま《御笠山》ほそたにがは《細谷川》にかげ《影》さしてさやかに見ゆるふゆ《冬》のよ《夜》のつき《月》」が存在する。これは「御笠山」に「細谷川」が取り合わせられ、明確に『万葉集』一一〇六番歌の受容を指摘できる。

四　催馬楽出自の歌語（歌ことば）

前節で検討を加えた（※1）（※2）の川や山の差し替えの例は、歌謡の伝播や流行とその地域という観点からすれば、風俗歌としての民謡性を窺わせる側面をも併せ持っている。[6]川や山の名は、たとえそれがもとは地形から発した普通名詞であったとしても、歌の中に取り込まれることによって、次第に固有の地名に変化していくこととなる。それが各地域で地元の地名を歌い込んだ歌謡として定着し、風俗歌としての確立をみるものと考えられる。催馬楽の多くは都周辺地域の風俗歌から成立しており、大嘗会に際して奏上されたものも多く存在する。西村亨氏[7]、藤田百合子氏[8]、佐々木忠慧氏[9]、八木意知男氏[10]等によって繰り返し述べられているように、大嘗会風俗歌、大嘗会和歌の地名は重要な意味を有し、次第に後代の歌枕に定着していく様相が窺われる。この意味で、大嘗会風俗歌とかかわりの深い催馬楽詞章中の地名は、後代和歌における催馬楽受容を通して、歌枕の形成と確立に大きく関与したと言えるものと考えられる。催馬楽から成立した歌枕に、「我駒」に見える大和国の「真土山」、「鷹子」所収の近江国の「粟津の原」などをはじめ、以下に掲出するような歌枕の例が存在している。(11) なお、括弧内はその歌枕を含む催馬楽曲名とその歌枕が所在する国名を示す。

◎催馬楽出自の歌枕

真土山（催馬楽「我駒」／大和国）、沢田川（催馬楽「沢田川」／山城国）、伊勢海（催馬楽「伊勢海」／伊勢国）、粟津の原（催馬楽「鷹子」／近江国）、吉備の中山（催馬楽「真金吹」／備中国）、狛（催馬楽「山城」／山城国）、竹河（催馬楽「竹河」／伊勢国か）、久米の佐良山（催馬楽「美作」／美作国）、藤生野・かたちが原（催馬楽「藤生野」／山城国）、いるさの山（催馬楽「婦与我」／但馬国）、白良の浜（催馬楽「紀伊国」／紀伊国）、豊浦寺・榎葉井（催馬楽「葛城」／大和国）、席田・伊津貫川（催馬楽「席田」／美濃国）、鈴鹿川（催馬楽「鈴之川」／伊勢国）、美濃山（催馬楽「美濃山」／美濃国）

ところで、顕昭の催馬楽関連記事に戻るが、『袖中抄』所収催馬楽関連記事のうち、前掲の［一覧表A］の⑧は歌語（歌ことば）「マユトジメ」を説明した項である。まず、『後拾遺和歌集』所収の「イニシヘノ……」の歌を掲出し、「マユトジメトハ催馬楽呂歌　ミマクサトリカヘマユトジメト云ニ付テヨメル也」として、その中の語「マユトジメ」が催馬楽詞章から出たものであることを指摘している。また、［一覧表A］の⑨は坤《ひつじさる》の風を意味する歌語「ヒカタ」の項である。そして、その「ヒカタ」に関連させて、風にかかわる四種の歌語についても記述する。そのひとつに「コ、ロアヒノ風」が位置している。顕昭はまず、催馬楽「道口」の詞章を引用して、この表現がそれを典拠にしていること指摘する。そして『俊頼髄脳』から「女ノスヾミアヘランナドニヨムベシ」という記述を紹介し、続けて俊頼の和歌「コ、ロアヒノ風ホノメカセヤヘスガキヒマナキヲチニタチヤスラヘト」を例として挙げるのである。実は顕昭は自ら「コ、ロアヒノ風」を詠歌の中に用いている。その歌は『六百番歌合』の「寄風恋」題で詠じられた「心合ひの風いづかたへ吹（き）つらん我には散らす言の葉も無し」であるが、俊成判によって負とされた。顕昭は『六百番陳状』でも催馬楽「道口」詞章を掲出し、先掲の俊頼詠をも引用しつつ、自詠歌の弁護に努めているのである。このように顕昭は催馬楽から出た和歌表現、すなわち催馬楽出自の歌語を他にもいくつか紹介している。A⑩及びB③の「ハナダノオビ」、A⑪及びB③の「ハギガハナズリ」等がこれに該当する。(12)

おわりに

以上、顕昭の晩年の歌学を如実に物語ると言われる『袖中抄』及び『六百番陳状』に見える催馬楽関連記事を取りあげ、それを起点として催馬楽各曲の先行類歌、催馬楽出自の歌語について論じてきた。その中で催馬楽受容の後代の和歌の例にも言及した。俊頼、顕昭が院政期に先鞭を付けた『万葉集』重視の歌学は、単に万葉語の摂取のみに止まらず、催馬楽からも歌語や歌枕を創出したことが確認できるのである。特に顕昭の場合は、自らが属していた六条藤家が大嘗会和歌詠進の歌人を輩出した家柄であったことも手伝ってか、催馬楽への関心は並々ならぬものがあったようである。『袖中抄』『六百番陳状』の催馬楽関連記事としては、催馬楽の歌謡としての側面について深く切り込んだものも多く見られる。それらについては本書第一章第三節で論じるが、催馬楽の享受史における顕昭の歌学書の占める位置の大きさを我々は再認識する必要があろう。(13)

注

（1）引用は橋本不美男・後藤祥子『袖中抄の校本と研究』（昭和60年・笠間書院）による。

（2）引用は小西甚一『新校　六百番歌合』による。

（3）引用は日本古典文学全集所収鍋島家本により、曲名表記も同書に従う。

（4）「返し物の歌」はこの三首（一〇八一～一〇八三番歌）に続く三首（一〇八四～一〇八六番歌）にもかかる表記と考えられ、後の三首も催馬楽としての性格を認めてよいものと考える。しかし、ここでは催馬楽譜本に見える曲に限定しているので、これらは取りあげないこととする。

（5）顕昭はこの歌を『万葉集』所収歌と記述するが、後代の『新拾遺和歌集』に秋上・三五三・題しらず・読人しらずとして見える。『万葉集』には巻八・一五六二番歌に「鶉鳴く古りにし里の秋萩を思ふ人どち相見つるかも」とある。なお、和歌の引用は『袖中抄』『六百番陳状』所収のものは注（1）（2）により、『万葉集』は角川文庫本（伊藤博校訂）による。それ以外は新編国歌大観によるが、歌番号の方はすべて新編国歌大観に付された番号を用いる。

（6）これは『袖中抄』所収催馬楽関連記事の［III］催馬楽の歌謡としての側面について、とかかわるきわめて重要な問題である。詳細については本書第一章第三節参照。

（7）『歌と民俗学』（昭和41年・岩崎美術社）

（8）「大嘗会屏風歌の性格をめぐって」（『国語と国文学』第五十五巻第四号〈昭和53年4月〉）

（9）「歌枕の形成」（『論集　和歌とは何か』〈昭和59年・笠間書院〉所収）

（10）『大嘗会和歌の世界』（昭和61年・皇学館大学出版部）

（11）催馬楽を受容した和歌のうち、歌枕を含むものについては、拙稿「催馬楽出自の歌ことば―歌枕・地名を中心として―」（『歌ことばの歴史』〈平成10年・笠間書院〉本書第一章第一節所収）において検討を加えた。参照願いたい。

（12）顕昭の直接的な言及はないものの「袖ツクバカリ」「ヒヂカサ雨」等、もと『万葉集』出自で、催馬楽によって著名となり、広く用いられるようになった歌語（歌ことば）も存在する。

（13）『袖中抄』には催馬楽以外にも神楽歌、風俗歌、田歌、雑芸等の歌謡に関する記述が豊富に見られる。今後、歌謡研究においても光が当てられるべき資料であろう。

〔附記〕　本節は和歌文学会第六十二回関西例会（平成8年12月7日、於大手前女子大学）において「催馬楽受容の和歌についてー顕昭の催馬楽関連記事を起点としてー」と題して口頭発表した内容の一部をまとめたものである。

第三節　院政期の催馬楽

はじめに

院政期歌壇を代表する歌人顕昭の晩年の著作『袖中抄』[1]及び『六百番陳状』[2]には合わせて十四箇所の催馬楽関連記事が見られる。そのうち和歌とかかわりの深い問題である催馬楽各曲の先行類歌について、催馬楽出自の歌語についての二点は既に本書第一章第一節及び第二節において論じた。本節では前節までに言及することができなかった問題点、すなわち催馬楽の歌謡としての側面について検討を加えることとする。

一　顕昭著作中の催馬楽関連記事

顕昭歌学の到達点と評される『袖中抄』には合計十一箇所の催馬楽関連記事が見られる（後述するが、『奥義抄』からの引用とする催馬楽詞章の引用を伴わない一箇所を除く）。前節ではそれら十一箇所の記事を一覧表として掲出した。ここではそれを簡易化し、また新たに「備考」の欄を設けて、［一覧表A］として再度掲出することとする。［一覧表A］にはまず、「項目」として『袖中抄』の歌語項目を掲げる。次に「催馬楽曲名」として引用される催馬楽曲名を、それが呂と律のいずれに属するかとともに掲出する。そして「詞章」の項には、引用の際に催馬楽譜本に見られるような厳密な催馬楽詞章をほぼ全部用いている場合には◎を、囃子詞や反復箇所を欠く程度で主要な詞章を用いている場合には○を、ごく一節の引用に止まる場合には△をそれぞれ記号で掲げる。「備考」には当該記事中に催馬楽に関するきわめて重要な言及が見られる場合、その一節を原文のまま掲出する。

【一覧表A】

	項目	催馬楽曲名	詞章	備考
①	ヒヂカサアメ	妹之門（呂）	◎	催馬楽・譜ハ一条左大臣雅信公ノツクラレタレバ
②	カタチノヲノ	藤生野（呂）	○	
③	カヘシモノ	青柳（律）	○	古今ノカヘシモノ、哥ト云ハ多ハ催馬楽呂律哥ナリ　サレバカヘストハ催馬楽拍子ニフキナシヒキナシテアサクラヲウタフナルベシ
		真金吹（呂）	○	
		美作（呂）	○	
④	コトハタナヽリ	葦垣（呂）	◎	
⑤	シデノタヲサ	妹之門（呂）	◎	
⑥	ナラノワギヘ	我家（呂）	○	コノワガイヘヲバ秘事ニテワイヘントイフ
⑦	シヾネ	美濃山（呂）	○	
⑧	マユトジメ	眉止之女（呂）	△	或譜ニ此哥ノスヱヲオホミキワカセマユトジメトウタヘリ
⑨	ヒカタ（コ、ロアヒノ風）	道口（律）	○	
		逢路（律）	○	
⑩	ハナダノオビ	石川（呂）	○	
⑪	ハギガハナズリ	更衣（律）	◎	コノ催馬楽更衣ノ哥ニ秘説アリ　春夏ハ萩ノ葉ノスリヤトウタヒ秋冬ハハギノ花ズリト可哥云々　其ヲ秘説ニツキテ譜ニアシワケズ

［一覧表A］によって明らかなように、『袖中抄』には計十一箇所の歌語の記事中に③の「カヘシモノ、哥《（返し物の歌）》」三首も含めて合計十三曲が延べ十四回が引用される。催馬楽詞章の引用という観点からは、ほぼ全詞章が引用されているのは三曲（延べ四回）で、囃子詞や反復箇所を欠く程度で主要な詞章が引用されているのは九曲にのぼり、この両者で九割を大きく上回る。そして、ごく一節の引用はわずか一曲に止まっている。「備考」に掲出した本文は本節の眼目の記述と言えるので、後に詳述することとなる。

一方、『六百番陳状』にも催馬楽関連記事を都合三箇所見出すことができる（ただし、催馬楽曲名・詞章が引用されるのはうち二箇所）。『袖中抄』の場合と同様に、以下に［一覧表B］として掲出する。

［一覧表B］

	部立・番・勝負・歌題	催馬楽曲名	詞章	備考
①	秋上・十九番左・持・鶉	鷹子（律）	○	
②	秋中・十九番左・負・鴫	—	—	神楽・催馬楽・風俗・雑芸等には、必ずしも文字のまま・詞のままに歌はぬ事多し。
③	恋六・十五番左・負・寄風恋	道口（律）	○	これらにて、催馬楽の歌を取りて詠む様をば、心得合はせ侍るべき也。
		石川（呂）	○	
		更衣（律）	○	

［一覧表B］によって明らかなように、『六百番陳状』所収催馬楽関連記事三箇所のうち二箇所に、催馬楽四曲が

引用されていることがわかる（他一箇所は神楽歌詞章を引用し、催馬楽も含めた歌謡詞章の歌い方について記す）。四曲の催馬楽詞章は、囃子詞や反復箇所を一部欠く程度でほぼ全詞章がそのまま引用されている。「備考」に掲出した催馬楽については『袖中抄』の場合と併せて後述する。

以上のように『袖中抄』『六百番陳状』の両書には合計十四箇所の催馬楽関連記事が見られることになる。それらの中には催馬楽の歌謡としての側面について記された貴重な記述が多く見られる。それらは顕昭の時代、すなわち院政期における催馬楽の様相を如実に伝えてくれる。以下、内容を四点に分類して順次本文を掲出しながら論を進めていくこととする。

二　催馬楽譜の成立についての記事

まず、『袖中抄』の催馬楽関連記事をまとめた［一覧表A］①「ヒヂカサアメ」の記事の一節を次に掲出する。

○ヒヂカサアメ

　イモガ、ドユキスギカテニヒヂカサノアメモフラナムアマカクレセム

　　（中略）

　催馬楽妹門哥云

　　（中略）

此哥モ万葉ノ哥ヲ本躰ニテ作レリトミエタリ　六帖ノ哥ノ宣也　催馬楽・譜ハ一条左大臣雅信公ノツクラレタレバ　万葉ノ後ノコトナレバ　彼集ニ違タラムハ不可用之

ここで顕昭は催馬楽譜の成立について述べている。すなわち一条左大臣源雅信がその成立に関与したとする。雅

信は源家流郢曲の創始者の敦実親王の息で、実質的に源家流催馬楽の確立者であった。雅信は催馬楽の呂律を制定したことでも知られている。『袖中抄』には巻四「カハヤシロ」の項にも『奥義抄』からの引用として「催馬楽ノ譜ハ一条左大臣ノ時コソハシタ、メテ律呂ノ哥モサダメラレタルト承給レ」とある。これらからも明らかなように、顕昭の意識には二流のうち源家流の方が優位を占めていたことが考えられる。これについては顕昭が催馬楽の歌い替えについて記した箇所に関連する記述が多く見られるのでさらに後述したい。

三　『古今和歌集』所収「返し物の歌」についての記事

次にAの③「カヘシモノ」の記事を掲出する。

○カヘシモノ

　アヅマゴトハルノシラベヲカリシカバカヘシモノトハヲモハザリケリ

（中略）

カヘシモノトハ古今神アソビ哥ノ中ニトリモノ、ウタ　ヒルメノ哥　カヘシモノ、哥トアゲタリ　カヘシモノ、ウタニハ

　アヲヤギヲカタイトニヨリテ鶯ノヌフトイフカサハムメノハナガサ

　マガネフクキビノナカ山ヲビニセルホソタニガハノヲトノサヤケサ

　美作ヤクメノサラ山サラ〳〵ニ我名ハタテジヨロヅヨマデニ

今案ニ此哥ヲハ催馬楽哥ナリ

神楽譜云　朝闇吹返催馬楽拍子云々

（中略）

私云　朝倉ウタフヲバアサクラカヘスト云　或ハ吹返トイヒ　或ハ搔返糸竹トイヘリ　或ハ催馬楽拍子トイヘリ　仍カヘストハ云歟

カヘスト云コトハ其哥ヲ又トテカヘスヲコソイヘ　此返ハフヱモコトモ別ニシラベアラタムル歟　催馬楽拍子ト云ニテシリヌ　・古今ノカヘシモノ、哥ト云ハ多ハ催馬楽呂律哥ナリ　サレバカヘストハ催馬楽拍子ニフキナシヒキナシテアサクラヲウタフナルベシ　神楽家ノ人ニタヅヌベシ　今ノ哥ハアヅマゴトヲ、ソクカヘストテカヘシモノ、事ニヨセテカヘサヌコトヲソヘヨメルナルベシ

顕昭はまず、「カヘシモノ」の語を含む『伊勢集』所収の贈答歌「アヅマゴト……」を掲出し、すぐに『古今和歌集』巻二十・神遊びの歌の「返し物の歌」の存在に言及している。続けてその「返し物の歌」に属する三首を列挙するが、これがすべて催馬楽としても歌われた詞章であることを指摘する。そして、神楽歌における「カヘス《（返）》」の語の用例は催馬楽拍子によることを援用しつつ、『伊勢集』の贈答歌を解釈するのである。今日、『古今和歌集』の「返し物の歌」の語義は、催馬楽で呂から律に調子を転ずることを「返り」というところから、「催馬楽の律の調子でうたう歌の意か(3)」とされる場合が多い。その際に問題となるのは、三首のうち第一首目の「青柳」は催馬楽譜の諸本で律歌とされ、齟齬はないものの、続く「真金吹」と「美作」はともに呂歌であることに他ならない。そこで、この「返し物の歌」の表記は第一首目だけに懸かるといった説も提出されているのである。しかし、『袖中抄』の記述を根拠とすれば、もと風俗歌であったこれら三首の歌謡の、風俗歌としての曲節を、催馬楽拍子に変えて成立した新しい面目の歌を「返し物の歌」と称したと考えるのが妥当であろう。そしてこれを『古今和歌集』巻二十・神遊びの歌に立ち戻って捉え直せば、後代の催馬楽譜本に見えるこれら三曲のみならず、続く三首も「返し物の歌」に属するであろうことが推測される。それは、第二首目「マガネフク……」、第三首目「美作ヤ……」に

続く三首も、この二首と共通する「これは○○の御嘗の□□（国）の歌」なる左注を持つところから考えられる（○○には元号、□□には国名がそれぞれ見える）。すなわち第二首目以降のこれら五首は、すべて大嘗会の悠紀歌もしくは主基歌で占められていることになる。すなわち、もともと悠紀国・主基国の風俗歌であったものを、曲節を催馬楽拍子に変えて奏上した歌謡であったものと思われるのである。顕昭も「古今ノカヘシモノ、哥ト云ハ多ハ催馬楽呂律哥ナリ」と、『古今和歌集』の「返し物の歌」を催馬楽として歌われていない歌も含めて解釈していたことを窺わせる記述を残している。おそらく六首を「返し物の歌」と認識していたものであろう。この推測については今後さらなる検討が不可欠であるが、『袖中抄』の記述が歌謡研究において、より活用されるべきであるということは確実である。

四　催馬楽の歌い替えについての記事

次にAの⑧「マユトジメ」の記事を掲出する。

○マユトジメ

イニシヘノマユトジメニモアラネドモキミハミマクサトリテカフトカ

顕昭云　マユトジメトハ催馬楽呂哥　ミマクサトリカヘマユトジメト云ニ付テヨメル也

（中略）

私云　或譜ニ此哥ノスヱヲオホミキワカセマユトジメトウタヘリ　コレモ女ト聞ヘタリ

ここでは催馬楽「眉止之女」の「ミマクサトリカヘ」を「オホミキワカセ」と歌い替えることがあったことを述べている。催馬楽「眉止之女」の詞章は「ミマクサトリカヘマユトジメ《（みまくさ取り飼へ、眉止之女）》」で、その後に「マユトジメ」をさらに六度繰り返すだけの単純なものである。ここからすれば、顕昭のいう「歌の末」の意味が釈然としないという印象を、ややもすれば受けることになる。ところがこの曲はさらに冒頭部分に戻って、何度か繰り返して歌われたようで、源家流催馬楽の古譜である『催馬楽略譜』[4]には「ヲホミキワカセヤ、此説両三反之後、如此大饗又臨時客之時、必如此可レ詠レ之」とある。したがって、顕昭はしかるべき催馬楽の譜本を見て、その歌い方の故実を知り、ここに記したことが考えられる。現在見られる催馬楽古譜には、『催馬楽略譜』以前の源家流古譜である鍋島家本に、既に「大御酒わかせ」と歌い替えることが注記されている。一方、『中右記』等の記事から藤家でも同様に歌い替えられたようであるが、藤家の古い譜本である『天治本催馬楽抄』にはこの注記が見えない。顕昭が見た譜本は源家流のものであった可能性が高いことになろう。これは先述したA①「ヒヂカサアメ」の記事中の「催馬楽・譜ハ一条左大臣雅信公ノツクラレタレバ」と、源家流催馬楽の始祖雅信の譜本のことに言及していること、さらに、後述する「一覧表A」の⑥として掲出した歌語「ナラノワギヘ」記事によって裏付けられる。Aの⑥では催馬楽「我家」を郢曲の家の秘説では「ワイヘン」と発音して歌うこと、また和歌や連歌でこの語を用いる際には、「ワイヘン」ではなく「ワガイヘ」とすべきことを述べ、その後半部分に源資賢を登場させて、顕昭のこの説の正しいことを表明した旨記している。資賢は当代きっての源家流の郢曲家であり、顕昭は資賢を通して催馬楽譜本を披見した可能性もある。実際に源家流譜本では「ワイヘ」と表記されている。そもそも顕昭が『袖中抄』で二度引用している催馬楽「妹之門」は藤家流の譜本には見えない曲であり、「我家」も同様である。

　譜本の問題は一旦措くとして、「マユトジメ」の記事は催馬楽「眉止之女」詞章の歌い替えの問題を指摘した項目であるが、この例以外に催馬楽「更衣《ころもがへ》」の歌い替えについても顕昭は『袖中抄』の中で述べている。

「一覧表A」の⑪「ハギガハナズリ」の項を掲出する。

○ハギガハナズリ

ケサキツルノハラノツユニワレヌレヌウツリヤシヌルハギガハナズリ

　顕昭云　ハギガハナズリトハ催馬楽ノ更衣ノ哥ノ心也

　　（中略）

又コノ催馬楽更衣ノ哥ニ秘説アリ　春夏ハ萩ノ葉ノスリヤトウタヒ秋冬ハハギノ花ズリト可哥云々其ヲ秘説ニツキテ譜ニアシワケズ　惣ジテハギノハノスリト書タルハワルシ　彼ノ縄振ノ風俗ニ　ナハノツブラエノハルナレバカスミテミユルナハノツブラエ　トアルヲ　秘説ニテ春夏ハ如此ウタヒ秋冬ハ　キリテモミユルナハノツブラエトウタフガゴトシ

この中の歌い替えに関する記述「春夏ハ萩ノ葉ノスリヤトウタヒ秋冬ハハギノ花ズリト可哥」は、やはり源家流の譜本『催馬楽略譜』に見える。顕昭は「其ヲ秘説ニツキテ譜ニアシワケズ」と記している。この「アシワケズ」は『袖中抄』他本の「アラハサズ」を採用して、譜本には明記しないの意に解釈したいところであるが、おそらく顕昭の時代の源家流催馬楽譜本にはこの注記はなかったものと考えられる。実際に鍋島家本には何も注記がなく、後代の譜本である『催馬楽略譜』では、こういった口伝のみで伝えられた源家流の伝承が忘れられかねない時代的状況になって、明文化されていったものであろう。このように考えれば、顕昭の記述は、この催馬楽曲においても源家流の秘説を記したことになるものと思われる。ところで、歌謡詞章の場と折に合わせた歌い替えについては、顕昭自身も風俗歌「縄振《難波振》」の歌い替えの例を援用するように、（5）多くの類例が知られるところであり、特に今様について多くの記述が残されている。先に名の見えた資賢に関してだけでも、『梁塵秘抄口伝集』巻十に見える今様「春の初めの梅の花……」の後半部分を「御前の池の」から「御手洗川の」に歌い替えた例をはじめ、『平家物語』にも見えて著名な「信濃にあんなる木曽路川……」の臨機応変の歌い替えの例や、「承安今様合」での「聞くに心の澄むものは……」の歌い替えの例などが挙げられる。

五　催馬楽詞章の表記と歌いくせについての記事

歌謡研究上の観点から次に重要なのは、催馬楽詞章の表記と歌いくせの問題である。既に、「我家」を催馬楽においては「ワイヘン」と歌う習慣があったことについては触れた。その他顕昭の直接の発言とは異なるものの、この問題にかかわる催馬楽として「石川」の例が挙げられる。顕昭は［一覧表A］の⑩、すなわち『袖中抄』所収「ハナダノオビ」の項に次のように記している。

〇ハナダノオビ
ナキナガスナミダニタヘデタエヌレバハナダノオビノコ、チコソスレ
顕昭云　ハナダノオビトハ　催馬楽云
イシカハノコマウドニ　ヲビヲトラレテカラキクヒスル　イカナルヲビゾ　ハナダノオビノ　ナカハ　タイレタル
此哥ヲ本ニテハナダノヲビナカタユトハヨムナリ
（以下略）

催馬楽「石川」の末尾の詞章は「はなだの帯の中は絶えたる……中は絶えたる」とあるのが、催馬楽譜本では一般的である。しかし、鍋島家本は「縹の帯の中はたいれなるか……中はたいれたるか」と表記されている。もちろん、これでは意味が不明なので、一部では誤写ではないかとも言われている。ところが、『袖中抄』には鍋島家本に近似する詞章が記されている。『袖中抄の校本と研究』によれば、『袖中抄』諸本では、わずかに学習院大学蔵本のみが「中は絶えたる」を採り、他本はすべて「中はたいれたる」としている。またこの「中はたいれたる」の本

文は、『奥義抄』『和歌色葉』『色葉和難集』等に引用される催馬楽「石川」の詞章すべてにも共通している。すなわち、鍋島家本に見える「中はたいれたる」は決して誤写とは考えられず、実際に歌われていた詞章によるものと推測されるのである。一方、『袖中抄』所収「ハナダノオビ」の記事に再度戻れば、顕昭は催馬楽「石川」詞章を掲出した次に、「此哥ヲ本ニテハナダノヲビナカタユトハヨムナリ」と言っている。すなわち引用記事の冒頭に掲出した『後拾遺和歌集』所収の和泉式部詠「ナキナガス……」が、催馬楽「石川」受容歌であることを指摘していることになる。その歌は「ナミダニタヘデタエヌレバ」としているのである。ここからは、催馬楽の「中はたいれたる」が「中は絶えたる」の意であることが、前提にあったことが明白となる。現に［一覧表B］の③、『六百番陳状』の「寄風恋」題に引用した催馬楽「石川」の詞章は「中は絶えたる」となっている。他の曲も勘案すると、『袖中抄』の記述の方が『六百番陳状』より催馬楽譜本に忠実のようである。譜本におけるこの詞章のズレは、催馬楽の歌いくせによるものと推測される。

顕昭は『六百番陳状』所収「鴫」題の部分でこれと多少かかわりを持つ発言をしているので、次に掲出する。

神楽・催馬楽・風俗・雑芸等には、必（ず）しも文字のまゝ・詞のまゝに歌はぬ事多し。或は上りて云（ふ）べき言葉をも下りて云（ひ）、下りたる文字をも上げて歌ふこともあり。又、濁りて歌ふべき文字をも清みて云ひ、清みて云（ふ）べき詞をも濁りて歌ふは、常の事也。声明にも、声に引かれて本躰の文字には違ひたる事多かれば、此（の）神楽にふりも同（じ）事歟。

これは譜本での歌謡詞章の表記と発音が必ずしも一致しないことを指摘したものとして重要である。先の催馬楽「我家」の場合も、本来の「ワガイへ」が、催馬楽譜本では「ワイへ」と表記されており、歌い方の秘事とされる「ワイヘン」に近いものとなっていることを考え合わせるべきであろう。

おわりに

顕昭の『袖中抄』及び『六百番陳状』所収催馬楽関連記事から、催馬楽の歌謡としての側面についての記述を取りあげて、その歌謡史的意義を検討してきた。『袖中抄』には催馬楽以外にも神楽歌、風俗歌、田歌、雑芸等の記述が豊富に見られ、今後歌謡研究の資料としても活用されるべき文献であるものと考える。

一方、催馬楽と和歌をめぐっては、この他にも催馬楽を受容した和歌の具体例の検討、また『源氏物語』を介した受容例の認定、歌題「寄催馬楽恋」による詠歌の検討等々、数多くの問題が残されているが、それらはある程度先行研究[6]で考察されている。しかし、同時に著者の今後の課題であるとも受けとめている。催馬楽と周辺文芸との接点の解明は、引き続き残された大きな課題であると言えよう。

注

（1）引用は橋本不美男・後藤祥子『袖中抄の校本と研究』（昭和60年・笠間書院）所収本文による。
（2）引用は小西甚一『新校　六百番歌合』（昭和51年・有精堂出版）所収本文による。
（3）日本古典文学全集『古今和歌集』（小沢正夫校注）頭注、及びそれを元にした完訳日本の古典『古今和歌集』（小沢正夫・松田成穂校注）脚注。
（4）引用は日本古典全集『歌謡集　上』（志田延義編）所収本文による。ただし、適宜読点を施した。
（5）鎌倉期成立の文治本には、十二月から五月までは「春なれば霞みて見ゆる」、六月から十一月までは「秋なれば霧たちわたる」と多近久説の裏書が見える。これは顕昭の記述とは異なる伝承を有することになり注目される。
（6）渡辺雅子「歌林苑十首歌―実定家十首との関係をめぐって―」（『野田教授退官記念　日本文学新見　研究と資料』

〈昭和51年・笠間書院〉)、松野陽一「平安末期散佚歌会考(1)―法性寺忠通家月三十五首会―」(『和歌史研究会会報』第六十号〈昭和51年6月〉)、田中初恵「催馬楽と和歌―定家に至るまでの様相―」(『古典論叢』第二十号〈昭和63年9月〉)、青木真知子「「寄催馬楽恋」考」(『濱口博章教授退職記念　国文学論集』〈平成2年・和泉書院〉)、加藤睦「法性寺忠通家月三十五首を読む」(『論集中世の文学(韻文篇)』〈平成6年・明治書院〉)、山田洋嗣「古寺の情景―「秘」が伝えられる時―」(『日本文学』第五〇五号〈平成7年7月〉)、黒坂一裕「鴨長明作以前の榎葉井詠」(『和歌文学研究彙報』第六号〈平成7年12月〉)、拙稿「催馬楽出自の歌ことば―歌枕・地名を中心として―」(『歌ことばの歴史』〈平成10年・笠間書院〉/本書第一章第一節所収)、拙稿「和歌と催馬楽―顕昭の催馬楽関連記事を起点として―」(『学大国文』第四十二号〈平成11年2月〉)等。

[附記]　本節は和歌文学会第六十二回関西例会(平成8年12月7日、於大手前女子大学)において「催馬楽受容の和歌について―顕昭の催馬楽関連記事を起点として―」と題して口頭発表した内容の一部をもとにまとめたものである。

第四節　芸能説話の生成

はじめに

説話とはいったい何か、という問いは古くて新しいものであろう。『日本古典文学大辞典』（昭和59年・岩波書店）には「説話」の項目はなく、「説話集」という項目（西尾光一氏執筆）によって説話についても説明している。それによれば、説話は「口承もしくは書承によって伝承されたさまざまの話」で、「時としては、記録そのもの、見聞談の形をとったもの、作り物語の断片のようなものなど、「伝承されたハナシ」とは言えないようなものも例外的にふくまれている」という。すなわち、説話は基本的にはそれが語られ、書き留められた時点より以前に起こった出来事である過去の話を伝承したもので、稀に伝承されたのではない例外的な話があるということになろう。

再び同書によれば、説話集は「まず仏教説話集として成立・発足し」、「その後、説話集が、奇異の話、優雅な話、おもしろい話など、文学的な内容や表現をもった物語説話集として、おもしろく、楽しく読まれるものとして機能するようになった」とも述べる。このことは集を離れた説話についても、およそ当てはまることであろう。すなわち、仏教信仰を題材とした話から、仏教に限らずそれ自体が興味深い内容を持つ話への変遷である。しかし、それらに通底しているのは、作中人物の生きざまや、作中人物のかかわる事件の持つ衝撃の強さであり、彼らへの限りない共感であろう。説話のテーマとするところは、一言で言えば人間への強い関心に他ならないのである。そしてその対象とする話題はきわめて広く、人間にかかわるほぼすべてに及んでいる。

本節で主たるテーマとして取りあげる歌謡や音楽を中心とする芸能説話も、そのうちの重要なひとつの話題である。芸能は古くから宮廷儀礼に多く用いられ、貴族社会においては自らの宮廷生活の安泰を保障する能力のひとつでもあった。そのため、上は天皇・皇族から、下は地下の官人に至るまで、多くの愛好者を輩出した。そして次第に、音楽の家や郢曲の家といった家業の定着にまで繋がっていくのである。

橘成季編『古今著聞集』[1]は「管絃歌舞」の巻を持ち、さらに他の編においても多くの音楽や歌謡にかかわる説話を収録する。既に繰り返し言われているように、成季の経歴には不詳な点が多い。知られていることは五位の官人で、嘉禄二年（一二二六）十二月二十一日に修理権助に任じられたこと、藤原孝時の琵琶の弟子であったことなどに過ぎない。その孝時は『古今著聞集』のなかに「孝時」「非蔵人孝時」「蔵人孝時」「法深房《ほふじんばう》」の名で十一話に登場する。[2]また日本古典文学大系本、新潮日本古典集成本の頭注が指摘する巻十六・五三五話の「馬助入道」を孝時とすれば、都合十二話の登場となる。これらの説話は、成季が管絃の師と仰いだ孝時その人から直接に伝聞したものであったと見做されよう。五味文彦氏[3]はさらに、孝時の父孝道が単独で登場する合計九話[4]と、孝道が仕えた七条院関係説話のうち孝道、孝時ともに登場しない二話[5]、孝時の姉妹であった尾張内侍が単独で登場する一話[6]の都合二十四話を、〝孝時関係説話〟と認定する。そして、五味氏はこれら〝孝時関係説話〟のすべてを、成季が孝時本人から取材したものとするのである。

また、五味氏は『古今著聞集』の和歌をめぐる当代の説話の大半に当たる十九話が、いわゆる〝藤原家隆関係説話〟であるところから、成季は和歌を家隆から学び、その縁によってこれらの説話を取材したものと推定する。ある説話集が収録する当代の説話について考える際に、編者の人間関係の把握から取材源を推定するのは当然のことであろう。逆に編者の人間関係が不明確な場合には、当代説話の分析からそれを推定することも有効と思われる。この意味で五味氏の見解は妥当なものであろう。したがって、成季は自ら編纂した説話集『古今著聞集』のなかに、当代にかかわる新しい説話を盛り込んでいるが、それらは関係者から直接に取材したり、伝聞したりした内容と言ってよい。このことは冒頭で述べた、説話の一般的な概念である口承もしくは書承による話とは異なる話を、『古今著聞集』が含んでいることを意味することになる。

以上、成季にとっての説話の少なくともその一端は、当代の人物に深くかかわる生き生きとした内容を伴うものであり、いつでも新しく紡ぎ出すことが可能なものでもあった。そして、時には説話のなかに自分自身を登場させることさえあった。このことを巻六・第二七六話によって確認しよう。それは蘇合香の演奏についての故実譚で、藤原成通の蘇合香序の拍子についての言説を起点に、三帖と四帖の籠《こめ》拍子をめぐって対立する諸家の説を紹介する。そして、史上最高の音楽家であった妙音院師長が、籠拍子を三帖と四帖の両方ともに打つべきと記したことに言及して、次のように結ぶ。

宝治三年六月、仙洞《せんとう》の御講に蘇合《そかふ》一具侍しに、予、太鼓つかうまつりしにも、両帖にうち侍りき。かつこれ、法深房に申し合する所なり。

ここに見える一人称の「予」は編者成季自身に他ならない。すなわち、成季は宝治三年（一二四九）六月[7]に後嵯峨院御所での管絃の会で蘇合香の演奏があった折、太鼓を担当したが、三・四帖ともに籠拍子を打った。これは「法深房」、すなわち孝時に相談した結果の行為であったという。孝時は成季の管絃の師であり、その孝時は師長の流れを汲む音楽家であったから、成季は自らの流派を正統と位置付け、その上で行った芸能活動を記したことになる。説話をあえてこのように結んだ成季の意図は、自らの音楽の正統を主張するためであることは言うまでもないが、同時に古い伝承を持つ説話を自分のところまで手繰り寄せ、さらには後代まで語り継いでいこうとする姿勢を持っていることも見落とせない。成季にとってこの話は今の自分の存在意義にかかわるものであったと言えよう。

この例によって明らかなように、成季は自分さえも登場させた説話を、『古今著聞集』のなかに置く。末尾の部分だけを取りあげれば、作者の日常を記した『蜻蛉日記』や『更級日記』のような日記作品、また『枕草子』の日記的章段や『徒然草』の各章段のような随筆作品にかなり近いものと言える。しかし、それにもかかわらず『古今著聞集』の当該の話が説話であり続けるのは、芸能の世界に生きる人間同士が、正統をめぐって水面下で繰り広げる激しい争いが、歴史性を伴って当代まで語り継がれ、さらには後代に伝承されることが意図されているからであろう。読者の側からすれば、古い伝承説話であったはずのものがはからずも当代にまで繋がりを見せた場面に遭遇したこととなる。

ところで『古今著聞集』と同様に、説話を関係者から伝聞し、かつ自らの流派の正統や芸能の徳を歴史性を伴わせながら主張しようとした作品に、後白河院撰の『梁塵秘抄口伝集』巻十がある。そこには後白河院自身がかかわる今様の霊験譚が多く収録されている。著者の体験を題材にしているという意味では、これも日記的、随筆的であると言える。[9]作品の叙述を中心とする構成については確かに日記的、随筆的と考えられるのである。しかし、院自身の体験を伝承説話のなかに位置付けつつ語る手法は、説話を現在の時点にまで引き寄せ、さらには後代に語り継いでいこうという姿勢の表れ以外のなにものでもない。[10]その意味では著者自らが積極的に登場してくる説話の集積と呼ぶことも可能であろう。以下、『古今著聞集』の芸能説話を起点として、『梁塵秘抄口伝集』巻十の説話文学としての側面を明らかにすることを目的とする。

一　説話の類似
――『梁塵秘抄口伝集』巻十所収〝今様霊験譚〟と『古今著聞集』――

『古今著聞集』を繙いて芸能説話を読んでいくと、そこには不思議なほど『梁塵秘抄口伝集』巻十に類似する記述を見出すことができる。

例えば『古今著聞集』巻六・第二五〇話「篳篥吹遠理《ひちりきふきとほまさ》、篳篥を吹きて雨を祈誓の事」は、源遠理が父の阿波国への任官の供をして下向した際の話である。旱魃で悩む土地の社に赴いて篳篥で調子を吹いたところ、たちまち降雨があったという。成季はこの話の末尾に「神感のあらたなる事、秘曲の地に落ちざる事かくのごとし」としている。すなわち、篳篥の達人である遠理が「秘曲」を吹いたことが神を感動させ、その霊験によって待望の降雨が齎らされたと評するのである。

前述したように、『梁塵秘抄口伝集』巻十にも数々の今様霊験譚が収録される。例えば応保二年（一一六二）二月十二日には次のような出来事が起こった。時に後白河院は二度目の熊野参詣の最中であり、同日新宮に奉幣、礼殿で通夜した。夜中過ぎ、神殿のわずかな光のなかに御正体の鏡が輝くのを見た院は、深く感動を覚えた。その時の感動を「あはれに心澄みて、涙もとどまらず」と自ら描写する。明け方になって「万《よろづ》の仏の願よりも、千手の誓ひぞ頼もしき、枯れたる草木もたちまちに、花咲き実熟《な》ると説《と》いたまふ」(11)という今様法文歌を繰り返し歌った。その時、院の熊野参詣の先達をつとめていた覚讃法印が御前の松の木の上から、「心解けたるただ今かな」(12)と歌う声を聞いたという。院の歌った今様によって心が打ち解けた神が、これもまた今様という音声表現によって返事をしたことになる。同様の体験は第十二度目の熊野参詣の折にもあった。その時は本宮社で雑芸歌謡の伊地古《いちこ》を歌ったところ、麝香の香がし、神殿が鳴り響いたという。また、下鴨神社、厳島神社、石清水八幡宮においても次々と神の示現を被ったことが記される。そしてそれらに続けて、自らの経験を離れた今様霊験譚を紹介する。それは次のような短い説話の列挙の形をとる。

敦家、声めでたくて、御嶽《みたけ》に召しとどめられて御眷属《けんぞく》となり、目井は、監物清経、病にわづらひて限りなりけるに、「像法転じては、薬師の誓ひぞ」とうたひて、たちどころに病を止め、近くは左衛門督通季、瘧《おこり》心地にわづらひて、ししこらかしてありけるに、「ゆめゆめいかにも毀《そし》るなよ」と両度うたひて、汗あえて止みにけり。頸《くび》に瘻出《ろ》でて、いまは限りにて、医師《くすし》も棄てたるもの、太秦に籠りて、今様を他念なくうたひて、たちまちに瘻つぶれて止み、また目癈《し》ひたるもの、御社に籠りて、歌をうたひて百余日、目明きて出でにけり。これならず、遊女《あそび》とねくろが戦《いくさ》に遭ひて、臨終の刻めに、「今は西方極楽の」とうたひて往生し、高砂の四郎君、「聖徳太子」の歌をうたひて、素懐を遂げにき。

ここには順に、敦家説話、目井説話、通季説話、頸に瘻ができた者の説話、目癈いたる者の説話、とねくろ説話、四郎君説話の合計七人にかかわる今様霊験説話が記載されている。このうち目井説話を次に詳しく見ることにする。

二　芸能説話の生成
――『梁塵秘抄口伝集』巻十所収〝乙前関係説話〟と『古今著聞集』――

『梁塵秘抄口伝集』巻十に収録される今様説話のうち、ひときわ魅力的なのは、後白河院の師匠に当たる乙前と、その乙前の師匠に当たる目井の登場する説話である。乙前説話には後白河院自身も登場する。目井説話もおそらく乙前から伝聞したものであろう。先の『古今著聞集』になぞらえれば、これらを一括して〝乙前関係説話〟と称することができよう。院は目井、乙前、自分と続く今様の系譜を正統なものとして位置付けることに懸命であったことが既に指摘されている(13)。

ここで前述した目井の今様霊験譚の内容を確認したい。すなわち、「目井は、監物清経、病にわづらひて限りなりけるに、「像法転じては、薬師の誓ひぞ(14)」とうたひて、たちどころに病を止め」というくだりに相当する。目井は同棲していた源清経が病気に倒れ、危篤状態になった時に、「像法転じては、薬師の誓ひぞ」という薬師如来讃歎の今様法文歌を歌って、病気を治癒させたという話である。清経は西行の外祖父にあたる人で、今様数寄として知られた。もちろん、目井も傀儡女《くぐつ》で今様の達人であった。この二人をめぐる『梁塵秘抄口伝集』巻十所収の他の説話に次のようなものもある。

清経、目井をかたらひて、あひ具してとしごろ住み侍りけり。歌のいみじさに、志なくなりにけれど、なほありけるが、近く寄るもわびしくおぼえけれど、歌のいみじさに、え除かでありけるに、寝たるが、あまりむつかしくて、空寝をして、うしろむきて寝たり。背中に眼をたたきし睫毛のあたりしも恐しきまでなりしかど、それを念じて、青墓へ行く時はやがて具して行き、また迎へに行て、具して帰りなどして、のちに年老いては食物あてて、尼にてこそ死ぬるまであつかひてありしか。「近代の人、志なからむに、京なりとも行かじかし」とこそいひけれ。（傍点著者）

清経は目井を愛して長年同棲していたが、次第に愛情が薄れるとともに、近寄る気持ちが失せ、共寝の時も空寝をして背中を向けて寝、目井のまばたきの睫毛が当たるのもそら恐ろしく感じられるほどであった。しかし、目井が今様の上手であったために、亡くなるまで別れずに連れ添い、種々の世話をしたという。この短い説話中に二度も繰り返される傍点部分「歌のいみじさに」という表現は、目井と清経の二人を結びつける大きな役割を、今様が果たしたことを強調していよう。目井の今様の歌唱力の素晴らしさと、清経の今様に執着する数寄者ぶりが遺憾なく語られるのである。

目井をめぐる以上二種の説話とよく似た内容の話は『古今著聞集』にも見られる。まず、巻六「管絃歌舞」の第二六六話は次のような説話である。

侍従の大納言成通、雲林院《うりんゐん》にて鞠を蹴られけるに、雨俄《には》かに降りたりければ、階隠《はしがくし》の間に立ち入りて、階《きざはし》に尻をかけて、しばし晴れ間を待たれける程、

雨降れば軒の玉水つぶつぶといはばや物を心ゆくまで

といふ神歌を口ずさまれけるほどに、格子の中よりおしあげて、女房の声にて、「このほどこれに候ふ人の物

の気をわづらひ候ふが、ただいまの御こゑをうけたまはりて、あくびて気色かはりて見え候ふに、いますこし候ひなんや」と勧めければ、沓《くつ》をぬぎて堂の中へ入りて、几帳《きちやう》の外にゐて、

いづれの仏の願《ぐわん》よりも
千手のちかひぞたのもしき
かれたる草木もたちまちに
花さき実なると説きたれば

といふ句をとり返しとり返しうたひて、また、

薬師の十二の誓願は
衆病《しゆびやう》 悉除《しつぢよ》ぞたのもしき
一経《いつきやう》 其《ご》耳《に》はさておきつ
皆令《かいりやう》 満足すぐれたり

これらをうたはれけるに、物の気わたりて、やうやうの事どもいひてその病やみにけり。かならず法験ならねども通ぜる人の芸には、霊病も恐れをなすにこそ。

成通をめぐる今様霊験譚である。成通が偶然「雨降れば……」の神歌を口ずさんだところ、それを聞いた「物の気をわづら」っていた人の気分が好転した。そこで、その人についていた女房の依頼で、他の今様も歌うこととなった。「いづれの仏の願よりも……」という千手観音を讃歎する法文歌と、「薬師の十二の誓願は……」という薬師如来讃歎の法文歌を歌ったところ、「物の気」が恐れをなして退散したというのである。『古今著聞集』では末尾に「かならず法験ならねども通ぜる人の芸には、霊病も恐れをなすにこそ」と締め括っている。すなわち、成通の今様の技量が病を退散させたことを強調しているのである。これは同じく薬師如来讃歎の今様を歌って清経の病気を

治癒させた目井の説話と近似している。病を癒すのに力をもつ薬師如来讃歎の法文歌が、力量のある歌い手によって一心に歌われる時、願の成就をみることになるのである。言い換えれば、今様がある種の「法験」を呼び起こしたということになるであろう。

さらに、『古今著聞集』巻八「好色」の第三二九話は次のような説話である。

刑部卿《ぎやうぶきやう》敦兼は、見めのよににくさげなる人なりけり。その北の方は、はなやかなる人なりけるが、五節《ごせち》を見侍りけるに、とりどりにはなやかなる人々のあるを見るにつけても、まづわがをとこのわろさ心うくおぼえけり。家に帰りて、すべて物をだにもいはず、目をも見あはせず、うちそばむきてあれば、しばしは何事のいできたるぞやと、心も得ず思ひゐたるに、しだいに厭ひまさりて、かたはらいたきほどなり。さきざきの様に一所にもゐず、方をかへて住み侍りけり。或る日、刑部卿出仕して、夜に入りて帰りたりけるに、出居《いでゐ》に火をだにもともさず、装束はぬぎたれども、たたむ人もなかりけり。女房どももみな御前のまびきにしたがひて、さしいづる人もなかりければ、せんかたなくて、車寄せの妻戸をおしあけて、独りながめ居たるに、更闌《かうた》け、夜しづかにて、月の光・風の音、物ごとに身にしみわたりて、人のうらめしさも取りそへておぼえけるままに、心をすまして、篳篥をとりいでて、時の音《ね》にとりすまして、

ませのうちなるしら菊も
うつろふみるこそあはれなれ
我らがかよひて見し人も
かくしつつこそ枯れにしか

と、くり返しうたひけるを、北の方聞きて、心はやなほりにけり。それよりことになからひめでたくなりにけるとかや。優なる北の方の心なるべし。

敦兼は容貌が醜かったので、北の方にうとまれた。そして言葉もかけず、目も合わさない仲となり、遂には別居状態にまでなってしまったのである。そんなある日、敦兼が心を澄ませて「ませのうちなる……」という今様を何度も歌ったところ、それに感動した妻は夫への愛情を取り戻し、円満な夫婦仲に戻ったという。今様が夫婦の仲を取り持ったというこの説話は、先掲『梁塵秘抄口伝集』の目井と清経の関係と重なり合うところがある。なお、この説話に登場する敦兼は『梁塵秘抄口伝集』巻十に、声が素晴らしくよかったために御嶽（金峰山）の神に召し抱えられたと言われる敦家の子息に当たる。したがって、敦兼も声がよかったと伝えられていたものと考えられる。敦兼が力量のある今様の歌い手であり、しかも北の方の心の琴線に触れ得る折に合った今様を歌ったことが、この説話を成り立たせた背景にあるものと言える。

次に『梁塵秘抄口伝集』巻十所収〝乙前関係説話〟のうち、乙前が直接に登場する記述を取りあげたい。乙前は傀儡女という卑賤な身分でありながら、その力量が評価されて後白河院の今様の師となった。しかし、八十四歳の春に病に罹り重体に陥った。その乙前を院は自ら見舞いに訪れたところ、乙前は娘に支えられながら体を起こして院を迎えた。次にその部分の本文を掲出する。

乙前八十四といひし春、病をしてありしかど、いまだつよつよしかりしに併せて、別のこともなかりしかば、さりともと思ひしほどに、ほどなく大事になりにたる由告げたりしに、近く家を造りて置きたりしかば、ちかぢかに忍びて行きてみれば、女《むすめ》にかき起されて対《むか》ひて居たり。よわげに見えしかば、結縁のために法華経一巻誦《よ》みて聞かせてのち、「歌や聞かむと思ふ」といひしかば、よろこびて急ぎうなづく。

像法転じては
薬師の誓ひぞ頼もしき
一度《ひとたび》御名《みな》を聞く人は

万《よろづ》の病なしとぞいふ

二三反ばかりうたひて聞かせしを、経よりも愛《め》で入りて、「これを承り候ひて、命も生き候ひぬらん」と、手をすりて泣く泣くよろこびしありさま、あはれにおぼえて帰りにき。そののち、仁和寺理趣三昧に参りて候ひしほどに、二月十九日にはやく隠れにし由を聞きしかば、をしむべき齢にはなけれど、としごろ見馴れしに、あはれさかぎりなく、世のはかなさ、後れさきだつこの世のありさま、今にはじめぬことなれど思ひつづけられて……（中略）……里にある女房丹波、夢に見るやうは、法住寺の広所にて、我が歌をうたひけるを、五条尼、白き薄衣に、足を裹《つつ》みて参りて、障子のうちに居て、さしむかひて、「この御歌を聞きに参りたる」とて、世に愛でて、我も付けてうたひて、「足柄など、つねにも候はぬ。この節どものめでたさよ」と誉め入りて、長歌を聞きて、「これはいかがとおぼつかなく思ひ候ひつるに、めでたさよ。これを承り候へば、身もすずしく、うれしき」と見て、両三日ありて、かく見え候ひつる由を、女房参りて申す。

乙前の病気見舞いに趨いた院は、その折に合った今様法文歌「像法転じては……」を歌った。この歌は既に紹介したように、目井が清経の病を治すことに成功した法文歌である。乙前は院の歌を聞いて命も延びるであろうと礼を述べたが、それも虚しく二月十九日（馬場光子氏の推定によれば、承安四年〈一一七四〉(15)）に没した。傀儡女の没年月日が判明することは稀有で、しかも院という権力者によって記されたのは、この乙前が空前絶後の例であろう。院は自分の今様の師であった乙前の死を悼み、無常観すら表明している。この後の部分の原文引用は省略したが、院は乙前の菩提を弔うために経典を誦み、また乙前から習った今様・足柄・黒鳥子《くろとりこ》・伊地古《いちこ》・旧河《ふるかわ》・長歌《ながうた》を歌ったという。そのことを知らない女房の丹波は五条尼（乙前）が後白河院の今様を聞きに参上したとの夢を見た。夢のなかで乙前は院の歌う足柄を誉め、また院の長歌についても、不安に思っていたが、素晴らしい歌いぶりで安心したと述べたというのである。この話も院周辺で成立した新しい説話と言ってよいであろう。

この『梁塵秘抄口伝集』所収の話と類似する説話は『古今著聞集』にも見える。巻十五「宿執」の第四八九話がそれである。

仁平三年の比《ころ》より、孝博入道、重病をうけたりけるに、次の年の二月十一日に、妙音院の入道殿、宰相の中将にておはしましけるが、とぶらひのためにかの家にわたらせ給ひたりけるに、孝博、病をたすけておきあがりて、「楽をうけたまはらば、苦病しばらく休みぬべし」と申したりければ、伶人《れいじん》をめして管絃ありけり。妙音院殿は琵琶を弾じ給ひけり。孝博、「心神安楽なり」とぞ申しける。やや久しくありて妙音院殿はかへらせ給ひにけり。あはれにやさしかりける御わたりなり。孝博、老後に重病をうけては念仏などをこそ申すべきに、宿執にひかれて、楽を聞きたがりけるこそあはれに侍れ。

仁平三年（一一五三）から病の床に臥した地下《じげ》の楽人藤原孝博には、琵琶の弟子として上流公卿の妙音院師長がいた。師長はわざわざ孝博邸に見舞いに訪れた。孝博は病をおして起き上がり、師長の琵琶の演奏を所望する。成季は孝博について「老後に重病をうけては念仏などをこそ申すべきに、宿執にひかれて、楽を聞きたがりけるこそあはれに侍れ」と評する。しかし、これは『梁塵秘抄口伝集』を重ね合わせてみれば、琵琶の弟子である師長の技量の高さを確認し、安心して死を迎えたと読むことができる。それを宿執と呼ぶなら、乙前も宿執の人と言うべきで、さらにその経緯を記した後白河院は宿執のかたまりと言わねばならない。この二つの説話はほぼ同時代の話であり、『梁塵秘抄口伝集』巻十には別の箇所に師長の名も見えている。なお、孝博は孝道の祖父にあたり、孝時の三代前の先祖となるので、広義の〝孝時関係説話〟に含めて考えられないこともない。片や後白河院自らも関与した〝乙前関係説話〟であり、もう一方は成季に関連の深い〝孝時関係説話〟という同軌の話であることも注意される。

以上、『梁塵秘抄口伝集』巻十所収の〝乙前関係説話〟を『古今著聞集』をもとに分析していくと、その多くが内容において重なり、質的にも近似していることがわかる。

おわりに

以上、『梁塵秘抄口伝集』巻十と『古今著聞集』の類想関係を見てきたが、『梁塵秘抄口伝集』の方はいわば後白河院自身が師の乙前から直接見聞した、もしくは自らが体験した当代の話である。言ってみれば当代の新しい説話が生成され、語り始められる姿を垣間見せてくれるものである。一方、『古今著聞集』の『梁塵秘抄口伝集』巻十と重なる説話はいずれも伝承の説話と考えられるが、同書にはそれ以外に管絃の師孝時から直接伝聞したと考えられる〝孝時関係説話〟を擁している。すなわち、『梁塵秘抄口伝集』は後代の『古今著聞集』の少なくともその一部ときわめて関係が深いことは確認できよう。この意味で『梁塵秘抄口伝集』巻十の説話性、さらに言えば『梁塵秘抄口伝集』の説話文学としての側面が浮き彫りにされるものと考える。

『梁塵秘抄口伝集』巻十や『古今著聞集』がこのような当代説話を収録し、新たな説話の生成の様相を垣間見させる理由は、おそらくそれが歌謡や音楽といった芸能にかかわる話題であることによるものと思われる。芸能においては自らが属する流派の保持に大きな力が注がれることは改めて言うまでもない。後白河院も橘成季も、自らが属する流派を正統に位置付けようとする意志が強かったことが指摘できる。二人のこのような意識が新たな説話を産み出す背景にあったのである。この意味において芸能説話は芸能に執着する人によって管理され、育成されたと言えよう。

注

（1）引用は新潮日本古典集成本による。

（2）「孝時」として巻十八・第六三五話、「非蔵人孝時」として巻十九・第六六四話、「蔵人孝時」として巻三・第一〇五話、巻十一・第四〇二話、「法深房」として巻五・第二二三話、巻六・第二六五話、巻六・第二七六話、巻七・第二九一話、巻八・第三一〇話、巻十二・第四二六話、巻十五・第四九七話の合計十一話。
（3）「『古今著聞集』と橘成季」（『古代文化』第三十七巻第十一号・第三十八巻第一号〈昭和60年11月・昭和61年1月〉）
（4）巻五・第二二〇話、巻十一・第三九四話、巻十五・第四九六話、巻十六・第五五九話の合計九話。なお、これ以外に孝時とともに登場する巻五・第二二三話、巻十一・第四〇二話、巻十五・第四九八話、巻十六・第五一九話、巻十六・第五四〇話、巻十六・第五四二話、巻十六・第五五八話、巻十六・第五四〇話、巻十五・第四九七話の三話が存在する。
（5）巻十三・第四六八話、巻十六・第五四一話の二話。なお、孝道の登場する説話のうち巻十六・第五四〇話、巻十六・第五四二話の二話が七条院関係であり、孝時登場説話のうち巻六・第二六五話は七条院関係である。
（6）巻十六・第五六四話。なお、孝時の姉妹である讃岐と尾張内侍が、孝時とともに登場する説話は巻六・第二六五話にあり、尾張と孝時が登場する説話は巻八・第三一〇話にある。
（7）この年の三月に建長と改元されたため、正しくは建長元年とすべき。
（8）引用は完訳日本の古典本による。
（9）三谷邦明「日記文学としての梁塵秘抄口伝集巻第十」（『日本文学』第四十二巻第九号〈平成5年9月〉）
（10）『梁塵秘抄口伝集』巻十の結びの部分に当たる「こゑわざの悲しきこと」という表現も、後代の人にこの説話を語り継ごうという意識のひとつの表れとみられよう。
（11）『梁塵秘抄』巻二・三九番歌。
（12）『梁塵秘抄』には収録されていない今様。
（13）馬場光子『今様のこころとことば』（昭和62年・三弥井書店）第三章「今様の濫觴」参照。
（14）『梁塵秘抄』巻二・三二番歌。
（15）「乙前の没年―梁塵秘抄成立論のために―」（『日本歌謡研究』第三十五号〈平成7年12月〉）、「『梁塵秘抄』の成立―歌の史層―」（『国語と国文学』第七十四巻第十一号〈平成9年11月〉）

第五節　『琴腹』研究ノート

はじめに

東山御文庫は後花園天皇宸翰絵巻一巻を蔵している。その題簽は白紙鳥子紙で「ことはら」と記されてあるという。この絵巻は和泉式部伝承にかかわる貴重な作品で、通常『琴腹』と表記される説話的な物語草子である。ジャンルとしては室町時代物語に属し、同じく和泉式部伝承を伝える御伽草子『和泉式部』や室町時代物語『小式部』『十本扇』などと深い関係にあると言える。(1) 伝本はきわめて少なく、東山御文庫本の他には僅かに尊経閣文庫に模写本一巻が所蔵されているに過ぎない。これは宝永四年（一七〇七）十一月に東山御文庫本をもとにした詞だけの模写本と知られる。(2) このうち東山御文庫本は『宸翰集』に全文の翻刻があり（ただし、数箇所の誤りがある）、尊経閣文庫本には『室町時代物語大成』に全文の翻刻が備わる。両者にはきわめて些細な異同が見られるものの、ほぼ共通する詞が記されており、尊経閣文庫本の模写の正確さを認めてよい。

以下、本節では『琴腹』に関する基礎的な事項について考察してみたい。

一　釈　文

前述のように『琴腹』は東山御文庫本、尊経閣文庫本の両者に大きな異同がない。ここでは内容を検討するのに先立って、『室町時代物語大成』の翻刻をもとに意味による漢字、送り仮名、濁点、句読点を補い、さらには内容をもとに十一の小段落に分けて、釈文を掲げておくこととする。また、各行の末尾に行数を示す算用数字を入れる。

［釈文］

後一条院の御時、中宮の方の御前に立てられたる琴の腹に、鼠の子を産み侍りけるに、上に侍ふ人々も、安からぬ事に申し侍りしに、御上にも「かかる事どもあまた多き事にや」と、殿上人などにも尋ねおはしましき。「内ある調度も、たまさかに手をだに触れぬ器物は、しばしの程はためらふなる上、鼠なども巣を食ひぬべきものにもあらざるに、まして朝夕に弄びおはします事に侍るなるに」など言ひて、いと慎ましくて、この有様をうち顰《ひそ》みて侍りしに、時の一の御人、内の関白頼通の大臣、古き例ども思し合はせられしにや、内にて仰せられしは、「昔、天の御門の御世や白雉の年の中の頃ほひ、御厩の龍の馬の尾に鼠の巣を食ひ侍る事、いささか古き文にも見えしかど、それは故有る事にも言ひ伝へ侍り。これはいみじき御琴腹に」と申し給ひぬ。

その後、内の御上近く侍ふ人々、「かかる珍しき事はいみじき歌などにて詠み合はせぬれば、その言の葉に、叶へる事なむあるといふ事、例なきにあらず。いざ人々の心の及ぶ程、詠みても供せられよ」と仰せ言侍りしかば、「その心に叶ひたる言の葉もがな」と、とりどり思ひ巡らされけるとかや。その折に名を得たる中にも、清原の元輔が女《むすめ》清少納言、また大隅守時用《ときもち》が女赤染衛門、大江雅致《まさむね》が女和泉式部、その他名ある歌方人の、あはれめでたき口ずさみもがなと、心を砕き侍りしかど、なまじゐに人並々の事柄は、いと本意なくやあらむと強《あなが》ちに深く思ひ入れられけるにや、そのけぢめ朧げにも言ひ出でざりける。

真にかかる事は歌人の面なき様に、外様の人は思ひ侍りしに、その頃名を許されて、花の朝、月の夕には内にも罷り出で侍る道命法師、いささか心ざしある事侍りて、伊勢の方へ罷りしに、都の方の人に逢ひて侍りければ、この由を聞きて侍りければ、やがて思ひよりたる事もやありけむ。「歌詠み合はせたり」と便りに言ひ越しける。

和泉式部内にて此の由を伝へ聞き、深くこの事を羨み、道命法師伊勢より罷り帰る頃、野路《のぢ》の宿にて行き向かひ、はしたなき遊君のまねをもてなし、或る夜ほの暗きに、道命に逢ひて都の方に聞こゆる琴の歌、思しよりたる由なむ言ひて、「聞かまほしく」と申し合へりければ、「左右なく言ひ興がり侍るべきにや。都にて申し合ひて後こそ」とて、とりもあへず侍りしに、「今は都も近くなり候ふなる。上にて仰せられし後は、何となくとも聞き及び侍るべきなれ、せめて初めの五文字なりとも」と切に望み申し侍りければ、この法師力なく「「いにしへは」といふ五文字になむ侍る」と言ひて、その後だにも申し侍らざりけるに、あからさまに聞きし様にもてなし、それよりすぐに都に帰り、内に詣でて、かかる事なむ思ひより侍る由言ひて、

いにしへはねずみ通ふと聞きしかどことはらにこそ子は儲けけれ

となむ申したりければ、近く侍ふ人々も本意なくて、上にもことさらにもて興ぜさせ給ひける。

前関白廉義公の御子に、実資《さねすけ》の君と申すおはしき。これもいみじき歌を詠じ給はむとて、ひたすらこの歌を案じおはしまして、

逢ふことはいつ手枕の野辺の床誰がねずみして生まるなでしこ

と、聞こえしかど、初めの歌にて事叶ひ侍るにや、この歌は思ひより侍らざりける。

その後、道命伊勢の国より帰りて、事のついでに鄙にて詠みし琴の歌を申し侍るに、先に和泉式部が内にて申しつる歌に同じ事になむありける。五文字ならでは言ひも侍らざりけるに、末の同じ様に叶ひたる

は、いづれもその道の奇特になむありける。此の歌にやよりけむ、異宮腹に後冷泉院も出で来させ給ひて、めでたくおはしけるとなむ。

　道命都へ上りける由を式部伝へ聞きて、いかなる事にや、消息を遣はしけるとなむ。そのついでに、奥に書き付けたる、

　　伊勢の神かけて尋ねしいにしへは通ふ鼠のあなかしこなる

と言へるより、伊勢にてかかりそめに見えし人は、式部にてわたりつるとは知り侍りければ、いとわりなくぞおぼへける。その後はひたすらうち解けて、心の奥の忍ぶ山、道の遠きをも難波なる、みをつくしとて、津の国の天王寺詣で、あるは住吉の浦に事寄せて、罷り通ひけると、あからさまに人も伝へ聞き及びける。

　此の道命阿闍梨は東三条の関白兼家公御孫にて、御父は右大将道綱卿にて侍り。道綱卿もとより御生まれつきいとあでやかにおはしましければ、御子道命阿闍梨もいとけなきより様美しくぞおはしぬ。僧となり給ひける後は、天王寺の別当にぞなり給ひける。才も徳も侍りて、人並みには見えず。経巻あまた闇誦を得給ひ、とりわけ声明はいと殊勝にて、類なき能読なり。されば、此の阿闍梨かかる大徳の身の上にても、色深く、様悪しき事、人柄には似げなくぞ見えにける。

　また、訝《いぶか》しき奇特も侍りき。昼夜二六時の折節は、怠りなく経巻を唱へ給ひしに、或る夜、読誦の折から、庭の方に聞き慣れぬ人音侍りしかば、道命「誰そ」と尋ね給ひしに、「我は五条洞院のほとり住む翁なり。いつも中夜の勤めの折節は、夜毎に来たりて聴聞しけるに、君は知らずや」と、答へ給ひしかば、道命いとあやしく、「都よりこの所までは道も遥かに侍るに、毎夜来たり給ふとの御事、とりわけ容も老いたる様に見え給ふ人の、いかなる故にて侍るぞや。そも名は誰と申すにや」と尋ね給ひしに、「少彦名《すくなひこな》神」と聞こえ給ひて、その行き方もなかりけると。それよりいつも読誦の折は、神来ますとなり。

されば、此の道命はかかる比興の人にて侍りぬれども、徳の至れる事にもや、朝夕の勤めとこしなへに怠りなき事、年久し。諷誦声明《しやうみやう》の音律に叶ひ、皆聞く人は肝に染みてぞおぼえける。多くこの類の人も侍りぬれども、此の法師の音に優るものもなくとぞ、その世の人は申しける。かかる故にや、神明にも通じけむ、或る夜、式部方に侍りて、暁の頃まで、とかく語らひて侍る折にも、また声明いみじくしばし唱へけるついでに、もしや神聴聞し給ひぬる事もや侍らむ。この由を式部にも語りて、奇特の思ひをなさしめむと、声明の終わりに、「今宵も神やおはしますか」と道命声を交して尋ね侍れども、さらに答へもなかりければ、訝しくぞおぼへ侍られける。

此の阿闍梨、また或る暁、陀羅尼をいと殊勝に、しばしの程、唱へ侍りける。音律よく整ほり、聞く人は肝に染みてぞおぼへける。有明の月の影は、住之江の松の木の間に落ちて、暁の浪の声は、黄金の岸に寄する程、いとものあはれなる折、例の神ましけるにや、近き外面に人の訪ひぬる様におぼえければ、法師声明満ち侍りて後、「また神おはしますにや」と申されければ、今宵は侍る由、いと妙なる御声にぞ答へ給ひける程に、法師尋ね申されしは、「一日、都にて式部がもとに在りし時、暁尋ね侍りし折節、御答へもましまさぬ訝しさ、殊に宮居近きほとりにて侍るに、此のほとりまでは道の境も隔たりて侍るさへ、夜毎に来ますとの御事、いかなる故にや」と尋ね給ひければ、神のたまはく、「さる事よ、都近きほとりは一入にて侍れども、式部がもとに居給ふ折節は、不浄を厭ひ侍りて、かりそめにもかかる事の侍る折からには、近づき侍らず」とのたまひけるとなむ。昔はかかる奇異の事もありけるにや。今の世までも申し伝へ侍る。

二　構成と梗概

本作品は大きく前段と後段の二つに分けられるが、さらに細かく区切れば、全体で十一の小段落に分けることが可能である。ここでは各小段落に①〜⑪の番号を付すこととし、以下にそれぞれの内容に応じた梗概と行数を掲出しておく。

①鼠の琴の腹での出産と、殿上人たちの噂（1行目〜8行目）
②歌人たちの詠歌思案（9行目〜14行目）
③道命の伊勢での詠歌案出（15行目〜18行目）
④和泉式部、道命から詠歌の初句を聞き、宮中で奏上（19行目〜28行目）
⑤実資の詠歌（29行目〜32行目）
⑥道命と和泉式部の詠歌の一致とその歌徳（33行目〜36行目）
⑦道命と和泉式部の再会と熱愛（37行目〜42行目）
⑧道命の出自と人柄（43行目〜47行目）
⑨道命の誦経と少彦名神の聴聞（48行目〜53行目）
⑩和泉式部との逢瀬での道命の声明（54行目〜60行目）
⑪道命と少彦名神との問答（61行目〜70行目）

①はこの話の導入部に当たる。時は後一条院（母は藤原道長の女彰子）の御世、王朝女流文学華やかなりし頃という設定である。中宮の部屋にあった琴の胴体部分（腹）に鼠が巣食って子を産んだ出来事から話の幕が切って落

とされる。この点については詳しく後述するが、結論から言えば、鼠が常ならぬ場所で子を産むことは、何らかの重大事件の前兆と考えられたのである。したがって、『琴腹』では「いと慎ましくて、この有様をうち顰みて侍りし」とし、次の②での展開に繋げていることになる。

②には①で鼠が琴の腹に子を産んだことを承けて、これを吉事に結び付けることを願って、めでたい和歌の詠出を公募することになったことが述べられる。何も対処しなければ、この出来事が悪いことの前兆になってしまう可能性があったので警戒したわけである。それに応えるべき当代の有名歌人として、清少納言、赤染衛門、和泉式部の三人の女流歌人の名が挙げられている。最後に和泉式部を置いたのは、式部をこの物語の後続部分の主人公として登場させるための手法に他ならない。

③は高名な歌人たちが納得のいく和歌をなかなか詠めないでいるところに、伊勢に下向していた道命法師が満足のいく歌を詠めたと都への便りに告げるところまでである。風流人としての道命の描写に「花の朝、月の夕」と見えるが、これは慣用的表現である。『宇治拾遺物語』[3]巻十五・第一九〇話に「これも今は昔、土佐判官代通清といふ者ありけり。歌を詠み、源氏、狭衣などをうかべ、花の下、月の前と好き歩きけり」（傍点著者、以下同様）とあり、『十訓抄』上巻・第四十三話にもほぼ同様に見える。また、『閑吟集』[4]仮名序にも「隙《ひま》行く駒に任《まか》する年月のさき〴〵、都鄙遠境の花の下、月の前の宴席にたち交はり……」とあり、数寄風流を指向する態度の表現と確認できる。

④の前半は道命が和歌を詠出できたと噂に聞いた和泉式部が何とかそれを聞き出そうとする場面である。伊勢から都へ戻る道命を途中の野路の宿（現在の滋賀県草津市）で遊君になりすました和泉式部が待ち受ける。野路の宿は近江国にあった東海道の要衝の地で、伊勢路への分岐点にも近く、遊女が多数在籍した宿であった。歌枕として著名な六玉川のひとつ野路玉川がこの地に当たる。室町時代の歌謡集『閑吟集』二一六番歌には放下の謡物として

「面白の海道下りや、何と語ると尽きせじ、鴨川、白川うち渡り、思ふ人に粟田口とよ、……（略）……見渡せば瀬田の長橋、野路、篠原や霞むらん……」と、中世の東海道を下る道行歌謡の中にもその地名が歌い込まれている。恋多き女性和泉式部を「遊君（遊女）」とするのは、御伽草子『和泉式部』の冒頭にも見え、中世における和泉式部像を反映した慣用的表現であった(5)。

この段落の後半部分で、道命から和歌の初句「いにしへは」を聞き出すことに成功した和泉式部は、一首の全貌をすぐさま悟ることとなり、道命の先回りをして、宮中で自らの詠歌として奏上する。その歌は「ねずみ（鼠・寝住み）」と「ことはら（琴腹・異腹）」という二つの掛詞が用いられた巧妙な和歌であった。このモチーフは後に神宮文庫蔵『かさぬ草紙』第四十六話にも見られる。これについては後述する。

⑤は④での和泉式部詠（実は道命法師詠）の出来のよさを強調する余談である。すなわち当時を代表する文化人貴族で、記録『小右記』で著名な小野宮実資もこの出来事をもとに「逢ふことは……」の和歌一首を奏上したが、採用されるには至らなかったという。この和歌には「こと（事・琴）」、「ねずみ（鼠・寝住み）」の掛詞が用いられている。

⑥は道命が都に戻って詠歌を披露したところ、それは既に和泉式部が宮中に奏上した和歌と寸分違わなかったことが記され、二人とも歌道の「奇特」であると称揚される(6)。この「奇特」は本作品のキーワードと言ってよい。⑨と⑩に各一度見える他、⑪の末尾にも「奇異」という類義語が見える。後半の道命を中心とする物語は「奇特」「奇異」の語を基調にして語られることが確認できよう。この⑥では、その「奇特」の二人の歌人が関与した和歌の歌徳譚が語られる。すなわち、この歌の持つ力によって「異宮腹に後冷泉院」が誕生するという吉事を導き出すことができたとするのである。後冷泉院は時の後一条天皇の甥に当たる。父は後一条天皇の弟の敦良親王（後の後朱雀天皇）で、母は道長の女嬉子である。すなわちここで「異宮腹」というのは、後冷泉院の父敦良親王が後一条

天皇と父母を同じくする（父は一条天皇、母は彰子）兄弟であることを言ったものであろう。ちなみに後冷泉院の生誕は万寿二年（一〇二五）八月三日のことであった。ここまでで前半の物語がめでたく終了する。

⑦は物語の前半と後半の結節点に当たる。道命と和泉式部の再会が語られるが、これは前半の物語の後日譚であると同時に、続く道命の能読に関する説話（以下、〝道命能読譚〟と呼ぶ）を導く役割をも担っている。和泉式部が遊女に身をやつしていた自らの素性を明かす際の和歌「伊勢の神……」は「あな」に鼠の巣の「穴」と、感動詞の「あな」を掛ける。その後、恋仲となった二人の熱愛ぶりは「心の奥の忍ぶ山……」以下に歌枕名所列挙の美文調の文章で語られる。このうち「天王寺詣で」とあるのは、道命が天王寺の別当に任ぜられたことによる連想であろう。なお、和泉式部と天王寺も関係が深い。それは和泉式部と敦道親王の間に誕生した永覚阿闍梨が、道命と同様に天王寺の別当を勤めた人物であったからである。(7)

⑧は道命の出自と人柄について語る。藤原兼家の孫で、藤原道綱の子息に当たるという。これは正確な出自である。すなわち道命は『蜻蛉日記』作者の孫にも当たることが知られるのである。そして重要なことは、道命が「声明はいと殊勝にて、類なき能読なり」と紹介されることである。このことについては記録類や説話集などの諸書に見えている。『大日本国法華経験記』(8)巻下・第八十六に「道命阿闍梨は、傅大納言道綱卿の第一男なり。……就中に、その音微妙幽玄にして、曲を加へず音韻を致さずといへども、任運に声を出すに、聞く人耳を傾けて、随喜讃嘆せり」、『中古歌仙三十六人伝』(9)に「東宮傅道綱卿男。母中宮少進源廣女郎家女房。法華八軸持者能読。天王寺別当云々」、『元亨釈書』(10)巻十九に「釈道命。藤亜相道綱第一之男也。少登二叡山一事二慈慧一。誦二法華一無二佗業一。而志専篤。初一歳誦二一巻一。八年終二全部一。蓋簡二散心一也。其声微妙自合二呂律一。清濁軽重韵節和雅。衆人側レ耳久聴不レ足」等とある。また、後掲する道命能読譚の大半に「其音声微妙」等と見える。

一方、この小段落では道命を「色深く」とするが、これも『宇治拾遺物語』『古事談』『東斎随筆』等の諸説話集に見る道命の人物造型と合致している。これらは後掲の道命能読譚によって確認することができる。

⑨は前段で能読と紹介された道命の誦経を五条洞院の少彦名神が聴聞に来て、問答を交わす場面である。「奇特」として語られる道命の能読ぶりを、神の聴聞という形で示す説話である。少彦名神は記紀神話に登場する常世国から訪れたマレビト神で、大国主命と協力して国作りを行い、再び常世国へ去ったという。道命能読譚にも神の聴聞の話が見えるが、『宇治拾遺物語』『古事談』や謡曲「道命法師」など多くは五条の道祖神の聴聞とする。ここで注目されるのは、これらの説話の中では、道命が和泉式部と「会合」、すなわち契り合った後の誦経に道祖神が聴聞に訪れることである。道祖神に言わせれば、普段の道命の誦経の際には、梵天・帝釈天が聴聞するので自らの出番はないが、女人である式部との「会合」後、行水をしない不浄な誦経には、梵天・帝釈天の聴聞がないので、自らの聴聞が可能であるとする。これはすなわち、五条の道祖神の聴聞があることを意味している。しかし、次の⑩で語られるのであるが、五条の神を道祖神ではなく、少彦名神とする『琴腹』では、不浄の折には聴聞がないのである。[11]これは道祖神が性愛を司どる神として信仰されたことと密接にかかわるであろう。道祖神に「会合」後の不浄は無関係であった。一方、少彦名神は梵天・帝釈天と同様に女人との「会合」を不浄とする信仰と結び付いた一般的な神であったことが知られる。[12]

⑩は前述のように、いつも道命の誦経の聴聞に訪れるはずの少彦名神が、和泉式部との「会合」後の声明の際には姿を見せなかったことが語られている。

⑪はこの物語の結末部である。ある暁に道命が声明を唱えた折に少彦名神が聴聞に訪れたので、先日の式部の所に聴聞に訪れなかった理由を問い質す。神はそれが不浄を嫌った故であると答えたという。これは、後述する道命能読譚では式部との「会合」の後に、行水をしなかったことを「不浄」とするのに対し、『琴腹』では「会合」の場そのものを「不浄」の場としている点が異なる。そして、『琴腹』では最後に、この道命と神との話を「奇異の

事」として締め括るのである。

三　鼠の異例な場所での出産について

この物語は前述のように、鼠が琴の胴体部分（腹）という異例の場所に巣食って子を産んだ出来事を発端とする。周知のことながらこの設定は、『拾遺和歌集』[13]巻七・物名・四二一番歌の藤原輔相（藤六）の和歌をもとにしている。その歌は「ねずみの、ことのはらに、こをうみたるを」という詞書を持つ「年をへて君をのみこそねずみつれことはらにやはこをばうむべき」という一首である。「ねずみ」に「鼠」と「寝住み」が、また「ことはら」に「琴腹」と「異腹」が掛けられる。[14]本作品④の和泉式部の詠歌（実は道命の詠歌）「いにしへはねずみ通ふと聞きしかどことはらにこそ子は儲けけれ」にも、同じく「ねずみ（鼠・寝住み）」と「ことはら（琴腹・異腹）」が掛けられる。おそらく、物名歌人と称せられ、多くの物名歌を残した輔相の歌を翻案したものであろう。

この出来事の先例として頼通が語った故事であるが、『琴腹』に「天の御門の御世や白雉の中の頃ほひ」とあるのは、正しくは天智天皇元年（六六二）の出来事で、「白雉の中の頃ほひ」は誤りである。『日本書紀』[15]巻第二十七に「夏四月に、鼠、馬の尾に産《こう》む。釈道顕占ひて曰く、「北国の人、南国に附かむとす。蓋し高麗破れて、日本に属《つ》かむか」といふ」、『神皇正統録』[16]上巻「三十九代天智天皇」の条に「此帝御宇元年壬戌歳宮中ニ於テ□馬ノ尾ノ中ニ而子ヲ産。高麗国我朝属兆也」等と記録が残る。すなわち、北（子〈鼠〉の方角）が南（午〈馬〉の方角）の尾に付くと解き、北国の高麗が南国の日本の属国になるとしたのである。この逸話は後代にも再利用されたようで、『源平盛衰記』[17]巻第二十六には次のように記される。

この入道（著者注、清盛）の世の末になりて、家に様々のさとしありき。坪の内に秘蔵して立て飼はれける馬の尾に、鼠の、巣を食ひて子を生みたりけるぞ不思議なる。舎人数多付けて、朝夕に撫で払ひける馬に、一夜の中に巣を食ひ子を生みけるもありがたし。入道相国大きに驚き給ひ、陰陽頭安倍泰親に尋ね問はれければ、「占文の指す処、重き慎み」とばかり申して、その故をば申さざりけり。内々人に語りけるは、「平家滅亡の瑞相既に顕れたり。近くは入道の薨去、遠くは平家都に安堵すべからず、如何にといふに子は北の方なり、馬は南の方なり、鼠上るまじき上に昇る、馬侵さるまじき鼠に巣を作らせ、子を生ませたり。既に下剋上せり、されば子の北の方より、夷競ひ上りて、午の南の方におはする平家の卿相を、都の外に追ひ落すべき瑞相」とこそ申しけれ。されども入道の威に恐れて、只重き御慎みとばかり申したりければ、先づ陰陽師七人まで様々祓せられけり。又諸寺・諸山にして御祈りども執行あり。

ここでも天智天皇元年の故事と同様に、鼠が馬の尾に巣を食って、子を産んだことが記され、安倍泰親によって鼠（子）と馬（午）の干支の方角からの解が述べられる。それは南方に位置する平家が、北方の夷によって都から追い落とされるというもので、北国が南国の属国となるとした『日本書紀』『神皇正統録』の解とは反対の内容となっている。これは言うまでもなく、この後の平家一門の運命、すなわち木曾の田舎侍であった源義仲のために都を追われることとなる運命の伏線として、予め置かれた逸話に他ならない。『源平盛衰記』作者が天智天皇元年の故事をもとに、案出したものであろう。いずれにせよ鼠が常ならぬ場所で子を産むことは、何らかの重大事件の前兆と考えられたのである。したがって、『琴腹』では「いと慎ましくて、この有様をうち顰みて侍りし」としたのである。

四　和歌の初句による詠歌について

④段落の後半部分で、道命から初句「いにしへは」を聞き出すことに成功した和泉式部は、一首の全貌をすぐさま悟ることとなり、内裏で奏上する。このモチーフは後代の狂歌咄集である神宮文庫蔵『かさぬ草紙』[18]第四十六話に見られる。次に掲出する。

昔、御門に「ひなさき」といふ題を、和泉式部に下されけるに、二三日も案じ給ひけれども、「ひなさき」といふ題にてしかるべき歌なしとて、北野の天神へ願かけて参らせけるに、一条と北野の間の橋の詰にて、年の程八十斗なる人、和泉式部に会ひて申しけるは、「風吹かば」といふ五文字ありと言ひて行く。和泉式部、これを聞きて歌詠むべき便を求めたりとて、悟りて其の橋より帰りて、詠み給ひけり。

　風吹かばそのひなさきぞ梅の花匂ひのよそへ散るの惜しきに

と詠みて御門へあけたて奉り、それよりして今の世に至るまで、其の橋を戻り橋と言ふ事、此の時の子細なり。かの年寄りたる人は、北野の天神様なるべし。

この狂歌咄は、最初から「ひなさき（雛尖）」という陰核を意味する猥雑な歌題が出題される。これも和泉式部が好色な「遊女」と捉えられた伝承と無関係ではないであろう。詠みあぐねた和泉式部は、北野天神へ願をかける。すると「一条と北野の間の橋の詰」で、北野天神の化身である「年の程八十斗なる」老人に出会い、「風吹かば」という初句の五文字のヒントを得る。和泉式部はすぐさま道真詠を想起し、「風吹かばそのひなさきぞ梅の花匂ひのよそへ散るの惜しきに」と詠むことができたという。末尾は通常とは伝承を異にする「一条戻り橋」の地名由来譚としてまとめられている。これは和歌の上手としての和泉式部像を狂歌として描く説話であるが、『琴腹』の影響を受けて成立した可能性が高い点で重要であろう。

五　道命能読譚と和泉式部伝承について

『琴腹』の後段の主題である道命能読譚を、諸書から拾い集めると次のようなものがある。

『今昔物語集』[19]巻十二・第三十六話

今は昔、道命阿闍梨といふ人ありけり。これ下姓の人にあらず。傅の大納言道綱と申しける人の子なり。天台座主、慈恵大僧正の弟子になむありける。幼にして山に登りて、仏の道を修行し、法華経を受持す。はじめ心を一つにして他の心を交へずして法華を誦するに、一年に一巻を誦して、八年に一部を誦し畢る。就中にその音微妙にして、聞く人みな首をかたぶけてたふとばずといふことなし。

しかる間、阿闍梨、法輪寺に籠りて、礼堂に居て法華経を誦するに、老僧ありて、またその寺に籠り合ふ。老僧御堂にして、夢に、堂の庭にやむごとなくけ高くいかめしき人々ひまなくおはしまして、みな掌を合はせて堂に向ひて居たまへり。老僧これを怪しむで、恐づ恐づよりて、一人の眷属に、「これはたがおはするぞ」と問へば、答へていはく、「これは金峯山の蔵王、熊野の権現、住吉の大明神、松尾の大明神等の、法華経聞□□近ごろ夜ごとに、かくの如くおはするなり」と告ぐると見て、夢さめにけり。道命阿闍梨の礼堂に居て、音をあげつつ法華経の六の巻を誦するなりけり。されば、この経を聴聞せむがために、若干のやむごとなき神等は来りたまふにこそありけれと思ふに、たふときこと限りなくして、立ちて泣く泣く礼拝して、庭を思ひやるに、恐ろしければ立ちて去りぬ。……（略）

『宇治拾遺物語』巻一・第一話「道命、和泉式部の許に於いて読経し、五条の道祖神聴聞の事」

今は昔、道命阿闍梨とて、傅殿の子に色に耽りたる僧ありけり。和泉式部に通ひけり。経をめでたく読みけり。それが和泉式部がり行きて臥したりけるに、目覚めて経を心をすまして読みける程に、八巻読み果てて暁にまどろまんとする程に、人のけはひのしければ、「あれは誰ぞ」と問ひければ、「おのれは五条西洞院の辺に候ふ翁に候ふ」と答へければ、「こは何事ぞ」と道命いひければ、「この御経を今宵承りぬる事の、生々世々忘れがたく候ふ」といひければ、道命、「法華経を読み奉る事は常の事なり。など今宵しもいはるるぞ」といひければ、五条の斎曰く、「清くて読み参らせ給ふ時は、梵天、帝釈を始め奉りて聴聞せさせ給へば、翁などは近づき参りて承るに及び候はず。今宵は御行水も候はで読み奉らせ給へば、梵天、帝釈も御聴聞候はぬひまにて、翁参り寄りて承り候ひぬる事の忘れがたく候ふなり」とのたまひけり。……（略）

『古事談』(20) 巻三・第三十五話「道命ノ読経ヲ道祖神聴聞ノ事」

道命阿闍梨ハ道綱卿息ナリ。其音声微妙ニシテ、読経之時聞人皆発二道心一云云。但好色無双之人也。通二和泉式部一之時、或夜往二式部ノ許一会合之後、暁更ニ目ヲ覚テ、読経両三巻之後、マドロミタル夢ニ、ハシノ方ニ有二老翁一。誰人哉ト相尋之処、翁云、五条西洞院辺ニ侍翁ナリ。御経之時者、奉レ始二梵王帝釈天神地祇一悉御聴聞之間、コノ翁ナドハ、近辺ヘモ不レ能二参寄一。而タダ今、御経ハ行水モ候ハデ、令レ読給ヘレバ、諸神祇無二御聴聞一隙ニテ、コノ翁マイリテヨク聴聞候了。喜悦之由令レ申也云云。

『雑談集』(21) 巻七「読経誦咒等ノ時節浄不浄事」

道命阿闍梨ハ、法華経読誦ノ功入リ、音声貴カリケリ。和泉式部ト会合シ、不二行水一シテ夜ル経ヲ一二三巻誦ケルガ、チト坐睡《ソゾロニネムリ》タル夢ニ、老翁ノ縁ニ坐テ聴聞シケル。「何《イカ》ナル人ゾ」ト問ヘバ、「五条ノ辺ニ候翁也。日来経アソバシ候ニハ、梵天・帝釈等ノ諸天、聴聞候之間、己等ハ近クモ不レ参。無二御行水一シテ不浄ニテ読誦シ給故ニ、諸天来リ給ハヌ隙ヲ悦デ参ゼリ」ト云ケル。五条ノ天神ニテヲハシケルニヤ。

『東斎随筆』[22] 第七十二話

道命阿闍梨ハ、道綱卿ノ息也。其声音微妙ニシテ、読経給時、聞人皆道心ヲ発セルト云リ。但好色無双ノ人也。或時ニ和泉式部ノ処ニ行テ、会合ノ後、暁ガタニ目ヲサマシテ、読経両三巻セリ。サテマドロミタル夢ニ、一ノ老翁アリ。「誰人ゾ」ト相尋ル処ニ、翁ノ云、「我ハ五条西洞院辺ニ侍ル者也。御経ノ時ハ、梵天帝釈ヲ始奉テ、天神地祇悉ク聴聞シ玉フ間、此翁ナドハ近辺へ近キ参ル事アタハズ。然ルニ只今ノ御経ハ、行水モ候ハデ読給ヘレバ、諸神祇モ御聴聞ナシ。ヨキ隙ト存テ、此翁ハ参テ、能々聴聞申テ、悦存タル」ト云ト見給ヘリ。

謡曲「道命法師」[23] 後場

……（略）……ワキ詞「荒浅ましや我ながら。恋路に迷ふ口惜や。殊更毎日読誦の法花経。けふ怠る事何故ぞ。是も式部へ通ひし故也。上カヽル〽天のとがめも怖しやと　上哥〽法の御経の紐解て。同〽〳〵心を澄し声をあげ。読誦勤る折ふしに。不思議や震動頻にて。心も空に成果て。けしたる光飛来る。こはそもいかに怖しや、〳〵　後シテ上〽道祖神忽ち飛来り　同〽〳〵、道命の御前にかうべを傾け、渇仰申。法花経聴聞の、気色見へたり。不思議やな　ワキ詞「いかに鬼神慥にきけ。我出家に有ながら。恋慕に迷ふ其罪有。はや〳〵地獄へつれ行べし　シテ「あら勿体なし〳〵。恐れ給はで聞給へ。我は五条あたりの道祖神也。御身貴くましますす故。法花経聴聞申さんと。常々心に絶せね共。清浄し給ふ御身故に。毎日読誦の御時は。梵天帝釈あまくだり。聴聞なさせ給ふ故。鬼神の聴聞恐れ叶はず。上〽正敷御身式部が方に「通ひ給ひ。其身不浄にましますゆへ。けふは天帝影向あらず。上〽よきかな「能折也と悦びて。只今法花経聴聞申す。上カヽル〽荒有難や。ありがたや。……（略）

以上が管見に入った『琴腹』以外の道命能読譚である。最初の『今昔物語集』では、道命の誦経を聴聞しに諸々の神が訪れたことを記す。次の、『宇治拾遺物語』以下の話の展開はどれもほぼ同じで、能読の道命が和泉式部と

「会合」の後、行水をせずに誦経をすると、道祖神（『雑談集』では「天神」）が聴聞に訪れるというものである。[24]道祖神に言わせれば、普段の道命の誦経の際には、梵天や帝釈天などが聴聞するので道祖神の出る幕はない。しかし、女人である式部との「会合」後の不浄な折の誦経には、諸神の聴聞がないので、自ら聴聞することが可能であるとしている。これらの説話の展開は、不浄な折にはまったく神の聴聞がない『琴腹』後段とは異なっている。すなわち、『琴腹』後段は先行する諸書に見える道命能読譚をもとに、改変が施されていることが知られる。

なお、既に「構成と梗概」の項で述べたように、道命の能読については、『今昔物語集』に「その音微妙」、『宇治拾遺物語』に「経をめでたく読みけり」、『古事談』とそれをもとにした『東斎随筆』に「其音声微妙」、『雑談集』に「音声貴カリケリ」と見える。また、好色の記述は『宇治拾遺物語』に「色に耽りたる僧」、『古事談』と『東斎随筆』に「好色無双之（ノ）人」とある。[25]

ところで、『琴腹』後段はまた別の一面では、和泉式部と道命の愛欲譚とも言える。道命能読譚を離れたこの二人の恋愛関係については御伽草子『和泉式部』が代表的なものである。その梗概は次のようである。橘保昌と契った和泉式部は十四歳で男の子を出産したが、五条の橋のたもとに守り刀を添えて捨て子した。その子は町人に拾われ、養育されて、後に比叡山に登り道命阿闍梨と称する立派な僧に成長した。道命十八歳の折、内裏の法華八講に出仕し、そこで三十歳程の美しい女房を見初めた。その女房こそが実母和泉式部であったが、それを知らない道命は何とかしてその女房に近づこうとし、柑子売りとなって内裏に入り込んだ。道命は柑子を数え歌を歌いながら売ったが、それがきっかけとなって、女房と契ることができた。ところが、守り刀と産着とから道命を我が子と知った和泉式部は、書写山に赴き、性空上人のもとで出家を遂げた、というものである。

二人の恋愛関係を題材とする説話は御伽草子『和泉式部』以外にも、『古今著聞集』、米沢本『沙石集』、御伽草子『猿源氏草紙』、室町時代物語『小式部』などが挙げられる。説明を省略して、次に掲出しておく。

『古今著聞集』[26]巻八・第十一話「後向きに車に乗りたる道命阿闍梨、和歌を以て和泉式部に答ふる事」
道命阿闍梨と和泉式部と、ひとつ車にて物へ行きけるに、道命うしろむきてゐたりけるを、和泉式部、「など、かくはゐたるぞ」といひければ、
　よしやよしむかじやむかじいが栗のゑみもあひなば落ちもこそすれ
米沢本『沙石集』[27]巻五末
和泉式部ハ好色ノ美人ナリケルカ、道命阿闍梨貴キ聞有テ、法輪寺ノ辺リニ菴室シテ、如法ニ行シケルヲ、夜ルヒソカニ行テ、ヲトサムトテ戸ヲ扣ケレトモ、心得テ音セサリケレハ、カク云カケテ皈ケル、
　寂寞ノ苔ノ岩戸ヲタタケトモ無人城ニテ人モヲトセス
カセ山ト云山寺ニ参籠シテ行ケルヲ、行テ両三日ウカヽヒヨリテ云ヤリケル、
　都イテヽケフミカノハライツミ河カハ風サムシ衣カセ山
此哥ニメテヽヲチニケリ
御伽草子『猿源氏草紙』[28]
ここに、和泉式部と申す女に、保昌といふ人通ひ侍りて、浅からず契りしに、また道命法師といふ者、通ひて契りをこめしに、保昌、このことを聞きて、和泉式部にいはく、「わが言ふごとく、文を書き給へ」と言へば、和泉式部は、「いかなる文を書けとはのたまふぞや」とありしかば、「保昌も、このほどは見え候はず、御身は、急ぎこし給へ、道命法師へ参る、和泉式部と書き給へ」とありければ、和泉式部は、顔うち赤めて、「これは、思ひも寄らぬことをのたまふものかな」とありければ、力及ばずして、文を書かれけるが、いつの隙にかしたりけん、箸を五つに折りて、文に添へてやりけり。道命法師、この文を見て、不思議やな、ただ今来れと書かれけるが、箸を五つに折りて、添へしことの不思議さよ、ある歌に、

やるはしをまことばししてきばししてうたればししてくやみばしすなといふことあり、一定この心なるべし、さては、保昌ゐ給ひて、かくなんと悟りて行かず、傷害をのがれけるも、道命、和歌の道心得たりし故なり。……（略）……ただ今申すごとく、和泉式部、鰯と申す魚を食ひ給ふところへ、保昌来りければ、和泉式部、恥づかしく思ひて、あわたたしく鰯を隠し給へば、保昌見て、鰯とは思ひ寄らず、道命法師よりの文を隠し給ふと心得て、「何を深く隠させ給ふぞや、心もとなし」とて、あながちに問ひければ、

日の本にいははれ給ふ石清水参らぬ人はあらじとぞ思ふ

となかめ給へば、保昌聞き給ひて、色を直して言ひけるは、「肌を温め、ことに女の顔色をます薬魚なれば、用ひ給ひしを咎めしことよ」とて、それよりして、なほなほ浅からず契りしとなり。

室町時代物語『小式部』(29)

さるほどに、その比都に、だうめいほつしといふ、哥よみの、めいじんにて有けるが、いづみしきぶときぐ〳〵、哥のだひしどもを、ならひければ、すでに、あやしきうたがひをゐたりしほどに、人々のざんそうによりて、ほうしやう、すこしすさみ給ふ。

六　成立について

最後に、『琴腹』をめぐる成立事情について確認しておきたい。これについては石塚一雄氏の二編の論文が備わる。ひとつは「［資料紹介］むかし女房の一口ものかたり」（『書陵部紀要』第三十号〈昭和54年2月〉）である。この論文は、宮内庁書陵部蔵『むかし女房の一口ものかたり』を翻刻紹介し、解題を付す。当該作品は僅か九話の説

話的な物語を収めるに過ぎないが、『琴腹』との関係からきわめて重要な資料と言える。すなわち、その第六話に次のような話が見えるからである。石塚論文から引用させていただく。

一　同院の御とき、御前にたてられたりける御ことのはらに、ねすみの子をうみたりけるに、おとろきおほしめして、「かやうの事にはうたにてこそよみなをすことなれ」とて、ひと〳〵によませられけれとも、さらに歌よみいたす人なかりけり、そのころ道命といふ人ありけり、伊勢国へ下向して侍りけるに、くにゝて此事をきゝて、やかて歌よみて侍るよしを、ゆかりなる人のもとへ、申つかはしたりけるを、きゝて、みやこにある歌よみともみな、ふかくになりて、なけきけるを、いつみしきふは、ふかく此事をなけきて、いせより道命のほるときゝて、野道のしゆくへゆきむかひて、遊君のまねをもてなして、この道命にあひて、「みやこにきこゆる琴のうた、あそはしてさふらふなる、うけたまはらはや」と申せは、「いかゝさうなく申いつへき、みやこにて、ひろうのゝちこそ」とて、申さゝりけるを、「みやこもちかくなりてもひろうののちは、なにとなくともうけ給るへし、せめて御はしめの五もしはかりをうけ給らん」と申けれは、道命あまりにせめられて、「いにしへは」とはかり五もしを申たりけるに、それをきゝて、あからさまにいつるやうにして、こしにうちのり、内裏へまいりて、「此歌よみたり」とて、かきてまいらす

いにしへはねすみかよふときゝしかとことはらにこそこはまうけけれ

とよみたり、道命まいりて、この歌をかきて、まいらせたりけれは、「ふしきに、おなしうたをよみいてける」とおほせける也、

又かの赤染衛門、たひにいてたちて、山の井といふところの、さくらの二もとさけるを見て、ともなる女のしける

やまの井のふた木のさくらさきにけり

としたりければ、赤染

　見きとこたへんみぬ人のため

　とつけたりけり

この話の前半は『琴腹』の前段を簡略化したような内容で、ほぼ一致している。但し、大きく異なる点は、『琴腹』の後段の道命能読譚が見えず、その代わりに和泉式部の親友であった赤染衛門の巧妙な連歌の付合を紹介している点である。すなわち、この『むかし女房の一口ものかたり』第六話は、和歌や連歌の上手を題材とした話であることが確認できるであろう。

石塚一雄氏は前掲論文の解題の中で、「本書の成立は、巻奥に記す本奥書「文あ五のとし、中の秋、下の弦のころ、かき侍るもの也　花押三九」とあるので、本書が文安五年に書かれ《ママ》ことが明らかである」とされ、さらに「一口」を用いる題名は、江戸時代を除いて、私の知る限りでは、この看聞御記の記事と本書名の二件だけである。今まで一口物語と言う意味が判然としなかったが、本書の内容・体裁からみて短い譚と断定する事が出来る。この点後崇光院宸筆の説話断簡類が一口物語の断簡である可能性も強くなった」と述べられた。さらに石塚氏は続く論考「後花園天皇宸翰『ことはら絵詞』」(『日本文学史の新研究』〈昭和59年・三弥井書店〉所収)の中で、東山御文庫蔵『琴腹』について、「絵詞の筆写《ママ》であられる後花園天皇(一四一九〜一四七〇)は、伏見宮貞成親王の第一王子であられ、御父君の『看聞御記』によると、能書で画技に優れ、好んで数々の絵巻・絵詞の類を蒐覧され、御自らも絵を描かれるなど、ひときわ天皇の絵に対する関心の強いことが窺える。この絵詞の制作年代に関しては、御記にもこの絵詞を写された記事は見えないので判明しない。しかしながらこの絵詞を写されたと思われる頃と程近い文安五年書写の本奥書を有する『むかし女房の一口ものかたり』所収の類話と語句などに類似点もみられ、両説話は何らかの関係があることが推測される」と指摘された。これらの石塚氏の言及はきわめて貴重であろう。

一方、飯倉晴武氏の「室町時代貴族と古典―伏見宮貞成親王を中心に―」(『角川国語科通信』第十九号〈昭和45年11月〉)によれば、「後花園天皇は十三歳から縁起・説話・軍記等を読み始められている。これは御父貞成親王の影響かと思われる。御所にないものは貞成親王に依頼して宮家の御本か、あるいは他家のものを借りてもらって御覧になっている。「看聞御記」にそれが一々書き留めてあるので掲げてみると、永享三年三月八日には「唐鏡」十巻、「一口物語」一帖……(略)……」という。これは東山御文庫蔵『琴腹』の書写者である後花園天皇が、「一口物語」なる書を読んでいたことを示している。この「一口物語」は永享三年(一四三一)に読まれているのであるから、それ以前の成立である。石塚氏紹介の『むかし女房の一口ものかたり』は文安五年(一四四八)の奥書を持つので、すぐさま両者を結び付けるわけにはいかない。しかし、後崇光院・後花園天皇親子の文化圏に流行した「一口物語」のうち、後花園天皇在位中の文安五年に成立した『むかし女房の一口ものかたり』第六話をもとに増補改編された作品が『琴腹』であった可能性はきわめて高い。おそらく、『むかし女房の一口ものかたり』第六話をもとに、後半を先行説話集から取材して成立したものが『琴腹』であったのであろう。この作品の創作に主としてかかわった人物が誰であるかについては、詳らかにし得ないものの、後花園天皇が相当深く関与していたであろうことは否定できない。

おわりに

以上、室町時代物語『琴腹』をめぐる基礎的考察を行った。この作品は後崇光院・後花園天皇親子の文化圏での成立事情をある程度推測することができ、また多くの先行説話からの系譜、『かさぬ草紙』という後代作品への影響等を辿ることも可能である。『琴腹』は多くのきわめて興味深い問題を我々に提供してくれる作品と言えよう。

今後、この作品についての研究がさらに進展すること期待したい。

注

（1）本節では一般に〃お伽草子〃と称される作品のうち、渋川版二十四編を〃御伽草子〃と呼び、それ以外を〃室町時代物語〃と呼ぶことにする

（2）東山御文庫本には八葉の白描画が存在する。詳細は石塚一雄「後花園天皇宸翰『ことはら絵詞』」（『日本文学史の新研究』〈昭和59年・三弥井書店〉所収）参照。なお、『日本古典文学大辞典』所収「琴腹」に諸本として「現存するのは後花園天皇宸翰絵巻と尊経閣文庫蔵の残欠本」とあるが、尊経閣文庫本は絵がないだけで、詞に欠落はない。

（3）引用は新編日本古典文学全集本による。

（4）引用は新日本古典文学大系本による。

（5）中世におけるこのような和泉式部像の成立の背景には、『和泉式部日記』に見られる奔放な恋愛遍歴の他に、藤原道長による「浮かれ女」というからかいも関与しているものと考えられる。なお、室町時代物語『小町草紙』にも「そもそも清和の頃、内裏に小町といふ色ごのみの遊女あり」と見え、共通の人物像を伝えるものとして注意される。

（6）和泉式部を和歌の上手として称揚する文献は『俊頼髄脳』、『無名抄』、『和歌威徳物語』、謡曲「法華竹」、謡曲「鳴門」など枚挙に遑がない。一方、道命については『大鏡』に「きはめたる和歌の上手」という評価が見える。また、この二人をともに和歌の上手とするのは『梁塵秘抄』巻一・一五番歌「和歌に勝れてめでたきは、人丸赤人小野の小町、躬恒貫之壬生忠岑、遍昭道命和泉式部」があり著名である。

（7）永井義憲「和泉式部の子——永覚阿闍梨伝考」（『国文学踏査』第七号〈昭和38年3月〉）参照。

（8）引用は日本思想大系本による。

（9）引用は群書類従本による。

（10）引用は大日本仏教全書本による。

（11）この神の在所を五条とすることに関連して、大島建彦「道祖神の信仰と説話」（『中世文学の研究』〈昭和47年・東

京大学出版会〉所収）は「お伽草子の『和泉式部』で、五条の橋にこどもを捨てたといふのは、おそらく五条の道祖神によつて導かれたものであらう」とする。この他、和泉式部と道命との愛欲譚にかかわる道祖神信仰についても大島氏の「和泉式部の説話」（『お伽草子と民間文芸』〈昭和42年・岩崎美術社〉所収）、「『宇治拾遺物語』第一話とお伽草子『和泉式部』」（『古典の変容と新生』〈昭和59年・明治書院〉所収）がある。また、山本節「道命と和泉式部の説話」（『国語と国文学』第五十七巻三号〈昭和55年3月〉）及び濱中修「中世の和泉式部―叡山の伝承より―」（『仏教文学』第十二号〈昭和63年3月〉）もある。

(12)　不浄観をめぐる説話は『閑居友』に見える。

(13)　新編国歌大観本による。

(14)　この和歌は『友則集』二〇番歌にも「としをへて君にのみこそねずみつれことはらにやこ《（ママ）》をばなすべき」と小異で見える。また、『鳥獣戯哥合物語』には「某、いにしへ、琴のはらに、子をうみたりし時、藤原清輔と申せし人」として「年をへて君をのみこそねずみけれ琴はらにやは子をばうむべき」とこれも小異で見える。なお、早歌の『宴曲抄』下「霊鼠誉」にも「……おのが習の為態なれば、引手あまたの心癖に、いかなる方に寝住てか、琴腹に子をば設けむ」と見える。

(15)　引用は新編日本古典文学全集本による。

(16)　引用は続群書類従本による。

(17)　引用は新人物往来社版による。

(18)　引用は京都大学国語国文資料叢書本所掲写真をもとに、私に漢字・仮名の濁点を当て、句読点を施した本文による。

(19)　引用は角川文庫本による。

(20)　引用は新撰日本古典文庫本による。

(21)　引用は中世の文学本による。

(22)　引用は中世の文学本による。

(23)　引用は『未刊謡曲集　十二』（古典文庫）による。

(24)『宇治拾遺物語』『古事談』では表題に「道祖神」とある。
(25)『宝物集』巻七にも「道命阿闍梨は泉式《ママ》部に落る不浄の僧也」と見える。
(26)引用は新潮日本古典集成本による。
(27)引用は渡辺綱也『広本沙石集』による。
(28)引用は日本古典文学全集本による。
(29)引用は『室町時代物語大成』第五所収天理図書館蔵写本の本文をもとに、私に濁点を施した。

第六節　和歌・狂歌と室町小歌

はじめに

寛永二十一年（一六四四）六月以前成立の『かさぬ草紙』（神宮文庫蔵）[1]第五十一話に、西行をめぐる次のような狂歌咄が見える。山路を行く西行が思いがけず、一人の美しい女に出会った。西行はその女と言葉を交わしたいと願う。最初に声をかけてみるが、女は返事をしなかった。そこで、和歌を詠みかけると痛烈な返歌が戻ってきたので、西行は逃げ去ることになったというのである。そして、最後にはこの女は山の神であったとの落ちがつけられる。

この話は『新古今和歌集』巻十（羇旅）所収の西行と江口の遊女妙をめぐる有名な贈答歌を母胎として、後代に派生した数多くの狂歌咄のひとつに位置付けることが可能である。この話のなかで西行が女に声をかける部分には「あまり言葉のかけたさにや、いづかたへ行くぞと問ひたまひければ……」（傍点著者、以下同様）という表現が用いられている。この傍点部分の表現は室町小歌の集成『閑吟集』を代表する一首「あまり言葉のかけたさに、あれ見さいなう、空行く雲の早さよ」（二三五・狭義小歌[2]）の冒頭と一致する。この小歌は後代の地方民謡を中心とする諸歌謡にも承け継がれ、「お茶摘む姫子に、あまり言葉のかけたさに、殿はないかと問ふたれば……」（『巷謡篇』土佐郡神田村小踊歌「玉づさ」）、「十七八を先にたて、あんまり言葉がかけたさに、あれ見さよのさ、空行く雲の早さよ、〱」（京都府相楽郡和束町「お庭踊」）等々と見出すことができる。これら後代の類歌の存在から見て、

『閑吟集』一三五番歌は数多くの室町小歌の中でも、とりわけ広く愛唱された一首であった言うことができよう。この歌は、前半の状況説明の部分と後半の科白体の部分との合成に面目がある。そして、表現にはあくまでも室町時代の口語が採られる。また、内容的に言えば、恋する若い男女を作品内主体とした青春の歌であった。

一方、先掲の西行を主人公とする狂歌咄に焦点を合わせれば、和歌の達人でしかも高僧の誉れ高い西行の俗人的な一面を揶揄するところに話の眼目があることは言を待たない。換言すれば、俗物としての西行像に咄の面白みが集中しているわけである。その時、「あまり言葉のかけたさに」という表現は、雅を離れた俗なる西行の心理を活写しているがごとき観がある。『閑吟集』を起点とした歌謡群とこの狂歌咄とが、その俗なる表現を共有している例と言ってよい。

『閑吟集』は永正十五年（一五一八）八月に「富士の遠望をたよりに庵を結」んだ「一人の桑門」（仮名序）が編集した、今日知られる中世小歌の最初の集成である。編者は具体的には明らかにはし得ない。かつて、この時代を代表する連歌師の柴屋軒宗長がその候補者として挙げられたが、決め手がないまま今日に至っている。近年では、三条西実隆、宗長、豊原統秋を中心とした文化圏に何らかの形で関与した人物が編者として相応しいとする意見も出されている。(3)小著『中世歌謡の文学的研究』（平成8年・笠間書院）第三部第二章第三節「『閑吟集』と三条西実隆作品」、第四節「『閑吟集』と柴屋軒宗長作品」の二編は、『閑吟集』成立時代を代表する実隆、宗長の作品と『閑吟集』所収歌謡の雅俗にわたる表現の共通性を具体的に指摘した論考である。しかし、同時に当時の歌謡の表現から、その創作者層、享受者層についても推測することを志しており、また、『閑吟集』の編者像究明に関してもいくばくかの参考資料となし得るものと考えている。本節はその続考として、『閑吟集』と同時代文芸の表現の共通性について考察したい。

ところで、同時代文芸のうち和歌は、室町時代後期においても、ハレの、そしてまた、雅の代表的文芸としての地位を譲ることがなかった。一方、この時代には和歌と同じ音数から詠じられる狂歌も文芸的成長を遂げ、俗の代表的文芸としての地位を固めつつあったのである。したがって、本節では室町小歌と同時代の和歌・狂歌との関係を、主として表現レベルから具体的に考察していくこととする。論述の都合上、前掲の二編と重なる部分があることを御了承いただきたい。

一　『閑吟集』所収広義小歌と同時代の和歌

『閑吟集』と同時代の和歌・狂歌との表現の関連について考察する際に、その前提として確認しておかなければならないことがある。それは、ここで指摘できることはあくまでも表現の共通性であって、直接の摂取や影響関係にまで言及できる例はきわめて稀であることに他ならない。直接の摂取関係にないと考えられる代表的な例として、両者ともに古典を摂取した表現を用いる場合が挙げられる。その場合、『伊勢物語』や『源氏物語』といった物語の他、八代集を中心とした和歌を典拠とすることが多い。『閑吟集』において古典摂取が顕著な歌謡の多くは後述する広義小歌である。以下、広義小歌における古典摂取の例をもとに考察を進めることとする。『閑吟集』の古典摂取の具体的様相については、小著『中世歌謡の文学的研究』（平成8年・笠間書院）第三部第二章第一節「『閑吟集』における『伊勢物語』摂取」、第二節「『閑吟集』における先行和歌摂取」において指摘したが、かなりの数の歌謡の詞章に摂取されている。この顕著な古典摂取の傾向は同時代の和歌にあっても同様である。そのうち、『伊勢物語』を典拠とする例として次のようなものを指摘することができる。論述の都合上、まず初めに頭に◎を付して『閑吟集』所収小歌の歌謡詞章を掲げ、続けて頭に▽を付して関連する同時代の和歌（狂歌）を並べる（以下、例の掲出の際はすべて同様）。

◎しひてや手折らまし、折らでやかざさましやな、弥生の永き春日も、なほ飽かなくに暮らしつ
（『閑吟集』五六・早歌）

▽しゐてもおらてみましを藤花春はいくかものこる色かな（『再昌草』[4] 天文二年〈一五三三〉四月四日）

▽しゐて猶袖はぬるとも折てみんおりたつ田子のうらの藤浪（『雪玉集』二七七〇・浦藤）

▽しゐておる人もわりなし行春のかたみに匂ふ宿の藤なみ（『雪玉集』五九六三・暮春藤）

▽しゐておらむ心をしるか一えたをさらはとゆるす花のあるしは（『雪玉集』四六八七・折花）

▽又みむも思はぬ花の陰ならはしゐて手折らんけふの夕を（『雪玉集』五七一九・折花・下冷泉政為の詠）

これらは『伊勢物語』[5]第八十段に「むかし、おとろへたる家に、藤の花植ゑたる人ありけり。三月《やよひ》のつごもりに、その日、雨そほふるに、人のもとへ折りて奉らすとてよめる。ぬれつつぞしひて折りつる年のうちに春はいく日もあらじと思へば」とある表現を『閑吟集』所収歌謡、実隆詠（ただし、うち一首は政為詠）ともに摂取している。[6]両者ともに『伊勢物語』所収和歌の「しひ（ゐ）て」「折る」という特徴的表現を用いている点が注意される。[7]これは同時期の連歌においても摂取され、宗長の句に「おしむ花やはしゐておらまし」（三手文庫本『壁草』一三五[8]／「永正七年（一五一〇）四月一日朝比奈弥三郎不例宿願三社法楽」三八）、「おしむをばしゐてもおらじ花の枝」（大阪天満宮文庫本『壁草』一五八一）、「けふのみかしゐてもおらじ松の藤」（天理図書館綿屋文庫本『老耳』五七／『発句聞書』大永三未才〈一五二三〉）等と見える。なお、『閑吟集』五六番歌は前時代の流行歌である早歌の代表的集成『宴曲集』所収「春」の一節を抄出したものである。『閑吟集』において古典を摂取した雅な表現を用いる歌謡の多くは、広義小歌と称される歌謡群に属する。広義小歌は早歌の他、大和猿楽の詞章を出自とする大和節、近江猿楽の詞章を抄出した近江節、田楽能の一節の田楽節、狂言で歌われる小歌の狂言小歌等の総称で、室町時代の口語を中心として歌詞が構成される狭義小歌とは一線を画す。これらの歌謡は小歌の影響によって元の節を離れ

て、小歌がかりで歌われたものと考えられるが、『閑吟集』の歌謡詞章の肩書によってその出自が知られることとなる。

広義小歌のうちの田楽節から、さらに別の例を挙げれば、次のようなものもある。

◎今憂きに思ひくらべて古への、せめては秋の暮もがな、恋しの昔や、立ちも返らぬ老の波、戴く雪の真白髪の、長き命ぞ恨みなる、長き命ぞ恨みなる（『閑吟集』一四〇・田楽節）

◎……老の波も返るやらん、あら昔恋しや、恋しや、恋しやと……（『閑吟集』一三二・大和節）

▽うらみても帰るを見れは大淀の浪にもよる（かな〈『雪玉集』〉）やこふる昔は（『再昌草』永正四年〈一五〇七〉十二月二十四日／『雪玉集』海懐旧）

▽大よとのまつかひありとよる波の何をうらみて又かへるらん（『集雪追加』来不留恋）

『伊勢物語』第七段に「いとどしく過ぎゆく方の恋しきにうらやましくもかへる浪かな」という和歌が見える。[9]その和歌の「過ぎゆく方の恋しき」の解釈には懐旧という時間的要素を組み入れる説もあるが、一般には主人公の東国下向に伴う、都という空間への思慕を表明したものと考えられている。これを本歌とした歌が前掲実隆詠の第一首目（『再昌草』・『雪玉集』所収）である。しかし、こちらでは『伊勢物語』での空間的な詠嘆を、「こふる昔は」と明らかに時間の推移に転換している。一方、『閑吟集』の掲出した二首は、ともに嘆老の歌である。表現を『伊勢物語』以来の伝統に依拠しながら、実隆詠と同様に時間的推移にとりなし、さらに老いの嘆きを加えるわけである。[10]また、実隆詠の第二首目（『集雪追加』所収）は、『伊勢物語』第七十二段所収の「大淀の松はつらくもあらなくにうらみてのみもかへる浪かな」という和歌を本歌としている。この第七十二段所収和歌は先の実隆詠の第一首目にも参考歌として影響を与えている。以上の例は『閑吟集』所収広義小歌が『伊勢物語』に依拠した表現を採り、実隆詠も『伊勢物語』所収和歌を本歌とするという共通性を持っていることを示したものであるが、同時に

『閑吟集』と実隆詠の両者がともに『伊勢物語』での空間的詠嘆を時間的詠嘆に転換している点が注意される。これは当時の一般的な『伊勢物語』理解による可能性もある。しかし、これまでに管見に入った室町期の『伊勢物語』古注釈類には、時間的詠嘆とする説は見えないので今後の調査に待ちたい。

『閑吟集』所収狂言小歌からさらに一例だけ挙げておく。

◎引く引くとて鳴子は引かで、……（中略）……信夫《しのぶ》の里には綟摺石《もぢずりいし》の、思ふ人に引かで見せめや、姉歯の松の一枝、……（『閑吟集』一五二・狂言小歌）

▽いさといはゝあはれしるへき色たにもあねはの松のあらはたのまん（『雪玉集』四〇一五・寄名所恋）

陸奥の歌枕「姉歯の松」は『伊勢物語』第十四段の「栗原のあねはの松の人ならばみやこのつとにいざといはましを」という和歌によって広く知られることとなった。しかし、後代の用例はきわめて少なく、いずれも『伊勢物語』の影響下にある。[11] 掲出した『閑吟集』一五二番歌は「信夫の里には綟摺石の」の直前に「姉歯の松」とある。これは『伊勢物語』第一段に引用される源融詠「みちのくのしのぶもぢずりたれゆゑに乱れそめにしわれならなくに」が踏まえられることからも、「姉歯の松」に『伊勢物語』が影響を与えていることは疑い得ないであろう。一方、実隆詠は「いさといはゝ」「あねはの松」とあるところから、明らかに『伊勢物語』第十四段の和歌を本歌としていると言える（『伊勢物語』第十四段全体の世界を踏まえていると考えれば本説取りとも言えるか）。すなわち、『閑吟集』、実隆詠ともに『伊勢物語』所収和歌を摂取した例と考えられる。

以上、『閑吟集』所収広義小歌について古典摂取という観点から、同時代の三条西実隆の和歌との共通点を若干の例をもとに述べてきた。続いて『閑吟集』の狭義小歌と同時代の和歌との関連について見ていきたい。

二　『閑吟集』所収狭義小歌と同時代の和歌

『閑吟集』の約四分の三の数を占める狭義小歌の詞章は、当時の口語を中心に構成される。すなわち、生きた言語による、まさに活き活きとした当代の歌謡群と称することができるわけである。したがって、狭義小歌の中には広義小歌に頻出する古典摂取による歌謡の数は少ないものの、若干の例は存在する。一例のみを次に紹介しておく。

◎忍び車のやすらひに、それかと夕顔の花をしるべに（『閑吟集』六六・狭義小歌）

▽草たかき賤屋の小家それかとも今そ時めく夕顔のはな（『素純百番自歌合』[12]三十三番・左歌・疎屋夕顔）

▽しらぬ野のやとゝもいはし故郷の袖もそれかとにほふ梅かゝ（『再昌草』永正七年〈一五一〇〉二月二十五日）

『閑吟集』六六番歌は『源氏物語』[13]夕顔巻を典拠とした歌謡である。夕顔巻所収の和歌「心あてにそれかとぞ見る白露の光そへたる夕顔の花（夕顔）」「寄りてこそそれかとも見めたそかれにほのぼの見つる花の夕顔（光源氏）」の一組の贈答歌に用いられた特徴的表現「それかと」「夕顔の花」を用いて原典の世界を再現している。歌謡における本説取りの例と言ってよいであろう。『素純百番自歌合』三十三番左歌も、その『源氏物語』所収和歌二首を本歌としている。一方、実隆『再昌草』の詠も「それかと」という表現を用いて、遥かに『源氏物語』の世界に遡及する構造を採っている。

『閑吟集』所収狭義小歌には右のような古典摂取による詞章を持ち、それが同時代の和歌と軌を一にしている例も存在するがその数は少ない。狭義小歌の特徴はあくまでも表現上及び構想上の当代性にある。次に、そういった狭義小歌の真骨頂を発揮する歌謡のなかから、二首連続して配列される興味深い歌謡を紹介し、同時代の和歌との関連について指摘したい。

◎霞分けつつ小松引けば、鶯も野辺に聞く初音（『閑吟集』五・狭義小歌）
◎めでたやな松の下、千代も引く、千代ちよちよと（『閑吟集』六・狭義小歌）
▽鶯も初子めでたや姫小松千代もいくちようたへ春の野
　左小歌の言葉にて詠せるかや。（『玉吟抄』二番・子日・左歌・潤甫周玉、及び判詞〈実隆〉の一部）
▽思ふ事なけふしこゐにうたふ也めでたや松のしたにむれゐて（『雪玉集』二四四六・寄小歌述懐）
▽かけなからひかけ《（ママ）》てもけふは鶯の初音の松の知きやとかな（『逍遥院殿五十番歌合』一番右歌）

掲出した『閑吟集』の五番歌と六番歌は子日の松を題材とした小歌である。一方、実隆関係の文芸においては、『玉吟抄』一番左歌の潤甫周玉詠に、「鶯」「初子《（音）》」「めでたや」「小松」「千代」「ちよ」「野」という、『閑吟集』の二首に用いられている大半の語彙と重なる狂歌が見える。さらに、この狂歌には典拠が歌謡であることを暗示するかのような「うたへ」という語も使われている。実隆が判詞で「小歌の言葉にて詠せるかや」と指摘するように、当時の人口に膾炙していたであろう『閑吟集』五番歌及び六番歌を巧みに摂取した潤甫詠であった。ここで注意しておきたいのは、俗文芸としての狂歌と当代的色彩の強い歌謡である狭義小歌が相近い表現を採っていることである。このことは次に掲出した「思ふ事なけふしこゐ……」という実隆詠からも確認できる。この歌は後代他撰の実隆家集『雪玉集』に収録されるものの、かなり狂歌的要素の強い和歌と言える。そもそも、「寄小歌述懐」という歌題自体が神楽歌や催馬楽といった古歌謡を寄物題に用いる伝統をもとに、当代の流行歌謡である小歌に差し替えた斬新なものである。この和歌には「めでたや松のした」という部分に狭義小歌の『閑吟集』六番歌が引用されている。そして、さらに「なけふし《（投節）》」という歌謡の種類をも併せて詠み込んでいる点が注意される。このことについては、歌謡史の問題とからめて既に言及した[14]のでここでは重ねての言及を避けるが、実隆詠における歌謡摂取の例としてきわめて興味深い。なお、『逍遥院殿五十番歌合』の一首は狂歌ではないが、鶯の「初音」に「初子」の小松引きをからめた構想が、『閑吟集』五番歌と共通している。これは歌謡との直接の関係を指摘できる前掲二例とは質が異なるものの、雅の側面からも室町小歌と同時代の和歌が相近い表現を採る例が存在することを示しており、無視することができない。

次に、同じく『閑吟集』所収狭義小歌から和歌との関連において注目すべき例を掲出しておく。

◎人の姿は花靫、優しさうで逢うたりや、嘘の皮靫（『閑吟集』一六・狭義小歌）

▽梓弓春の花見のさかむかへやさしやうその皮うつほかな

（『再昌草』享禄五年〈一五三二〉三月六日・西室方の詠／『言継卿記《ときつぐきょうき》』享禄五年〈一五三二〉三月七日条）

『再昌草』に書き付けられたこの和歌も特に「狂歌」との注記はないものの、きわめて狂歌的色彩が強い。詞書には「六日　宰相中将、西室なと鞍馬の花みにまかりたりしに、言継朝臣酒迎すへきよし申をこせて、何事もなかりしかは、西室方よりとて、内蔵頭につかはさせし」とあり、山科言継と実隆子息の西室公順をめぐる詠歌事情を知ることができる。浅野建二氏は「『言継卿記』や『再昌草』の記事は、むしろ、本集の小歌が時好に合って愛唱された事実を示すものとも考えられる[15]」と述べる。従うべきであろう。なお、室町時代成立の狂歌集『金言和歌集』[16]六〇番歌に「けふかきになてよやくまのかわうつほひとりまろねの夜半のてすさみ」なる下世話な歌が見える。「かわうつほ（皮靫）」の語の使用が『閑吟集』と同様に、室町時代後期の戦国の世相を垣間見させる例である。

さらにもう一例、狂歌が同時代流行の歌謡を摂取したと思われる例を掲げる。

◎柳の陰にお待ちあれ、人問はばなう、楊枝《やうじ》木《ぎ》切ると仰《おし》やれ（『閑吟集』四二・狭義小歌）

▽けつりては春のはかすみこそけんと楊枝木きれる青柳のかけ（『玉吟抄』八番・柳・右歌・三条西公条《きんえだ》）

両者に共通する表現に「柳の陰（青柳のかけ）」、「楊枝木切る（きれる）」が指摘できる。おそらく公条が当時流行の小歌を取り込んで、狂歌に仕立てたものと推測される。実隆判の狂歌合『玉吟抄』は狂歌的要素を獲得する手段のひとつとして、当時の俗謡を積極的に摂取した。前掲の二番左歌においても、潤甫周玉が『閑吟集』五番歌及び六番歌を摂取した例が見られたが、ここに挙げた八番右歌ではもう一方の公条が、この手法を用いているのである。

次に、直接の摂取例ではないものの、歌謡と和歌が表現において密接な関わりを有する代表的な例のいくつかを指摘しておく。

◎幾度も摘め、生田の若菜、君も千代を積むべし（『閑吟集』二・狭義小歌）

▽河辺なるいく田のをのゝ浅緑わかなとやみむ玉藻とやみん
（『再昌草』大永三年〈一五二三〉一月四日・入道相国〈徳大寺実淳〉の詠）

▽いく春の生田のわかな名にしあれとこれはことの葉玉もにそみる
（『再昌草』大永三年〈一五二三〉一月四日・入道相国の詠（前掲）に対する実隆の返歌）

▽ことの葉の露をそへてや万代を生田のわかなつみはやさまし（『再昌草』大永三年〈一五二三〉一月）

▽津の国のいく田の若菜あふみなる款冬といふふなをそへはや（『再昌草』大永三年〈一五二三〉一月）

▽袖の露かけていく田のをのつから思はぬ波に摘若菜かな（為孝『詠百首和歌』四）[17]

▽川のへの雪の消ものはつわかなつむや生田の小野ゝ里人（重誠『詠百首和哥』一〇）[18]

▽雪なからゐくもましへて摘たむるほとやいく田の若な成らん（『言継卿集』四三九）[19]

右に掲出した例は、歌枕である生田という土地で産する若菜を『閑吟集』所収歌謡、室町時代後期和歌ともに詠み込んでいる。室町期和歌の『再昌草』四首のうち、第一・二首目が新年の若菜贈答の際の詠である。[20]品物の贈答の折にやりとりされる和歌に狂歌的要素が強いことは、既に指摘されている。[21]また、第四首目は桂宮蔵本に「狂歌」と記される。これらの点から考えて、少なくとも実隆周辺においては、生田の若菜という素材はきわめて日常的な生活に密着したものであったと言うことが許されよう。連歌寄合書『連珠合璧集』には「若菜トアラバ　摘雪間　君がため　袖ふりはへて　宮こは野べ　卯杖　とぶひの野守　いく田の小野此外名所数知らず[22]」とあり、生田は若菜と結びついた歌枕の代表としての地位を築いていたことが窺える。[23] しかし、これは単に生田がその時代の都周辺の若菜の代表的産地であったからではなく、人口に膾炙した一首の著名な和歌の功績によるところが大きい。その和歌は『堀河百首』所収源師頼の「旅人の道さまたげにつむ物はいく田のをののわかななりけり」である。掲出した例と近接する時代の文芸のなかには、謡曲「求塚」、『天正狂言本』所収「若菜」等にも用いられている。しかし、この師頼歌以外に生田の若菜を素材とした和歌はほとんど見当たらない。師頼詠を本歌とした後代の和歌がわずかに散見するのみである。伝統的には、生田は森や浦として詠じられる歌枕であったのである。ちなみに、『平安和歌歌枕地名索引』によっても、歌枕生田を詠み込んだ数多い和歌の中で、若菜を取り合せたものは師頼詠以外には見られない。

　ところで、大永・享禄（一五二一〜一五三二）頃の成立と推定されている『榻鴫暁筆』[24]第廿二・草木付香之類には「生田若菜」と題して次のような興味深い記述が収められている。

> 生田の小野ゝ若菜といふは野沢などにおふる芹ごときの若菜には侍らず、海草なりと人の申侍りしが、一とせ大内の左京兆義興在京の時、同名に興豊といふ人、彼所を知行せしに、正月七日の公物にはこびしは誠に海草の青苔にて侍し。めづらかなる事とて、それをすい物にて酒などありし。予も其座につらなりて見侍りしことなり。
>
> 　旅人の道さまたげにつむ物は生田の小野ゝ若菜なりけり
>
> 此歌は又海草とはいかゞ申侍らん。但海草をもなどかかくもよまざらん哉。しりがたし。

これによれば、『閑吟集』成立時代（すなわち、実隆の活躍時代）において、生田の若菜は「芹ごときの若菜」

ではなく、海草であったということになる。(25)

以上のように生田の若菜は、早く和歌にも詠じられた素材でありながら、室町時代後期に新たな当代的展開を見せていたと言える。『閑吟集』一二番歌の大きな特徴は、「幾度《いくたび》」「生田」及び「摘め」「積む」の表現上の音の反復にあることは言うまでもない。しかし、同時にこの歌は正月の若菜摘み、献上という長寿を願う行事を背景としていることも否定できない。すなわち、当時において再興された宮中への生田の若菜献上を核としつつ、一方では実隆らを含む町衆レベルにおいては、連綿と承け継がれてきたであろう生田の若菜の贈答を踏まえた歌謡のはずである。先行和歌をもとに、古き王朝の伝統的世界を仮構しただけの歌謡ではないのである。なお、本節では五・七・五・七・七の詩形の文芸である和歌・狂歌を中心に扱うので、直接には言及しないものの、狂歌とともに当代性を濃厚に示す誹諧連歌においても、生田の若菜は格好の題材であったようである。『守武千句』(26)八三五番句に「わかなつむいく田のをのゝ小町にて」とある。

次に、『閑吟集』所収狭義小歌から、漢詩の影響を受けた例について検討していく。

◎帰るを知らるるは、人迹板橋の霜の故ぞ（『閑吟集』二一〇・狭義小歌）

◎鶏声茅店月、人迹板橋霜（『閑吟集』二〇九・吟詩句）

▽板橋の霜をたにこそまれの跡をいかに待みん雪の山もと

（『再昌草』永正五年〈一五〇八〉十二月十九日／『雪玉集』一七一六・橋上雪）

▽ふむ跡そ錦をかくる紅葉々の霜なからちる谷の板はし（『再昌草』永正十二年〈一五一五〉三月二日）

▽朝またきまたうちわたす跡もなし我やは過ん霜の板橋（『再昌草』大永六年〈一五二六〉十月十日）

▽うちわたす音さやかなる板はしの霜にあとなき秋の夜の月（『雪玉集』一二四四・四五四七〈重出〉・橋月）

▽ふむ跡のとけてなかれし朝霜もたるひにすかる谷のいたはし（『雪玉集』一六〇六・橋下氷）

▽さすとなき草の戸さしもむすほゝれ霜置わたす前のいたはし（『雪玉集』一八〇五・冬色）
▽あけわたる空のけしきやいつる日のかけもくもらぬ霜のいたはし（『雪玉集』七一二八・朝霜）
▽昨夜天寒水不波、新橋霜白似銀河、誰牽縞帯城門路、応是炭車侵暁過
（『再昌草』大永六年〈一五二六〉十月十日）

冒頭には一首の中に「霜」と「板橋」という二種の素材を取り合わせ、寒々とした冬の早朝の景を描き出した歌謡二首を掲出した。第一首目は温庭筠「商山早行」という漢詩（律詩の第三、四句目）を典拠として和語にやわらげた狭義小歌で、第二首目はその出典の漢詩をそのまま歌謡とした吟詩句である。室町期においては特にこの二句が愛好されたようで、五山詩の中にもこの二句を摂取した例が多く見られる。直接的にはこの二句を収録する『詩人玉屑』を典拠としたものであろう。以下には、同様の表現を採る実隆の和歌七首と漢詩一編を列挙した（漢詩では「新橋霜」と小異があるが、同時詠の和歌に「霜の板橋」とあるところから考察の対象に入れた）。管見の限りでは、「板橋」は室町時代以前の和歌のなかに詠み込まれた例を見出すことは困難である。実際に、勅撰集には用例がないようである。このことは「板橋」がもともとは漢詩出自の硬質な題材であったことを窺わせる。『閑吟集』所収狭義小歌と同時代の実隆詠が表現において軌を一にする例と言えよう。さらに注目すべきは、漢詩「商山早行」から『閑吟集』二〇九番歌の吟詩句ともなった対句「鶏声茅店月」「人迹板橋霜」のそれぞれが頓阿の句題和歌の題となっていることである。これは実隆登場より遥か以前に既に和歌とかかわりを持っていたことになり、きわめて注意される。

以上の他、『閑吟集』所収狭義小歌と同時代の和歌・狂歌とが、表現上きわめて密接な関係を有する例を次に列挙しておく。

◎今から誉田《こんだ》まで、日が暮れうか、やまひ、片割月《かたわれづき》は宵のほどぢや（『閑吟集』四七・狭義小歌）

▽よせかぬるこん田のほりにかさゝきのはしをかりてもわたしてしかな（『金言和歌集』三二一）

▽うす雪の日をふるまゝにおのつからこんたのもりは木の葉おちけり（『金言和歌集』四六）

▽……藤井寺にそちんをとるこん田ふる市……（『金言和歌集』一〇九）

▽うしやたゝ二郎はおちぬしやうかくにこんたの杜の木葉みたるる（『金言和歌集』〈略本〉一八二）

前にも引用した『金言和歌集』は明応二年（一四九三）閏四月に起きた細川政元の足利義澄擁立事件を批判的に取り扱った落書的な狂歌集であり、[27]『閑吟集』成立直前頃の作品と考えられる。作品中には、合戦の場となった河内国誉田の地名が多く詠み込まれている。誉田は現在の大阪府羽曳野市にあり、八幡宮の鎮座する地として古くから著名であった。有力な郷士もいたようで正広の『松下集』文明十八年（一四八六）十月四日の詠草資料に「河州誉田にて豊岡孫右衛門慶綱興行」、長享二年（一四八八）十月十六日の詠草資料に「河州誉田西琳寺律院へ立ちよるに……」等とある。小著『中世歌謡の文学的研究』（平成8年・笠間書院）第三部第二章第五節「小歌の異伝と『閑吟集』」のなかで既に指摘したように、『閑吟集』四七番歌の地名「誉田」は異伝歌では「在所」「神崎」等と歌われ、必ずしも確定していたわけではなく、差し替えが比較的自由に許容されていたようである。それを『閑吟集』では「誉田」としたわけで、その背景には次の歌謡との配列上の関連が考えられる。次の四八番歌を関連する狂歌とともに掲出する。

◎あら美しの塗壺笠や、これこそ河内陣土産、えいとろえいと、えいとろえとな、湯口が割れた、心得て踏まい、中踏鞴《だたら》、えいとろえいと、えいとろえいな（『閑吟集』四八・狭義小歌）

▽六角をせめうしなひて河内陣へかすみとともにたつやくんせゐ（『金言和歌集』一二）

「河内」は先掲の足利義澄擁立事件の際に陣があったので、「河内陣」と呼ばれた。『金言和歌集』では「誉田」を含む、より広い地域として頻出する地名である。『閑吟集』においても四七番歌と続く四八番歌の配列に大きな影響を与えているはずである。

最後に、歌謡の表現の特徴として反復の多さが挙げらるが、同時代の和歌・狂歌には反復の効果を計算に入れたものがかなり多く見られる。例えば、『再昌草』には「きこしめせ世はたゝ乱をおこしこめ又はちり〳〵又はちり〳〵」（永正四年〈一五〇七〉九月尽頃）、「色ふかき落葉かうへの初雪ははらひてやみんはらひてやみん」（永正十一年〈一五一四〉十二月十五日）、「ゆめや〳〵ゆめのうき世のゆかのうへにゆう〳〵として秋も暮ゆく」（永正十八年〈一五二一〉九月二十四日）等があり、この種の和歌はかなりの量にのぼる。室町時代における和歌・狂歌と歌謡との表現の近接ぶりを見せてくれる格好の例であろう。

三　『閑吟集』以外の小歌と同時代の和歌

『閑吟集』に続く小歌の集成としては、安土桃山時代の成立かとされる『宗安小歌集』と、安土桃山から江戸時代初期に至る文禄・慶長（一五九二〜一六一五）年間に流行した「隆達節歌謡」の二種が代表的である。

和歌との関連について簡単に言えば、『宗安小歌集』(28)所収小歌は先行和歌のうち、十三代集の二条派の和歌を典拠としたものが多い。この点については既に小笠原恭子氏の指摘(29)がある。しかし、同時代の文芸との関連を指摘した研究は未だに発表されていない。今後のさらなる研究が期待されるところである。

次に、「隆達節歌謡」と和歌との関連についても、先行和歌をそのまま摂取利用した例については具体的に指摘がなされている。(30)しかし、同時代の和歌・狂歌との関連については、『宗安小歌集』と同様に、まったく研究がなされていない現状である。本節では管見に入った、同時代の和歌・狂歌と表現上かかわる数少ない『宗安小歌集』所収小歌の例を指摘するだけにとどめる。

◎神むつかしく思《おぼ》すらん、叶はぬ恋を祈れば（『宗安小歌集』二）
▽我恋は天地もうし人もかなし仏もつらし神もうらめし（『守武随筆』[31]六五）
▽ちはやふる神の代よりの我恋をあはれみ給へ〳〵（『守武随筆』六六）
▽天地とむまれしよりも人となる我恋なとかかなはさるらん（『守武随筆』六七）
◎十七八の独り寝は、仏になるとは申せども、なに仏なう、二人寝るこそ仏よ（『宗安小歌集』一三五）
▽恋をしてのちはほとけといはませは我そ浄土のあるしならまし（『遠近草』[32]一四）
▽恋をして仏になるといはませは我そ浄土のあるしならまし（『狂歌咄』[33]六）

おわりに

以上、まず『閑吟集』所収歌謡を広義小歌、狭義小歌の二種に分類して、それぞれの持つ特徴を踏まえた上で同時代の和歌・狂歌との関連について分析してきた。さらに、末尾には、『閑吟集』以外の小歌資料として、『宗安小歌集』における同時代の和歌・狂歌との関連について少数の例を指摘した。

『閑吟集』所収広義小歌において顕著なことは、古典摂取による詞章の比率の高さである。これは同時代の和歌における本歌・本説取りと軌を一にしている。

一方、『閑吟集』所収狭義小歌は当代的な表現や構想を採る歌謡が多い。これは、同時代の文芸のうち当代性の強い狂歌、誹諧連歌と共通する特徴であり、実際に直接の影響関係を認めてよい例も存在するのである。本節では誹諧連歌の例への言及はごく一部にとどめ、多くを論ずることがなかったが、『守武千句』の他にも、『宗長手記』所収の句など重要なものも存在する。その例も含めた、中世小歌と同時代の和歌・連歌との関連についての具体的な指摘は、小著『中世歌謡の文学的研究』（平成8年・笠間書院）においてかなり詳細に述べたので参照願いたい。本節ではそのうちの一部の主要な例を再度掲出するとともに、新たな例を併せて指摘した。中世小歌と同時代文芸の総合的関連についての研究はまだ端緒についたばかりである。例えば、室町時代物語、謡曲、狂言等とのかかわりについても、さらに詳細に調査検討すべきものと思われる。その意味で今後に残された課題は多いと言わざるを得ない。

注

（1）『かさぬ草紙』の引用は京都大学国語国文学資料叢書所収本文による。

（2）『閑吟集』の引用は新潮日本古典集成所収本文により、適宜、読点を補った。歌謡番号も引用書に従った。

（3）井出幸男「『閑吟集』の編者像」（『国文学研究』第六十五集〈昭和53年6月〉／後に『中世歌謡の史的研究』〈平成7年・三弥井書店〉所収）

（4）実隆作品の引用は『再昌草』が桂宮本叢書、『雪玉集』及び『集雪追加』が私家集大成・中世V、『玉吟抄』が『岡見正雄博士還暦記念　室町ごころ』（昭和53年・角川書店）、『逍遥院殿五十番歌合』が未刊国文資料『中世歌合集と研究（続）』（昭和49年・未刊国文資料刊行会）による。歌番号は引用書に従った。

（5）『伊勢物語』の引用は完訳日本の古典所収本文による。

（6）『古今和歌集』にも春下・一三三番歌に業平の朝臣として所収。なお、和歌の引用は特に断らない限り、新編国歌大観所収本文により、歌番号も同書に従った。

（7）実隆詠のなかには「折る」という表現は採らないものの、同じく『伊勢物語』第八十段の和歌を本歌とした「夏きてもしゐてにほへる藤なみにはるはいくかもかへるとそみる」（『雪玉集』六八七・首夏藤）という一首も見える。

（8）宗長作品の引用は三手文庫本『壁草』・大阪天満宮文庫本『壁草』・『老耳』が古典文庫本、「永正七年（一五一〇）四月一日朝比奈弥三郎不例宿願三社法楽」は静嘉堂文庫蔵『連歌集書』、『発句聞書』は『連歌と中世文芸』（昭和52

年・角川書店）所収本文による。句番号は引用書に従った。

（9）『後撰和歌集』にも羇旅・一三五二番歌に業平朝臣として所収。

（10）嘆老の和歌に「老の波」という表現を採る例は勅撰集等にも散見されるが、『閑吟集』所収の二首は単に「老の波」だけではなく、「恋し」という表現を併せ用いる点に『伊勢物語』との密接な関連を認めることが可能である。

（11）小著『中世歌謡の文学的研究』（平成8年・笠間書院）において言及した作品以外で若干増補しておくと、宗久は『都のつと』の題名の由来を「あねはの松にはあらねども、都のつととなづけ侍りぬ」（引用は群書類従〈第十八輯〉所収本文による）と記している。明らかに『伊勢物語』所収和歌を踏まえていることが確認できる。なお、芭蕉『奥の細道』には「姉歯の松・緒絶えの橋など聞き伝へて人跡まれに、雉兎蒭蕘の行きかふ道そことも分かず、つひに道踏みたがへて石の巻といふ港に出づ」（引用は角川文庫所収本文による）とあり、古くは歌枕であった「姉歯の松」の場所が江戸期になると人の往来が絶えて、既に不明になっていたことを窺わせる。しかし、和歌史の上からは、この歌枕が『伊勢物語』所収和歌以外に新たな表現世界を開拓できず、詠作数もきわめて少なかったことが指摘でき、早く中世において歌枕としての実質的役割を終えていたことが知られるのである。

（12）『素純百番自歌合』の引用は続群書類従（第十五輯上）所収本文による。

（13）『源氏物語』所収和歌の引用は新編国歌大観（第五巻）所収本文による。

（14）小著『中世歌謡の文学的研究』第三部第二章第三節参照。なお、後代の狂歌に見える同様の例に「給分もとり侘人の年の暮仏の御なをなけふしにして」（『道増誹諧百首』七〇・除夜）、「風の声も小歌ぶしにやざゝめきてうきにうき田の森しげるらん」（『類字名所狂歌集』九〇・浮田杜）等がある（引用は狂歌大観本篇所収本文による）。この他、狂歌に見られる歌謡の例については、拙稿「寛永期歌謡の諸相と周辺文芸」（『伝承文学研究』第四十二号〈平成6年5月〉／後に『近世歌謡の諸相と環境』〈平成11年・笠間書院〉第一章第二節所収）参照。

（15）『閑吟集研究大成』（昭和43年・明治書院）八四頁。

（16）『金言和歌集』の引用は狂歌大観本篇所収本文により、歌番号も同書に従った。

（17）為孝『詠百首和歌』の引用は『中世百首歌一』（古典文庫四二八）所収本文により、歌番号も同書に従った。

(18) 重誠『詠百首和哥』の引用は『中世百首歌一』（古典文庫四二八）所収本文により、歌番号も同書に従った。
(19) 『言継卿集』の引用は私家集大成・中世Ⅴ所収本文により、歌番号も同書に従った。
(20) 『実隆公記』永正九年（一五一二）正月二十八日条に「生田若菜一桶」とある。
(21) 近年の論としては、高橋喜一「狂歌の発想」（『高田昇教授古稀記念　国文学論集』〈平成5年・和泉書院〉）がある。
(22) 『随葉集』に「生田には、わかなつむ　鷺　森　玉藻……」（引用は古典文庫本四三二所収本文による）とある。また、『藻塩草』には「生田小ー（野）摂州　わかな　鹿　くす」（引用は大阪俳文学研究会編『藻塩草』本文篇所収本文による）と見える。これらの書で生田の項の筆頭に「わかな（つむ）」があることは注意されるべきであろう。
(23) 連歌の例としては宗祇『萱草』に「花に又とへ森の下道」という前句に「若なつむ生田のをの〻けふの友」と付けた例が管見に入った。
(24) 『榻鴫暁筆』の引用は中世の文学所収本文による。
(25) 『摂津名所図会』の生田の項には「若菜調貢」と題する次のような記述が見られる（引用は内閣文庫蔵板本所収本文による）。

菟原郡中尾村の人、生田ノ浦より若菜を採て禁裏に献る。七種の其一種也。これを生田の若菜と呼ぶ。宇多天皇の御時より始るとかや。中頃、源平兵乱より此式例中絶しけり。文明年中、本願寺蓮如上人此辺経回の時、此旧例を申上、再興ありて、今も臘月廿五日には、例年生田川の東の浜より壱町程沖の方、海底に生ふる若菜を、中尾の村民これを取つて、同村の道場泉隆寺より京師西六条東中筋花屋町仏照寺へ貽らる。又、此寺より鏡餅を添て、本願寺御門跡へ進上す。又、こゝより天子へ献らるゝ事にや。

後代のものとはいえ、この記事からも生田の若菜が海草であることが確認できる。この記事に従えば、文明年間の献上再興の折に実情に合わせて変化したものであろうか。
(26) 『守武千句』の引用は飯田正一編『守武千句注』所収本文により、句番号も引用書に従った。
(27) 『言継卿記』大永七年（一五二七）八月十五日条に「金言和歌集と云落書御請候了」とある。
(28) 『宗安小歌集』の引用は新潮日本古典集成所収本文により、適宜、読点を補った。歌謡番号も同書に従った。

(29)「宗安小歌集私解（一）（二）（三）」（『武蔵大学人文学会雑誌』第八～十号〈昭和52年6月～54年2月〉）

(30) 小著『中世歌謡の文学的研究』第三部第二章第二節「『閑吟集』における先行和歌摂取」、小著『「隆達節歌謡」の基礎的研究』（平成9年・笠間書院）第二部第二章第一節「「隆達節歌謡」と和歌」、第二部第一章「「隆達節歌謡」未紹介資料考」等参照。

(31)『守武随筆』の引用は近世文芸資料所収本文により、歌番号も同書に従った。

(32)『遠近草』の引用は狂歌大観参考篇所収本文により、歌番号も同書に従った。

(33)『狂歌咄』の引用は狂歌大観参考篇所収本文により、歌番号も同書に従った。

第七節　『一休和尚いろは歌』小考

はじめに

短歌形式の文学の一種に道歌と呼ばれるものがある。道歌は宗教的または道徳的な教訓を読み込んだ和歌であるが、むしろ狂歌に近い性格を持つ場合が多いと言える。著者は道歌に関心を持ち既に『道歌心の策《むち》』や『道歌百人一首麓《ふもとのしおり》 枝折』についての論考を発表したが、本節では一休和尚に仮託された道歌集のひとつで従来顧みられることのなかった『一休和尚いろは歌』を紹介し、位置付けることを目的とする。

一　『一休和尚いろは歌』翻刻

本節で紹介する『一休和尚いろは歌』は従来ほとんど顧みられることのない道歌資料であった。『国書総目録』には類似する外題で駒沢大学所蔵版本一本のみがわずかに掲載される。また、『古典籍総合目録』には登録がない。一方、多くの一休仮託の道歌集を集成した画期的な書である禅文化研究所編の『一休道歌　三十一文字の法の歌』(平成9年)の集成対象からも漏れている。後述するが、ここに紹介する『一休和尚いろは歌』には『一休道歌　三十一文字の法の歌』と重複する歌十六首に対して、重複しない道歌、つまり他の一休仮託道歌集には見られない単独の道歌を三十二首と倍の数も指摘することができる。いわばこれら三十二首は一休道歌の新出歌ということになり、きわめて貴重な資料であることが確認できるのである。

本節ではまず、架蔵本『一休和尚いろは歌』（［図1］［図2］参照）を翻刻紹介する。架蔵本は表裏の表紙を除く本文全七丁からなる小規模な版本で、大きさも縦一八・五糎、横一二・三糎からなる小冊子である。表紙は錦絵摺りで上部の雲形部分に「一休和尚いろは歌」という外題が記されている。絵には二人の人物が描かれるが、向かって右には擂粉木を挿した状態の擂鉢と俎板を前に座る小坊主が置かれる。小坊主は左に位置する杖を突いて立つ老法師の方に顔を向け、左手には大きな魚を捧げ持つ。魚は寺院においては食してはならないものであるから、魚を料理しようとするこの構図は戒を破る行為に他ならない。そのため老法師は厳しい顔をして小坊主を睨んでいる。この小坊主こそが江戸期に行われた頓智小坊主一休像と考えられる。一休を頓智小坊主とするのは明らかに後代の仮託説話であるが、本書の表紙絵はそれを反映しているものと言える。次に、表紙見返しの挿絵は鎧兜に身を包んだ四人の武将と小姓のような一人の若い男の合計五人が描かれる。

本文第一丁表以下は挿絵部分を除いて、縦に罫線が引かれ、それぞれ半丁（一頁）分が五つの齣で区切られる。第一丁表は右端に「一休和尚道哥いろは歌」という内題が置かれ、以下「い」から「に」の日本語音で始まる道歌四首が並べられる。第一丁裏は「ほ」から「り」の音で始まる道歌五首が、第二丁表には「ぬ」から「か」の音で始まる道歌五首がそれぞれ並べられる。続く第二丁裏は挿絵で上半分には「水戸黄門公御示之四」という教訓が高札の中に記され、その周りにも教訓的な文言が置かれている。下段は中央に田植えをする六人の農民の姿が描かれ、その右には「忠」「信」にかかわる道歌二首が、左には「礼」「楽」にかかわる道歌二首が見える。第三丁表には「よ」から「つ」で始まる道歌五首、第三丁裏には「ね」から「う」で始まる道歌五首、第四丁表には「ゐ」から「や」で始まる道歌五首がそれぞれ並べられる。第四丁裏から第五丁表は見開きの挿絵が置かれる。挿絵の内容は有名な橋弁慶図である。長刀を持った弁慶と橋の上を大きく跳ね上がる牛若丸というおなじみの構図が採られてい

〔図1〕『一休和尚いろは歌』表紙

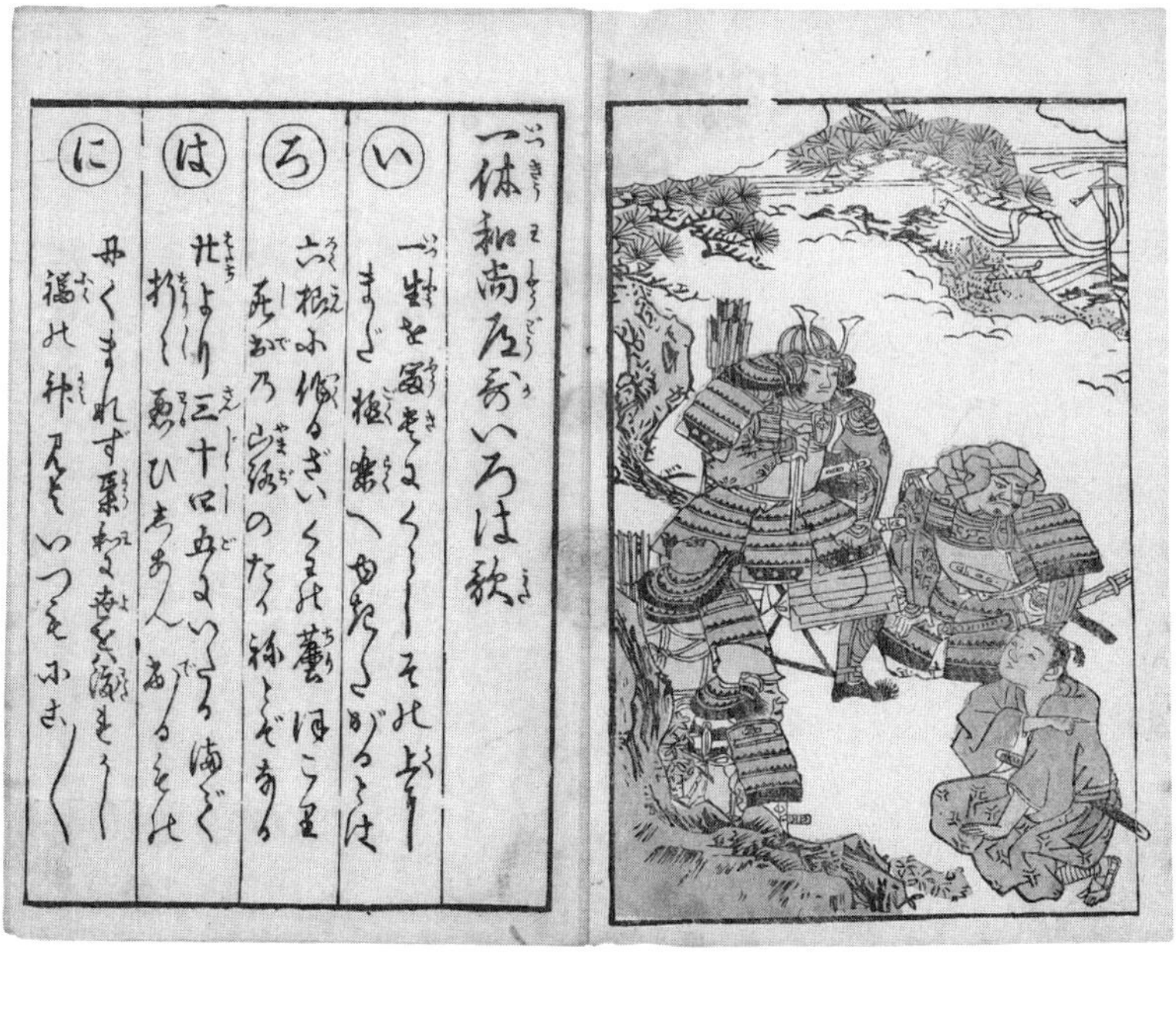

〔図2〕『一休和尚いろは歌』表紙見返し・第一丁表

る。そして、第五丁裏には「ま」から「え」で始まる道歌五首、第六丁表には「て」から「ゆ」で始まる道歌五首、第六丁裏には「め」から「ひ」で始まる道歌五首がそれぞれ並べられる。第七丁表は挿絵である。蓮池の岸に佇む鶴が描かれるが、上部には「ゆだんすな根は泥ぼうの蓮のはなのられぬ〱むさとのられぬ」という道歌が画賛のように書き入れられる。第七丁裏は「も」から「す」までと「きやう（京）」で始まる四首の道歌が並べられ、最末尾に「辻本源基久輯」という編者名が置かれて結ばれる。なお、本書には丁付けが見られるが、ここでの数え方とは方法が異なっている。

次に翻刻を掲出する。翻刻は本文に相当する道歌部分のみを対象とする。また、翻刻に際しては通行の字体に改めたが、仮名遣いや清濁はもとのままとし、濁音で解すべき仮名についてはその右傍に（ ）を付して示した。なお、道歌の冒頭部分には歌順による歌番号を算用数字で示した。

［翻刻］

1　い　一生《いつしやう》を富貴《ふうき》にくらしその上《うへ》にまた極楽《ごくらく》へゆきたがるとは
2　ろ　六根《ろくこん》に作《つく》るざいくわの塵《ちり》ほこり死出《しで》の山路《やまぢ》のたかねとぞなる
3　は　廿《はたち》より三十四五《さんじうしご》にいたるまで折々《をり〱》悪《わる》ひしあん出《で》るもの
4　に　にくまれず柔和《にうわ》に世《よ》をは（ば）渡《わた》れかし福《ふく》の神《かみ》見よいつもにこ〱
5　ほ　仏《ほとけ》だにぢやう業《ごう》のがれたまわねばはやく因果《いんぐわ》のむくふさいわひ
6　へ　へつらはず奢《をご》る事《こと》なく争《あら》そはず欲《よく》をはなれて義理《り》を案《あん》ぜよ
7　と　泥水《どろみづ》もおどめてつかへ人《ひと》ごころすませばきよきもとの清水《せいすい》
8　ち　近《ちか》づきは智者《ちしや》と福者《ふくしや》と医者《いしや》とにて常《つね》に何《なに》かの用事《ようじ》あるもの

9　り　理《り》悲《ひ》(ママ)をわけ国《くに》を守護《しゅご》して身《み》を正《たゞ》したみを救《すく》ふを儒道《じゅどう》とはいふ

10　ぬ　盗人《ぬすびと》と生《うま》れつく身《み》はなけれどもはし(じ)めはいろと酒《さけ》とばくゐき

11　る　流浪《るろう》する人《ひと》を見《み》るにも我《われ》を知《し》れ主人《しゅじん》や親《をや》にそむくゆゐなり

12　を　起《をき》もせず寝《ね》もせで物《もの》を思《おも》ふこそ心《こゝろ》の鬼《をに》の身《み》をぞせめける

13　わ　若《わか》きとて血気《けつき》にまかせかりそめに喧嘩《けんくわ》こうろん深《ふか》くたしなめ

14　か　堪忍《かんにん》のなるかんにんがかんにんかならぬかんにんするが堪忍《かんにん》

15　よ　世《よ》の中《なか》に子《こ》にわるものはなかれども悪《わる》く育《そだ》てゝわるものにする

16　た　他《た》を恵《めぐ》み我《われ》をわすれて物事《ものごと》に慈悲《じひ》ある人《ひと》を仁《じん》と知《し》るべし

17　れ　礼義《れいぎ》をば程《ほど》々にせよ足《た》らさ(ざ)れば無《ぶ》れいとなるぞすぎばついしやう

18　そ　そつとせよひとの心《こゝろ》は井戸《いど》の水《みづ》かきまはすればすべてどろみづ

19　つ　つの国《くに》のなにはの事《こと》の善悪《よしあし》も只《たゞ》われからのことに有《あり》けり

20　ね　念仏《ねんぶつ》はまふさずとても善心《ぜんしん》になさけや慈悲《じひ》を仏道《ぶつどう》といふ

21　な　何事《なにごと》もこゝろ一つにはからふな主《しゅ》と親《をや》との下知《げぢ》にしたがへ

22　ら　楽《らく》々と心《こゝろ》にてこそかのきしにわたるもやすきのりの舟人《ふなびと》

23　む　無学《むがく》でも親《おや》がきびしく育《そだ》つればしぜんとをやを大切《たいせつ》にする

24　う　生《うま》れつく我悪念《わがあくねん》をなをさずに学問《がくもん》すれば身《み》をがいすもの

25　ゐ　一心《いっしん》にまことの道《みち》にいるひとのその行末《ゆくすへ》は子孫《そん》はんじやう

26　の　法《のり》の身《み》の月《つき》はわが身《み》を照《てら》せと(ど)も無明《むみやう》の雲《くも》の見せぬなりけり

27　お　恩《をん》のためすつる命《いのち》はおしからず外《ほか》の事《こと》にはいのちすつるな

28　く　艸《くさ》の葉《は》のほど〳〵におく露《つゆ》の玉《たま》をもきはおつる人《ひと》の世《よ》の中《なか》
29　や　焼捨《やきす》てゝ灰《はい》になりなば何《なに》ものかのこりて苦《く》をばうけんとぞ思《おも》ふ
30　ま　丸《まる》くとも一角《ひとかど》あれやひとこゝ(ご)ろあまりまるきはころびやすけれ
31　け　稽古《けいこ》せよこの世《よ》ばかりか末《すへ》の世《よ》の孫子《まごこ》迄《まで》にものこる筆《ふで》あと
32　ふ　仏性《ぶつしやう》は四《し》大和《だいわ》合《がう》の躰《たい》なるに五欲《ごよく》のちりをいかゞひきけん
33　こ　極楽《ごくらく》も地《ぢ》ごくも今《いま》の世《よ》にありて鬼《をに》も仏《ほとけ》もこゝろよりなる
34　え　益《ゑき》ならぬひとの噂《うはさ》をするよりもまことの道《みち》をかたれ世《よ》の人
35　て　手《て》にとりて浮世《うきよ》の世話《せわ》をする墨《すみ》は薄《うす》かれこかれくろうなりけり
36　あ　明日《あす》といふ事《こと》さへ知《し》れぬいのちにて欲《よく》にあかざることぞはかなき
37　さ　酒《さけ》の気《き》をかりて出《で》かける愚《をろ》かもの酔《ゑい》か(が)さむればそゞろ身《み》か(が)たつ
38　き　金銀《きんぎん》は慈悲《じひ》となさけと義理《ぎり》と礼身《れいみ》の一代《いちだい》につかふためなり
39　ゆ　夢《ゆめ》の世《よ》じや済《すむ》のすまぬのいはずしてかんにんふくろ口《くち》をあけるな
40　め　名聞《めうもん》を離《はな》れて兎角《とかく》かんにんを深《ふか》くつゝしめほとけとやいふ
41　み　皆人《みなひと》のとんじん愚痴《ぐち》の悪水《あくすい》は三途《さんづ》の川《かは》のながれとそ(ぞ)なる
42　し　親類《しんるい》の義理《ぎり》も忘《わす》れて貪欲《どんよく》に争《あらそ》ふ人《ひと》は犬《いぬ》もと(ど)うぜん
43　ゑ　絵《ゑ》にうつし木《き》に刻《きざ》めるも弥陀《みだ》はみたか(だ)ゝずきざまぬみだはいづくぞ
44　ひ　一声《ひとこへ》の郭公《ほとゝぎす》よりきゝたきは誠《まこと》のみちをかたる世のひと
45　も　もの参《まい》りするとも心《こゝろ》まがりなば利生《りしやう》はあらでばちやあたらん
46　せ　銭金《ぜにかね》を遣《つか》ひ果《はた》すもたわけもの喰《く》はずにためる人もばかもの

47　す　姿《すがた》こそみにくきとてもひとごゝろうつさばよきにうつらざらめや
48　きやうか(が)いの道《みち》をしゆる和歌《わか》のとく能《よく》わきまへてぜんあくを知れ

辻本源基久輯

二　『一休和尚いろは歌』解題

前述したように、多くの一休仮託道歌集を集成した画期的な書に『一休道歌　三十一文字の法の歌』(平成9年・禅文化研究所)がある。今試みに『一休和尚いろは歌』所収四十八首(挿絵歌五首を除く)について、『一休道歌　三十一文字の法の歌』に収録された道歌であるか否かを検索すると都合十六首が他の一休道歌集に見られることがわかる。具体的に『一休和尚いろは歌』の歌番号を掲げて、その道歌が他のどの道歌集に採られているかについて次に示す。他集に見られない道歌については「他集所見なし」とする。なお、挿絵歌五首については他集に所見がないことを予め報告しておく。

【他集収録一覧】
1　他集所見なし
2　『一休和尚往生道歌百首』七一番歌
3　他集所見なし
4　他集所見なし
5　『一休和尚往生道歌百首』二六番歌

6　他集所見なし
7　『一休蜷川続編狂歌問答』三六番歌
8　『一休蜷川続編狂歌問答』二二番歌
9　他集所見なし
10　他集所見なし
11　他集所見なし
12　他集所見なし
13　『田舎一休狂歌』八番歌
14　他集所見なし
15　他集所見なし
16　他集所見なし
17　他集所見なし
18　『一休蜷川続編狂歌問答』三五番歌
19　他集所見なし
20　他集所見なし
21　他集所見なし
22　『一休和尚法語』四二番歌
23　他集所見なし
24　『一休蜷川続編狂歌問答』一〇番歌

25　『一休和尚往生道歌百首』七番歌
26　他集所見なし
27　『一休蜷川続編狂歌問答』二五番歌
28　他集所見なし
29　『一休和尚法語』四九番歌
30　他集所見なし
31　他集所見なし
32　『一休和尚往生道歌百首』八二番歌
33　他集所見なし
34　他集所見なし
35　他集所見なし
36　他集所見なし
37　他集所見なし
38　『一休蜷川狂歌問答』五番歌
39　他集所見なし
40　『一休蜷川続編狂歌問答』三九番歌
41　『一休和尚往生道歌百首』六九番歌
42　他集所見なし
43　『田舎一休狂歌』二番歌

44　他集所見なし
45　他集所見なし
46　他集所見なし
47　他集所見なし
48　他集所見なし

以上をまとめると、『一休和尚いろは歌』の道歌四十八首のうち他集に所見のない歌は三十二首、他集にも収録される道歌は十六首である。その十六首のうち、『一休蜷川続編狂歌問答』と重複する道歌が六首、『一休和尚往生道歌百首』と重複する道歌は五首、『田舎一休狂歌』と『一休和尚法語』と重なる道歌が各二首ずつ、『一休蜷川狂歌問答』との重複が一首となる。すなわち、『一休和尚いろは歌』にはこれまで知られていなかった一休仮託の道歌が三十二首も出現したことで貴重である。

しかし、ここで改めて考えなければならないことがある。それは著者の手元にある瓦版一枚摺りの資料三部である。それぞれの右端に「一休狂歌問答初編」（［図3］参照）、「一休狂歌問答弐編」（［図4］参照）、「一休狂哥問答三編」（［図5］参照）、という外題が見える。これらは大坂（阪）心斎橋馬喰町の書肆塩屋喜兵衛版の瓦版で、後に一枚摺りの瓦版を貼り合わせて『浪花みやげ』という外題の冊子本を販売したことで知られる。[1]これら三枚の瓦版資料の内容は、いわゆる一休と蜷川新右衛門の狂歌問答の集成である。この二人の狂歌問答と銘打った書物は熱心な愛読者に支えられたようで、多くの版を重ねたことで著名である。その中には『一休道歌　三十一文字の法の歌』に収録された『一休蜷川狂歌問答』や『一休蜷川続編狂歌問答』もあるが、この二書以外にも狂歌の出入りのある諸本が存在している。ここでの狂歌はその性格から言って道歌と変わりがないので、以下道歌と呼ぶことにす

一休狂歌問答　初編

○蜷川新右衛門

○一休大和尚

書林　兼草紙屋　塩屋喜兵衛板

〔図3〕『一休狂歌問答　初編』

一休狂歌問答　弐編

○蜷川新右衛門

○一休大和尚

書林　兼草紙屋　塩屋喜兵衛板

〔図4〕『一休狂歌問答　弐編』

〔図5〕『一休狂歌問答　三編』

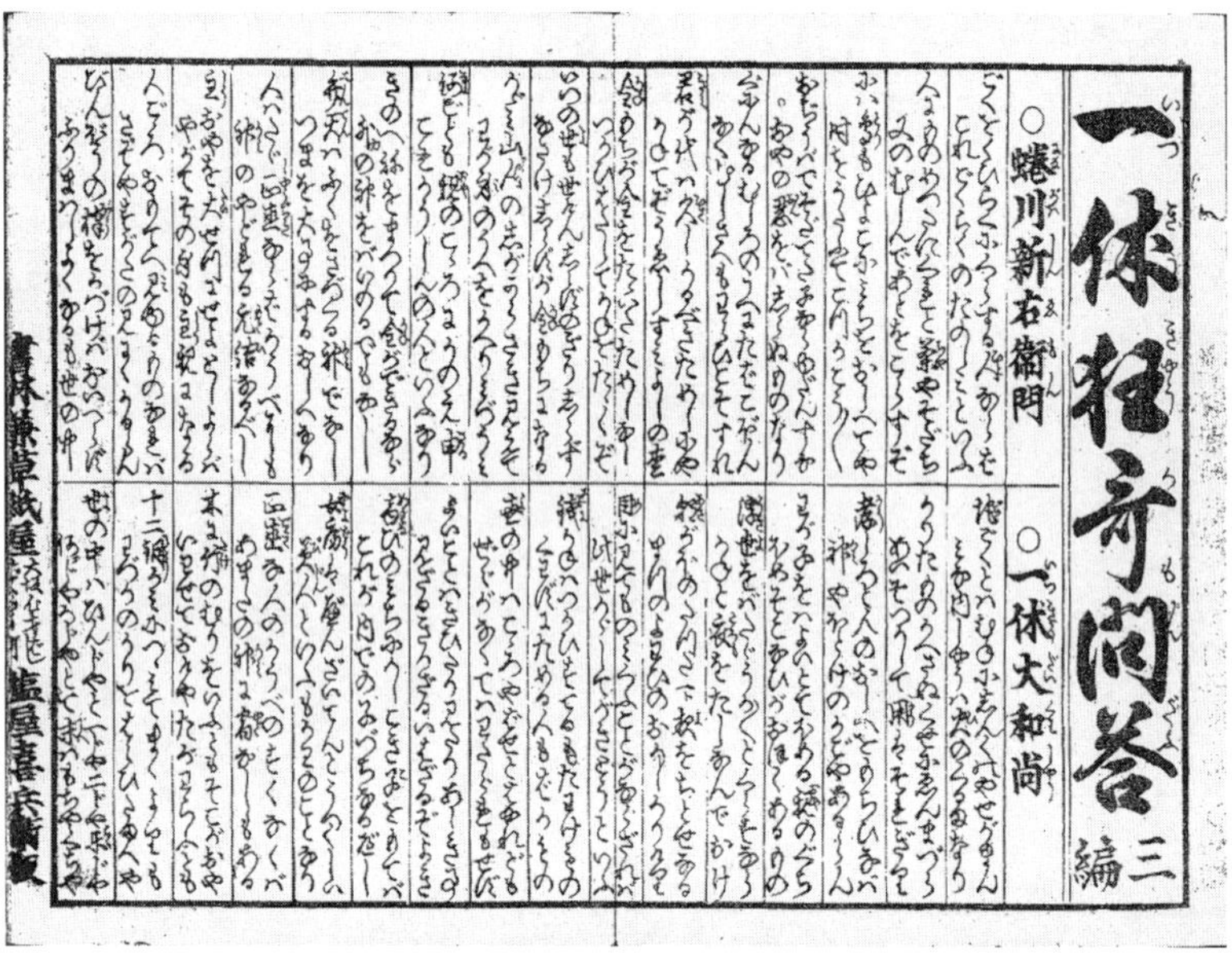
一休狂哥問答　三編

○蜷川新右衛門

○一休大和尚

る。ところで、一休と蜷川新右衛門の狂歌問答を収録する諸本の中には、板本の冊子本もあり、一枚摺りの瓦版もある。そして、前掲の瓦版以外にも複数の架蔵本を所持しているが、それらを検討していくと何種類かの系統に分類できるようである。本節ではそれらを詳細に論述する余裕を持たないが、いずれにしてもおびただしい数の一休仮託道歌が一休と蜷川の狂歌問答を収録する諸本からは集成できるはずである。ここでは先の三枚の瓦版に限定して論じることとする。

「一休狂歌問答初編」「一休狂歌問答弐編」「一休狂哥問答三編」には、それぞれ十六首ずつの一休詠とされる狂歌（道歌）が収録されている。(2) 以下に掲出する。

○行先のやどをそこぞとおもはねばふみまよふべき道はなきかな

○ひとり来てひとりでかへる道あるかふたすぢかへる道をおしへん

○金もちとあさばんすつるはひふきはたまるほどなほきたないとしれ（☆）

○かねもちを十人よせてよく見れば中に五人はむがくも

んもう

○両がんはあきらかなれどかなしきは女に目なき人もあるなり

○父母につかふあふぎのかなめから次第〳〵にするゐひろうなる

○あの人はべんけいよりはつよいとはかんにんつよき人をいふなり（☆）

○世の人がじやけんをぬいでかたるともわがれうけんのさやへおさめよ（☆）

○けつこうな人といわるゝ人ならばてひどくつかへかゝるわが子を（☆）

○おそるべし鑓先よりも舌のさきゐてはわが身をつきくづす也（☆）

○世の中をなんのへちまとおもへ共ぶらりとなるとくらされはせぬ

○けいせいがあちらむくとてはらたつなこちらむいたら城がかたむく（☆）

○けさころも有がたそふにみゆれどもこれはぞく家の他力本ぐわん

○さとりなばぼうづになるなさかなくへぢごくへいつて鬼にまけるな

○仲人はむかしのことよ今の世はへつついよりもさきへ女房（☆）

○世の中におそろし物はなけれどもやねのもるのとばかとしやくせん（☆）

○召つかふ年季ものをばいたわりててひどくつかへかゝるわが子を（☆）

○灸すへてのちの病はなほせどもこたへかねたる今のかわきり（☆）

○るろうして世をすぎかねる其時はちかしき人もとほざかるなり（☆）

○毒といふどくのなかにもきのどくぞこれより外の大どくはない（☆）

○世の人はたゞはたらくにしくはなしながるゝ水のくさらぬを見よ（☆）

（以上、初編）

○あつまりて百まんべんの大さわぎうわきねぶつのこへの高さよ（☆）
○後生をばねがひ過るもいらぬものもしごくらくへ通りすぎたら（☆）
○追善にあふた仏もぼん店へまいねんくればうかむまはない
○しやかといふいたづらものが世にいでゝ多くの人をまよはせるかな
○神仏むかふにあるとこゝろえてわがたましいにあるを知らずよ（☆）
○十月に十がふらぬとたがいふた時雨とかいてしうとよむ也(3)（☆）
○人のまたくゞつてはぢぬかしこさに智者のかゞみと今にほめられ（☆）
○極楽を西にあるとはいつわりよみな身にあるをしらぬおろかよ（☆）
○さじとりて人のやまひはなほせどもわが病ひにはこまるゐしやどの（☆）
○世の中のよめがしうとになるなればまた仏にもなるはほどなし
○ふめたゝらたゝらふめ〳〵ふめたゝらせいさへだせば金はわきもの（☆）
○地ごくとはむねにしんくのやせがまんみな内しやうは火のくるまなり（☆）
○かりたものかへさぬくせにゐんまづらあいそつかして用はそれぎり（☆）
○孝しろと人のおしへをもちひなば神やほとけのかごやあるらん（☆）
○わが子をはよいとてほめる親のぐちほめそこなひがおほくあるもの（☆）
○浮世をばたゞうか〳〵とくらすなりかねと衣をたしなんでおけ（☆）
○朝がほのたつた一ト夜をちとせなるまつのよわひのおかしかりけり（☆）
○目に見てものみくふことがならざれば此世からしてがきどうといふ（☆）

（以上、弐編）

○銭かねはつかひすてるもたわけものくわずにためる人もばかもの（☆）
○世の中はこゝろやばせとはゆれどもぜゞがなくてはわたられもせず（☆）
○よいことはきひたり見たりあしき事見ざるきかざるいはざるぞよき（☆）
○商ひのみちにかしこき子をもてばこれが内での子づちなるべし（☆）
○女房はべんざいてんとうつくしい美人といふもかりのことなり
○正直な人のかうべのすくなくばあまたの神に宿なしもある（☆）
○木に竹のむりをいふともそこがおやいわせておけやたがわらふとも（☆）
○十二調かみにつゝみてまくよりもわづかのかりをはらひたまへや（☆）
○世の中はひんじやと一じや二じや楽じや何じやかじやとて末はもちやくちや
（以上、三編）

以上の四十八首の道歌のうち、（☆）を付した三十五首までが『一休道歌　三十一文字の法の歌』に収録されない、すなわち他書に見られない一休仮託道歌であることが指摘できる。ちなみに他の一休仮託道歌集に見られる道歌十三首を出典別に整理しておくと、もっとも多いのはやはり『一休蜷川狂歌問答』の六例となる。[4]次いで『一休諸国物語図会拾遺』の三例、『一休水鏡』の二例と続き、『一休骸骨』『一休咄』『一休諸国物語』『一休諸国物語図会』の各一例となる。ここで十五例となるのは十三首のうち、初編の「ひとり来てひとりでかへる道あるかふたすぢかへる道をおしへん」が『一休咄』と『一休蜷川狂歌問答』に、また弐編の「しやかといふいたづらものが世にいでゝ多くの人をまよはせるかな」が『一休水鏡』と『一休諸国物語』にそれぞれ重複して採られていることによる。また、本節で紹介した『一休和尚いろは歌』とは三編の「銭かねはつかひすてるもたわけものくわずにためる人もばかもの」のみが、46の「せ」と一致している。

このように世に流布している一休仮託道歌には、『一休道歌　三十一文字の法の歌』に未収録のものが数多く存在していることを改めて確認しておかなければならないのである。

おわりに

以上、本節では一休に仮託された道歌集のひとつで従来顧みられることのなかった『一休和尚いろは歌』を紹介し、その資料的な位置付けを行った。そして併せて、一休に仮託された道歌がいまだ数多く埋没している現状の一端を指摘した。今後、数多く上板された一休と蜷川の狂歌問答を収録する諸本などを精査することによって、さらなる一休仮託道歌を発掘し、集成することの必要性を述べて結ぶこととする。

注

（1）詳細については拙稿「『浪花みやげ』の世界」（『日本アジア言語文化研究』第九号〈平成14年10月〉／後に『ことば遊びの世界』〈平成17年・新典社〉所収）参照。

（2）本節では蜷川新右衛門詠とされる道歌についての翻刻は省略した。

（3）この歌は『多聞院日記』『遠近草』『新撰狂歌集』『新旧狂歌誹諧聞書』『物類称呼』などに見られる著名な狂歌であるが、他書に一休作という伝承はない。瓦版作者が著名な狂歌を一休の作に仮託したものであろう。ちなみに瓦版でこの歌の問に当たる蜷川の歌「霜月に霜のふるのもことわりよなぜ十月に十はふらざる」（本節での翻刻は省略）もこれと一対で伝承された著名な狂歌である。

（4）このうち三編の一例「世の中はひんじやと一じや二じや楽じや何じやかじやとて末はもちやくちや」は、『一休蜷川狂歌問答』には蜷川の歌として「世の中は貧者有徳者苦者楽者なん者かじやとて末はむしやくしや」の本文で見える。

第八節　古月禅材『いろは歌』研究序説

はじめに
――古月禅材について――

ひとときもあだにはなさじさりとてはあひがたきみのくれやすきひを
（一時も仇には為さじさりとては逢ひ難き身の暮れ易き日を）

『道歌百人一首麓枝折』[1]所収の古月禅材の道歌である。この歌は人生のはかなさを認識し、それ故に今という一瞬の時間の大切さを強調して諭した教訓歌である。無常観から発した道歌と言ってもよいであろう。

［図6］古月和尚木像

この道歌を後代に残した古月禅材（［図6］参照）は、十八歳年少の白隠慧鶴と並んで江戸時代を代表する臨済僧であった。諱《いみな》は禅材、字《あざな》は古月、奚疑と号す。俗姓は金丸氏。寛文七年（一六六七）九月十二日に日向国那珂郡佐賀利村に生まれる。逸話によれば、同村に住んでいた夫妻（父の名は金丸源蔵、母は瀬川氏の出身）には子どもがなく、普段から崇拝していた文殊菩薩に申し子をした。ある夜、妻は霊夢を感得して身籠り、生まれた子が後の古月という。本節では通称となっている古月禅材の名で呼ぶこととする。

〔図7〕大光寺山門

古月は七歳にして村内の瑞光院で梵唄を習ったと言われる。十歳の時、日向国松巌寺で一道禅棟について出家。二十一歳の時、一道に従って京都の大本山妙心寺に赴き儒学を学ぶ。二十三歳の元禄二年（一六八九）、京都から阿波国慈光寺の梁巌智礼のもとに参禅し、さらには豊後国多福寺の賢巌禅悦に師事し、関山派の僧として頭角を現わした。また、九州に渡来していた黄檗僧と交流して中国明代の禅を摂取したとも伝えられる。その後、江戸・陸奥国・紀伊国などを巡る。四十一歳の時、薩摩藩の支藩である佐土原第五代藩主島津惟久《ただひさ》の要請を受けて日向国大光寺（〔図7〕参照）の第四十二世住持となった。この間『碧巌録』をはじめとする内典や外典に通じ、しばしば講義を行った。五十二歳に至って大光寺内の知《ち》又軒《ゆうけん》に退隠するや、備後国・甲斐国・江戸・筑後国・薩摩国・長門国などの諸寺から次々と懇請されて赴くこととなった。そして遂には京都妙心寺から招聘されたが、これを固辞し、生涯を黒衣の僧で過ごす。寛延四年（宝暦元年〈一七五一〉）五月二十五日、自ら開創した久留米福聚寺にて入寂。享年八十五歳。翌宝暦二年（一七五二）七月、綸旨により本妙広鑑禅師と勅諡される。

古月の門下からは月船禅慧が出、さらにその弟子に物先海旭、誠拙周樗、仙厓義梵、無業正禅らの俊才が続々と輩出して一大勢力をなし、古月派と称されるに至った。しかし、臨済禅の世界に白隠慧鶴とその弟子たちが出て活躍を始めると、古月派の勢力は徐々に減退していくこととなった。例えば、峨山慈悼はもと月船の弟子で、後に師の勧めによって白隠門に入って大悟した。このように古月派は白隠一派と一定の関係を有しつつも、一方では臨済禅の主導権をめぐるライバル関係にもあったのである。

古月は江戸時代の禅界においてきわめて大きな影響力を持ち、妙心寺という中央の大本山から招かれたにもかかわらずそれを拒否し、生涯の大半を九州の地で過ごした。そして遂には、「鎮西に古月あり」とまで呼ばれるに至る。この間、古月のもとには多くの弟子が集散離合し、各地に古月派の道場を開いた。特に九州の豊後、伊予の宇和島、阿波の徳島、関東の鎌倉などは古月派の中心地として隆盛をきわめた。

古月を筆頭とする古月派の僧たちは、五山文学の素養に秀で、教養の高い者が多かった点に特徴がある。その古月が創作したと伝えられる教化歌謡に『いろは歌』と呼ばれるものがある。次にその教化歌謡を紹介するとともに、基礎的な考察を行いたい。なお、古月の創作した歌謡については以下『いろは歌』と呼び、それが盆踊歌として流布したもの（後述）を『いろは口説《くどき》』と区別して呼ぶこととする。

一　古月『いろは歌』の本文

古月創作の『いろは歌』は七・七調で創作された各句の歌詞の頭に、いろは歌の「い」から「す」までの四十七字と「京」、それに締め括りの一句を加えた合計四十九句から構成される教訓的な歌謡である。次に日向文庫第一巻所収の外山福男『古月禅師』（昭和27年・日向興業銀行）をもとに全文を紹介する。ただし、送り仮名や漢字の当て方など今日の表記として相応しくない箇所についてのみ訂正を施す。また、難読漢字にはルビを付し、疑問箇所には《　》内にコメントを付した。

幼《いとけな》きをば愛して通せ
老は敬《うやま》ひ無礼をするな
腹が立つても過言《かごん》は云ふな

憎み受くるも我が心から
誉めて貰はば高慢するな
隔てなきをば遠慮に思へ
隣近所に不通をするな
近き仲にもまた垣をせよ
理屈あるとも皆まで云ふな
主《ぬし》によりては大事なことよ
流浪人《るらうにん》をば憐れみ通せ
終はり果てねば我が身も知れぬ
若き間《あひだ》はその道々へ
稼業大事と浮世を守れ
善きも悪きも人事《ひとごと》云ふな
たとへ貴《たか》きもまた賤《いや》しきも
礼儀正しく浮世を渡れ
疎略者ぢやと云はれぬやうに
常に身持ちも大事なことよ
寝ても覚めてもただ正直に
何がないとて世を恨みるな
楽な身過ぎは独りもないぞ

報い報いに貧富はあるよ
恨み合ふなよこの世のこと《「を」欠か》
今の難儀を思はばなほよ
後《のち》の世もまた大事なことよ
親へ当て付け不孝をするな
国の掟《おきて》は大事に守れ
役をするなら正路《せいろ》にさばけ
眼《まなこ》かすめて貪欲するな
剣《けん》の地獄へこの世で落つる
不実落ち度のそのあるときは
ここに日頃の怨みがござる
栄耀する身は苦をみるもとよ
手前善しとて権威を出すな
悪《あ》しきことなら必ず避《よ》けよ
酒を喫ば《「喫《の》むなら」の誤りか》内場にあがれ
聞き《「て」欠か》嗜《たしな》め浮世のことを
油断するのは落ち度のもとよ
滅多無性に貪欲すれば
店《みせ》を滅ぼし人滅ぼすよ

知らぬことなら大事と思へ
選《え(ゑ)ら》べざりける諸芸の道を
日頃心を尽くして習へ
文字《「を」欠か》書かねば愚鈍なものよ
世間知らねば浮世も知れず
直《すぐ》に心を用いて習へ
京も田舎もみなをしなべて
上下万民心にかけよ

外山氏が古月禅材の創作として紹介する『いろは歌』本文は以上のような歌詞である。しかし、外山氏が典拠とした文献は明らかにされていない。何らかの文献資料によったものと思われるが、佐土原に伝えられる『いろは口説』の歌詞を、古月創作という理由で転記している可能性もまったく否定し去ることはできない。ただし、後掲する現行の佐土原の『いろは口説』とは異同がある。ここでは古月のご当地に伝えられた古く由緒ある本文として、便宜的に古月作の『いろは歌』に位置付けておく。古月の『いろは歌』の古い文献資料については、大光寺をはじめとするゆかりの寺院にも所蔵がないようである。今後、さらに継続して探索する必要があるが、本節ではこの外山氏紹介の本文を『いろは歌』と認定し、明らかに盆踊歌として伝承されたものを『いろは口説』と呼んで区別して論じていくこととする。

前述したように『いろは歌』は各句を七・七調とする歌謡であるが、後に盆踊歌とされ、『いろは口説《くどき》』と呼ばれたことは重要である。口説とは本来は恨みがましくくどくどと言い立てるという意味を持つ語である。その後そこから派生して、語り物的な要素を強く持った歌謡を指すようになった。一般に用いられる「盆踊り口説」という語は、そこに由来している。すなわち、その場合には盆踊歌として歌われる長編の歌謡を指すが、内容としてはある特定の事件が物語的に語られる場合が多い。また口説は安土桃山時代以降さかんに行われた「木遣音頭《きやりおんど》」と融合し、口説と音頭はほぼ同義に用いられるようにもなっていった。口説の歌形は様々であるが、そのひとつとして七・七調がある。例えば「ちょいと出ました三角野郎が、四角四面の櫓の上で」と歌い出す上野国（現在の群馬県）の「八木節」は七・七調の代表例であり『いろは歌』は歌形の上からするとこれと同軌である。そして後述するように『いろは歌』は各地の「盆踊り口説」として伝承されており、そのため『いろは口説』と称されることとなった。

二　古月『いろは歌』成立まで

ここに紹介した古月禅材『いろは歌』が成立するまでのいろは四十七字を冒頭に据えた創作文芸の系譜について略述しておきたい。

『いろは歌』に先行する文芸としてきわめて重要なものに、藤原定家の連作和歌四十七首があった。すなわち、定家『拾遺愚草員外雑謌』には「伊呂波四十七首」と銘打って、春・夏・秋・冬の和歌各十首と恋歌七首によって構成される四十七首の連作が二種類収録されている。二種類のうちの先に詠まれた方には、「建久二年六月つきあかかりし夜ふくるほどに、大将殿よりいろはの四十七首をつかはして、御使につけてたてまつるべきよし侍りしかば、やがて書付け侍りし」という定家の付した詞書が見える。和歌は春歌の「いつしかもかすめる空のけしきかなただ夜のほどの春の曙」から、恋歌の「すてやらず猶たちかへる心までおもへばつらきよよの契を」に至る四十七首である。『拾遺愚草員外雑謌』によれば、定家はその直後に引き続き二度目の「伊呂波四十七首」も創作したことが知られる。そちらは春歌「いくかへり山も霞みてとしふらん春たつけさのみよしのの原」から始まり、恋歌

「すぎてゆく月日もつらし人しれずたのめしままの中の契は《（ににぬ）》」で終結している。

次に取りあげたいのは古月と同じ臨済僧愚《ぐ》堂東寔《どうとうしょく》の創作した『いろは歌』である。愚堂は白隠が師とした正受老人道鏡慧端の師であった至道菴主無難のそのまた師に当たる。すなわち、愚堂の曾孫弟子が白隠ということになる。関山派大本山の京都妙心寺に勅住すること四度に及び、まさに江戸時代初期を代表する禅僧であった。寛文元年（一六六一）十月一日、八十五歳で京都山科の華山寺で生涯を閉じた。これは古月生誕の六年前に当たる。すなわち、古月にとっては同じ関山派の大先輩に当たる。

愚堂の『いろは歌』は五・七・五・七・七の短歌形式からなる六十二首の道歌から構成される。六十二首もあるのはいろは歌の「い」から「す」までの四十七字と「京」、「一」から「十」、さらに「百」「千」「万」「億」の六十二字を頭に据えて詠んでいるためである。次に掲出しておく。ここには古田紹欽『禅僧の歌』（昭和49年・春秋社）所収本文をもとにして、私に漢字を宛てて引用させていただくこととする。

一期《いちご》をば久しき中に思ひつつ後世を願はぬ人はいたづら
六々《ろくろく》に心たしなめゆがまずとこの世に住むは僅か夢の間
花を見よ盛りのうちは春ばかり蕾も風に落つる世の中
西ばかり弥陀の浄土と思ひつつ皆にあるをも誰れも悟らず
仏とて寺々探すはかなさよ居ながら願ふ我が神仏
隔てなき広き心の慈悲あれば神仏加護で子孫繁盛
科《とが》人は慈悲の仏の力にも助くる法《のり》はなきとこそ聞け
智者はただ仮の浮世を振り捨てて後世を大事と願ひこそすれ
利口めきこの世ばかりを考へて来世を知らぬ人は智恵なし

主《ぬし》が身は仮の体のことなるぞやがて返せば執着《しうじやく》もなし
流転かや神や仏の縁切れて六道めぐり居所もなし
自ずから心に入れて願ひなば成仏するに疑ひはなし
忘れじと夜昼申せ念仏を罪を作らん隙《ひま》のなき程
考へて無理な福徳願ふなよ過去にて播かぬ種は生ゑまじ
世にありて富貴の人を羨むな過去にて播きし種と知るべし
嗜めば諸事何事もなるものぞ後生の道も嗜めばなる
歴然と前に間近き極楽を凡夫の目には見えぬはかなさ
卒爾には心得難き法《のり》の道座禅厳しくする人ぞ知る
常にただ心正直嗜みて慈悲善根を持つやうにせよ
寝覚めにも欲をば捨てぬ衆生かな磨くに曇る身やけ鏡は
南無阿弥陀六字好みて行く道も先に坂ある誰れも悟らじ
来世をば遠々しくも思へども花咲き散ればやがて実となる
難しく説きおき給ふ法《のり》の道知らで地獄へ落つるはかなさ
憂きことも嬉しきこともみなすべて播きおく種の生え実るなり
幾度《いくたび》も生まれ返りて済度せん流転の衆生あらん限りは
逃れぬは日頃作りし罪や科《とが》無情の殺鬼引き立つる時
老いの身の営むべきは慈悲善事香花功徳座禅念仏
悔やむとも因果の報いいかがせん未来の土産慈悲と善根

山よりも高きは親の恩なるぞ言の葉にても常に敬へ
まこと心《しん》先立つ親の恩送り朝夕拝め香花を取れ
境界《けうがい》に追はれて未来忘るるな草葉の露の脆き命ぞ
富貴なる人は前世に種播きて果報の花がこの世にて咲く
悉く仏の教へ聞きながら慈悲心なきは人非人なり
得手得手に渡世営む片手にも慈悲と念仏かねて忘れな
手を合はせ後世を願ひの人はただ悪心止《や》めて慈悲に固まれ
悪を止《や》め善をなす人あるならば助け取らすと弥陀の誓願
先立ちて後《あと》に執心残すなよ常に願へば先は安楽
消えて行く雪霜だにも後《あと》を見よ積《（罪）》み重なれば悪水となる
夢の世を悲しむ心ありながら長き未来を忘るるはかなさ
冥途とて別なる国と思ふなよ胸三寸の悟りなりけり
弥陀観音釈迦や地蔵を頼むとも悪心止《や》めぬ人は好まじ
信心に慈悲善根の人あらば未来必ず安楽の花
絵に写し木にて造りし仏たち皆我が胸におはしまします
引く息の出る間を待たぬ断末魔死出の闇路を誰れと行くらん
本《もと》よりも無一物なる我が心神ともなれば仏ともなる
千日の注連を引くとも邪険なる人の家には神は至らじ
随分と心に入れて願ふべし悪をばするな愚痴の人々

今日よりは心改め信心に後世を願へば未来安楽
一仏はどこにおはすと尋ねるに尋ねる人の胸の間に
西へ向き十万億と思へどもよくよく見れば弥陀の目の前
懺悔して因果の道理合点せよ過去に播く種今ぞ生へぬる
信心に仏の教え背かずは成仏するに疑ひぞなき
後世菩提願ふ人こそ仏なり極楽浄土この界にあり
六地蔵辻のほとりに立ち給ふすぐに通れと教へなるらん
七仏と変じ給ふぞありがたき悪業人《あくごうにん》を助けんがため
八勝と法《のり》の教への別れしぞ心々に願へこの道
曇りなき身に村雲の懸かるとも後《あと》より晴らす風は頼もし
十万の宝は娑婆に積み置きて未来の土産数珠と念仏
百までも長らへもせぬ身を持ちて悪業《あくごう》深き罪を作るな
千日の施行をなして願ふとも心歪める人は浮かまじ
万徳の仏の教へ後世のため心の鏡朝夕に磨《と》げ
奥底に悪心持たず正直に法《のり》の教へを守れ人々

この愚堂の『いろは歌』は後代の春応禅悦（安永三年〈一七七四〉～弘化三年〈一八四六〉）が晩年の弘化元年（一八四四）に、それまで写本で伝わっていたものを出版したもので、現在駒沢大学附属図書館に所蔵されているという（著者未見）。いずれにしても、愚堂『いろは歌』は古月『いろは歌』の先駆けとなったもので、古月は愚堂の『いろは歌』に何らかの影響を受けて成立した可能性がある。しかし、その内容は愚堂のものが多く浄土教的色彩を加味しつつ禅の信仰を説いているのに対し、古月の『いろは歌』はあくまでも庶民の日常生活における心がけを教訓的に説いている。およそ両者の間には大きな懸隔があると言ってよい。したがって、古月は形式のみを愚堂に借り、自らの独自の方法で教化用の『いろは歌』を創作したことになろう。その成立の背景には自らの帰依者への好意があったことは改めて言うまでもない。

三　古月『いろは歌』の思想

次に、古月『いろは歌』に盛り込まれた内容を検討し、古月の庶民教化の思想を明らかにしたい。まず『いろは歌』全体に通底する考え方は「情けは人のためならず」という聞き慣れた慣用句に近い内容である。例えば第一句目「幼きをば愛して通せ」、第二句目「老は敬ひ無礼をするな」、第十一句目「流浪人をば憐れみ通せ」などの弱者への愛や憐れみは、結局第十二句目の「終はり果てねば我が身も知れぬ」というところへ繋がっていく。これは白隠『施行歌』の主張と軌を一にしている(2)。

また、近世の教訓歌謡一般の特徴である父母への孝行も、第二十七句目「親へ当て付け不孝をするな」で示されている。

白隠『施行歌』と近似する戒めとしては貪欲の戒めがあり、それは第三十句目の「眼かすめて貪欲するな」、第四十句目、四十一句目「滅多無性に貪欲すれば」「店を滅ぼし人滅ぼすよ」に端的に示されている。

一方、興味深いのは第十五句目「善きも悪きも人事云ふな」で、人事すなわち他人についての噂話を戒めている。庶民女性は特に井戸端会議において他人の噂話をすることを好んだようで、早く室町時代に成立した宗祇の教訓道歌や『御状引付』書き留めの踊歌詞章に描かれた女性像と軌を一にしていて興味深い。

ところで、古月『いろは歌』にもっとも頻出し、しかも重要性から言ってもキーワードと呼んでよい語は「大事」であろう。第十句目、第十四句目、第十九句目、第二十六句目、第二十八句目、第四十二句目の実に六回も繰り返し用いられている。「大事」とされる行動こそ、人々が生きていく上での基本的倫理であった。

井上晟『お母さんのいろはくどき』（平成10年・佐土原町教育委員会）は『いろは歌』の文末表現を分析して、命令文の比率が六六％にのぼること、そしてその内訳としては「〜せよ」とするものがもっとも多く、次に「〜考えよ」「〜するな」とするものの順に続くことを指摘する。この分析結果の内訳には若干の疑義を挟む余地もあるが、命令形が多いことは紛れもない。すなわち、命令形表現によって強い教訓性を打ち出していることになる。

四　古月『いろは歌』の展開
――『いろは口説』へ――

古月『いろは歌』のもっとも大きな特徴は、この教化歌謡が口説形式の盆踊歌『いろは口説』として広く西日本各地に分布していることに他ならない。次に、管見に入った地域名と歌詞を二段組で掲げて簡単な説明を付すこととする。地域名の下には（　）内にその歌詞の典拠を示したが、一部に注として後掲したものもある。

○宮崎県宮崎郡佐土原町（現、宮崎市）の盆踊歌（井上晟『お母さんのいろはくどき』〈平成10年・佐土原町教育委員会〉）

いとけなきをば愛してとおせ　　憎み受くるも我が心から
老をうやまい無礼をするな　　ほめてもらえど高慢するな
腹が立っても過言はいうな　　へだてなきをば遠慮に思え

隣近所に不通をするな
近き中にもまた垣をせよ
理屈あるとも皆まで言うな
主によりては大事なことよ
流浪人をばあわれみとおせ
終わり果てねば我が身もしれぬ
若き間はその道みちの
家業大事と浮世を守れ
良きもあしきも人事言うな
たとえ貴きもまた卑しきも
礼儀正しく浮世を守れ
粗略者じゃと言われぬように
常に身持ちは大事のことよ
寝ても覚めてもただ正直に
何がないとて世を恨みるな
楽な身過ぎは一人もないぞ
報い報いに貧富はあるよ
恨み合うなよこの世のことを
今の難儀を思わばなおも

後の世がまた大事とさとれ
親へあてつけ不孝をするな
国のおきては大事に守れ
役をするなら正路にさばけ
まなこかすめてどんよくするな
剣の地獄へこの世で落つる
不実落ち度のそのあるときは
ここには日ごろの恨みがござる
栄ようする身は苦をみるもとよ
手前良いとて権威をだすな
あしきことなら必ずよけよ
酒をまいらば内輪にあがれ
聞いてたしなめ浮世のことよ
油断するのは落ち度のもとよ
めったむしょうにどんよくすれば
店を滅ぼし人滅ぼすよ
知らぬことなら大事と思え
選ばざりける諸芸の道を
日ごろ心を尽くして習え

文字を書かねば愚鈍なものよ
世間知らねば浮世も知れぬ
素直に心を用いて習え

この『いろは口説』は古月の創作とされる『いろは歌』と小異はありながらもほぼ一致している。さすがに古月のお膝元佐土原の盆踊歌と言うべきであろう。ただし、『いろは歌』の末尾二句を欠く四十七句である点は注意しておく必要があろう。

○大分県西国東《くにさき》郡の盆踊歌（『俚謡集』〈大正3年・文部省文芸委員会〉）

国を申さば日向の国の
古傑和尚の作りしくどき
四十八字のいろはのくどき
いとけなきをば愛して通せ
老は敬へ無礼をするな
腹がたつとも過言をいふな
にくみうくるも我心から
ほめてもらふも自慢をするな
隔てなきをもゑんりよな思へ
隣り近所に不忠をするな
近い中にも亦かきをいよ
理屈あるともみなまぢや云ふな
主によつては大事がござる
るらうものをも愛して通せ
親につね〴〵不孝をするな
若い時分のその道々は
家業大事と心にかけよ
よしもあしきも人事いふな
例へたかきも又卑しきも
礼儀正しく此の世を渡れ
粗略のものぢやといはれぬやうに
常の身持が大事ぢやほどに
ねてもさめてもたゞ正直に
なにがないとて世を恨むるな

楽なくらしはどこでもないぞ
むくい〳〵でひんぷくをする
恨みかひなく此の世を渡れ
今のなんぎを思はゞ此に
後の世はまたうとくにくらす
終りはこねば我身はしれぬ
苦労する身が富貴の本よ
役をするなら正当にさばけ
まなこかすめてどんよくすれば
け人(ママ)な地獄で此世でおつる
ふしやうふらちのそのあるときは
こゝに一つの恨みがござる
栄耀する身が貧する本よ
手前よいとて人事いふな
あしきことをば真似にもするな
酒を飲むなら内ばでのみやれ
聞いて楽しめ世界のことを
油断するのがおちどの本よ
めつたむしように我欲をすれば

身をばほろぼす人ほろぼすよ
真の心を此世でとれば
栄耀えい花は冥途へござる
日頃心をつくして見れば
ものをいはねば口おほどもの
世界しらねば此世を知らざる奴よ
すいたことをば尋ねて習へ
京も田舎もみなおしなべて
上下貴賤のへだてをするな
いちに神明諸仏を守れ
二世の旅出に赴くならば
三世諸仏の誓をうけて
死出の山路を赴くよりも
五字の如来の悟りをうけて
六字如来の悟をひらけ
しちくじやうぐわん極楽世界
はつくとんしのじよげいのみちも
九ほん浄土におめぐりありて
十方世界を難なく通れ

千秋万歳

冒頭に「国を申さば日向の国の、古傑和尚の作りしくどき、四十八字のいろはのくどき」と置く。これは全国に流布する『いろは口説』に広く見られる歌詞である。「古傑和尚」は言うまでもなく「古月和尚」の音転による当て字である。また、末尾に「一」から「十」、さらに「千」「万」という数字を頭に据えた句を増補して、六十三句としている。なお、現在の大分県に当たる豊後国は古月ゆかりの地であり、『いろは口説』が盆踊口説として伝承される可能性は十分にあったと言える。

○長崎県西彼杵《そのぎ》郡大瀬戸町（現、西海市）の盆踊歌（浅野建二編『日本民謡大事典』〈昭和58年・雄山閣出版〉「大瀬戸盆踊」の項）

国はいずくと細かく聞けば　いとけない身を愛して通せ
国は九カ国日向の国よ　老を敬い無礼をするな
こけつ和尚という坊さんが　腹が立つじゃと過言ないうな
四十八文字意見のために　憎み受くるもわが心から（以下略）
残しおいたるいろはの口説

冒頭に大分県西国東郡の盆踊歌と類似の句が四句置かれ、こちらでは「こけつ和尚」と表記されている。

○長崎県下県《しもあがた》郡厳原《いづはら》町久根田舎（現、対馬市）の盆踊歌（宗武志『対馬民謡集』〈昭和9年・第一書房〉）

国を申さば日向の国よ　四十八字のいろはのくどき
こけつ和尚の説きおかれしが　聞いて見さんせ教訓くどき

いとけない身は愛して通れ
老人は敬まえ無礼はするな
腹が立つ言てたつふりするな
憎む受けるは我が心から
ほめてもろうて高慢するな
隔てある身も愛して通れ
隣近所に不通はするな
近い仲には又垣をせよ
理窟有る言て皆まで言うな
主にありては大事がござる
流浪する身は愛して通れ

大人《おせ》も童もただしょうろんも
若い間のその道々は
家業大事と心に留めて
善しも悪しも他人事言うな
たとえ尊きもまた賤しくも
礼儀正しくただしょうろんも
そらき者じゃと言われぬように
常の身持ちを大事と思え
寝ても起きても案じてみても
何がない言て人恨むるな
楽な身過ぎは一人は出来ぬ（以下欠）

これまでに紹介した『いろは口説』に比べて、やや形が崩れ始めた様相を見せる。そのため句の後半が他の句と混同され、画一的になっていく傾向が認められる。また、「を」を頭に据える句は「大人《おせ》も童もただしょうろんも」となっており、『いろは歌』の「終はり果てねば我が身も知れぬ」と大きく異なっている。

○福岡県三潴《みずま》郡の盆踊歌（『俚謡集』〈大正3年・文部省文芸委員会〉）

イヤーくには、オホーホーイ、ハー
国は日本日向の国よー
こけつ和尚の造りし功徳

四十八字のいろはの功徳
幼なき子を愛して通せ
老はうやまひ無礼をするな

腹が立つても皆まで云ふな
憎み受くるも我心から
誉めてもらふと高慢するな
遠慮ないもの一人もないよ
隣り近所に不都合するな
近き中にも又垣をせよ
理屈あるとも皆まで言ふな
主に於ては大事が起る
流浪人をばいたはるやうに
親に対して不孝をするな
若き間の其道々を
家業大事と心に掛けよ
善きも悪しきも人事云ふな
仮令高きも又卑きも
礼義正しく浮世を渡れ
そこつものよと言はれぬ様に
常の身持を大切に持ちやれ
寝ても覚めても只正直に
何がないとて世を恨みるな

楽な暮しは一人もないよ
報い報うて貧窟となる
歌で必ず身を亡ぼすな
今の難儀は思へばいとゞ
後の親をば又本とせよ
終り果てねば我身がしれぬ
国に於ては大事が起る
役をするとも驕らぬ様に
眼くらみて貪慾すれば
剣の地獄は此世に落ちる
富強千歳と備はるやうに
心静めて詫するやうに
栄耀過ぎては貧窟となる
手前好いとて自慢なするな
悪しき事なら誰でも言ふさ
酒を飲むとき過さぬやうに
きりやうよいとて自慢をするな
夢に苦労は貧するものよ
目にも出すな色にも出すな

耳に聞いても聞棄てにせよ
次第〳〵に顕れまする
縁のなきもの一人もないよ
一人行く道冥土の道よ

物の憐れを思へばいとゞ
世上あるけば宿屋が大事
すくのすかんのと人事云ふな
上下段段に皆押し並べ

この『いろは口説』は他と比較して、古月『いろは歌』から大きく離れた独自の歌詞による句が多いのが特徴である。「う」の「歌で必ず身を亡ぼすな」、「の」の「後の親をば又本とせよ」、「ふ」の「富強千歳と備はるやうに」、「こ」の「心静めて詫するやうに」をはじめ、「き」の「きりやうよいとて自慢をするな」以下最終句までは『いろは歌』とまったく異なる歌詞が採られている。また、第十句目の「へ」には本来置かれない「遠慮」で始まる「遠慮ないもの一人もないよ」と置く。福岡地方の方言による発音を反映したものであろうか。また、「を」に「親に対して不孝をするな」、「お」に「終り果てねば我身がしれぬ」が位置する。これは『いろは歌』とは逆の関係になっている。全体は五十一句で冒頭に囃子詞を置く点も興味深い（冒頭の二行が第一句）。きわめて注目される『いろは口説』歌詞と言ってよいであろう。

○福岡県京都《みやこ》郡の盆踊歌（『俚謡集』〈大正3年・文部省文芸委員会〉）

いとけなきをば愛して通せ
老はうやまひ無礼をするな
腹が立つとも皆までいふな
憎みうけるも我心から
褒めてもらはゞ高慢するな

距てないとて遠慮に思へ
隣り近所に不通をするな
近い中には又垣もいへ
利口者ぢやと高慢するな
主のある人不義共するな

るらうするのも我心から
親に不孝の妻なら去れよ
わかい時には身を勤めよ
可愛子供にや又旅もさせ
慾にきりある我慾をするな
たかい低いの差別をするな
礼義作法をよくわきまへて
そさうした時はよくあやまれや
辛らい務めもしのんで通しや
願ひ通りに事成就する
ならぬ者ぢやと言はれぬ様に
楽がしたけれや辛抱なさい
昔がたきの人にはしたへ
浮いて繁るは水草ばかり
いやな事とて色には出すな
後は其身の楽しみとなる
親の意見を忘れぬ様に
国のおきてをよく守りつゝ
屋敷堺をきびしく守れ

貧し暮しも心を富ませ
けしの種子でもぬすみはするな
富者貧者は時世と時節
心よく持ち油断をせねば
えらい人にも成られる浮世
照らす鏡の曇らぬ様に
悪しき友達遠ざけて行け
咲いた桜に駒繋がれぬ
貴顕方とてへつらひするな
由緒ある人粗略にするな
愛づる心は下目につかへ
身分相応倹約せよや
死後の笑ひを受けてはならぬ
会者定離と心をかけて
貧も富貴も世を怨むるな
もとの赤子が裸と思ひ
世間世上を下から眺め
進みゆく気をこだてにとれば
人の開くる宝の文と

末の世までもかたみに残す　―　じやうが文せしいろはの口説

この『いろは口説』ももとの『いろは歌』とは大異がある五十句からなる歌詞を伝える。冒頭から八句目まではほぼ『いろは歌』と一致しているものの、第九句目の「利口者ぢやと高慢するな」以下は第十一句目を除いてかなり独自の歌詞を列ねる。その中で興味深いのは、第十四句目「可愛子供にや又旅もさせ」、第四十三句目「会者定離」のような諺・慣用句を用いたと見られる句、また第三十七句目「咲いた桜に駒繋がれぬ」のような流行歌謡を挿入したと見られる句が存在していることである。

○島根県安濃郡長久村（現、大田市長久町）の盆踊歌（島根県女子師範学校編『島根民謡』〈昭和7年〉）

国を申せば日向の国の
こけつ和尚の作らし給ふ
四十八文字いろはのくどき
いとけなきをば愛して通せ
老にや敬ひ無礼をなすな
―――――
腹が立つとも皆まで言ふな
憎みそしるも我が心から
褒めて貰ふて高慢するな
隔て仲をば遠慮に思へ
隣り近所と言ひ論するな（以下略）

途中までの歌詞であり断定的なことは言えないが、冒頭三句に前置きを据え、『いろは歌』と同じ句が続くところは大分県西国東郡の盆踊歌に近似している。次に掲げる島根県迩摩郡仁摩町馬路の盆踊歌とは地理的に近く、またここまでの歌詞もほぼ一致しているので、参考にすべきものと思われる。

○島根県迩摩《にま》郡仁摩《にま》町馬路（現、大田市）の盆踊歌(3)

国を申さば日向の国の　―　こげつ和尚の作らせ給う

四十八文字いろはの句説
幼けない者愛して通せ
老はうやまい無礼をなすな
腹が立つとも皆まで言うな
にくみそしるも我が心から
ほめてもろおて高慢するな
へだて仲をば遠慮に思へ
隣近所と言論するな
近かき仲をば又かき直せ
りくつあるとも皆まで言うな
主によりては大事でござる
るろう者だといわれぬ様に
親に対しちや不幸《(ママ)》をなすな
若き時にはその道々に
家業大事と心にかけて
よきも悪きも人事いうな
たとえ高きも又いやしきも
礼儀正しく浮世を渡れ
そだつ者だと言われぬ様に

常の身が又大事でござる
ねてもさめても只正直に
何がないとて世をうらみるな
楽なみすぎは一人もないよ
報い〳〵て貧するなれば
うらみ心は必ず持つな
今の難儀を思えば末の
のちの世が又大事でござる
おわりはてねば我が身がしれぬ
国の掟は必ず守れ
役ぎつとめは正路にさばけ
まなこかすめてどんよくすれば
けんの地獄にこの世でおちる
ふりよう浄土のそのある中で
ここに一つのたとえがござる
えいようすりや又たおれの元よ
手前よいとてけん高ぶるな
あしき事をばまねにもするな
酒をまいらば内輪にまいれ

きいてたしなめ世間の事を
油断すりや又たおれの元よ
めつた無性にどんよくすれば
身をばほろぼし家ほろぼして
死んだ後までその名が残る
え知らざらねば世間に習へ
日頃心をつくして習え
物をしらねばぐちをも起す
世界知らねばうき世も知れぬ
すぐに渡れや浮世の道を
京も田舎も皆同じこと
一に仏前仏にまいれ
西は安楽浄土の世界

三づ八なんのがれし時に
死出の山じも三途の川も
ごしよの如来の方便により
六種りんねんのさとりをひらく
七種しようごん仏にまいれ
八くどく水池みち〳〵て
九おん浄土の安楽世界
十でねはんのさとりをひらく
一二三四の野や若の松
百味御じきいただくよりも
千部万部のお経よむよりも
おくのしれぬが南無阿弥陀仏

この『いろは口説』も「を」に「親に対しちや不幸をなすな」、「お」に「おわりはてねば我が身がしれぬ」が置かれ、『いろは歌』とは逆になっている。また、「ふ」の「ふりよう浄土のそのある中で」、「み」の「身をばほろぼし家ほろぼして」、「し」の「死んだ後までその名が残る」、「え」の「え知らざらねば世間に習へ」に独自性が認められる。また、冒頭に「国を申さば日向の国の」以下三句、末尾に「一」から「十」及び「一二三四」「百」「千万」「億」を頭に据えた十四句が置かれ、都合六十五句という長編に構成されている点に特徴がある。

○広島県神石《じんせき》郡神石町（現、神石高原町）の盆踊歌（広島女子大学国語国文学研究室編『芸備口説き音頭集（上）』〈昭和55年・渓水社〉）(4)

くには九州日向の国の
こけつ和尚のつくらせたまう
四十八間字《(ママ)》いろはの目苦説
いの字はじめでつくらせたまう
いとけなきともあわれみとおれ
ろうにうやまえ無礼をするな
はらが立つともしよごんをいうな
にくみそしるもわが心がら
ほめてもろうて高まんするな
へだてなきをば遠慮において
となり近所とふつうをするな
ちかきところをなお大せつに
りくつあるとも皆までいうな
ぬしにおいては大事がござる
るろう人をばあわれみとおれ
をわり果てたるわが身を大事
わかきときにはその道みちの
かぎよう大事とこころにかけよ
よきと悪しきと人ごというな
たとい高くもただいやしくも
れいぎ正してうき世をわたれ
そじつ者じやといわれ《(ママ)》のように
つねに深せつじついをつくせ
ねてもおきてもただ正じきに
なにがないとも世をうらみなよ
らくな浮世はひとりもないぞ
むくい報いとかん取りすれば
うらみがいなき浮世をわたれ
ゐまのつらさを思えばすぐに
のちの世がまた大事でござる
をやにたてつく不孝をするな
くにの国主をだいじにまもれ
やく儀するならなお正じきに
まなこかすめてどん欲すれば

けんの地獄をこの世でつくる
ふびや落度はみな有るなかに
ここに一つのくやみがござる
えようすぎれば落度のもとよ
てまい善とて権威をするな
あしきものよと心におもい
さけは前より内ばにまいれ
きいてたしなめ世間のことを
ゆだんすぎればくぼみの元よ
めつた無性にどんよくするな
みをばうしなうひと皆わらう
しんだ後までうきなが立つに
ゑしらさつしは浮世のことを
ひごろ性根に書き画きならえ
ものを知らずば口もんもうな
せけん知らずは浮世も知らぬ
すぎた後までうき名が立つに
京も田舎もみなひとなみに

この『いろは口説』はもともとの『いろは歌』にかなり忠実な歌詞となっている。ただし、「み」の「みをばうしなうひと皆わらう」、続く「し」の「しんだ後までうきなが立つに」、さらにその次に当たる「ゑ」の「ゑしらさつしは浮世のことを」や、「す」の「すぎた後までうき名が立つに」には『いろは歌』とは異なる句が採られている。冒頭四句を含め五十二句の構成を採る。

○和歌山県東牟婁《むろ》郡那智勝浦町下里の盆踊歌[5]

国のはじまり大和の国よ
島のはじまり淡路の島よ
嘘のはじまりはの種子が島
四十八文字いろはの仮名を
くけづ和尚が作せ給ふ
意見づくしでくどいてみましょう
いとけなきをば愛して通せ
老を敬ひ無礼をするな

腹が立つとも過言をなすな
憎みうけるも我が心がら
褒めて貰おと高言云うな
隔てられてわ我身がたゝぬ
隣近所へ不都合するな
近い間にまだ垣をせよ
利があるとて皆まで云うな
主によりてわ大事がござる
流浪人なら育てゝ通せ
終り果てねば我が身も知らぬ
若い間の其の行末を
家内大事と心にかけて
善きも悪きも人の事云うな
例へ高きも只賤しくも
礼儀正しく浮世をするな
そうらく者ぢやと云われぬ様に
常の身持を心にかけて
寝ても起きても只正直に
何が無いとて世を恨むなよ

楽な身過ぎわ誰一人ない
報い報ふて貧相に暮せ
うらみこいない只世の中に
命難儀を思へば少し
後の世又大事と思へ
親をたて置き不幸《ママ》をするな
苦労するのも我が心から
役を勤めりや平等にさばけ
眼かすめて取よくするな
けんな地獄へ此の世で落ちる
ふじやう一度にそわれぬ時に
此処に一度の無礼はござる
栄誉するのも損する如く
手前たて置きいとけにするな
悪しき事をば真似にもするな
酒をあがればうちはであがれ
聞いてたしなめこのことを
油断するのも損する如く
滅多無性に取慾するな

身をば滅ぼし人倒すなよ　　　物を知らねば口ろん無用
死だ後にははずかしござる　　世界知らねは浮世も知らず
ゐんであるなら浮世もござる　　好きでならんは世間の事を
日頃心で尽して給へ

冒頭の六句「国のはじまり大和の国よ、島のはじまり淡路の島よ、嘘のはじまりはの種子が島、四十八文字いろはの仮名を、くけづ和尚が作せ給ふ、意見づくしでくどいてみましょう」は、他には管見に入らない独自の歌詞である。古月も「くけづ和尚」と大幅に変わってしまっている。『いろは歌』と異なる句は「く」の「苦労するのも我が心から」、「ふ」の「ふじやう一度にそわれぬ時に」、「し」の「死だ後にははずかしござる」、「ゐ」の「ゐんであるなら浮世もござる」、「す」の「好きでならんは世間の事を」などである。この『いろは口説』は全五十三句から構成されており、次の京都府中郡峰山町（現、京丹後市）の盆踊歌と並んで、管見に入った確実な資料の中で、もっとも東方に伝承された『いろは口説』である。

○京都府中郡峰山町（現、京丹後市）の盆踊歌（『丹後資料叢書』所収「丹後峯山領風俗問状答」）

いとけなきをば愛してとふせ　　　となり近所えふっふをすなよ
ろふをうやまい無礼をすなよ　　　ちかひ中には又かきをせよ
はらがたつとも返信すなよ　　　りくつありとてみなまでいふな
にくみうけるは我心から　　　ぬしによりては大事がござる
ほめてもらをとこふまんすなよ　　　るろを人をはそたてゝとふせ
へだてなきをはゐんりょにおもへ　　　をはりはつれは我身もしれる

わかき間はそのみちみちよ
かぎゃう大事を心にかけよ
よきも悪しも人事いふな
たとへ高きか又いやしきも
れいきたゝしき此世を渡れ
そふきものじゃといわれぬよふに
つねの身持か大事で御座る
ねても覚てもたゝしゃうじきに
なにがないとて世をうらむなよ
らくなみすきは一人もないぞ
むくひ〳〵てひんむくいする
うらみかいなきこの世の内て
ゐまのなんきをおもへはすべて
のちの世をまた心にかけよ
をやにたてすき不孝をすなよ
くにのおきてを大事にまもれ
やくめするとも正直さばけ
まなこかすとりよくするな

けんのぢごくゑ此世でおちる
ふたん悪食是なき人と
こゝろくるしきのふ事もなし
えては此よくてなんきをめさる
てまいよきとてにんいをすなよ
あしき事をはまねにもすなよ
さけを呑とも呑れはすなよ
ゆたんするのかおちどのもとい
めったむしゃうにとりよくすなよ
みをは勤めよ親孝行に
ししてみらいを大事にかけよ
ゑらはさりけり諸芸の道を
ひころ心てつくしてならへ
ものをかゝねはちもんはむよふ
せめしてしゃうに礼儀をならへ
すきに心をはなしてきけは
京もいなかも皆おなじ事

この盆踊歌は「き」で始まる一句を欠いているが、全体としては古月『いろは歌』に比較的近い文句に留まっている。前の和歌山県の『いろは口説』とともに、九州から相当に隔たった土地で歌われたことを考えれば、原歌の影響力の強さを思わずにはいられない。

以上の他、愛媛県宇摩《うま》郡新宮村（現、四国中央市）にも伝えられて来たようである。[6] また、『日本民謡大観　九州篇（南部）北海道篇』（昭和55年・日本放送出版協会）によれば、鹿児島県大口市羽月の盆踊歌『角力口説』は別名『いろは口説』とも称されたという。それは『いろは口説』の曲節を用いて『角力口説』を歌うところから来ているると推定されている。これに従えば、薩摩地方でも『いろは口説』が歌われていたことが考えられる。その周辺の地域は古月が禅を説いたまさにご当地であり、当然のことであろう。

石川県能登総持寺西堂の宇野玄機和尚の遺文集『洗心園』には「四十八字いろはの功解説」として『いろは口説』が掲載されている。これはこの地方の盆踊歌として歌われていたことを意味するものか、宇野師が古月を慕って自らの文集の中に『いろは歌』を掲載することを望まれたのか、そのいずれであるかを明らかにし得ない。しかし、本文は一般的な『いろは歌』と比較してかなり大きな異同があるので、参考資料として次に転載させていただくこととする。

幼けなきをば愛して通せ　　隣り近所へ不通をするな
老を敬ひ不礼をするな　　近き中にもまた籬をせよ
腹が立つとも皆まで云ふな　　理屈あるとも皆まで云ふな
憎み受るも吾心から　　主によらねば大事が御座有
讃てもらふも高慢するな　　流浪人をば育てゝ通ふせ
隔てなきをば遠慮に思ひ　　終り果ねば吾身もしれぬ

若き時には家業が大事
家業大事と心にかけて
余所に行日も亦帰る日も
仮令尊きも卑しき身とて
礼儀ただしく浮世を渡れ
麁《そ》略者じやと云れぬやうに
常の身持が大事で御座有
寝ても醒てもたゝ正直に
何がなくとも世を恨むるな
楽な身過は一人もなひよ
無間地獄へ此の世で堕る
浮つ沈みつ浮世を渡る
今の難義を笑ふて過こし
後の世がまた大事で御座有
親にたちづき不孝をするな
苦労して社《こそ》万事も知れる
役をなさらば正当にさばけ
眼《まなこ》却《かす》めて貪欲すれば
刑の苦界へ現世《この》で落る

不孝者じやと云はれぬように
孝と忠とは出世の基ひ
栄誉栄華は家倉やぶる
天に月日の眼《まなこ》があるぞ
悪《あし》き所業《しわざ》は永くは行かぬ
酒と煙草は飲まぬがためよ
貴賤上下の差別《へだて》を問はず
夕べ聴にし御法の道は
冥土黄泉旅路の宝
美目をよくして人前つくり
知らぬ顔して心にかくす
ゐしれざりける諸芸の道も
日間《ひま》な時には習ふてをきやれ
物をかゝぬは愚痴盲目に
千両小判と一時に換へる
隙《すき》に習ひし諸芸の道は
京も田舎もまたその里も
上下万端心にかけよ

おわりに
――禅僧の歌謡史――

本節では古月禅材の教化歌謡『いろは歌』を紹介した。江戸時代の臨済僧による教化歌謡としては、既に盤珪永琢の『臼引歌』『麦春歌』や、白隠慧鶴の『おたふく女郎粉引歌』『主心お婆々粉引歌』『施行歌』等々が知られているが、ここに新たに古月の『いろは歌』を加えることができたことは、歌謡史における禅僧の位置を考える際に、きわめて貴重である。

『いろは歌』は西日本を中心に広く流布し、各地に『いろは口説』と称される盆踊歌として定着した。本節では管見に入った『いろは口説』を翻刻紹介したが、以上の他にも替歌が残されている。例えば、広島県山県郡千代田町の盆踊歌（新藤久人編『芸北地方の盆と盆踊』）や、同じく広島県豊田郡豊町の「安心鏡」と呼ばれる口説（『芸備口説き音頭集（上）』）などが挙げられる。禅僧の教化歌謡の果たした役割については、今後さらなる究明が待たれるところである。

注

（1）『道歌百人一首麓枝折』と類書の『道歌心の策《むち》』との関係については、本書第一章第十節において検討した。

（2）白隠『施行歌』については拙稿「白隠慧鶴『施行歌』研究序説」（『大阪教育大学紀要（第Ⅰ部門）』第四十二巻第二号〈平成6年2月〉／『近世歌謡の諸相と環境』〈平成11年・笠間書院〉第三章第七節）、「白隠慧鶴『施行歌』続考」（『歌謡　研究と資料』第七号〈平成6年10月〉／『近世歌謡の諸相と環境』第三章第八節）参照。

（3）加藤正俊氏から託された資料による。もとは大阪府吹田市在住のK氏（島根県迩摩郡仁摩町馬路の出身）が愛媛県在住の石川藤晴氏に教示したもの。出典不明の印刷物である。

（4）この盆踊歌はもと重久図書館編『郷土の口説』（昭和47～48年）に収録されたもの。なお、『芸備口説き音頭集』末尾の「広島県盆踊り口説き一覧」によれば『いろは口説』は、庄原市（山田次三『奥備後の民俗』〈昭和54年〉所収）、比婆郡高野町（岡村達男『備後国高野山伝承盆踊口説集』〈昭和53年〉所収）、山県郡千代田町（新藤久人『芸北地方の盆と盆踊』〈昭和49年〉所収）、安芸郡蒲刈町（中国放送編『広島県の民謡』〈昭和46年〉所収）、安芸郡下蒲刈町（下蒲刈町教育委員会編『盆踊音頭口説歌集』〈昭和52年〉所収）などの各地に伝承されていることが知られる。

（5）加藤正俊氏から託された資料による。もとは和歌山県東牟婁郡那智勝浦町下里在住のY氏が愛媛県在住の石川藤晴氏に教示したもの。地元の古老の伝承を手書きで伝える。

（6）同村出身の石川藤晴氏の投稿「古月のいろは口説き続きを教えて」による。

〔附記〕　本節は花園大学名誉教授加藤正俊先生の御示唆によって成ったものである。加藤先生は禅僧の歌謡を研究テーマとする著者への私信において、古月『いろは歌』にかかわるお手持ちのすべての資料を御恵送下さり、著者に研究することをお勧め下さった。加藤先生から託された『いろは歌』資料は、ある新聞投稿記事を発端として入手されたもので、実に多岐に及ぶものであった。それは『朝日新聞』昭和六十年八月四日朝刊（大阪本社版）「声」欄に石川藤晴氏の「古月のいろは口説き続きを教えて」が掲載されたところを起点とする。石川氏は故郷愛媛県宇摩郡新宮村の盆踊歌として『いろは口説』の一部が伝承されていたこと、そしてその続きを知りたい旨、読者に呼びかけたのである。これを読まれた加藤先生は早速朝日新聞社宛に、古月のことや歌の続きが日向文庫に掲載されていることなどを書いて送られた。それが同じく八月十日の「声」欄に掲載されることとなった。一方、加藤先生と石川氏との間で私信の遣り取りもあり、石川氏からは氏宛に届いた読者からの情報が加藤先生にも伝えられたのであった。そこには島根県迩摩郡仁摩町馬路の盆踊歌、和歌山県東牟婁郡那智勝浦町下里の盆踊歌に『いろは口説』が歌われていること、そしてその歌詞に関する情報も含まれていた。さらに石川県の総持寺西堂の宇野玄機和尚の遺文集『洗心園』にも「四十八字いろはの功解説」として、『いろは口説』が紹介されていることも教えられたという。これら石川氏から加藤先生に齎らされた貴重な情報は、すべて著者に託されたのである。著者は日本歌謡研究に長く携わってきたが、禅の知識には乏しく、本資料の紹介者として必ずしも適任とは言えない。しかし、加藤先生のご好意により賜った宿題を、不十分ながらもここに提出できたことは嬉しいことである。改めて加藤先生はじめ、本資料にかかわったすべての方々にお礼を申し上げます。

また、宮崎県宮崎郡佐土原町の古月ゆかりの古刹大光寺の御住職正岡文郁師には『日向佐土原　大光禅寺』（平成10年・九州歴史資料館）、『お母さんのいろはくどき』（平成10年・佐土原町教育委員会）の二冊の貴重なる資料を御恵送いただきました。心よりお礼申し上げます。

第九節　良寛の歌謡と和歌

はじめに

江戸時代後期に越後国に出て、老いたる者から子どもに至るまでの多くの人々に親しまれながら、禅を説いた高僧に大愚良寛がいた。良寛は人柄の高潔さと庶民性によって広く愛され、没後二百年に近い今日においても、彼を慕う人は絶えることがない。

良寛は宝暦八年（一七五八）越後国三島郡出雲崎に、名主橘屋山本家当主で俳人の以南の長子として生を享けた。幼名は栄蔵、後に文孝といい、字は曲《まがり》であった。明和七年（一七七〇）十三歳の折、大森子陽の漢学塾に学ぶ。安永四年（一七七五）十八歳の時、名主見習役となるも、一月余で家督を弟の由之に譲って、曹洞宗光照寺において出家得度を遂げた。安永八年（一七七九）二十二歳の折、光照寺に赴いた備中国玉島円通寺の国仙和尚と面会し、その徳を慕って玉島に随行した。その後十七年間の修業時代を玉島で送る。国仙和尚の遷化後、寛政八年（一七九六）頃に帰国した。そして翌年四十歳にして、国上山の五合庵に居を定めた。その後、享和二年（一八〇二）には一旦五合庵を出たが、文化二年（一八〇五）に再び五合庵に入る。文化十三年（一八一六）山を下りて麓の乙子神社の社務所に住し、さらには文政九年（一八二六）には能登屋木村家の裏庭に転じた。そして、天保二年（一八三一）正月六日の夕刻に示寂。行年七十四歳であった。

晩年の良寛の日常生活の一齣として広く喧伝されるのは、近郷の子どもたちと手毬を突いて遊んだことに他ならない。周知のように良寛はそのような穏やかな日常を、多くの長歌や短歌の中に詠じた。それらの和歌を念じつつ目を閉じれば、良寛と子どもたちの歌う手毬歌の声が夕焼け空を背景にして聞こえてきそうである。また、良寛は多くの民謡や流行歌の書き留めを残している。今日に伝えられてきた遺墨の中にも何点かの歌謡資料を指摘することができる。良寛は庶民の中に入り込んで仏教を伝える手段として、人々の愛唱する歌謡を活用したものであろう。それは子どもたちの中に自然に溶け込んでいく触媒として手毬歌があったのと軌を一にしていよう。このように歌謡を媒介にして庶民階級との交流をはかった禅僧は良寛を嚆矢とはしない。歌謡を創作して庶民に禅を説き、衆生済度を志した先駆者として、盤珪永琢や白隠慧鶴がいたからである。(1) また、禅画を描きその画賛に歌謡を用いて説いた僧にも、やはり白隠と仙厓義梵があった。(2) ただし、これらの先駆者がいずれも臨済僧であったのに対し、良寛のみが曹洞僧であった点が異なっている。

本節は禅僧と歌謡とのかかわりを発掘整理する一連の論考の一編に当たる。

一　良寛と手毬歌

良寛の手毬に関するもっともよく知られた資料は、彼自身の長歌と短歌に他ならない。いまここにそのすべてを挙げることは意味がないので、著名な短歌二首のみを挙げておく。(3)

霞立つ長き春日を子どもらと手まりつきつつこの日暮らしつ
この里に手まりつきつつ子どもらと遊ぶ春日は暮れずともよし

良寛の数多い逸話のなかでも、もっともよく知られた子どもとの手毬遊びを通した交流は、良寛自身によってこれらの短歌に活写されている。また、晩年に貞心尼との間に交わした贈答歌のなかにも次のような例がある。

これぞこの仏の道に遊びつつつくや尽きせぬ御法《みのり》なるらむ　貞心尼

つきてみよひふみよいむなやここのとを十とをさめてまたはじまるを　良寛

良寛はこの贈答において、手毬遊びを仏法の方便と推量した貞心尼に対して、手毬遊びに没頭すること自体に楽しみがあることを歌って、やんわりと躱している。ここからは仏法とのかかわりを前面に出さずに、子どもを含めた庶民と交流し、ごく自然なかたちで衆生済度を果たした良寛の真骨頂が窺える。(4)貞心尼へ返歌したこの短歌で注意されるのは「ひふみよいむなやここのとを《（一二三四五六七八九十）》」と、手毬の数取りがそのまま詠み込まれている点である。良寛の長歌には「冬ごもり春さり来れば……里子ども今を春べとたまぼこの道のちまたに手毬つくわれも交じりてそのなかにひふみよいむな汝《な》がつけば……」という一首もある。この長歌でも手毬の数取りとして「ひふみよいむな《（一二三四五六七）》」が詠み込まれている。手毬遊びの歌謡には「数取り形式」「数え歌形式」「物語形式」などがあるが、良寛のこれらの長歌や短歌の表現は「数取り形式」によっている。右田伊佐雄氏(5)はこれらの長歌や短歌から、良寛の歌った手毬歌を初期に多く行われた「数取り形式」であったものと推断している。しかし、良寛の生きた時代には既に「数え歌形式」「物語形式」の手毬歌も一般的に行われており、右田氏の論は根拠薄弱と言わざるをえない。(6)現に良寛には「物語形式」の手毬歌の遺墨も少例ながら存在しているのである。従来、良寛遺墨の手毬歌に関しては、良寛の創作か否かのみが問題とされ、結論として良寛の作でないことばかりが論じられてきた。その結論自体は妥当であるが、実は良寛遺墨のなかに手毬歌が残されていることこそが重要なのである。すなわち、遺墨から判断すれば、良寛は子どもたちとの手毬遊びの際に、「物語形式」の手毬歌も歌っていたと考えてよかろう。遺墨の手毬歌とは次のようなものである。(7)

○向ふ山で光るもの《（女郎衆カ）》は、月か星か蛍か、月ぢやないもの、星やないもの、あれこそ殿御の松明、松明が慕《（下へカ）》ひまりはて、下のちよしよふの小袖が焼けた、なむぼ〳〵焼けた、たつた三寸やけた、帯にや短し、襷に長し、まへ

　　　のお寺の鉦の緒にしよ

この歌は諸書に類歌が見える典型的な手毬歌である。越後地方の手毬歌を収録する小泉蒼軒書写『越志風俗部歌曲』(8)（天保九年〈一八三八〉写）手球《(ママ)》歌には「向ひ山に光るものあれなんだ、星かほたるか今来る女郎衆のたいまつか、いって見たればすぼゝんをとこのやせ男」、『北越月令』（嘉永二年〈一八四九〉序）二八番歌には「むかひの山に光るものあれなんだ、星かほたるか、今来る女らう衆の松明か、いつてみたれば、すぼぽんおとこのやせおとこ〳〵」などと見える。近代に入ってからも、『俚謡集拾遺』新潟県長岡市の手毬歌に「向ふの山に、光るもーのは、月か星か蛍か、月でないもの、星でないもの、あれこそ殿子の松明、松明は、自然〳〵と下へふれば、下の女郎衆の小袖の小裾に火が附いた。何ぼやられた、唯んださんぼーやられた、帯に短し襷に長し、山田薬師の鐘の一紐〳〵」、『日本伝承童謡集成』新潟の手毬歌に「向こう山に光るものは、月か星か蛍か、月でないもの、星でないもの、あれこそ殿子の松明、松明は自然自然と下へふれば、下の女郎衆の小袖の小裾に火がついた、なんぼやられた、たんださんぼうやられた、帯に短し襷に長し、山田薬師の鐘の紐、鐘の紐」などと収録された。また、それより早く日本各地の童謡集成にも盆歌のなかに次のような類歌が見える。

・向ふの御山で何やら光る、月か蛍かよばいぼしか。

（行智『童謡古謡』〈文政三年（一八二〇）頃成立〉三〇番歌）

・月でもないが、星でもないが、しうとめ婆の目が光る〳〵。（行智『童謡古謡』三一番歌）

・向ふの山で何やらひかる、つし《(月)》か星か蛍のむしか、つし《(月)》でもないがほしでもないが、大納言様のお江戸へ下り、その早御船の櫓《ろ》がひかる〳〵、其はや御船のおともはどなた、隼人《はやと》山城嘉源太様よ、あとのおるすが甲斐さまよ〳〵、かひさまやしきでうづらがふける、なとゆてふけるよ〳〵、あっちのとのさまごきげんよふて、こっちのとの様ごまんぞく〳〵。（『熱田手毬歌盆歌童諺附』〈文政年間（一八一八～一八三〇）末頃成立〉五三番歌）

・向ふの山で何やら光る、月か星か、月でもないが星でもないが、大納言さまのお江戸へおたち、そのはやお船のろがひかる〳〵、其はや御ふねの御供はどなた、隼人山城嘉源太さまよ、跡のおるすが甲斐さまよ〳〵、甲斐さま屋敷でうづらがふける、なと云てふける〳〵、翌日はてん〳〵天気もよふて、お江戸の細道なをよかろ〳〵。（『尾張童遊集』〈天保二年（一八三一）序〉七八番歌）

・むかふのお山に何やらひかる、月か星か夜ばいぼしか。月でもなひが、しうとめごぜの眼が光る、〳〵。
（『甲子夜話続篇』〈天保二年（一八三一）筆録〉四番歌）

・向ふのお山で何やら光る、月や星か、夜ばひ星か、姑御前の目が光る、〳〵。
（『江戸盆哥』〈天保三年（一八三二）以前成立〉一二番歌）

・向ウ、このお山に、何にイやら光る、月歟《か》星歟《か》、夜ヲ、這《は》ひ星歟《か》、月でも無いが星でも無いが、一とつ目子僧の目が光アる、目が光アる。（『あづま流行時代子供うた』〈明治二十七年（一八九四）刊〉五〇番歌）

・向ウ、このお藪で光アるは何だ、月歟星歟、蛍の虫歟、月イでも無いが、星イでも無いが、山城様が日光へ御座る、（『あづま流行時代子供うた』五一番歌）

すなわち、この歌謡は古くは盆歌として広く歌われていたことが知られるが、冒頭を手毬歌の基本的表現である「向ふ」とするために、手毬歌に転用されたものと考えられる。[9] なお、『北国巡杖記』（文化四年〈一八〇七〉刊）には「コキリコ節」として「向ひの山に光るものはなんじや、星か蛍かこがね虫か、今来るよめのたいまつならば、さしあげてともせ、やせ男」なる類歌が収録されている。

この他、良寛の手毬歌と伝えられてきた遺墨の歌謡に、さらに次の二首がある。

○おせん〳〵や、なぜ髪結はぬ、櫛がないかや鏡がないか、櫛も鏡も山ほどあるが、父つさ賦《ふ》にやる三吉や江戸へ、何がうれしうて髪結はふぞ

○向ひ小山の、しちく竹、枝節揃ひて、器量濃かに、十七に、十七がむろの、こぐちに昼寝して、花のかゝるを、
　夢に見て候

　このうち前者の「おせん〳〵や……」には「詩経に曰く、伯の東せしより、首《かうべ》飛蓬《ひほう》の如し、豈《あに》膏沐《かうぼく》無《なか》らむや、誰に適《ゆく》として容《かたち》を為《なさ》む」という詞書が付されている。これは良寛が『詩経』の一節をもとに、その文言に相通じる当時の流行歌謡を書き残した三首のうちの一首に当たる。[10] ちなみに他の二首は「恐れながらも、侍筋は、弓を片手に、矢を腰に」と「雨はどんどと、降れども晴れる、わしの思ひは、いつ晴れる」である。これら二首は手毬歌ではないので、ここで直接に取りあげることは避けるが、一言だけ添えれば、「雨はどんどと……」の方は著名な流行歌謡で、尾張熱田の宮駅遊里でのはやり歌の集成『音曲《おんぎよく》 神戸《ごうど》節《ぶし》』（文化年間〈一八〇四～一八一八〉初年頃成立）三二四番歌に「雨はしきりにふれどもはれる、わしが思ひはいつはれる」と見える。また、『俚謡集』にも山形県西置賜郡の田植歌として「雨はどんどと降れども霽《は》れる、わたしやこころがいつはれる」という歌詞で収録されている。

　再び「おせん〳〵や……」の歌に話題を戻すが、この歌謡は早く『北越月令』二〇番歌に「おせん〳〵や、なで髪ゆはぬ、櫛がないかやこがいがないか、櫛もかうがいもいやほどあれど、とつさおしにやる三吉は江戸へ、何が嬉しうてかみゆはふは〳〵」と見えるのをはじめ、『日本民謡大全』[11] 長野県上田地方の手毬歌や『日本伝承童謡集成』長野の手毬歌にも収録される著名な歌謡である。谷川敏朗氏によれば、『温古栞』なる書に元禄年間（一六八八～一七〇四）頃に越後長岡藩にいた孝行者「お仙」を称賛して作られたとあるという。また、同じく「おせん〳〵や……」で歌い出す類歌は、早く読本の『童唄故実今物語』（宝暦十一年〈一七六一〉刊）にも手毬歌として見え、『熱田手毬歌盆歌童謡附』に収録された他、おもちゃ絵にも摺られている。[12]

一方、「向ひ小山……」の歌は冒頭の「向ひ」が前掲の「向ふ」と同様に手毬歌の典型的な表現ではあるが、文

献の上は『越志風俗部　歌曲』に小成場（現、新潟県新津市）の獅子踊歌として見える。したがって、地理的な近さから言っても、良寛の遺墨は必ずしも手毬歌としてではなく、神事芸能である獅子踊の歌謡の書き留めである可能性も否定できない。後述するように、良寛には手毬歌以外にも流行歌や民謡の書き留めが多く残されており、むしろ確実な手毬歌は少例なのである。後半の「十七が……」以下は単独の流行歌謡としても歌われたようで、『山家鳥虫歌』下野国風二〇三番歌に収録されている。

二　良寛と伝承童謡

良寛は手毬歌以外にも、伝承童謡（わらべうた）にかかわる遺墨を残している。次にそれを具体的に考察していきたい。

○蝶々とまれや、菜の葉にとまれ、菜の葉いやなら手にとまれ

この伝承童謡はきわめて著名な一首で、現代においても一部歌詞が異なる唱歌として、人口に膾炙している。早く太田全斎『諺苑』（寛政九年〈一七九七〉序）、行智『童謡古謡』、小寺玉晁『尾張童遊集』等に収録される他[13]、仙厓義梵の「牛若弁慶五条橋図」の画賛にも類似した歌詞が書き入れられている[14]。

○雪や降れ降れ、たまれや粉雪、お寺の垣や木の股

この歌の原型は平安朝に遡る。『讃岐典侍日記』天仁元年（一一〇八）正月二日条に、幼い鳥羽天皇が「降れ降れ粉雪」と歌ったことが記されるが、兼好『徒然草』第一八一段はそれを引用して、「降れ降れ粉雪、たんばの粉雪、垣や木の股に」が、この伝承童謡の歌詞であることが紹介されている。また、「たんばの粉雪」は本来は「たんまれ粉雪」の意であることも併せて記される。良寛遺墨の一首は兼好の指摘する歌詞に近似しており、長い歴史

を持つこの伝承童謡が良寛によって書き留められていることは注目すべきであろう。

三　良寛と民謡・はやり歌

良寛には当時の民謡やはやり歌を書き留めたとみられる遺墨が比較的多く残されている。かつてはそれらの大半が良寛の創作と考えられていた時期もあったが、現在ではそのほとんどすべてが当時の巷間に行われていた歌謡で、手毬歌や伝承童謡と同様に、良寛の創作によるものはほぼ皆無とされるに至っている。これは既に谷川敏朗氏(15)の指摘するところである。ここでは良寛遺墨の民謡や流行歌のすべてを取りあげることはできないが、他の歌謡集に類歌や関連歌謡の見られる例を歌詞冒頭の五十音順に順次指摘していきたい。

○秋が来たやら、鹿さへ啼くに、なぜに紅葉は、色づかぬ

この歌は日本各地の労作歌や子守歌としてみられる。長野県下伊那郡旦開村新野の民謡として、また愛媛県伊予郡中山町（現、伊予市）の「木樵唄」や紀伊地方の季節歌としても用いられた。

○浅き瀬にこそ、さざ波立てど、深くなるほど、波立たぬ

この歌謡は玉晁『小歌志彙集《おかしいしゅう》』天保元年（一八三〇）頃のはやり歌に「浅い瀬にこそ、さざ波もうつ、深くなるほど、波なし」として収録されるが、良寛の地元の歌謡資料である『越志風俗部　歌曲』所収「まつさかぶし」にも採られている。

○雨はどんどと、降れども晴れる、わしの思ひは、いつ晴れる

この歌に関しては既に述べたので、省略に従いたいが、前述のように『音曲神戸節』や『俚謡集』に類歌が収録されている。また、「どんどと」という表現を持つ歌は『越志風俗部　歌曲』所収の「米搗歌」にも見え、良寛に

はなじみのあるものであったと考えられる。

○鮎は瀬に棲む、鳥は木にとまる、人は情けの、下に住む

この歌謡は『落葉集』（元禄十七年〈一七〇四〉刊）巻四「こんぎゃら踊」に見えるのをはじめ、『延享五年小哥しやうが集』（延享五年〈一七四八〉成立）五四三番歌、『山家鳥虫歌』（明和九年〈一七七二〉刊）越中国風・二三〇番歌、『和河わらんべうた』（寛政元年〈一七八九〉成立）四七番歌、『淡路農歌』（文政八年〈一八二五〉成立）八九番歌、『巷謡篇』（天保六年〈一八三五〉序）安芸郡土左をどり一四六番歌、『一話一言』巻十四所収「田うた　遠州の調」等に収録される著名な民謡で、白隠慧鶴の画賛にも書き込まれた[16]。良寛の地元の歌謡としては『越志風俗部　歌曲』所収「出雲崎盆踊おけさぶし」にも見える。さらに、近代になっても採集され『俚謡集拾遺』に新潟市の「おけさ節」として見える。なお、越後では古くからこの歌を「槍さび」の歌謡としても用いていたという。

○色で痩せたか、辛苦が増すか、ただしや勤めが、苦になるか

この歌謡は潮来節《いたこぶし》を集成した『笑本板古猫《えほんいたこのねこ》』（文化年間〈一八〇四～一八一八〉初年頃成立）一二九番歌や前掲『音曲神戸節』などにほぼ異同なく見える。神戸《ごうど》節《ぶし》はもと潮来節から出た歌謡であるから、この歌は本来は潮来節であったものと推定される。

○加茂の社の、杉さへ見れば、過ぎし昔が、思はるる

この歌に関しては、後半部分「過ぎし昔が、思はるる」に類似する歌詞の歌が多く見られる。『延享五年小哥しやうが集』一八九番歌、『山家鳥虫歌』日向国風・三七七番歌、『賤《しず》が歌袋《うたぶくろ》』（文政六年〈一八二三〉刊）三編一三二番歌等に収録され、新潟県佐渡盆踊唄にも見られる。人口に膾炙したはやり歌の表現であったものと思われる。一首全体が共通する歌謡としては、『越志風俗部　歌曲』所収「加茂松さか」のなかに確認できる。

○来やればよし、来やらねばとても、おさまあいぞの、ことなれば

この歌も『越志風俗部　歌曲』に「まつさかぶし」の一首として収録される。

○今朝よりは、一つ谷より出てきたが、牝獅子《めじし》を霧に隠されて、一群薄《ひとむらすすき》分けて尋ねむ

この歌について峯村文人氏(17)は『俚謡集』山形県飽海郡の獅子踊歌の「都からこれまで連れたる牝獅子をば、何と尋ねて、尋ね逢はばや、尋ね逢はばや」「これの御庭に一群薄はなけれども、これの御庭に、隠し置かれた、隠し置かれた」「隠し置かれた牝獅子をば、何とたづぬる、尋ね逢はばや」「小倉山みねのもみぢをふみわけて、谷の牝獅子あそぶうれしや」の発想をもとにしていると指摘する。しかし、この歌は東日本各地に広く伝承される獅子踊歌（獅子舞歌）であり、越後の資料にも『越志風俗部　歌曲』に「獅子踊歌　小成場神事」として「けさよりは、ひとつ谷から出て来たが、女獅子は霧にかくされた、ひとむらすすきわけてたづねむ」とあり、さらに「野本にてうたふ。良寛上人附属」と記される。この記述は良寛が地元の歌謡に馴れ親しんでいたことを示している。すなわち、良寛遺墨もこの越後国の獅子踊歌を記したものであったはずである。

○来いと誰が言ふた、笹山越えて、露で小褄《こづま》が、みな濡れた

『越志風俗部　歌曲』所収「まつさかぶし」に類歌が見られる。

○去年《こぞ》の竹とよ、今年の竹とよ、しどろでもどろ、調子が揃はぬ、さてとよ節が、揃ひ申さぬ

『松の葉』（元禄十六年〈一七〇三〉刊）巻一・端手「下総ほそり」第五歌に「去年の竹とよ、今年の竹とよ、しどろでもどろで、のうさて、節が揃はぬ、なよさてまことに節が揃はぬ」というほぼ同じ歌が収録されている。

○今宵天満の、橋にも寝たが、笠を取られし、川風に

この歌は『延享五年小哥しやうが集』二〇番歌、『巷謡篇』安芸郡土左をどり歌三七番歌に「声を取られた」として見える他、『御船歌留』（元禄年間〈一六八八～一七〇四〉頃成立）巻上「石原」には第一句を「今宵三条の」

として収録される。越後関係の歌謡としては『鄙廼一曲』（文化六年〈一八〇九〉頃成立）越後国立臼並坐臼唄七一番歌に、第一句を「おもひ三条の」として見える。

○差いた盃、いやだら返せ、外へ散らすな、つゆほども

『延享五年小哥しやうが集』には四二五番歌に「差いた盃、いやなら返せ、膚を漏らすな、露ほども」、五一一番歌に「差いた盃、いやなら返せ、水も漏らさず、露ほども」という類歌二首が採られる。

○酒は酒屋に、魚は納屋に、新潟女郎衆は、寺町に

この歌の類歌は『はやり歌古今集』（元禄十二年〈一六九九〉刊）木津ぶし、『落葉集』巻七「酒は酒屋」、『松の落葉』（宝永七年〈一七一〇〉刊）巻五「酒は酒屋」、『若緑』（宝永三年〈一七〇六〉刊）巻四・二上り「なるかは」、『延享五年小哥しやうが集』三七九番歌、『山家鳥虫歌』伊勢国風・一三一番歌、『音曲神戸節』三三七番歌などの諸歌謡集に採られた。いずれも後半の遊里のある地名を差し替えて、各地のはやり歌としたものである。一方、「新潟女郎衆」を歌った例は、『日本民謡全集続篇』の越後国新潟の雑謡に「新潟女郎衆は錨《いかり》か綱か、今朝も出船を二艘とめた」がある。

○瀬田を廻るも、矢走を乗ろも、思ひ思ひの、旅の空

『延享五年小哥しやうが集』三六番歌に「勢田へ廻れば三里の廻り、ござれ矢橋の舟に乗ろ」という類歌が見られる。

○染めて悔しや、濃き紫に、元の白地が、ましだもの

この歌謡は多くの歌謡集に類歌を検索できる。早く『淋敷座之慰』（延宝四年〈一六七六〉成立）所収「投節品々」に「染てくやしき偐《にせ》紫や、本の白地がましじやもの、白地がな、もとの、本の白地がましじや物」とある他、『延享五年小哥しやうが集』四八五番歌、『潮来風《いたこぶり》』（文化年間〈一八〇四〜一八一八〉頃成立）一二七番歌、『潮来《（朝）》

考』（文化四年〈一八〇七〉成立）四九番歌、『音曲神戸節』一七七番歌、『尾張船歌』（天保年間〈一八三〇～一八四四〉頃成立）所収「おとせぶし」などに類歌が見える他、『越風石臼歌』（安永十年〈一七八一〉序）巻一や『越志風俗部　歌曲』所収「まつさかぶし」にも採られた。

○揃た揃たや、踊り子が揃た、すすき尾花の手をたたく

この歌謡は後半を「稲の出穂よりよく揃た」として、潮来の「あやめ踊」（潮来音頭）をはじめ各地に伝承される著名な盆踊歌である。越後国においては亀田盆踊でこの類歌が歌われる。

○煙草ひと葉が、千両しよとままよ、君が寝煙草、絶やすまい

この歌は諸歌謡集に収録される著名な一首である。早く『延享五年小哥しやうが集』四三七番歌に後半を「裏の菊女に買ふてのましよ」として見える他、『春遊興』（明和四年〈一七六七〉刊）一一番歌、『弦曲粋弁当』（寛政六年〈一七九四〉刊）第三編、小寺玉晁『小歌志彙集《おかしいしゅう》』文政七年（一八二四）のはやり歌などに見えるが、越後の歌謡集にも『越志風俗部　歌曲』に「まつさかぶし」の一首として記された。近代に入ってからも、『日本民謡全集続篇』筑後国・雑謡、湯浅竹山人『諸国俚謡傑作集』筑後国などに採集された。福井県敦賀市赤崎の獅子舞にもこの歌詞が用いられている。

○誰れか来たかよ、流しの隅に、鳴いた蚯蚓《みみず》が、音を止めた

この歌は新潟県新発田市の左官歌として全国的に有名な民謡である。新潟県に隣接する福島県会津の盆踊歌としても歌われた。また、佐賀県民謡「梅ぼし」としても知られている。古い例としては『鄙廼一曲』越後国立臼並坐臼唄六八番歌に「来やつたげなや枕の下で、鳴いた地虫が音を止めた」という後半に類似表現を持つ歌謡が見える。

○蝶々とまれや、菜の葉にとまれ、長くとまれば、浮名たつ

『山家鳥虫歌』大和国風・四九番歌に「蝶よ胡蝶よ、菜の葉にとまれ、とまりや名がたつ、浮名たつ」とあるの

が、この原歌であろう。「とまる」に蝶々が「止まる」と、男が女のもとに「泊まる」が掛けられている。この歌の前半は伝承童謡の表現によりながら、後半は恋歌に転化する。一首としては軽妙なはやり歌と考えてよいであろう。

○峠通れば、茨が留める、茨放しやれ、日が暮れる

この歌については、『落葉集』巻四・古来中興当流踊歌百番「小野村彦惣踊」および巻五・都音頭之部「山庄太夫」に類似表現が取り込まれている。『姫小松』（宝永年間〈一七〇四〜一七一一〉頃刊）所収「彦惣」も同様である。『山家鳥虫歌』には摂津国風・一〇三番歌に見える。近代に入ってからは『日本民謡全集続篇』に佐渡国雑謡として採集された。

○鈍《どん》な男に、緞子の羽織、着せてみたれば、なほ鈍ぢや

この歌は『延享五年小哥しやうが集』九二番歌、『小歌志彙集』文化十四年（一八一七）のはやり歌にも類歌が収録され、近代に入ってからは『俚謡集』に富山県の民謡として採集された。また、幕末から明治時代初期にかけて流行した漢字による文字遊びの〝鈍字〟はこの歌謡から命名された(18)。

○花の新潟で、もし添はれずは、たとひ野の末、山の奥

この歌は谷川氏(19)の研究によれば、明治時代まで新潟踊歌として親しまれた一首であることが知られる。また、下句の表現の類歌に『小唄のちまた』所収文政九年（一八二六）はやり歌の「お前ゆへならわしや何処までも、たとへ野の末山の奥……」がある。なお、新潟の街の華やかさを歌った歌謡に「佐渡で咲く花新潟で開く、とかく新潟は花処だ」という佐渡郡の民謡が『俚謡集』に採集されている。

○人は偽るとも偽らじ、人は争ふとも争はじ、偽り争ひ捨ててこそ、常に心はのどかなれ

これは良寛の長歌とされているものの、今様形式の歌謡で、箏曲「蕗組」の替歌として熊沢蕃山が創作した「人

は咎むとがめじ、人は怒るといからじ、怒と欲とを棄ててこそ、つねな心は楽しめといふ」を踏まえたものであろうという。[20]

○船は出る〳〵、帆かけて走る、宿の娘は、手で招く、招けど船は、返らじと、思ひ切れとの、風が吹く

　この歌は人口に膾炙したはやり歌で、『山家鳥虫歌』には山城国風として一七番歌「舟は出て行く、帆掛けて走る、茶屋の女子は出て招く」、一八番歌「招けど磯へ、寄らばこそ、思ひ切れとの風が吹く」として二首連続で見えている。また、前半だけで『延享五年小哥しやうが集』三三二番歌に収録された他、『弦曲粋弁当』初編（安永三年〈一七七四〉刊）「茶屋の娘」、『艶歌選』（安永五年〈一七七六〉刊）五七番歌、『浮れ草』（文政五年〈一八二二〉写）名古家《（屋）》節、『地方用文章』（安政二年〈一八五五〉写）などに見える。また山本角太夫浄瑠璃「鵜飼寺物語」第四・八景の小うた「船歌」にも摂取され、大阪の盆踊歌「おんごく」にも用いられている。さらには常陸地方の田植歌としてもこの歌詞が用いられていたという。

○ふみは遣りたし、書く手は持たず、遣るぞ白紙、ふみと読め

　この歌謡は早く『閑吟集』（永正十五年〈一五一八〉成立）二九二番歌（狭義小歌）の「文は遣りたし、詮方な、通ふ心の、物を言へかし」に淵源をもち、『吉原はやり小哥そうまくり』（万治年間〈一六五八～一六六一〉頃成立）所収「雲井の弄斎」にも「文はやりたしわが身は書かず、物を言へかし白紙が」という類歌が見える。越後資料では、『越志風俗部　歌曲』所収「まつさかぶし」に同歌が確認できる。

○ふる里をはるばる隔て、ここに隅田川、都鳥に言問はん君は、ありやなしやと

　この歌謡は箏曲のなかの一首で、『淋敷座之慰』所収「琴の歌品々」のうち「三組小車の曲」第二歌、『松月鈔』（元禄七年〈一六九四〉刊）及び『箏曲考』（天明六年〈一七八六〉序）に「心尽」の一歌として小異で収録されている。言うまでもなく、この詞章は『伊勢物語』第九段の和歌「名にし負はばいざ言問はむ都鳥我が思ふ人はあり

やなしやと」を典拠として踏まえている。谷川氏[21]の指摘によれば、良寛には弟由之を戒めた書簡のなかにも「七尺の屏風もおどらばなどか越えざらむ、羅綾の袂もひかばなどかたへざらむ」という箏曲「蕗の曲」を引用した一節があるという。

○深山颪《みやまおろし》の小笹《をざさ》の霰《あられ》、あなたへさらり、こなたへさらり、さらりさらり、さらさらとせし、心こそよけれ

○険しき山の、つづら折り、あなたへくるり、こなたへくるり、くるりくるり、くるくるとした、心はおもしろや

この二首については、『松の葉』巻一・本手「琉球組」第三歌に「深山颪の小笹の霰の、さらりさらさらとしたる、心こそよけれ、険しき山の九十九折《つづらをり》の、かなたへ廻《まは》り、こなたへ廻り、くるりくるるくるとしたる、心はおもしろや」というほぼ同じ歌が収録されている。前半の表現は古く『閑吟集』二三一番歌の狭義小歌「世間《よのなか》は霰よなう、笹の葉の上《へ》の、さらさらさつと降るよなう」にまで遡ることができる。

○めでたいものは、蕎麦の種、花咲き終わり、みかど立つ

この歌には伴信友『中古雑唱集』(天保十四年〈一八四三〉成立)所収「上総国菊間八幡宮神事歌」に「めでたきものは、蕎麦の花、花咲き実なりて、みかどとなるぞ嬉しき」という類歌が見える。この他『鄙廼一曲』信濃国風俗・田植歌三二番歌にも類歌が検索できる。越後地方のものでは『俚謡集』及び『俚謡集拾遺』に西頸城郡の田植歌として近似した歌詞の歌が採集されている。

○山笹に、霰たばしる、音はさらさら、さらりさらり、さらさらとせし、心こそよけれ

この歌謡は前掲良寛遺墨の「深山颪の小笹の霰……」の類歌で、より近似した詞章の歌謡が『新曲糸の節』裏組補遺「千代の恵」第三歌に「笹の葉に降る霰の音の、さらりさらさらさらとしたる、心こそよけれ、険しき山の九十九折の、かなたへ廻り、こなたへ廻り、くるりくるるくるとしたる、心はおもしろや」と見える。この歌

にもその淵源として前掲『閑吟集』二三一番歌が指摘できる。

○よしや世の中、飲んだがましだ、下戸の立てたる、蔵もない

この歌も『越志風俗部　歌曲』に「まつさかぶし」の一首として収録される。また、小林一茶『八番日記』〈文政二年〈一八一九〉～文政四年〈一八二一〉執筆〉には「下戸の立ったる蔵もなく年の暮」なる句が見えるが、このはやり歌を踏まえた表現と考えられる。近代以降の歌謡集としては町田嘉章『日本民謡大観』に福井県の祝唄として収められている。信越から北陸にかけて、中部地方の日本海側地方を中心に流行した歌謡であろう。

○夜や寒き、衣や薄き、墨の音、閨の文、一筆染めて顔上げて、昨日は怨み、今のはまた、恋しゆかしき、とりどりの、何から先へ、ああ辛気

この歌にかかわる類歌は『艶歌選』三九番歌にある「夜や寒き衣や薄き独寝の、夢も破れてうつとりと、硯引寄せする墨の、音さへ忍ぶ閨のふみ」が指摘できる。

四　良寛の和歌と歌謡

良寛の短歌形式（五・七・五・七・七）による遺墨は、従来すべて良寛作の和歌として分類されてきたが、峯村文人「良寛と歌謡」（『国文学　解釈と鑑賞』第二十巻第三号〈昭和30年3月〉）は良寛詠歌のなかに歌謡が発想契機をなしている例があることを指摘された。管見によればこれは発想契機と言うより、良寛遺墨そのものが初めから和歌ではなく、田植歌を中心とする歌謡であったと見てよい。良寛の身近な田植歌の歌形（音数律）が五・七・五・七・七の短歌形式であったため、和歌と混同されてきたのである。しかしそれにもかかわらず、良寛の和歌と歌謡との関係を最初に指摘した峯村氏の業績は高く評価されてよい。峯村氏によって具体的に指摘された和歌と、

その発想契機となったとされた歌謡は次のとおりである。その後、筆者が調査して知り得た新見を加えつつ掲げる。

○朝霧に乗り出す駒はこまも駒あしげも駒に手綱ゆらゆら

この和歌の契機となった歌謡として、峯村氏は『俚謡集』所収新潟県岩船郡の田植歌「朝けから駒ふきおろせ、こまも駒あしげの駒にたづなゆるすな」を挙げる。[22] 管見によれば、これには『越志風俗部　歌曲』所収「田植歌　出雲崎在、今町在、燕在」の「朝露に駒ひき出すかげの駒、こがねのまんぐわ銀ンのはなさく」の前半に類想表現が認められる。また、『田植草紙』系の高松屋古本（享保年間〈一七一六～一七三六〉頃写）朝歌二番に「さんばいは今こそおりやれ、宮の方から、あしげの駒に手綱よりかけて」とある歌とともかかわっている。

○君が田と我が田とならぶ畦ならぶ我が田の水を君が田へ引く

詠歌の契機を作った歌謡として神奈川県足柄下郡の田植歌「君が田と我が田とならべ、まちならべ我が田へかかれ君の水」、新潟県中頸城郡の田植歌「一本植ゑれば、千本になる、君が田の稲、君が田と、我が田と田並びだよ」が峯村氏によって指摘されている。しかし、これにも『越志風俗部　歌曲』所収「田植歌　出雲崎在、今町在、燕在」の「君が田と我田とならぶ、あぜならぶ、我田の水を君が田にかく」、『小唄打聞』（寛政二年〈一七九〇〉成立）所収「相模国田植歌」の「君が田と我が田はならび、畦ならび、我が田へかかれ君が田の水」[23]があり、これらと類想関係にある歌謡と言えよう。

○今日の日の黄金《こがね》にまさる朝日様八重立つ雲はわけて照らしやる

この和歌にも詠歌契機として、新潟県岩船郡の田植歌「朝日様今朝の日は幾世に照りやる、七重の雲も別けててる」、岡山県川上郡の田植歌「朝おきて細戸をあけて見わたせば、黄金にまさる朝日さす」の二首の歌謡が既に指摘されている。しかし、この二首以上に広く行われた田植歌として『田植草紙』（文化・文政年間〈一八〇四～一八三〇〉頃写）朝歌二番の「裏の口の車戸を細戸に開けて見たれば、黄金にましたる朝日さす」という一首があり、また石川県鹿島郡、同鳳至郡、岩手県紫波郡、京都府船井郡などの田植歌にも類歌が見られる。さらには『天正の田歌』にも「けふの日は金《こがね》ニまさる国照らし、七重の雲を分けててらす、てらされて、諸国の神がうけてよろこぶ……」という歌謡がある。

○苗々と我が呼ぶ声は山越えてまた山越えて谷の裾越え

○苗々と我が呼ぶ声は山越えて谷の裾越え越後田植の声

峯村氏はこの二首の和歌の契機の歌謡として石川県鹿島郡の田植歌「苗々と呼ばるる声が山越えて、また山越えて鹿の声」を挙げ、「この田植歌が右の良寛の歌にぴつたり重なるところを見ると、越後にも同じ形の田植歌があつて、良寛の歌は、発想も言葉も大部分がその田植歌から得来てゐるにちがひないと考へられるのである」とする。ところがはたして、『越志風俗部　歌曲』所収「田植歌　出雲崎在、今町在、燕在」には「苗〳〵と我よぶ声は山こえて、また山越てたにのほそこえ（又スソコエ）」という一首がある。峯村氏の推測が正鵠を射ていたことが、具体的に確認できる事例と言えよう。

ところで、近年刊行された良寛和歌に関する画期的な成果である谷川敏朗『校注良寛全歌集』（平成8年・春秋社）では、末尾に「他者作品の峻別」として、従来良寛の和歌作品と考えられていたもののうち、良寛以外の人物の詠歌や、先行和歌集所収作品、さらには歌謡集に収録される歌謡などが指摘されている。その多くは峯村氏の指摘と重なっているが、一部には新しい指摘もあるので、峯村氏の指摘例と同様に、新見を加えつつ次に掲出しておく。なお、谷川氏には前掲書に先立って「良寛と歌謡」（『新潟中央高校研究年報』第二十四号〈昭和53年3月〉）があるが、そのなかでも既に同様の指摘がなされている。しかし、そこにはあるものの『校注良寛全歌集』にない例もわずかに存在するので、それも併せて紹介する。

○朝露に髪結ひあげて花つめば、御殿は招く花はいそいそこれは谷川氏「良寛と歌謡」六頁に指摘があるものの、『校注良寛全歌集』からは外されている例である。しかし、『越志風俗部　歌曲』所収「田植歌　出雲崎在、今町在、燕在」に冒頭を「十七が……」として収録されているので、田植歌であったものと考えられる。ただし、後掲のように初句を「朝霧に」とする歌詞が本来であろう。

○いくたびか参る心は勝尾寺、仏の誓ひ頼もしきかな

この歌謡については既に谷川氏の指摘があるように、「いくたびも参る心は初瀬寺、山も誓ひも深き谷川（初瀬〈長谷〉寺）」「父母の恵みも深き粉川寺、仏の誓ひ頼もしきかな（粉川〈河〉寺）」の巡礼歌（御詠歌）の上句と下句を合成し、寺名を初瀬寺から同じ西国三十三所観音巡礼の寺である勝尾寺に差し替えたものである。ちなみに勝尾寺の巡礼歌は「重くとも罪に祈りを勝尾寺、仏を頼む身こそ安けれ」である。

○一度さへ、やせたる殿を、山蜘《ぐも》が、糸引きかけて、天へ舞ひあがる

『越志風俗部　歌曲』所収「田植歌　出雲崎在、今町在、燕在」に「いちどさへやせたる殿につち（又山）ぐもが、いとはへかけて（又ヒキカケテ）天ッへまきあげる（又マヒアガル）」とある。これを見れば、良寛の遺墨が括弧内に示した方の別伝の歌詞にほぼ一致していることが確認できる。

○国上《くがみ》の舞台の上で舞ふ児は、ちごやないもの釈迦でまします

この歌謡についても、谷川氏「良寛と歌謡」六頁に指摘があるものの、『校注良寛全歌集』からは外されている例である。しかし、『越志風俗部　歌曲』所収「田植歌　出雲崎在、今町在、燕在」に冒頭を「清水の……」として収録される。もと田植歌であろう。

○苗代のいくひろの縄を、いく尋《ひろ》はへた、七ひろ八ひろ九ひろ十ひろ

谷川氏「良寛と歌謡」六頁に指摘があるものの、『校注良寛全歌集』からは外されている例であるが、『越志風俗部　歌曲』所収「田植歌　出雲崎在、今町在、燕在」に「苗代のいぬゐのいとは何とはる、七糸八糸九糸（七重と

八重と九重と賤）はる」という類歌が見える。

○苗代のまん中ごろに亀七つ、七つの亀にささら浪立つ

これも谷川氏「良寛と歌謡」六頁に指摘がありながら、『校注良寛全歌集』からは外されている例であるが、『越志風俗部　歌曲』所収「田植歌　出雲崎在、今町在、燕在」に「苗代のい（又ぐ）ぬゐの隅にかめなゝつ、なゝつのかめがさゞら波たつ」という類歌が見える。

○日は暮れて、浜辺を行けば、千鳥鳴く、どうとは知らず、心細さよ

この歌と前半の表現が共通する類歌としては、『中古雑唱集』所収「丹波国福智山辺の田植歌」に「夕暮に、川辺をみれば、千鳥なく、なけなけ千鳥、声くらべしやう」が指摘できる。この歌は田植歌として全国に流布していたようで、例えば京都府北桑田郡の田植歌に「日暮れて浜辺を行けば、千鳥なくソヨノ、千鳥啼け、まだなけ、千鳥声くらべソヨノ」、群馬県勢多《せた》・佐波《さわ》両郡の田植歌に「夕暮に浜辺を行けば、ヤーハノ千鳥啼く、千鳥啼く又啼け千鳥、ヤーハノ声くらべ」などと見える。越後のものでは、『俚謡集』に岩船郡の田植歌として「日を暮れて―浜辺を通れば、千鳥啼く、太郎殿」が類歌として挙げられよう。

○まま親《はは》に、花奉らしよ、何花を、せせなぎ照らす、因果の花

これは後述する「我が親に……」とともに、「老婆の図に題して」と詞書のある四首の短歌のうちの一首である。これのもととなった歌謡は『越志風俗部　歌曲』所収「田植歌　出雲崎在、今町在、燕在」に見える「まゝ親に花たてまらしやう何花を、せゝなぎたらすいぬたでの花」であろう。

○見れば惜し、及べば高し、はこ柿を、撓めてたもれ、丈高の殿

『越志風俗部　歌曲』所収「田植歌　出雲崎在、今町在、燕在」に冒頭を「これはほし……」として見える。

○弥彦山のぼりて見れば、西は海、東はなぎさ、北は松前

この歌についても、谷川氏「良寛と歌謡」六頁に指摘があるものの、『校注良寛全歌集』からは外されている例である。しかし、『越志風俗部　歌曲』所収「田植歌　出雲崎在、今町在、燕在」に採られている歌謡である。

○山伏の峰かけ衣、何と染む、よかたすそよき、袖は紅

これは『越志風俗部　歌曲』所収「田植歌　出雲崎在、今町在、燕在」に「山伏のほら（又峯）かけころも、何とそめう、かたすそ紺に、そではくれなゐ」とある歌謡をもとにしている。

○我が親《はは》に、花奉らしよ、何花を、天竺照らす、法蓮華の花

『越志風俗部　歌曲』所収「田植歌　出雲崎在、今町在、燕在」に「わが親に、花たてまらしやう、何花を、天竺照らす、法蓮花のはな」とある。

なお、谷川氏が良寛の作から除いた例のうち、次のものについては類歌と言えるような先行歌謡は現在までのところ確認できず、保留としておきたい。

○あはれさはいつはあれども、秋の夜の、虫の鳴く音に、八千草の花

○一度さへ、心にかへるとちうの町、双六碁盤からりころり

○久方の雪野に立てる白鷺は、己が姿に、身を隠しつつ

○独り寝の閨の燈、打消えて、我が影にさへ、別かぬままかな

○日は暮るる、鳥は森に、医者は友だち、みすすぎ川へ、小手を洗ひに

○弥彦山、おろちが池の根藤こそ、越後で生ひて、佐渡で花咲く

○山住みの、冬の夕の淋しさを、うき世の人は、何と語らむ

○山鳥が、谷から峰へ飛ぶ時は、尾羽根ひきずる、尾羽根ひきずる

谷川氏が指摘するように、これらが歌謡であることについては、ほぼ疑う余地がないであろうから、今後これら

と同じ歌謡を収録する歌集の捜索、類歌の検索などが必要である（これは本節の末尾に掲出した、良寛遺墨のなかの歌謡と考えられる例の同一歌、類歌の検索と併せて今後の調査課題である）。

以上、峯村、谷川両氏の指摘を確認しつつ、新見を交えて述べてきた。しかし、以上の他にも良寛の和歌としてまったく問題にされなかったもののなかにも、歌謡と密接なかかわりを有している例が存在する。次に指摘しておきたい。

○朝霧に、髪結ひあげて、花摘めば、殿御は招く、花はいそいそ

『越志風俗部　歌曲』所収「田植歌　出雲崎在、今町在、燕在」の一首「十七が髪ゆひあげて、花摘めば、殿さはいさむ、花もいそいそ」がこれの元歌と考えられる。良寛はこの田植歌の異伝歌を記したものであろう。

○思ふまじ思ふまじとは思へども、思ひ出しては袖しぼるなり

この歌は良寛が文政二年（一八一九）から翌三年に流行した天然痘によって亡くなった子どもを持つ親の立場で作った短歌と推定されて来た一首で、胸に強く迫るものがある。しかし、「思ふまじとは思へども」という表現は室町小歌にも見出されるもので、「隆達節歌謡（小歌）」五八番歌に「うつつなや、思ふまじとは思へども、君の情の深ければ」、同一〇八番歌に「思ふまいとは思へども、心任せにならにものを、神や仏のあるならば、我が心を変はらせて給ふれ」等に用いられている。そして、良寛と時空を同じくする歌謡としては『越志風俗部　歌曲』所収「まつさかぶし」に「思ひ出すまいとは思へども、おもひ出しては袖しぼる」があり、良寛はこの歌謡に拠ったものと考えられる。

○かへかへせ、かへさぬかへは植ゑつけて、田の神のまんくわおのりかけ、秋は穂に出て、ゆらりゆらり、ゆらりゆらり

この歌謡は途中の「田の神の……」以下の部分が、『越志風俗部　歌曲』所収「田植歌　出雲崎在、今町在、燕

在」に「田の神のおのりかけ、秋は穂に出て、ゆらりゆらり」と見える。

○今日の日のたたすこぼうは、どれがそだ、錦の小手に、綾の丸襷

『越志風俗部　歌曲』所収「田植歌　出雲崎在、今町在、燕在」に「けふの日の田ぬし（又ウシ）のおこは、どれがそだ、錦のこてに、綾の丸たすき」とあるのがこの元歌であろう。

○さいはかの、ひろさのままに、ころびきて、我が名も立てし、君が名も立つ

これは『越志風俗部　歌曲』所収「田植歌　出雲崎在、今町在、燕在」に見える「さえはかの、ひろさのままに、ころびきて、我名もたてば、君が名もたつ」という田植歌を小異で記したものであろう。

○盆の過ぎたに、力のないに、待ちる十五夜に、雨が降る

これも越後地方で古くから歌われて来た民謡のようで、小山直嗣『新潟県の民謡』には魚沼の平場地帯に分布する盆踊唄「よいやらさ」の一歌として「盆も過ぎれば、七夜も過ぎる、残る十五夜にゃ雨が降る」という歌謡が採集されている。

ところで、ここまでは従来は良寛の和歌とされてきたものが、実は歌謡であったということを述べてきた。しかし、一方では良寛の和歌や俳句そのものにも歌謡的性格が濃厚に窺えることも改めて指摘しておかなければならない。この点については近年発表された高橋庄次『手毬つく良寛』（平成9年・春秋社）に詳しい。高橋氏は良寛作品にしばしば見られる連作の技法を、歌謡に多い連続した文脈による句移りである「連珠句移り」の応用と指摘する。また、一首中に同じ句を反復させる方法も歌謡の詠法という。これらはきわめて重要な指摘と考えられる。良寛にとっての創作は、少なくともその一方法として、日常生活で馴染み親しんだ歌謡に基盤を置いていたことは間違いがない。

さらに高橋氏説に追加すれば、良寛が好んで創作中に取り込んだ「うかうか」「さけさけ」などの単語レベルの

反復も歌謡で多用されたいわば俗なる表現であった。また、田植歌を題材にした「手もたゆく植うる山田の娘子《をとめご》が歌の声さへやや哀れなり」「早苗とる山田の小田の娘子《をとめご》がうちあぐる歌の声のはるけさ」などの短歌を詠じているところからも、歌謡に対する関心の深さを看て取ることができよう。そもそも良寛の田植歌、はやり歌、民謡などへの関心の強さは、本節で既に紹介してきた多くの遺墨の存在が何よりも雄弁に語っているのである。

五　近代文学に見る良寛と歌謡

良寛没後、彼を慕う人々の期待に応える形で、良寛を主人公にした小説や戯曲などの文学作品が次々と創作されていった。それらのなかには必ずと言ってよいほど、子どもたちと手毬遊びに興じる良寛の姿が描かれることとなったが、その時に歌われる手毬歌をはじめ多くの歌謡が作品中に組み入れられた。本節では紙数に限界があるので、坪内逍遥作の戯曲『良寛と子守』（昭和4年・早稲田大学出版部）、新美南吉『良寛物語　手毬と鉢の子』（昭和16年・学習社）、瀬戸内寂聴『手毬』（平成3年・新潮社）の三作品を取りあげて、作品中に登場する良寛の歌謡に絞って考察しておきたい。

最初に坪内逍遥『良寛と子守』は一八頁の小品であるが、全編歌謡尽くしと呼ぶべき作品である。まず、赤子を背負ったおよしという女の子が、他の四人の女の子と「子買《こか》を子買《こか》を」と歌いながら遊戯をしている。その時に赤子が泣くので、「泣くなよい子だ、こんな物くりよに、暮れるまでにはまだ日が高い、ねんねしなされ、寝る子は可愛い、泣くを慰さの子守唄」「ねんねころろや、ねんころにゃァ、ねんねの守はどこへ往《い》た。あの山越えて佐渡へ往た。佐渡は四十五里、波の路」と歌う。前者は『俚謡集拾遺』に高田市（現、上越市）の「子守歌」として収録されている。また、後者はもともと『越志風俗部　歌曲』所収「まつさかぶし」や『俚謡集拾遺』所収新潟市

「潮来節」に「来いといふたとて、行かりやうか佐渡へ、佐渡は四十五里、浪の道」とみえる地元のはやり歌が、子守歌のなかに巧みに挿入されたもので、これ自体も『俚謡集拾遺』に長岡市の「子守歌」として採集されている。続けて佐渡の歌二首「沖のかがり火、涼しくふけてよ、夢を見るよな、佐渡島」「雪の新潟、ふぶきで暮れてよ、佐渡は寝たかよ、灯も見えぬ」が置かれる。赤子が寝た後には、「ア、イー、雪になりたや駒ケ嶽の雪に、アーイー、とけて流れて、ソーリャ、新潟女郎衆の化粧水、ヨーイヤサ〱」「ア、イー、竿に瓢箪秋の風が吹けば、アーイー、ころびころんで、ソーリャ、蔓めがくる〱搦《から》みつく、ヨーイヤサ〱」「石の地蔵さん頭が丸い、鴉とまれば投げ島田」「早く大きうなれなれ女子《めんこ》、なれば殿さへ嫁にやる」「盆だてがんに、茄子の皮の雑炊だ、あんまり盛りつけられて、鼻の頂上《てつかう》焼いたとや」という五首の歌謡が連続で歌われる。このうち第一首目は「〜になりたや」という有馬節の表現パターンを用いつつ、『山家鳥虫歌』安房国風・一六九番歌「山な白雪朝日にとける、とけて流れて三島へ落ちて、三島女郎衆の化粧水」を取り込んだ、『浮れ草』巻中・有馬の松「雪になりたや、箱根の雪になりたいな、そりゃ何故に、解けて流れて、流れて解けて、三島の女郎衆の肌触れたいわいな」の改作であろう。また、この第一首目に加えて第三首目「石の地蔵さん……」を併せた類歌に静岡県三島市周辺の民謡「農兵節」がある。

『良寛と子守』では常磐津を背にして良寛が登場する場面があるが、その詞章には良寛の手毬遊びを歌った長歌が下敷きにされている。そして手毬歌には「善導寺の鴉、お賽銭ぬすんで、田端へ寄つて、肴買うてたべて、喉に骨突き立つた。お千水くりよ、お万水くりよ。お千もやァだ。お万もやァだ。うろく鍋で、小石を積んで、ホ、ウあぶないところ」「おらが婆さは焼いた餅が好きで、隣へよばれて、四十八たべた、一つ残して袂へ入れて、馬に乗るとてコロ〱落し……」の二首が用いられている。このうち前者は『俚謡集拾遺』に高田市（現、上越市）の「手毬歌」として見えているものを逍遥が用いたことが知られる。手毬歌の後は船歌と追分節が繰り出される。それは「いづも崎の羽黒町で、その名も高いお茶屋の娘、髪は嶋田で黄楊《つげ》の櫛、著物は薩摩の紺がすり、帯は筑前上博多、白足袋はいて、下駄はいて、さらしの手拭ひ肩に掛け、小田原提灯手にさげて、姐さん、どこへ、と問うたれば、追分け習ひのその戻り、御所望ならば謡ひましよ」「今までは、それと知らずに浮気もしたが、ぬしとさだまりや、辛抱する」の二首である。この後さらに常磐津が続くが省略に従いたい。以上、『良寛と子守』の歌謡は一部良寛の和歌を利用して常磐津を創作している箇所があるものの、大半の歌謡は良寛遺墨とは無関係に、江戸期以来、越後地方で行われたはやり歌や子守歌を用いているものと考えられる。

次に新美南吉『良寛物語　手毬と鉢の子』であるが、まず幼い良寛が聞いた歌として「佐渡は四十五里、波の道、雨風ふいても宿がない、雨風ふいても宿がない」が登場する。また、越後の子どもたちが雪の日に歌う歌「ぼたぼた、雪ふるなや、浜のかかが泣くとや」と、玉島の子どもたちが歌う歌「雪は殿さん、雨はぞうり持ち」の二首が挙げられている。さらに玉島での手毬歌として、「麦ィついてェよォ麦ついてェ、おォ手にまァめが九つゥ、九つゥの豆を見ればァ、おォやの里がこォいしやァ……」「むこう通るは、伊勢の道者か、熊野道者か、肩にかけたるかァたびら……」という二首が使われている。後者の歌は手毬歌としてきわめて著名な一首であり、白隠慧鶴の禅画画賛にも用いられている。[24]これらの歌謡はいずれも良寛遺墨には見えない歌である。すなわち、良寛の郷里であった越後の民謡と全国で歌われた一般的な手毬歌を利用したものと考えてよい。

最後に瀬戸内寂聴『手毬』であるが、まず最初に歌謡が登場するのは、佐吉が手毬歌として越後の粉引き歌を歌ったという場面である。そこには「親も大事だ、いすすも大事、これが別れて行かれよか、いすすすんだら、おぬしのそばに、明けのからすの、鳴くまでも、いすすごいごい、こなごいごい、米がたかいに、子ができた、やれカカア、なじょしょ、こもにつつんで、川へ投げた」という歌謡が使われている。これは良寛遺墨にはないが、作中では佐吉が歌った歌であるから特に問題にならない。

次に良寛の歌として「阿波の鳴門がなに深かろば、わしが心にくらべては」という俗謡と、「お仙、お仙やなぜ髪結はぬ、櫛がないかや、鏡がないか、櫛や鏡は沢山あれど、ととさん死なれて、三吉江戸へ、何を楽しみ、髪結ふぞ」という手毬歌が、それぞれ「良寛さまのお作かもわからない」「良寛さまのお作だとうかがった」として紹介されている。前述のように、この二首はいずれも良寛遺墨に残るが、当時の巷間に行われていた歌謡で、良寛作とは考えられない。また、良寛が紙片に記した歌謡として「夜や寒き、衣やうすき、する墨の、音さへしのぶ閨の文、一筆染めて、顔あげて、きのふは恨み、けふは又こひしゆかしき、とり〴〵の、なにからさきへあゝしむき」「硯引寄書墨の音さへ忍ぶ閨の文、夜や寒き、衣や薄き、独寝の夢も破りて、うつとりと、一筆染めて顔あげて、昨日は恨み、今日はまた、恋しゆかしき、とり〴〵の、何から先へ、あゝしむき」のよく似た二首が使われている。これらの類歌は良寛遺墨に見えるもので、この著者が良寛遺墨をよく調査し、かなりの知識を持ってこの小説を執筆したことが窺える。

登場人物であるきくの突く手毬の歌には「ひい、ふう、みい、よう、いつ、むう、なな、ななつ、ならんで雁がいく、やっつ、山こえ、海こえて、ここのつ、困苦の旅の果、とおでとうとうついたとか、蓮の花咲く極楽へ、雁になりたや、籠の鳥、つばさ切られて、つながれて」という「数え歌形式」の歌謡が使われている。小説のなかではこの歌について、当人のきくに「わたしが口から出まかせに歌っているのです」と言わせている。当然ながら、この手毬歌は良寛遺墨には見えない。

おわりに

以上、良寛と歌謡について、手毬歌、伝承童謡、民謡・はやり歌、和歌などの様々な観点から述べてきた。このうち、民謡・はやり歌のなかには箏曲や三味線組歌、さらには神事歌謡の獅子踊歌が、また和歌と見られていたもののなかには歌形を同じくする田植歌の書き留めが多く混入していたことを明らかにすることができた。すなわち、良寛がかかわっていた歌謡は、手毬歌、伝承童謡、民謡・はやり歌、箏曲、三味線組歌、獅子踊歌、田植歌など同じ時空を生きた多くの庶民が享受した歌謡そのものであったことが確認できる。

最後に、以上に紹介できなかった歌謡と思われる良寛遺墨を掲出しておきたい。今後、同一歌や類歌が歌謡集から発掘されて、正当な位置付けがなされることを期待したい。

○仇な色、誰れに見しょとて、あの朝顔が、露の命を、持ちながら
○沖の白鷺、立つとは見えて、あとを濁さぬ、きよの鳥
○笠島のあげはの水はそらすとも、君が心は、そらすまへもの
○霞に見ゆる菅の笠、もはや隠れて、杉の陰
○川原柳の葉の露落ちて、淵となるまで、契りたや
○今日も一日、文書きながめ、いつが勤めの、かしくやら
○瀬田の唐橋、大蛇が巻いて、六十六部の、足とめた
○天上起鳥、南蛮味噌著て、三保の松原、医者さはぎ
○道楽、さらりとやめて、酒と煙草と、色ばかり
○殿さ帰りやれ、夜が更けました、天の川原が、西東
○庭の白石、殿御と思て、すでに戸開けて、入りよとした
○鉢たがき、鉢たがき、昔も今も鉢たがき、鉢たがき、鉢をたがき、鉢をたがいて、日を暮らせ
○廿日講の、こむなさか、塗り物、ただはくるるとも、おらいやよ、漆地ほしぬらひくは、投げはけの、たつた

一　刷毛

○東山からお月が出やるげだ、真つ赤で、でつかで、しよしよめくやうだ、お月隠す奴は、ろくな奴は隠さぬ、天のだいろく、天の悪魔の外道だ、そのさ隠す奴は、十七八

○人がつんとしたら、つんとして御座れ、負けて御座んな、一日も

○一つ目でさへ、諸国が見ゆる、二つ何しよぞ、欲がまし

○独り寝てさへ、小腹が立つに、烏猫めが、鼻なめた

○みかおやの、年の寄るきは哀しき、加茂川のかつぼ

○弥彦山、かたがた起きて、織る機は、七つ拍子に、八つ八つ拍子、九つ拍子に、君と寝ようし

○嫁御、嫁御、あと見て歩け、あとの髱《かもじ》が、みな解けてしまうた

注

（1）小著『近世歌謡の諸相と環境』（平成11年・笠間書院）第三章第五節「盤珪永琢『うすひき歌』研究序説」、第六節「盤珪永琢『麦春歌』研究序説」、第七節「白隠慧鶴『施行歌』研究序説」、第八節「白隠慧鶴『施行歌』続考」参照。

（2）注（1）掲出書第三章第九節「白隠慧鶴と近世歌謡」、第十節「仙厓義梵画賛の世界」参照。

（3）引用は谷川敏朗『校注良寛全歌集』（平成8年・春秋社）所収本文によった。ただし、漢字の当て方や清濁の判断は私見による。

（4）良寛の手毬愛好は、毬が円相につながる球体の形状であるところから由来するという推測も成り立つ。

（5）『手まりと手まり歌』（平成4年・東方出版）七〜八頁。なお、江戸時代におけるわらべ歌絵本の一種『絵本西川東童』にも「まり」として「ひいふうみよゝの手まりをまきたてしいとのより合いつもむつまじ」なる祐雅なる人の詠が収録されている。

（6）後者の長歌の例は「汝《な》」を導くための序として「ひふみよいむな《一二三四五六七》」という「な《七》」までの七音の数取りが用いられている。すなわち、和歌の技巧として数取りが置かれていると言ってよい。

（7）引用は東郷豊治『良寛全集』（昭和34年・東京創元社）下巻「俚謡調ほか」所収本文を基軸に据え、それにないものは大島花束『良寛全集』（昭和33年・新元社）、谷川敏朗『校注良寛全歌集』（平成8年・春秋社）所収本文によった。ただし、漢字の当て方や清濁の判断は私見による。また、本文自体に誤りがあると思われる箇所については、（　）を付して注記した。

（8）この歌謡集は奥書から、小泉蒼軒が出雲崎の本間李平から指南を受け、その際に書写したことが知られる。この歌謡集の「獅子踊歌」には「良寛上人附属」とあり、出雲崎に住した李平と良寛の間には交渉があったことが推定されている（『日本庶民文化史料集成』第五巻・歌謡〈昭和48年・三一書房〉所収『越志風俗部　歌曲』解説）。この指摘は妥当であろうが、ここでは良寛が地元の歌謡にも強い関心を示していたことを確認しておきたい。この「良寛上人附属」の記述については後述する。

（9）手毬歌の歌詞に多く用いられる「向ふ」という表現は、手元の毬から注意を逸らし、失敗を誘引させるための一種のかけひき的な役割を持つものであったものと推定できる。

（10）和田利男「良寛の俗謡」（『図書』第二七八号〈昭和47年10月〉）は、「「詩経に曰く」という詞書をつけた三編は良寛の作と見てよかろう。そのような詞書を添えた俗謡が巷間にうたわれているわけはないし、良寛ならば『詩経』をも読んでいたはずだからである」とするが、これは誤りである。良寛は『詩経』の一節から喚起される巷間の流行歌謡を選んでそれぞれ記したと考えられる。

（11）「良寛と歌謡」（『新潟中央高校研究年報』第二十四号〈昭和53年3月〉）九頁。

（12）拙稿「近世歌謡の絵画資料」（国文学研究資料館編・古典講演シリーズ4『歌謡―文学との交響―』〈平成12年・臨川書店〉）二〇四～二〇六頁参照。

（13）注（1）掲出書第四章第一節「近世童謡一考察」五二三～五三五頁においてこの伝承童謡について先行例を指摘し詳細に考証した。参照願いたい。

(14)　注（1）掲出書第三章第十節「仙厓義梵画賛の世界」五〇四〜五〇五頁参照。
(15)　注（11）掲出谷川論文一〜二頁。
(16)　注（1）掲出書第三章第九節「白隠慧鶴と近世歌謡」四四八〜四五〇頁参照。
(17)　峯村文人「良寛と歌謡」（『国文学　解釈と鑑賞』第二十巻第三号〈昭和30年3月〉）五一頁。なお、この論文の性格や意義については後述する。
(18)　小著『ことば遊びの世界』（平成17年・新典社）二一〇頁参照。
(19)　注（11）掲出谷川論文三頁。
(20)　注（11）掲出谷川論文二頁参照。
(21)　注（11）掲出谷川論文二頁。
(22)　『俚謡集』の岩船郡田植歌にはこの歌以外にも二首の類歌が採集されている。
(23)　『小唄打聞』にはこの歌を含めた三首について「今年寛政二戊甲斐の国より戻りし人のまさしく聞きし歌となん」という注を付している。
(24)　注（1）掲出書第三章第九節「白隠慧鶴と近世歌謡」四六八〜四六九頁参照。

第十節　『道歌心の策』小考

はじめに

禅宗の僧たち及び、禅宗に深くかかわった人々の道歌五十首を集めた歌集が江戸時代末期に編集刊行された。この書は『道歌心の策《むち》』（［図8］［図9］参照）と呼ばれ、多くの読者を得ることとなった。本節ではその『道歌心の策』をめぐる基礎的な考察を行いたい。なお、以下『道歌心の策』を本書と呼ぶこととする。

ところで、著者はかねてから道歌に関心を持っており、本書の版本および写本を複数所蔵していた。しかし、それは他の道歌集についても同様であり、本書だけに特段の関心を持っていたわけではなかった。しかし、その後禅文化研究所から本書の名を冠した和綴じの複製本が刊行され、その中身と著者所蔵本との間で齟齬が見られたのである。当初それは著者を戸惑わせたが、その後の検討の中で逆に本書への関心を呼び起こすこととなった。そして、それが本節を執筆する直接の要因となったのである。齟齬の具体的内容については後述するが、先に結論のみ言えば、禅文化研究所刊行の和綴じ複製本は『道歌心の策』と銘打つものの、実際には『道歌心の策』ではなく、その類本『道歌百人一首麓《ふもとのし》枝折《おり》』の複製本である。(1) 本節執筆の最大の目的はその指摘に他ならない。以下、本書の基礎的な位置付けから論を起こしていく。

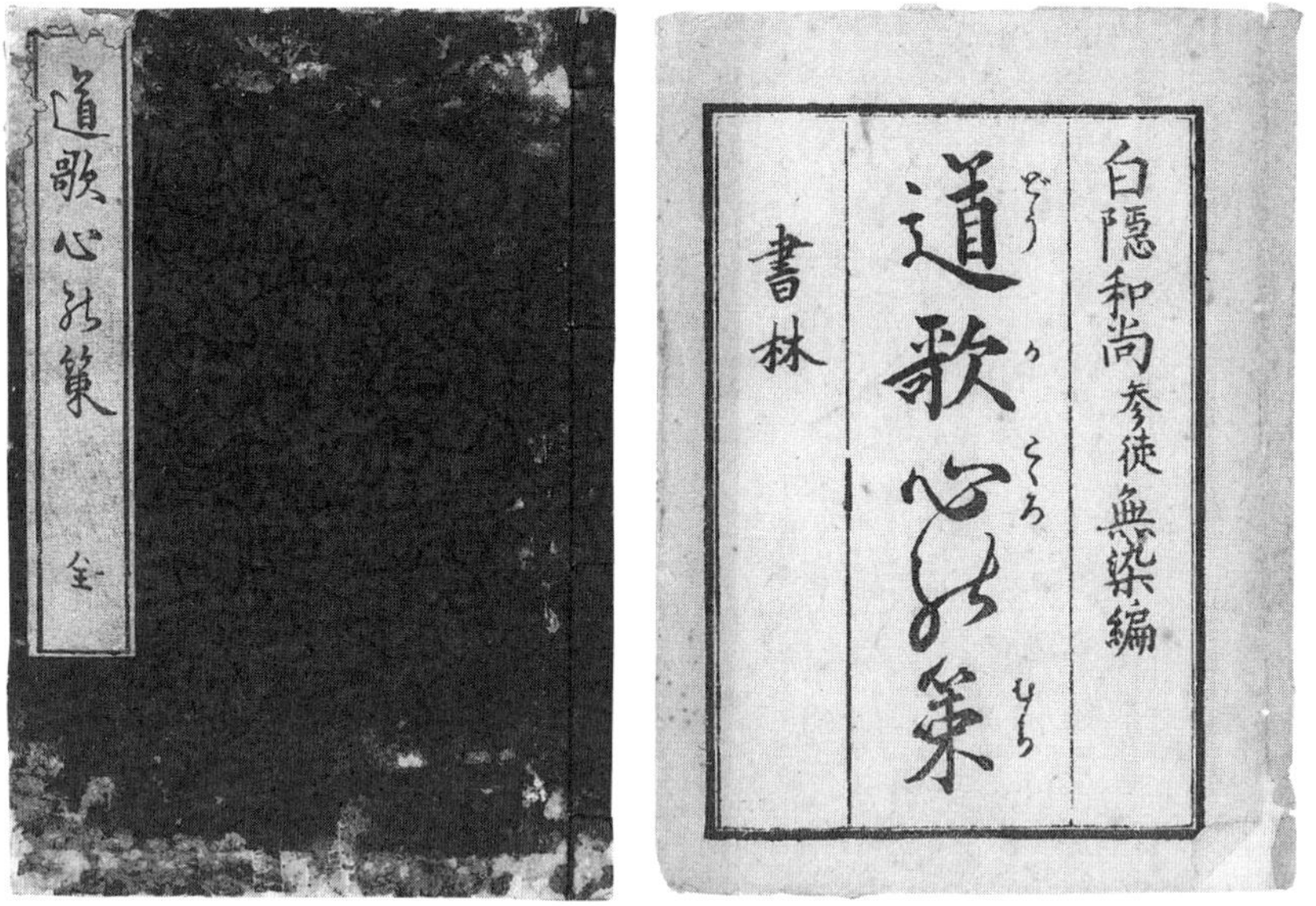

［図８］『道歌心の策』表紙（左）・外袋（右）

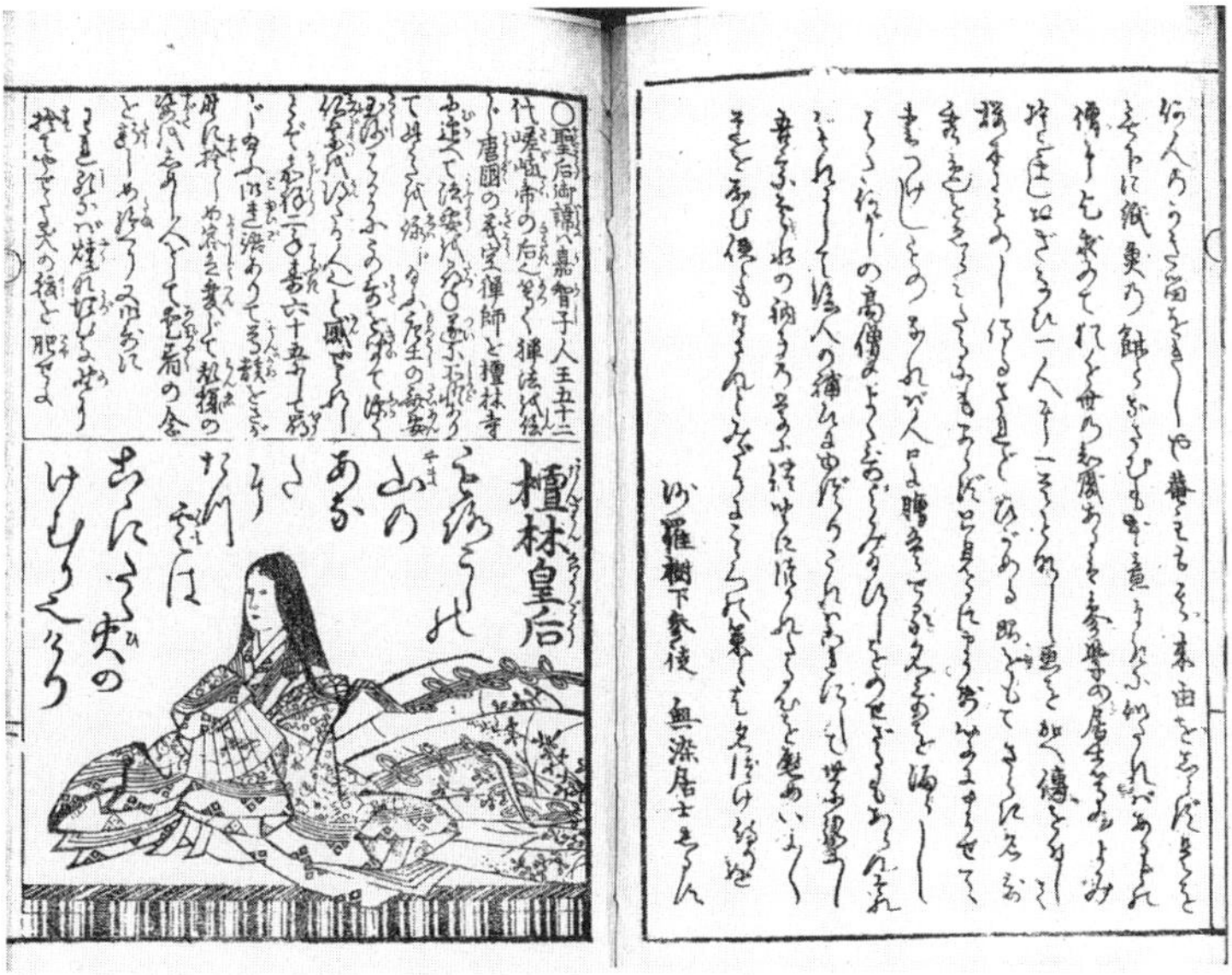

［図９］『道歌心の策』第一丁裏・第二丁表

一　『道歌心の策』諸本

『道歌心の策』という名を冠した版本は何度か上梓されたようである。ちなみに『国書総目録』によれば、天保四年（一八三三）版として国立国会図書館本が登録され、さらに刊年不明本として京都大学附属図書館本、駒沢大学附属図書館本、早稲田大学図書館本、東北大学附属図書館狩野文庫本、東洋大学附属図書館哲学堂文庫本、西尾市立図書館岩瀬文庫本、刈谷市立図書館本、お茶の水図書館成簣堂文庫本以下、合計十四本が見える。このうち、お茶の水図書館成簣堂文庫本の外題は『禅林五十人一首』とある。これは内容によって後人が補った外題と思われるが、この書名こそが本書の基本的な性格をよく表していると言える。[(2)] なお、天保四年版の国会図書館本の刊記には「京寺町三条下ル　めとぎや宗八」とあり、『白隠禅師施行歌』の版元のひとつとして知られる書肆からの上梓であることがわかる。[(3)] また、『国書総目録』には記載がないが、天保九年（一八三八）版も存在したようである。それというのも、架蔵本の写本に版本を書写した一本があるが、その末尾には「天保九戊戌年八月上旬　平安書肆」の刊記が見えるからである。これは明らかに元にした版本の刊年を記したもので、書写年時を記したものではない。今後、天保九年刊の版本『道歌心の策』の出現が期待される。

次に刊年不明本であるが、これらは同一の版元から同時に出版されたものではない。後述するように複数の版元から何種類かが出版されたが、いずれも本文に該当する道歌五十首とその上の欄に各僧侶の略歴を紹介する内容は、めとぎや版以下すべて同じである。すなわち、刊年不明の諸本群もめとぎや版、もしくはめとぎや版がもとにした板木（その再刻も含む）によっていることになる。これら刊年不明の諸本は管見に入ったものだけでも、小川源兵衛、小川多左衛門[(4)]、平井清兵衛、藤井佐兵衛などの書肆から売り出されたことが確認できる。めとぎや宗八も含めた以上の版元はすべて京都にあり、この書は京都を中心に人気を集め、繰り返し求版本が摺られたものと考えられる。一方、『道歌心の策』には刊年とともに書肆名までもが明示されていない版も複数存在するが、それらも装丁から判断して、少なくとも異なる数種類の版であることが指摘できる。『道歌心の策』の伝本をめぐるこのような状況は、この書が『百人一首』に見立てた内容を持つことも手伝ってか、都周辺で大人気を博し、需要が高かったことを意味している。なお、小川源兵衛、小川多左衛門、平井清兵衛は『道歌心の策』だけではなく、次に紹介する『道歌百人一首麓枝折』にも関与しており注意される。

二　『道歌心の策』と『道歌百人一首麓枝折』

架蔵の別の道歌集に『道歌百人一首麓枝折』があるが、そのうち小川源兵衛版と小川多左衛門・平井清兵衛連版には『道歌心の策』の出版広告が摺られている（小川源兵衛版には『主心お婆々粉引歌』版本にも同じ出版広告が見える）。前者は裏表紙の見返しに、後者は表紙の見返しに同文の半丁（一頁）分に及ぶ説明が掲げられている。次に掲出しておく。なお、掲出に際しては新たに句読点を補った。

白隠和尚参徒無染居士編

道歌心の策　　画入　小本一冊

此書は定家卿の百人一首に准らへ、禅家の祖建仁の栄西、永平の道元、由良の法灯、建長の大覚を始め、中頃にては大灯、夢窓、一休、沢庵、愚堂、盤珪、桃水、一糸等、近代にては鉄眼、天桂、面山、白隠、遂翁、東嶺など、其外名に聞ゆる法師、又参学の居士には北条時頼、楠正成、蜷川新右衛門、千利休、俳師芭蕉のたぐひ。日頃よみおかれしさとし哥を一人一首づつあつめ、其行状をしるし、おもしろく人を教へさとしたるもの也。

一方、『道歌百人一首麓枝折』の綿屋平兵衛版（弘化三年〈一八四六〉初夏求版）の表紙見返しに見える同書（「麓枝折」を除いた「道歌百人一首」という書名で掲げられる(5)）の内容説明は次のような文章である。こちらにも句読点を施して掲出する。

此書は定家卿の百人一首に准へ、聖徳太子を始め、弘法、傳教等、建仁の栄西、永平の道元、中古にては一休、沢庵、日蓮、蓮如、近代にては鉄眼、白隠など、名に聞えたる諸宗の祖師、其外参学の居士にては、北条時頼、楠正成、武田信玄、蜷川新左衛門《ママ》、千利休等を始めとして、俳諧師には芭蕉庵の翁、その他聞ゆる畸人異人の日頃よりして、詠みおかれし喩しの哥を撰み出し、一人に一首づつ輯めたる書也。

両者を比較してみると、その関係はきわめて密で、一方が他方をもとにして成立したことは疑いがない。後者に掲げた『道歌百人一首麓枝折』の内容説明は、『道歌百人一首麓枝折』の中でも後代の刊行に当たる弘化三年版のみに見えるものである。『道歌心の策』の出版広告を載せる『道歌百人一首麓枝折』の版は後述する二種の系統のうち、比較的早い時期の刊行と考えられるので、後者が先行する『道歌心の策』の出版広告をもとにして成立した可能性が高いものと言える。つまりここで確認しておきたいことは、簡単な転用が可能なほど『道歌心の策』と『道歌百人一首麓枝折』の内容が近接しているということに他ならない。

ここで『道歌心の策』と『道歌百人一首麓枝折』の両書の構成を示しておきたい。まず、『道歌心の策』は最初に無染居士と名乗る人が記した「戯言細語第一義に帰す……」で始まる一丁分の序文を置く（第一丁表、裏）。続いて五十人の道歌五十首を、それぞれ半丁（一頁）分を使って掲載する（第二丁表～第二十六丁裏）。その部分は上下の二段組で、下段の方にやや広いスペースが割かれている。まず、下段に道歌を作者の絵入りで示す。一方、上段には作者の略歴と逸話が十行程度で記されている。すなわち百人一首ならぬ五十人一首の形式を採っていると

[表Ⅰ]

歌番号	『道歌心の策』	『道歌百人一首麓枝折』	道歌の異同
1	檀林皇后	檀林皇后（５）〈６〉	同
2	栄西禅師	栄西禅師（28）〈28〉	同
3	明慧上人	明慧上人（25）〈24〉	異
4	道元和尚	道元禅師（27）〈26〉	異
5	法灯国師	法灯国師（35）〈35〉	異
6	大覚禅師	大覚禅師（36）〈36〉	異
7	法心上人	法心上人（37）〈40〉	同
8	無住長老	無住国師（34）〈33〉	異
9	北条相模守平時頼	北条相模守平時頼（44）〈44〉	異
10	仏国国師	仏国国師（38）〈37〉	異
11	如大禅尼	如大禅尼（43）〈41〉	同（小異）
12	大灯国師	大灯国師（45）〈45〉	異
13	夢窓国師	夢窓国師（46）〈46〉	異
14	万里小路藤房卿	万里小路中納言藤房卿（52）〈52〉	異
15	楠正成	楠河内判官橘正成（51）〈50〉	同
16	仏徳禅師	仏徳禅師（48）〈49〉	異
17	月庵禅師	月庵禅師（54）〈55〉	同
18	楠三良兵衛正勝	（なし）	（なし）
19	徹書記	正徹書記（60）〈60〉	異
20	一休和尚	一休和尚（64）〈64〉	異
21	蜷川新右衛門親当	蜷川新右衛門親当（66）〈66〉	異
22	一路居士	（なし）	（なし）
23	玄虎蔵主	玄虎蔵主（59）〈59〉	異
24	蜷川親当妻	蜷川親当妻（70）〈70〉	同
25	内大臣実隆公	（なし）	（なし）
26	千利休居士	千利休（74）〈73〉	異
27	沢庵和尚	沢庵禅師（75）〈74〉	異
28	雲居和尚	雲居国師（76）〈75〉	異

29	愚堂和尚	（なし）	（なし）
30	一糸和尚	一糸国師（79）〈77〉	異
31	大愚和尚	（なし）	（なし）
32	大納言光広卿	烏丸権中納言光広卿（80）〈78〉	異
33	桃水和尚	（なし）	（なし）
34	盤珪禅師	盤珪国師（81）〈80〉	同
35	鈴木正三	鈴木正三（78）〈79〉	異
36	無難禅師	無難禅師（77）〈76〉	異
37	梅天禅師	梅天禅師（82）〈82〉	異
38	鉄眼和尚	鉄眼禅師（91）〈89〉	同
39	沢水禅師	沢水禅師（92）〈90〉	同
40	慧極禅師	（なし）	（なし）
41	月坡禅師	（なし）	（なし）
42	芭蕉庵桃青	芭蕉庵桃青（86）〈84〉	異
43	拙堂和尚	拙堂和尚（93）〈92〉	異
44	売茶翁	売茶翁月海（97）〈96〉	同
45	覚芝禅師	（なし）	（なし）
46	天桂和尚	天桂和尚（94）〈94〉	異
47	面山和尚	（なし）	（なし）
48	白隠和尚	白隠和尚（96）〈93〉	異
49	遂翁和尚	（なし）	（なし）
50	東嶺和尚	（なし）	（なし）

言える。作者五十人は禅僧もしくは禅の道に深く関与した人で占められる。この五十人一首部分の作者については、『道歌百人一首麓枝折』との対照表を［表Ⅰ］として掲出する。

『道歌百人一首麓枝折』の欄の算用数字は（　）が後述するⅠ類本系統での、また〈　〉がⅡ類本系統での歌順による歌番号である。なお、表の右欄には『道歌心の策』と『道歌百人一首麓枝折』の両書に共通して収録される作者の道歌が同じ歌であるか否かを示した。これを具体的に示したものが次の［表Ⅱ］である。

［表Ⅱ］

1もろこしの山のあなたにたつ雲はこゝにたく火のけむり也けり（檀林皇后）

（5）〈6〉もろこしの山のあなたに立雲はこゝにたく火のけむり成けり（檀林皇后）

2奥山の杉のむらだちともすればおのが身よりぞ火を出しける（栄西禅師）

（28）〈28〉奥山の杉のむらだちともすればおのが身よりぞ火を出しける（栄西禅師）

3いつまでか明ぬくれぬといとなまん身は限りあり事は尽せず（明慧上人）

（25）〈24〉さまぐ〵に浮世のしなはかはれ共死る一つは替らざりけり（明慧上人）

4水鳥のゆくもかへるも跡たえてされども道は忘れざりけり（道元和尚）

（27）〈26〉はる風にほころびにけり桃花枝葉に残るうたがひもなし（道元禅師）

5何事も夢まぼろしとさとりては現なき世の住居也けり（法灯国師）

（35）〈35〉おのづから心もすまず身もすまず萱が下葉のつゆの月影（法灯国師）

6年毎にさくやよし野の山ざくら樹を割てみよ花のありかは（大覚禅師）

（36）〈36〉苦をも見ず楽をもしらぬそのときは善悪ともにおよばざりけり（大覚禅師）

7あしなくて雲のはしるもあやしきに何をふまへて霞たつらん（法心上人）

（37）〈40〉あしなくて雲のはしるもあやしきに何をふまへて霞たつらん（法心上人）
8世の中はあるにまかせてあられけり有んとすればあられざりけり（無住長老）
（34）〈33〉曇りなきこゝろの月はむかしより待をしむべき山の端もなし（無住国師）
9心こそこゝろまよはす心なれこゝろよこゝろこゝろゆるすな（北条相模守平時頼）
（44）〈44〉幾たびかおもひ定て替るらむたのむまじきはこゝろなりけり（北条相模守平時頼）
10たてぬ的ひかぬ弓にて放つ箭はあたらざれどもはづれざりけり（仏国国師）
（38）〈37〉雲はれてのちのひかりとおもふなよもとより空に有明の月（仏国国師）
11とやかくと工みし桶の底ぬけて水たまらねば月もやどらず（如大禅尼）
（43）〈41〉千代野をがいたゞく桶の底ぬけてみづたまらねばつきも宿らず（如大禅尼）
12三十余りわれも狐のあなにすむ今化さるゝ人もことわり（大灯国師）
（45）〈45〉座禅せば四条五条のはしのうへゆきゝの人を深山木にして（大灯国師）
13きくは耳みるは眼のものならばこゝろは何のぬしとなるらん（夢窓国師）
（46）〈46〉いづくよりうまれ来るともなきものを帰るべき身と何歎くらむ（夢窓国師）
14ふく時は音さはがしき山かぜもふかざるうちは何と成らん（万里小路藤房卿）
（52）〈52〉すみ捨る宿をいづくと人問はゞあるじや庭のまつに答へむ（万里小路中納言藤房卿）
15仁と義と勇にやさしきものゝふは火にさへやけず水に溺れず（楠正成）
（51）〈50〉仁と義と勇にやさしき大将は火にさへ焼ず水に溺れず（楠河内判官橘正成）
16ふればまづつもらぬうちに吹捨て風ある松は雪をれもせず（仏徳禅師）
（48）〈49〉いづれをか我とはいはむかりにたゞ土水火風あはせたる身を（仏徳禅師）

17枯果てしかも花さく梅が枝に声をもたてず鶯の啼（月庵禅師）
（54）〈55〉枯果てしかもはなさく梅が枝にこゑをもたてず鶯のなく（月庵禅師）
18笛竹の声のあるじを尋ぬれば地水火風の四大なりけり（楠三良兵衛正勝）
19出るとも入とも月を思はねばこゝろにかゝる山の端もなし（徹書記）
（60）〈60〉しら露のおのが姿をそのまゝにもみぢにをけばくれなひの玉（正徹書記）
20本来の面目坊が立姿ひとめみしより恋とこそなれ（一休和尚）
（64）〈64〉釈迦といふいたづらものが世に出ておゝくの人をまよはするかな（一休和尚）
21生れぬるこの暁に死ぬればけふの夕部は秋風ぞふく（蜷川新右衛門親当）
（66）〈66〉遠からぬもとのさとりの都鳥こと問ひとのなきぞかなしき（蜷川新右衛門親当）
22月やみむ月にはみへずながらへてうき世をめぐる影もはずかし（一路居士）
23われもなく人も渚のうつぼぶね月ばかりこそ乗とみへける（玄虎蔵主）
（59）〈59〉諸行みな無常なりとて世をすつる人のこゝろになるよしもがな（玄虎蔵主）
24あさ糸の長しみぢかしむつかしや有無のふたつに何か放れん（蜷川親当妻）
（70）〈70〉あさ原のながし短しむつかしやうむのふたつにいつかはなれむ（蜷川親当妻）
25おしゑぬにわれから我とこゝろへて恋をぞ人のならふものかは（内大臣実隆公）
26こゝろだに岩木とならば其侭に都のうちも住よかるべし（千利休居士）
（74）〈73〉寒熱の地獄にかよふ茶柄杓もこゝろなければくるしみもなし（千利休）
27仏法と世法は人の身とこゝろひとつかけてもたゝぬものなり（沢庵和尚）
（75）〈74〉おもへ唯満ればやがてかくる月のいざよひの間や人の世中（沢庵禅師）

28物毎に執着せざるこゝろこそ無念無想の無住也けり（雲居和尚）
（76）〈75〉何事もけふの歓楽すぎぬれば必らずあすの苦患とぞなる（雲居国師）
29あし原や絶てひさしきのりの道を踏わけたるは此翁かな（愚堂和尚）
30梅が香をさくらの花に匂はせて柳の枝にさかせてしがな（一糸和尚）
（79）〈77〉得道はありけるものをとなりなる親仁が提し燧袋に（一糸国師）
31しればまよひ知らねば迷ふのりの道何か仏のまこと成らん（大愚和尚）
32花ざかりみし人いづら塵ひとつ積らぬさきのみよし野の山（大納言光広卿）
（80）〈78〉さればとて覚ずもあれなまよひきてとても夢みる此世なりせば（烏丸権中納言光広卿）
33念仏もしゐて申はいらぬ事もし極楽を通り過ては（桃水和尚）
34さしむかふ心ぞきよき水かゞみ色つかざれば垢つきもせず（盤珪禅師）
（81）〈80〉さしむかふ心ぞ清き水かゞみ色づきもせず垢付もせず（盤珪国師）
35さし出る鉾先おれよ物毎にをのが心をかな槌として（鈴木正三）
（78）〈79〉釈迦あみだ嘘つけばこそ仏也まことをいはゞ凡夫なるべし（鈴木正三）
36わが法は柳の糸のもつれ髪ゆふにいわれずとくにとかれず（無難禅師）
（77）〈76〉耳に見て目にきくならばうたがはじいのち也けり軒の玉水（無難禅師）
37しらざるは佛も人も同じことさてこそ人の迷ひこそすれ（梅天禅師）
（82）〈82〉稲づまのかげにさきだつ身をしればいまみるわれにあふ事もなし（梅天禅師）
38釈迦阿弥陀地蔵薬師と名はあれど同じ心の仏也けり（鉄眼和尚）
（91）〈89〉釈迦あみだ地蔵やくしと名はあれどおなじこゝろの仏なりけり（鉄眼禅師）

39何事もいふべきことはなかりけり問で答る松かぜの音（沢水禅師）
（92）〈90〉何事もいふべきことはなかりけり問はで答るまつかぜの音（沢水禅師）
40それもみなそれにあらねば竜田山紅葉の錦たれか織けむ（慧極禅師）
41染ねどもおのが色々おのづから松はみどりに雪は白妙（月坡禅師）
42仏法は障子の引手峯のまつ燧袋にうぐひすの声（芭蕉翁桃青）
（86）〈84〉おもふ事ふたつ除たる其跡は花の都もいなかなりけり（芭蕉翁桃青）
43八百のうそを上手にならべても誠ひとつにかなはざりけり（拙堂和尚）
（93）〈92〉為べき事かたづける気は善所也せずにおく気はいつもくるしむ（拙堂和尚）
44笛ふかず太鼓たゝかず獅子舞の跡あしになる胸のやすさよ（売茶翁）
（97）〈96〉笛ふかず太鼓たゝかず獅子まいのあと足になるむねの安さよ（売茶翁月海）
45生死事大のがれはなゐぞもろ人よきのふの夢がけふもさめねば（覚芝禅師）
46まゝよやれ住ばこそあれ難波江によしといふともあしといふとも（天桂和尚）
（94）〈94〉仏とは唯むすびしかしらいとの賤のをだ巻くりかへしみよ（天桂和尚）
47ひと口に呑たる水の冷たさを人の問ともいかゞ答へん（面山和尚）
48山居せばよし野の奥よそれよりは隻手の声やふかきかくれ家（白隠和尚）
（96）〈93〉きかせばや信太の森のふる寺のさよふけがたのゆきのひゞきを（白隠和尚）
49うか〳〵と月日を過す修行者をゐづゝの上の茶椀とやみん（遂翁和尚）
50あらわれて鏡にものは移れども中々色は分らざりけり（東嶺和尚）

（1）〈1〉櫓も櫂もわれとはとらで法の道たゞ船ぬしにまかせてぞ行（聖徳太子）
（2）〈2〉斑鳩や富の緒川のたえばこそわが大君の御名は忘れじ（片岡飢人）
（3）〈4〉たらち根のをらで着たるから衣いま脱捨るよし野河上（役行者）
（4）〈3〉山鳥のほろ〳〵と鳴声きけば父かとぞおもひはゝかとぞおもふ（行基菩薩）
（6）〈7〉中々に山の奥こそすみよけれくさ木は人の善悪をいはねば（中将姫）
（7）〈5〉するの世はいのり求むる其ことのしるしなきこそしるし也けり（伝教大師）
（8）〈8〉あしゝともよしともいかにいゝはてむ折々かはる人の心を（弘法大師）
（9）〈9〉世の中は迚もかくてもおなじ事宮もわらやも果しなければ（蟬丸）
（10）〈10〉雲しきて降はる雨はわかねどもあきの垣根はおのがいろ〳〵（慈覚大師）
（11）〈11〉法の舟さして行身ぞもろ〳〵の神も仏も我をみそなへ（智証大師）
（12）〈13〉憂事は世にふるほどのならひぞとおもひもしらで何なげくらん（慈慧僧正）
（13）〈12〉極楽は直き人こそまいるなれ曲れるこゝろ深くとゞめよ（空也上人）
（14）〈16〉よろこぶもなげくもあだに過る世をなどかはいとふこゝろなるらん（永観律師）
（15）〈14〉夜もすがら仏の道をもとむればわが心にぞたづね入ぬる（恵心僧都）
（16）〈15〉出る息の入るいきまたぬ世の中をのどかに君は思ひけるかな（安養尼）
（17）〈17〉夢のうちはゆめもうつゝもゆめなればさめては夢もうつゝとぞしれ（覚鑁上人）
（18）〈19〉いかにせん身をうきくさの荷をおもみつゐのすみかやいづくなるらん（増賀上人）
（19）〈21〉とくうまれさらずばさてもやすらはで二仏の中にあふぞかなしき（性空上人）
（20）〈18〉法の花八巻ばかりにかぎらめや松竹さくら当意即妙（和泉式部）

(21)〈20〉世を捨るすつる我身はすつるかはすてぬ人こそ捨る也けり（西行法師）
(22)〈22〉いづくにも我法ならぬのりやあると空吹かぜにとへどこたへず（慈鎮和上）
(23)〈23〉さだかにもうき世の夢をさとらずば闇のうつゝに猶や迷はむ（隆寛律師）
(24)〈25〉月かげのいたらぬさとはなけれ共ながむる人のこゝろにぞすむ（法然上人）
(26)〈27〉立よりてかげもうつさじ流れてはうき世にいづる谷川の水（解脱上人）
(29)〈30〉悟る道まよふ街とわかれてもおのがこゝろの外にやはある（聖光上人）
(30)〈31〉山賤の白木の合子そのまゝにうるしつけねばはげ色もなし（善慧上人）
(31)〈29〉いにしへの鎧にかはる紙子には風の射る矢も通らざりけり（熊谷蓮生坊）
(32)〈34〉立かへりふたゝびものをおもふなよいつのわかれかうからざるべき（称念上人）
(33)〈32〉身をおもふ人こそげにはなかりけりうかるべき世の後をしらねば（円空上人）
(39)〈38〉人間にすみし程こそ浄土なれさとりてみれば方角もなし（親鸞聖人）
(40)〈39〉こゝろから流るゝ水をせきとめておのれと淵に身をしづめけり（一遍上人）
(41)〈43〉長閑なるみづにはいろもなき物を風のすがたや浪と見ゆらん（陀阿上人）
(42)〈42〉こゝろからよこしまに降あめはあらじかぜこそよるの窓はうつらめ（日蓮上人）
(47)〈47〉村雨の音羽の山のほとゝぎす啼一声はまがはざりけり（等持院左大臣尊氏公）
(49)〈51〉何事も身のむくひぞとおもはずば人をも世をもうらみはてまじ（愚中禅師）
(50)〈48〉すべらぎの山賤になるおしへこそ佛につかふのりの道なれ（無文禅師）
(53)〈53〉欲ふかき人の心とふる雪はつもるにつけて道を忘るゝ（寂室和尚）
(55)〈54〉じひの目ににくしとおもふ人はなし科ある身こそ猶哀れなれ（真阿上人）

(56)〈56〉思ひたつこころもの色はうすく共かへらじ物よすみぞめのそで（向阿上人）
(57)〈57〉神も見よ仏もてらせ我こゝろ後の世ならでねがふ日もなし（隆堯法印）
(58)〈58〉火宅にはまたもや出む小車にのり得てみればわがあらばこそ（音誉上人）
(61)〈98〉はねばはねおどらば踊れはる駒ののりのこゝろはしる人ぞしる（宥快僧都）
(62)〈61〉偽りもまこともともになかりけりまよひしほどのこゝろにぞわく（公朝僧正）
(63)〈62〉一たびも仏をたのむこゝろこそまことの法にかなふ道なれ（蓮如聖人）
(65)〈63〉いづくにもこゝろとまらば住かえよながらへばまた元の古郷（龍宗和尚）
(67)〈67〉遁世のとんは時代にかきかえむむかしはのがる今は貪る（建仁雄長老）
(68)〈65〉いづくとも心とゞめぬうき雲はいかなる山のうへもいとはず（南禅春林西室）
(69)〈68〉いへばうしいはねば胸にさはがれておもはぬさきや仏なるらん（後小松院侍女一休母）
(71)〈71〉かゝるときさぞな命のおしからむ兼てなき身とおもひしらずば（太田左金吾持資入道道灌）
(72)〈69〉人は城人はいしがけ人は堀なさけは味方あだは敵なり（武田法性院大僧正信玄）
(73)〈72〉よしや世にいはねの小まつとし経ともまち見んほどはこがらしのかぜ（興山上人）
(83)〈81〉おもへ人唯ぬしもなき大空のなかにはもなく海山もなし（元政上人）
(84)〈85〉身にうときつえだに身をば助けりこゝろよもとの心わするな（妙立和尚）
(85)〈83〉たてよこの五尺にたらぬくさの庵むすぶもつらし雨なかりせば（仏頂和尚）
(87)〈86〉鳥といへばとりにもあらぬ蝙蝠のあたひむなしきすみ衣かな（以八上人）
(88)〈87〉井のはたに遊ぶ子よりもあぶなきは後生ねがはぬ人の身のうへ（袋中和尚）
(89)〈88〉中々に身を思はねば身ぞやすしみをおもふにぞ身はくるしけれ（無能和尚）

〈90〉〈91〉あさ夕のくちより出る仏をばしらですぎにしことぞかなしき（諦忍律師）
〈95〉〈95〉一時もあだにはなさじさりとてはあひがたき身のくれやすき日を（古月禅師）
〈98〉〈97〉野辺みればしらぬけぶりの今日もたつ翌のたきゞやたが身なるらん（涌蓮法師）
〈99〉〈99〉すつる名もまたよばれんとおもふぞよ三世の仏の其後の世に（法源禅師）
〈100〉〈100〉あれを見よ鳥辺の山の夕烟それさへかぜにをくれさきだつ（元和上皇御製）

『道歌心の策』の構成に話を戻すと、末尾には裏表紙見返しに刊記が位置するが、これを欠く本も多く存在することは既に述べた。管見に入った『道歌心の策』の諸本すべてがこの構成によっている。

一方、『道歌百人一首麓枝折』は二種の系統に分類できる。より古い成立と考えられる第一の系統を本節ではⅠ類本系統と呼ぶことにする。このⅠ類本系統は最初に筆者不明の「かの京極黄門卿の小倉百首に習ひて……」で始まる半丁分の序文を置く（第一丁表）。続いて百人の道歌百首を掲載するが、この部分の構成は冒頭の聖徳太子、片岡飢人、役行者の三人の道歌を作者の絵入りで見開きの形で掲載し（第一丁裏〜第二丁表）、続く行基菩薩、檀林皇后、中将姫の三人も同じく見開きとする（第二丁裏〜第三丁表）。そして次の伝教大師からの九十二人は見開き四人ずつの掲載で（第三丁裏〜第二十六丁表）、最後の法源禅師と元和上皇の二人は本文料紙最末尾の半丁に収録する（第二十六丁裏）。それぞれの作者には割注の形式で、作者名に続けて簡単な略歴を掲載している。なお、この系統のうち、弘化三年の綿屋平兵衛版には、表紙見返しに半丁分の内容説明が添えられている。これは次に紹介するⅡ類本系統と比較すると、内容が豊富で紙数も多いので、広本と呼んでもよい性格を持っている。架蔵本では小川源兵衛版と小川多左衛門・平井清兵衛連版がこの系統に属する。

これに対してもう一種の系統は略本とでも称すべきもので、Ⅱ類本系統と呼ぶことにする。この系統本は冒頭に序文がなく、最初の丁から百人の道歌百首を作者の絵入りで掲載する。まず聖徳太子一人で半丁分を割き（第一丁表）、以下半丁に三人ずつ掲載する（第一丁裏〜第十七丁裏）。Ⅰ類本系統に見られた作者の略歴は見えない。そして末尾は裏表紙見返しの刊記である。架蔵本では名古屋の書肆美濃屋清七版がこの系統本に該当する。

『道歌百人一首麓枝折』の二つの系統(6)に掲載される百人の作者とその道歌百首はまったく同一であるが、配列には若干の異同が認められる。これについては［表Ⅰ］［表Ⅱ］のなかで示された（　）〈　〉によって見て取ることが可能である。

『道歌心の策』『道歌百人一首麓枝折』という両書の大きな相違は前者が禅宗にかかわる五十人の道歌のみに限定しているのに対し、後者は禅宗以外の宗派の人物も含めて倍の百人の道歌を収録している点が挙げられる。

ところで、前述のように禅文化研究所から和綴じ本の体裁で刊行された一書に『道歌百人一首　心の策』がある。この書はきわめて特異な内容を持っている。すなわち、冒頭に『道歌心の策』の無染居士の序文と『道歌百人一首麓枝折』Ⅰ類本系統の序文の両方を置く。そして、続く道歌部分には『道歌百人一首麓枝折』Ⅰ類本系統の百首が収録される。末尾の刊記はない。筆者は『道歌心の策』及び『道歌百人一首麓枝折』の架蔵本を合計十本ほど所有しており、また国立国会図書館、東京大学総合図書館、早稲田大学図書館、大阪市立中央図書館などの所蔵本を精査したが、このように両方の序文を併せ持っている本はいまだ管見に入っていない。また、『道歌百人一首　心の策』という外題を持つ本にも出会っていない。私見を述べれば、この禅文化研究所本は本来『道歌百人一首麓枝折』であったものが、どういう理由からか『道歌心の策』の序文を取り込んだものであると考える。したがって、本来は五十首本の「心の策」と銘打つべきではなく、百首本の「麓枝折」と呼ぶべき性格を持つものである。ただし、この両書が同じ版元から上梓され、内容的にも近似していたため、このような混乱が起ったものと推定される。以下、さらにこの両書の関係を論じていくこととする。

三　『道歌心の策』所収道歌の位置

『道歌心の策』と『道歌百人一首麓枝折』の関係を考察する際に、前掲の［表Ⅰ］［表Ⅱ］はきわめて参考になるものと考える。これらの表から『道歌心の策』に道歌が採られた五十人のうち、『道歌百人一首麓枝折』Ⅰ類本系統にも取られた作者は三十八人であり、十二人が採られなかったことがわかる。そして、その三十八人の道歌の異同を調査すると、同じ歌が十一首（小異一首を含む）で異なる歌が二十七首となる。また『道歌百人一首麓枝折』Ⅰ類本系統とⅡ類本系統の道歌作者及び収録される道歌が、配列順には異同があるもののまったく重なっていることもわかる。『道歌百人一首麓枝折』の収録作者で『道歌心の策』に採られなかったのは六十二人で、その大半が禅宗以外の僧侶であるが、一部には禅宗にかかわりながら採られなかった人物も存在する。それには愚中禅師、無文禅師、寂室和尚、龍宗和尚、建仁雄長老、南禅春林西堂、仏頂和尚、古月禅師、法源禅師などの禅僧がおり、さらに足利尊氏、一休母、武田信玄などもこれに加えてよいであろう。

ところで、ここで『道歌心の策』所収の道歌五十首について考察していきたい。まず、これらの他の出典を調査していくと興味深い事実が指摘できる。すなわち、算用数字の2を付した栄西禅師「奥山の……」は『一休可笑記』に見える一休伝承歌である。『一休可笑記』には他に7番歌の法心上人「あしなくて……」が法心の詠として見える。また、5番歌である法灯国師「何事も……」は『一休和尚法語』に法灯の道歌として見えている。『一休和尚法語』には他に11番歌の如大禅尼「とやかくと……」も収録される。この歌は『道歌百人一首麓枝折』の「千代野《(能)》をが……」を小異で伝える異伝歌である。『一休和尚法語』にはさらに14番歌の万里小路藤房卿「ふく時は……」も見える。この道歌は『一休咄』にも蜷川新右衛門の詠として収録される伝承性の強い道歌である。6番歌の大覚禅師「年毎に……」は『一休骸骨』に収録される道歌である。9番歌の北条相模守平時頼「心こそ……」は特に著名な道歌で多くの書物に収録されているが、一休関連書では『一休法のはなし』に見える。さらに20番歌はもともと一休の道歌として収録される「本来の……」であるが、これも『一休咄』に見えている。同じく21番歌の蜷川新右衛門親当「生れぬる……」と24番歌蜷川親当妻「あさ糸の……」も『一休咄』にそれぞれ蜷川と蜷川女房の詠として収録されている。28番歌の雲居和尚「物毎に……」は『一休和尚往生道歌百首』に、37番歌の梅天禅師「しらざるは……」は『一休水鏡』にそれぞれ収録されている道歌である。以上のように『道歌心の策』所収の道歌は、一休の名を借りた一休仮託書や一休説話集のなかで伝承されてきた歌が多いことが指摘できる。この事実は『道歌心の策』が先行する一休仮託の道歌を再利用したことを窺わせるものである。(7)

最後に『道歌心の策』の一休関連書以外の出典及び作者の問題について簡単に指摘しておきたい。まず出典をめぐって指摘しておく。前掲9番歌「心こそ……」は『一休法のはなし』の他、古くは『古今和歌六帖』にそのルーツとなったと思われる類歌が見え、その後も沢庵の『不動智神妙録』や『鳩翁道話』『百物語』などに採られた伝承歌である。この伝承歌を西（最）明寺殿と呼ばれ、後代に著名な教訓道歌を創作したと伝えられた北条時頼の歌と仮託したことは注目しておく必要があろう。11番歌の如大禅尼「とやかくと……」は近世になって特に多くの書物に収録された道歌で、浄瑠璃や随筆の中に散見する。(8) 30番歌の一糸和尚「梅が香を……」は実は『後拾遺和歌集』春上所収中原到時作の古歌である。『源氏物語』の引歌となり、『宝物集』『太平記』『宴曲集』以下多くの文芸にも引用された著名な和歌である。31番歌の大愚和尚「しればまよひ……」は後代土方歳三が「のりの道」を「恋の道」と替えてパロディー化したことで著名な伝承歌である。土方は34番歌の盤珪禅師「さしむかふ……」の上句部分を用いた替え歌を創作したことでも有名である。その盤珪禅師「さしむかふ……」の道歌は『臼引歌』版本の冒頭にも掲げられ、『富士山志《とみすさんし》』巻一にも見えている。48番歌の白隠和尚「山居せば……」は白隠の道歌を収録した家集『藻塩草』にも採られている。『二川随筆』巻二によれば白隠のこの道歌は後水尾院御製の「思ひ入る心の奥の隠れ家はよしや吉野の山ならずとも」を踏まえたものという。

次に道歌の作者をめぐっては、15番歌の楠正成「仁と義と……」は柳生宗厳も正成の詠として引用する著名な道歌である。19番歌の徹書記「出るとも……」には夢窓国師詠説もある。

おわりに

以上、『道歌心の策』をめぐってきわめて基礎的な考察を行ってきた。日本文学のジャンルのひとつに仏教文学が挙げられる。これについては文学史を扱った多くの研究書のなかでも語られ、今日の文学史に揺るぎのない位置を占めている。しかし、そこで取り上げられる具体的な作品に関して言えば、その多くが法語であり、また説話である。管見では日本の仏教文学の中には庶民に開かれた作品も数多く残されていると考える。それは仮名法語であり、歌謡であり、禅画の画賛であり、そして道歌である。それら主として庶民向けに創作された仏教文学への視座も、けっして忘れてはならないものである。本節では道歌を取り上げたが、著者はこれまでにも和讃や教訓歌謡、さらには白隠や仙厓の禅画画賛などの庶民向け仏教文学世界に深く分け入り、その魅力を伝えることを願う稿を執筆してきた(9)。今後その世界へと通じる道が多く付けられることを願っている。

注

(1) ただし、『道歌百人一首麓枝折』には本来なく、『道歌心の策』に添えられた無染居士の序文を持つ点のみが、世に流布する他の『道歌百人一首麓枝折』と異なる最大の点である。これについても後述する。

（2）なお、『国書総目録』によれば本書の文政九年（一八二六）の写本がかつて竹柏園文庫にあり、『禅林和歌集』という外題であったことが知られる。『竹柏園蔵書志』は同書の解題を「禅林和歌集　一冊　壇《ママ》林皇后より、東嶺和尚に至るまで、禅林の和歌を集め略伝を記す。巻首に、沙羅樹下参徒無染居士の序あり。文政九年、深津則秀の書写」と記している。本節で考察対象とする『道歌心の策』と同内容と認定してよい。これに従えば、本書の成立は遅くとも文政九年に遡ることになる。また、『古典籍総合目録』にも刊年不明の版本として、大阪女子大学本と栃木県立図書館黒崎文庫本が見える。

（3）国会図書館本『道歌心の策』（天保四年〈一八三三〉・めとぎや宗八版／函架番号＝京乙50）巻末奥付の出版広告には「白隠禅師施行歌　小本　全」とあり、続けて「此書は禅師の作にして国中をめぐり、窮民をすくふ一助とし給ふ歌にして、いとありがたき書也」という紹介文が彫られている。この書肆は禅宗関係図書の出版の歴史において重要な役割を演じたと言ってよい。なお、白隠慧鶴『施行歌』をめぐっては小著『近世歌謡の諸相と環境』（平成11年・笠間書院）を参照いただきたい。

（4）小川多左衛門版『道歌心の策』は単独の版と平井清兵衛との連版の二種類が管見に入った。なお、この二人の書肆が共同で刊行した他の書物には後述する『道歌百人一首麓枝折』もあった。また、小川多左衛門・平井清兵衛連版『道歌心の策』及び『道歌百人一首麓枝折』巻末の出版広告の中には『道歌心の策　後編』という名も見え、そこには「未刻　全一冊」とある。これに従えば、『道歌心の策』には後編の構想も存在したことが窺える。しかし、それは未刊に終わったようで、今日その伝本を見ることはできない。西山美香氏は「禅宗における女性―『道歌心の策』より―」（『宗学研究』第四十一号〈平成11年3月〉）の中で「『道歌心の策』は「百人一首」になぞらえたといながらも、百人の半分、五十人しか選ばれていない。残りの五十人の枠は後代に残されたとも読めるだろう。『続・道歌心の策』が刊行される暁には、『道歌心の策』の読者から選ばれる可能性が示唆されているのである。……（中略）……本書（著者注、『道歌心の策』のこと）の読者は、自分が新たな五十人に選ばれるべく、本書を読んで心に策し、仏道修行に励むことが求められているのである」とする。しかし、過去の偉大な禅僧から教訓を得ようとする当時の読者の需要からも、逆にまたそういった読者の需要に応えようとする本書の編集意図からも、さらに続編の構想の存在からも、西山説は不当と言えよう。小川多左衛門・平井清兵衛連版『道歌心の策』巻末の出版広告に並んだ『道歌百人一首』『道歌百人一首　後編』以下のラインナップがそのことを端的に物語っている。それらはすべて過去の高僧の道歌集成に他ならないのである。

（5）『国書総目録』によれば『道歌百人一首麓枝折』は『道歌百人一首』なる外題の書の改題本という。

（6）『道歌百人一首麓枝折』には二種の系統の他に、僧の絵の入らない道歌だけを列挙した本文を収録する第三の系統本が存在するようである。『福地書店和本書画目録』平成十七年十二月号一五六頁掲載のⓈ1303の「道歌集」冒頭の写真がそれに該当する（[図10]参照）。今後さらなる調査が必要である。

（7）本節での直接的な課題ではないが、『道歌百人一首麓枝折』にも同様の傾向が見受けられる。恵心僧都の（15）番歌、梅天禅師の（82）番歌が『一休水鏡』に、栄西禅師の（28）番歌、法心上人の（37）番歌が『一休可笑記』に、如大禅尼の（43）番歌が『一休和尚法語』に、正徹書記の（60）番歌、蜷川親当妻の（70）番歌が『一休咄』に、一休和尚の（64）番歌が『一休水鏡』の他『一休諸国物語』に、雲居国師の（76）番歌が『一休和尚往生道歌百首』に、天桂和尚の（94）番歌が『一休法のはなし』に、元和上皇御製の（100）番歌が『一休骸骨』にそれぞれ収録されている。なお、千利休の（74）番歌は『茶の湯百人一首』にも収録され、白隠画賛にも使用された著名な道歌であるが、一休詠という説も存在した。

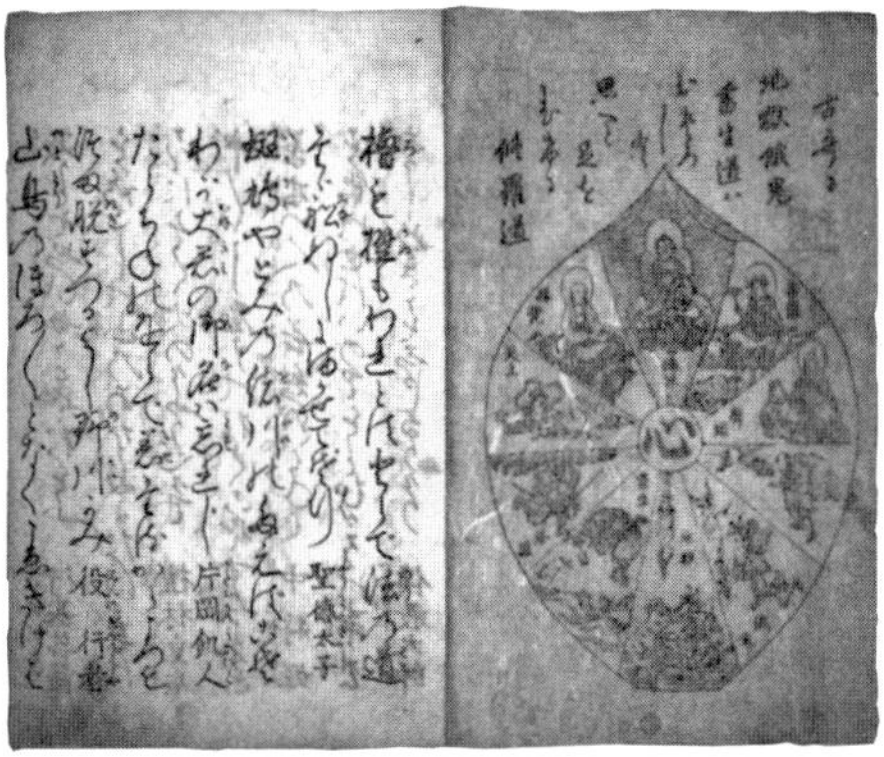

［図10］『道歌心の策』別本

（8）神奈川県鎌倉市に残る十井のひとつに海蔵寺境内の「底脱の井」があるが、その逸話として語り継がれる道歌が如大禅尼のこの歌である。

（9）小著『近世歌謡の諸相と環境』（平成11年・笠間書院）、小著『絵の語る歌謡史』（平成13年・和泉書院）、拙稿「良寛と近世歌謡」（『学大国文』第四十四号〈平成13年1月〉／本書第一章第九節所収）、拙稿「古月禅材『いろは歌』研究序説」（『日本アジア言語文化研究』第八号〈平成13年3月〉／本書第一章第八節所収）参照。

第二章　韻文文学と音楽の交響

第一節　口承と書承の間

はじめに

歌謡とは人が生きるなかで起こった様々な出来事を語り収める箱であり、またその折々に湧きあがる喜怒哀楽の感情を盛り込む器でもあった。この星に人が誕生して以来、多くの歌謡が生み出され、そしてごく自然に消滅していった。歌謡史はまさに発生と消滅の繰り返しの歴史そのものであった。その後、さまざまな方法や形式によって徐々に歌謡が次の世代、そして次の時代に残されていくようになった。歌謡は基本的には口承によって伝えられる性格を持っている。とりわけ古代においては、歌謡伝承の上での口承の役割は大きかったものと言える。『古事記』や『日本書紀』に登場してくる歌謡は、それらの成立時期という時間的な問題においては新旧の大きな幅を持つ。しかし、それらすべてが共有していることは、人々の口から口へと伝えられ、さらには記し留められて、辛うじて後代に伝承された稀有な存在であることに他ならない。今日までその詞章が伝えられてきた歌謡は、古代に限らずそれ以降の成立にかかるものであっても、基本的に同様の性格を有している。すなわち、口承を基盤とし、最終的には書承を経るというきわめて厳しい淘汰のなかを生き抜いてきたごく少数の歌謡詞章が今日に伝えられるに過ぎない。まさに全体からみれば氷山の一角にしか相当しない数の歌謡であったはずである。

このように、歌謡は口承の繰り返しを最初の段階とし、それが人口に膾炙してはやり歌としての地位を確立した後に、書物というテキストに書き留められ、書承の段階に移っていくものと考えられる。歌謡における書承は最初の書き留めを除いて、その歌謡の音楽的生命が終焉を迎えた後に生じたものと考えてよい。歌謡における音楽とは曲節に他ならないが、それは歌謡の心臓部に相当する重要なものである。録音という手段を持たなかった古い時代において、音楽的生命が終焉を迎えたということは、その歌謡自体が既に歌われなくなり、曲節も不明となったことを意味している。これは言うなれば、歌謡としての本来の生命そのものが終わりを告げ、遺跡状態となったということであろう。しかし、文学としての歌謡の研究、すなわち残された歌謡詞章の検討は、実にそこから始まることになる。それは一に歌謡詞章が書承によってテキスト化され、後代の人々に伝えられたからである。

さて、ここで興味深い問題が発生してくる。それは同じ歌と思われるものがテキストによって詞章に微妙な異同を認め得る場合があることである。今日我々が古典歌謡を鑑賞する方法は、口承からではなく書承によって成立したテキストを繙くことが圧倒的に多い。もちろんそれがすべてというわけではなく、近世歌謡のなかには今日も口承によって師匠から弟子へと継承されている例もある。しかし、残念ながら近世より以前の大半の歌謡とは歌謡集や断片的な歌謡の書き留めといった書物のなかで出会うことになる。本節ではこの歌謡詞章の異同の問題を口承と書承という観点から考えていきたい。

一　記紀歌謡詞章の異伝

まず最初に、我が国最初の歌謡資料である記紀歌謡[1]から二例を取りあげ、歌謡詞章の異同について考えていきたい。

『古事記』所収歌謡は全部で一一二首を数えるが、その第二九番目に登場する歌謡は倭建《ヤマトタケルノミコト》命東征の際の有名な次の一首である。

○尾張に直《ただ》に向へる、尾津の崎なる一つ松あせを。一つ松人にありせば、太刀佩《は》けましを。衣着せましを。一つ松あせを。

この歌謡は倭建命物語においては、忘れた太刀を守ってくれた尾津崎の一本松を讃えた歌として置かれているが、本来は物語とは無縁の独立した木讃め歌として成立していたものと考えられている。[2]これは『日本書紀』の日本《ヤマト》武尊《タケルノミコト》東征物語にも見られる歌謡（第二七番目の歌謡）であるが、そちらでは次のような詞章となっている。

○尾張に直《ただ》に向へる、一つ松あはれ。一つ松人にありせば、衣着せましを。太刀佩《は》けましを。

これは『古事記』所収の歌謡と内容的にはほぼ同じと言ってよいくらい近接しているが、詞章上いくつかの異同が認められる。まず、『古事記』にある「尾津の崎なる」という松の所在を示す部分が『日本書紀』所収歌謡には欠落している。また、『古事記』では「一つ松」に「あせを」（吾背）と呼び掛けるのに対し、『日本書紀』では「あはれ」という詠嘆表現が用いられている。さらに『古事記』と『日本書紀』では「太刀佩けましを」と「衣着せましを」の順番が逆になっている。そして、『古事記』所収歌謡では最後にもう一度「一つ松あせを」が繰り返されているが、『日本書紀』の方にはそれが見られない。

次に、『古事記』第一三番目の歌謡を取りあげたい。その歌は倭建命より前の神武天皇東征物語中に見える次のような歌謡である。

○神風の伊勢の海の大石に、這ひ廻《もとほ》ろふ細螺《しただみ》の、い這ひ廻《もとほ》り、撃ちてし止まむ。

これは全部で一二八首を数える『日本書紀』所収歌謡にも同じく神武天皇東征の際の歌謡として登場しているが、それには「来目（久米）歌」という名称が与えられている。すなわち、この名称を持つ当該歌は宮廷の楽府（雅楽寮）で特別な歌曲として伝承された歌謡のうちの一首であったことになる。この「来目（久米）歌」は元来、久米氏が天皇に忠誠を誓う目的で歌った軍歌群で、宮廷儀礼の場で奏上された。その歌が天武天皇東征物語のなかで転用されたものと考えられるが、それは『日本書紀』所収歌謡のうち、第八番目に次のような詞章で見える。

○神風の伊勢の海の大石にや、い這ひ廻《もとほ》る細螺《しただみ》の、細螺《しただみ》の吾子よ、吾子よ、細螺《しただみ》のい這ひ廻《もとほ》り、撃ちてし止まむ。

これも『古事記』所収歌謡と同一内容と認定してよいが、やはり詞章上には異同が認められる。『古事記』所収歌謡と比較すると、「細螺の」が二回多く反復され、「吾子よ、吾子よ」も増補されて、かなり長い詞章となっている。「吾子よ、吾子よ」はその場にいる人々に呼び掛けた発言で、歌謡のなかでは囃子詞のような役割を担っていた。全体としては『古事記』所収歌謡より実際に口頭で伝承された形に近い詞章と考えられる。大久保正氏(3)はこれについて次のように指摘する。

『古事記』では、繰返しや囃詞《ママ》がすべて省略され、五六・六七・五（五）ハヤシ、ハヤシ（第一段）（五）七七・（七）（第二段）という形になっており、（　）の部分が繰返しになっている。『書紀』の方は実際に謡われた場合の形を比較的よく残しているものと思われ歌謡を実際に歌われた形に忠実に記載するか、意味を主体として文字本位に記載するかによってこのような相違が現われるのである（以下省略）

本来両者はまったく同一詞章の歌謡であり、実際の歌唱に忠実な表記が採られているか否かによってこのような差が生じているというのである。

管見によれば、『古事記』『日本書紀』の二書に共通して採られた歌謡は全部で五十二首を数えるが、そのうちまったく同一の詞章で見えるのは十二首、助詞の相違程度のわずかな異同が認められるのは二十首、大きな異同が見られるのは二十首となる。大きな異同とは前掲の二例のように、どちらか一方に反復を意味する同じフレーズが複数回記されていたり、一方にはない表現が他方に用いられたりしている例を指す。

先の大久保氏の指摘によれば、『古事記』『日本書紀』両書の間に見られる囃子詞や反復の有無の相違は、もともとまったく同じように口承されてきたもので、それが書き留められた際に実際に歌われた形に忠実に記載したか、意味のみを尊重して細かな部分を省略したかの相違に過ぎないと解釈できる。

大久保説は囃子詞や反復箇所の表記に限っては、一応の妥当性を認めてもよいものと思われるが、「あせを」と「あはれ」の異同や「太刀佩けましを」と「衣着せましを」の位置などについては、この説をもってしても到底解決できない。また、両書には他にも詞章上大きな異同が見られる歌謡の例が多くあり、大久保説ですべてを解決することができないことは言を待たない。

ところで、大久保説の表現を借りて言えば、もともと同一内容の歌謡と認定できるものが一方では忠実に表記され、他方では省略して表記された例は、先の二例からもわかるように『古事記』『日本書紀』双方ともに見られる。すなわち、必ずしもどちらか一方のテキストに記載された歌謡のみが忠実な表記で、他方がいつも省略表記を採るとばかりは言えないのである。そしてまた、それぞれの物語のなかで忠実に表記する必然性や、逆に省略して表記する必然性を認めることも困難なのである。

それでは、さらに一歩進めて、以上のように記載された歌謡詞章に異同がある場合、それはいったい何に起因するものであろうか。それにはいくつかの可能性が挙げられよう。

まず第一に、口承の過程における歌謡詞章の変化が考えられる。第二に複数の異なる詞章の歌が同時に伝承されていた場合、それぞれの物語の語り手が独自に選択した可能性が挙げられる。第三に物語の語り手がもともと伝承されていた歌謡を改変し、手を加えた可能性が挙げられる。第四に物語がテキスト化される段階で、書き留める主体が詞章の選択を行った可能性が挙げられる。第五に物語がテキスト化される段階で、書き留める主体が詞章の改変を行った可能性が挙げられる。第六にテキストが書承されていく間に改変の手が加えられた可能性が挙げられる。

以上のように歌謡詞章の異同は、もともとの歌謡が口承され、物語として定着し、それがさらに書承されるいずれかの段階で替えられていったことになる。前掲の『古事記』『日本書紀』における歌謡詞章の異同に関する大久保説は、これらのうち第四番に挙げた、物語がテキスト化される段階で、書き留める主体が詞章の選択を行ったことに理由を求めたものである。そしてさらに言えば、それは単に表記上の選択に過ぎず、まったく同一歌謡と認めようとするものである。

管見によれば、前掲二例のように表記が異なる歌謡を、まったく同一の歌謡であると認定することは早計と考える。表記に若干でも相違があれば、あくまでもそれは類歌と呼ぶべきで、同一歌謡という認定は保留が必要であろう。そしてさらに管見を重ねるならば、『古事記』『日本書紀』両書所収歌謡に見られる表記の差は、口承による変化を反映したもので、けっして物語を書き留めた主体による表記の選択の結果によるものではないと考える。すなわち、『古事記』の倭建命東征物語の伝承者の伝えた歌謡と、『日本書紀』の日本武尊東征物語の伝承者の伝えた歌謡との間に、口承過程で差異が生じていたことを示しているものと考えたい。これはまた、神武天皇東征物語においても同様であったはずである。

ところで、もうひとつの重要な問題に、歌謡における異伝歌と替歌の問題がある。先に同一内容の歌謡でも詞章の表記に異同があれば、それは類歌とすべきと主張したが、類歌にも異伝歌と替歌の二種があるものと考える。すなわち、ここでは口承や書承によって詞章上に意図せざる異同が生じた歌謡を異伝歌、意図して詞章を差し替えたり、改変した歌謡を替歌と呼んでおきたい。

本節では以下、筆者の専門とする室町小歌の詞章上の異同を題材に、歌謡伝承上の詞章変化の問題を、テキストという観点を通して考えていきたい。

二　室町小歌のテキスト

室町時代の流行歌謡は小歌と呼ばれる短章の歌であった。今日、歌謡史研究の方面からは〝室町小歌〟と称される歌謡がそれである。室町小歌の代表的集成には『閑吟集』(4)『宗安小歌集』(5)「隆達節歌謡」(6)『美楊君歌集』(7)などがあり、テキストと歌謡の問題を考える際、格好の題材となる。その理由には、以上に掲げた集成がそれぞれ特徴的であること、これらの他にも室町時代物語や狂言台本に多くの歌謡の書き留めが残されていること、類歌が多く確認できることなどが挙げられる。以下、それぞれの集成のテキストとしての特徴について指摘しておきたい。

まず、『閑吟集』は〝読む歌謡集〟と位置付けることが可能である。真名・仮名の両序を持ち、配列には連歌的手法が採られている。収録歌数も『詩経』(『毛詩』)に倣い、三一一首とする。また、室町小歌に本来施されるべき胡麻譜がない。このように譜を持たない一方で序を持つことは、その歌謡集の編集姿勢が音楽的関心よりも、文学的関心に偏っていたことを意味している。これは歌謡の詞章の持つ力を信じる行為であったと言うことができよう。永正十五年(一五一八)八月の成立である。

続く『宗安小歌集』も『閑吟集』とほぼ同様の性格を持っている。すなわち、胡麻譜はなく、仮名の序のみを有している。編者は宗安と称する沙弥で、序文は久我有庵三休が執筆している。

「隆達節歌謡」は〝歌う歌謡集〟である。和泉国堺の人高三隆達が詞章に節付けして、多くの人々に贈った歌本が残されているが、序のようなものはなく、そのほとんどに胡麻譜が施されている。譜を持つということは、その歌謡の生きた状態を表現しようとしたものに他ならない。少なくともその時点で、それらの歌謡は生きていたのである。『宗安小歌集』との間で成立の前後関係が確定していないが、収録歌謡の詞章は『宗安小歌集』の方が『閑吟集』に近い。「隆達節歌謡」は『宗安小歌集』と比較すると、都市の最新の歌謡としての性格が強かったことがこの差となったものとも考えられる。

以上の三集成をテキスト的観点から紹介した拙稿に「中世小歌と書物」（『文藝と批評』第六巻第五号〈昭和62年3月〉）がある。

『美楊君歌集』は〝歌いかつ読む歌謡集〟である。仮名の序文・跋文を持つとともに胡麻譜をも併せ持っている。この小歌集については拙稿「『美楊君歌集』小考」（『大阪教育大学紀要（第Ⅰ部門）』第四十八巻第一号〈平成11年8月〉／本書第三章第五節所収）で詳細に紹介した。

室町小歌の代表的なテキストをめぐる以上のような概観は、次に異伝歌と替歌の問題を考える際の重要な要素となる。

三　室町小歌の異伝歌
――『閑吟集』と『宗長手記』――

『閑吟集』の編者は不詳であるが、かつて当代の連歌師柴屋軒宗長がそれに比定されたことがあった(8)。それには何点かの理由があったが、そのひとつに『閑吟集』所収歌謡が、宗長作品中にも同じ種類の歌謡という認識で見えることが挙げられていた。すなわち同時代に流行していた歌謡が、一方は歌謡集である『閑吟集』に、他方は宗長の日記に書き留められたことになる。これはもちろん宗長が『閑吟集』編者であることと直接には結び付かない。宗長が単に『閑吟集』編者と同時代に生きていたことを証明するのみである。しかし、歌謡詞章の比較という観点からは格好の材料となるので、次に引用して検討する。

『閑吟集』一四〇番歌の田楽節は次のような歌謡である。

○今憂きに思ひくらべて古への、せめては秋の暮もがな、恋しの昔や、立ちも返らぬ老の波、戴く雪の真白髪の、長き命ぞ恨みなる、長き命ぞ恨みなる

一方、宗長にはこの歌謡の書き留めが二種見られる。

○田楽のうたひに、「恋しのむかしやたちもかへらぬ老のなみ」、一ふしのものにはあれど、あはれにぞきこゆる（『宇津山記』[9]永正十四年〈一五一七〉）

○田楽のうたひ物にや、「恋しのむかしや、たちもかへらぬ老の波、いたゞくゆきましらがの、ながき命ぞうらみなる」。よくぞとり合けるとおもふに、かき付侍り（『宗長手記』[10]大永六年〈一五二六〉）

宗長の記述は二箇所とも田楽節の詞章を「恋しのむかしや」から採っている。これはこの歌謡が必ずしも『閑吟集』のように「今憂きに思ひくらべて古への、せめては秋の暮もがな」からばかり歌われたのではなかったことを示すものであろう。もともとこれは田楽という芸能で演じられる曲の一節であったが、小謡のように切り出され、短章化されて人口に膾炙していたようである。それは猿楽の「西行西住」という曲にも取り込まれたことからも明らかである。[11]

ところで、きわめて微細ではあるが、『閑吟集』一四〇番歌と『宗長手記』の歌謡詞章の間に異同がある。まず、前者には「戴く雪の真白髪の」とある部分が、後者では「いたゞくゆきましらがの」とあって、途中の「の」を欠いている。また、『閑吟集』で反復されている「長き命ぞ恨みなる」が、『宗長手記』では一度しか記されていない。

これについては、宗長が書き留めの際にあえて省略した可能性も残る。すなわち、書き留める主体独自の判断や基準によって表記に差異が発生することも考えなければならないのである。この意味では先の記紀歌謡をめぐる大久保説を裏付ける資料となる。しかし、ここで重要なのは仮に宗長が省略して表記したとしても、この『宗長手記』からこの歌謡を知った後代の人々は、この部分の前に「今憂きに……」があって、そこから歌われることもあったこと、また「長き命ぞ恨みなる」を繰り返して歌ったことがわからなくなることに他ならない。歌謡における書承とは、主としてその歌の衰滅以降に行われる営為であるから、後代のテキストが本当に流行当時の歌謡詞章をそのまま保存して提供してくれているか否かについては、きわめて慎重に吟味しなければならないであろう。

一方、宗長が実際に歌われている歌謡詞章をそのまま表記した可能性もまったく否定できるものではない。その場合、この歌謡の詞章に異同が生じていたことになろう。流行歌謡とは基本的に口承によって伝播するものであるから、その過程で詞章に変化が生じるのはきわめて自然なことである。

以上をまとめれば、次のようなことが言えるであろう。すなわち、今日の視点からすれば古歌謡に複数のテキストが存在する場合、その異同に基づいて異伝歌と判断することになる。それはその時点で、既に異伝歌が発生していたと考えることが一般的であるが、しかしその実、流行していた歌謡の詞章が文字化される際、すなわちテキストが作成される際に、異伝歌が発生する可能性もあったのである。

四　室町小歌の異伝歌と替歌

――室町小歌三集成――

次に、相互に類歌を多く含み持っている『閑吟集』『宗安小歌集』「隆達節歌謡」という室町小歌三集成を取りあげ、そこに見える歌謡詞章の異同から、異伝歌と替歌の問題を検討していきたい。

まず、本来同一の歌謡であったものが、口承の過程で微妙な異伝を生じ、編者がテキストを作成する際に異なる表記を採用したと見られる例がある。これについては『宗安小歌集』と「隆達節歌謡」の間の例を、一例のみ次に掲出しておく。

○君待ちて待ちかねて、定番鐘のその下でなう、ぢだだ、ぢだだ、ぢだぢだを踏む（『宗安小歌集』一七四番歌）

○君待ちて待ちかねて、定番鐘のその下での、じだじだじだだ、じだじだを踏む

（「隆達節歌謡（小歌）」一五〇番歌）

この例は終助詞「なう」と「の」の表記の相違の他に、今日でも「地団駄を踏む」という慣用句となっている擬態語の表記が微妙に異なるものである。このレベルの異同では、まったく同一の歌謡が、書き留める主体によって異なる表記が用いられた可能性も否定できない。このような例は必ずしも多くはない。それに対して次のような異同の例もある。

○思ひ切りしに来て見えて、肝を煎らする、肝を煎らする（『閑吟集』八二番歌）

○思ひ切りしにまた見えて、肝を煎らする、肝を煎らする

（『宗安小歌集』六五番歌／「隆達節歌謡（草歌〈恋〉）」九〇番歌）

「来て」と「また」というともに二音節の語の間の異同である。意味の上からは大きな相違でないものの、やはり異なっており、類歌と考えるべきであろう。おそらく意図的に替歌にしたというよりも、口承の段階で自然に複数の詞章が発生した例と思われるので、異伝歌と考えたい。このような例はきわめて多い。

また、さらに大きな異同の見られる例も存在する。次に掲げる。

○やれ、面白や、えん、京には車、やれ、淀に舟、えん、桂の里の鵜飼舟よ（『閑吟集』六五番歌）

○面白や、えん、京には車、やれ、淀に舟、げに、桂の鵜飼舟よの（『宗安小歌集』一八三番歌）

この二首は本来同一の歌謡と考えられるものの、口承によって歌い方に差異が生じたようで、何箇所もの異同が見られる。異伝歌と捉えておくべきであろう。

ここまで室町小歌のなかで、異伝歌に分類すべき例を挙げてきたが、次に替歌と考えるべき例について指摘したい。これにも多くの例が指摘できるが、室町小歌三集成の間に見られる一例のみを掲出しておく。

○後影を、見んとすれば、霧がなう、朝霧が（『閑吟集』一六七番歌）
○帰る後影を、見んとしたれば、霧がの、朝霧が（『宗安小歌集』二九番歌）
○帰る姿を見んと思へば、霧がの、朝霧が（「隆達節歌謡」一二五番歌）

これらはいずれも類歌関係にある後朝《きぬぎぬ》の恋の歌謡と称してよいであろう。早朝に去っていく男の後ろ姿を見送る女を作品内の主体に据えた抒情溢れる一首である。詞章を『閑吟集』と『宗安小歌集』の間で比較すると、後者には前者になかった「帰る」という説明的な詞章が付加されていることがわかる。これはさらに「隆達節歌謡」で継承されるとともに、「後影」という『閑吟集』以来の印象的な語が「姿」という即物的な語に替えられてしまっている。実はこの類歌は後代の『山家鳥虫歌』大和国風・四一番歌にも「情ないぞや今朝立つ霧は、帰る姿を見せもせで」と見え、「隆達節歌謡」をもとに大幅に近世歌謡化していることがわかる。

ところで、ここに挙げた三首は異伝歌とするにはあまりに詞章内容に相違が多い。むしろ、歌謡詞章の持つ意味をよりわかり易くするために替歌が次々と生み出されたと考えるのが適当であろう。

五　室町小歌の替歌
――『閑吟集』と周辺歌謡資料――

『閑吟集』所収歌謡には、周辺の歌謡資料に類歌を求めることができる例も存在する。それらの例については既に述べたが、ここではそのうち二例を紹介したい。まず、『閑吟集』四七番歌は次のような狭義小歌である。[12]

○今から誉田《こんだ》まで、日が暮れうか、やまひ、片割月は宵のほどぢや

これには後代の大蔵流狂言台本に類歌が見られる。そのうち最古本である『大蔵虎明本』[13]所収「靭猿」には次のような小歌が見える。

○是から在所まで、日が暮れうかよ十郎、片割月はいよ、宵の程よなふ

この歌謡は『大蔵虎寛本』『山本東本』でも詞章に異同なく見え、現行の大蔵流「靭猿」でも上演され続けている。また、高野辰之氏編の「狂言小歌集」（『日本歌謡集成』巻五・近古編所収）には次のような歌謡詞章として収録された。

○今から神崎まで日が暮れうかよなう、片割月は宵のほど

高野氏編の「狂言小歌集」は典拠とした台本が不明であるが、北川忠彦氏[14]は「相当古い典拠があるらしい」とされる。これに従えば、古くは狂言でも「在所」という普通名詞ばかりではなく、「神崎」という摂津国の具体的な地名が折り込まれて歌われていたものと考えられる。この歌は「靭猿」の末尾で歌われる「猿歌」と呼ばれる歌謡群のうちの一首で、狂言一曲の筋立てにはかかわらないので、地名の差し替えは容易であったわけである。すなわち、この小歌に歌われた地名は河内国の「誉田」が唯一絶対というわけではなく、かなり古い時代から摂津国や河内国あたりの地名を適宜当てはめて歌い替えられていたものと推定できる。もっとも基本的な替歌の手法であろう。

次に、『閑吟集』二九三番歌の例を挙げる。

○久我《こが》のどことやらで、落いたとなう、あら何ともなの、文の使ひや

この類歌は室町時代物語『鼠の草子』、各流狂言「文荷《ふみにない》」のなかに見える。以下に代表例を掲出する。

○恋しゆかしと遣る文を、久我《こが》のわたりで落といた、あら心なの使いや、君の浮き名は川にこそあれ

○恋しゆかしと遣る文を、瀬田の長橋で落とした、あら情けなの文の使ひや

（桜井慶二郎氏本『鼠の草子』）[15]

○賀茂の川原を通るとて、文を落といたよなふ、風の便りに、伝へ届けかし（東京国立博物館本『鼠の草子』）[16]

小歌の節は「志賀の浦を通るとて、文を落といたよなふ、風の便りに、伝へ届けかし」、かやうにも歌う、さりながら都のことがよく候（『大蔵虎明本』所収「文荷」）

○志賀の浦を通るとて、文を落とひた、浜松の風の便りに、風の便りに（『狂言六義』抜書「文荷」）[17]

○志賀の浦を通るとて、文を落いた、浜松の風の便りに伝へ聞せよ、風の便りに

（鷺流『森藤左衛門本』所収「文荷」）[18]

これらのなかでは桜井慶二郎氏本『鼠の草子』がもっとも『閑吟集』に近似する詞章を採るが、冒頭に「恋しゆかしと遣る文を」が増補されている。この増補は東京国立博物館本『鼠の草子』でも同様である。しかし、『閑吟集』で「久我のどことやら」とあった恋文を落とした地名が、こちらでは「瀬田の長橋」としている点が注意される。また、諸狂言台本「文荷」で歌われる類歌にも「賀茂の川原」「志賀の浦」などという別の地名で見えている。特に『大蔵虎明本』では「賀茂の川原」という詞章を挙げながら、「志賀の浦」とも歌う場合があったことを明記している。すなわち、地名が様々に替えられて歌われていた、すなわち替歌が作られていたことが窺えるのである。類似する例は今様雑芸歌謡で「御前の池なる」を「御手洗川の」と歌い替えた例が知られ[19]、替歌の一般的な手法であった。

おわりに

以上、テキスト上に見られる歌謡詞章の異同を、口承と書承という観点を縦糸に、異伝歌と替歌という観点を横糸にして論じてきた。基本的に異伝歌は口承段階での歌い誤りや聞き誤りによって発生するが、それがひとたびテキスト化されると、書承によって異伝が生み出されることもあった。替歌は歌意をわかり易くするために生み出されたり、意図的に地名を差し替えてその場に相応しい歌謡に作り直すことなどが確認できた。

歌謡研究における類歌の問題は、基礎的かつ大きな問題である。今後さらに異伝歌や替歌の定義も含めて検討が加えられることが不可欠であろう。

注

（1）記紀歌謡の引用は大久保正『古事記歌謡全訳注』（昭和56年・講談社学術文庫）、同『日本書紀歌謡全訳注』（昭和56年・講談社学術文庫）所収本文による。
（2）大久保正『古事記歌謡全訳注』八〇頁。
（3）大久保正『日本書紀歌謡全訳注』四二頁。
（4）引用は新潮日本古典集成本により、本文には適宜句読点を加えた。
（5）引用は新潮日本古典集成本により、本文には適宜句読点を加えた。
（6）引用は小著『隆達節歌謡』全歌集　本文と総索引』（平成10年・笠間書院）所収本文、歌番号による。
（7）引用は拙稿「『美楊君歌集』小考」（『大阪教育大学紀要（第Ⅰ部門）』第四十八巻第一号〈平成11年8月〉）所収本文、歌番号による。

（8）西村紫明「閑吟集と狂言歌」（『謡曲界』〈大正15年6月〉）があり、さらに志田義秀氏の説を子息の延義氏が祖述した論文「閑吟集歌謡序説」（『国語と国文学』〈昭和6年10月〉）が発表された。後者には詳細な比定理由が記されており、編者とすることはできないものの、『閑吟集』と宗長の関係の親密さが浮き彫りにされている。なお、著者にも「『閑吟集』と同時代文芸—柴屋軒宗長作品との関連をめぐって—」（『梁塵　研究と資料』第四号〈昭和61年12月〉／後に『中世歌謡の文学的研究』第三部第二章第四節所収）なる拙稿があり、両者の関係について詳述した。

（9）引用は『宗長作品集〈日記・紀行〉』（古典文庫）により、本文には適宜句読点及び括弧を加えた。

（10）引用は岩波文庫本により、本文には適宜句読点を加えた。

（11）吾郷寅之進「中世難解歌謡私注（四）—梁塵秘抄・閑吟集—」（『甲南大学文学会論集』〈昭和39年11月〉）

（12）拙稿「小歌の異伝と『閑吟集』—地名を持つ小歌を中心にして—」（『国文学研究』第九十八集〈平成元年6月〉／後に『中世歌謡の文学的研究』第三部第二章第五節所収）

（13）引用は『大蔵虎明本狂言集の研究　本文編』所収本文により、本文には適宜漢字を当て、句読点を加えた。

（14）「『靭猿』猿歌の成立時期について」（『国語国文』第二十四巻第七号〈昭和30年7月〉）

（15）引用は国文学資料館蔵マイクロフィルムにより、本文には適宜漢字を当て、句読点を加えた。

（16）引用は『室町時代物語大成』第十巻により、本文には適宜漢字を当て、句読点を加えた。

（17）引用は天理図書館善本叢書所収本文による。

（18）引用は『謡曲文庫』狂言篇所収本文による。

（19）注（12）掲出拙稿、及び拙稿「『梁塵秘抄』法文歌の信仰と表現—今様霊験譚から今様往生論へ—」（『国文学研究』第一〇〇集〈平成2年3月〉／後に『中世歌謡の文学的研究』第一部第一章第一節所収）参照。

第二節　歌謡の生態とテキスト

はじめに
――歌謡のテキスト――

口から口へと歌い継がれていった流行歌謡は、常に流動する可能性を孕んでいた。歌謡の原形を探求しようとする立場からすれば、それは可能性というより危険性と呼ぶべき性質のものかもしれない。例えば、我々が今日において古典時代の歌謡を読もうとする場合、披見し易い活字本の本文を参照し、そこに記し留められた歌謡詞章に拠ろうとするのは一般的な行為である。日本古典文学大系本、新日本古典文学大系本、日本古典文学全集本、新潮日本古典集成本などに収録された『梁塵秘抄』や『閑吟集』の場合を想定してみれば、まずそれらの本文を参照することが基本であることは言うまでもない。しかし、よくよく考えてみれば、それらの歌謡詞章には校訂者が存在し、そこに掲げられた本文は、校訂者の判断を経て成立した本文である。このことは古典文学作品の宿命として、変体仮名で書かれた原文はきわめて読みにくいので、意味によって漢字を当て、清濁や句読点、ルビまで施した本文の提供が要請され、それに応じた結果の産物に他ならない。そこでしばしば見られる現象として、同じ古典作品であっても校訂者によって本文に当てる漢字が異なったり、解釈が異なったりすることになる。しかし、それは古典時代の歌謡本文のみならず古典文学すべての本文について言えることであるので、ここではあえて問題にしない。むしろ、ここでさらに注意すべきことは、前述した『梁塵秘抄』や『閑吟集』などの場合、それがほとんど孤本に近い状態にあることである。『梁塵秘抄』は歌謡集巻一と口伝集巻一に同一系統の抄出本が複数存在するものの、歌謡集巻二は孤本である。『閑吟集』も同一系統の三伝本（近代の転写本も含めて四伝本）が知られるだけで、本文に大きな異同は認められない。このことは、それらの歌謡集に掲出された歌謡詞章が、今日に伝わる唯一絶対のものとして君臨してしまう危険性を孕んでいることを意味している。つまり、我々はそれらを相対化する資料を持たないから、歌謡詞章の原文が当時実際に歌われ、流行していたものを正確に伝えているかを判断することが困難なのである。言い換えれば、我々はその原文に実際とは異なる誤写や改変などがあっても、今日それを見極めることがきわめて難しいことになる。一方、歌謡は場と折に合わせた歌い替えが日常的に行われていたことが知られている。したがって、我々は常に歌謡集の原文がどれほど当時の歌謡詞章の実態を正確に反映しているのかを問い続けなければならないと言える。

以上に述べてきた今日市販されている活字本は一般にテキストと称される。しかし、本節では以下、それとは別に、ある時点で書き留められた歌謡詞章の原文をテキストと呼ぶ。したがって、例えば『梁塵秘抄』や『閑吟集』の写本に見られる歌謡詞章はテキストであり、また歌謡集でなくとも同時代の文献に収録された歌謡詞章もテキストである。それらのテキストは前述のように絶対的なものではない。本節ではそういったテキストをめぐる諸々の問題を浮き彫りにして、歌謡の持つ性格について考えていきたい。

一　テキストの性格

まず歌謡詞章をテキストとして見るとき、そのテキストにどの程度の歌謡としての属性が留め置かれてあるかを判断しなければならない。以下、室町小歌のテキストを例に述べてみたい。室町小歌には四種のまとまった歌謡集成が存在している。『閑吟集』『宗安小歌集』「隆達節歌謡」『美楊君歌集』がそれである。なお、これらのうち「隆達節歌謡」のみは単独の歌謡集として成立したものでなく、所属する歌謡を組み合わせて何種類もの異なる歌本を成立させている。そして、それらから重複する歌を除くと五二一首を集成できるが、本節ではその歌謡群をテキストと呼ぶこととする。

これらのテキストとしての性格を簡単に把握すれば以下のようになる。すなわち、『閑吟集』所収の歌謡には曲節を示す墨譜が施されていない。一方、歌謡集としてはかなり厳密な編集がなされている。真名と仮名の二種類の序文が付され、歌謡の配列には巧みな連歌的手法が採られている。また、収録歌謡の総数は『詩経』と同じ三一一首である。これらから判断して、この歌謡集の目指すところは〝読むテキスト〟だったものと言える。『宗安小歌集』も収録歌謡には墨譜が施されていない一方、仮名序が付されているので、〝読むテキスト〟と考えておきたい。なお、この『宗安小歌集』には実践女子大学常磐松文庫蔵の散らし書き抄出本が存在する。これには美術的な指向も見られるので、この伝本が視覚を重視した〝読むテキスト〟としての性格を補強しているとも言える。「隆達節歌謡」は一部を除いて、墨譜が施されている。その担い手である高三隆達が関与した度合いの強い歌本ほど、歌謡詞章に正確な墨譜が書き入れられていることは言うまでもない。すなわち、「隆達節歌謡」は〝歌うテキスト〟と言ってよいであろう。残る『美楊君歌集』も収録歌謡に墨譜が施されている。しかし、一方では仮名の序文が付されており、跋文まで備わっている。すなわち、『美楊君歌集』は収録歌謡だけからすれば〝歌うテキスト〟と言えるが、歌謡集全体としては〝歌いかつ読む歌謡集〟と評することが可能である。以上のような各テキストの持つ性格は、それぞれの歌謡集成の編者が歌謡の実態をどのように書き留めようとしているのかという姿勢に直結しているものと考えられる。ある意味で、歌謡詞章の文学性と曲節の音楽性という歌謡の持つ二つの側面のうち、どちらをより重視するかといった比重のかけ具合を示す結果ともなっている。

二　異伝歌と替歌

今日、古典時代に成立した歌謡詞章を研究するに当たっては、それがある時点で記し留められたテキストを参照せざるを得ない。そこで問題となるのが、歌謡詞章の異同である。これをめぐっては、伝承（口承・書承）上の大きな問題が存在していることを忘れてはならない。すなわち、テキストの異同がいったいどこから起因しているのかということである。はたしてそれが、口承の間に起こった自然発生的な異同であるのか、意図的に歌い替えられた異同であるのか、さらにはテキスト転写という書承の過程で起こる誤写などの意図しない変化であるのか、転写の際の意図的な改変と見るべきか、といった問題に他ならない。それを明らかにするためには、当該の歌謡が本来持っていた音楽性や役割、機能などを、享受の場に戻して見極めなければならない。しかし、古典時代の歌謡にはそれを判定する材料に乏しい例が圧倒的に多い。今日、それらの歌謡の実態が不明となり、テキスト化された歌謡詞章からしか跡付けることができないというケースが多いのである。いわば大きな制約の中で想像を逞しくすることになりかねない状況なのである。

ところで、我々は異同のある歌謡詞章相互を、しばしば〝異伝歌〟や〝替歌〟、あるいは〝類歌〟などと呼ぶ。実際にはこれら用語の厳密な定義もなされてはおらず、学界での討論を経た統一見解が早急に求められているものと考える。(1)ここでは類歌を大きな概念として捉え、その中に異伝歌と替歌が含まれるものと考えたい。すなわち、異伝歌とは口承や書承を通じて自然に変化した歌謡詞章を意味し、替歌とは口承や書承を通じた意図的改変による歌謡詞章を意味することと捉えたい。実は、この問題をめぐっては、複数のテキストを有する室町小歌を題材として、既に具体的に考察した。(2)詳細はそちらを参照していただくこととし、本節では最小限の例を掲げて結論のみを述べておく。すなわち、室町小歌のテキストには『閑吟集』『宗安小歌集』「隆達節歌謡」『美楊君歌集』という歌謡集の他、『宗長手記』という仮名日記、『鼠の草子』という室町時代物語、諸流の狂言台本などがあるが、それらには類歌と見るべき歌謡詞章の例も多い。それらを分析していくと、異伝歌とすべき例、替歌とすべき例ともに存在している。ここではそれらの例は省略し、同一歌が表記上差異を有する例について紹介しておく。

○君待ちて待ちかねて、定番鐘のその下でなう、ぢだだ、ぢだだ、ぢだぢだを踏む（『宗安小歌集』一七四番歌）

○君待ちて待ちかねて、定番鐘のその下での、じだじだじだだ、じだじだを踏む

（「隆達節歌謡（小歌）」一五〇番歌）

両者は本来は同一歌と考えられるが、若干の相違点が存在する。それは前半末尾の終助詞「なう」と「の」の相違、後半の擬態語「ぢだだ、ぢだだ、ぢだぢだ」と「じだじだじだだ、じだじだ」の相違である。「なう」と「の」表記上の変遷をめぐっては、早く高木市之助氏(3)に言及があり、さらにそれを発展させた井出幸男氏(4)の論文がある。基本的には同じ終助詞の表記の差と考えてよい。また、もう一方の擬態語の差についても歌謡の表記者の選んだ表記を反映したものと考えられ、元の歌謡は同じものとして差し支えないであろう。この例は同一と見られる歌謡相互の表記の異同が、後代にそれを文字から享受する際には、別歌であるとの誤解を生む可能性があったことを示唆している。すなわち、実際に音楽性を伴って享受されていた歌謡が、書き留められてテキスト化される時点で異同を生むことになったわけである。歌謡のテキスト化による異同の発生はこのように異伝歌を生み出したが、同時に口頭で歌われる際の伝承の誤りも異伝歌を生んだ。一方、地名などを意図的に差し替えることによって替歌が創作された例も枚挙に暇がない。

おわりに
――歌謡の生態とテキストの間――

以上、生きて享受された歌謡とテキスト化された歌謡との間に生じた溝に照明を当てて論じてきた。言うなればこれは、音楽性・聴覚性を伴う生きた歌謡と、テキストという視覚化され冷凍保存された歌謡との温度差の問題であろう。ほぼ全面的にテキストに依拠して研究を進めなければならないのが古典時代の歌謡の宿命であるが、このような温度差を相対化できる視点が不可欠であることを我々は改めて認識するべきであろう。

注

（1）　著者は平成十五年度日本歌謡学会創立四十周年記念春季大会におけるシンポジウム「歌謡の表現史―その生態とテキストの間―」（平成15年5月10日、於明治大学）の講師を務めたが、その報告の中で、歌謡研究上のタームの概念規定が研究者個人個人の間で大きな揺れを生じている現状を問題にした。そして、今後学会が主導的立場に立ってタームの概念規定をめぐる討論を展開し、それを経た後に統一概念を構築していくことを目指すべきである旨を提唱した。その結果、この件に関して多くの出席者の賛同を得ることが出来たことは幸甚であった。具体的かつ早急な取り組みが要請されている。なお、それを提唱した折、「民謡」と「流行歌」の概念について簡単に言及させていただいた。それは次のようなものであった。従来から「民謡」の概念をめぐっては多くの問題点が指摘されている。柳田国男氏は「民謡」の概念を「作者のない歌、さがしても作者のわかる筈もない歌」と大きく規定した。また、臼田甚五郎氏は民俗性を根幹としている歌謡を「民俗歌謡」と名付けて、広い意味を受け持つ「民謡」の負担の軽減に努めた（『歌謡民俗記』〈昭和18年・地平社〉）。それを享けた須藤豊彦氏は「民謡」の中に舞台歌謡化した歌が多く見られるところから、庶民生活の中に生きた機能を果たした歌謡を、臼田氏の提唱した「民俗歌謡」の用語で呼称すべきことを述べている（『歌のちから―岩手県旧江刺郡の民俗歌謡資料と研究』〈平成15年・瑞木書房〉）。これらは首肯できるものである。しかし、その内容をめぐっては若干の問題が残されている。例えば、「民謡」の中に「流行歌」的な歌謡が含まれることについて、早く町田嘉章（佳声）氏が指摘している（『日本民謡集』〈昭和35年・岩波文庫〉解説）。さらには地方に残る「流行歌」は労作歌や作業歌などと渾然一体となっており、対立または並列する概念とはなっていない。これについては真鍋昌弘氏が「臼挽歌考―『鄙廼一曲』と近世流行歌謡に及ぶ―」（『悠久』第九十三号〈平成15年4月〉）のなかで鋭く指摘している。著者の発言趣旨も町田氏の解説や真鍋氏の論文と同軌のもので、従来一概に「民謡」もしくは「民俗歌謡」と称されるものの中に、労作歌・作業歌と渾然一体となった「流行歌」が多く混入していることを述べ、その概念の再確認を促したかったのである。

（2）拙稿「口承と書承の間―テキスト・異伝歌・替歌―」（『歌謡とは何か』〈平成15年・和泉書院〉）所収。

（3）「閑吟集から隆達小歌集へ」（新註国文学叢書『室町時代小歌集』月報第十八号〈昭和26年・講談社〉）

（4）「『宗安小歌集』の成立時期私見―〝水車の歌謡〟と〝助詞「なふ」と「の」〟の変遷―」（『国文学研究』第七十七集〈昭和57年6月〉／後に『中世歌謡の史的研究』〈平成7年・三弥井書店〉所収）

第三節　子どもを歌う歌謡史

はじめに

日本の伝承童謡のなかでもひときわ有名な歌に「お月さん幾つ、十三七つ、まだ年ァ若いね、あの子を生んで、この子を生んで、誰に抱かしょ、お万に抱かしょ、お万どこへ行た、油買いに茶買いに、油屋の前で、辷ってころんで、油一升こぼした……[1]」がある。この歌の「十三七つ」の意味については古くから諸説があり[2]、いまだに確定した解釈がない。著者としては諸説のうちのひとつ、八重山地方の伝承童謡を援用して解く説を基盤に置きながら、従来とは異なる新解釈を提示したい。まず、その八重山童謡を掲出しておく。

○月ぬ美《かい》しゃ十三日《とうかみか》、みやらび美《かい》しゃ十七《とうなな》つ、ホーイ、チョーガ

この歌の意味は「月のもっとも美しいのは十三夜、娘の美しい盛りは十七歳」というものである。この解釈を援用して考えると、「お月さん幾つ、十三七つ」の「七つ」は十七の意味で、若い女性の年齢を表す数字であるが、「十七」の頭の「十」を「十三」の「十」で代用させて重複を避けたものと言うことができる。その根拠として取りあげたいのは、各地の民謡として伝承されている「十五七節」と呼ばれる歌である。早く江戸期の菅江真澄『鄙《ひな》廼《の》一曲《ひとふし》』[3]に「十五七は、ことし初めて山のぼる、肩に鉞《まさかり》、腰に鉈《なた》、いたや花の木、伐りためて、流しとゞけてかこひおき、末は黄金の山となる」以下、「十五七」で歌い始める歌謡六首を挙げ、「おなじ(陸奥)国ぶり津刈の十五七ぶし」と銘打つ。これらの「十五七」は男性の年齢を歌ったものであるが、十五歳から十七歳の年頃と解釈す

ることで一致している。十五歳と七歳と分けて解釈したり、ふたつの数字を足して二十二歳と解釈したりはしない。この例をもとにすれば、「お月さん幾つ」に続く「十三七つ」も十三歳から十七歳に至る女性の年齢を幅を持たせて言ったものと考えて何ら問題はない。先の「月ぬ美《かい》しゃ……」との相違は、月の美しいのが十三夜で、女性の美しいのが十七歳と分けて歌う八重山童謡に対し、「お月さん幾つ」では月の美しいのが十三夜で、その十三という数字を起点に、それを女性が大人の仲間入りを果たす年齢の十三歳に巧みに転換し、その歳から美しさの盛りに至る十七歳までを歌うところに相違があると考えたい。

　ところで、前掲の八重山童謡に話を戻すが、月は十五夜が満月であるので、十三夜はその途上にあって、しかも満月にかなり近づいた月齢の月を表している。満ち果てる途上にあって一瞬の均衡に立つ危うい月の美しさを愛でたものであろう。一方、十七歳の女性はもっとも美しいとされるが、十三歳以降の年齢はやはりそこに至る危うい均衡に立つ一瞬の美しさを認めてよいのではないだろうか。そもそも美とは無常の憂き世の中に咲く仇花そのものであり、はかなくも実態の危うい存在である。いや、存在すら疑われるような代物かもしれない。いずれにしても、十七歳はひとつの完成の途上にあることは間違いがない。「お月さん幾つ、十三七つ」の伝承童謡で「まだ年ァ若いね」と歌われるのは、満月に対する十三夜[4]であるとともに、十三歳から十七歳という年齢でもある。

　ところで、この伝承童謡で再度注目したいのは、本来の意味からすれば「十七つ」[5]とあるべきはずの年齢が「七つ」とされていることに他ならない。「十五七」と同じように後の「十」が省略されたものであろうことは既に述べた[6]。しかし、ここでさらに考えたいことは、「七つ」が単に前の「十三」の「十」を承けて省略されたというだけではなく、「七つ」とすること自体に別の意味合いも背負っていたのではないかということである。その問題を考えるために、以下に何首かの歌謡を取りあげて論じてみたい。

一　七歳を歌う歌謡（一）

近松門左衛門の浄瑠璃作品『賀古教信七墓廻』(7)第一・賀古の庄教孝屋形の場には子守歌として、前掲の伝承童謡「お月さん幾つ」を踏まえた次のような一節がある。

○背なに子をおひ寝させてをいて犬の子〳〵とゆたもなめなかけそ。ここな子はいくつ。十三七つ。七つになる子がいたいけなこと言ふた。殿が欲しと歌ふたその喉笛にとびつきて牙を立てぞ食ひしめける。

これは「ここな子はいくつ。十三七つ」の部分に「お月さん幾つ」を踏まえ、「七つ」からの連想で、次に掲げる著名な狂言歌謡の冒頭を続けている(8)。

○七ツニ成ル子ガ、荘気《イタイケ》ナ事云タ、殿ガホシト諷《ウタフ》タ、ソモ扨モワゴリョハ、誰人ノ子ナレバ石龍藤《テイカカヅラ》カ離ガタヤノ〳〵、川船ニ乗セテツレテヲリャロニャ神崎へ、〳〵、ソモ扨モワゴリョハ、踊堂ガ見度イカ、躍堂ガ見タクハ、北嵯峨へヲリャレノ、北嵯峨ノ踊ハツヾラ帽子ヲシャント着テ踊振ガ面白イ、吉野泊瀬ノ花ヨリモ紅葉ヨリモ、恋敷人ハ見度イ物ジャ、所々御参リャッテトウ下向メサレ、科ヲバイチャガ負マラショ

まだ幼い「七ツニ成ル子」が、大人びて「殿ガホシ」という歌を「諷《うた》」った。その様子は「荘気」そのものである。「荘気」は『邦訳日葡辞書』に「イタイケナ」として「美しい、やさしい、かわいらしい（もの）、など」と見える。すなわち、七歳の少女の少しばかりませた愛らしさが歌われているものと考えられる。この狂言歌謡こそが七歳の子どもを歌った日本の古典歌謡のなかで、もっとも著名な一首である。これは室町小歌系の歌謡であるから、中世以来の伝承と考えておいてよいであろう。ここで注目したいのは、この歌謡において何故に七歳の女の子が歌われたかということに他ならない。そこには六歳でも八歳でもない七歳の必然性があったものと思われる。管見で

は女の子が「殿ガホシ」などと人間界の男女の性愛にかかわる発言をしたことが語られ始めてよいのは、七歳からであったのではないかと考える。後述するが、日本古来の民俗では「七歳までは神のうち」などと言われ、六歳以下の子どもは人間界とは別の世界の住人と考えられてきた。そのような子どもが「殿ガホシ」などと言うはずもなく、また仮に言ったとしてもそれは隠蔽されるべきものではなかったであろうか。以下、管見に入った歌謡の例から日本の民俗習慣において七歳の持つ意味をさらに解読していきたい。

二　七歳を歌う歌謡（二）

○七つ子がさいの河原に集まりて、日さえ暮れれば親を恋しる、恋しるな恋しる親に逢いもせで、地蔵菩薩にお手を引かるる、武蔵野の野菊の下に子を捨てて、何をたよりに通う若親、恋しさに通いそろものこの墓へ、もすそは露に袖はなみだに

この歌は静岡県西部の磐田郡で採集された盂蘭盆の「大念仏」である。(9) 亡くなった子どもの新盆に歌われたという。内容的には地蔵菩薩に導かれつつ賽の河原を渡る子どもの姿を歌っているが、この歌の冒頭には「七つ子」とあって、七歳が幼な子を代表する年齢とされていることが知られる。おそらく子どもの死者として取りあげてよい最低の年齢が七歳であったものと思われる。

一方、大阪には著名な盆歌の〝おんごく〟があるが、『守貞謾稿』(10) はその語源となった古歌「わしは遠国越後の者で、親が邪見で七つの年に、売られ来ました、云々」をある人の言として紹介している。この歌に従えば「おんごく」とは「遠国」のこととなるが、同時に「七ツ」の年に「越後」の国から身売りされて来たことが歌われている。この歌は周辺地域に広がりを見せていたようで、和歌山県新宮市の盆踊歌にも「親は邪けんで七つの年に売ら

れましたよ鳥羽浦に」と採集されている。(11) これらの盆踊歌において七歳で身売りされたとするのは、六歳までがいまだ身売りの不可能ないわば〝絶対的子ども〟であり、それを通過したことによるものと考えられる。また、千葉県の民謡にも「七つ八つから苦界の水を呑むも親田のためじゃもの」とあり、〝絶対的子ども〟として庇護された六歳までを通過した年齢から世に出されて苦労したことを歌っている。これはすなわち、この年齢から労働人口への仲間入りを余儀なくされた子どもたちがいたことを意味していよう。兵庫県や岡山県の民謡として「七つ八つから糸引き習うて、今じゃ糸屋の嫁となる」と歌われたのもこのことを裏付けているのである。

七歳の子どもが小女郎《おちょぼ》として酌を取っていたとする歌謡が江戸中期の禅僧白隠慧鶴「皿回し布袋図（甲）」の画賛に記されている。(12) それは「鎌倉の御所の御前で、七つ小女郎がしゃくをとる、酒よりも肴《さか》なよりも、七つ小女郎が目についた」（傍点著者、以下同様）である。この歌謡は静岡県伊豆地方中心に伝承された歌謡と思われ、『日本民謡全集続篇』『俚謡集』『俚謡集拾遺』などに類歌が収録されている。しかし、それらの歌謡において注目されることは、『日本民謡全集続篇』と『俚謡集拾遺』で「鎌倉の御所の座敷へ、十三小女郎が酌に出て……」、また『俚謡集』で「鎌倉の御所の御宮で、十五小女郎が酌をとる……」と歌詞に異同があることである。一方、この歌謡はこれらより早く次のような江戸期の流行歌謡集にも収録されている。

○鎌倉の御所のお庭で、十七小女郎が酌をとる、ゐいそりや、十七小女郎がしゃくをとる、酒よりも肴よりも、
十七小女郎が目についた、ゐいそりや、十七小女郎が目についた（『大幣』(13) 獅子踊前歌）

○鎌倉の御所のお庭で、十七小女郎が酌をとる、えいそりや、十七小女郎が酌をとる、いたり姿でうい事言うた
（『落葉集』(14) 巻三・中興当流丹前出端・成相）

○鎌倉の御所のお庭で、十三の小女郎が酌をとる、目につかば連れて御坐れよ、江戸品川の浜までも
（大田南畝『麓廼塵』(15) 所収「ほそり」）

これらはいずれも前半部分がほぼ共通する類歌と認められるが、大きく分けて二つの点で異同がある。ひとつは「鎌倉の御所」に続く場所が「御前」「座敷」「御宮」「お庭」といった相違があることであり、残る一点は「小女郎」の年齢が若い順に「七つ」「十三」「十五」「十七」という違いがあることである。ここでは後者の年齢の問題が重要になってくるが、「七つ」としているのは白隠の禅画画賛のみである。白隠は当時巷間に伝えられていたままの歌詞を賛として採用するのが専らであるので、(16) この歌謡も「七つ」という歌詞でも流布していた歌謡であろう。しかし、「小女郎」とは年若い遊女のことであり、浄瑠璃作品中には遊客との情事が語られることが多いので、「七つ」では若すぎよう。この年齢については他の歌謡に「十七」とあるところから、この「七つ」はもともとは「十七」の「十」が口承の過程で欠落したと考えてよいものと思われる。しかし、〝絶対的子ども〟を通過した七歳は酌をとる最低の年齢として公認されていたからこそこのような歌も流布することが可能であったと考えられよう。

埼玉県秩父郡に伝えられる「ササラ歌」に「七つ子が今年はじめてササラ摺る、よくはなけれど誉めてたもれ」という詞章が見える。七歳に成長した子どもがいよいよ共同体への仲間入りを果たし、民俗行事の際に簓を摺る役割が与えられた。まだ、未熟で上手に摺ることはできないが、どうか誉めてやってくれ、(17) というのであろう。

このように七歳の子が共同体に初めて参画する資格を持つようになることは、柳田国男氏の指摘以来、既に多くの言及がある。例えば民謡の精査に基づいて『民謡の女』(昭和52年・実業之日本社)を執筆した仲井幸二郎氏は、同書三三頁において「芸能に参加できる年が七つであり、一方民謡歌詞に登場する年齢の下限も七つであるのは、偶然の符合ではないであろう。つまり、七つという年はやはりひとつの資格を身につける年である」と指摘している。また、池田廣司氏も(18)「わが国では、古来信仰の中で「七つまでは神のうち」などともいわれ、この年齢に到って初めて祖霊界から離脱し、人間界に入ると考えられてきたことによろう。村で氏子入りや、子供組への加入が行われるのも、この年齢においてであった」と言う。

時は移り近代に入ると、野口雨情作詞、本居長世作曲の童謡「七つの子」がある。「からすなぜ鳴くの」から始まる今日でも人口に膾炙した創作童謡である。その「七つの子」をめぐっては「七羽の子」説と「七歳の子」説があるそうだが、これは明らかに「七歳の子」の意味である。もちろん実際には七歳のからすが子どものはずはないが、これはからすに仮託した人間の子を歌っているのである。したがって、雨情が子どもの年齢として七歳を選んで作詞したことには大きな意味がある。それは言うまでもなく、日本の古歌謡に歌われてきた子どもの年齢が七歳であったことを雨情が知っていたことを物語っている。

三　日本中世における七歳

ここで少し視点を変えて歌謡以外の中世の文献を参照してみたい。世阿弥『風姿花伝』[19]は序に続く本文冒頭に「年来稽古条々」の項を置くが、その最初は「七歳」である。そして次のように記している。

> この芸において、おほかた、七歳をもてはじめとす。このころの能の稽古、必ず、その者、自然と為出すことに、得たる風体あるべし。舞・はたらきの間、音曲、もしは怒れることなどにてもあれ、ふと為出さんかかりを、うち任せて、心のままにせさすべし。さのみに、よき、あしきとは教ふべからず。あまりにいたく諫むれば、童は気を失ひて、能、ものくさくなりたちぬれば、やがて能は止まるなり。……（以下省略）

ここで世阿弥は七歳という年齢を能楽修練の初めと位置付ける。そしてこの年齢では、自然のままに練習させ、型にはめてしまわないことを強調している。七歳から稽古の開始とすることは中世においても、この年齢までが〝絶対的な子ども〟と認識されていたことを暗示していよう。

次に、芸能記事を多く収録する中世の説話集『古今著聞集』[20]から、七歳児の描かれ方について見ておきたい。まず、巻十五「宿執」所収第四九七話は次のような説話である。

法深房、生年二十のとしより熊野へまうでて、「我が道、もし父の芸におよばずは、すみやかに命をめすべし」とこそ申されけれ。祈請のむね神慮にかなひて、道の棟梁たり。口ぎたなくていふべからず、嫡女孝道の孫、七歳のとし、あまりに不用にて走りあそびけるを、こらさむとて、所持の小琵琶をとりかくして、「はやく不用を道にたてて、琵琶などをば心になかけそ」とて、しばしとりかくしたりけるを、をさなき心にあさましくなげきて、うばにともすれば、うれへ怠状しけれども、なほゆるさず。

かかるほどに、母、賀茂へまうでけるに、この少人を具したりけり。下向の後、「さても賀茂にては何事を申しつる」と問はれて、「ただ琵琶をよくひかせさせ給へとこそ申しつれ」とぞこたへける。この詞をあはれみて、勘当ゆるして、小琵琶かへしあたへければ、悦びて、これより心に入れて道をたしなみ、功をいれたる事第一なりとぞ。重代の人は哀れにふしぎなる事なり。七歳の心に道の執心哀れなる事なり。

法深房、すなわち藤原孝時の嫡女七歳の折の逸話である。琵琶などそっちのけで遊んでばかりいた嫡女は、父の叱責によって一念発起し、賀茂神社参詣の折にも、琵琶が上手に弾けるようにと願をかけるようになる。そして、父の勘気も解け、家重代の琵琶の道に邁進したという。『古今著聞集』はこの話の末尾を「七歳の心に道の執心哀れなる事なり」と結んでいる。ここで嫡女の年齢が七歳とされることにはやはり意味があろう。すなわち、これは芸に打ち込まない子どもが七歳にして初めて父に叱責された、逆に言えば、七歳にして初めて叱責してよい年齢に達したと考えることができよう。どうやら七歳以下の子どもは咎められるべきではないという暗黙の了解があったらしい。ここで思い合わされるのは、かつて黒田日出男氏が『境界の中世　象徴の中世』（昭和61年・東京大学出版会）のなかで「七歳は、神と人との境界ともいうべき重要な節目」で、七歳以下の子どもは法律上はまったくの無能力者と見做され刑事責任を負わされることがなく、亡くなったときの葬り方も七歳を越えた者とは異なっていたと指摘したことである。これに従えば、先の盂蘭盆の「大念仏」の詞章の「七つ子」も容易に理解できよう。

さらに、中世説話のなかには七歳前後の子どもが超人的とも言える力を発揮してみせる話が多く確認できる。これはこの年齢の子どもに神の力が働くことを意味していよう。前掲『古今著聞集』には四五四話にも次のような七歳の孤児の逸話が見える。

空也上人、道を過ぎ給ひけるに、ある家の門に年七歳ばかりなる小児泣きて立ちたり。上人、「など泣くぞ」と問ひ給ひければ、小児こたへけるは、「一歳と申しけるに、父におくれぬ。ただひとりたのみて侍りつる母に、この暁またおくれ侍りぬ。いまは誰をたのみて身をたて、いづれの世にかふたたびあひ見侍る事を得ん」といひければ、上人聞きて、「な泣きそ」とこしらへて、弾指してのたまひける、

朝夕歎心忘後前立常習

と唱へて過ぎ給ひにけり。小児、この文を聞きて、則ち泣きやみにけり。村の人、「さしもかなしみつるに、など泣きやみたるぞ」と問ひければ、「上人のさづけ給ひつる文あり。その心は」とていひける、

あさゆふになげく心を忘れなんおくれさきだつ常の習ひぞ

七歳の人のかく心え解きけるもただ人にはあらず。これも権者なりけるにこそ。

この説話では末尾に「これも権者なりけるにこそ」と、この七歳の子どもを仏が衆生を済度するために仮に現われた者、すなわち権現と位置付けて収めている。七歳の子どもと神仏が紙一重の超人的存在として認識された一例である。

以上のように、日本中世において七歳の子どもの持つ意味はきわめて重要である。このことについては、既に紹介した柳田国男氏や黒田日出男氏の指摘の他、本田和子氏(21)、田仲洋己氏(22)等の言及があり、本節で新たに指摘し得たわけではない。しかし、中世を中心に流行した歌謡においても、七歳の子どもが盛んに歌われたことは重要である。

そして、七歳以下の年齢は歌謡の上にはまったく見えないと言ってよい。

四　中世歌謡における子どもの終焉年齢

古来我が国においては「七つ」「十三」「十四」「十七」「十八」という年齢が重要な意味を内包していた。中世歌謡にも主として女性にかかわるこれらの年齢が盛んに登場している。このうち、「七つ」については既に述べたので、残る年齢の検討を通して、中世において何歳が子どもから大人への移行年齢と認識されていたのか、すなわち子どもの終焉を告げる年齢について考え、中世における子どもの年齢的な範囲を捉えたい。なお、女性の年齢を歌った歌謡に関する研究は早く仲井幸二郎氏[23]にあり、近年も植木朝子氏[24]の論文が発表された。ここではそれら二論文に導かれながら論を進めていきたい。

まず「十七」及び「十八」という年齢であるが、日本の歌謡にはこれらの年齢が頻出する。年齢表現のすべてを通じて、もっとも多くの例を数えるのがこの「十七」と「十八」であり、「十七八」として並列されることが一般的であった[25]。管見に入った古い方から順に十例を掲出しておく。

○誰そよお軽忽《きやうこつ》、主《ぬし》ある我を締むるは、喰ひつくは、よしや戯《じや》るるとも、十七八の習ひよ、〳〵、そと喰ひついて給ふれなう、歯形のあれば顕るる（『閑吟集』[26]九一番歌〈狭義小歌〉）

○十七八は二度候か、枯れ木に花が、咲き候かよの（『全浙兵制考』付録『日本風土記』[27]所収「山歌」）

○十七八と寝て離るるは、ただ萍草《うきくさ》の、水離れよの（『全浙兵制考』付録『日本風土記』所収「山歌」）

○十七八は早川の鮎候、寄せて寄せて堰き寄せて、探らいなう、お手で探らいなう（『宗安小歌集』[28]一三四番歌）

○十七八の独り寝は、仏になるとは申せども、なに仏なう、二人寝るこそ仏よ（『宗安小歌集』一三五番歌）

○十七八は朝川渡る、我が妻ならうにや、負ひ越やそ（『宗安小歌集』一五二番歌）

○十七八は砂山の躑躅《つつじ》、寝入らうとすれば、揺り揺り起こさるる（「隆達節歌謡（小歌）[29]」二〇四番歌）

○十七八は棹に干いた細布、取り寄りやいとし、手繰り寄りやいとし、糸より細い腰を締むれば、い、たんとなほいとし（『大蔵虎寛本』所収「節分」）

○十七八は長押《なげし》の埃《ほこり》、皆殿たちの、皆殿たちの目に入りた、目に入りたらば、薬師の前で目医師しよ、目医師しよやよ（『鷺保教本（小舞）』所収「目医師」）

○……十七八はぃょその山の薄《すすき》か、寝入ろとすれば揺起すぃょ〳〵、十七八はぃょ小池の小鮒、とらよとすればはねまするぃょ〳〵……（『聖霊踊歌[30]』所収「鹿背山踊〈吉野踊〉」）

これらの歌謡からわかるように、「十七八」の用例は室町小歌を嚆矢としている。すなわち、中世の後期になってから「十七八」の表現が定着したことが確認できる。「十七八」は女性の人生でもっとも美しい娘盛りの年齢を示し、これらの歌謡では男性の関心を惹く様子を歌い込む。一方、平安時代末期に流行した今様雑芸歌謡の集成『梁塵秘抄[31]』には、著名な次の一首が収録されている。

○女の盛りなるは、十四五六歳、二十三四とか、三十四五にしなりぬれば、紅葉の下葉に異ならず（三九四番歌）

こちらでは「女の盛り」を「十四五六歳」から「二十三四」と幅広く設定している。「十七八」は当然この範囲に入ってはいるが、殊更に取り立てることはしていない。「十七八」に焦点が合わせられ、取り立てられるようになったのが中世歌謡の特徴と言えるであろう。

一方、室町小歌の集成『宗安小歌集』には次のような二首の歌謡もある。

○十四になるぼこぢやと仰やる、裏木戸を、裏木戸を、開けてまた待つが、ぼこかの（一四〇番歌）

○俺は明年十四になる、死にかせうずらう味気なや、姉御へ申し候、一期の思ひ出に姉御の殿御が所望なの、ただ、一夜二夜は易けれど、奈良の釣鐘、よそへの聞えが大事ぢやの、ただ（一九三番歌）

これらの室町小歌の年齢について、もっとも詳細な検討を加えているのは仲井幸二郎氏であるが、仲井氏以前に折口信夫氏が[32]「明年十四になる」の部分に「一人前の女になります。だからもうそろそろ女の仲間入りをする」と口訳を付けているのが注意される。仲井氏は折口氏の口訳を紹介し、次のように言う。

「明年十四になる」という言いかたは、ことしが十三歳であることはいうまでもない。その年ごろの、今ふうな言いかたをすれば、性への関心のようなものを、男の空想でつくっているのがこの歌であろう。十三、四という年は、ひとつの年齢通過儀礼を経て、結婚への資格を女が獲得する年齢であった。

確かに「十四」歳になることを明言する『宗安小歌集』の二首は、十三歳以前とは一線を画し、大人の女へ旅立ちを果たしたことを宣言しているかのように読める。「十四」歳という年齢が結婚適齢期に当たる「十七八」に至る前段階として、強く認識されていたことを窺わせる。さらに仲井氏は後代の民謡ではあるが、「今年や十三、こらえておくれ、あけて十四で身をまかそ」（徳島県盆踊歌）や「十四の春から通わせおいて、今さらいやとはどうよくな、鳥が鳴こうが夜が明けようが、お寺の坊さん鐘つこうが、枕屏風に日がさそうが、このわけきかなきゃ、これなんだい、帰りゃせん」（千葉県仙台節）を紹介して「男との交渉、結婚に関しては、十三歳以前の唄はひとつもない[33]」「十三歳を境に、世間は扱いをこどもからおとなに移したのであろう[34]」と指摘している。これに従えば、いわば十二歳までが子どもの年齢範囲で、十四歳以降が恋の季節を迎えた大人の年齢ということになる。そして、その間の十三歳はちょうど子どもから大人への移行の一年であった。十二年間で干支の一巡を終えた後、子どもは大人の世界へ入る扉の前に立つことになる。『宗安小歌集』では十四歳に開かれる世界を、十三歳の時点で先取りして行動する娘を主体として歌っていることになろう。すなわち、公認の恋の季節解禁年齢である十四歳を目前にした娘の、大人の世界参入の意欲が認められる歌謡と言えるのである。

おわりに

以上、中世を中心にした歌謡の世界に歌われた子どもの年齢の規定を目指して論を進めてきた。その結果、子どもは七歳から歌謡に歌われ始め、十三歳までが対象年齢とされたことが指摘できた。この結論は特に目新しいものではないが、日本民俗における子どもの年齢規定と軌を一にしていることを確認することができたことには意義があろう。また、冒頭で「お月さん幾つ、十三七つ……」という伝承童謡の「十三七つ」について新解釈を提示することもできた。すなわち、前述したように十三は美しい月齢の十三を示すとともに、子どもから大人へと移行していく境界の年齢の十三歳を意味し、そこから十七歳までの娘盛りの美しさを讃えた伝承童謡と考えるべきことを指摘した。この点については、今後さらに検討を積み重ねていかなければならないが、これまでの諸説に一石を投じることができたと考えている。

以上、日本中世における子どもの問題として、歌謡に歌われた年齢範囲の規定を試みた。大方の御教示を仰ぎたい。

注

（1）歌謡集に収録された早い例としては行智『童謡古謡』がある。この歌謡は同書には「子守歌」の「目ざめ歌」と記されている。具体的に歌われる時と場が知られ貴重である。以下、伝承童謡の引用は岩波文庫『わらべうた―日本の伝承童謡―』（昭和37年・岩波書店）所収本文による。

（2）管見に入った諸説は、①「十三」と「七つ」を加算して「二十」とする説、②「十三」が暦年の月数を示し、一年に「十三」月ある年、すなわち閏月を持つ年が十九年の間に「七つ」あることをいったとする説、③「十三」夜の月は「七つ」時（十六時）に昇ってくるとする説、④月の公転運動が一日ごとに「十三」度「七」分ずつ遅れるとする説、⑤後述する八重山民謡から「十三」夜の月と「十七」歳女性の美しさを歌ったもので、「十七」歳の「十」が伝承とともに欠落したとする説、⑥単に「十三」夜の月の美しさを歌ったもので、「七つ」は「幾つ」との語呂合わせから、特に意味なく歌われたとする説などである。

（3）引用は『近世歌謡集』（日本古典全書）所収本文による。

（4）十四日の月は古来「小望月」と呼ばれ、これと「子持ち月」を言い掛けた例が江戸期に多く見られるところからすれば、十三夜は「あの子を生んで、この子を生んで」にふさわしい「小望月」よりはまだ若いという意味と解される。そして十七歳という女性の年齢も結婚適齢期とはいえ、子を生むには年が若いというのであろう。

（5）八重山童謡の歌詞も十七歳を「じゅうしち」とは歌わず、「とうななつ」と「十」と「七つ」に分けて歌っている。

（6）「お月さん幾つ」の伝承童謡は「十」が省略されることによって、意味が不明となったため、大阪や和歌山地方では「十三一つ」、鳥取・島根・岡山・広島・愛媛・香川地方などでは「十三九つ」とも歌われたという。

（7）引用は『近松全集』第九巻（昭和63年・岩波書店）所収本文による。

（8）狂言歌謡の引用は池田廣司『狂言歌謡研究集成』（平成4年・風間書房）所収本文（底本は『鷺保教本』）による。なお、掲出した歌は小舞謡と呼ばれる種類の歌謡に属し、現存の書き留めは江戸期以降の狂言台本にしか確認できないものの、室町小歌系の中世歌謡の雰囲気を持っている。

（9）引用は『静岡県磐田郡誌』所収本文による。

（10）引用は岩波文庫本による。

（11）引用は『新宮町郷土誌』所収本文による。

（12）小著『絵の語る歌謡史』（平成13年・和泉書院）参照。

（13）引用は日本歌謡集成所収本文による。

(14) 引用は日本歌謡集成所収本文による。
(15) 引用は『近代歌謡集』(校註日本文学類従) 所収本文による。
(16) 小著『絵の語る歌謡史』(平成13年・和泉書院) 参照。
(17) 「先祖の話」(『定本柳田国男集』第十巻所収)、「家閑談」(『定本柳田国男集』第十五巻所収) など。
(18) 『狂言歌謡研究集成』八〇〇頁。
(19) 引用は新潮日本古典集成所収本文による。
(20) 引用は新潮日本古典集成所収本文による。
(21) 『フィクションとしての子ども』(平成元年・新曜社)
(22) 「子どもの詠歌―『袋草紙』希代歌をめぐって―」(『文学』第三巻第二号〈平成4年4月〉)
(23) 『民謡の女』(昭和52年・実業之日本社)
(24) 「十四歳をうたう歌謡―『宗安小歌集』の二首をめぐって―」(『日本文学』第四十八巻第九号〈平成11年9月〉)
(25) 拙稿「中世小歌の表現―「山歌」にみる慣用句摂取―」(『日本歌謡研究　現在と展望』〈平成6年・和泉書院〉／小著『中世歌謡の文学的研究』〈平成8年・笠間書院〉第三部第一章第四節所収) 参照。
(26) 引用は新潮日本古典集成所収本文による。
(27) 引用は続日本歌謡集成所収本文による。
(28) 引用は新潮日本古典集成所収本文による。
(29) 引用は小編『「隆達節歌謡」全歌集　本文と総索引』(平成10年・笠間書院) 所収本文による。
(30) 引用は日本歌謡集成所収本文による。
(31) 引用は日本古典文学全集所収本文による。
(32) 『折口信夫全集　ノート編』第十八巻。
(33) 注 (23) 掲出書四一頁。
(34) 注 (23) 掲出書四四頁。

第四節　古代・中世・近世の子どもの歌

我が国の子どもの歌謡を総称しようとする時、何と呼ぶのがもっとも適切か、という疑問を持つ人は多い。著者もこれまでに多くの人から尋ねられたが、その都度答えに窮していた。周知のように〝童謡〟は古代においては、〝わざうた〟と発音された別義の語であるので、全時代を通した通称とはなりにくい。また〝わらべうた〟も、近代の作家によって産み出された〝創作童謡〟以前に行われていた作者不詳の子どもの歌謡を指すことが一般的で、今日ではそれを〝伝承童謡〟と呼ぶことが多い。すなわち、〝わらべうた〟も子どもの歌謡全般を指す呼称とはなり得ない。そこで、本節では以下〝子ども歌[1]〟という名称を特別に用意し、①古典文学作品中に見える子どもの歌謡、②伝承童謡、③唱歌、④創作童謡、⑤今日の子ども向け流行歌謡（アニメソングなどのメディア歌謡を含む）などの古今の子どもの歌謡を一括して呼ぶこととしたい。

子ども歌のうち、伝承童謡には複数の種類がある。その分類を早い時期に試みたものとして行智『童謡古謡』（文政三年〈一八二〇〉成立）がある。同書では子ども歌を、〝子守歌〟（寝させ歌・目ざめ歌・遊ばせ歌）〝鬼わたし〟〝盆歌〟〝毬歌〟〝天象〟などに分類した。この分類は当時としては画期的なものであった。その後、諸研究者によってさらに詳細な分類が試みられているが、現在でも諸説があって確定しがたい。いまここでは、a遊戯歌、b天体気象の歌、c動物植物の歌、d歳事歌、eことば遊び歌、f子守歌の六種類に分類しておきたい。このうち、遊戯歌は手毬歌・お手玉歌・羽子突き歌・手合わせ歌・鬼遊び歌等々に細分でき、歳事歌は正月歌・盆歌などに細分できる。また、ことば遊び歌には囃し歌・悪口歌・尻取り歌・替歌などが含まれる。子守歌は大人の立場から子どもに働きかける際に歌う、寝させ（眠らせ）歌・遊ばせ歌の他、子守である自らの仕事の内容を歌う仕事歌的なものがあり、さらには自らの境遇について嘆き歌う一種の恨み節まである。天体気象の歌、動物植物の歌、ことば遊び歌などのなかには、子どもたちが、月や星、昆虫や花、周りの子どもといった対象に向けて発する曲節を持った広義の歌謡で、〝童諺《どうげん》〟や〝口遊《くちずさみ》〟などと称される種類のものもあった。そして、それらの伝承童謡のうち、子守歌を除けばその大半は、子どもの遊びの中から自然発生的に産み出された歌謡群であり、子どもによる子ども自身のための歌である点に特徴がある。

ところで、本節で考察対象とする時代のうち、江戸時代以前の子ども歌の資料は必ずしも豊富とは言えない。まとまった歌謡集はまったく伝えられていないので、古典文学作品中から子ども歌と思われるものを抽出することになるが、その歌数は多いとは言えない。そしてさらに言えば、それらのほとんどは確実に子ども歌であったという確証が得にくいもので占められる。すなわち、古典文学作品中に見える子ども歌は、子どもの歌った歌謡と言うより、子どもが歌ったと考えても不自然でない歌謡と言うことになり、しかも十数首程度が指摘できるに過ぎないのである。

例えば、平安朝の民謡であった風俗《ふぞく》歌からは、子ども歌であった可能性を残す歌として次のような歌を取り上げることができる。

○鸛《おほとり》の羽に、やれな、霜降れり、やれな、誰かさ言ふ、千鳥ぞさ言ふ、鷃《かやぐき》ぞさ言ふ、蒼鷺《みとさぎ》ぞ、京より来てさ言ふ（風俗歌「鸛」）

この他同類の歌として、元来風俗歌から宮廷歌謡となったとされる催馬楽《さいばら》の「西寺の老鼠……」（律歌「老鼠」）や「力なき蝦《かへる》……」（呂歌「無力蝦」）などが挙げられる。これらに共通するのは子どもが歌った歌謡と断定することまではできないものの、小動物が歌詞の中に登場している点に、後代の動物植物の歌と共通する子ども歌としての要素を認めることができる。すなわち、子どもが歌っても不自然でない歌謡と考えられる。いわば、広義の子ども歌と言えよう。しかし、逆に言えばそれだけのことで、これらの歌が当時、専ら子どもによって歌われていたものと断定することはできないのである。このような状況は、その後の時代においても続いていく。平安時代末期に流行した今様雑芸《ぞうげい》歌謡にも、「茨小《うばらこ》木《ぎ》の下にこそ、鼬《いたち》が笛吹き猿かなで、かいかなで、稲子《いなご》麿賞《まろめ》で拍子つく、さて蟋蟀《きりぎりす》は鉦鼓《しやうご》の鉦鼓のよき上手《じやうず》」（『梁塵秘抄』巻二・四句神歌・三九二番歌）、「舞へ舞へ蝸牛《かたつぶり》、舞はぬものならば、馬の子や牛の子に蹴《く》ゑさせてん、踏み破《わ》らせてん、まことにうつくしく舞うたらば、華の園まで遊ばせん」（『梁塵秘抄』巻二・四句神歌・四〇八番歌）、「ゐよゐよ蜻蛉《とうばう》よ、堅塩《かたしを》参らんさてゐたれ、はたらかで、簾篠《すだれしの》の先に馬の尾縒《よ》り合はせて、かい付けて、童冠者《わらはべくわざ》ばらに繰らせて遊ばせん」（『梁塵秘抄』巻二・四句神歌・四三八番歌）、「いざれ独楽《こまつぶり》、鳥羽《とば》の城南寺《じやうなんじ》の祭《まつり》見に、われはまからじ恐ろしや、懲《こ》り果てぬ、作り道や四塚《よつづか》に、あせる上馬《あがりむま》の多かるに」（『梁塵秘抄』巻二・四句神歌・四三九番歌）のような広義の子ども歌が存在する。いずれの歌も動物や玩具へ向ける目線が、親しさだけでなく残酷さも含めて、作品内主体と同じ高さにあり、それらの対象に対する子どもの接し方と重なる部分が多い。

ところで、最後の「いざれ独楽」の歌の前半は玩具の独楽《こま》に語りかける歌詞であり、玩具を対象にした童謡のスタイルを取るが、一方では独楽遊びの際の遊戯歌としての性格を持っていた可能性も高い。そこで参考となるのが、絵画資料である。古代における絵画資料の重要性は改めて言うまでもないが、絵巻物の何点かに子どもの遊ぶ姿が見え、子ども歌研究に際しても貴重な資料となる。ここでは独楽遊びの場面を描く資料として『慕帰絵詞』（西本願寺蔵）について言及したい。『慕帰絵詞』には巻第五・第二段に独楽遊びをしている三人の子どもと、傍らでそれを眺める幼子を抱いた女が描かれている。この場面は永仁三年（一二九五）十一月中旬に、覚如が祖師親鸞《しんらん》の伝

［図11］『尾張童遊集』所収「道成寺」

記的絵巻を作成する様子が描かれるが、その門前の賑わいの中に一点景として挿入されたものである。したがって、この絵巻の中に独楽遊びに関しての特別な説明はないのであるが、これを見る限り、当時の子どもたちが何らかのことばや歌を発しながら遊んでいた可能性は否定できない。それは次に挙げる鬼遊びにおいては確信に近いものとなる。

日本各地に行われた有名な鬼遊び歌に「子をとろ子とろ」がある。一人の子どもが鬼となり、残りの子どもたちは前の子の帯などをつかんで一列となる。鬼は最後尾の子どもを捕まえようとするが、先頭の子どもが両手を広げて鬼の前に立ちはだかり、鬼の行動を阻む遊びである。この遊びは歌を伴う遊びであった。例えば幕末の江戸地域の子ども歌を集成する『幼稚《おさな》遊《あそび》昔《むかし》雛形《ひながた》』（天保年間〈一八三〇～一八四四〉刊）には「こをとろことろ、どのこがみつき、ちよつと見ちやあとの子、サアとつてみやれ」と採集される。また、江戸時代末期の尾張地方の子ども歌を集成する小寺玉晁『尾張童遊集』（外題は「児戯」、但し序に「尾張童遊集」と名付けるとある／天保二年〈一八三一〉成立）にはこの遊びの歌として「どふじよじ〳〵、すってんから〳〵、道成寺」（［図11］参照）が採集され、さらに「唐子のどふじようじして遊べる図を、狩野探幽斎守信の画けるあり。春日井東杉村心入寺什物の内にあり」とあるので、この遊びが探幽（慶長七年〈一六〇二〉～延宝二年〈一六七四〉）

［図12］『尾張童遊集』所収
「くんぐれ山伏」

［図13］『尾張童遊集』所収
「まひまひぎっちょ」

生存時期の江戸時代初期に遡れること、また古く中国でも行われていたことを示唆している。しかし、実はこの「子をとろ子とろ」は古く「比々丘女（ひひくめ・ひふくめ）」と称された遊びで、きわめて長い歴史を持つと同時に地域的にも東アジア各地に広範に広がっていることが確認されている。日本の絵巻のなかにも早く法然寺旧蔵『地蔵縁起絵巻』（鎌倉時代末期頃成立）に絵が見えることが指摘される。また、『三国伝記』（永享三年〈一四三一〉成立か）巻八「比々丘女《ひひくめ》之始事」にもこの遊びの起源説話が記され、その際の子どもの囃し声として、初めは「取チフ、取チフ、比丘《びく》・比丘尼《びくに》・優婆塞《うばそく》・優婆夷《うばい》」とあったものが、この詞の意味を正確に理解できない子どもたちが早口で言うようになったため、いつしか「取テウ、取テウ、ヒフクメ」に変化したという説を展開している。いずれにしても、この遊びには早くから歌謡の一種と目される曲節を持つ囃し声が付随していたことが知られるとともに、鎌倉・室町時代の「取チフ、取チフ」系統の詞から、後代には「こをとろことろ……」や「どふじよじ〱……」などの歌謡に大きく変化したことも確認できる。なお、『尾張童遊集』には他の著名な遊戯歌として「中の中の小仏は、なぜ背が低いの、親の日に海老を食って、それで背が低いの」「くんぐれくんぐれ山伏、またくんぐれやんまぶし」（［図12］参照）「まひまひぎっちょ、かねぎっちょ、奥の殿様目がまって、お駕籠《かご》に乗ってよいさっさ」（［図13］参照）などの伝承童謡が収録されている。

また、林羅山『徒然草野槌』（元和七年〈一六二一〉刊）によれば、頼朝時代に行われた遊戯歌に「橋の下の菖蒲は、折どもおられず、かれどもかられず、伊東殿土肥殿、土肥がむすめ梶原源八、介殿のけ太郎殿」があったことが記されており、これを承けた『筆のかす』はこの歌の類歌を〝鬼きめ歌〟として挙げている。この歌謡の冒頭の歌詞は後代〝草履きんじよ〟の歌として全国各地に広く用いられた。例えば、前掲『童謡古謡』に〝鬼きめ歌〟を意味する〝鬼わたし〟の歌として、「草履きんじよ、〳〵、〳〵。おじよんまじよんま。橋の下の菖蒲は、咲いたか、咲かぬか、まだ咲かぬ。妙々車を手に取て見たれば、しどろくもどろく、十さぶろくよ」と見える。これらの例からは、文献資料に乏しい室町時代以前にも、江戸時代に行われた子ども歌の先蹤例を垣間見ることができる。したがって、少なくとも遊戯歌の一部には中世からの系譜を辿れるものがあると言えるのである。以上の他、「かごめかごめ」「通りゃんせ」「ずいずいずっころばし」などが全国的に知られた遊戯歌であった。

次に、遊戯歌の代表格である手毬歌について述べていきたい。文化十四年（一八一七）に野田（源）成勝が絵入版本『てまり歌』を刊行し、その巻頭に置かれた清水浜臣の序に見えるように、〝突き毬〟様式の手毬遊びの起源は鎌倉時代にまで遡れるようであるが、古来〝あげ毬〟様式が主流であり、〝突き毬〟様式が一般化したのは江戸時代も後半に入ってからと考えられる。そして、この〝突き毬〟様式に定着して以降、手毬歌の大流行時代が始まるのである。ところで、『落葉集』（元禄十七年〈一七〇四〉刊）巻五・祇園町踊之唱歌には〝手鞠女踊〟なる歌謡が収録されているが、その歌詞の末尾には「とんと突き上げ」とあるので、これは〝あげ毬〟様式の手毬を歌った可能性が高い。しかし、江戸時代後期には〝突き毬〟様式の手毬遊びが瞬く間に女児を中心とした子どもの遊戯の筆頭格にまでのし上がった。江戸期の子ども歌資料において、質量ともにもっとも充実しているのは〝突き毬〟様式による手毬歌に他ならない。手毬歌には叙事詩的なもの、数え歌形式のもの、リズム本位のものの三種があるが、この中では叙事詩的なものが圧倒的に多い。式亭三馬『浮世風呂』二編（文化七年〈一八一〇〉刊）には五首の手毬歌が見えているが、うちわけは数え歌形式のものが一首で、他の四首は叙事詩的なものである。また、手毬歌は後述する盆歌と並んで、まとまった伝承童謡の集成を有する江戸や尾張の子ども歌の中心を占めていると言っても過言ではない。このことは『大江戸てまり哥』『熱田手毬歌盆歌童謡附』などといった伝承童謡集成の外題にも反映されている。なお、まとまった規模を持つ地方の手毬歌として貴重なものに、越後の伝承童謡集成『越志風俗部　歌曲』（天保年間〈一八三〇～一八四四〉頃成立）、『北越月令』（嘉永二年〈一八四九〉序）の二書、及び『童話伝説』（明治時代初期〈一八六八～一八八〇〉頃成立）がある。後者は別名『南葵文庫旧蔵わらべ唄』、また『紀州童謡』とも称されるもので、紀州和歌山周辺の伝承童謡や民謡を集めた本である。幕末から明治時代にかけて多く刊行された〝おもちゃ絵〟には手毬歌が多く摺られた。「向こう通るは……」「向こう横町の……」「あんた方何処さ……」「わしが姉さん三人ござる……」などが、その中に見える代表的な手毬歌である。

我が国の文献上の子ども歌の初出は『讃岐典侍日記』嘉承三年（一一〇八）正月二日条に見える幼い鳥羽天皇の歌った歌と言ってよいであろう。それは「降れ降れ粉雪《こゆき》」といういわゆる天体気象の歌であった。周知のようにこの歌については『徒然草』第一八一段が「「降れ降れ粉雪、たんばの粉雪」といふこと、米つきふるひたるに似たれば、粉雪、といふ。たまれ粉雪、といふべきを、あやまりて、たんばの、とはいふなり。垣や木の股に、と謡ふべし」とコメントしている。この歌の継承歌謡は江戸期にも多く見られ、太田全斎『諺苑《げんえん》』（寛政九年〈一七九七〉序）には「雪コンコンコンヨ、御寺ノ茶ノ木ニ、チョットトマレコンヨ」という江戸地域の子ども歌が掲出され、続けて「又、雪コンコユキ丹波ノコユキ、ツレヅレ草ニ見ユ」という注が付されている。すなわち、これが木の股に降り積もる雪を期待する歌謡として、遥か昔の都周辺の子ども歌である『讃岐典侍日記』所収歌謡を受け継いでいることを指摘するのである。この類歌は水戸地方の子ども歌を収めた栗田葛園『弄鳩秘抄』（文政七年〈一八二四〉以前成立）、尾張地方の童諺を収めた笠亭仙果『熱田手毬歌盆歌童謡附』（文政年間〈一八一八～一八三〇〉成立）や前掲『尾張童遊集』にも見えるから、江戸期には我が国のかなり広範な地域に広がっていたことが窺える。そして、この歌はその後も伝承童謡として歌い継がれた挙句、文部省唱歌として「雪やこんこ、霰《あられ》やこんこ、降っては降ってはずんずん積もる……」の歌詞で定着したのである。まさに、古代から近代現代に至るまでのダイナミックな流動の様相を具体的に検証できる子ども歌の例である。

盆歌は歳事歌の代表格である。それは盂蘭盆会《うらぼんえ》が重要かつ大きな年中行事であったことに伴う。大人が盆行事に踊る歌が盆踊歌であるのに対して、子どもが夕刻に列を作って町を練り歩く際に歌う歌謡が盆歌であった。その盆歌は日本各地に伝承されている。江戸時代の文献にも『浮世風呂』四編（文化十年〈一八一三〉刊）に「長い長い、両国橋は長い……」他の盆歌が採られ、さらに盆歌に関する会話までが見えている。それによれば、盆歌のことを〝盆々〟と通称する理由は「盆々々は今日明日《あす》ばかり、明日《あした》は嫁の萎《しを》れ草」に拠ること、そしてこの歌こそが盆歌の元祖である旨が語られている。実際に、この歌は江戸地域を代表する盆歌であったようで、『江戸盆哥』にも巻頭に収録され、柳亭種彦の左注にはこの歌が延宝年間以前から存在したことを指摘し、解釈についても「まだ若き女も人の娵《よめ》となれば、常にはすは（蓮葉）なるけはひはつつしめども、盆踊は老若をわかざるゆゑに、そのうちはこころのままにあそびたはぶれ、さてあしたはしほれんとなり」と記す。江戸地域の盆歌に関しては松浦静山『甲子夜話続篇』天保二年（一八三一）条にも十一首が収録されるが、それらは静山が江戸在住の老いた知人たちから聞き書きしたものであった。したがって、それらの盆歌は江戸時代中期にまで遡ることができる貴重な集成となっている。

尾張地方の盆歌は『熱田手毬歌盆歌童謡附』『尾張童遊集』の充実した二つの集成がある。また、京都の盆歌についても前者の編者である笠亭仙果の叢書『おし花』四編（文政十一・十二年〈一八二八・九〉）に〝ぼん哥〟として五首が収録されている。大坂の盆歌〝おんごく〟については、『守貞謾稿』（嘉永六年〈一八五三〉成立）に詳しい。また、これら以外の地域の盆歌としては、菅江真澄『伊那の中路』（天明三年〈一七八三〉）に現在の長野県塩尻市の歌詞が書き留められており注意される。

　次に、子守歌に目を転じれば、早く中世に遡ると言われる『聖徳太子伝』書き入れの子守歌がある。これは子守歌の中でも〝寝させ歌〟に属するものである。狂言台本には多くの子守歌の断片がちりばめられている。〝遊ばせ歌〟の「いとし子でござるを、誰がまた泣かいた……」「祖父御《おうぢご》の児になった見さいな」「鬼の来ぬ間に大豆拾うて喰らふよ」「あいやの、ぼろぼろ」「てうち、てうち、あわわ」「かぶり、かぶり、しほの目」「ねんねこ、ねんねこ、ねんねこや」「目目こ、目目こや」等の他、著名な小舞謡「兎角子共達」や「七つになる子」がある。江戸期の子守歌を収める資料として重要なものには、まず『諺苑』が挙げられる。なかでも後に沼津地方の子守歌として知られる歌詞の元となった「お愛《いと》しさまの愛しさは、山で木の数、草《かや》の数、町段畠の芥子《けし》の数、七里が浜では沙《すな》の数、打ち来る浪の皺《しわ》の数、天にとりては星の数」が見えるのが注目される。全斎は左注で、この歌にある「七里が浜」という地名から、鎌倉時代以来の古い子守歌と推定するが、その判断には無理がある。次に『童謡古謡』であるが、この書については本節の冒頭で紹介したように、子守歌をその内容からさらに、寝させ歌・目ざめ歌・遊ばせ歌に細分している。そして、それぞれ各一首を掲出するが、いずれも著名な子ども歌ばかりである。すなわち、寝させ歌には「ねんねんねんねんねこよ、ねんねのおもりはどこいたあ、山を越えて、里行て、里のおみやに何もろうた、でんでん太鼓に笙《しゃう》の笛……」という江戸子守歌の代表格となった歌が掲出されている。また、目ざめ歌には「お月さま幾つ、十三七つ、まだ年ゃ若いな……」、遊ばせ歌には「うさぎうさぎ、何ょ見て跳ねる、十五夜お月さま見て跳ねる」が挙げられている。後掲の二首については、後代の伝承童謡集成においては、必ずしも子守歌に分類されるわけではなく、天体気象の歌や動物植物の歌に分類されることが多い。しかし、古く子守歌として歌われていたことが確認できることは忘れてはならない。

江戸地域以外の地方の子守歌として重要なものに、朝岡露竹斎『子もり歌　手まり歌』（文政年間末期〈一八二八〜一八三〇〉頃成立）と『童話伝説』がある。前者は尾張地方の子守歌の集成で、『尾張童遊集』に併載された。十三首の子守歌を収録するが、そのなかには「お月さま幾つ……」の類歌も見える。後者は既に紹介した和歌山地方の歌謡集成で、手毬歌と並んで子守歌も豊富に採集されている。この書に収録された子守歌の特徴は、自らの境涯を歌う仕事歌や恨み節系統の歌が多いことにあり、またその大半が近世小唄調（三・四／四・三／三・四／五）の音数律を持つ点にある。これらの様々な心とことばを伝える子守歌のうち、広く愛唱されるに至った一部が、今日まで延々と伝承されてきたのである。

最後に、以上のような古典時代の子ども歌は近代以降へどのように伝承されていったのであろうか。それは、「蝶々」のように元来尾張地方の伝承童謡であったものが、音楽教育の近代化の中で、唱歌に変貌した例や、『弄鳩秘抄』に見える「雪降れば、みぞこみぞこに氷張りて……」の類歌が、森繁久弥らによってレコード化された例など、実に様々なものがあると言える。

注

（1）〝子ども歌〟の名称は早く明治二十七年（一八九四）刊の岡本昆石『流行《あづま》時代子供うた』に遡る。また、近年ではインターネット上に〝子ども歌〟の使用例も見え、一般的な呼称になりつつあるものと考える。

第五節　仏教関連古筆切資料考

はじめに

日本古典文学研究の深化と多様な広がりを目のあたりにする昨今ではあるが、その一方で基礎資料と呼ぶべき古筆切は閑却されるどころか、その重要性がますます高まっていると言ってもけっして過言ではない。この数年で刊行された古筆切関連の著書や論文は相当な数に上り、貴重な断簡の紹介も相次いでいる。著者もかつて古筆切を調査し、何編かの論文を発表した。そのうち、拙稿「伝法守法親王筆古筆切仏教歌謡資料について」(『大阪教育大学紀要(第Ⅰ部門)』第四十三巻第二号〈平成7年2月〉/小著『中世歌謡の文学的研究』〈平成8年・笠間書院〉第一部第三章第三節所収/以下、前稿①と呼ぶ)において位置付けた「真光院切」、拙稿「三部仮名抄の古筆切について―伝向阿筆「三部仮名抄切」と住蓮筆「星切」をめぐって―」(『大阪教育大学紀要(第Ⅰ部門)』第四十四巻第一号〈平成7年9月〉/小著『中世歌謡の文学的研究』第一部第三章第二節所収/以下、前稿②と呼ぶ)において位置付けた「三部仮名抄切」「星切」については、その後も新たに複数点の新出古筆切が確認されたので、ここに紹介しておきたい。また、小著『中世歌謡の文学的研究』一三六頁の注において簡単に言及した「三帖和讃切」についても、新出資料が確認できるので、本節において再度位置付けを行うこととしたい。

一　「真光院切」

「真光院切」は法守法親王を伝称筆者とする声明切である。法守法親王（徳治三年〈一三〇八〉～明徳二年〈一三九一〉）は後伏見天皇の第三皇子で、能筆で有名な伏見天皇の孫に当たる。法守法親王を伝称筆者とする古筆切は「真光院切」の他、「仏餉切《ぶつげ》」「和讃切」「槙尾切《まきのお》」「菩提院切《ぼだいいん》」などが知られる。「真光院切」はそれらの古筆切の中でもっとも伝存が多く、前稿①執筆段階で十五点を紹介した。今回、本節で新たに三点を追加紹介する。

「真光院切」は漢文体による仏教讃歎の偈頌に節付けをした声明譜の断簡で、古い伝来を持つ静嘉堂文庫本『声明集』（伝法守法親王筆）や真言声明南山進流の基本教則本である『魚山蠆芥集《ぎょさんたいがいしゅう》』（『魚山私鈔』とも）の一節に相当する断簡類が多く見られる。書体は行書体ないしは草書体と言うべきものである。管見によれば、今日伝存する「真光院切」は六種に分類できる。詳細は前稿①に記したので、省略に従うこととするが、次に要点のみ摘記しておく。

「真光院切」（甲）は金銀砂子小切箔の押された料紙に上下に金界を施し、一面三行書きで、本文の左傍に節博士が入れられた断簡である。縦の長さが約一五糎、横は約一三糎の大きさで伝えられる。前稿①で二点を紹介した。

「真光院切」（乙）は（甲）と同様、金銀砂子小切箔の押された料紙に上下金界入りの断簡である。また、一面三行書きで、本文左傍に節博士がある点も（甲）と共通している。（乙）が（甲）と異なるのはその大きさで、縦が約一一糎、横が約一〇糎と（甲）の三分の二程度の小型の寸法となっている。前稿①で二点を紹介した。

「真光院切」（丙）は（甲）（乙）のような豪華な装飾が施された料紙を用いていないものの、上下には金界が入れられている断簡で、一面四行書き、本文左傍には節博士が見える。大きさは「真光院切」の中では最大級で、縦が約一六糎前後、横が一二・五糎前後である。前稿①で五点を紹介した。

「真光院切」（丁）は、（丙）と同じく、上下に金界が入れられている断簡で、一面二行書き、本文左傍には節博士が施されている。大きさは縦が約一三糎、横が約一一糎で、「真光院切」（乙）よりはやや大き目ではあるが、（甲）や（丙）よりは一回り小型ということになる。前稿①で四点を紹介した。

「真光院切」（戊）は楷書書きの伝法守法親王筆声明資料で、厳密に言えば従来から知られている「真光院切」とは異なるものであるが、前稿①では広義の「真光院切」として（戊）に分類した。前稿①で紹介した一点は裁断された断簡で、一行書き、本文左傍には節博士が施されている。

「真光院切」（己）は（丙）や（丁）と同じく、上下に金界が入れられている断簡であるが、三行書きで節博士も施されていない。前稿①で紹介した一点は、縦が一三・一糎、横が一二・四糎であるが、上下が裁断された痕跡がある。したがって、本来は縦が一六糎前後であったものと推測され、横の大きさも併せて考えれば、「真光院切」（丙）とほぼ同じ寸法であったものと思われる。

以上、「真光院切」六種十五点について概観したが、本節では新たに（甲）一点、（乙）一点、（丙）一点の合計三点を追加紹介する。

①「真光院切」（甲）

『京都古書組合総合目録』第十五号（平成14年12月発行）二三五頁に一七五六番として掲載出品された古筆切に「真光院切」一葉がある（[図14]参照）。金銀砂子小切箔の押された料紙に上下金界入りの断簡で、一面三行書き、本文左傍に節博士が施されるが、二度歌われる「大慈大悲」「一切衆生」の両句には一度目のみ付される。つまり、これは同じ音で歌われたことを意味している。また、本文二行目は紙継ぎの上に記されている。断簡の大きさは縦一五・六糎×横一二・〇糎。これは「真光院切」（甲）の特徴と一致しており、筆蹟も同筆と見てよいので、ツレの断簡と判定できる。付属の極札には「仁和寺宮法守親王大慈大悲（印）」の極書があるが、印面から判断して神田道僖の極と考えてよい。次に写真及び翻刻を掲出する。なお、翻刻に際しては本文のみを対象とし、節博士は省略に従う。また、旧漢字は通行の字体に改めることとする（以下、同様）。

［図14］「真光院切」（甲）

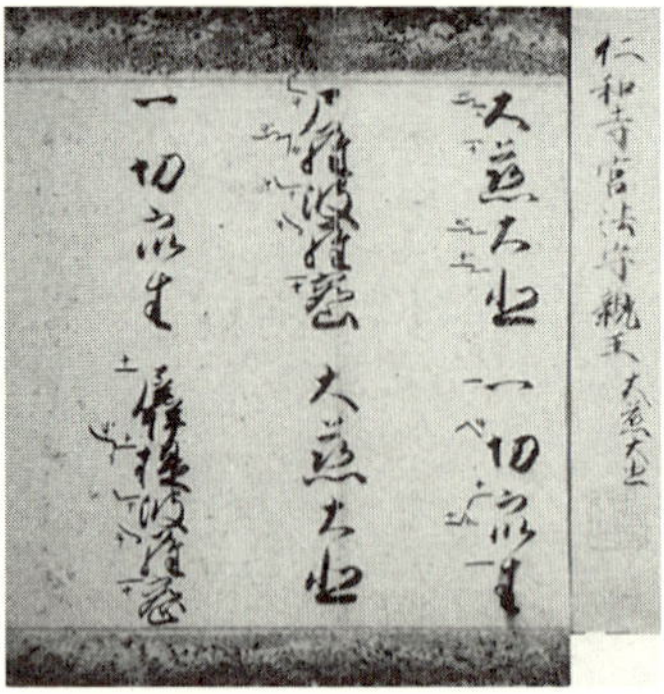

［翻刻］

大慈大悲　一切衆生
尸羅波羅蜜　大慈大悲
一切衆生　羼提波羅蜜

この断簡に見える重複句を除いた四句は、すべて声明古譜の静嘉堂文庫本『声明集』及び『魚山蠆芥集』所収「九條錫杖」に見える。ちなみに、『魚山蠆芥集』所収「九條錫杖」は「当願衆生　作天人師　虚空満願　度苦衆生　法界囲繞　供養三宝　値遇諸仏　速証菩提　真諦修習　大慈大悲　一切衆生　俗諦修習　一乗修習　恭敬供養　仏宝法宝　僧宝一諦三宝　檀波羅蜜　尸羅波羅蜜　羼提波羅蜜　毘黎耶波羅蜜……」（傍線著者）という偈頌からなる。この中に重なる句がすべて含まれているところからすれば、この断簡は真言宗で用いられた声明譜の一部に該当するものと判定してよいであろう。

②「真光院切」（乙）

大垣博氏蔵の古筆切資料の中に「真光院切」一葉がある（[図15]参照）。金銀砂子小切箔の押された料紙に上下金界入りの断簡で、一面三行書き、本文左傍に節博士がある。大きさは縦一一・〇糎×横九・五糎。これは「真光院切」（乙）の特徴と一致しており、筆蹟も同筆と見てよいので、ツレの断簡と判定できる。付属の極札には「仁和寺殿法守親王 四智梵語（印）」という極書がある。極印から朝倉茂入道順の鑑定と判断される。次に写真及び翻刻を掲出する。

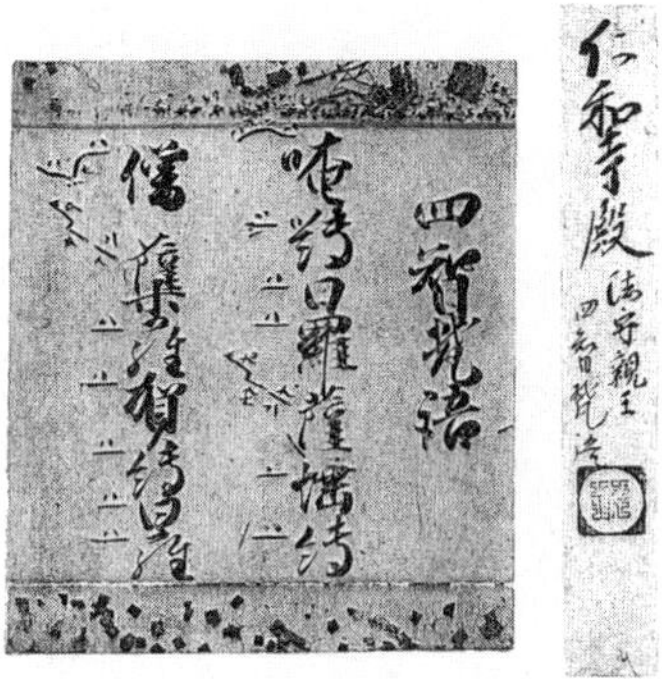

[図15]「真光院切」（乙）

[翻刻]

四智梵語

唵縛日羅薩埵縛

僧蘗羅賀縛日羅

この断簡は声明古譜の静嘉堂文庫本『声明集』及び『魚山蠆芥集』所収「四智梵語」の表題と本文冒頭二句に該当するので、これも真言宗で用いられた声明譜の断簡と確認できる。

③「真光院切」（丙）

『京都古書籍・古書画資料目録』第四号（平成15年6月発行）三九六頁に三四七七番として掲載出品された古筆切に「真光院切」一葉がある（［図16］参照）。目録掲載写真によれば、金銀砂子小切箔はないものの、上下には金界が入れられており、一面四行書き、本文左傍には節博士が見える。大きさは縦一六・〇糎×横一二・七糎という。これらの特徴及び筆蹟から「真光院切」（丙）のツレの断簡と判定できる。極札が付属されているというが、極書等の詳細については不詳。次に写真及び翻刻を掲出する。

［図16］「真光院切」（丙）

［翻刻］

多素帯羅稜訖哩
躭多縛室羅夜答
鉢羅体多麼弩写
地麼多鉢羅夜弭

この断簡は声明古譜の静嘉堂文庫本『声明集』及び『魚山蠆芥集』所収「阿弥陀讃」の一節と確認できる。ただし、漢字表記には異同がある。ちなみに、『魚山蠆芥集』での表記は「他蘇帯羅稜訖哩　躭怛縛室羅耶答　鉢羅体多愚拏写　地摩多鉢羅耶弭」となっている。この異同は同音の別字を用いたことによるものであろう。いずれにしても、これも真言宗で用いられた声明譜の断簡と確認できる。

二 「三部仮名抄切」

「三部仮名抄切」と次に紹介する「星切」はともに向阿の著作である『三部仮名抄』の古筆断簡である。『三部仮名抄』とは『帰命本願抄』『西要抄』『父子相迎』の総称で、いずれも浄土宗の立場から阿弥陀如来の救済による極楽往生を説く内容となっている。『三部仮名抄』の古筆切のうち、著作者の向阿を伝称筆者とする断簡群を言う。著者は前稿②において伝向阿筆「三部仮名抄切」のうち、「帰命本願抄切」三点、「西要抄切」一点、「父子相迎切」二点を紹介し、位置付けた。本節では新たに管見に入った伝向阿筆「三部仮名抄切」のうち、「帰命本願抄切」一点と「西要抄切」一点を紹介する。

①「帰命本願抄切」

細川家永青文庫蔵『手鑑』に「帰命本願抄切」一葉が押されている。永青文庫叢刊（汲古書院）の写真複製版によれば一九四番として見える古筆切がそれである。縦一五・四糎×横一五・六糎。一面七行で、一行十一〜十三字。原本は桝形本で、その筆蹟からも前稿②で紹介した「三部仮名抄切」の多くとツレの断簡と見られる。付属の極札には「浄花院開山向阿上人（印）」とある。極印は古筆本家所用のものであるが、裏書等が不明のため、個人を特定することはできない。次に翻刻を掲出する。

［翻刻］

期せむとおもひなくさみて
すきにしほとにかのひし

りのかゝれたる三心要集修行
門なといふものをみしかは
のせらるゝ所の義さらに
聖覚のことはにはたかはす
あまさへわれ脚も上人の

この断簡は『帰命本願抄』巻下の後半部に位置し、『大正新脩大蔵経』第八十三巻（続諸宗部十四）二九一頁中段九行目から十四行目の本文と重なる。これは前稿②で紹介したＭＯＡ美術館所蔵手鑑『翰墨城』所収「帰命本願抄切」本文の直前に当たり齟齬なく連接する。両者がツレの断簡であることは確実と言える。一葉の表裏を剝がした可能性もある。また、前稿②で紹介した他の「帰命本願抄切」二点（梅澤記念館所蔵『あけぼの帖』所収断簡・徳川美術館所蔵『玉海』所収断簡）ともツレの関係にある。なお、この二点も連接する本文であり、もと一葉の表裏を剝がしたものと推定される。

②「西要抄切」

現在、中堅の古筆切研究者として活躍する小林強氏御所蔵の古筆切の中に、「西要抄切」一点が存在する（［図16］参照）。断簡の大きさは縦一五・二糎×横一四・九糎である。六行で一行は十～十三字。原本は桝形本で、その筆蹟からも前稿②で紹介した「三部仮名抄切」の多くとツレの断簡と見られる。付属の極札には「向阿上人からん（印）」とあり、印面から古筆了仲の鑑定と推定される。次に写真及び翻刻を掲出する。

［図17］「西要抄切」

［翻刻］

からんたゝ物はいさゝかなれ
ともつねにこふをつむか
大切《せつ》に侍るなりすへて人
の心のならひとしてなる
れはその物になることはこれ
のみにしもあらさめり

この断簡は『西要抄』巻上の前半部に位置し、『大正新脩大蔵経』第八十三巻（続諸宗部十四）二九四頁中段十八行目から二十二行目の本文と重なる。「西要抄切」は前稿②で徳川美術館所蔵『鳳凰台』所収断簡を紹介したが、それは伝称筆者を向阿とするものの、大きさが縦二四・六糎ときわめて長く、一連の伝向阿筆「三部仮名抄切」とは異なることを指摘した。しかし、ここで紹介する小林強氏所蔵「西要抄切」は他の伝向阿筆「三部仮名抄切」と共通する特徴を有しており、ツレの断簡と認定できるものである。

三　「星切」

『三部仮名抄』のうち、住蓮という名の僧を伝称筆者とする『父子相迎』の断簡群が存在する。それらは一般に「星切」と称されている。詳細については前稿②に譲るが、そこで七点の「星切」を紹介した。本節では、その後新たに管見に入った「星切」二点を紹介する。

①手鑑『集古帖』所収「星切」

徳川美術館所蔵手鑑『集古帖』表十八には「星切」が押されている。ただし、この断簡に付属する極札には「冷泉殿為尹卿山さむき（印）」とある。鑑定は朝倉茂入道順によるが、「山さむき」という冒頭の本文もここで紹介する断簡とはなるので、本来別の古筆切に付属していた極札が誤ってここに貼られたものと考えられる。徳川黎明会叢書の写真複製版解説には「散文切」とあるが、筆蹟は明らかに住蓮のもので、「星切」であることは間違いがない。同解説によれば、縦二四・九糎×横一四・七糎の楮紙という。これも他の「星切」の特徴と共通している。本文は九行で、一行は二十三〜二十七字。次に翻刻を掲出する。

［翻刻］

ロスサミニナリユク身ノハテコソハカナクアチキナキ
キハマリナレ是ヲヨソニ聞クオリサスカアハレトイハヌハ
無レトモヲノカ身ノ上ニナシテハ更ニ思モヨラヌケナリ
カクナン知リカホニシテシラヌ心ノナマサカシサコソオシヘ
所モナクシアツカヒタレ古ヘ仏弟子ノ死人ヲ送リ捨
タル野ノ中ニマキレアリケルヲナニ事シ給ニカト問
ヘハ心ノヒカミニ争ヒカネテ証人求メテ侍ルトナムイ
ヒケルハセメテモ思ヒカネタルシワサナルヘシカクシテモ
ケニツレナキ心ヲハイサムヘキニヤ　サテスコシモ無常

この断簡は『父子相迎』巻上の後半部に位置し、『大正新脩大蔵経』第八十三巻（続諸宗部十四）一二〇八頁中段十七行目から下段の二行目までの本文と重なる。一般的な「星切」は一面九行書きであり、この断簡はそれに合致している。

②大垣博氏蔵「星切」

大垣博氏御所蔵の古筆切に「星切」一葉が存在する（［図18］参照）。縦二四・六糎×横三・二糎。二行で裁断され、一行目には二十二字、二行目には二十四字が記される。極札が付属しており、そこには「住蓮房トテ起居（印）」という極書がある。鑑定者は印面から神田道判と考えられる。なお、この古筆切は『思文閣古書資料目録』第一八一号（平成15年2月）に「住蓮房仏書断簡」として掲載出品された。次に写真及び翻刻を掲出する。

［図18］「星切」

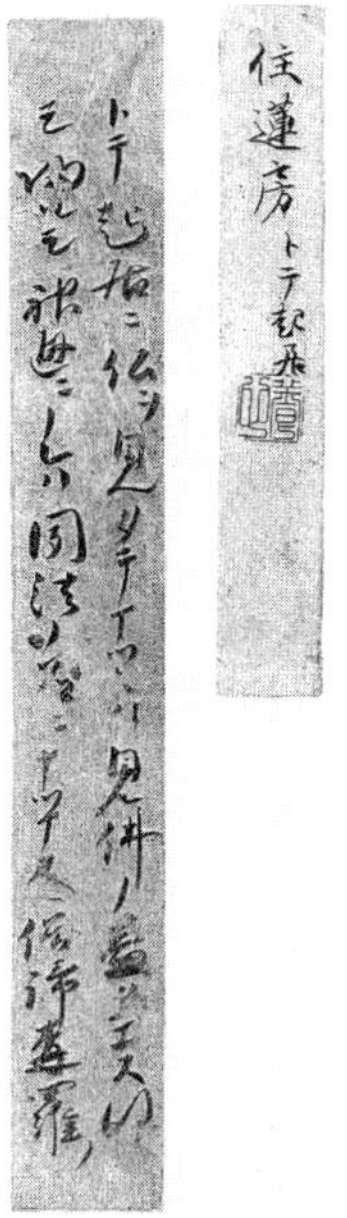

【翻刻】

トテ起居ニ仏ヲ見タテマツレハ見仏ノ益タエス行
モ帰ルモ神通ニノレハ聞法ノ道ニナツマス俗諦森羅ノ

この断簡は『父子相迎』巻下の後半部に位置し、『大正新脩大蔵経』第八十三巻（続諸宗部十四）三一四頁中段四行目から七行目までの本文と合致する。一般的な「星切」は一面九行書きであり、この断簡はそのうち二行が裁断されたものである。

四　「三帖和讃切」

親鸞作の『三帖和讃』は『浄土和讃』『高僧和讃』『正像末和讃』の三種の和讃の総称である。これは浄土真宗においては聖典のひとつに値する貴重な和讃であるが、日本の仏教歌謡史上もきわめて重要な作品と言える。以下、これら和讃の古筆切を総称としては「三帖和讃切」と呼び、個別には「浄土和讃切」「高僧和讃切」「正像末和讃切」と呼ぶこととする。これらの古筆切については小著『中世歌謡の文学的研究』（平成8年・笠間書院）一三六頁の注（16）に、執筆時点までに管見に入った四点について言及した。今回、本節ではその四点をより詳細に再度紹介するとともに、新たに管見に入った六点を追加して、合計十点を種別ごとに位置付けたい。

①「浄土和讃切」（「讃阿弥陀仏偈和讃」）

『思文閣古書資料目録』第一九六号（平成18年5月）九頁に十六番として写真入りで掲載出品された古筆切に実如上人を伝称筆者とする「三帖和讃切」一葉がある（［図19］参照）。本文は漢字片仮名交じりの六行書きで、縦一六・六糎×横一七・二糎の断簡であるが、掛幅に表装されて総丈は縦一三一・三糎×横三八・四糎となっている。本文一行目は一字分高く書き出しているが、『三帖和讃』は七・五を一句として、四句をひとつの単位とするが、その第一句目を高く書き出すこの書式は「三帖和讃切」に共通した特徴と言える。写真には極札は掲載されていないので詳細は不明であるが、古筆了信による「実如上人」の極め書きが添えられているという。次に写真及び翻刻を掲出する。

［図19］「浄土和讃切」（「讃阿弥陀仏偈和讃」）

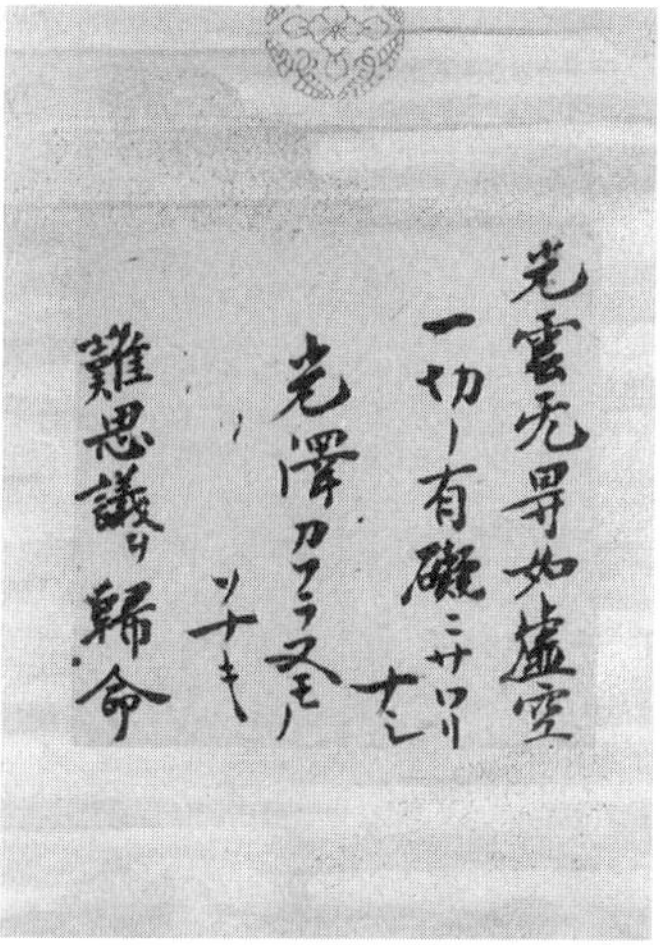

［翻刻］

光雲無碍如虚空
　一切ノ有碍ニサワリ
　　ナシ
光沢カフラヌモノ
　ソナキ
難思議ヲ帰命

この断簡は親鸞作の『浄土和讃』のうち、「讃阿弥陀仏偈和讃」を構成する四句体の一首に当たる。ただし、末尾第四句目の「帰命」の後に「セヨ」とあるべきであるが、これを欠いている。「帰命」の文字の左側に僅かに墨跡が認められるところからすれば、裁断による欠落であろう。「讃阿弥陀仏偈和讃」は曇鸞（後述）の「讃阿弥陀仏偈」をもとに、親鸞が和語にやわらげて創作した和讃で、『浄土和讃』の冒頭に置かれた重要な和讃である。阿弥陀如来の誓願の数に合わせて四十八首から成るが、そのうち本断簡の一首四句は極楽浄土を讃歎した十二首のうちの一首に当たる。

②「浄土和讃切」（「讃阿弥陀仏偈和讃」）

思文閣が『名家古筆手鑑集』（昭和48年4月）と題して発行した目録に収録された手鑑に『古今墨林』と銘打つものがある。その一一八番には伝称筆者を蓮如とする「浄土和讃切」が写真入りで掲載されている（［図20］参照）。

同目録によれば、縦一七糎×横一八・八糎で漢字片仮名交じり、片仮名ルビ入りの四行書き、一行目は一字分高く書き出している。『三帖和讃』は七・五を一句として、四句をひとつの単位とするが、その第一句目を高く書き出すこの書式は「三帖和讃切」の特徴と言える。付属の極札には「蓮如上人妙土広（印）」とある。写真が不明瞭のため極印は明確には判読できないが、これは古筆了仲の鑑定かと推定される。次に写真及び翻刻を掲出する。

［図20］「浄土和讃切」（「讃阿弥陀仏偈和讃」）

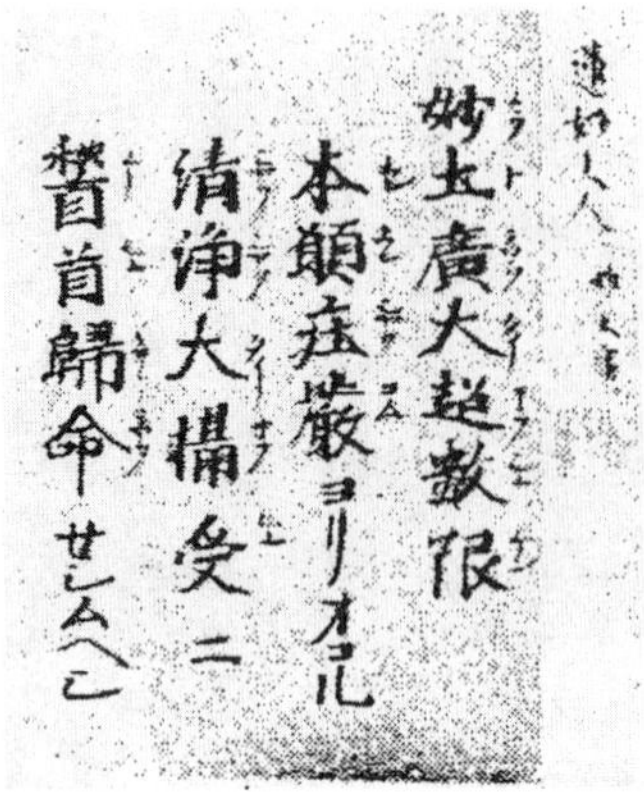

［翻刻］

妙土《メウト》広《クワウ》 大超数限《タイテウシユケン》
本願《ホンクワン》 荘厳《シヤウコム》ヨリオコル
清浄《シヤウシヤウ》 大摂受《タイセウシユ》ニ
稽《ケ》首《シユ》帰《キ》命《ミヤウ》セシムヘシ

この断簡も親鸞作の『浄土和讃』のうちの「讃阿弥陀仏偈和讃」の一首に当たり、極楽浄土を讃歎する内容となっている。

③「浄土和讃切」（「大経意」）

『京都古書組合総合目録』第十五号（平成14年12月発行）一七五頁に一三二六番として写真入りで掲載出品され

た古筆切に「三帖和讃切」一葉がある（［図21］参照）。本文は漢字片仮名交じり、片仮名ルビ入りの二行書きで、周囲を豪華な緞子で飾る。後述するように、この断簡に記された和讃はひとつの単位四句を一首とするが、そのうちの第三句目と第四句目に該当するので、二行とも同じ高さから書き出している。同目録によれば、大きさは縦一五・六糎×横七・四糎。付属の極札には「親鸞上人衆善（印）」とある。写真が不明瞭で、印面を読み取ることができないので、誰の鑑定によるものかは不明である。次に写真及び翻刻を掲出する。

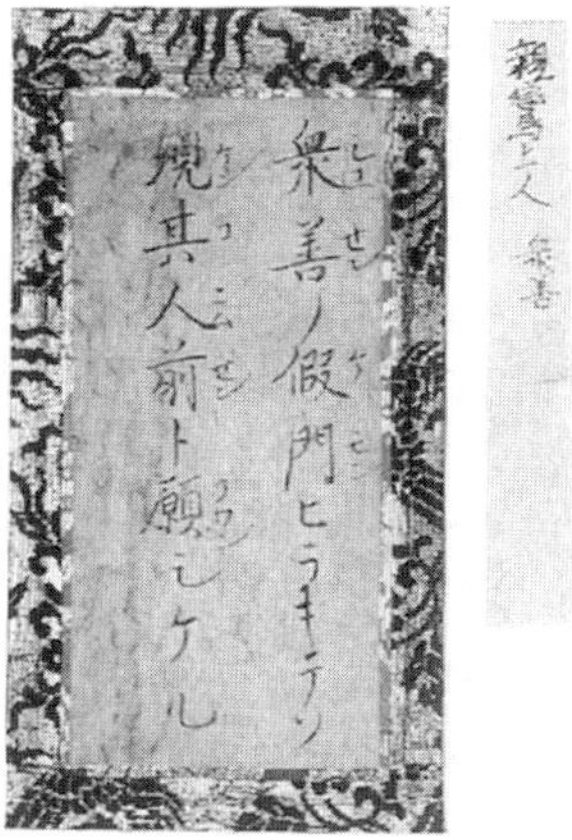

［図21］「浄土和讃切」（「大経意」）

［翻刻］

衆善《シュセン》ノ仮《ケ》門《モン》ヒラキテソ
現其《ケンコ》人前《ニムセン》ト願《クワン》シケル

この断簡は親鸞作の『三帖和讃』のうち、『浄土和讃』所収「大経意」を構成する四句体一首の後半の二句に当たる。欠けている前半二句は「至心発願欲生ト、十方衆生ヲ方便シ」であり、前掲の二句が続くことになる。「大経」とは浄土三部経のひとつ『無量寿経』のこと。『無量寿経』は『大無量寿経』とも呼ばれ、浄土教信仰において特に尊重された経典であった。「大経意」は『無量寿経』の要点を解説しつつ讃歎するものである。本断簡の一首は『無量寿経』に説かれた阿弥陀如来の第十九願を讃めたものである。

④「浄土和讃切」（「弥陀経意」）

阪急古書のまち協会発行の古書目録『阪急古書のまち』の平成十七年度版目録は三十周年記念目録であった。その六〜七頁には古筆帖『花ちどり』が掲載された。その中に覚如上人を伝称筆者とする「三帖和讃切」一葉が見える（[図22]参照）。本文は漢字片仮名交じり、片仮名ルビ入りの四行書きで、一行目は一字分高く書き出している。この断簡は翌年の平成十八年度版『阪急古書のまち』目録にも一枚のメクリとして掲載された。断簡の大きさは縦一九糎×横一三・三糎。付属の極札には「覚如上人恒沙塵数（印）」という極書がある。極印は川勝宗久使用の印面が押されているので、宗久の鑑定にかかるものと考えてよかろう。次に写真及び翻刻を掲出する。

[図22]「浄土和讃切」（「弥陀経意」）

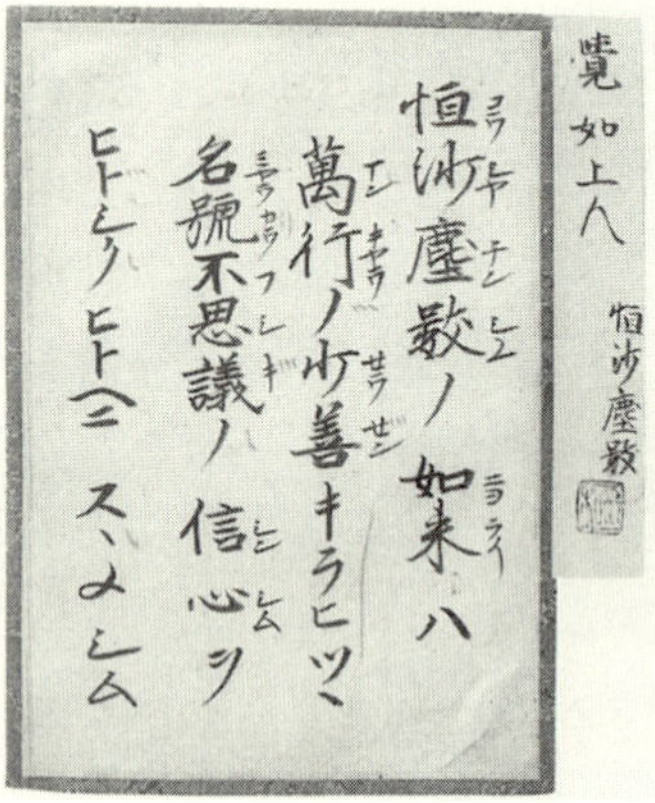

[翻刻]

恒沙塵数《コウシヤチンシユ》ノ如来《ニヨライ》ハ
万行《マンキヤウ》ノ少善《セウセン》キラヒツ、
名《ミヤウ》号《カウ》不思議《フシキ》ノ信心《シンシム》ヲ
ヒトシクヒトヘニス、メシム

この断簡は親鸞作の『三帖和讃』のうち、『浄土和讃』所収「弥陀経意」を構成する四句体の一首に当たる。「弥陀経」とは『仏説阿弥陀経』のこと。この経典の主旨は阿弥陀の六字名号をひたすら称えることを勧めるものであるが、同時に親鸞は阿弥陀以外の諸仏も阿弥陀の本願によって念仏を称えるようになり、衆生に本願の念仏を勧めているものと解釈し、それに基づいた和讃を創作した。掲出した断簡の一首は諸仏が阿弥陀の本願に帰命するように勧めていることを讃えた内容である。

⑤「浄土和讃切」（「諸経意弥陀仏和讃」）

『京都古書組合総合目録』第十八号（平成17年12月）五〇頁三六八番には「三帖和讃切」一葉が写真入りで掲載出品された（［図23］参照）。本文は漢字片仮名交じり、片仮名ルビ入りの四行書きで、一行目は一字分高く書き出している。断簡の大きさは縦一六糎×横一一・五糎。また、掛幅に表装されている。極札の存在は不明であるが、目録には「伝蓮如上人筆」とある。次に写真及び翻刻を掲出する。

［図23］「浄土和讃切」（「諸経意弥陀仏和讃」）

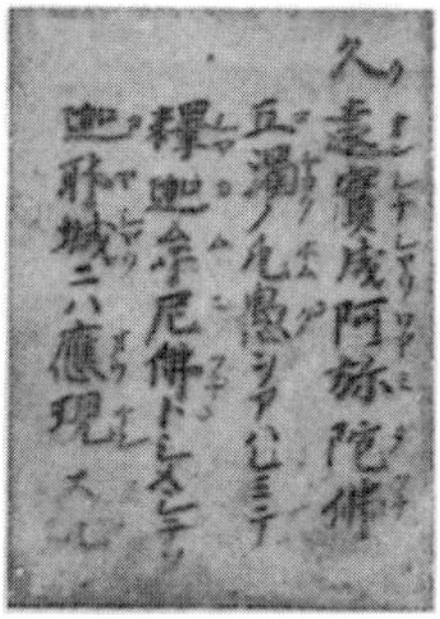

［翻刻］

久遠実成《クオンシチシヤウ》 阿弥陀仏《アミタフチ》
五濁《コチヨク》ノ凡愚《ホムク》ヲアハレミテ
釈迦牟尼仏《シヤカムニフチ》トシメシテソ
迦耶城《カヤシヤウ》ニハ応現《オウケン》スル

この断簡は親鸞作の『三帖和讃』のうち、『浄土和讃』所収「諸経意弥陀仏和讃」を構成する四句体の一首に当たる。「諸経意弥陀仏和讃」は阿弥陀如来を尊重する浄土教の立場から、他の宗派の諸々の経典も多く阿弥陀如来を讃歎していることを歌う和讃である。本断簡の一首は阿弥陀如来が愚かな衆生を哀れんで、釈迦牟尼仏の人格を通してこの世に姿を現したとして、阿弥陀と釈迦を一体の存在として讃歎している。

⑥「浄土和讃切」（「諸経意弥陀仏和讃」）

東京国立博物館資料館所蔵写真資料の中に竹島清次郎氏蔵『古筆手鑑』がある。函架番号は六一七一、〇二／二三である。その手鑑には蓮如上人を伝称筆者とする「三帖和讃切」一葉が押されている。本文は漢字片仮名交じり、片仮名ルビ入りの四行書きで、一行目は一字分高く書き出している。断簡の大きさは不明。付属の極札には「蓮如上人無上上ハ（印）」という極書がある。極印は門人系神田家所用のものであるが、裏書き等が不明なため、個人を特定するまでには至らない。次に翻刻を掲出する。

［翻刻］

無《ム》上《シヤウ》　上《シヤウ》ハ真解《シンケ》脱《タチ》

イコトニサトリヒラクナリ

　真解《シンケ》脱《タチ》ハ如来《ニヨライ》ナリ

　真解《シンケ》脱《タチ》ニイタリテソ

　無《ム》愛《アイム》無疑《キ》トハアラハル、

ヨクノコ、ロナシウタカフコ、ロナシトナリ

この断簡は親鸞作の『三帖和讃』のうち、『浄土和讃』所収「諸経意弥陀仏和讃」を構成する四句体の一首に当たる。具体的には『法華経』『華厳経』『涅槃経』『目連所問経』が選ばれ、その中の阿弥陀讃歎の要点が和讃にまとめられている。そのうち本断簡の一首は『涅槃経』に見られる極楽を讃歎する記述を取り上げている。

⑦「浄土和讃切」（「現世《げんぜ》の利益《りやく》和讃」）

『京都古書組合総合目録』第十八号（平成17年12月）五〇頁三六七番には「三帖和讃切」一葉が写真入りで掲載

出品された（〔図24〕参照）。本文は漢字片仮名交じり、片仮名ルビ入りの四行書きで、一行目は一字分高く書き出している。断簡の大きさは縦一六・五糎×横一一糎。また、掛幅に表装されている。極札の存在は不明であるが、目録には「伝蓮如上人筆」とある。次に写真及び翻刻を掲出する。

〔図24〕「浄土和讃切」（「現世の利益和讃」）

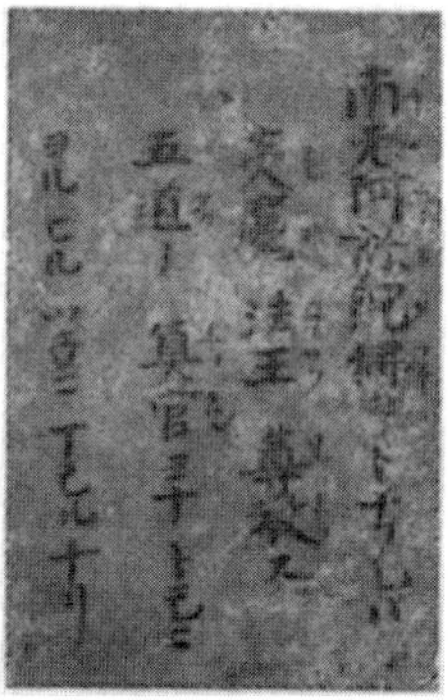

〔翻刻〕

南《ナ》無《モ》阿《ア》弥《ミ》陀《タ》仏《フチ》ヲトナフレハ
炎魔《エンマ》法王《ホフワウ》尊敬《ソンキャウ》ス
五道《ゴダウ》ノ冥官《ミャウカン》ミナトモニ
ヨルヒルツネニマモルナリ

この断簡は親鸞作の『三帖和讃』のうち、『浄土和讃』所収「現世《げんぜ》の利益《りやく》和讃」十五首のうちの一首に当たる。「現世の利益和讃」は阿弥陀如来を尊重する浄土教の立場から、諸経に説かれた念仏の現世利益的な要素を讃える。この断簡に記された歌は閻魔大王が念仏者を護持してくれていることを讃歎する内容を持っている。

⑧「高僧和讃切」（「曇鸞和尚」）

『京都古書組合総合目録』第十五号（平成14年12月発行）一七五頁に一三二七番として写真入りで掲載出品された古筆切に「三帖和讃切」一葉がある（〔図25〕参照）。本文は漢字片仮名交じり、片仮名ルビ入りの二行書きで、周囲を緞子で飾る。前述したように『三帖和讃』はひとまとまりの単位四句を一首とし、冒頭の第一句目を一字分高く書き出す特徴を持つが、この断簡の本文は第三句目と第四句目に該当するので、二行とも同じ高さから書き出している。同目録によれば、大きさは縦一三・七糎×横六・五糎。付属の極札には「本願寺蓮如上人安楽（印）」とある。極印は古筆本家所用のものが押されているが、裏書き等が不明であるので、鑑定した人物を特定することはできない。次に写真及び翻刻を掲出する。

［図25］「高僧和讃切」（「曇鸞和尚」）

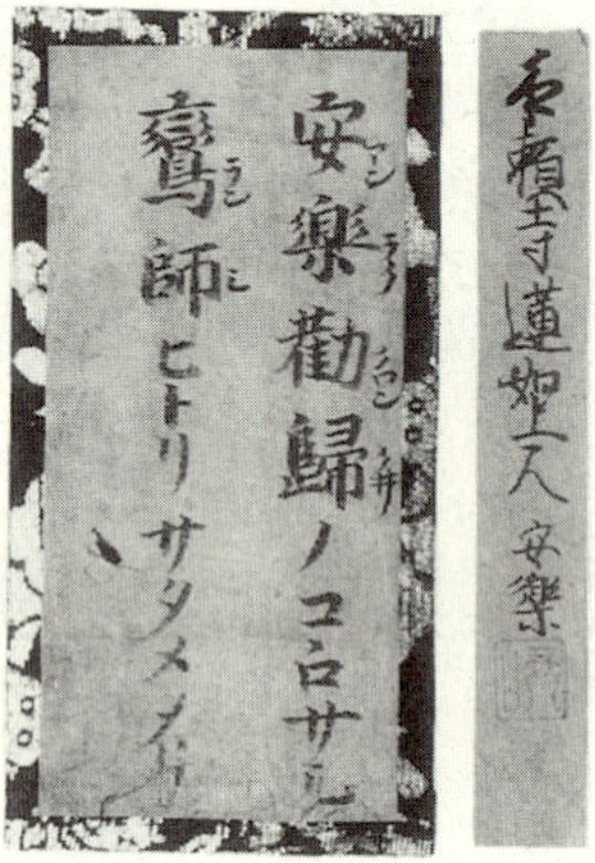

［翻刻］

安楽《アンラク》勧《クワン》帰《クヰ》ノコ、ロサシ
鸞師《ランシ》ヒトリサタメタリ

この断簡は親鸞作の『三帖和讃』のうち、『高僧和讃』所収「曇鸞和尚」を構成する四句体一首の後半の二句に当たる。欠けている前半二句は「一切道俗モロトモニ、帰スヘキトコロソサラニナキ」であり、前掲の二句が続くことになる。曇鸞は中国北魏時代の僧。初め仙術を修得し、北朝の四論（中論・百論・十二門論・大智度論）の学僧として活躍したが、後に浄土教に帰した。本断簡の一首は、その曇鸞の弘教に関する業績を讃めたものである。

⑨「高僧和讃切」（「善導禅師」）

東京国立博物館資料館所蔵写真資料の中に二条弼基氏蔵『手鑑』がある。函架番号は六一七一、〇二／四三である。その手鑑には「三帖和讃切」一葉が押されている。本文は漢字片仮名交じり、片仮名ルビ入りの四行書きで、一行目は一字分高く書き出している。断簡の大きさは不明。極札がないため、伝称筆者は不明。次に翻刻を掲出する。

［翻刻］

釈迦弥陀《シヤカミタ》ハ慈悲《シヒ》ノ父母《フモ》
サカハチ、ナリミタハハ、ナリトタトヘタマヘリ
種種《シユシユ》ニ善巧方便《センケウハウヘン》シ
ワレラカ無上《ムシヤウ》ノ信心《シンシム》ヲ
発起《ホチキ》セシメタマヒケリ
ヒラキオコシタマウナリ

この断簡は親鸞作の『三帖和讃』のうち、『高僧和讃』所収「善導禅（大）師」を構成する四句体の一首に当たる。善導は七世紀に出た中国初唐時代の僧。山西省の玄忠寺で道綽に学び、後に長安において中国の浄土教を大成した。その教えは日本の浄土教にも大きな影響を与えた。この和讃はその善導の業績を讃めたものである。本断簡の一首は善導の著作のひとつ『般舟讃』をもとに、釈迦如来と阿弥陀如来の慈悲を讃歎する歌である。

⑩「正像末和讃切」（「疑惑罪過和讃」）

田中登氏蔵の古筆切資料の中に「三帖和讃切」一葉がある（［図26］参照）。本文は漢字片仮名交じり、片仮名ルビ入りの四行書きで、一行目は一字分高く書き出している。また、一部には墨譜も添えられている。断簡の大きさは縦一九・五糎×横一三・九糎。付属の極札には「摂州出口御堂光善寺順如上人蓮如御息トキニ（印）」という極書がある。

極印は朝倉茂入道順。次に写真及び翻刻を掲出する。

［図26］「正像末和讃切」
（「疑惑罪過和讃」）

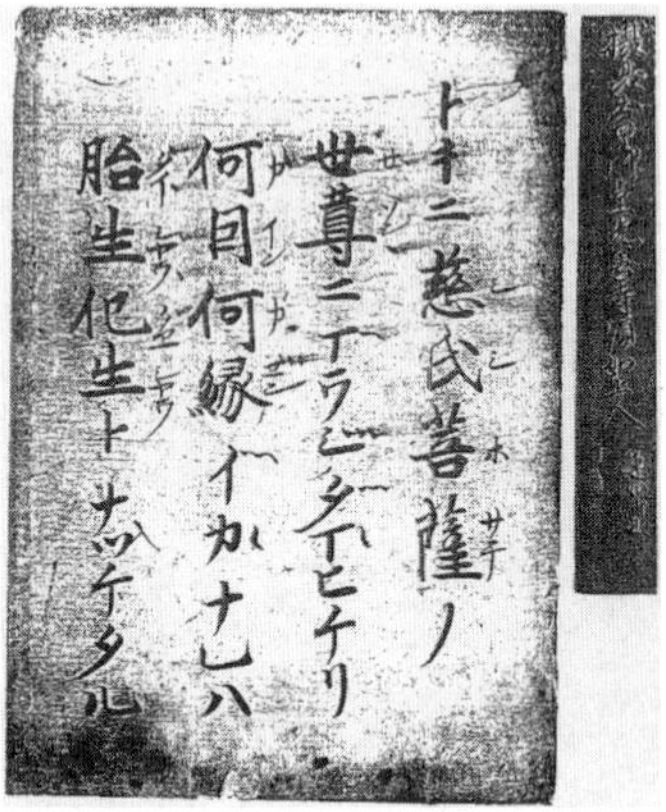

［翻刻］

トキニ慈氏《シシ》菩薩《ホサチ》ノ
世尊《セソン》ニイウジタイヒケリ
何因何縁《カインカエン》イカナレハ
胎生 化生《タイシャウクエシャウ》トナツケタル

この断簡は親鸞作の『三帖和讃』のうち、『正像末和讃』所収「疑惑罪過和讃」（「愚禿述懐」との銘がある）を構成する四句体の一首に当たる。親鸞八十六歳の正嘉二年（一二五八）の創作と言われ、自恃の強くなった末法の世の衆生が、自力本願を信じたり、阿弥陀如来の誓願を疑ったりすることの誤りを説く。本断簡の一首は弥勒菩薩が釈迦如来に尋ねた内容をそのまま和讃にしている。

おわりに

以上、古筆切仏教関連資料として「真光院切」三点（（甲）（乙）（丙）各一点ずつ）、「三部仮名抄切」二点（「帰命本願抄切」「西要抄切」各一点ずつ)、「星切」二点、「三帖和讃切」十点(「浄土和讃切」七点、「高僧和讃切」二点、「正像末和讃切」一点)を紹介した。いずれも古筆切研究の中では傍流に位置する作品群であるため、これまで注目されずにきた断簡ばかりである。しかし、これらは歌謡史上、とりわけ仏教歌謡研究史上無視できない貴重なものが多い。今後、ツレの断簡のさらなる探索と位置付けが不可欠である。その研究の第一歩は冒頭に掲げた拙稿群であるが、本節はそれに続く第二歩目ということになるであろう。

［附記］　貴重な御所蔵古筆切の情報及び写真をお送りいただき、翻刻紹介についても御快諾いただいた大垣博氏、小林強氏、田中登氏に心より御礼申し上げます。なお、大垣氏からは小著『中世歌謡の文学的研究』において東京国立博物館資料館に写真資料として残る水野家旧蔵手鑑が、現在では根津美術館蔵である旨の御教示をいただきました。併せて御礼申し上げます。

第六節　音の歌謡史

歌謡の譜①（博士譜）

歌謡が詞章（歌詞）と曲節の二つの側面を持つことは改めて言うまでもない。このうち、古来から歌謡資料の基本は詞章であった。歌謡資料において詞章が記されていないものは一部の例外を除いて存在しないと言ってよい。一方、曲節を保障する譜は歌謡資料においては付されているものと付されていないものとの両様がある。譜を伴う資料は一般的に〝譜本〟と呼ばれているが、それには大きく分類して歌謡の譜と楽器の譜の二種類が存在する。ここでは歌謡の譜を中心に述べ、必要に応じて楽器の譜についても説明する。

歌謡資料は古くは詞章のみ記されることが多く、旋律が示されることは少なかった。歌謡詞章は長く引き延ばす音節については「伊伊伊」「宇宇宇宇」などと、その音の長さに応じた母音の仮名を重ねて記している点に特徴がある（または「｜｜｜」とも表記）。このような表記を用いた古代歌謡最古の譜本と見られる陽明文庫蔵『琴歌譜《きんかふ》』（天元四年〈九八一〉書写、原本は弘仁年間〈八一〇〜八二四〉成立と推定される）は宮中の大歌の楽器の譜本である。これには万葉仮名表記の歌謡詞章が掲げられ、その右傍に伴奏楽器に用いられた和琴の譜が簡略に朱筆で施されている。この資料は詞章を掲載しているので歌謡資料としても貴重ではあるが、歌い方に関する譜はない。この後、『神楽和琴秘譜《かぐらわごんひふ》』（伝藤原道長自筆）、『三五要録』、『仁智要録』など音楽史上重要な楽器の譜本が出たが、それらの譜はいずれも簡略なもので、歌謡の譜は存在しない。

平安朝まで遡ることのできる歌謡の譜本としては、『重種本神楽歌』、『信義本神楽歌』、鍋島家本『東遊歌神楽歌』、同『催馬楽《さいばら》』、『天治本催馬楽抄』などがあるが、いずれも歌謡詞章に簡単な圏点が施されている程度に過ぎない。

その後、中世に入ると歌謡の譜の表し方に大きな変化が見られるようになる。建久八年（一一九七）に成立した綾小路資時の『催馬楽略譜』は、片仮名表記の歌謡詞章の左傍に直線や曲線を駆使した旋律線が施されている。これは絶対音高を示すものではないものの、音の高低や長さ、節回しや装飾音などをある程度表現できる画期的な譜であった。このような形式の譜は今日では〝博士譜〟と呼ばれ、さらに節博士の様式から〝目安博士〟と命名されている。

我が国において天台浄土教の中心地であった京都大原は中国の仏教音楽の中心地の名を取って魚山と称され、仏教歌謡〝声明《しょうみょう》〟の中心地としても発展を遂げた。その地で作られた声明の譜は博士譜であるが、これには前掲の『催馬楽略譜』と同様な目安博士の他、歌謡詞章の傍に五声・七声を直線の角度によって表現した〝五音博士〟と呼ばれる譜も存在した。朗詠の譜も博士譜のうち目安博士によることを基本としたが、『円珠本朗詠要抄』のように目安博士本と五音博士本の両方が伝えられている例も存在する。

歌謡の譜②（胡麻譜）

博士譜で直線や曲線が用いられたのに対し、テンポの早いシラビックな歌謡には〝胡麻点〟と称される点状の形態の墨譜が右傍に施された。このような譜を〝胡麻譜〟と呼ぶが、胡麻点以外にも〈上〉〈中〉〈下〉などの音階名や曲節の名称が書き入れられている。胡麻譜は鎌倉時代中期から流行した早歌《そうが》以降の歌謡に用いられ、基本的に歌謡詞章の一音節（一文字）に対してひとつの胡麻譜が施された。これは基本的に一音節に一音が割り当てられたことを意味し、全体としては七五調の長短句を八拍に当てはめる歌唱法が採用された。この歌唱法は長編歌謡を可能にする画期的なもので、前時代までの博士譜を用いていた神楽歌、催馬楽、朗詠などの歌謡とは大異がある。この後、この様式の歌謡や謡いものが次々と興ることとなった。平曲、謡曲、室町小歌、幸若歌謡集などがそれに当たる。そして、それらの中世の歌謡や謡いものは胡麻譜を用いたのである。以下、室町小歌に関して具体的に述べていきたい。

室町小歌の代表的集成は『閑吟集』『宗安小歌集』「隆達節歌謡」であるが、これらのうち『閑吟集』と『宗安小歌集』には譜が見えない。一方、多くの伝本を擁する「隆達節歌謡」には節付けの施されたものが多い。「隆達節歌謡」の譜は胡麻点のみが施されたものを基本とするが、現在国文学研究資料館に所蔵されている「慶長八年九月彦坂平助宛三十六首本」「年代不詳草歌二十九首本」には胡麻点形式の墨譜とともに、〈上〉〈下〉などの書き入れがあり注目される。

なお、「隆達節歌謡」には〝草歌〟と〝小歌〟という歌謡末尾部分に異なる胡麻点が施された二種の譜がある。このうち草歌の最後から二音節目の胡麻点は右下方向に下がり、最終音節の譜は古い時代の謡曲の〝ノム〟に似た鉤状に下がる形状をとっている。謡曲のノムは回し節の後半にある産字《うみじ》（母音）を〝ン〟に変えて謡うので、撥音的な効果をもたらすものと考えられる。この伝でいけば、「隆達節歌謡」の草歌も最後を撥ねて歌った可能性が考えられる。三条西実隆の記述の中に、室町小歌を「なげぶし」と呼んだ例があり、また江戸期随筆にも「隆達節歌謡」を「なげぶし」と記述した例があることを思えば、室町小歌の歌い方を考える際に「隆達節歌謡」の胡麻譜は貴重な音楽資料に位置付けられるであろう。室町小歌には以上の他にも小規模な歌集や書き留めが存在するが、うち『美楊君歌集《びようくんかしゅう》』と『言継卿記《ときつぐきょうき》』紙背小歌には、胡麻点や〈上〉〈下〉〈ハル〉などの書き入れが施された譜を見出すことができる。それらの符号は謡曲や幸若歌謡集にも見られるので、胡麻譜には一般的なものであったと言える。

室町小歌はいまだ音楽的な復元がなされていない歌謡の代表格であるので、「隆達節歌謡」や『美楊君歌集』の胡麻譜を手がかりとして、今後の音楽的解明の道が開けることに切なる期待を寄せたい。

伴奏楽器

歌謡には伴奏楽器、もしくは楽器に類するものによって拍子やリズムをとり、旋律を助けることがしばしば行われた。古代の歌謡は雅楽の楽器（以下、〝雅楽器〟と称す）による伴奏が主であった。神楽歌《かぐらうた》、東遊《あずまあそび》、久米歌《くめうた》、大歌には和琴《わごん》が用いられた。和琴は大和琴《やまとごと》とも呼ばれ、六絃で形状はむしろ箏に近似している楽器である。古い楽器の譜である『琴歌譜』『神楽和琴秘譜』（ともに陽明文庫蔵）などは、大歌や神楽歌の伴奏楽器であった和琴の譜本である。神楽歌には和琴の他、神楽笛や篳篥も用いられ、歌唱の独唱者である〝本拍子〟〝末拍子〟は笏拍子《しゃくびょうし》を取った。また、雅楽器及び笏拍子は催馬楽や東遊の伴奏にも用いられた。催馬楽における雅楽器は管楽器・絃楽器とも充実しており、前者には篳篥・笙・竜笛が、後者には箏・琵琶があった。この他、和琴が用いられることもあったらしい。東遊の伴奏には前述した和琴・笏拍子の他、篳篥・高麗笛《こまぶえ》といった雅楽器が合わせられた。また、朗詠の伴奏には篳篥・笙・竜笛が使われた。

平安時代後期に流行した今様雑芸歌謡は歌唱を中心とした歌謡で、楽器を伴わないことが基本であったらしい。しかし、扇や鼓・銅鈸《どうばつ》で拍子を取る場合があり、また稀に横笛や琵琶などの楽器を伴奏とすることがあった。

鎌倉時代後期以降に東国を中心に行われた早歌も独唱と合唱の両方の声を聞かせることに主眼を置いた歌謡で、

扇で膝を打って拍子を取る扇拍子を基本とした。しかし、時には尺八や笙で音取りも行われたようである。なお、近年蒲生美津子氏により「熊野参詣」の一曲が復元されたが、伴奏には扇拍子が用いられた。

室町小歌も声を中心とした歌謡で、基本的には扇や小鼓で拍子を取ったが、当時用いられることが多かった尺八や一節切《ひとよぎり》（竹の一節分の短いサイズの尺八）に合わせられることもあったらしい。『閑吟集』には「咎《とが》もない尺八を、枕にかたりと投げ当てても、淋しや独り寝」（一七七番歌）、「待つと吹けども、恨みつつ吹けども、篇《へん》ないものは、尺八ぢゃ」（二七六番歌）、「隆達節歌謡」には「尺八の一節切こそ音《ね》もよけれ、君と一夜は寝も足らぬ」などの尺八や一節切の語が入った小歌がある。当時の小歌享受層にとって尺八や一節切は常に携帯するような身近な楽器であった。なお、室町小歌最後の歌謡であった「隆達節歌謡」には近世小唄調（→「音数律」の項参照）の歌謡が数首見られるが、それらは江戸時代に入ってからもしばらくの間、流行を続けたらしい。その際、三味線が伴奏楽器として用いられたこともあったようである。

近世歌謡の伴奏楽器は前時代から愛好された尺八（一節切）と箏の他、新たに三味線が加わり、巷間に軽快な音色を響かせることになった。特に箏と三味線は組歌まで形成されて伝授の対象となって活況を呈したのである。

テンポ

我が国には歴史的に多くの歌謡が発生し流行した。そして、それらの歌謡が流行した各時代毎に共通した歌唱法やテンポがあった。その時代において他と比較してテンポの早（速）い歌謡が登場すると、その歌謡は「早歌《はやうた》」と呼ばれることになった。古く神楽歌のなかに「早歌《はやうた》」と称された曲が見えている。神楽歌の「早歌《はやうた》」は小前張《こさいばり》部の末尾で歌われる閑拍子《しずびょうし》と揚拍子《あげびょうし》の二部分からなる歌群で、本方と末方の対句による当意即妙な掛け合いの詞章で構成される。それぞれの詞章が短く、早いスピードで交互に歌い合うので、いつしかそのテンポの早さから「早歌《はやうた》」のあだ名が付いたものと考えられる。神楽歌の小前張に属する歌謡の名称は詞章の冒頭から「薦枕《こもまくら》」「志都夜《しづや》乃《の》小《こ》菅《すげ》」「磯等前《いそらがさき》」等と命名されており、「早歌《はやうた》」も本来は詞章の冒頭から「何《いづれ》曾《ぞ》毛《も》」（この漢字表記は一例）などのような命名が相応しかったものと思われる。そういった詞章からの命名をあえて曲節からの命名に変更したのは、この曲においてそのテンポの早さがきわめて特徴的であったからであろう。

平安時代後期の流行歌謡であった今様雑芸《いまようぞうげい》歌謡にも「早歌《はやうた》」と呼ばれる歌謡群が存在した。それらの音楽的な解明は困難ではあるが、おそらく神楽歌の「早歌《はやうた》」によく似たアップテンポで歌う歌謡であったところからの呼称であったものと思われる。なお、今様雑芸歌謡の集成『梁塵秘抄』には、「早」の肩書をもつ歌謡を巻一に二首、巻二に一首の合計三首確認することができる。

鎌倉時代中期から南北朝時代にかけて東国の武士階級を中心に流行した歌謡は当時「早歌《そうが》」または「現《げ》尓《に》也《や》娑《さ》婆《ば》」「理《り》里《り》有《う》楽《ら》」などと呼ばれた。この歌謡には『宴曲集』『宴曲抄』『真曲抄』『究百集』『拾菓集』『拾菓抄』『別紙追加曲』『玉林苑』の八部十六冊の撰集があり、さらに『外物』一冊もある。この歌謡は近代になって「宴曲」と総称されるようになったが、それは初期の本格的集成『宴曲集』『宴曲抄』の名に由来し、さらには「宴曲」という文字面がこの歌謡の性格を表しているとの判断からなされたものであった。しかし、音楽的立場からはあくまでもこの歌謡が当時「早歌《そうが》」と呼ばれていたことを重視する必要がある。すなわち、「早歌《そうが》」と名付けられるだけのテンポの早さを有していたことになる。しかし、実はこの歌謡はそれだけに留まらず、「早歌《はやうた》」を含めた前時代までの歌謡とは根本的に異なる革命的な性格を持っていた。曲節は詞章の仮名一文字で一音を基本とし、七五調の長短句を八拍に当てはめて扇で拍子を取りながらテンポ早く軽快に歌ったと言われる。これは後の能楽では「八つ割り」と呼ばれ、七五調の十二音が八拍のリズムに畳み込まれる歌い方として確立することとなる。早歌はこの能楽の謡の基盤を形作った先行歌謡として音楽的にもきわめて注目される。

音数律

詩歌は句と呼ばれる韻律上の一段落を単位に構成されるが、それぞれの句の音節数とその組合せによって定型の韻律形式が生み出された。日本においては歴史的に五音節と七音節を有力な単位とし、その組合せや反復によって詩歌の定型が確立することとなった。たとえば、短歌は五・七・五・七・七、俳句は五・七・五といった具合である。そして、それらは五音節と七音節の連続を韻律の中心に置く重厚感のある五七調と、七音節と五音節の連続を基本とした流暢な七五調とに分けられる。

歌謡において音数律は他の詩歌以上に重要視された。それは歌謡に伴っている音楽上のリズムと音数律とが深く関係しているからに他ならない。その結果、歌謡には古くから五音節・七音節を基軸とした何種かの定型が形成されてきた。たとえば、仏教歌謡では平安時代中期頃成立の古和讃以来、七音節・五音節を反復させる形式が採用された。そこから出た訓伽陀《くんかだ》や法文歌は和讃の七音節・五音節を一句とし、その四句で歌い納める定型形式（七・五／七・五／七・五／七・五）として成立した。これは、平安時代後期の流行歌謡となった今様雑芸歌謡の中心的な音数律となり、今様形式と呼ばれることとなる。ただし、七音節は八音節をとる例も相当数見られる。また、同時代には五・七・五・七・七の短歌形式の冒頭に囃子詞「そよ」を付した長歌《ながうた》と呼ばれる形式の歌謡もあった。

中世後期には室町小歌が流行したが、そこには短章の様々な音数律による歌謡形式が見られる。それらのなかの代表的な定型のひとつに七音節・五音節を二回反復させる形式がある。これは今様形式のちょうど半分の長さに当たるので、今様半形式と呼ばれている。室町小歌時代の終末を飾る「隆達節歌謡」には今様半形式とともに、後の江戸時代歌謡の代表的形式となった近世小唄調（近世俗謡調とも言う）の歌謡が登場した。近世小唄調とは三味線伴奏に適合した七（三・四）・七（四・三）・七（三・四）・五の音数律を採る形式で、初期の弄斎節《ろうさいぶし》や投節《なげぶし》から始まり、後期の潮来節《いたこぶし》や都々逸《どどいつ》までこの形式が主流をなした。ところで、「隆達節歌謡」における近世小唄調の歌謡は三味線にも合わせられたようで、後代まで歌われた記録が残る。特に「恋をさせたや、鐘撞く人に、人の思ひを、知らせばや」の一首は享保年間（一七一六～一七三六）中頃に、子ども向けの赤本の判じ物として描かれるほど人口に膾炙していたらしい。

一方、八音節・六音節を基調とした歌謡に琉歌がある。いわゆる琉歌形式は八・八・八・六の音数律を採っている。このような琉球歌謡の八音節と六音節の組み合わせは、本土歌謡における七音節と五音節の組み合わせという基本的な音数と近接するものの、別体系に属していると考えられる。しかし、両者の相違と近似は両言語の隔絶と交渉の様相を垣間見せていて興味深い。

口唱歌（口三味線）

楽器の旋律やリズムに一定の規則的な音節を当てはめて、口頭で唱えることを口唱歌《くちしようが》、また単に唱歌《しようが》とも呼んだ。唱歌はまた、証歌・章歌・正歌・声歌などとも表記された。このうち、唱歌・証歌・声歌などの表記は別のタームとしても用いられる語であるので、以下もっとも一般的な口唱歌という名称で説明する。

口唱歌は古来様々な楽器に適用され、主としてその楽器の手を練習したり、暗譜したりする際に用いられた。また、歌謡詞章と同時に行われて、楽器の代用とされることもあったようである。『竹取物語』には「あるひは笛を吹き、あるひは歌をうたひ、あるいは唱歌をし、あるひはうそぶき扇を鳴らし」という一節があり、楽器の代わりとして口唱歌が登場している。これは、かぐや姫に求婚する五人の貴公子たちが、姫の邸宅前に集まり、それぞれ音楽的なパフォーマンスを行って姫の関心を惹こうとしている場面である。この頃の笛譜の口唱歌を反映した例が催馬楽《さいばら》「田中」の囃子詞「たたりらり」や、同じ「大宮」の「たらりやりんたな」、『梁塵秘抄』三四七番歌の「たんなたりや」などであろう。

その後、口唱歌は江戸時代に入ってとりわけ多くの文献に見られるようになった。ただし、口唱歌のうち、三味線の口唱歌のことは特別に〝口三味線〟と呼ぶことが通例である。口唱歌は日本語の音節によって構成され、その表記には平仮名・片仮名が用いられた。その際、口唱歌に使用された日本語の語音に制約はなかったが、楽器の種類によってサ行音が多いもの、タ行音が多いもの、拗音を多く含むもの、撥音を多く含むもの、同音を繰返して音を引き伸ばす部分を多く持つもの等々の特徴が見られる。

口唱歌は、ひとつの楽器音に対してひとつの音節を当てることを基本としている。しかし、その方法には二種類がある。一方は音の高さに特定の音節を厳密に対応させるもので、他方は楽器の旋律を擬音語で表現するものである。前者の代表的な例には『糸竹初心集』（寛文四年〈一六六四〉刊）の一節切の口唱歌がある。まず、「一節切惣の穴の音を知る事」という項があり、そこには「ふトハ、惣の穴をふさぎて吹くをいふ」「いトハ、惣の穴をあけてふくをいふ」「やトハ、一二三四をあけ、うらばかりふさぎたるを云ふ」以下、「ち」「ほ」「う」「ゑ」「り」「ひ」「上《しやう》」「神」「た」「る」という合計十三の音節が説明され、続く「一節切証歌」で詞章の右傍に口唱歌を付す。例えば大和踊の歌の冒頭「よしのゝをやま《（吉野の山）》をゝ、ゆき《（雪）》かとみ《（見）》いれば」に対応する口唱歌は、「ホウフホフホウウ、ヱウヱウフホウ、」と記される。口唱歌の音節の表記は平仮名、片仮名の両方が用いられ、いずれかに統一しようとする意識は見られない。一方、『大幣《（大怒佐）》』（元禄十二年〈一六九九〉刊）の口三味線は「ツントンテツツン」「チンチリテレツテ」などと擬音語によって表現している。

囃子詞

歌謡詞章中には内容に直接かかわらない〝囃子詞《はやしことば》〟と呼ばれる短いことばが置かれることがある。その位置は冒頭の歌い出し部分であったり、中間部分であったり、末尾部分であったりと、歌謡のいずれの位置にも置かれ、必ずしも一定していない。そもそも「はや（囃）す」の語源は「はや（栄・映）す」と言われ、映えるようにする、引き立てるの意であるから、囃子詞は歌謡全体を飾り、盛り上げる役割を担っていることになる。また、実際には曲節の上から音数を合わせるという機能も持っていたものと考えられる。

古い歌謡の中には呼び掛けのことばや擬音語であったものが、囃子詞的な機能に転じた例が知られる。たとえば記紀歌謡の「あせを」「ささ」、『続日本紀』所収歌謡の「おしとど、としとど」、神楽歌の「おけ」「あいそ」「さや」「おさまさ」、催馬楽の「あはれ」「はれ」「さきむだちや」等々がその例に挙げられる。その後の流行歌謡にも多くの例があり、とりわけ『梁塵秘抄』巻一・長歌の冒頭に置かれた「そよ」、古柳の「ゑりな」、後代の雑芸歌謡に特徴的な囃子詞となる「やれことつとう」は著名である。

室町小歌には擬音（声）語・擬態語の類は多く見られるものの、囃子詞に分類できるものは少ない。わずかに「えいとろえいと、えいとろえと（い）な」「えん」「そよや」「やれ」などの例があるが、歌謡数に比して用例は必ずしも多くはないと言える。一方、江戸期には囃子詞が増加するにつれてオノマトペが減少する傾向が認められる（→「オノマトペ」参照）ので、いまだオノマトペの使用が多い室町時代の歌謡においては、囃子詞の比重は低かったものと考えられよう。これは室町小歌の曲節の問題ともかかわり、今後のさらなる解明が望まれる。

近世になると三味線組歌に数多くの囃子詞の使用例が見られる。『松の葉』の巻頭に当たる巻一・本手・琉球組第六歌には「小原木買はひ、〱、黒木召さいの」に続いて「てうりやうふりやう、ひゆやりやにひやるろ、あらよひふりやうるりひようふりやう」という囃子詞が見られる。これは一節切もしくは笛の口唱歌をもとにした音と考えられる。この例のように近世に入ると、尺八や笛、箏、三味線などの楽器の教習用に口唱歌が広く普及し、これが囃子詞に転用されることも起こった。

江戸時代中期以降に数多く編纂された近世流行歌・民謡の集成からは、数多くの囃子詞の例を拾いあげることが可能である。『山家鳥虫歌』には「ヤアレヤレヤレ」「サッサオセオセ」「ポッポ」「ソリヤイノウ」「ションガヘ」「ナアレカシ」「ヨイヤナ」「ゲンゴベ」「ヅボンボヘ」等々の実に多様な囃子詞が、主として末尾に付されている。各地で流行した歌謡が、それぞれ独自の特徴的な囃子詞を伴って、生き生きと書き留められた形跡が窺えて興味深い。近世流行歌・民謡に見られるこのような多様な囃子詞は、軽快なリズムを生み出す一因ともなり、その後の民謡には欠かせない存在にまで成長を遂げた。

オノマトペ

歌謡詞章には擬音（声）語や擬態語が頻出する。これは古代歌謡から近現代歌謡に至るまで何ら変わることがない。早く記紀歌謡には「さやさや」という擬音語が合計二首三例（『古事記』四七番歌・七四番歌、後者は『日本書紀』四一番歌にも）見られる。また、催馬楽「浅水」には「とどろとどろ」という擬音語が見える。今様雑芸歌謡を収録する『梁塵秘抄』には、「ちゃうど」「ていと」「ていとんとうと」などの擬音語、「ちうとろ」「ゆらゆらと」「ゆららさららと」などの擬態語の用例が確認できる。

室町小歌に至るとオノマトペの用例は一挙に増加の傾向を見せる。「かたりと」「ころりからりと」「さらさらさっと」「そよと」「はらはらと」「はらはらほろほろと」「ふかと」「ほとほとと」「ほろほろほろほろと」などの擬音語、「うっかと」「うらうらと」「くるくるくると」「さよさよさよと」「さらさらさら」「しどろもどろ」「しやっと」「しゃらりしゃしゃ」「しゃんと」「ずんど」「せはせはと」「そろりそろりと」「たぶたぶと」「ちろりに」「ちろりちろり」「はらりと」「ひよひよら」「ひょひょめくに」「ほろり」「よろよろよろ」などの擬態語といった豊富なオノマトペを指摘することが可能である。なかでも長いものは『閑吟集』の「さらさらさらさらさらさら」や「隆達節歌謡」の「とくとくとくとくとくと」のような十音節以上の例も存在する。この傾向は室町小歌の系譜を引く狂言歌謡でも同様である。一般に室町時代は日本語の擬音語や擬態語が確立された時期と言われ、口語を多用する歌謡詞章には、多くの用例が取り込まれているものと考えられる。

江戸時代に入るとさらに多様なオノマトペを見出すことが可能となる。例えば『松の葉』(元禄十六年〈一七〇三〉刊)巻一・三味線組歌には「とろりとろりと」「そよそよと」「ゆらゆらと」以下十五種、巻二・長歌には「ほとほとと」「うかうかと」「しげしげなれば」以下四十一種、巻三・端歌には「ずんずと」「つるつると」「ひよひよと」以下二十二種を数え上げることができる。しかし、全体的傾向としては、江戸期流行歌謡においては徐々に囃子詞が増加していき、それに反比例する形で擬音語や擬態語の使用例が減少していく様相が見て取れる。

近世小唄調の流行歌謡や民謡を集成した『山家鳥虫歌』(明和八年〈一七七一〉序)には「ひよひよ」「ぶりしゃりと」「ほろろ」などの鳥や虫の鳴き声の擬声語、鳥の鳴き声を「夫《つま》来い来い」「年寄来い」と聞きなした擬声語など、書名どおり鳥や虫に基づいたオノマトペが多い。また「どんと」「どんどと」「そよそよと」という擬音語、「しゃんと」「そがそが」「ちょこちょこ」「ぬらりくらり」「はらはら」「ぶらりしゃらりと」「ほのぼのと」「ほやほやと」「ゆらゆらと」等と擬態語も盛り沢山である。

替歌と異伝歌

歌謡において〝類歌〟の存在は付きものであった。類歌は意図的なものと意図的でないものとの二種類に分類することができる。まず意図的に創作される類歌にはパロディーの歌がある。今日でも流行歌や唱歌などをパロディー化することは子どもの世界を中心に日常的に行われている。そしてこれは歌謡史上、常に同様に行われていたことが想像できる。また、同じく意図的に創作される類歌には、歌謡詞章中に見える地名や人名を差し替える例がある。さらにはその歌謡が歌われる場の状況に合わせて詞章が改変されることもある。これには予め効果を考えて改変する場合と即興的に改変する場合とがある。

一方、メディアの発達状況が今日とは比較にならないほど遅れていた時代には、意図せずしてある種の類歌が成立してしまうことがある。それは歌謡伝承上における異なる詞章の発生によるものである。その最大の要因には歌い誤りや聞き誤りが挙げられよう。

以上に述べた意図的な歌謡詞章の改変による類歌を〝替歌《かえうた》〟、意図的でない歌謡詞章の変化による歌を〝異伝歌《いでんか》〟と呼ぶのが適切である。日本の歌謡においては古くから替歌や異伝歌の例に事欠かない。管見によれば、『古事記』『日本書紀』に共通して見える歌謡は全部で五十二首を数えるが、そのうちまったく同一詞章で見える歌謡は十二首にしか過ぎない。助詞や助動詞といった付属語の相違程度の歌謡が二十首、残りの二十首にはかなり大きな詞章の異同が認められる。大きな異同の例には、どちらか一方に反復を意味する同じフレーズが複数回記されているものや、一方にはない詞章が他方に付加されていたりするものである。前者の場合、本来その歌にあるべき反復のフレーズが一方には正確に記され、他方には省略されたという可能性も残り、それが替歌か、それとも異伝歌かを判定するのはきわめて難しいことになる。ここではそのうち、替歌に関するいくつかの具体例を挙げておく。

平安時代末期に出た郢曲《えいきょく》の大家、源資賢《すけかた》はしばしば歌謡詞章の一部を改変して、その場と折に適合した今様を歌い賞されたことが記されている。『梁塵秘抄口伝集』巻十には「春の初めの梅の花……」という今様の第三句目「お前の池なる薄氷」を「みたらし川の薄氷」と歌い替えたことが見える。これはその場が賀茂神社境内であったからに他ならず、後白河院はこの替歌について「折に合ひめでたかりき」と評価している。資賢は『平家物語』巻六・嗄声にも「信濃にあんなる木曾路川」という詞章を、実際に配流された経験から「信濃にありし木曾路川」と歌い替えて、人々の共感を喚び起こしたという逸話が見える。日本歌謡史上、最高の替歌の達人であろう。

替歌が記録された例には、『後崇光院上皇宸筆今様之写』所収〝物云舞《ものいいてのまい》〟と室町小歌の集成『美楊君歌集《びようくんかしゅう》』所収歌謡がある。前者の歌謡には冒頭部に二種の詞章が見えており（詳細については、小著『中世歌謡の文学的研究』〈平成8年・笠間書院〉第二部第二章第一節参照）、後者の詞章中の七・七部分にも同じ音節数の替歌詞章三種が用意されている（本書第三章第五節参照）。

周縁の歌謡

歌謡における即興性の問題は、連歌や和歌・俳句といった文芸と同様にきわめて重要である。それは場における歌い替え、すなわち替歌の創作に端的に示されているが、また別に〝はやす〟と呼ばれる行為についての検討も不可欠である。〝はやす〟とは対象となる人物に関する情報を一定の曲節にのせて言い立てることで、多くは対象の欠点や弱点を揶揄する内容を持っていた。すなわち、悪態の歌謡である。この種の歌謡は早く『万葉集』にも見られるが、後には五節殿上淵酔《えんずい》という公式の場においても行われることとなった。

殿上淵酔は朗詠・今様・雑芸・乱舞《らっぷ》・猿楽などの様々な芸能が次々と繰り出される饗宴の場であり、その場で本来歌われる雑芸歌謡「白薄様《しろうすよう》」にかわって蔵人頭を〝はやす〟行為がしばしば行われたのである。これについては記録や物語に多くの例を指摘できるが、そのうちもっとも著名なものは『平家物語』諸本に見られる平忠盛がはやされた例であろう。忠盛は「伊勢平氏《(瓶子)》は、すがめ《(眇・酢甕)》なりけり」とはやされた。『源平盛衰記』によれば、兼家・季仲・基高・家継・忠雅などの歴代の蔵人頭も忠盛と同様、様々にはやされたことが記される。

歌うという行為は本来、何らかの呪的な力を発動させることに他ならなかった。後白河院が『梁塵秘抄口伝集』巻十の中で、今様を歌うことによって神仏の霊験を喚起したと記述することや、早歌《そうが》の中に〝現尓也娑婆《げにやさば》〟と呼ばれる呪的な性格を持つ歌が伝承されてきたことなどもこれと深くかかわっている。そして、さらには物売りの言い立て、童諺《どうげん》、唱《とな》え言《ごと》といった歌謡の周辺に位置する言語活動にまで広く関連していることを忘れてはならないであろう。

中世には物売りの言い立ての中に、歌謡が存在したことが明らかとなっている。例えば『七十一番職人歌合』には芸能者の歌った歌謡の一節とならんで、物売りの売り声の歌謡が画中詞として書き込まれている。それはまた、同じ時期『宗長手記』にも市井の声として記録された。江戸期になると、多くの行商人が巷間に登場したが、特に飴売り商人についてはそれぞれ特徴のある歌謡を歌いながら売り歩くことで知られていた。その中には当時の都市住民の評判を取って、浄瑠璃や歌舞伎といった芸能の舞台上にのせられた例まである。詳細は本書第四章第三節「物売り歌謡研究序説」、第四節「物売り歌謡続考」を御参照願いたい。

童諺は口遊《くちずさみ》とも称され、子どもたちが遊ぶ際に口から発することばである。明らかに曲節を持つ歌謡である遊戯歌とは別に、一定のリズムを持つことばを指す。「お山の大将おればかり」「おまえの母さん○○」などがこれに当たるが、これらも広義の歌謡と言える。また、日常生活における呪的なことばに唱え言がある。例として「鬼は外、福は内」「痛いの痛いの飛んでいけ」などが挙げられるが、これらは目に見えない神霊に向けて発せられた願いの声であり、歌謡の周辺に位置する言語活動である。

第三章　中世歌謡と芸能の周辺

第一節　室町小歌の音楽

はじめに

室町時代の巷間を彩った流行歌謡は小歌であった。その時代の歌謡群は、今日では室町小歌、または中世小歌と称される。室町小歌の初期の記事である『太平記』には巻二十二に「小歌ニテ閑々《シツシツ》ト落行ケルヲ」、巻二十五に「閑々《シツシツ》ト馬ヲ歩マセテ小歌歌テ進ミタリ」等と見え、この歌謡の音楽としての印象を鮮やかに写し出している。

歌謡には詞章（歌詞）という文学的側面と、曲節という音楽的側面の二要素があることは言を待たない。室町小歌においてもこれは例外ではない。しかし、室町小歌の音楽的側面の解明は、現在のところほとんどなされていないのが実状である。それは一にも二にも資料の不足に拠っているが、虚心に判断すれば、音楽的側面にかかわる資料がまったくないというわけでもない。

例えば断簡を含めて七十種を越える歌本の存在が確認できる「隆達節歌謡」(1)には大半の歌本に、節付けの墨譜が施されている。また、当時の代表的な公家山科言継の日記『言継卿記』紙背の小歌資料は「隆達節歌謡」に先行するが、そこには既に節付けの墨譜が付されていた。さらに近時、その全貌が明らかになった室町小歌の新出資料『美楊君歌集』にも、すべての小歌に墨譜が施されていることが判明した。これらはまさに、室町小歌の音楽的側面に直結する資料と言えよう。

他方、文学的側面を支える詞章の中にも、音楽的側面とかかわる要素が僅かに存在している。それは、いわゆる詞章の音数律（歌形）である。すなわち、歌謡詞章の字数から見るリズムという音楽的要素に他ならない。しかし、その世界は残念ながら、音楽的視界が大きく開かれている世界というわけではない。譬えて言えば、歌謡の音楽的世界を厚い雲を隔てて垣間見るようなものであろう。

本節では、まず室町小歌の新出資料『美楊君歌集』を取りあげ、墨譜と音数律という二つの側面からこの歌謡集の音楽にかかわる基礎的問題を論じ、さらに「隆達節歌謡」を中心としたその他の室町小歌の音楽的側面とその課題について論じていきたい。

一　『美楊君歌集』の音楽要素

『美楊君歌集』が突如としてその姿を現したのは昭和六十一年九月のことであった。東京神田の古書肆玉英堂発行の売立目録『玉英堂稀覯本書目』第一七〇号に、初めて写真入りで紹介されたのである。それはきわめて注目すべき資料であったので、著者は同目録に掲載された写真をもとに、この新出資料について言及した(2)。それは全体から見ればごく一部分にしか相当しない写真をもとにした考察であったため、自ずから限界があった。ところが、このたび遂に『美楊君歌集』の全貌が明らかにされた。古典文庫から神田俊一・吉田幸一編『近世前期歌謡集』（平成10年7月）が刊行され、その中にこの歌謡集の影印及び活字翻刻が収録されたのである。著者は同書に基づいて、早速『美楊君歌集』に関する基礎的考察を行った。(3) 詳細はそちらの拙稿に譲るが、ここでは『美楊君歌集』の音楽的側面について考察を進めていくこととする。

『美楊君歌集』には墨譜が施されている。この歌謡集の墨譜の最大の特徴は、胡麻点や息継ぎの符号以外に、「上」「下」「ハル」という文字が添えられている点にある。これらの文字は従来の室町小歌にはきわめて珍しいものであるが、皆無であったわけではない。近時、永らく所在不明であった「隆達節歌謡」の一伝本「慶長八年九月六十五首本」が出現し、国文学研究資料館の所蔵となったが、その節付けにも同様の文字の書き入れが認められる。一方、同時代の節付けを持つ資料を繙いてみると、これらの文字は謡曲台本に散見し、幸若歌謡集にも「幸若長明本」の中に見られる。

ところで、『美楊君歌集』には巻末に貼付の奥書がある。本文とは別筆と思われるが、紙質は同じという。そこには「慶長九季初夏日　幸若大夫　職安」という年紀と署名が見られる。すなわち、この歌謡集は何らかの形で、幸若舞の芸能者とかかわりを持つことが確認できることになる。職安は幸若弥次郎義成の傍系の弟子と推定できる人物である。この事実は本書の節付けに興味深い問題をもたらすであろう。音楽的側面における室町小歌と幸若歌謡との接触という問題である。すなわち、職安がこの小歌集に幸若歌謡と類似した節付けを施した可能性も否定しきることはできない。しかし、逆に室町小歌と幸若歌謡に音楽的に類似した性格があったからこそ、この歌謡集の奥書に幸若舞の芸能者の名が見られるとも言い得る。「隆達節歌謡」の一伝本に同様の節付けが認められることは、この可能性を支持していよう。いずれにしても、室町小歌の墨譜の読解による音楽的分析は、今後に残された大きな課題であることは間違いがない。

『美楊君歌集』において興味深いことのひとつとして、替歌の詞章が二種付されていることが挙げられる。(4) これは部分的なものではあるが、注意されることであるので、次に掲出する。

とても焦《こ》がれて死ぬる身を、一つ柳の糸で、締《し》めて給ふれよの
思ひ乱れて遣る瀬《やせ》や、一つ
情《なさけ》あれとは及《およ》びなや、一つ

「とても焦がれて……」は『美楊君歌集』の第一〇番歌であるが、続く二行は「一つ」で書きさしの状態になっており、しかも他の部分には施される墨譜が見えない。これはこの二行が替歌であることを示すものと考えてよい。ただし、「思ひ乱れて遣る瀬や」の方は、「思ひ乱れて遣る瀬なや」（傍点著者）の誤写と思われる。これによって意味が明瞭になるとともに、音数律も「一つ」の前までで、七・五となり、一〇番歌及び次の「情あれとは及びなや」と完全に一致することになる。ここからは室町小歌の創作性と柔軟性が窺えるであろう。

『美楊君歌集』所収歌謡十九首の音数律による歌形は、一般の室町小歌と同様に、三句形式から七句形式までと大きな幅がある。歌形別に挙げれば、三句形式の歌謡が一首、四句形式が四首、五句形式が十一首、六句形式が二首、七句形式が一首となる。このうち、もっとも多い五句形式十一首中四首は、五・七・五・七・七の短歌形式を採る。室町小歌において短歌形式の歌謡は「隆達節歌謡」に多く見られ注意される（「隆達節歌謡」の中には伝統和歌をそのまま節付けして、小歌にした複数の例が見られる）。また、五句形式の歌謡のうち八番歌「花にまされる柳の木立《こだち》、見るに心のたよたよたよとなる、たよたよと」の音数律は、七・七・七・九・五である。このうち第四句目、第五句目の「たよたよたよとなる、たよたよと」は、擬態語が重なっているのでこれを整理すると、詞章の意味の上からは第四句目を省略することも可能である。このように考えると、この音数律は七・七・七・五となり、さらに細分すれば三・四／四・三／三・四／五の近世小唄調となる。あるいは省略までしなくとも、この歌謡が近世小唄調を基本的骨格としていることは間違いがない。また、四句形式の歌謡のうち、一三番歌「風により候《そろ》、柳の枝も、松の風にはそよそよと」は、近世小唄調である。このように『美楊君歌集』には近世小唄調の歌謡が見

られるが、これは従来知られていた室町小歌の中では「隆達節歌謡」と同様の傾向を持つことになる。

近世小唄調は三味線伴奏に適合し、江戸時代には主流となった歌形である。その芽生えが歌謡史においては中世最末期に当たる時期に成立した『美楊君歌集』と「隆達節歌謡」の両方に確認できることは重要な意味を持つ。それは単に歌形という詞章にかかわる文学的側面のみからでなく、伴奏楽器を巻き込んだ曲節という音楽的側面からも無視できない事実である。

二　室町小歌の音楽

室町小歌の中でも、墨譜入りの多くの歌本に恵まれ、もっとも音楽的要素の強いのは「隆達節歌謡」である。しかし、この歌謡に関しても、墨譜をもとにした音楽的解明はほとんど手付かずの状態である。前述のように「上」「下」「ハル」という文字を含む節付けが施された「隆達節歌謡」の一伝本「慶長八年九月六十五首本」の出現、さらにはまた『美楊君歌集』の紹介を機会に、音楽的解明を期待したい。

ここで閑話休題、室町小歌と音楽とについて、やや異なる角度から論じてみたい。三条西実隆の私家集『雪玉集』二四四六番歌には「寄小歌述懐」という歌題で、「思ふ事なげぶしこゐにうたふ也めでたや松のしたにむれゐて」なる和歌が収録されている。このうち「めでたや松のした」は『閑吟集』六番歌の小歌「めでたやな松の下千代も引く千代ちよちよと」の冒頭の詞章を踏まえている。実隆詠は「思ふ事なげ」に「思う事がなさそうに」という意を持たせて、歌題の「述懐」を満たしているものと考えられる。また一方では、歌題に「寄小歌」とあるから、前述のように室町小歌の一節を挿入するとともに、「なげぶし《（投節）》」を室町小歌を指す語として置いているはずである。すなわち、ここは「なげ《（無）》」が「なげ」と「投」の掛詞として機能しているので、あまり一般的でなかった呼称を無理に用いた可能性も残るが、少なくとも当時「小歌」のことを「なげぶし《投節》」とも称していたことを示す貴重な資料であろう。この推測が確認できれば、室町小歌—少なくともその一部—は、後代の江戸期の投節のように末尾を投げるようにして歌っていたものと考えられる。なお、『閑吟集』六番歌は後代にも歌い継がれ、「隆達節歌謡」のうち「草歌」という歌群に属する歌ともなっている。「隆達節歌謡（草歌）」の墨譜は最終音節の譜に特徴があり、謡曲の「ノム」に似た形状をしている。『日本国語大辞典』によれば、謡曲の「ノム」は「回し節の後半にある字の産字（うみじ＝母音）を「ン」に変えてうたう。「かア」を「かン」に、「きイ」を「きン」のようにうたうことをいう」ので、撥音的な効果をもたらすものと思われ、「隆達節歌謡（草歌）」は最後を跳ねて歌った可能性がある。ここからすれば、『閑吟集』六番歌も同様の歌われ方がなされていて、それが投げるような歌い方と見做され、「なげぶし《投節》」と呼ばれていたと推測することもできよう。

『體源鈔』には「風俗ハ歌終ヲ必ズ投ルナリ」と記され、また江戸期の随筆『嬉遊笑覧』にも「なげぶしは末をやんとはねる」と見え、同時に「隆達節歌謡」を「なげぶし」として扱っていることも併せて考察すべきであろう。今後、このような「なげぶし」を一基準として、室町小歌の音楽的世界の森に踏み込んでいくことも切に望まれるのである。

三　室町小歌の音楽的解明への課題

永池健二氏は室町小歌の持つ逸脱性の起因するところを、宴の場に求め、室町小歌にしばしば見られるキーワード「狂ふ」「今日」「なさけ」の真の意味を説き明かした。(5) 確かに、当時「酒盛」と称されていた宴の場には、その場の人々の心をひとつにする歌謡詞章と、それを支える音楽があったと見てよい。この意味で、室町小歌の音楽は無視することのできない重要な要素である。永池氏はまた、中世に流行した地下の歌謡にしばしば与えられる「亡国の音」「乱世の声」なる呼称を、「整序された正統の楽律からはみ出した異形の音声をその中に抱え込んでいたが故に、そこに込められていた哀傷愁歎の響きとともに、楽人や権力者たちの心の奥に不吉のさざ波を呼びおこした」[6]ことに拠ると断じている。このような民衆の声を引き出す音楽こそ室町小歌の真骨頂であった。室町小歌の音楽的解明こそ、日本歌謡史研究における最大の課題と言える由縁である。

注

（1）小著『「隆達節歌謡」の基礎的研究』（平成9年・笠間書院）及び小著『「隆達節歌謡」全歌集　本文と総索引』（平成10年・笠間書院）参照。

（2）拙稿「中世歌謡と書物」（『文藝と批評』第六巻第五号〈昭和62年3月〉、「歌謡の諸相」（『国文学　解釈と鑑賞』第五十六巻第三号〈平成3年3月〉）。ともに小著『中世歌謡の文学的研究』（平成8年・笠間書院）に収録。

（3）拙稿「『美楊君歌集』小考」（『大阪教育大学紀要（第Ⅰ部門）』第四十八巻第一号〈平成11年8月〉／本書第三章第五節所収）。なお、本節の記述のなかにはこれと一部重複する箇所がある。

（4）『美楊君歌集』の本文引用は注（3）掲出拙稿の釈文による。

（5）永池健二「〈逸脱〉の唱声―中世隠者文化における音楽の変遷―」（『岩波講座日本の音楽・アジアの音楽』第六巻「表象としての音楽」〈昭和63年・岩波書店〉所収）。

（6）注（5）掲出書六二頁。

第二節　『閑吟集』に描かれた愛と性

はじめに

日本の中世は戦乱に明け暮れた時代であった。しかし、鎌倉時代、南北朝時代そして戦国時代へと世が移って行くなか、王朝時代の絢爛さとは異なる質実でしたたかな文化が確実に台頭して行った。その最後に位置する戦国の世には室町小歌と呼ばれる歌謡が流行したが、その歌謡詞章には当時の庶民生活を偲ばせるものが多く書き留められている。中でも永正十五年（一五一八）成立の歌謡集『閑吟集』には、戦国の世の人々の哀歓を色濃く留める歌謡が数多く残されている。いつの世も変わらず、人々が喜怒哀楽を痛切に感じる場面に恋愛の場がある。したがって、生きる哀歓を歌う『閑吟集』の中にも多くの恋愛歌謡が存在する。『閑吟集』所収の全歌三一一首のうち、恋愛を直接的なテーマとする歌は約一八〇首、これに恋愛的雰囲気を持つ歌を加えると約二〇〇首にのぼり、集中に占める割合は約六五％となる。この数字を一般的な和歌の撰集と比較すると、きわめて大きなものであることが知られる。これら恋愛歌謡の多さは、それが享受された宴席という場の座興性から説明が付けられるであろう。どんな時代でも宴席においては恋愛の歌が好まれる。そしてそれは単なる恋歌ではなく、きわどい恋愛のかけひきや濃厚な愛欲模様を歌う歌謡（以下、それらを愛と性の歌と呼ぶ）であることは言うまでもない。

以下、『閑吟集』の歌謡を具体的に取り上げながら、室町人の愛と性を辿る旅に出かけることとする。

一　主ある我

『閑吟集』には直接に性愛をテーマとする歌が少なくとも約三十首見られる。それらはいずれも性愛、すなわち愛欲の喜びを表現した歌謡である。中でも次の歌は愛欲の喜びを積極的に歌ったきわめて印象的な小歌である。

誰そよお軽忽《きょうこつ》、主《ぬし》ある我を締《し》むるは、喰ひつくは、よしやじやるるとも、十七八の習ひよ、十七、八の習ひよ、そと喰ひついて給ふれなう、歯形のあれば顕るる（九一番歌）

この歌は「いったい誰よ、まったく軽はずみな。夫がいるこの私を抱き締めたり、噛んだりして。まあいいか、ふざけてみるのも。どうせ十七、八歳の女盛りの私にはあって当然のことだもの。でも、噛むならそっとにしておいてくださいな。歯型が残ったら、あの人にばれてしまうのだから」くらいの意味であろう。この歌は『閑吟集』所収歌謡の中でももっとも大胆奔放な性愛の歌である。一首全体を口語調のことばで終始させる表現が、若い男女の生の吐息を感じさせ、密かな愛欲の現場を目撃してしまったような臨場感を溢れさせる。詞章全体が女の側からの科白である点も効果的と言えよう。

「主ある」女性を作品内主体とした別の小歌に次のような例もある。

扇の陰で目を蕩《とろ》めかす、主ある俺を、何とかせうか、せうかせうか、せう（九〇番歌）

現代語訳すれば「扇の陰から潤んだ瞳で私を見つめたりして。れっきとした夫のいる私を、いったいどうしようって言うの。ねえどうしたいの、どうしたいのよ」となろうか。「俺」という一人称はこの時代には女性も一般的に用いた。この歌の眼目は「扇の陰で目を蕩めかす」という相手を愛欲世界へと挑発しようとする身体的表現にある。また、「何とかせうか、せうかせうか、せう」という繰り返しの表現が、女の心の昂揚感を巧みに映し出している。

二　お茶のエロス

新茶の若立ち、摘みつ摘まれつ、挽いつ振られつ、それこそ若い時の花かよなう（三二番歌）

この歌は「新茶の若立ち」、すなわち新茶の若い芽を「摘む」ことに言寄せて、男女の戯れを描いている。「摘む」は「抓《つ》む」（つねる）であると同時に、「齧《つ》む」（かじる）でもある。すなわち、前掲の九一番歌と同様に皮膚感覚を通して表現したきわめてエロティクな性愛賛歌と言える。またこの歌の面白味は一首全体が三段なぞ仕立ての構造を採っていることにも起因している。その場合の主部は省略されているものの、「恋する男女」を指している。すなわち、「恋する男女」とかけて「新茶の若立ち」と解く、その心は「摘みつ摘まれつ、挽いつ振られつ」と解することができるのである。そしてさらにそれを評して「若い時の花」とする。「若い時の花」とは若者の特権としての恋愛・愛欲の賛美に他ならない。室町小歌には『全浙兵制考』付録『日本風土記』所収「山歌《さんか》」に「十七八は二度候か、枯れ木に花が咲き候かよの」という流行歌も残されている。人生の盛りを十七、八歳の頃とし、それを二度とは訪れない花盛りの季節に位置付ける。花盛りを過ぎた枯れ木にはもう二度と花は咲かないと言うのである。花盛りの季節はすなわち恋愛・愛欲の季節でもある。こうしてみると、この流行歌の意味するところは、十七、八歳の頃には大いに恋愛を楽しみ、愛欲世界にも溺れるがよいと言っていることになる。『閑吟集』三二番歌一首全体の意味としては「恋する二人は、言ってみれば新茶の若芽よ。身体を抓ったり抓られたり、引っ張ったり、振り回されたりするものだからね。そんな楽しい戯れは、それこそ若者だけの特権よ」となろう。

『閑吟集』三二番歌に続く三三番歌も、新茶に言寄せた次のような愛欲歌謡である。

新茶の茶壺よなう、入れての後は、こちや知らぬ、こちや知らぬ（三三番歌）

これは三二番歌と同様に三段なぞ仕立ての歌でありながら、よりいっそうエロティクな内容を有している。「可愛いあの娘は言ってみれば新茶の茶壺だなあ。入れてしまった後はもう古茶知らぬ、その後のことなんかこちらはあずかり知らないことよ」の意味で、「可愛いあの娘」とかけて「新茶の茶壺」と解く、その心は「入れての後は、こちや知らぬ」と言うのである。茶壺によって女性器を暗示するといった何とも露骨かつ大胆な表現が採られている。このような開放的な性愛の歌謡は、室町小歌の集成の中でも『閑吟集』にのみ見られる特徴となっている。

お茶にかかわる性愛の歌謡としてはもう一首次の歌を紹介したい。

お茶の水が遅くなり候、まづ放さいなう、また来うかと問はれたよなう、なんぼこじれたい、新発意《しんぼち》心ぢや（三一番歌）

この歌は狂言「お茶の水」（一名「水汲新発意」）の中でも用いられた小歌で、若い僧である新発意に言い寄られた水汲み女が歌う設定になっている。新発意に体を抱き締められて身動きが取れない状態の若い女の一方的な科白を歌詞としている。「お茶の水を汲んで帰るのが遅くなってしまうでしょ。だからまずは放してくださいな。「また来るのか」とお尋ねなさったことよ。何ともじれったい新発意さんの気持ちであることよ」の意味。この歌謡は当時かなり流行したようで、『閑吟集』以外にも『宗長手記』大永三年（一五二三）条や『実隆公記』紙背文書の「絵詞草案」にも書き留められている。お茶を立てるための水汲み場が若い男女の出会いの場のひとつであったことがわかる。なお、秦恒平氏は「また来うか」の部分を、「またお前のところへ来てよいか」という男の言葉と解釈する。(1)

この三一番歌によく似た小歌に、もう一首次のようなものがある。

あまり見たさに、そと隠れて走て来た、まづ放さいなう、放して物を言はさいなう、そぞろいとほしうて、何とせうぞなう（二八二番歌）

この歌は『閑吟集』に続く『宗安小歌集』にも一六四番歌として「そと隠れて走て来た、まづ放さいなう、放いて物を言はさいなう」という詞章で収録されている。これは『閑吟集』二八二番歌の中間部分をほぼそのまま継承していることになる。このような類歌の書き留めが存在することからすれば、人々に愛唱され流行した歌謡であったものと考えられる。この二八二番歌は三一番歌と同様に男女の逢瀬の場面を描くが、こちらは女性の方が男のいる待ち合わせの場所に自発的に駆け込んで来たという設定を採っている。しかし、男がそんな女を強く抱き締めて放さない状況は同じである。異なる点は二八二番歌の女がただ抱き締められるだけでは飽き足らず、愛の言葉を交わしたいと願っている点である。これは女も積極的に男の愛を受け入れているためである。いつの世も男の方は女の身体を求めるのに対し、女の方は男の愛の言葉を求めるのである。

三　男色の小歌

次に、『閑吟集』に見られる男色の小歌を取り上げたい。

沖の門《と》中《なか》で舟漕げば、阿波の若衆に招かれて、味気なや、櫓が櫓が櫓が、櫓が押されぬ（一三三番歌）

京大坂から淡路島の南を回って瀬戸内海を漕ぎ出すと、そこは阿波国。阿波には男色を業とした若衆が待ち構える。彼らは舟の上で色を売る舟遊女ならぬ〝舟若衆〟であった。舟で航行する者たちに向かって、甘く手招きをする阿波の若衆。そのあまりの魅力に舟人たちはもうたじたじとなってしまい、舟を漕ぐこともできなくなる。歌の中の「味気なや」の語はもうどうにもならないという精神状態を表すことばである。また、「櫓が」の四度もの反復は気もそぞろな様子を巧妙に表現する。

阿波の若衆の魅力はまた、次の歌からも知られる。

我は讃岐の鶴羽《つるは》の者、阿波の若衆に肌触れて、足好《よ》や、腹好《よ》や、鶴羽のことも思はぬ（二九〇番歌）

この歌の作品内主体（歌い手）は「讃岐の鶴羽の者」である。その鶴羽の者が瀬戸内海を航行し、隣国阿波の若衆と馴染みの身となってしまった。若衆の「肌」に「触れて」みると、「足」も「腹」も何とも言えずに「好」い。もうすっかり虜となってしまい、家族の待つ「鶴羽のことも思はぬ」と言うのである。「肌触れて、足好や、腹好や」という表現が実に肉感的な官能の響きを持つ表現となっている。小歌の俗を最大限に活用した詞章と言えよう。『閑吟集』には一三二番歌にも「身は鳴門舟かや、逢はで焦がるる」という小歌があるが、これも阿波の若衆を暗示している可能性がある。なお、蛇足ながらこの一三二番歌は省略された主部の「我が身」とかけて、「鳴門舟」と解く。その心は「あはで」（逢はで・阿波）「こがるる」（焦・漕）という三段なぞ仕立ての歌である。[2]

四　官能の小歌

男色以外にも肉感的な官能世界を歌い上げる小歌がある。例えば次のような例がある。

嫌申すやは、ただただ打て、柴垣に押し寄せて、その夜は夜もすがら、うつつなや（二四四番歌）

この歌は解釈上やや難解な点もあるが、基本的には柴垣の内側にある閨で男を待つ女を主体とした歌と解される。「どうして嫌などと申すことがありましょうか。ですから私の閨をめぐらす柴垣に押しかけて来て、ただひたすら戸口を敲いて押し入りください。その夜は一晩中陶酔状態となりますわ」くらいの意味。「打て」が「うつつなや」（傍点著者、以下同様）と同音で響き合っており、「打つ」にも男女が肉体をぶつけ合うイメージが伴う。北川忠彦氏がその部分の解釈を「私の身体を打つなりどうなり御自由に」としているのも首肯できる。[3]

官能を歌う小歌を、さらにもう一例挙げる。

つぼいなう青裳《せいしやう》、つぼいなう、つぼや、寝もせいで、睡《ねむ》かるらう（二八一番歌）

「可愛いなあ。合歓《ねむ》の木のようなお前よ。本当に可愛いことよ。可愛いなあ。二人で過ごした一晩中ろくに寝もしないで。さぞ眠いことだろうよ」の意味。逢瀬の場において男の立場から愛する女に向かって言うことばをもとにした歌である。小さくて可愛いという意味を持つ「つぼい」を三度も畳み掛けて、共寝をする女へ愛を囁く男の姿が彷彿とする。

ところで、この「つぼい」という語には、すぼんで細いという意味もある。これを踏まえれば、ここに歌われる女性の可愛らしさの根源は、その肉体に由来すると言える。[4]また、女性が喩えられる「青裳」すなわち、合歓の木は合歓というその用字からもわかるように、男女の性愛を暗示している。こうしてみると、この歌は恋人である女性の肉体への賛美を眼目にしたきわめて性愛色の強い歌であると言えるのである。

次に、逢瀬の場面にかかわる小歌の中にも、官能的な余韻を感じさせる例がいくつか見られる。まず、逢瀬の追想の歌として、次のような例がある。

花の錦の下紐は、解けてなかなかよしなや、柳の糸の乱れ心、いつ忘れうぞ、寝乱れ髪の面影（一番歌）

この歌は『閑吟集』巻頭の小歌で、いわば集全体の看板とも言える歌である。「紐」が「解け」るという部分には『閑吟集』一巻を紐解く（繙く）という意味が掛けられているものの、主意はやはり「花の錦の」ように美しい女性の下着の紐（下紐）が解けることを言う。また、「寝乱れ髪」を歌うことによって男女の愛欲の場面である床がクローズアップされる。このようなきわめて官能的な性愛の歌を巻頭に置く『閑吟集』は、室町人の喜怒哀楽を包み隠さず書き留めた流行歌謡集であることを声高に主張しているのである。

また、逢瀬の名残惜しさを訴える歌として、次のような例がある。

犬飼星《いぬかひぼし》は何時候《なんどき》ぞ、ああ惜しや惜しや、惜しの夜やなう（一六〇番歌）

これは逢瀬の楽しいひと時があっという間に終わってしまうことを嘆く歌である。「犬飼星」は牽牛星（彦星）のこと。逢瀬のさなかの二人を牽牛と織女に喩えるための語であろう。続く「何時候ぞ」というのは、女が男に問いかけたことばである。女は後朝《きぬぎぬ》の別れを余儀なくされる夜明けの近いことを気にしているのである。そんな女の科白に「惜し」の語が三度も畳み掛けて用いられている。そこには、愛欲に耽溺する男女の思いが込められていると言える。

五　情交を暗示する小歌

性愛の歌の最後として、情交を暗示する歌を紹介しておく。前掲の例の中にも三三番歌「新茶の茶壺よなう、入れての後は、こちや知らぬ、こちや知らぬ」は女性器を暗示する「茶壺」に「入れ」るといった情交を暗示する表現が見られたが、他にも次のような小歌の例がある。

月は傾《かたぶ》く泊り舟、鐘は聞こえて里近し、枕を並べて、お取舵《とりかぢ》や面舵《おもかぢ》にさし交《ま》ぜて、袖を夜露に濡れてさす

（一三六番歌）

後半の「お取舵や面舵にさし交ぜて、袖を夜露に濡れてさす」は直接には舟を遣る際の舵取りや棹さしを歌うが、性愛描写の暗示が利いていることは言うまでもない。北川忠彦氏は「取舵面舵さながらに、左に右に転び寝る。袖を夜露に濡らしつつ、しっぽりと」と解釈する。(5)

一三六番歌は「泊り舟」の上に「枕を並べて」共寝する男女の歌。おそらくは遊女の乗る舟の情景であろう。

花籠に月を入れて、漏らさじこれを、曇らさじと、持つが大事な（三一〇番歌）

奥山の朴《ほほ》の木よなう、一度は鞘《さや》になしまらしよ、なしまらしよ（一五六番歌）

身は錆太刀《さびだち》、さりとも一度《いちど》遂げぞせうずらう（一五五番歌）

一五五番歌は三段なぞの構成を取る小歌である。我が「身」とかけて「錆太刀」と解く。その心は「一度遂げぞせうずらう」となる。すなわち、いまだ愛しい女性の身体を我が物にできていない男の歌である。今は錆太刀ではあるが、必ずや一度は「研《(砥)》げ」てみせたい。一度はあの女と肉体関係を結ぶ願いを「遂げ」てみたいというのである。「とげ」には「伽《とぎ》」、すなわち側に仕えて夜の相手をするという意味も響かせる。

一五六番歌は同じく太刀を用いた小歌であるが、性愛に関する寓意がより効果的である。主語が省略された三段なぞの歌で、冒頭に相手の女を意味する「お前」を補うと、「お前」とかけて「奥山の朴の木」と解く。その心は「一度は鞘になしまらしよ」となる。すなわち、「お前は奥山の朴の木だよ。必ずや一度は俺という太刀の鞘にしてやろう」の意味である。男性器の寓意である太刀を女性器の寓意「鞘」に差し入れるというのである。

三一〇番歌も同様に寓意の小歌と解釈される。すなわち、「花籠」は女性器を、「月」は男性器を暗示している。(6)

以上、いずれも情交を巧妙な表現で暗示した小歌四首を紹介した。

六　恋愛小歌の諸相

『閑吟集』には直接の性愛描写を持たない小歌にも身体感覚に優れた恋愛歌謡が多く見られる。

さて何とせうぞ、一目見し面影が、身を離れぬ（三六番歌）

羨ましや我が心、夜昼君に離れぬ（二九一番歌）

三六番歌は現在の切ない恋のもの思いを、その原因とともに述べている。「一目見」たことが現在のこの苦しい恋慕を生み出している。簡潔に言い切る表現に魅力がある。

二九一番歌は直叙的な小歌であるが、他と比較するとより内省的な趣がある。「羨ましや」という現況を反映した語が「我が心」に向けて発せられるという逆説的表現は、心の底の癒されぬ恋慕の苦しさをクローズアップさせる効果を上げている。これらはともに、恋愛対象と自分の身体や心が密着している状態を歌っており、すぐれて身体的な歌謡と言える。

人は儘ならない恋愛に対して様々な反応を示す。その際、和歌世界では落涙が付きものである。小歌の世界にも和歌を継承した落涙表現は多く見られるが、それとは異なる、むしろ逸脱したとも評せる次のような歌がある。

和御料《わごれう》思へば安濃津《あのののつ》より来たものを、俺振りごとはこりや何ごと（七七番歌）

一夜《ひとよ》来ねばとて咎《とが》もなき枕を、縦な投げに、横な投げに、なよな枕よ、なよ枕（一七八番歌）

七七番歌は自分を袖にした相手（「和御料」は二人称代名詞）に対して、私を振るとはこれはいったい何事かと主体が毒づく内容であるが、そこには自信と迫力が漲っている。

一七八番歌は恋人の訪れがない恨みを、「枕」を縦横無尽に投げるという行動に移している。自分でも「咎もなき」と承知しているにもかかわらず、「枕」に八つ当たりせずにはいられない心模様を描く。同類の歌に「咎もない尺八を、枕にかたりと投げ当てても、淋しや、独り寝」（一七七番歌）があり、このような現実感溢れる恋愛の一場面が描かれているところに『閑吟集』の大きな魅力がある。

おわりに

『閑吟集』所収歌謡を通して室町人の愛と性を辿る旅を続けてきた。『閑吟集』には赤裸々に情交を歌う小歌の他、逢瀬の場での女の科白を詞章とした小歌、儘ならぬ恋愛のストレスを描く小歌まで幅広く収録されている。まさに室町時代を生きた人々の人生の一断面を映し出す鏡と言えよう。私たちはそんな多彩な光を放つこの小歌集を味わい尽くしたいものである。

注

（1）秦恒平『閑吟集　孤心と恋愛の歌謡』（昭和57年・NHKブックス）六一頁。
（2）詳細は小著『ことば遊びの文学史』（平成11年・新典社）のなかで述べた。参照いただきたい。
（3）新潮日本古典集成『閑吟集』一二七頁所収当該歌謡の注釈。
（4）注（1）掲出書一九三頁には、「『つぼ』は壺、蕾、局などを連想させますね。しかも、いずれも女に縁がある。桐壺、藤壺といえば後宮の一面をさす呼名であって、しかもその女主人の呼名でした。花の蕾といえば処女の譬えですし、お局さまといい、転じて美人局などと書くのも、性の対象としての女人と無縁でないどころか、それそのものを指してます。壺は容れものです。女は銘々に小さな壺を身の秘処に抱いている。平常はつぼんでいるものへ、時に物を受容れて用を足す」とある。秦氏は「つぼい」という言葉を発する主体を女性と考えており、著者とは見解を異にするが、この引用部分には賛意を表したい。

（5）新潮日本古典集成『閑吟集』七八頁所収当該歌謡の注釈。

（6）注（1）掲出書二二七頁。

第三節 「朝川」考

はじめに

『宗安小歌集』を代表する連作小歌に「十七八はあさ川渡る、我が妻ならうにや、負ひ越やそ」（一五二番歌）、「我が妻なくとまづ負ひ越やせ、あの山陰がないことか」（一五三番歌）、「あの山陰にもし人あらば、和御料に縁が、和御料に縁がないまでよ」（一五四番歌）の三首がある。掲出した本文は、一部句読点の施し方を私に変えた他は、基本的に北川忠彦氏校注の新潮日本古典集成本（昭和57年・新潮社）に依拠した。このうち第一首目一五二番歌の「あさ川」の語については、『宗安小歌集』の原本である笹野堅氏旧蔵本（現在は国文学研究資料館蔵）の表記自体が「あさ川」であるが、『宗安小歌集』の最新にしてもっとも詳細な注釈書である北川氏前掲書では、口語訳を「川の浅瀬」と付けながら、頭注では「朝川とも解せる」とする。一方、それ以前の『宗安小歌集』本文及び注釈の代表格であった浅野建二氏校注の新註国文学叢書『室町時代小歌集』（昭和26年・大日本雄弁会講談社）は本文を「浅川」とする。また、大友信一氏「『宗安小歌集』の本文と覚え書き」（『東北工業大学紀要（教養学篇）』第一巻第一部別冊〈昭和40年3月〉）も同様に「浅川」としている。これらを概観すると、『宗安小歌集』一五二番歌の「あさ川」は「浅川」に確定しているかの印象を受けるが、管見ではこれは「朝川」と解すべきものと考える。以下、この点に関して主として古今の和歌における用例の検討を通して述べていきたい。すなわち、本節はこの一首の歌謡を文学史的観点から検討し、「浅川」ではなく、「朝川」と解すべきであることを説くささやかな論考に他ならない。

一

管見に入った「あさ川」の最も古い例は『万葉集』(1)に見える三例である。まず、巻第一・三六番歌は柿本人麻呂の吉野讃歌であるが、「やすみしし我が大君のきこしめす天の下に……(中略)……ももしきの大宮人は舟並めて朝川渡る舟競ひ夕川渡る……(以下略)」とある。ここでは明らかに「朝川渡る」と「夕川渡る」が対句をなしている。また、巻第三・四六三番歌の大伴坂上郎女の尼理願の死を悼む長歌「栲《たく》づのの新羅の国ゆ人言をよしと聞かして……(中略)……佐保川を朝川渡り春日野をそがひに見つつあしひきの山辺をさして夕闇と隠りましぬれ……(以下略)」も「朝川渡り」と「夕闇と隠りましぬれ」が対の関係になっているであろう。一方、同じ『万葉集』巻第二・一一六番歌は但馬皇女の著名な歌「人言を繁み言痛みおのが世にいまだ渡らぬ朝川渡る」であるが、これも「浅川」ではなく、「朝川」との解釈が一般的になっている。「朝川」の方が、前夜の忍び逢いの果ての描写として適切である。『万葉集』における「あさ川」の用例は以上の三例がすべてで、いずれも「朝川」であり、次に「渡る(り)」を導く表現を採ることは注目されてよいであろう。

二

その後の平安鎌倉期成立の勅撰集・私撰集における「あさ川」の用例はそのすべてが『万葉集』所収歌を撰入したものである。すなわち、『拾遺和歌集』雑下・五六九番歌(『歌枕名寄』、『題林愚抄』等にも)には人麻呂の吉野讃歌が、『古今和歌六帖』には但馬皇女詠を穂積皇子詠と誤って撰入するが、これは標注に[2]「万葉を正しとすべし」と指摘がなされている。また、『未木和歌抄』にも大伴坂上郎女詠が採られている。

この時期の「あさ川」の用例として注目すべきは『六百番歌合』[3]冬朝・一番左歌顕昭詠であろう。それは「山ざとはあさかはわたるこまのおとにせぜのこほりのほどをしるかな」である。俊成はこれに「左歌、冬の朝にてだにあらば、いづくにても侍りぬべけれども、はじめは山ざとはとはおけれども、河郷歟・水村歟などの歌にてぞ侍るべき、朝の心は、ただあさかはわたるばかりにや」との判詞を付している。すなわち、まず冒頭に「山ざと」と置きながら水辺の村の景であること、また歌題の一部「朝」の題意を満たすのに「あさかは」という直接的な表現のみに依っていることを難じたのである。結果としては、右歌である家隆詠「たにがはのこほりだにあるやまざとに人もおとせぬけさの白雪」の「だにある」という表現に難点を認めながらも、勝を与えている。すなわち、顕昭詠を負としたのである。これに対して顕昭は、『六百番陳状』[4]（所謂『顕昭陳状』）において次のように反論している。

誠に冬（の）朝の心だに侍らば、花の都にても、鄙の空にても、所は嫌ひ侍らじ。……（中略）……但、朝河渡ると云ふにつきて「河郷か水村か」と侍（る）ぞ、不定には侍（る）。山家に河有るべからずとは、誰が定（め）て侍（る）にか。山家は山近（き）民の栖、それに又河も侍り。河は大も小も、其（の）源を尋（ぬ）れば、山よりこそは流れ出（で）侍（る）なれ。されば、山家には、外面の河戸に朝けの水を汲（み）、垣根にいさゝ小河を流し、……（中略）……又、朝河と云へる事、朝の心無しと侍るは、如何に。朝の床に寝ながらも起きゐても聞くに、河瀬の水を踏み砕く駒の足音を聞（く）に、寒さも身にしむ心地するにはあらずや。河瀬の氷も日出（で）ぬれば融け行く事を思ふに、朝の心も強かるべし。只、朝霞・夕霧と許詠みても、朝暮の心をあらはす歌とても、難にはあらざるべし。朝河、朝少なく、山家、水村になされて、題に背きはてぬる歌にてこそ侍（る）めれ。

顕昭の主張の核には「朝河」の語がある。すなわちまず、「朝河」の「河」が「山里」と矛盾しないこと、また「朝河」の語は「河」の冬の景に思いを廻らすことによって、歌題「冬朝」の題意を充分に満たしていることを強く主張するのである。いずれにしても、顕昭詠の「あさかは」が顕昭当人は言うに及ばず、俊成にとっても「朝川《河》」と解釈されていたことは間違いがない。これは当時の一般的な理解であった。顕昭を中心とする六条藤家は積極的に万葉語を摂取したことで知られるので、この「あさかは」もその一例と考えてよいであろう。これは、「あさかは」に続けて「わたる」という表現を採ることからも明らかであろう。後述する嘉吉三年（一四四三）の『前摂政家歌合』[5]二百十三番判詞に「朝河万葉より出でたり」と指摘されることもこの考えを助けるであろう。しかし、この「あさかは」は平安末以降鎌倉期に至ってもほとんど用例を見出すことができず、六条藤家の試みは継承されなかったと言える。

三

室町期に至ると「あさ川」の用例が散見し始める。まず、延文元年（一三五六）から翌二年（一三五七）までに成立したとされる『延文百首』[6]のうち、釈空詠冬十五首の中の「氷」題の一首に「こほるひは心もとけぬかち人のあさ川わたるおとだにもなし」が見える（『題林愚抄』冬中・五二八三番歌としても入集）。この歌の「あさ川」は「こほるひ《氷》」の語から判断して、冬の早朝の厳しい寒さを表現したものと考えられ、「朝川」としてよいであろう。また、「あさ川」に続けて「わたる」の表現を採る点も『万葉集』の「朝川渡る」を踏まえたことを裏付けよう。

細川経氏（生没年未詳、但し応安末年〈一三七三～一三七五〉から至徳年間〈一三八四～一三八七〉頃の歌壇で活躍）の家集『経氏集』[7]には「河霧」題の一首「立つ霧のうすきをせぜのしるべにてあさ川わたる秋のかち人」がある。この歌も「霧」が詠み込まれること、また「あさ川わたる」の表現から『万葉集』を摂取したものと考えられる。すなわち、「あさ川」は「朝川」であろう。

嘉吉三年（一四四三）に催された『前摂政家歌合』二百十三番左歌は持和朝臣の「人ぞうきかけし契のあさ川もこほればたゆる水の煙に」であるが、この歌に対する判詞は「朝河万葉より出でたりと申しながら、いたくこのましからぬにや」とあって、負とされている。ここでは新たに「浅い」の意を掛けて用いた万葉語の摂取があまり好感をもって迎えられなかったことが知られるものの、万葉語出自であることが明言されている点は注目に値しよう。

四

「あさ川」の語をもっとも多く詠歌の中に詠み込んだ歌人は、室町時代中期を代表する歌人の正徹であった。正徹の用例は都合十八例が管見に入った。正徹家集である『草根集』(8)の『新編国歌大観』所収本文（底本は岡山ノートルダム清心女子大学蔵の類題本）によれば、このうち十一例が表記の上で「朝川」を採るが、それらは意味的にも「朝川」で問題がない。また、「あさ川」表記であるものの意味的に「朝川」と確定できる例は五例を数える（うち二例は「正徹千首」にも採られ、『新編国歌大観』所収本文（底本は広島大学蔵本）で「朝川」の表記が用いられる）。そして、残る二例の「あさ川」は「浅川」と解釈することが可能である。ここからすると正徹詠中の「あさ川」には「朝川」と「浅川」の両方があるものの、数の上からは圧倒的に「朝川」が優位であることが知られる。ここで「浅川」と解釈できる二例をさらに詳しく検討してみたい。

まず一首は「河時雨」題の「時雨れくるいまぞ思ひもあさ川の水の煙のたちよわるまで」であり、「思ひもあさ《（浅）》」いという表現と「あさ川《（浅）》」が掛けられていることが明瞭である。また、もう一首も「寄煙恋」題の「渡らじよ誰か契のあさ川に水の思ひのけぶり立つらん」という詠で、「契のあさ《浅》」いという表現と「あさ《浅》川」が掛けられている。すなわち二例とも掛詞を用いた特殊な表現構成の中での使用であることが知られるのである。以上からすれば、正徹の詠み込んだ「あさ川」も、基本的には『万葉集』以来の伝統を踏まえた「朝川」であり、「浅川」は掛詞として『前摂政家歌合』の持和詠と同様の新機軸を打ち出しえ特殊なものと考えたい。

正徹に続いて弟子の正広も「寄煙恋」題で「わが思ひむねより出でて朝川の水の煙ぞ袖にながるる」（『松下集』[9]一八二二）と詠じ、堯恵も「山路より遠くつもりて此里の朝川渡るきくの下露」（『下葉集』[10]二一六）という歌を残している。また、所謂「三玉集」、においては、実隆『雪玉集』[11]に三例が見えるが、うち一例の「あさ川」は「朝川」であるものの、残る二例は「浅川」の用例である。この二例のうち、「かち人の浅川わたる水よりもゆくかたなしとこほる比かな」は『柏玉集』にも見え、後柏原院の詠であったものと考えられる。実隆の息公条には「朝川」の方の用例が一例見られる。さらに、同時代の歌人の用例としては肖柏『春夢草』に「朝川」一例が確認できる。これらは表記と意味の画面から検討を加えた結果であることを断っておく。

次に連歌における用例のうち、管見に入った少例によって一応の見通しを付けておきたい。『法眼専順句集』[12]二六八番句には「朝川は帯をむすべる氷哉」なる句が見える。また、『発句聞書』[13]所収の宗碩句（永正十五年〈一五一八〉正月の北野社での発句）に「青柳に朝川わたる嵐かな」がある。以上、「朝川」であることが確実な二例の他、「あさ川に越行なみの音はやみ」（文明十五年〈一四八三〉十一月二日・賦何船連歌百韻[14]・俊喬）、「あさ川やみこしも涼し大江山」（『名所句集』[15]一三四〇・宗祇・発句）等がある。前者は「朝川」「浅川」両方の可能性が否定できないが、後者はおそらく「朝川」であろう。

以上をまとめれば、「あさ川」は室町時代においても、「朝川」が主流であったものの、掛詞での使用において「浅川」の例を生み、後には両方が併用されることになる。しかし、やはり数の上からは「朝川」が断然優勢であったと言える。これが『宗安小歌集』所収歌謡成立の時代の状況であった。

五

江戸期歌人の詠草中の「あさ川」の語で、管見に入ったものはわずかに十三例に過ぎないが、後水尾院・深草元政・中院通茂・契沖・冷泉為村・村田春海・下河辺長流・本居春庭等ほとんどの歌人は「朝川」として詠じている。これが管見十三例中十一例に及ぶ。一方、その中にあって松永貞徳のみは「浅川」として二例を詠み込んでおり注意される。ここでは、江戸期にあっても「あさ川」は「朝川」の方が、「浅川」より優勢であったことを確認しておくに止める。

以上、和歌史を辿り「あさ川」の用例を追ってきた。次に、近代に至るまで伝承された民謡における用例を検討することによって、さらに「あさ川」の意味の究明を志したい。

六

『宗安小歌集』一五二番歌は単独で、また一五四番歌までの三首を一具として、中国地方を中心とする各地に風流踊歌系流行歌謡として伝承された(16)。一首単独の例としては、広島県芦品郡の平句歌に「十七が朝河渡るのが可愛さよ。我が妻なら負ひや渡さん」、同「十七が朝川わたる、可愛さよ。我子つまならおうてわたさん」、島根県邑智郡盆踊歌の小をどりに「十七八が浅川わたる。わたさばわたせ、今負ひわたせ、あの山かげのある内に」等がある（ここには「あさ川」の語を含む例のみを掲出）。一方、三首連作の形で見える歌謡の例には、広島県安佐郡大踊・

ゆり「十七八はあさかは渡る。わがつまならば、おんおひわたす。わがつまなこと《ママ》わたさばわたせ、あの山かげがあるほどに。あの山かげによ、もし人をらば、ヤンおん身とわがと縁がない。おん身とわんしと縁がないならば、薬の実を植ゑてえんとせう」、山口県玖珂郡南条踊・座免喜「ヤー十七八がん浅川渡る。我妻なるなら、負ひ渡さう〱。ヤー先づ負ひ渡せん〱、あの山蔭がん有る程になう。ヤー山蔭にんもし人あらば、そなたと我とは縁まかせ〱」がある（以上、『俚謡集』及び『日本歌謡集成』巻十二による）。また、奥備中の岡山県阿哲郡哲多町蚊家の田植え唄[17]に「十七が朝川渡る愛らしや、わが恋なれば負い渡す」、長門国田植歌[18]にも「十七が朝川わたるかあいさよ、わが子妻ならおうてわたさん」等「朝川」と表記される歌謡群がある。また、愛知県北設楽郡設楽町田峯の盆踊歌[19]には「寒狭《さむさ》浅瀬の、あさ川渡り、帰る主さは、きりの中」とあるが、この「あさ川」は直前に「浅瀬」が置かれる関係から考えて「朝川」の意と推定される。意味は異なるものの、同音を持つ「あさ」を重ねてリズムを形成したものであろう。以上、これらはいずれも口承による歌詞を明治期以降に採集したもので、表記に際してはその時の歌謡伝承者、もしくは採録者の理解に基づいた漢字が当てられているものと考えられる。したがって、その歌謡の始発時点における意味がどの程度保存されているかは不明である。その意味では、単なる参考資料程度にしかならないことになるが、数の上から言えば、「あさ川」の語を含む全八例のうち「朝川」が五例（うち一例は「あさ川」表記を意味の上からこちらに分類）、「浅川」が二例、どちらとも判別できないものが一例となる。

七

『宗安小歌集』一五二番歌の「十七八はあさ川渡る、我が妻ならうにや、負ひ越やそ」は風流踊歌系流行歌謡として後代にまで伝承されたように、人々に愛唱され、口の端にのぼる機会が多かった歌謡であろう。それは「十七八」歳の娘盛りの若い女性を登場させた愛欲的要素の強い歌謡であることに支えられていることは言うまでもない。流行歌謡の中に「十七八は……」で始まる多くの例が存在することは、早く志田延義氏[20]の指摘があり、仲井幸二郎[21]氏の好論もある。ここであえて繰り返す必要はないであろう。管見ではこの「十七八」を主人公に据える歌謡の基本的性格から考えても、「あさ川」は「浅川」のはずがないものと考える。すなわち、浅い川ならばわざわざ「負ひ越や」す必要性も薄いであろう。逆に早朝でまだ水温が低く、しかもかなりの水量を持つ川を渡る女性に声を掛けたとする方が合理的であろう。そこには『万葉集』所収但馬皇女歌によって映像化された恋人のもとから朝に帰る女性の面影も添えられているものと考えられる。そのような既に前提として恋愛とかかわる「朝川」であればこそ、「我が妻ならうにや」のような言葉が出てくるはずなのである。

ところで、催馬楽の呂歌「葦垣[22]」の第一段に「葦垣真垣、真垣かきわけ、てふ越すと、負ひ越すと、たれ」とある。ここに見える「負ひ越す」は、男が愛する女性を背負って垣根を越すという意味である。これは『宗安小歌集』一五二番歌ときわめてよく似た用いられ方と言える。垣根はある程度の高さを持つものであるから、「かきわけ」るとはいえ「負ひ越す」必要があったのであろう。この先行例は『宗安小歌集』一五二番歌の場合にも、渡る川にある程度の深さをイメージすることの妥当性を示しているものと思われる。

おわりに

以上、『宗安小歌集』一五二番歌を取り上げ、その詞章について管見を述べた。その結果、「あさ川」は「朝川」ではないかということを主張した。但し、これは本来の意味であって、実際にこの歌を歌っていた中世の人々が意味を違えて解釈していた可能性までは否定できない。現実に近代に書き留められた地方での流行歌謡の歌詞のなかには「浅川」表記の例も散見するのである。本節で論じた内容はごくごく些細なものではあるが、日本文学史のなかに歌謡史を位置付けるためには避けて通ることのできない重要な問題点であるものと考える。

注

(1) 引用は伊藤博氏校注の角川文庫版による。
(2) 山本明清校注。引用は天保十一年（一八四〇）板本による。
(3) 引用は小西甚一『新校六百番歌合』による。
(4) 引用は小西甚一『新校六百番歌合』による。
(5) 引用は新編国歌大観第五巻による。
(6) 引用は新編国歌大観第四巻による。
(7) 引用は新編国歌大観第七巻による。
(8) 正徹家集には現存『草根集』（日次本・類題本の二系統あり）以外のものも古筆断簡として諸家に分蔵されている。詳細は拙稿「大方家所蔵貼交屏風所収古筆切について」（『日本アジア言語文化研究』第二号〈平成7年3月〉、「大方家所蔵貼交屏風所収古筆切について（続）」（『日本アジア言語文化研究』第三号〈平成8年3月〉参照。なお、『草根集』の引用は新編国歌大観第八巻による。
(9) 引用は新編国歌大観第八巻による。
(10) 引用は新編国歌大観第八巻による。
(11) 引用は新編国歌大観第八巻による。
(12) 引用は『七賢時代連歌句集』（貴重古典籍叢刊）による。
(13) 引用は金子金治郎編『連歌と中世文芸』（昭和52年・角川書店）による。
(14) 引用は片岡樹裏人『七尾城の歴史』（昭和43年・七尾城の歴史刊行会）所収本文による。
(15) 引用は古典文庫本による。

(16)『宗安小歌集』一五二番歌～一五四番歌自体が三首の組歌と考えられるから、もと風流踊歌として流布していた歌群が『宗安小歌集』にそのまま採録された可能性が高いであろう。
(17) 引用は『奥備中の民謡』（昭和57年・岡山民俗学会）による。
(18) 引用は藤沢衛彦『日本民謡研究』（昭和7年・六文館）所引本文による。
(19) 引用は竹下角治郎・熊谷好恵編『三州田峯盆踊』（昭和27年・豊橋文化協会）による。
(20)『日本の歌謡』（日本古典鑑賞講座・第十四巻）所収『閑吟集』九一番歌評釈。
(21)『民謡の女』（昭和52年・実業之日本社）所収「十七歳という年齢」
(22) 引用は日本古典文学全集本による。

第四節　隆達・「隆達節歌謡」と茶の湯

はじめに

享禄五年（一五三二／この年七月二十九日に天文と改元）六月二十日、和泉国堺の法華宗古刹顕本寺においてひとりの武将が自刃を遂げた。その人の名は三好元長（号を海雲）、後に畿内一帯を勢力下に置いた実力者三好長慶の父である。長慶は弘治二年（一五五六）六月十五日に顕本寺で亡父元長の二十五年忌千部経供養を営んでいる。顕本寺はこの数十年後には流行歌謡を歌い出して評判をとり、一世を風靡した高三隆達《たかさぶりゅうたつ》が居住することとなる（［図27］参照）。

［図27］顕本寺境内歌碑ブロンズ隆達像

ところで、長慶にまつわるきわめて鮮烈な逸話が伝えられている。それは長慶にとってはやはり肉親の死にかかわる折の話であった。永禄五年（一五六二）三月、三好軍は永原重隆らの六角軍と合戦を行った。この合戦で長慶の弟の三好義賢（号を実休）は根来寺衆徒の撃ち放つ鉄砲の流れ弾に当たって非業の死を遂げた。折しも長慶は自らのお抱え連歌師の宗養、紹巴らと連歌会を催していた。一座は「芦間にまじる薄《すすき》一むら」（一説に「すゝきに交《まじ》る葦の一むら」とも）という難句に付けあぐねていたが、弟の戦死の報に接した長慶は、従容と「古沼の浅きかたより野となりて」という見事な句を付けて戦場に馳せたという。この逸話は日常のなかに生死の緊張が綯い交ぜにある武士にとって、座の文芸としての連歌がいかに不可分のものとして結びついていたかを教えてくれる。それではいったい武士にとって座の芸能としての歌謡や座の芸術としての茶の湯はどのような位置にあったのであろうか。

　ここに三好長慶に属する部将として松山新介なる者がいた。この人は『長享年後畿内兵乱記』永禄五年（一五六二）三月五日条、『真観寺文書』永禄九年（一五六六）六月晦日付文書等の史料に「新介」（傍点筆者、以下同様）の表記で見えるが、小瀬甫庵『太閤記』以下の後代の文献には新助とある。史料には三好家の重臣としての活躍が記される一方、『太閤記』(1)、『堺鑑』、『日本国花万葉記』、『和泉名所図会』以下の諸書には〝早歌《そうが》〟に通じた芸達者としての側面も併せて強調されている。『太閤記』は新介の芸能について次のように記す。

永禄年中に松山新助と云し、三好家にをいて爪牙之臣に備りし者は、其初本願寺に番士などつとめ居たりしが、素性ゆうにやさしく、毎物まめやかに、万の裁判もおさ〳〵しう、小鞁・尺八・早歌に達し、酒を愛して興有し者なり。其比泉州堺之津にして、三好家或方々之勇士、或其家々にをいて司有者共、此新助を呼出し、酒呑で浮世忘ん。互に戦場に可レ赴身なり。寔に無は数そふ世に在て、何を期せんや。唯隙々求め遊び戯れんと云つゝ、敵味方堺の南北に打寄酒など愛し興ずる時は、必松山をいざなひ出し慰しなり。

　ここには日常的に生死の境界にあって、まさに一期一会の宴に生きてあることを実感してきた戦国の武士たちの生きざまが活写されている。その折、三好家の家臣として堺の町に暮らした松山新介が多くの宴席に連なって、歌謡の〝早歌〟をはじめとする芸能によって重用されたという。著者はかつて小著『「隆達節歌謡」の基礎的研究』（平成9年・笠間書院）所収「顕本寺をめぐる人々と歌謡」一九〜二一頁において、堺の町に居住し三好家を通して顕本寺ともかかわりの深かった松山新介と、顕本寺に居住した隆達との交遊関係を想定した。二人は比較的年齢も近接していたはずで、新介の方が約十歳程年長と推定できる。詳細は小著に譲るが、二人の歌謡の影響関係については早く高野辰之氏も名著『新訂増補日本歌謡史』（昭和53年・五月書房）六六〇頁及び六七〇頁において想定していたことである。いずれにしても、堺という当時の文芸、芸能、茶の湯などあらゆる面で流行の最先端を行く都市に生活の基盤を持った二人の歌謡に、直接的とは言えなくとも、間接的な影響関係があったことは言を待たないであろう。[2]

ところで、松山新介には次のような注目すべき茶会への参会記録が残されている。

同（著者注、天文二十年〈一五五一〉）十一月廿一日朝　人数　松山新介　岩《（ママ）》成力介　中西　宗好

一ゐるり　平釜

一タイス　桶　かうし　杓立

一床　かたつき　天目、袋ニ入テ、貝台ニ、但、長盆ニ、

茶、無上

其後、豊州《〔三好実休〕》　細々《（再々）》御出候、丸絵も御めにかけ候、つり物を進之候

（『宗達自会記』[3]）

堺の茶人天王寺屋津田宗達（宗及の父）が、自ら催した茶会の記録をした「自会記」の、天文二十年（一五五一）十一月二十一日朝の条に、松山新介の名が見えているのである。これによって新介が茶の嗜みを持っていた人物であることが明瞭となる。また、後に三好三人衆と称された実力者となる「岩《（ママ）》成力介」（石成主税助友通）もこの茶会に同席しており、豊州（長慶弟の義賢〈実休〉）もこの茶会の後に訪れている。おそらく、宗達が堺に勢力を誇っていた三好家の重臣を接待した茶会だったのであろう。豪商でもあった堺の茶人たちが時の権力者と密接な関係を築くために奔走していたことは周知のことで、今井宗久と織田信長の関係をあえて持ち出すまでもないであろう。茶の席が都市の支配者である武士と有力住民である町衆（堺ではその代表を〝会《え》合衆《ごうしゅう》〟と呼んだ）との融和

を保障する場であったことは、きわめて興味深い事実と言えよう。しかし、問題はそこだけにあるのではない。我々はさらに茶の湯と武士とのかかわりにまで思いを致さなければならないであろう。茶席の持つ一期一会の雰囲気が武士の日常と不即不離であったろうことは想像に難くないのである。

以上紹介した顕本寺をめぐる三好家、その部将の松山新介、続く時代に活躍した高三隆達といった人々を縦軸に置き、歌謡や茶道、連歌などの文学・芸能を横軸に置いたとき、明らかに焦点を結ぶものがあろう。それは堺の文化の厚みそのものである。本節では堺の文化の厚みを形作った人物の一人である高三隆達とその歌謡を取り上げて、茶の湯とのかかわりを具体的に論じていくこととする。

一　高三家の人々と茶の湯

隆達の正確な伝記を伝える資料はきわめて少ない。今日まで伝えられてきた隆達伝記の大半は、説話的に膨らまされた内容に他ならない。いわば虚像の集成とも言うべき性格を有している。現在もっとも信頼できる隆達伝記資料は『顕本寺過去帳』である。しかし、これとても太平洋戦争で焼失してしまい現存していないのである。『堺市史』第二巻本編第二・第二十四章第五節によれば「自在院隆達友福云慶長十六辛亥年十一月廿五日卒、寿八十五歳、当顕本寺ニ葬」とあったという。これにしたがえば隆達の生年は大永七年（一五二七）、没年は慶長十六年（一六一一）十一月二十五日となる。

『顕本寺過去帳』に次いで重要な隆達の伝記資料は『高三坊旧記』、『高三家系図』の二書である。これらは『顕本寺過去帳』と同様、戦災に遭い焼失したので、戦前にこれらを披見して記録した豊田小八郎氏の自筆稿本『堺市史蹟志料』（大正14年・堺市立中央図書館蔵）から引用し、左に掲出する。

此寺（著者注、顕本寺）の檀家高三三郎兵衛道清は万般の費用を負担す。後世子孫に至るまで有力の檀家たり。道清の孫に三郎兵衛法号隆㐂《(喜)》は天正年中先祖菩提の為め寺内に一坊を建て、高三坊といふ。末弟にして僧となれる隆達を之に居らしむ。是れ隆達節の祖なり。隆達又堺流の筆跡に能きを以て、豊公に召さる。其縁故により、朱印地二十七石を顕本寺に付し、内五石五斗高三坊に頒たる。其後、隆達故あつて生家に復帰したるも、高三坊には代々高三家有縁の僧を居らしめしが、慶長二十年大阪夏役の兵燹に罹りて焼失し、尋いで坊は本寺と同じく現今の地に移りたり。（『高三坊旧記』）

一　高三三郎左衛門法号隆㐂《(喜)》と申者、甲斐山口顕本寺々内に隠居仕候。右隠居処高三坊と相唱へ、末子劉《(ママ)》達と申者住寺に仕。右隆達手跡は左海流全盛出有之候。幷になげぶしと申候。小歌初て謳之。太閤秀吉公達上聞、大阪御在城の砌、一芸巧みの門被召隆達幷に柱梁新左衛門、千の利休等を倶に御前に罷出相務め、相叶御意、現米六石の御朱印被成下置。隆達、義は仏道信仰にて自ら頂戴の御朱印差上、諸寺院同様顕本寺へ被下置候様、御願奉申上候処、御聞届け被成下。尤御朱印廿四石五斗顕本寺より高三坊へ受用仕候。夫より高三七郎右衛門法号道徳と申者、慶長年中伏見於御城堺町人三拾七人、糸割符頂戴仕候砌り、右道徳義《(ママ)》も頂戴仕候儀に御座候。（『高三家系図』）

これら二書の記事は概ね事実に基づいているように考えられるが、秀吉に召し出され朱印を受けたという記述の真偽については速断できない。今後、他からの裏付けが必要であろう。また、隆達は『高三坊旧記』によれば高三隆喜の末弟ということになるが、『高三家系図』では隆喜の末子となる。近代に入ってからの隆達伝記資料として重要なものに、明治三十六年編集の『堺大観』があるが、そこにも隆喜の末子とある。ただし、これは『高三家系図』に拠った可能性が高い。一方、『堺市史』は第二巻本編第二・第二十四章第五節で隆達の父隆喜の没年を天正十八年（一五九〇）と記し、併せて隆達の父を高三道隆とする異説を紹介しつつ、これを誤りと記している。また、

『堺市史』第七巻別編・人物誌第二章では長兄を隆徳とし、没後その嫡男道徳の後見役を隆達が担ったと記している。管見では隆喜を隆達の父とする『高三家系図』、『堺大観』、『堺市史』等の記述の方が無理がないものと考える。後述するように、隆喜と考えられる「高三左」なる人物が、天文年間の茶会記に散見するので、その歳回りから隆達の父と推測できるからである。これが認められるならば、『高三家系図』の記事の方が、『高三坊旧記』と比較して、より正確である可能性が高いと言えよう。『高三家系図』に慶長年間の高三家の当主として道徳の名が見えるのも、隆達が後見した甥であるとする伝承と一致している。長兄の正確な名は不明であるが、ここでは一応『堺市史』第七巻別編に見える隆徳とし、嫡男が父の一字〝徳〟を承け継いで道徳と名乗ったと推定しておく。なお、前掲『堺市史』の記述が後に混乱を生み出すこととなったことを、次に指摘しておく。すなわち浅野建二『中世歌謡』（昭和39年・塙書房）は「天正十八年隆達は家兄隆徳の訃に会い、遺子道徳が若年であったため還俗して家業に従うことになった」と記し、『研究資料日本古典文学』第五巻「万葉・歌謡」所収「隆達小歌集」の項（友久武文氏執筆）も浅野氏の記述を踏襲する。しかし、天正十八年に死去したとされるのは父の隆喜であり、兄の隆徳ではない。これは『堺市史』の読み誤りと言えよう。

高三家は堺の町で代々薬種商を営む町衆であった。『堺鑑』[4]（天和三年〈一六八三〉成立）を次に引用しておく。

> 高三隆達　元ハ日蓮宗ノ僧、当津顕本寺ノ寺内ニ住ス。有レ故還俗シ、高三氏ノ家ニ往テ、薬種ヲ商。年ヲ経テ小歌ノ節ヲ一流謳出スヨリ、世俗隆達流トテ謳賞翫。

『堺鑑』の成立は『顕本寺過去帳』に見る隆達の没年からは約七十年後ということになってしまうものの、記述自体は顕本寺に伝えられてきた隆達伝記資料と抵触するところがない。ただし、「有レ故還俗シ」との記述に曖昧さが認められ、「高三氏ノ家ニ往テ」も養子、もしくは入聟したかのような口吻である。しかし、この『堺鑑』の記述が後代の隆達伝承としてもっとも大きな影響力を持ったのである。『日本国花万葉記』『摂陽群談』『本朝世事談綺

（近代世事談）』『塩尻』『江戸節根元記』『二千年袖鑑』『連城亭随筆』『うた澤ぶし正本』叙（序）文「端歌之権輿《はじめ》」等は直接か間接かは別として、すべてこの『堺鑑』の記述を元にしている。いずれにしても隆達の生家高三家は薬種商を営む堺を代表する商家であった。すなわち堺出身の多くの茶人たちと同様の階層に属していたと言える。そこで次に、高三家の人々と茶の湯とのかかわりについて考えてみたい。

隆達の父と考えられる隆喜は茶人として知られた存在であった。(5)『宗達他会記』天文十八年（一五四九）十一月二十八日朝、及び天文十九年（一五五〇）十一月七日朝に「高三左会」と見える。すなわち、津田宗達が「高三左」なる人物主催の茶会に参会したことを示すが、この「高三左」は高三三郎左衛門の略記と考えられ、すなわち隆喜を指すものであろう。隆喜は自ら茶会を開く一方、天文十七年（一五四八）から二十年（一五五一）までの間に少なくとも八回は他家の茶会に参会している（『宗達自会記』及び『宗達他会記』による）。この他、高三姓を名乗る「乗春」「隆春」「隆世」「藤兵衛」等の人々も宗達の息子宗及の茶会にしばしば参会している（『宗及自会記』による）。このうち「隆世」は天正二年（一五七四）三月二十四日の相国寺における信長茶会にも参会しており、堺の有力者であったことが知られる。なお、『堺市史続編』第一巻は信長茶会に招かれた隆世を含む十人（隆世の他、紅屋宗陽、塩屋宗悦、今井宗久、茜屋宗左、山上宗二、松江隆仙、千宗易、油屋常琢、津田宗及）を堺の会合衆と推定している。ただし、『宗及他会記』には単に「堺衆」と見えるのみであり、なかには町の有力者というより茶人として招かれた人物も含まれる可能性があり、そのまま会合衆と言えるか否かについては、速断が許されないであろう。

以上のように、隆達の近親者は堺の有力町衆として茶の湯の嗜みがあったことが確認できるのである。

二　隆達の交遊圏と茶の湯

隆喜をはじめとする高三家の人々が茶の湯と深いかかわりを持っていたことを指摘したが、隆達自身が茶の湯とかかわったことを示す資料は未だ管見に入らない。しかし、ここで注目されるのは隆達の交遊関係である。隆達は自らの歌謡の歌詞に、節付けをした歌本を多くの人に贈ったことがその宛名から知られる。以下、宛名に見える三人の人物について検討する。

①宗丸老

青山学院大学日本文学研究室所蔵の「隆達節歌謡」の歌本に「文禄二年八月宗丸老宛百五十首本」と称されるものがある。この歌本には末尾に「文禄二年八月日」の年記と「宗丸老まいる」なる宛名が記されている。「宗丸老」は具体的には不明と言わざるを得ないが、この名の人物は千利休の茶会記である『利休百会記』(6)に見える。すなわち、天正十八年（一五九〇）十一月九日昼の利休の催した茶会には次のような参会者の名が記録されているのである。

霜月九日昼
紹無《いたみのや》　宗把《千ノ》　宗味《あふらや》　流安《具足屋㋑庵》
宗丸《播磨屋㋑はりや》　休徳《上林㋑休》　道七　紹安《千ノ》
箕庵《千ノ㋑慶》　紹二《千ノ》　宗安《もずや》

ここには「宗丸」なる人物の名が見えるが、肩書に「播磨屋」もしくは「はりや」とあるところから、堺の商人であったものと推測できる。この人物は『茶人大系譜』（文政九年〈一八二六〉自序）に「針屋宗丸」と見える茶人と同一人であろう。この人物が「隆達節歌謡」の歌本の宛名に見える「宗丸老」であるか否かを速断できないことは言うまでもない。しかし、天正十八年の茶会に参会しているということは、「隆達節歌謡」歌本の年記にある文禄二年（一五九三）とは三年の隔たりにしか過ぎず、堺在住という空間的な観点からも同一人物の可能性が高い。

②すみ屋道於老

従来までその存在が知られていなかった歌本に「慶長四年八月すみ屋道於老宛本」がある。これは奥書部分の写真が「年代不詳三百首本」とともに国立国会図書館に収められていたところから判明した伝本である（［図28］参照）。おそらく「年代不詳三百首本」の旧蔵者高野辰之氏がいずれかに所蔵されていた「隆達節歌謡」の歌本（「慶長四年八月すみ屋道於老宛本」）の奥書部分の写真を撮り、自ら所蔵する「年代不詳三百首本」とともに桐箱の中に収めていたものと思われる。高野氏は昭和二十三年に亡くなられたので、おそらくそれ以前の写真であろう。残念ながら今日までその「慶長四年八月すみ屋道於老宛本」そのものは発見されていない。太平洋戦争の際に焼失したものであろうか。

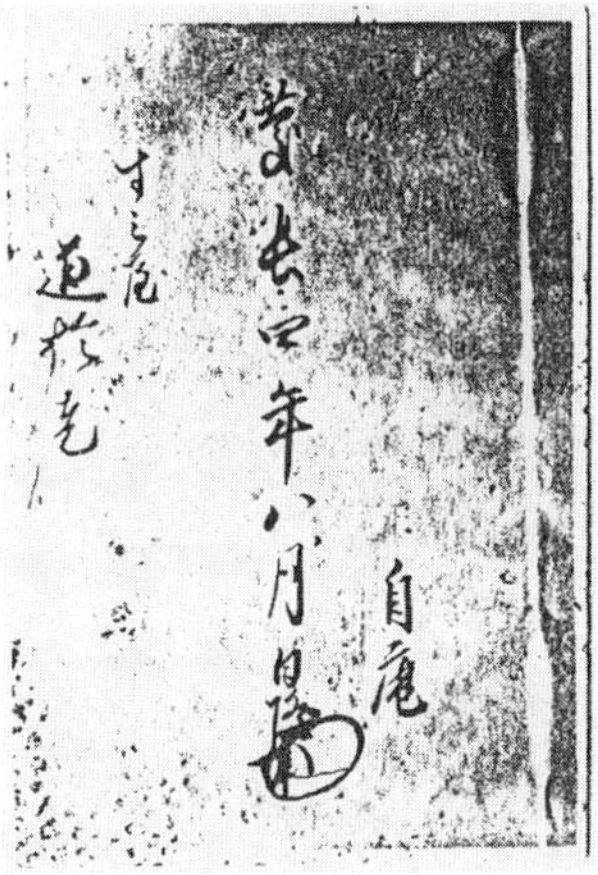

［図28］「すみ屋道於老宛本」奥書

ところで隆達が歌本を贈った「すみ屋道於老」はどのような人物であったのかを探っていきたい。まず「すみ屋」という屋号の存在は、この人物が商人であったことを窺わせる。やはり堺の商人であったろうか。次に道於という名を検索すれば、『明翰抄』[7]（続群書類従本）第四十一の「堺連歌師」の項に見えている。また『顕伝明名録』[8]にも「堺連哥師」として道於が登録される。一方、『明翰抄』[9]

には人名の一字目によって配列される別本が存在するが、そちらでは道於は「堺　蜂屋」と記されている。蜂屋の屋号を持つこの堺の町衆連歌師（後述するように職業的専門連歌師ではなく、連歌の愛好家）であった道於は茶の湯にも造詣が深かったようである。『宗達他会記』によれば永禄四年（一五六一）十二月四日朝に、『宗及他会記』では永禄十二年（一五六九）十二月二十六日朝に「はちや道於」主催の茶会が開かれたことが知られる。また、『宗及自会記』によれば元亀二年（一五七一）五月二十日朝の宗及主催の茶会に堺の「薬師院」とともに参会している。さらに屋号の表記はないものの、道於なる人物は永禄五年（一五六二）六月二十七日朝の宗達茶会にも参会している（『宗達自会記』による）。宗達との関係や期日の近さから考えて同一人物と見てよいであろう。以上の他、『松屋名物集』[10]にも堺の町衆の名が並べられている中に「道於　角柱掛青磁花入」とある。これらの記述からすれば、「はちや道於」は連歌師としてだけでなく、天王寺屋津田家の宗達・宗及親子と交渉を持ちながら茶人としても活躍していたことになろう。当時の大都市堺には連歌や茶の湯を嗜んだ商人の文化人が数多く居住していたであろうことは想像に難くない。ここでどうしても検討しておかなければならないことは、以上に紹介を重ねた「はちや道於」と「隆達節歌謡」歌本の宛名の「すみ屋道於老」が同一人物か否かという点に他ならない。「はちや道於」の名が見られる茶会記のうち、もっとも古い永禄四年（一五六一）から「隆達節歌謡」の歌本の年紀慶長四年（一五九九）までは、実に三十八年間の隔たりがある。仮に「はちや道於」が慶長四年に生存していたとすれば、当時七十三歳と思われる隆達に「道於老」と記されてしかるべき高齢であったと考えられるので、この点は特に問題にならない。しかし、「はちや（蜂屋・鉢屋）」と「すみ屋」の屋号の相違からすれば、二人を同一人物とみることは困難であろう。むしろ、道於という号の人物が同時代に複数存在しており、その区別を屋号によって付けていたと考える方が妥当性があるものと思われる。いずれにしても隆達が歌本を贈った「すみ屋道於老」もその屋号からして、おそらく堺の商人で、連歌や茶道、さらには歌謡にも親しんだ文化人であったものであろう。なお、『思文閣古今名家筆蹟短冊目

［図29］道於筆和歌短冊

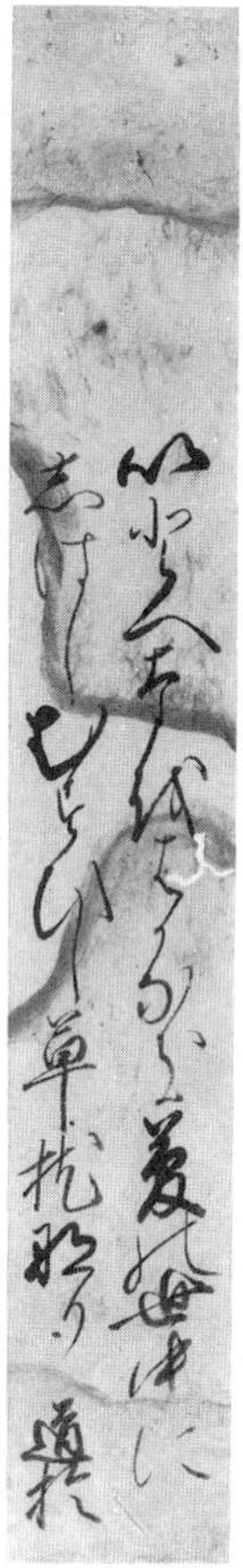

録』第二十六号（平成5年7月）九七頁には道於なる自署のある「いとへなをはかなき夢の世中にしは《ば》しむすひ《び》し草枕なり」という和歌を記した短冊が掲載された（［図29］参照）。同目録解説では諸書に名の見えている蜂（鉢）屋道於の短冊と推定するが、これが「隆達節歌謡」歌本の宛名の「すみ屋道於老」である可能性も残されている。

③淀屋善三殿

「隆達節歌謡」歌本には淀屋善三なる人物に宛てた一本も存在する。それは山田庄一氏旧蔵の「年代不詳七月三日淀屋善三宛二首断簡」と称されるものである。断簡の末尾には「七月三日　隆達（達は花押）　淀屋善三殿」とあり、宛名の敬称に「老」を用いている前掲二種の歌本とは異なっている。おそらくこの淀屋善三がそれほどの年齢ではなく、むしろ隆達よりも年少であったことを想像させる。

淀屋と言ってまず想起させられるのは大坂《阪》の豪商淀屋である。淀屋は姓を岡本と言い、初代の與三郎常安が苦労して材木商を始め、後の繁栄の基礎を築いた。もと山城国の出身で、織田信長に滅ぼされて大和に潜居し、豊臣秀吉の世になってから大坂《阪》に出たとされる。生年は不詳であるが、没年は元和八年（一六二二）七月二十九日と言う。隆達が歌謡を歌い出して活躍した頃は、常安の壮年期に当たり、秀吉の委嘱で加賀米の委託販売を引き受ける一方、伏見城周辺の淀の築堤工事も請け負っていた。

淀屋の二代目は有名な个庵《こあん》である。个庵はヶ庵、古庵、玄个庵などとも呼ばれた。本名岡本言当、通称伝内・三郎右衛門、常安の長男として天正五年（一五七七）に生まれ、寛永二十年（一六四三）十二月五日に没した。隆達よりは五十歳ほど年少で、文禄・慶長年間（一五九二〜一六一五）には十歳代後半から三十歳代前半の青壮年期に当たる。伊勢茂美編『茶人大系譜』[11]（文政九年〈一八二六〉自序）には「住㆓浪華㆒、名言当、好㆓戯画㆒、又善㆓連歌及茶事㆒、従㆓千源光寺祐心㆒、而受㆓古今伝㆒、一作㆓古庵㆒」と記されている。この人も当時の上方文化圏にあって、連歌や茶の湯に秀で、戯画をも描いたという。また、『古今夷曲集』にも三首入集しており、狂歌も善くしたらしい。さらに、寛永の文化人たちとも深い交流を持った。なかでも安楽庵策伝、松花堂昭乗、小堀遠州、烏丸光広らとの交流はよく知られている。そして、个庵の事績として特記すべきは祐心のもとで古今伝授を受けたことである。このことは『明翰抄』（続群書類従本）第四十一「堺連歌師」の項の末尾に「堺古今伝授之図」という系図によっても確認できる。これは世に〝堺伝授〟と呼ばれるものに相当する。祐心は同書中に「牡丹花門弟」、すなわち肖柏の弟子とされる人物であるから、堺の連歌師に他ならず、个庵も堺の文化圏に属していたと言うことが可能である。

以上、豪商淀屋の二代について述べた。残念ながらこの二人はともに善三と称していたことが確認できない。しかし、淀屋の屋号がこれまでこの一族以外に見出せないこと、また隆達の生存時代と重ね合わせて个庵以降の人物とは考え難い（个庵には男子がなかった）ことなどから、二人のうちのどちらかが淀屋善三である可能性も捨て切れない。またこの二人と血縁関係のある周辺の人々までを射程に入れれば、そのなかに善三を見出す可能性はさらに高いものとなるであろう。[12]

「隆達節歌謡」の歌本の宛名「宗丸老」「すみ屋道於老」「淀屋善三殿」をめぐって、これらの人々を具体的に比定するにまでは至らないが、隆達が歌本を贈った人々のおよその階層や文化圏を確認することはできた。次に隆達と茶の湯についてさらに考えていきたい。

三　隆達と茶の湯

山岡浚明編の類書『類聚名物考』[13]には隆達に関する記述が人物部十三「連歌　俳諧」、人物部十五「俗唱」、楽律部三「雅楽」の三箇所に見える。このうち楽律部三の記述には「堺の隆達月楽軒と申候。連哥師にて能書」という『桐隠随筆』所収記事が引用され、続けて浚明の「隆達和泉国堺に住しよし。連哥は牡丹花などの流なるべし」という補説が付加されている。隆達を連歌師とした記述は他に管見に入らないが、「隆達節歌謡」の詞章には連歌をそのまま用いたものもあり[14]、隆達が連歌にも親しんでいたことは当然考え得る。ここでいう「連哥師」は『明翰抄』（続群書類従本）や『顕伝明名録』と同様に、連歌を生活の糧とした専門連歌師だけでなく、その周辺に位置した連歌愛好家を含むものであろう。今日に伝えられる隆達画像も連歌を嗜むような風流人に描かれている（［図30］参照）。次に連歌ともかかわる隆達の文芸資料として和歌一首を紹介しておく。それは佐賀大学小城鍋島文庫蔵『哥集』のなかに収録される次の一首である。

［図30］隆達画像

堺住人隆達

春くれて花やちるらむよしの川せゝ《ぜ》の岩なみ風かほるなり

この一首に歌題は付されていないものの、もと短冊資料に拠ったものであろう。古都を流れる吉野川に桜の花が散り落ちるという伝統的な晩春の情景を、「風かほる」という嗅覚によって推量した歌であるが、そこには視覚表現を越えた鮮やかな映像が折り込まれている。季節感の推移を清新に詠じた一首として高く評価してよい。これまでに知られる隆達の唯一の和歌資料としてきわめて貴重である。

隆達はその出自や交遊圏から考えても連歌や茶の湯の嗜みがあったことは容易に推測できる。また、和歌資料からもその文学的素養を垣間見ることも可能である。

ところで、隆達をめぐっては多くの説話が作られ、後代に伝承された。その諸相については小著『「隆達節歌謡」の基礎的研究』（平成9年・笠間書院）所収「隆達説話考」のなかで詳細に述べたので、ここではそこから茶の湯にかかわる説話のみを取り上げて論じていくこととする。

『堺市史』第二巻本編第二・第二十四章第五節には『鹿野氏系図』なる書からの引用として次のような隆達説話を掲載する。

（鹿野氏系図に）隆達の女を妻としてゐた宗無が、隆達の為めに一重切《節》を吹いたが、其調が妙で、聞くものゝ心耳を驚かしたといつて笛に合せて謡つた（と見える。）

これに従えば隆達には娘がいて宗無の妻となっていたことになる。宗無は茶人の住吉屋山岡宗無のことを指したものであろうが、彼が隆達の娘を妻にしていたという記録は『堺市史』以外には管見に入らない。[15] [16] そもそも後に還俗したとは言え、若年で僧籍に入った隆達に子どもがいたか否かも明確にし得ないのである。宗無自身も松永久秀の庶出の子と伝えられる説話の多い人物だけに、実話とはにわかに信じることができない。[17] 『鹿野氏系図』なる書は直接披見することができないが、その内容には誤伝が多いようである。『堺市史』第二巻本編第二・第二十四章第五節には『鹿野氏系図』からの記述として、隆達の没年を文禄四年（一五九五）七月十五日と紹介するが、これは明らかな誤りである。いずれにしても『鹿野氏系図』の隆達の娘と宗無を夫婦とする説話は信憑性が低い。しかし、このような説話が語られ、まことしやかに伝承された背景には、隆達と住吉屋山岡家の間に何らかの関係があってもけっして不自然ではないという人々の認識があったものと考えたい。それはおそらく、茶の湯も含めた文化的営為を介した関係であったろう。言ってみれば、火のないところに煙は立たないのである。

四　「隆達節歌謡」と茶の湯

隆達の歌いだした歌謡は今日「隆達節歌謡」と称されている。この歌謡は隆達が独特の節回しで歌ったところから大評判を呼んだ。「隆達節歌謡」の歌本には末尾に宛名の記されたものが相当数ある。それによって、隆達の交遊圏や、歌謡の流布した階層・地理的範囲を知ることが可能である。現在までのところ、宛名の人物として比定されるひとりに、清須城時代の尾張国当主松平忠吉（徳川家康四男）の重臣小笠原監物忠重がいたことが判明している。すなわち、「隆達節歌謡」が畿内一円はもとより、尾張地方にまで流布していた様相を見てとることができるのである。

「隆達節歌謡」の詞章の大半は室町小歌を受け継いだ抒情性豊かな歌で、同時代の戦国の世に生きる人々の共感を呼んだことは言うまでもない。しかし、むしろこの歌謡の大きな魅力は曲節面にあったものと考えられる。「隆達節」の名称が与えられた理由も、実にそのあたりにあったのではないか。曲節面について言えば、この歌謡には「草歌《そうが》」と「小歌《こうた》」という末尾部分の節付けに相違ある二種の歌謡が存在した。このうち、「草歌」の方が詞章から見て古い伝来を持つものと推定されている。

「隆達節歌謡」はこれまでのところ五二一首を集成することができる。(18) その大半は隆達登場以前から巷間で歌われていた室町小歌系の抒情的詞章で占められている。代表歌には次のようなものがある。

相思ふ仲さへ変はる世の慣らひ、ましてや薄き人な頼みそ（小歌）

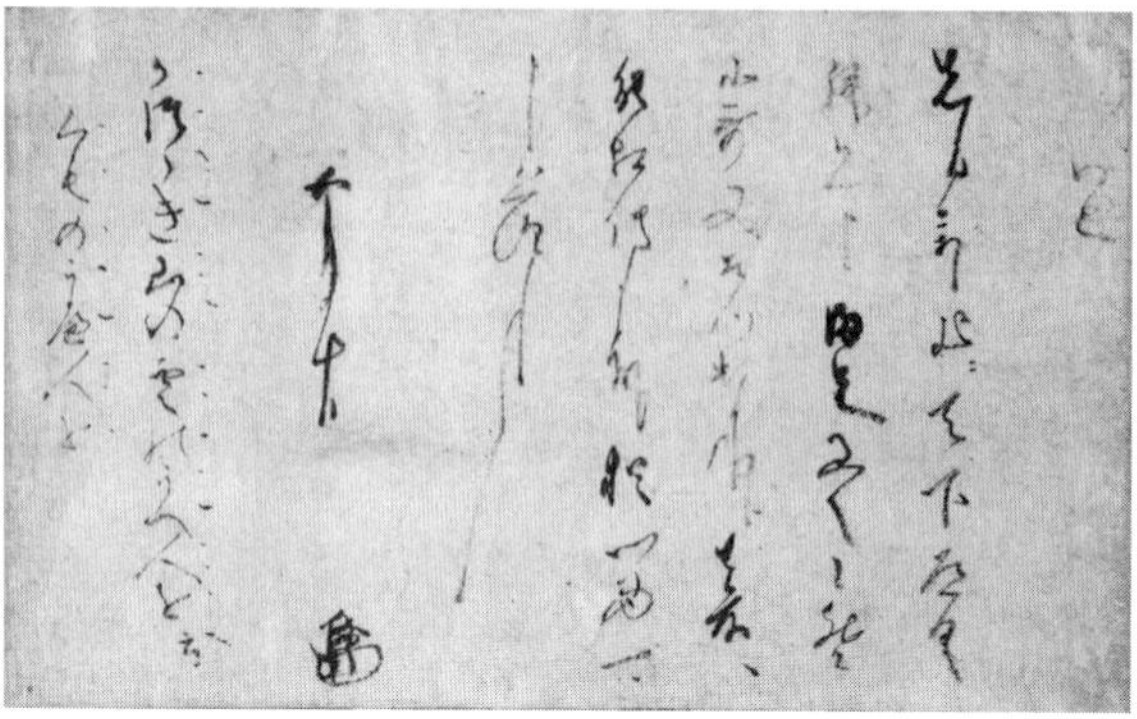

［図31］隆達書状

雨の降る夜の独り寝は、いづれ雨とも涙とも（小歌）
あら何ともなの、うき世やの（草歌）
面白の春雨や、花の散らぬほど降れ（草歌）
花よ月よと暮らせただ、ほどはないものうき世は（小歌）

以上の他、隆達自らが古歌などを踏まえて創作したものも含まれる。『思文閣墨蹟資料目録』第二二四号（平成3年2月）九五頁掲載の隆達書状には、新作小歌「かつらき《（葛城）》山の雲のうへ《（上）》人を云々く《（雲）》ものうへ《（上）》人を」が出来たことを伝える内容を持っていて注目される（［図31］参照）。歌謡の内容は圧倒的多数が恋歌であり、流行歌として当時の人々の指向を窺うことが可能であろう。その「隆達節歌謡」には直接に茶の湯とかかわる内容を持ったり、語彙を含んだりする例は見当たらない。しかし、禅語「柳緑花紅（柳は緑、花は紅）」を取り入れた歌謡は二首存在する。それを左に掲げておく。

ただ遊べ、帰らぬ道は誰も同じ、柳は緑、花は紅（二四〇番歌）
梅は匂ひ、花は紅、柳は緑、人は心（四五八番歌）

この四字熟語はそれぞれの本来あるがままの姿こそが、もっとも面目躍如とした状態であり、尊重すべきであることを示す内容を持つ。この考え方は茶の湯の世界観とも相通じるところがあるものと考えられ、この「柳緑花紅」を一行物の茶掛にした例は散見する。

一方、「隆達節歌謡」歌本の断簡はかなり早くから茶掛の掛幅とされたようである。今日我々は軸装の「隆達節歌謡」断簡を多数見ることができる。その中には角倉素庵筆茶屋又四郎宛の光悦下絵による歌本の断簡も存在する。

これは現在判明しているだけでも七つの軸に仕立て直されている。[19]また、逸翁美術館蔵の「年代不詳七首断簡」と称される一幅は隆達自筆と考えられるが、かつては茶の湯に造詣が深かった小林一三の茶掛であった。隆達は既に生存中から能筆と評価されていたが、その手蹟が江戸期以降に再評価され、茶席を彩ってきたのである。「隆達節歌謡」断簡がしばしば手鑑に押されていることもこれと同軌である。

おわりに

以上、隆達及び「隆達節歌謡」と茶の湯とのかかわりをめぐって、堺文化圏という観点から考察を進めてきた。まず、堺という都市の基盤を形成した三好家主従の座の文芸・芸能・芸術の話題を起点として、その文化圏の性格を粗々把握した。次に、隆達の出た高三家の人々や、隆達と交遊のあったと考えられる人々と茶の湯とのかかわりを探っていった。そして最後には、数少ない資料からではあるが、隆達及び「隆達節歌謡」と茶の湯とのかかわりについても指摘した。隆達の歌謡が層の厚い堺文化圏によって生み出され、育まれたことは今さら言うまでもないが、その文化圏に属する人々の関心が茶の湯に傾斜していたという事実は、「隆達節歌謡」の享受のありようを改めて捉え直す必要性を痛感させるように思われる。

注

（1）　引用は新日本古典文学大系本による。

（2）　松山新介の〝早歌〟は鎌倉時代後期以降東国の武士階級に流行した〝早歌〟をもとに、そこから切り出され、小歌がかり（小歌風の節付け）で歌われた短章の歌謡と考える（小著『「隆達節歌謡」の基礎的研究』〈平成9年・笠間書院〉所収「顕本寺をめぐる人々と歌謡」二〇〜二一頁参照）。一方、隆達の歌謡、すなわち「隆達節歌謡」は歌謡史上、中世から近世への架橋の役割を担ったとされる。これは基本的には『閑吟集』や『宗安小歌集』の系列に属する室町小歌であるが、その歌形などに近世歌謡の要素も内包していることによる。新介の〝早歌〟はその「隆達節歌謡」のうちの〝草歌〟と密接にかかわる室町小歌系の歌謡と推測したい。これが認められるならば、新介の〝早歌〟は「隆達節歌謡」を生み出す直接的な母胎となったものと言ってよいであろう。

（3）引用は『茶道古典全集』第八巻所収本文による。

（4）引用は『続々群書類従』第八巻所収本文による。

（5）隆喜は原田伴彦編『茶道人物辞典』一一七頁（昭和56年・柏書房）、桑田忠親編『茶道人名辞典』一三七頁（昭和57年・東京堂出版）それぞれに「高三三郎左衛門尉」として一項が立てられている。次に引用掲出しておく。

　高三三郎左衛門尉《たかさぶさぶろうさえもんのじょう》　戦国時代。堺の町人。小歌で知られる隆達の父。先祖は漢人劉氏の後裔で、博多に渡って室町初期堺に移住、薬種商を業としたという。『天王寺屋会記』に、茶会のことがみえている。〈名〉隆喜（原田伴彦編『茶道人物辞典』）

　高三三郎左衛門尉《たかさぶさぶろうさえもんのじょう》　生没年未詳。室町末期の商人。堺の人。名は隆喜。高三氏は漢人劉氏の末裔で、博多に来朝し、堺で薬種を営んだ。隆喜は天文年間に茶会を催している。（桑田忠親編『茶道人名辞典』）

（6）引用は『茶道古典全集』第六巻所収本文による（底本は末宗廣氏蔵の元禄十五年二月下旬の日付のある『利休流茶湯振舞』、㋑の異本は同氏蔵『利休百会』と題する一本）。

（7）引用は内閣文庫蔵板本等による。

（8）引用は日本古典全集本による。

（9）引用は無窮会神習文庫写本による。ただし、大阪市立大学森文庫本は「堺連歌師　ハチヤ」と異文が見られる。なお、森文庫の旧蔵者であった森繁夫氏編の『名家伝記資料集成』（昭和59年・思文閣出版）には「蜂屋」とともに、「鉢屋」の表記も掲出されている。

（10）引用は『茶道古典全集』第十二巻所収本文による。

（11）引用は国立国会図書館蔵板本（天保三年〈一八三二〉刊）による。なお、天保八年（一八三七）刊『茶人系伝全集』（国立国会図書館蔵）にも同文の記述がある。

（12）宮本又次『大阪町人論』（昭和34年・ミネルヴァ書房）によれば常安の婿養子に善右衛門、その長子に善入善右衛門という名の人物がいたと言う。「善三」という宛名とのかかわりも今後検討を要するであろう。

（13）引用は国立国会図書館蔵写本による。

（14）宮内庁書陵部蔵『三吟百韻』第四「聞書」の「世はさかさまも人のいひなし／雪お（を）れの竹をそのまゝ垣にして」を踏まえた「雪折れ竹をそのまま垣に、世は皆人の言ひなし」や、宗祇『老葉』恋下所収句「俤《おもかげ》は手にもたまらず又消えて」を踏まえた「面影は手にも溜まらずまた消えて、添はぬ情の恨み数々」などが指摘できる。なお、「隆達節歌謡」の本文及び歌謡番号は小著『「隆達節歌謡」全歌集　本文と総索引』による。

（15）幼名は捨十郎、後に久永を名乗る。住吉屋山岡宗瑞に育てられ、家業の酒造業を継ぐ。

（16）『堺市史』第七巻別編・人物誌第二章・山岡宗無の項には「高三隆達の女秀を娶った」とあり、『茶道全集　巻の十』所収「古今茶人綜覧」もこれを採用している。江月宗玩（津田宗及の子）とともに春屋宗園の法嗣であった大徳寺の玉室宗珀が宗無の子とされるが、その母が隆達の娘という資料もないようである。

（17）戸田勝久『千利休の美学　黒は古きこゝろ』（平成6年・平凡社）一八頁・朋友の項のように宗無の妻を隆達の妹と考える説が提出されている。

（18）小著『「隆達節歌謡」全歌集　本文と総索引』参照。

（19）これはもと百首からなる歌本で、末尾に「慶長十年九月日」の年記と隆達の署名、「茶屋又四郎殿」という宛名が見える。角倉素庵筆の詞章にもかかわらず、ここに隆達の署名があるのは、隆達が詞章右傍に墨譜を書き入れて節付けしたためと考えられる。現在七つの軸から七十首分が見出されているが、歌謡の配列から考えて、未紹介の断簡が少なくともさらに三種は存在したはずである。詳細は小著『「隆達節歌謡」の基礎的研究』（平成9年・笠間書院）所収「「隆達節歌謡」未紹介資料・補遺（三）」一八五～一八七頁参照。

第五節　『美楊君歌集』小考

はじめに

日本中世の巷間を彩った室町小歌の代表的集成としては『閑吟集』『宗安小歌集』「隆達節歌謡」の三書がある。ところが近年、これに次ぐ第四番目の集成が出現した。『美楊君歌集』がそれである。

室町小歌の新出資料『美楊君歌集』が突如としてその姿を現したのは、昭和六十一年九月のことであった。東京神田の古書肆玉英堂発行の古書売立目録『玉英堂稀覯本書目』第一七〇号に写真入りで掲載されたのであるが、その折に著者を襲った衝撃は、今日でもきわめて鮮烈に残っている。著者は同書に逸早く注目し、目録掲載の写真をもとに、「中世小歌と書物」（『文藝と批評』第六巻第五号〈昭和62年3月〉／以下、前稿①と呼ぶ）、「歌謡の諸相」（『国文学　解釈と鑑賞』第五十六巻第三号〈平成3年3月〉／以下、前稿②と呼ぶ。なお、前稿①②ともにその後小著『中世歌謡の文学的研究』〈平成8年・笠間書院〉に収録）の二編の拙稿において『美楊君歌集』の存在を紹介した。しかし、『玉英堂稀覯本書目』掲載後の所蔵者が判明しなかったため、綿密な調査及び位置付けができず、きわめて簡単で不十分な紹介に止めたまま、今日まで十年以上の歳月を経てしまったのである。ところが、近時古典文庫から神田俊一・吉田幸一編『近世前期歌謡集』（平成10年7月）が刊行され、その中にこの『美楊君歌集』が影印、活字翻刻の二種によって収録された。まさに待望久しい資料の提供であった。そして、古典文庫本の刊行によって『美楊君歌集』に関する多くの新事実が判明することとなったが、それは室町小歌ひいては中世歌謡の世界に新たな光彩を加えることに繋がったのである。本節ではこのたび全貌が明らかとなった『美楊君歌集』の基礎的な位置付けを行うことを目的とする。

一　本文紹介

古典文庫『近世前期歌謡集』には『美楊君歌集』を含む収録作品すべてについて影印、活字翻刻の二種が収められ有益である。とりわけ『美楊君歌集』が譜を持つ歌謡資料であることを考慮に入れるならば、その紹介に影印を用いた編者の見識はきわめて高いものと評価できる。しかし一方、活字翻刻については翻字、歌謡詞章の区切り方に若干の問題が残るように見受けられる。また、歌謡の解釈には漢字を当てた釈文の掲出も不可欠であろう。本節では古典文庫『近世前期歌謡集』では必ずしも完全とは言えなかった原文の活字翻刻、また同書には収録されなかった漢字、仮名の清濁を当てた釈文を、歌番号とともに、まず最初に掲げておきたい。なお、［　］は破損による欠字を補ったことを示す。

［翻刻］

それ世の中に、ことわさおほしといへとも、人のこゝろをなくさむるは、まことにこうたよりよろしきはなし。さるにより、ふしはかせをつけ、千はやふる神をもすゝしめ、うたひ侍る物なり。しかれは、おとこをんなの中たちともなり、朝なけに浦こきわたる舟人、おりにあへは、早苗とるしつのめにをよふまて、こうたにおもひをのふとかや。松の葉のちりうせす、青柳のいとなかく、するの世までも、もてあそひしは小哥のみちなるへし。爰に山城の国ふしみの里に遊君あまた侍りける中に、みめかたちゆふなる女ひとりありけり。その名を小柳とそいひける。こやなきのこは、こうたのこをとれり。柳は又そのかみ、もろこしにきこえける昭君にたとへんためなり。ある人、柳のみとりといふ事をこうたにつくり、するゑの世までのなくさみとなすとかや。

美楊君歌集

楊柳の、春の風になひくかことくなる、なりふりをして、なふつれなや
君は楊柳くわんおむのけしんかの、心をかけぬ人はなし
うち見にはうちとけかほに、見ゆれとも、たれかむすふや、青柳の糸
柳にましる藤のはな、みたれてしたれたか、しゆんなよの
ひとつやなきの木のもとに、しみつなけれとたちよれは、こゝろみたれて、日をくらす、ひをくらす
柳にかゝる藤の花、したれたふりはやなきよの
もろこしのせうくんは、かたみに柳をうへをきし、君は名につく、小柳と
花にまされる柳の木立、見るに心のたよ〳〵たよとなる、たよ〳〵と
したれ小柳のふりこそよけれ、桜もいまはなにかはせむ
とてもこかれてしぬる身を、ひとつやなきのいとて、しめてたまふれよの
おもひみたれてやるせや、ひとつ
なさけあれとはをよひなや、ひとつ
柳の糸のえたたれて、春風［に］さそはれて、あはれ我にも、おなひきあれ
青柳の露おもけなるありさまを、見れはこゝろもみたれ候
風により候、柳のえたも、まつのかせにはそよ〳〵と

柳の糸のみたれたふりを、たれかひくやらん、たよ〳〵と、たよ〳〵と
したれ小柳いとおしのふりや、なみたれそよの、いとゝ心のみたるゝに
雨になひく柳のいとのみたれた［る］
青柳のいとこゝろあるかけなれや、神もしはしはたちやとるらん
　おとこ返し
しはしとて柳のしたにたちよりし、神もいまはたこゝろとめけり
　右の哥に神といふ事、彼おとこに子細ありてのことなり。つく〳〵と世のありさまを思ふに、あそひたはるゝ事もみな夢となりぬれは、
なにこともうつゝとはなき世の中を、おもひわたるそ夢のうきはし

生は又死のはしめなと、さま〳〵おもひつゝけ侍るとなん。むらさきしきふは石山の観音の衆生さいとのため、かりにあらはれ玉ふとなり。かの小柳は楊柳観音、無縁のともからを、きやうけんきゝよをもつて、さんふつてんほうりんのみちにひきいれたまはんためかとそおほゆる。柳のみとりははなのくれなゐにまさりたりとそ。

　　慶長九季初夏日　　幸若大夫　職安（花押）

［釈文］
それ世の中に、言業《ことわざ》多しと雖も、人の心を慰むるは、真に小歌よりよろしきはなし。さるにより、節博士を付け、千早振る神をも涼しめ、歌ひ侍る物なり。しかれば、男女の仲立ちともなり、朝なけに浦漕ぎ渡る舟人、

折に合へば、早苗取る賤《しづ》の女に及ぶまで、小歌に思ひを陳《の》ぶとかや。松の葉の散り失せず、青柳のいと長く、末の世までも、弄《もてあそ》びしは小歌の道なるべし。爰《ここ》に山城の国伏見の里に遊君あまた侍りける中に、見目形《みめかたち》優なる女一人ありけり。その名を小柳とぞ言ひける。小柳の小は、小歌の小を取れり。柳は又そのかみ、唐土《もろこし》に聞こえける昭君に譬へん為なり。或る人、柳の緑といふ事を小歌に作り、末の世までの慰みと為すとかや。

美楊君歌集

1 楊柳の、春の風に靡くが如くなる、なり振りをして、なふ難面《つれな》や

2 君は楊柳観音の化身《けしん》かの、心を掛けぬ人はなし

3 打ち見には打ち解け顔に、見ゆれども、誰か結ぶや、青柳の糸

4 柳に交じる藤の花、乱れて垂《しだ》れたか、しゆんなよの

5 一つ柳の木の下に、清水《しみづ》なけれど立ち寄れば、心乱れて、日を暮らす、日を暮らす

6 柳に掛かる藤の花、垂《しだ》れた振りは柳よの

7 唐土《もろこし》の昭君は、形見に柳を植へ(ゑ)置きし、君は名に付く、小柳と

8 花にまされる柳の木立、見るに心のたよたよたよとなる、たよたよと

9 垂《しだ》れ小柳の振りこそ好けれ、桜も今は何にかはせむ

10 とても焦がれて死ぬる身を、一つ柳の糸で、締めて給ふれよの
思ひ乱れて遣る瀬や、一つ
情あれとは及びなや、一つ

11 柳の糸の枝垂《えだた》れて、春風［に］誘はれて、あはれ我にも、お靡きあれ

12　青柳の露重げなる有様を、見れば心も乱れ候
13　風により候、柳の枝も、松の風にはそよそよと
14　柳の糸の乱れた振りを、誰か引くやらん、たよたよと、たよたよと
15　垂《しだ》れ小柳いとお（ほ）しの振りや、な乱れそよの、いとど心の乱るるに
16　雨に靡く柳の糸の乱れた［る］
17　青柳のいと心ある陰なれや、神もしばしは立ち宿るらん

男返し

18　しばしとて柳の下に立ち寄りし、神も今将《はた》心留めけり

右の歌に神といふ事、彼の男に子細ありての事なり。つくづくと世の有様を思ふに、遊び戯るる事も皆夢となりぬれば、

19　何事も現《うつつ》とはなき世の中を、思ひ渡るぞ夢の浮橋

生は又死の初めなど、様々思ひ続け侍るとなん。紫式部は石山の観音の衆生済度の為、仮に現れ給ふとなり。彼の小柳は楊柳観音、無縁の輩《ともがら》を、狂言綺語を以て、讃仏転法輪の道に引き入れ給はん為かとぞ覚ゆる。柳の緑は花の紅に勝りたりとぞ。

慶長九季初夏日　　幸若大夫　職安（花押）

以下、ここに掲出したの釈文に基づいて、考察を進めていきたい。

二　序・跋について

『美楊君歌集』（以下、本書と呼ぶ）には序、跋を示す明確な表記こそないものの、それぞれに該当する部分を有している。このうち冒頭の序文に当たる部分（以下、序と呼ぶ）には『古今和歌集』仮名序が踏まえられている。そこに見られる「世の中」「言業」「人の心」「千早振る神」「男女の仲」「松の葉の散り失せず」「青柳のいと」[1]などは、そのまま『古今和歌集』仮名序に使用された表現を使って、『美楊君歌集』の序に再構成しているのである。これは従来から知られていた室町小歌の集成である『宗安小歌集』と軌を一にしていることになる。

また、「人の心を慰むるは、真に小歌よりよろしきはなし」との大いなる自負は「小歌之義大矣哉」と記す『閑吟集』真名序の主張に通じるところがある。

序には伏見の里の小柳なる遊女が登場する。この人については現在まで他の文献上に確認することを得ない。ただし、伏見の里が中世末期以降近世にかけて遊里として繁栄し、多くの遊女がいたことは種々の資料によって裏付けることができる。参考までに『遊女』（日本史小百科）所収「伏見の里」の項（比留間尚氏執筆）を引用すれば次のようである。

山城国伏見には撞木町と柳町の二つの遊廓があった。撞木町は夷町が正式の町名であるが、その形が撞木に似ていたので、いつか撞木町というようになった。その前身は伏見の西の田丁という所に、林五郎という者が豊臣秀吉に遊廓の設置を申請して許され、慶長元年（一五九六）に傾城町が出来たが、その秀吉は大坂城に移り、同三年にはその秀吉も亡くなり、伏見遊廓はすっかりさびれてしまった。ところが徳川家康が政権を握ると、しばしば伏見城に滞在し、諸侯も伏見城に参勤したので、伏見は再び活気をとり戻し、この機会をとらえて渡辺掃部・前原八右衛門の両名は、その時の奉行長田喜兵衛尉・芝山小兵衛尉に面識があったので、この二人を頼って遊廓再興を願い出たところ、富田信濃守屋敷跡に遊廓を設けることが許可され、慶長九年十二月二日開設された。これが夷町の遊廓の起りである。

右の説明によれば、この地に遊廓が登場したのは秀吉時代の慶長元年（一五九六）であったとされる。そもそも秀吉の天下統一によって、文禄・慶長年間に伏見周辺は大きく整備が進み、主要な街道となった。したがって、伏見の里は多くの人々が集まる土地となり、遊里が成立する基盤が自然に形成されていったものと考えられる。本書末尾には「慶長九季初夏日」の年紀と幸若大夫職安の署名を記した別紙が貼付されている。おそらく本書はそれ以前の成立と考えて間違いないであろう。以上の伏見の遊里の歴史を辿るならば、本書は慶長初年（三年以前か）に最初の繁栄を迎えた頃の成立と考えられ、小柳もその折に評判だった美貌の遊女であったものと推測される。この時期は和泉国堺で高三隆達が出て、その歌謡で評判を取り、一世を風靡していた。

序末尾の「柳の緑」は、跋文に相当する部分（以下、跋と呼ぶ）にも「柳の緑は花の紅に勝りたり」とあって、当時の慣用句で室町小歌の歌詞の中にも散見する「柳は緑、花は紅」を用いたものである。(2) それはもちろん、『美楊君歌集』と銘打たれた本書全体が遊女小柳を賛美し、彼女への恋情を謡った歌謡集となっていることと無縁ではない。すなわち、王昭君に譬えるために名付けられた小柳の(3)〝柳〟をキーワードとする歌謡集に他ならないからである。それは所収十九首のうち末尾の19番歌以外の全歌謡に「柳」が見えていることと密接な繋がりを有している。さらに、「柳は緑、花は紅」が単なる慣用句には止まらず、もと禅から出た語であることを考え合わせるならば、後述する跋の紫式部伝説や、小柳を楊柳観音の化身で、狂言綺語を讃仏乗に転じるという主張と同軌の仏教的世界観まで包含させているとも言える。

跋は第19番歌謡の次の丁から始まっており、歌謡部分とは区分されるものの、内容的には19番歌を承けた自然な流れを形成している。すなわち、「何事も現とはなき世の中」という19番歌の湛える無常観を、「生は死の初め」として承け、紫式部が石山観音の化身であるという伝説（以下、〝紫式部観音化身伝説〟と呼ぶ）へと展開させる。そこには19番歌の第五句「夢の浮橋」から『源氏物語』最終巻を想起させ、紫式部に繋げるという手法も指摘できるであろう。

ところで、この紫式部伝説はきわめて興味深い。紫式部が狂言綺語の過ちのために地獄へ堕ちたとする伝承、いわゆる〝紫式部堕獄伝説〟は、〝源氏供養〟という名として『宝物集』以下の諸書に見える。それが『今鏡』の「作り物語のゆくへ」では「妙音観音など申すやんごとなきひじりたちの女になり給ひて、法を説きてこそ、人を導き給ふなれ」、『権中納言実材卿母集』詞書に「源氏のものがたりをあさ夕見侍りしころ、むらさきしきぶを夢に見侍りて、かの菩薩のために、法花経供養せさせなどして、講をこなひ侍りしとき」等と見える。これは狂言綺語を讃仏乗に翻すことによって、それを超克し得るという白居易の詩句に基づくものである。この思想を〝紫式部堕獄伝説〟の解消に結び付け、式部ゆかりの石山寺を持ち出した『美楊君歌集』の跋は、仏教と文学をめぐる日本の思想史上きわめて重要である。この〝紫式部観音化身伝説〟成立の根拠は、本書の跋において紫式部に続けて遊女小柳を楊柳観音の化身と位置付け（これは2番歌謡にも「君は楊柳観音の化身かの」と歌われている）、「無縁の輩を、狂言綺語を以て、讃仏転法輪の道に引き入れ給はん為」と記すことによって明白な種明かしがなされているのである。

三　歌形について

次に十九首の歌謡について考察を加えていきたい。まず、歌の音数律による歌形であるが、全十九首は最長の歌形で七句形式、最短で三句形式と幅がある。このように歌形に幅が見られるのは一般的な室町小歌の特徴と合致している。最長の七句形式の歌謡は5番歌で、七・五・七・五・七・五・五の音数律を採る。六句形式は7番歌、11番歌の二首で、五句形式はもっとも多い十一首を数える。その十一首は1番歌、2番歌、3番歌、8番歌、10番歌、12番歌、14番歌、15番歌、17番歌、18番歌、19番歌であるが、うち3番歌、17番歌、18番歌、19番歌の四首は五・七・五・七・七の短歌形式を採る。さらに、これらのうち17番歌、18番歌の二首は贈答歌である。そしてその二首に巻軸の19番歌を加えた短歌形式の三首は、遊女小柳の艶やかさを柳に託して歌う16番歌までとは色調を換え、無常観を前面に打ち出している。前述のように、それが跋に自然に移行して行き、遊女小柳に衆生を救う楊柳観音の化身の地位を与える結末に結び付けているのである。室町小歌における短歌形式の歌謡は「隆達節歌謡」に多く見られる。中には隆達の「元旦試筆」のように、もともとの古歌に節付けした例さえ存在する。『美楊君歌集』と「隆達節歌謡」は成立時期も近く、その共通性には注目すべきものがあろう。

考察内容を歌形に戻すと、五句形式の歌謡のうち8番歌も注意される。音数律は七・七・七・九・五であるが、その中を細分すると、三・四／四・三／三・四／四・三・二／五となる。第四句目と第五句目は「たよたよたよとなる、たよたよと」と擬態語が重なっているので、これを整理すれば、第四句目は省略し得ると考えることもできる。こうすると三・四／四・三／三・四／五の近世小唄調となる。また、省略とまで言わなくとも、この小歌が近世小唄調を基本的骨格としていることは間違いがない。この歌形は「隆達節歌謡」をはじめとする室町小歌のなかに若干の例が見えるものの、次の江戸時代歌謡においては中核的な歌形となったもので、『美楊君歌集』では13番歌がこれに該当する。この点についてはさらに後述する。

四句形式の歌謡は4番歌、6番歌、9番歌、13番歌の四首存在する。このうち注目すべきは6番歌と13番歌である。6番歌は七・五・七・五の今様半形式を採るが、これは室町小歌ではもっとも多い歌形に他ならない。一方、

13番歌は近世小唄調の歌謡である。前述したように8番歌の存在をも考え併せれば、本書所収歌謡には近世調の芽生えが見られることは確実である。しかし、同時に今様半形式の歌謡も存在し、16番歌のような三句形式の短章歌謡から、5番歌のような七句形式の長い歌謡まで種々存在するところに、室町小歌の特徴が垣間見られると言える。

四　歌謡の表現について

本書所収の歌謡の中には、既に紹介されている室町小歌の詞章ときわめて近接している例が認められる。8番歌「花にまされる柳の木立、見るに心のたよたよたよとなる、たよたよと」（傍点著者、以下同様）は「隆達節歌謡（小歌）」[4]の二首「この春は花にまさりし君持ちて、青柳の糸乱れ候」と「柳の枝の郭公、誰が引くやらたよたよと、たよたよと」を合成したかのような観がある。『美楊君歌集』には14番歌にも「たよたよと」の反復が見られる。この「たよたよと」は中世末期から近世初頭を代表する擬態語で、心が揺れ靡く様子を示す。室町小歌には柳の撓りとの取り合せによって好んで摂取された表現であった。

15番歌「垂《しだ》れ小柳いとおしの振りや、な乱れそよの、いとど心の乱るるに」の後半は『宗安小歌集』一二四番歌「な乱れそよの、糸薄よの、いとど心の乱るるに」及び「隆達節歌謡（小歌）」の「な乱れそよの糸薄、いとど心の乱るるに」ときわめて類似している。

次に、歌謡詞章に見られる用語について考察したい。本書には「青柳の糸」二例（3番歌、17番歌）、「柳の糸」四例（10番歌、11番歌、14番歌、16番歌）が見られる。小柳という名の遊女を歌い、十九首中十八首までに「柳」が歌い込まれているこの歌謡集としては当然とも言えよう。このうち「青柳の糸」は『閑吟集』に一例（ただし、大和節）見られる他、「隆達節歌謡（小歌）」にも前掲の「この春は……」の用例がある。

一方、「柳の糸」は『閑吟集』巻頭歌に用例があり、室町小歌を代表する表現として知られる。本書14番歌、16番歌「柳の糸の乱れ」という慣用的表現は、まさに『閑吟集』巻頭歌と重なり、美しい女性の寝乱れ髪を連想させる艶なる表現である。

4番歌の「しゅんな」は室町時代を代表する口語で、歌謡にも見られる。「隆達節歌謡（小歌）」には二首の歌謡に三例が検索できる[5]。

6番歌の「振り」も室町小歌に頻出する単語である。用例を列挙するのは省略するが、『閑吟集』に四例、『宗安小歌集』に一例あり、「隆達節歌謡」になると都合十六首に十八例（「他人振り」一例を含む、内訳は「小歌」十七例、「草歌」一例）が確認できる。また、9番歌の「振りこそ好けれ」は「隆達節歌謡（小歌）」の「振りよき君の情のないは、冴えゆく月に懸かる叢雲」の前半と表現が類似している。

10番歌の「とても」も『閑吟集』一三一番歌に「人買舟は沖を漕ぐ、とても売らるる身を、ただ静かに漕げよ、船頭殿」等に見られ、著名である（『閑吟集』には他に一例あり）。この副詞「とても」は『宗安小歌集』にも四例あり、「隆達節歌謡」となると六例（内訳は「小歌」が四例、「草歌」が二例）が認められる[6]。

同じ10番歌の「焦がれて死ぬる」は「隆達節歌謡（小歌）」に「寝ても覚めても忘れぬ君を、焦がれ死なぬは異なものぢや」とある歌と近似している。

10番歌ではさらに、「締めて」「給ふれ」も室町小歌で頻出する表現として重要である。前者は『閑吟集』や「隆達節歌謡」に例が多い。後者の「給ふれ」という尊敬の命令表現も『閑吟集』九一番歌に「そと喰ひついて給ふれなう……」とあるのが有名である。これが『宗安小歌集』となると二五番歌に「そと締めて給ふれなう、手跡の終に顕るる」とあり、さらに「隆達節歌謡（小歌）」にも「そと締めて給ふれの、手跡の付いて名の立つに」がある。この『宗安小歌集』と「隆達節歌謡（小歌）」の例は「締めて給ふれ」が共通しており注意される。なお、「隆達節

歌謡（小歌）」に「給ふれ」は四首五例を数える。(7)

10番歌に続く二行「思ひ乱れて遣る瀬や、一つ」「情あれとは及びなや、一つ」は10番歌前半部分の替歌であるが、これについては後述する。この替歌詞章のうち「情あれ」という表現も室町小歌における頻出語で、『閑吟集』一一四番歌に「ただ人は情あれ……」とある他「隆達節歌謡」には四例（内訳は「小歌」三例、「草歌」一例）が見られる。(8)

11番歌「お靡きあれ」の「靡く」も室町小歌の頻出語で、「隆達節歌謡（小歌）」に六首八例を見出すことができる。(9)

12番歌「乱れ候」もこのままの表現として「隆達節歌謡（小歌）」に「この春は花にまさりし君持ちて、青柳の糸乱れ候」がある。

13番歌の「風により候」は、同じく名詞に「より候」が接続する例として『閑吟集』に一二三番歌の「潮により候」、二九六番歌の「人により候」の二例がある。また「隆達節歌謡（小歌）」には「人により候」が三例存在する。(10)

13番歌の「そよそよと」はそのままの表現としては、『宗安小歌集』五一番歌「いとど名の立つ不破の関、何ぞ嵐のそよそよと」がある。この他には「そよそよと」をそのまま用いた例を見出すことはできないが、『閑吟集』九四番歌に「そよとも」、同三〇六番歌に「そよや」が見られ、「隆達節歌謡（小歌）」には「昨日より今朝の嵐の激しさよ、恋風ならばそよと吹かな」がある。

以上、『美楊君歌集』所収歌謡の他の室町小歌との表現のかかわりについて、類歌や用語から検討を重ねた。その結果、本書所収歌謡は室町小歌、とりわけ「隆達節歌謡」との間に緊密な関係があることが確認できる。さらに言えば、「隆達節歌謡」の中でも新しい歌謡とされる「小歌」との関係がきわめて密接である。これは本書の成立時期が「隆達節歌謡」のそれと近いことを示しているものと考えられる。「隆達節歌謡」の流行は文禄・慶長年間であるから、まさに本書がそれと重なる時代の年紀を持っていることが、偽りでないことを示していることになる。『美楊君歌集』はその名のとおり楊柳観音にも譬えるべき美しい楊（柳）のような遊君小柳を賛美する小歌を収録した歌謡集である。したがって、巷間での流行歌の集成とは異なる創作性が認められるが、その表現は室町小歌から学んでおり、きわめて近接していることが知られるのである。

五　歌謡内容について

本書所収歌謡の表現については、「隆達節歌謡」との関係の深さについて既に述べたが、内容からも興味深い小歌が見られる。

1番歌「楊柳の、春の風に靡くが如くなる、なり振りをして、なふ難面や」は、全体的に室町小歌で頻出する語彙を繋ぎ合わせたかのような観のある歌詞であるが、『浄瑠璃十二段草子』に美人の形容が「楊柳の風になびくに異ならず」とあるのをはじめ、中世から近世にかけての慣用句的表現を持つ歌として注意する必要がある。

5番歌「一つ柳の木の下に、清水なけれど立ち寄れば、心乱れて、日を暮らす、日を暮らす」は、『新古今和歌集』夏部所収の西行の著名な和歌「道のべに清水ながるゝ柳かげしばしとてこそ立ちとまりつれ」を踏まえた小歌である。

7番歌「唐土《もろこし》の昭君は、形見に柳を植へ置きし、君は名に付く、小柳と」は、中国の王昭君の故事によった小歌である。これは序にも述べられているように本書のもっとも重要なテーマである。すなわち遊女小柳の美しさを、歴史上屈指の美人で、代名詞的存在ですらある王昭君に譬えるのであるが、序だけでは納まらず小歌にまで創作して賛美している点に注意を払いたい。

2番歌「君は楊柳観音の化身かの、心を掛けぬ人はなし」は前述したように、跋にも〝紫式部観音化身伝説〟を記したことと軌を一にしている。以上の二首（7番歌・2番歌）の例からすれば、本書は序・歌謡本文・跋の三者がきわめて緊密な関係を持ちつつ成立していることが確認できる。

六　替歌について

前述のように本書の第10番歌には替歌の詞章が掲出されている。10番歌「とても焦がれて死ぬる身を、一つ柳の糸で、締めて給ふれよの」に続く二行「思ひ乱れて遣る瀬や、一つ」「情あれとは及びなや、一つ」がそれである。このうち前者は「思ひ乱れて遣る瀬なや、一つ」の誤写と考えたい。このように考えれば、意味も明瞭になるとともに、音数律も「一つ」の前までで、七・五となり、まったく一致することになる。いずれにしても10番歌の「とても焦がれて死ぬる身を、一つ」までを、他に二種類の詞章によって歌い替えることができるようになっている。このことは詞章の長さが共通していること、それぞれの末尾が「一つ」で一致していることによって判断できるが、さらに後の二行には墨譜が付されていないことからも分かる。室町小歌における替歌の並記の例は、他に管見に入らないから、本書の10番歌はきわめて稀有で貴重な例であろう。本書は遊君小柳を賛美する小歌集であり、強い創作性を認めてよいであろうが、替歌の存在もこのような性格に由来するものと考えたい。

七　墨譜及び表記について

本書所収歌謡には墨譜が施されている。室町小歌における墨譜の例は「隆達節歌謡」がその代表格で、その他に

『言継卿記』紙背小歌がある。さらに周辺の歌謡を含めれば、狂言歌謡も存在する。しかし、本書に見られる墨譜がそれらと大きく異なる点は、他の例にも認められる胡麻点や息継ぎの符号以外に「上」「下」「ハル」という文字も添えられている点である。これは従来までに知られていた室町小歌の墨譜には、きわめて僅かな例しか見られない特徴と言ってよい。これらの文字が見える例は「隆達節歌謡」の一伝本「慶長八年九月六十五首本」（国文学研究資料館蔵）が管見に入るのみである。しかし、同時代の節付けを持つ資料を繙いてみると、これらの文字は謡曲諸本の節付けに見られ、さらには幸若歌謡集のうち「幸若長明本」等にも見られる。この事実は本書の末尾貼付の奥書に「幸若大夫　職安」とあることからも、興味深い問題に発展する可能性を秘めている。あるいは職安によって幸若歌謡に類似した節付けが行われたものかもしれない。しかし、詳しいことまでは不明である。「職安」をめぐっては次項で述べるが、今後墨譜の本格的解明が切に望まれるところである。

八　成立について

本書末尾の裏表紙見返しに貼付された年紀及び署名であるが、そのうち「幸若大夫　職安」について、古典文庫翻刻は「幸若大夫　識安」とする。しかし、これは「職安」が正しい。この人物については前稿①及び前稿②の中で指摘した。幸若系譜には見えない人物であるが、現在天理図書館蔵で慶長十二年（一六〇七）の識語を有する幸若弥次郎家「幸若舞曲集三種」のうち、「九穴貝」「四国落」の書写者とされる。したがって、幸若弥次郎義成の傍系の弟子と推定できる。さらに、平成三年十一月の東京古典会編『古典籍下見展観大入札会目録』には幸若台本「長生殿」が出品されたが、その奥書に「慶長六年極月吉日　幸若弥次郎大夫　職安（花押）」（この後に続けて他の二名の署名と花押も併記）とある。これらによって、職安が幸若弥次郎の弟子で、自らも「弥次郎大夫」を名乗っていたことが明確となるのである。ただし、『美楊君歌集』に話題を戻せば、職安によるこの署名及び年紀と、本文とは別筆と推定される(11)。したがって、職安が本書所収歌謡の直接的な創作者とは速断できない(12)。10番歌の替歌に誤写と考えられる箇所があることもこれを支持する事実であろう。しかし一方、年紀と署名が記された紙は本文と同じ紙質という。また、小歌が譜を持つ謡い物であり、前述のように幸若歌謡にも見られる「上」「下」「ハル」などが記されている以上、同様の性格を有する幸若舞曲、幸若歌謡とも密接にかかわる。ここからすれば、職安は本書の単なる所持者には止まらず、本書所収小歌の作曲者、もしくは歌い手か管理者に相当するものと考えたい。これが認められるならば、本書は室町小歌の享受者層の少なくともその一部の解明に貢献することになるであろう。

おわりに

以上、室町小歌の新出資料『美楊君歌集』をめぐって基礎的な考察を重ねてきた。本書が歌謡詞章の他に序と跋を具えていること、歌謡には墨譜が付けられていること、幸若大夫職安の慶長九年（一六〇四）の貼付の奥書が貼付されていることなどについては、既に二編の拙稿の中で紹介した。それらを承けた本節では、収録歌謡が十九首であり、伏見の里の遊女小柳を歌った小歌集であること、伏見の里の繁栄時期が慶長初年であり奥書と矛盾がないこと、さらには従来知られていた室町小歌の歌形や表現、とりわけ「隆達節歌謡」のそれときわめて近接していることを指摘した。これは本書の成立を「隆達節歌謡」と重なる慶長初年と考えてよいことを示しているのである。また、替歌詞章二種類が存在すること、節付けに「上」「下」「ハル」の文字が添えられていること、〝紫式部観音化身伝説〟の記述が見られることなどについても言及した。

以上のような特徴を持つ『美楊君歌集』は、既知の室町小歌の世界に新たな光を投げ掛ける魅力溢れる歌集と言える。今後きわめて注目される資料となるであろう。

注

（1）「柳の糸」は『閑吟集』巻頭歌にも見え、室町小歌を代表する表現でもある。

（2）「ただ遊べ、帰らぬ道は誰も同じ、柳は緑、花は紅」（「隆達節歌謡」小歌）、「梅は匂ひ、花は紅、柳は緑、人は心」（「隆達節歌謡」草歌〈春〉）

（3）『閑吟集』四〇番歌に「かの昭君の黛は、翠の色に匂ひしも、春や暮るらん糸柳の思ひ乱るる折ごとに……」（大和節）とある。これは謡曲「昭君」の一節であるが、この時代において王昭君はきわめて著名な女性であった。王昭君と柳とのかかわりは、昭君が胡国に去るときに形見として枝垂柳《しだれやなぎ》を植えた故事による。

（4）「隆達節歌謡」には新しい歌謡の「小歌」と比較的古い歌謡の「草歌」がある。ここではそれを区別して表記した。「草歌」には春・夏・秋・冬・恋・雑の部立も存在する。詳細は小著『「隆達節歌謡」の基礎的研究』（平成9年・笠間書院）を参照願いたい。

（5）「聞くもしゆんなり郭公、二人寝る夜はなほ」（小歌）、「もののしゆんなは春の雨、なほもしゆんなは旅の独り寝」（小歌）

（6）「とても消ゆべき露の玉の緒、逢はば惜しからじ」（草歌〈秋〉）、「とても消ゆべき露の身を、夢の間なりと、夢の間なりとも」（小歌）、「とても辛くは春の薄雪、思ひ消えよの、積もらぬ先に」（草歌〈春〉）、「とても名の立たば宵からおりやれ、よそへ忍びの帰るさは嫌」（小歌）、「闇にさへならぬ、月にはとても、あら鈍なお人や」（小歌）、「我も昔は夢の間ほど契りしに、今さらとても知らぬ振り、嫌々」（小歌）

（7）「嫌々は思ひのあまりの裏、逢はせて給ふれ、逢はせて給ふれ、とにかくに」（小歌）、「思ふまいとは思へども、心任せにならぬものを、神や仏のあるならば、我が心を変はらせて給ふれ」（小歌）、「そと締めて給ふれの、手跡の付いて名の立つに」（小歌）、「つゆ初様に逢はせて給ふれ、思ひ焦がれて消えやうかの命」（小歌）

（8）「月は濁りの水にも宿る、数ならぬ身に情あれ、君」（小歌）、「情あれただ朝顔の、花の上なる露の身なれば」（小歌)、「見見ゆると情あれかし夢にさへ、つれなの振りや、なう君は」(小歌)、「よしや我にも情あれ、賤が屋に月は宿り候はぬか」(草歌〈秋〉)

(9)「呉竹の靡く振りして靡かぬは、誰か契りを夜々に籠めつらう」(小歌)、「竹ほど直なるものはなけれども、雪々積もれば末は靡くに」(小歌)、「靡かずと靡かずと、せめて見る目をうらうらと」(小歌)、「靡きやすきは嫌で候、人の思はばまた糸柳」(小歌)、「引かば靡けとよ糸薄、枯れ野になれば要らぬ憂き身を」(小歌)、「幼顔せで恥ぢずと靡け、花も萎りて散る時は要らぬ」(小歌)

(10)「恨みたけれど、身のほどが揃はぬ、よる恨みは人により候」(小歌)、「恨みたけれども、いや身のほどもなや、総じて恨みも云、人により候」(小歌)、「鳥と鐘とは思ひの種よ、とは思へども人により候」(小歌)

(11)古典文庫本末尾に収録された書誌(解説を含む)は、この点についてまったく言及がない。

(12)序の「或る人、柳の緑といふ事を小歌に作り……」を文字通り受け取って、書写者と創作者を別人、しかも知人とする必要は必ずしもない。本人が韜晦のためにこのように記述する例もしばしば見られるからである。

第四章　近世歌謡と芸能の周辺

第一節　近世歌謡の成立

はじめに

日本歌謡史における中世から近世への移行をめぐっては、音楽面からの三味線伴奏の確立と、それに伴う近世小唄調（三・四／四・三／三・四／五）という音数律の定着が挙げられよう。これによって中世歌謡―とりわけその代表格である室町小歌―の自由律的な詞章が、近世歌謡の軽快なテンポを持った定型に変化したことはきわめて大きな変化であり、けっして見落とすことはできない。

しかし、それ以外にも歌謡詞章の含み持つ内容そのものの変遷を追うことによって、歌謡の中世から近世への変化を押さえることも可能と思われる。本節では中世歌謡の代表格でありながら、その最末の時期に流行し、近世歌謡を導き出す役割をも果たした室町小歌を取り上げ、それらの中でも既に近世歌謡に向けた助走が始まっていたことを指摘したい。その過程で近世歌謡そのものにも言及していくが、主として詞章に見られる用語や表現、及びそれらによって紡ぎ出された抒情の変遷を論じていくことにする。(1)

一　室町小歌三集の使用語彙

室町時代には代表的な流行歌謡集として、『閑吟集』『宗安小歌集』「隆達節歌謡」の三集成がある。このうち「隆達節歌謡」については、歌い手の高三隆達が宛名を替えた歌本を多くの人々に贈ったことから、確定した歌数や配列を持つものがない。したがって、すべての歌本をもとに全歌謡の集成を行う必要がある。今日、小著『隆達節歌謡」全歌集　本文と総索引』（平成10年・笠間書院）が五二一首（別に伝承歌二首）を収める最新にして最大かつ最善の本文である。

ところで、これら室町小歌三集成に収録された歌謡には雅俗にわたる幅広い語彙が用いられている。一方には和歌に用いられる伝統的な歌ことばを繋ぎ合わせた雅な歌謡があり、他方には当代の口語を活用した愛欲の歌謡があるといった具合である。それらの歌謡が用いた語彙に関心を寄せ、調査をおこなった研究者に山内洋一郎氏がいる。山内氏は「歌謡の語彙」（『中世の語彙』〈『講座日本語の語彙』第四巻・昭和56年・明治書院〉）において『閑吟集』『宗安小歌集』「隆達唱歌」それぞれの使用度数の上位語三十位までを表として掲げて報告した。これはきわめて重要な基礎調査であり、本節においても大いに参考になる。しかし、残念ながら山内氏の用いた「隆達唱歌」とは日本古典文学大系『中世近世歌謡集』所収の一五〇首のことである。その底本は「隆達節歌謡」諸伝本の中でもっとも早い時期に成立した「文禄二年八月宗丸老宛百五十首本」（現在、青山学院大学所蔵）の明治十三年（一八八〇）七月模写本（現在、早稲田大学演劇博物館所蔵）に他ならない。これは最新の「隆達節歌謡」集成の全歌謡数五二一首と比較すると、三分の一にも満たない少数と言わざるを得ない。そこで、「隆達節歌謡」に関しては小著『隆達節歌謡」全歌集　本文と総索引』所収の五二一首をもとに再調査して、改めて室町小歌の三集成における使用語

［表Ⅰ］

	延べ語数	異なり語数	平均使用度数	収録歌数	1首あたりの平均語数
『閑　吟　集』	3589	1132	3.17	311	11.54
『宗安小歌集』	1652	781	2.12	220	7.51
「隆達節歌謡」	4092	1045	3.92	521	7.85

彙を調査することとした。(2) ここでは語彙統計の慣例にしたがって、助詞・助動詞を除く語彙の使用度数によって計算した。各歌謡集成の延べ語数は『閑吟集』が三五八九語、『宗安小歌集』が一六五二語、「隆達節歌謡」が四〇九二語で、異なり語数は『閑吟集』が一一三二語、『宗安小歌集』が七八一語、「隆達節歌謡」が一〇四五語である。これを整理し、一語あたりの平均使用度数と歌謡一首あたりの平均語数を一覧にした表が［表Ⅰ］である。

［表Ⅰ］からは様々な興味深い事実を見出すことが可能である。すなわち、三一一首を収録する『閑吟集』と集成によって五二一首となる「隆達節歌謡」の間で、延べ語数、異なり語数ともに大差がないことは、『閑吟集』所収歌謡が長詞型を採るのものが多いことを示している。このことは一首あたりの平均語数の数字からも明確である。『閑吟集』が一一・五四であるのに対し、「隆達節歌謡」では七・八五に留まっている。大まかに言えば、『閑吟集』は「隆達節歌謡」の平均約一・五倍の長さを持っていることになる。このことは『閑吟集』の歌謡集としての特性によるものと考えられる。すなわち、『閑吟集』は狭義の小歌の他に、大和節や近江節、田楽節、放下の歌い物などという本来長編の歌謡でありながら、その詞章の一部が小歌節の影響を受けるようになって独立した広義小歌をも併せて収録することによる。一方、『宗安小歌集』と「隆達節歌謡」の関係は、後者の総歌数が前者の約二・五倍という大きな隔たりがあるが、延べ語数もほぼ同程度の比率となっている。つまり、一首あたりの平均語数は『宗安小歌集』七・五一に対して、「隆達節歌謡」七・八五で、互いに近接していると言える。『宗安小歌集』と「隆達節歌謡」は狭義小歌の集成であり、歌謡一首の長さはほぼ同程度であることが確認できるわけである。

次に『閑吟集』と「隆達節歌謡」の使用語彙をもう少し細かく見れば、「隆達節歌謡」

は約二〇〇首も少ない『閑吟集』と比べ、延べ語数こそ上回っているものの、異なり語数では逆に下回っている。各語彙の平均使用度数で比較すれば、『閑吟集』が三・一七であるのに対し、「隆達節歌謡」は三・九二となる。ちなみに、『宗安小歌集』は二・一二でもっとも低い数値となっている。このことは『宗安小歌集』に使用回数の少ない語彙が多く存在し、「隆達節歌謡」においては同一語彙が繰り返し用いられていることを示している。そして、『閑吟集』はそれらの中間ということになろう。ここで考えなければならないことは使用語彙における『宗安小歌集』の特殊性である。このことについては別に稿を改めて考察しなければならないが、『宗安小歌集』には地方の風流踊歌と近接する詞章、地方の地名を折り込んだ詞章、女性の年齢を冒頭に据えた愛欲的内容の詞章などが多く見られ、ある意味で室町小歌の多様性を垣間見せる歌謡が収録されている。それが『宗安小歌集』の使用語彙に反映しているものと考えられる。ただし、ここで注意しておきたいことは、『閑吟集』から「隆達節歌謡」への室町小歌の流れとしては、一語彙の使用回数が増加していることから、類型表現が多くなったと言えることに他ならない。(3)

次に各歌謡集における使用語彙を、使用頻度を基準にして表出したい。その表が［表II］である。順位は各歌謡集での延べ語数を分母とし、その使用度数を分子として使用率（‰＝パーミル〈千分率〉）を計算し、もっとも数値の高いものから付すこととした。ここでは山内にしたがって上位三十位まで掲出した（同一の使用率の語が存在し、三十語以上を掲出する場合がある）。以下、これらの使用語彙調査によって浮き彫りにされる室町小歌内部における変遷を具体的に指摘していきたい。

［表Ⅱ］

順位	『閑　吟　集』語	使用度数	使用率
1	人	61	17.0
2	身	42	11.7
3	思ふ	40	11.1
4	月	37	10.3
5	心	33	9.2
6	あり	32	8.9
7	す	28	7.8
8	見る	25	7.0
9	引く	24	6.7
10	ただ	22	6.1
	夜	22	6.1
12	花	21	5.9
13	秋	20	5.6
14	袖	19	5.3
	枕	19	5.3
	もの	19	5.3
	世	19	5.3
18	夢	18	5.0
19	知る	17	4.7
20	来	16	4.5
	恋	16	4.5
	立つ	16	4.5
	名	16	4.5
	なし	16	4.5
25	憂し	15	4.2
26	逢ふ	14	3.9
	あら	14	3.9
	言ふ	14	3.9
	風	14	3.9
	この	14	3.9
	露	14	3.9
	成る	14	3.9
	我	14	3.9

順位	『宗安小歌集』語	使用度数	使用率
1	人	34	20.6
2	身	22	13.3
3	思ふ	20	12.1
	す	20	12.1
	立つ	20	12.1
6	また	19	11.5
7	言ふ	18	10.9
	成る	18	10.9
9	名	16	9.7
10	逢ふ	14	8.4
	月	14	8.4
	待つ	14	8.4
	良し	14	8.4
14	恋	13	7.9
	なし	13	7.9
	寝	13	7.9
	見る	13	7.9
	我	13	7.9
19	あり	12	7.3
	花	12	7.3
	もの	12	7.3
22	君	11	6.7
23	憂し	10	6.1
24	来	9	5.4
	心	9	5.4
	泣く	9	5.4
27	いや	8	4.8
	ただ	8	4.8
	夜	8	4.8
30	嫌	7	4.2
	恨み	7	4.2
	おりやる	7	4.2
	おれ	7	4.2
	涙	7	4.2
	独り	7	4.2

順位	「隆達節歌謡」語	使用度数	使用率
1	人	84	20.5
2	君	81	19.8
3	身	78	19.1
4	思ふ	64	15.6
5	花	58	14.2
6	我	56	13.7
7	あり	47	11.5
	なし	47	11.5
	見る	47	11.5
10	月	46	11.2
11	立つ	43	10.5
12	心	42	10.3
13	逢ふ	41	10.0
14	す	38	9.3
15	夜	37	9.0
16	名	33	8.1
17	ほど	29	7.1
18	寝	28	6.8
	夢	28	6.8
20	成る	25	6.1
21	憂し	24	5.9
	恨み	24	5.9
23	来	23	5.6
	ただ	23	5.6
	独り	23	5.6
	待つ	23	5.6
27	恋	22	5.4
	そなた	22	5.4
	情	22	5.4
	もの	22	5.4

二　伝統的な歌ことばの減少

室町小歌は雅俗の歌謡と称される。それは主として歌う内容自体に焦点を合わせての発言であった。すなわち、王朝の物語や和歌で形成された四季・恋の世界を再現するような内容のものが雅な歌謡で、愛欲の場面を赤裸々に歌うようなものが俗な歌謡とされるのである。もちろん、それは誤りではない。しかし、同時にそれらの歌謡詞章を構成する語そのものにも雅語と俗語の両方が併用されていることも見逃せない。和歌に用いられてきた伝統的な歌ことばと、歌謡流行当時の室町時代後期の口語・俗語とが存在しているからである。

前掲の［表II］を見ていただきたい。これら三集成を通して一貫して使用頻度第一位を譲らない語彙は「人」であり、使用率も『閑吟集』以降やや上昇している。また、「身」「思ふ」などの語も三集成においてともに上位を占め、使用率も順次増加する傾向を見せている。この他「あり」「す」「なし」「見る」などの語彙も順位に多少の上下はあるものの、どの集成においても比較的上位を占めている。これらの語彙はいわば表現上不可欠かつ基本的なもので、山内氏が「骨組み語」と呼ぶ語群に相当する。また、「月」「花」「心」「夜」「憂し」なども三集成において上位を占めている語彙であるが、これらは韻文作品に多く見られる語群である。したがって、これらが多用されていることはすなわち、歌謡が韻文作品としての一般的な特質を持つことを裏付けている。

ところで、『閑吟集』の十三位から十四位に位置する「秋」「袖」「枕」「世」は『宗安小歌集』「隆達節歌謡」ともに三十位以内に入っていない。また、『閑吟集』二十六位の「風」も減少していく語である。『閑吟集』での使用例は十四例で使用率三・九‰であるが、［表II］には挙げられていない『宗安小歌集』では一例〇・六‰、「隆達節歌謡」では十例二・四‰となる。これらの語彙は和歌において多用されたものである。『閑吟集』においてはこれら和歌での使用例の多いいわば和歌的語彙がいまだ多く見られるのに対し、後代の室町小歌集成においては徐々に減少傾向にあることが確認できる。こういった室町小歌の展開に伴う和歌離れの傾向についてはかつて拙稿で指摘したことがある（4）が、その傾向がさらに近世歌謡にまで及んでいることが考えられる。

三　当代語彙の増加

先に室町小歌の展開に伴って減少していく語彙について言及したが、逆に展開につれて増加していく語彙や表現も存在する。それらの中で特徴的なものを例として挙げれば、「独り」「情《なさけ》」などの一般語彙、「我」という一人称語彙、「君」「そなた」などの二人称語彙が増加傾向にある。それらは［表II］からも確認できる。さらに［表II］から直接的に読み取ることはできないものの、「主《ぬし》」「様《さま》」などの二人称語彙や「月よ花よ（花よ月よ）」という慣用的な表現の増加も指摘できる。また、少例ではあるものの室町小歌最後の大きな集成「隆達節歌謡」に初めて登場してくる語彙や表現として、「あたた」「なぜ」「わざくれ」「異なもの」「増す花」「も往《い》なう」などを挙げることができる。人称を表す語彙については後述することとし、ここでは当代の口語的・慣用的表現と考えられる例について言及していきたい。

まず、「独り」「情」は古くから和歌をはじめとする様々な文芸にも用いられてきた語彙ではあるが、室町小歌の中で徐々に使用頻度が上昇してきた例として注目される。これらの語彙の重要な用例を「隆達節歌謡」から挙げれば、次のような歌謡群の中に見られる（5）（傍線筆者、以下同様）。

合はせけん人こそ憂けれ薫物《たきもの》の、独り伏籠《ふせご》に燻《くゆ》る思ひは（八番歌）

夢二人覚めて見たればただ独り、夢さへ我に肝《きも》を煎《い》らする（四八七番歌）

色よき花の匂ひのないは、美し君の情ないよの（五四番歌）
月は濁りの水にも宿る、数ならぬ身に情あれ、君（二六九番歌）
情あれただ朝顔の、花の上なる露の身なれば（三一二番歌）
見見ゆると情あれかし夢にさへ、つれなの振りや、なう君は（四四三番歌）

「隆達節歌謡」八番歌では恋人に置き去りにされた女が、「独り」で恋い焦がれる「思ひ」を「薫物」に仮託して表現する。そして「合はせけん人」である恋人を「憂けれ」と批判している。また、四八七番歌では恋人とともにいた夢を見た女が、夢から覚めてみると現実には「独り」であった。そこで「夢」でさえ自分に「肝を煎らする」と言って、当たっているのである。これらの用例において「独り」は作品内主体である女性の状況を表していることになるが、そこから発して対他への批判や当たり散らしという積極的な働き掛けがなされているのである。

続いて「情」の用例であるが、いずれも相手に「情」を要求している例である。五四番歌では恋人である容姿の美しい「君」が冷淡であることを歌い、間接的に自分への愛情を要求する。また、二六九番歌と三一二番歌はこの現世において賤しい身であったり、無常なか弱い身であったりする自分の存在を強調して、恋しく思う人からの愛情を直接的に要求している。四四三番歌では夢の中でさえ自分に冷たい態度を示す恋人に自分への愛情を要求する。

これらの用例はすべて対他への働き掛けであり、また要求である。このような歌謡に多く用いられる「独り」「情」の語が増加していることは重要であろう。

次に「月よ花よ（花よ月よ）」であるが、これは中世の慣用句で、楽しく享楽的な人生を送ることを言う。『閑吟集』『宗安小歌集』にはともに用例がなく、「隆達節歌謡」に至って「月よ花よ」で四例（一番歌・二七四番歌・二七五番歌・三〇三番歌）、順序が逆の「花よ月よ」で一例（三五二番歌）の合計五例が登場してくる。これらの例は当代の慣用表現が室町小歌の中に徐々に取り入れられるようになったことを示している。

「あたた」「なぜ」「わざくれ」「異なもの」「増す花」「も往なう」なども室町小歌には「隆達節歌謡」に至って初めて登場してくる語彙や表現として重要である。それぞれ次のような歌謡のなかに見える。複数見える語彙については一例のみを掲出しておく。

あたたうき世にあればこそ、人に恨みも、人の恨みも（五番歌）
別れはいつも憂けれども、死なずげに候、それ何故に、あまり名残が惜しいほどに（五一三番歌）
夢のうき世の露の命のわざくれ、なり次第よの、身はなり次第よの（四八五番歌）
寝ても覚めても忘れぬ君を、焦がれ死なぬは異なものぢや（三三九番歌）
花は吉野、紅葉は竜田、あの初様に、あのお初様に増す花はあらじ（三五一番歌）
鐘さへ鳴ればも往なうとおしやる、ここは仏法東漸の源、初夜後夜の鐘はいつも鳴る（一二〇番歌）

五番歌は「あたた」の用例である。この語は『時代別国語大辞典（室町時代篇）』（平成3年・三省堂）には副詞「あたた」として立項されている。もともとは形容詞「あたたし」の語幹から転成したという。しかし、その後慣用的に用いられるようになったので、独立した一語として認識されるようになっていった。物事の程度の甚だしいことを表現した当代の口語的語彙で、当時の人々の刹那的な激情を盛り込む器として有効な語彙でもあった。(6)「隆達節歌謡」には合計七例が確認できる。

五一三番歌の「何故《なぜ》」は室町小歌においてはこの「隆達節歌謡」に初見である。同意の表現としては副詞「など」があるが、それは『閑吟集』に五例、『宗安小歌集』に一例が見え、さらに「隆達節歌謡」にも三例存在する。両者を比較すると「何故」の方が近世的な新しい語彙であるので、「隆達節歌謡」には中世的な「など」とともに「何故」が併用されていることになる。こういった「隆達節歌謡」内の語彙の並存こそが、近世歌謡への展開を示す事例として貴重である。

四八五番歌の「わざくれ」も近世語と言ってよい特徴的な語彙である。感動詞の一種で自暴自棄の気持ちを表す。現代語では「えいままよ、どうとでもなれ」に相当する。生きるパワーのすべてを享楽に向かわせる契機を担う強烈な語である。

三三九番歌の「異なもの」も近世的な語で、奇妙なものや不思議なことを評す際に用いられた。江戸時代初期のはやり言葉で、この言葉を頭に据えた「異なものぢゃ、心は我がものなれど、ままにならぬは」という歌詞の歌謡も流行したという。この流行歌謡を効果的に取り込んだ仮名草子『浮世物語』上巻は『異なもの』とも別称された。

三五一番歌の「増す花」は、より優れた花の意味から転じて、前の恋人よりもさらに素晴らしい新しい女性の恋人を指す。江戸時代には「増す花狂い」として、より美しい女性に対して男が浮気心を募らせることを言った。近世初期を代表する三味線組歌の表組のひとつ「不祥組」を収録する『大幣』や『松の葉』『新曲糸の節』『五線録』『絃曲大榛抄』等に「増す花狂い」という表現が見える。

一二〇番歌の「も往なう」は続く一二一番歌にも「鐘は初夜、鳥は空寝を鳴くものを、も往なう、も往なうとは何の恨みぞ」と二例が確認できる。「も往なう」は言うまでもなく当代の口語で、一晩ともに過ごした男が女のもとを去っていくときの科白である。「隆達節歌謡」ではこの口語表現を巧みに歌謡詞章の中に取り込んでいる。この「も往なう」を用いた歌謡も三味線組歌の裏組「八幡」などに見られる。三味線組歌はその基調に室町小歌―とりわけ「隆達節歌謡」―の詞章を継承しているが、そこに新たに当代の近世的な語彙を取り込んだことで、後代の近世歌謡にも大きな影響力を持つことになった。

以上のように、室町小歌の掉尾を飾る「隆達節歌謡」に後の三味線組歌が取り入れた当代の語彙を先取りした例が見られることは、歌謡史の中世から近世への展開を捉える際のひとつの鍵になるものと言える。

四　二人称代名詞の導入

室町小歌の展開を考える際にもうひとつの鍵となるのは、人称代名詞―とりわけ二人称代名詞―の導入である。前掲の［表II］において増加傾向が一際顕著な語彙として、「君」「そなた」という二人称代名詞と「我」という一人称代名詞を指摘することができる。さらに表からは読み取ることはできないものの、「主《ぬし》」「様《さま》」という二人称代名詞の増加も注目される。

まず「君」であるが、『閑吟集』においては使用度数九で、使用率二・五‰である。三十位以内に入っていないので、［表II］には挙がっていない。『宗安小歌集』では使用度数十一で、使用率六・七‰となり、二十二位に登場する。これが「隆達節歌謡」に至ると大幅に増加する。使用度数八十一で、使用率一九・八‰となり、二位に躍り出るのである。

「そなた」については、『閑吟集』で三例、使用率〇・八‰に過ぎない。続く『宗安小歌集』では六例、使用率三・六‰となり、率で比較して四・五倍に増えている。それが「隆達節歌謡」に至ると、二十二例、使用率五・四‰となり、［表II］に二十七位で登場してくる。

「主」「様」は近世歌謡においては二人称語彙として多くの使用例を確認できる。(7)このうち「主」は『閑吟集』では六例見られるものの、すべてが「夫」という意味の一般名詞である。二人称としての用例は存在しない。また、「様」の用例もない。『宗安小歌集』にも「主」は一例あるが一般名詞である。「様」の用例はない。ただし、「君様」は一例存在する。それが「隆達節歌謡」になると、「主」四例のうち三例までは一般名詞であるものの、二人称代名詞の「主」が一例登場する。「様」も一例見られる。また、「君様」は三例、「初様」も三例存在する。「隆達節歌謡」の二人称代名詞「主」一例と「様」一例を次に掲出しておく。

稀になりとも主おりやれ、思ひの増すに文の数々（四二六番歌）

海松布《みるめ》海松布を取り取り取るとて、様が寠《やつ》るる（四四九番歌）

このうち前者の歌謡で注目すべきは、「主」すなわち恋人である男に向かって、「稀になりとも」「おりや」ること、つまりたまにでもよいから自分のところに通って来てくれるように要求していることに他ならない。室町小歌の展開にしたがって二人称語を導入して相手に誂え望む内容の歌謡が増加していったことは既に述べたが、(8) この歌謡もそれと同軌の傾向を示す例として注目してよい。(9)

一方、［表II］を参照すれば、一人称の代名詞「我」は『閑吟集』においては十四例を数え、使用率は三・九‰で、順位二十六位であった。それが『宗安小歌集』では十三例、使用率七・九‰で十四位に上昇している。さらに「隆達節歌謡」に至ると五十六例、使用率一三・七‰で順位は六位にまで上がっている。この「我」という一人称語は二人称代名詞の使用率の上昇と比例する形で増加していることが確認できる。すなわち、室町小歌の展開につれて詞章内部で一人称「我」と二人称「君」「そなた」との対比の構図が確立してきたと言えるのである。これは二人称を出して相手に誂え望んだり、要求したりすることはおろか一人称さえも表面には出さず、ひたすら自らの心の内面と対話していた内省的な初期の室町小歌から、次第に変化していったことを示している。この相手への訴えかけは三味線伴奏に適合した音数律の近世小唄調（三・四／四・三／三・四／五）のリズムに乗って、軽妙な近世の歌謡世界の到来をもたらしたのであった。

おわりに

以上、室町小歌の展開に伴う使用語彙の変遷の様相を具体的に確認してきた。その中で、歌謡史における中世から近世への移行の一端が見て取れるであろう。さらに、近世歌謡には多くの擬声（音）語・擬態語や囃子詞の導入が認められる。これらは近世小唄調への音数律の整理とともに、三味線伴奏がもたらした詞章上の効果であったものと考えられる。既に紙数の余裕がないので、また別の機会に論じることとしたい。

注

（1）この問題をめぐってはかつて拙稿「中世小歌の展開―抒情の変遷から―」（『国文学研究』第九十五集〈昭和63年6月〉／後に『中世歌謡の文学的研究』〈平成8年・笠間書院〉第三部第一章第三節所収）において言及した。本節ではさらに使用された名詞語彙からの考察も加え、前稿と併せてこのテーマの決定稿としたい。

（2）本節における「隆達節歌謡」の語彙調査は、山内氏による『閑吟集』『宗安小歌集』の語彙調査と認定基準が若干異なる可能性もあるので、ここではあくまでも全体の傾向を把握するための参考数値として提示するに留めたい。

（3）『閑吟集』は永正十五年（一五一八）の成立。『宗安小歌集』は成立時期不詳ながら、文禄・慶長年間（一五九二～一六一五）以前の成立と考えられる。「隆達節歌謡」は文禄・慶長年間の流行歌謡で、同時期の歌本が数多く残されている。『宗安小歌集』と「隆達節歌謡」の前後関係については、必ずしも明確ではないものの、歌謡詞章上は明らかに『宗安小歌集』の方が古態を留めている。これについては、必ずしもその成立時期の相違によるものとだけは言えず、『宗安小歌集』が地方成立の歌謡集で、いわば一昔前に都で流行した懐メロを収録したのに対し、「隆達節歌謡」は当代の最先端都市の堺で歌われた最新の歌謡を収録したとも考えられる。しかし、本節では『宗安小歌集』が「隆達節歌謡」より古い歌謡を収録していることが確実なことから、『閑吟集』→『宗安小歌集』→「隆達節歌謡」という歌謡史上の流れを設定して論じることとする。

（4）注（1）掲出拙稿参照。

（5）「隆達節歌謡」の本文及び歌番号の引用は小著『「隆達節歌謡」全歌集　本文と総索引』（平成10年・笠間書院）による。

（6）感動詞「ああ」に副詞「ただ」が接続した「ああただ」が詰まって成立した「あただ」という語とする説もある。

（7）「様」は近世歌謡全般に見られる二人称代名詞であるのに対し、「主」は早く『延享五年小歌しやうが集』に三例見られる後、潮来節系統の歌謡に集中して用いられている。

（8）注（1）掲出拙稿参照。

（9）「隆達節歌謡」において二人称代名詞のうち、近世歌謡で多用されるようになる「君」「そなた」「主」「様」が増加していることとは逆に、中世のみでしか用いられなかった二人称代名詞に「我御寮（和御料）」がある。『閑吟集』では七例で二・〇%、『宗安小歌集』では三例で一・八%であるのに対し、「隆達節歌謡」での使用例はまったく見られない。室町小歌の語彙の中にも中世で消滅していったものと、新しく興り、近世に継承されたものとがあることが確認できる。

第二節　近世流行歌謡をめぐる諸問題

はじめに

江戸時代には数多くの歌謡が興り、そして流行し、消滅していった。本節ではそんな江戸期の流行歌謡を〝近世流行歌謡〟と呼ぶこととする。この近世流行歌謡という語については、いまだ学会で公認されたと言えるような状況にはない。それをあえて題目のなかに掲げたのには、若干の理由がある。それは著者が平成十五年二月に笠間書院から刊行した一書を、『近世流行歌謡　本文と各句索引』と命名したことと深いかかわりがある（以下、本節ではこの書を小著と呼ぶ）。小著は近世小唄調の音数律を持つ歌謡を中心として収録する二十一種の歌謡集（うち二種は潮来節関係の地誌）の本文と索引を収録したものである。具体的に言えば、収録歌謡集は元禄時代以前の盤珪永琢『臼引歌』から江戸時代末期の『淡路農歌』にまで至る。そして、小著所収の索引は七・七・七・五それぞれの句ごとに検索できる索引で、和歌における『国歌大観』『新編国歌大観』に倣って、江戸期の歌謡に応用したものである。この書によって、検索が著しく困難であった江戸期の歌謡の少なくとも一部については、検索が容易になったというメリットをもたらしたと自負している。ところで、この書には従来一般に〝民謡集〟と呼ばれていた歌謡集や、〝民謡〟と総称されていた歌謡を多く含む。しかし、それらの歌謡の性格を再検討してみると、一地方のローカルな地名や人名を歌い込んだいわゆる民謡的な歌謡も少数存在する一方で、多くの歌謡集に採録された、全国規模の流行を考えなければならないような、〝はやり歌〟が相当数存在することも同時に確認できる。そこで、小著の題名を最終的に『近世流行歌謡　本文と各句索引』と決定した次第である。

ところで、浅野建二氏は岩波文庫の名著『山家鳥虫歌』を刊行した際、副題に「近世諸国民謡集」と銘打った。『山家鳥虫歌』の一系統である種彦本系統は外題を「諸国盆踊唱歌」とし、識語には後水尾院の勅命によって集められた諸国の盆踊り歌集である旨が記されている。この識語の内容や外題については大いに疑問の余地が残るが、その一方で山城国以下対馬国に至るまで国別に歌謡を配列する『山家鳥虫歌』に、「近世諸国民謡集」の副題を付けることには特に違和感はない。しかし、ここで問い返さなければならないのは民謡、また民謡集とは何かというきわめて基本的な定義の問題に他ならない。その際、はやり歌、言い換えれば流行歌謡と民謡とはどのような関係にあるのかということが問題として浮かび上がってくる。また、近年多く用いられる〝民俗歌謡〟との関係や、享受の場による歌謡の名称〝遊里歌謡〟〝座敷歌謡〟〝労作歌謡〟などとの関係についても、再度検討し、定義付けする必要があるものと考える。おそらく研究者個人個人に異なる民謡の概念が存在しているものと思われる。著者はいわゆる〝民俗歌謡〟と呼ばれるような歌群が民謡に近いものと考えるが、そのうちの〝祝歌〟〝酒盛歌〟〝盆踊歌〟の中には、多くの全国区とも言うべき流行歌謡が混入している。そればかりか、〝労作歌謡〟の中にも相当数の流行歌謡を指摘できる。この点については、最近真鍋昌弘氏が「臼挽歌考—『鄙廼一曲』と近世流行歌謡に及ぶ」(『悠久』第九十三号〈平成15年4月〉)の中で的確に示唆している。いま著者が『鄙廼一曲』をもとに指摘すれば、冒頭の「科埜国《しなの》、春唄、曳臼唄ともに諷ふ」の歌群中の「忘れ草なら一本《ひともと》ほしや、植えて育てて見て忘りよ」(1)、「辛《しん》苦《く》島田に髪結《ゆ》うたよりも、心しまだにしゃんと持て」(2)、「君に恨みは三島の暦、言うて何にせよ、添はぬ身に」(3)などは多くの歌謡集にも見られる江戸期の流行歌謡に他ならない。『鄙廼一曲』は〝労作歌謡〟が多く採られ、その地方特有の表現による歌詞も多く見られるから、全体としては〝民謡集〟〝民俗歌謡集〟と呼んでも差し支えないものと考える。しかし、それよりは遥かに宴席や祭礼の場での歌謡を多く収録する『山家鳥虫歌』については、改めて考え直してみる必要がある。果たして『山家鳥虫歌』所収の歌謡を本当に民謡と呼んでよいのか、『山家鳥虫歌』を本当に民謡集と呼んでよいのか、問い返さなければならないであろう。著者は今回、例えば『山家鳥虫歌』所収歌謡のような性格を持つものを、民謡と呼ばずに〝流行歌謡〟、それも江戸期の〝はやり歌〟であるから、〝近世流行歌謡〟と呼ぶこととする。以上のことは本節で取り扱う問題からすれば前段階に当たる問題であるものの、たいへん重要な問題なので、本節のタイトルも「近世流行歌謡をめぐる諸問題」とし、まず言及しておくこととした次第である。

一　近世流行歌謡の認定

まず近世流行歌謡をどのように認定するかという問題であるが、その方法には二種類があるものと考える。ひとつは物語、日記や記録などといった当時の文献から、流行歌謡を析出することができる。具体的な一例を示せば、元禄期の流行歌謡のいくつかを、井原西鶴の作品から拾い上げることができる。さらにもうひとつの方法として、歌謡集もしくは何らかの歌謡の書き留めをもとに、それらの共在歌・類歌・類型表現から、流行歌謡の存在を確認できる場合がある。特に歌謡集の成立地域が離れている場合、共在歌の存在によって、その歌謡の持つ空間的な伝播力の強さを想定できるものと考える。これらの共在歌・類歌・類型表現が複数の同時期成立の歌謡集に確認できる場合と、時代を隔てて確認できる場合とがある。特に後者の場合には、それによって時間的な伝播力の強さが想定できるものと思われる。この歌謡集における共在歌・類歌・類型表現から、歌謡集相互の関係の疎密が判断できるが、同時に流行歌謡そのものの存在を確認することにもなることは言うまでもない。また逆に言えば、共在歌・類歌・類型表現の不在という観点から、歌謡集相互の相違性を浮かび上がらせることもできる。特に、人名や地名・頻出語彙は歌謡集相互の相関性と相違性を捉える格好の材料となる。これら一連の作業の手助けとして、前述の小著が一定の有効性を持っている。

本節では小著『近世流行歌謡　本文と各句索引』の窓を通して見えてくる近世流行歌謡の世界の一景観について述べていきたい。数多くの景色の中で、小著の窓を通して見たとき、従来とは少し異なる景観として、『音曲《おんぎよく》神戸《ごうど》節《ぶし》』という歌謡集のそれがある。以下、この歌謡集の特徴について分析を進めることとする。

二　『音曲神戸節』と潮来節

『音曲神戸節』は神戸《ごうど》節《ぶし》五三七首（詞章冒頭の仮名のイロハ順に四四七首、末尾に追加九十首）を収録する尾崎久弥旧蔵の写本一冊からなる歌謡集である。神戸節とは尾張国熱田の遊里であった神戸《ごうど》町に流行した歌謡の名称。神戸町は享和年間（一八〇一～一八〇四）に興った遊里という。もともと神戸に隣接する遊里であった築出（新長屋とも呼ばれた）で、潮来節《いたこぶし》から派生した〝よしこの節〟をもとにした近世小唄調（三・四／四・三／三・四／五）の歌謡が寛政年間（一七八九～一八〇一）末期頃から流行した。文化年間（一八〇四～一八一八）初め頃この歌謡が神戸にも流入し、さらに隆盛をきわめることとなった。この歌謡がいつしか神戸節と呼ばれるようになったという。神戸節は潮来節、よしこの節から都々逸《どどいつ》（都々一、度々一、殿々奴など様々に表記される）への橋渡しをした歌謡史上きわめて重要な歌謡である。その神戸節を収録する『音曲神戸節』をめぐっては浅野建二氏による先行研究が存在する。『日本歌謡の発生と展開』（昭和47年・明治書院）所収「音曲「神戸節」について」（初出は『国語研究』昭和41年3月号）のうち、本節とかかわる一節を次に引用する。

①これ（著者注、『音曲神戸節』所収歌謡のこと）を当時の考証学者村田了阿の著と目される『潮来考』（文化四

年成、国立国会図書館蔵写本）及び『潮来風』（紙魚堂所蔵写本）に収録されている潮来節の歌詞と比較してみるに、予想以上に両者に共存する歌は少ない。これはけだし神戸節の詞・曲が共に潮来節から脱化した、明らかに創作歌謡であることを物語るものであろう。いま試みに上掲の三書に共在するものを神戸節の本文のようにイロハ順に比較してみるとおおよそ次の如くである。……（中略）……すなわち②神戸節と潮来節との歌詞の異同を検するにA……（中略）……殆ど同形のものが一七首、B……（中略）……大同小異で、僅かに名詞・助詞・動詞などが若干相違するものが一八首、C……（中略）……上句と下句のいずれかが若干相違するもの八首、さらにD……（中略）……発想は同じであるが内容の相違するものが七首となる。つまり③共在歌のうち最も数の多いABを合算すれば、五〇首のうち三五首―約七十％―までが、全く同巣の詞型から成ることが知られ、両者の関係の緊密であることも容易に実証せられるであろう。

以上の記述で特に注目すべきは傍線①である。浅野氏はこの記述に続けて、『音曲神戸節』と『潮来考《いたここう》』『潮来《いたこ》風《ぶり》』の共在歌・類歌の関係を具体的に表の形で指摘している。その結論がすなわち「予想以上に両者に共存する歌は少ない」ということになる。その表自体の掲出はここでは省略に従いたいが、浅野氏は『音曲神戸節』と『潮《(朝)》来考』『潮来風』の共在歌・類歌五十例を表に掲げている。そして、傍線②にあるように「神戸節と潮来節との歌詞の異同を検するに」として、「A……（中略）……殆ど同形のものが一七首、B……（中略）……大同小異で、僅かに名詞・助詞・動詞などが若干相違するものが一八首、C……（中略）……上句と下句のいずれかが若干相違するもの八首、さらにD……（中略）……発想は同じであるが内容の相違するものが七首」と計算している。繰り返しになるが、この全体の数値五十首に対する浅野氏の評価は「予想以上に両者に共存する歌は少ない」ということになる。そして傍線③にあるように「共在歌のうち最も数の多いABを合算すれば、五〇首のうち三五首―約七十％―までが、全く同巣の詞型から成ることが知られ、両者の関係の緊密であることも容易に実証せられるであろう」

と論じている。

以上のように、浅野氏は神戸節と潮来節の関係について、「予想以上に両者に共存する歌は少ない」と評しているが、前掲小著を検索すると、実は『音曲神戸節』と共在歌・類歌の関係にある『潮来考』『潮来風』の歌謡は浅野氏の指摘以外にも、かなりの数が存在する。また、近年紹介され、小著にも収録した『笑《え》本《ほん》板《いた》古《こ》猫《ねこ》』『潮来絶句』『江戸いたこほん』『新編常陸国誌』『潮来図誌』などを検索すれば、潮来節総体としては神戸節との関係がきわめて密接であると言える。次に［表Ⅰ］として、浅野氏指摘の五十例以外の共在歌・類歌を掲出する。なお、上段には『音曲神戸節』の歌謡詞章を掲出し、末尾に括弧内に歌番号を掲出した。下段にはそれぞれの『音曲神戸節』所収歌謡と共在歌・類歌といった関連歌謡の関係にある潮来節の詞章を掲出し、末尾括弧内にその歌が収録される歌謡集の略称（漢字一字）と歌番号を掲出した。歌謡集の略称は、成立順に『笑本板古猫』を〝笑〟、『潮来絶句』を〝絶〟、『潮来考』を〝考〟、『江戸いたこほん』を〝江〟、『潮来風』を〝風〟、『新編常陸国誌』を〝常〟とする。

［表Ⅰ］

『音曲神戸節』	その他の潮来節
①いろでやせるか、しんくがますか、ただしつとめが、くに成るか（九）	・色でやせるか、しんくがますか、ただしつとめが、苦になるか（笑一二九）
②いきで初心で、男もよいが、情のないのが、玉にきず（一一）	・いきもいきぢやが、をとこもよいが、情のないのが、玉にきず（笑七一）
③花といふじで、さかぬもくやし、さけばみがなる、はづかしや（一八）	・花と見られて、咲かぬも悔し、さけば実になる、恥づかしや（笑一三〇）
④はらのたつ時は、けんくわもするが、後であやまる、ほれ証拠（二二）	・はらの立つときや、喧嘩もするが、あとであやまる、ほれた情（笑六七）

⑤はやう此の家を、めでたくかしく、女房がほして、くらしたい（二四）
⑥にしも東も、南もやめて、わしがおもひは、北のかた（二八）
⑦ほれたかほすりや、ふんだりけたり、まりのけいこぢや、有るまいし（四六）
⑧ぬしはわしゆゑ、わしやぬしゆゑに、人にうらみは、ないわいな（七七）
⑨をとこみやうりか、いんぐわのはしか、偶にほれれば、女房ある（九五）
⑩おもふまいとは、思ひはすれど、またもみれんで、返す書き（一〇一）
⑪あうて嬉しさ、わかれのつらさ、わたしや心が、ぐちになる（一〇六）
⑫わしはひとへに、さく花なれど、つとめすりやこそ、やへにさく（一二二）
⑬わしが思ひと、そら飛ぶとりは、どこのいづくに、とまるやら（一二八）
⑭わしはぬしない、野にさく花よ、をらばをらんせ、ちらぬさき（一三四）
⑮かはいかいなの、いれぼくろさへ、今ははかない、灸のあと（一三八）
⑯かはす枕が、ものいふならば、わたしやはづかし、とこのうち（一三九）

・はやく此の家を、めでたくかしく、ぬしと二人で、暮らしたや（笑三一）
・西もひがしも、南もいやよ、わたしやおまへの、北がよい（笑一二五）
・ものもいはずに、ふんだり蹴たり、壬生の踊ぢや、あるまいし（風二四八）
・ぬしはわしゆゑ、わしやぬしゆゑに、人にうらみは、ないわいな（絶一）
・男みやうりか、いんぐわのつきか、たまにほれれば、うは気もの（風二八）
・切れてしまふと、硯にむかひ、又も未練で、かへしがき（風七六）
・あふのうれしさ、わかれのつらさ、わたしやこころが、ぐちになる（絶三〇）
・わしはひとへに、咲く花ならば、勤め故なら、八重にさく（江三七）
・わしがおもひと、そらとぶとりは、どこのいづくに、とまるやら（絶二九）
・わたしや野に咲く、主なき花よ、折らば折らんせ、今の内（江三八）
・主のかたみの、いれぼくろさへ、今は果敢ない、灸のあと（風一九八）
・かはすまくらが、ものいふならば、わたしやはづかし、とこのうち（絶二五）
・かはす枕が、物云ふならば、ほんに恥づかし、わしが身を（江二七）

⑰よごとよごとに、まくらがかはる、枕かはらぬ、つまほしや（一五六）
⑱つとめする身に、誠をいはせ、うそはおまへに、せんこされ（一八一）
⑲月はさゆれど、心はぬしに、まよひがちなる、しんのやみ（一八二）
⑳つれてゆかねば、はてしがつかぬ、どうでぎりづく、ゆかりやせん［そはりやせん］（一八七）
㉑胸になみだを、わしや持ちながら、あいそづかしも、すきの道（二一九）
㉒うは気さんすな、せけんの人が、浮気物ぢやと、いふわいなあ（二二六）
㉓いけんするほど、こんじやうがまがる、つのりやするとも、きれはせぬ（二四一）
㉔くれのかねなら、千里もひびけ、聞かせたうもない、明けのかね（二四九）
㉕ぐちがかうじて、せなかと背中、あけのからすが、仲直り（二五〇）
㉖くるかくるかと、ゆふつげ鳥の、飛ぶをながめて、しあんがほ（二五二）
㉗やぼなやうでも、まさかの時は、ぬしのおかほは、つぶしやせん（二六六）
㉘ままよゐなかも、又すみよかろ、ぬしとふたりで、くらすなら（二七一）

・あさなゆふなに、まくらかはる、まくらかはらぬ、つまほしや（絶一六）
・つとめする身に、信がないと、どこのこけめが、いひすぎる（笑一八八）
・月はやさしや、闇までさすに、わしが心は、ぬしゆゑに、まよひがちなる、しんの闇（考六五）
・にげてみせねば、果てしがつかぬ、［以下、欠］（笑三七）
・胸になみだを、わしや持ちながら、あいそづかしも、ときの義理（笑一〇）
・あだにさんすな、世間の人が、浮気ものぢやと、いふわいな（考四三）
・あだにさんすな、世間の人が、浮気者ぢやと、云ふわいな（江一二）
・異見さんすな、いけんはきかぬ、つのりやするとも、きれはせぬ（笑一九四）
・宵の鐘なら、千里もひびけ、きかせたうもなや、明けの鐘（風四）
・ぐちがかうじて、せなかとせなか、あけのからすが、なかなほり（絶九）
・くるかくるかと、ゆふつげどりの、とぶをながめて、しあんがほ（絶一二）
・むちやなやうでも、まさかの時は、ぬしの顔をば、つぶしやせぬ（笑一三）
・ままよ田舎が、まだ住みよかろ、ぬしとふたりで、くらすなら（考二八）

㉙ままにならぬは、承知でほれて、まい夜逢うとは、わしがむり（二七四）
㉚までどくらせど、便りのないは、思ひきれとの、しらせかえ（二八二）
㉛ふつと目がさめ、だきしめ見れば、ぬしとおもへば、夜着のそで（二八七）
㉜てんのほしほど、お人はあれど、月とみるのは、ぬしひとり（三〇九）
㉝朝な夕なに、まくらがかはる、枕かはらぬ、つまほしや（三一三）
㉞朝のかへりに、袖ひきとめて、しんばうさんせと、目になみだ（三一六）
㉟あるはいやなり、おもふはならず、ままにならぬが、腹がたつ（三二一）
㊱三味のいとさへ、みすぢにわかる、なぜにわからぬ、ぬしの胸（三四一）
㊲きせるかたてに、ひざたてなほし、わしがむりかと、目に涙（三四四）
㊳菊にませがき、ゆひとめられて、今はしのぶに、しのばれず（三四六）
㊴きれてみれんで、又たちかへり、こんどあふのは、命がけ（三四七）
㊵きれてゐたとて、何にくかろぞ、あつさ寒さも、とうてやる（三四九）

・ままよ田舎も、まだ住みよかろ、主と二人で、暮らすなら（江一七）
・儘にならぬを、しようちで惚れて、あはでしれるも、心がら（笑一九九）
・待てどくらせど、たよりのないは、きれてしまへの、辻うらか（笑一二二）
・ふつと眼が醒め、だきしめ見れば、ぬしとおもへば、よぎのそで（絶七）
・星の数ほど、お人はあれど、月と見るのは、ぬしばかり（笑九〇）
・あさなゆふなに、まくらかはる、まくらかはらぬ、つまほしや（絶一六）
・ええもまたんせと、袖引きとめて、しんばうさんせと、目になみだ（笑一八一）
・なるはいやなり、おもふはならず、とかく浮世は、ままならぬ（考三五）
・三味の糸さへ、三筋にわかる、なぜにわからぬ、主の気は（風二三七）
・きせる手にとり、膝たてなほし、わしがむりかと、なみだぐむ（笑一〇六）
・菊のませ垣、ゆひこめられて、今はしのぶに、しのばれぬ（笑一一五）
・切れて未練で、又立ちかへる、今度逢ふのが、命がけ（江五〇）
・切れて未練で、わしやなけれども、暑さ寒さを、とうてくれ（風一〇一）

㊶木にもかやにも、おまへがたより、夫にじやけんな、事ばかり（三五〇）
㊷きりやうのよいのと、すがたにやほれぬ、人はみめより、ただこころ（三五一）
㊸ゆふぢやなけれど、たしなましやんせ、あぢな噂が、あるわいな（三六六）
㊹夕し御げんは、うれしいけれど、なまじあしたの、物おもひ（三六九）
㊺ゆふにゆはれぬ、わがむねのうち、夫にわからぬ、むりばかり（三七〇）
㊻みれば見わたす、さをさしやとどく、なぜにとどかぬ、我がおもひ（三七九）
㊼しかとだきしめ、かほうちながめ、かうもかはゆく、成るものか（三九一）
㊽しばしあはねば、すがたもかほも、かはるものかえ、ころまで（三九二）
㊾じつも誠も、みないひつくし、まくらならべて、かほとかほ（三九八）
㊿えんとじせつを、まてとはいへど、じせつ所か、かたときも（四〇七）

・木にもかやにも、おまへを便り、それに邪見な、事ばかり（笑二四）
・つらい勤めも、おまへがたより、それに邪見な、事ばかり（風一四八）
・顔にや迷はぬ、姿にや惚れぬ、たつた一つの、心意気（風四九）
・いふぢやなけれど、たしなまさんせ、ぬしの噂が、あるわいな（考一九）
・ゆふしごげんで、うれしいけれど、なまじあしたの、ものおもひ（絶五）
・いふにいはれぬ、わがむねのうち、それにわからぬ、むりばかり（絶八）
・いふに云はれぬ、我が胸の中、それにわからぬ、事ばかり（風一八一）
・角田川さへ、棹さしやとどく、なぜにとどかぬ、身のつらさ（風一二）
・主の寝顔を、つくづく見れば、かうも可愛く、なるものか（風三五）
・しばしあはねば、姿もかほも、かはるものかや、こころまで（笑四八）
・しばし逢はねば、すがたもかほも、かはるものかよ、こころまで（絶四）
・じつもまことも、みないひつくし、まくらならべて、かほとかほ（絶二四）
・えんと時節を、待てとはいへど、時節どころか、かたときも（絶二七）

(51)ひとがいふなら、ひとまづきれて、あとはたがひの、むねにある（四〇八）
(52)人のいやがる、だうらく男、ほれたわたしは、又いんぐわ（四一〇）
(53)ひざにもたれて、かほうちまもり、ものもいはずに、めになみだ（四二一）
(54)ひろいやうでも、どこかはせまい、誰にあかさん、人もなし（四二二）
(55)ひろいせかいに、わしやすみながら、せまうたのしむ、すきのみち（四二三）
(56)せきしよこえても、そはねばならぬ、あすはなはめに、およぶとも（四四〇）
(57)すそをとらへて、これ聞かしやんせ、実ぢや誠ぢや、エエ、じれつたいわいなあ（四四四）
(58)せめて一日、つがひの女夫、人のうはさも、身のねがひ（四五八）
(59)しんばうしてまた、そはれぬ時は、やもめ暮らしの、末をまつ（四七〇）
(60)ぬしにそはねば、わしやいつ迄も、ねぐら定めぬ、やもめどり（四七一）
(61)あまりつらさに、山へ出て見れば、霧のかからぬ、山もある（四七六）
(62)綾やにしきで、巻かるるとても、いやな枕が、かはさりよか（四九〇）

・切れて見せねば、世間がすまぬ、跡は互ひの、胸にある（江一九）
・人のいやがる、道楽肌を、すいた私が、身の因果（風一六九）
・ひざにもたれて、かほうちまもり、ものもいはずに、めになみだ（絶二六）
・広いやうでも、うき世はせまい、たれにはなさう、人もない（笑一四八）
・広い世界に、お前とわたし、せまく楽しむ、まどの梅（風二三）
・箱根越えても、そはねばならぬ、明日はなにはに、およぶとも（風一八六）
・すそをとらへて、これ聞かしやんせ、じつぢやまことぢや、うそぢやない（絶一四）
・せめて三日も、つがひの鳥と、人のうはさが、身のねがひ（笑一一三）
・ぬしに添はれざ、わしやいつまでも、やもめ暮らしで、末をまつ（笑八〇）
・ぬしと添はねば、わしやいつ迄も、ねぐら定めぬ、やもめ鳥（風二〇〇）
・あまりつらさに、出て山みれば、雲のかからぬ、山もなし（考二〇）
・あまりつらさに、出でて山見れば、雲のかからぬ、山もなし（常一七）
・綾やにしきに、くるまるとても、いやな枕は、かはしやせぬ（笑六）

⑥3ぐちをゆはずと、よく聞きわけよ、あはぬ此の身は、猶つらい（四九七）	・一生やもめで、くらそとままよ、いやな枕が、かはさりやうか（笑一八四） ・ぐちをいはずと、此の手を見なと、かへるこの身は、なほつらい（笑七八） ・ぐちをいはずと、ここをば離せ、帰る此の身は、猶つらい（考三一）
⑥4ぬしを待つ夜は、人こそしらね、時をかぞへて、畳ざん（五〇七）	・ぬしをまつ夜は、人こそしらぬ、時をかぞへて、たたみざん（笑八五） ・主を待つ夜は、人こそ知らね、時をかぞへて、たたみ算（風二六三） ・主を待つ夜は、人こそ知らぬ、夜着を抱へて、物思ひ（江一〇）
⑥5すいな人さへ、恋路にまよふ、ましていたらぬ、わしぢやもの（五一二）	・すいな人さへ、恋路にやまよふ、ましていたらぬ、わしぢやもの（笑一二三）
⑥6物や思ふと、問ふ人あらば、せめて頼まん、ぬしの事（五一九）	・ものやおもふと、問ふ人あらば、せめて語らん、ぬしのこと（笑八）

以上のように新たに合計六十六例を指摘できる。これらには浅野氏の指摘を含まないので、浅野氏指摘の五十例を加えれば、合計一一六例となる。すなわち、『音曲神戸節』一一六首に対して潮来節に関連歌謡の存在を認められることになる。浅野氏指摘の潮来節は『潮来考』『潮来風』の二集に収録される歌謡に留まるが、実はそれらが他の潮来節の歌謡集にも重複して採られている例も多い。それを整理すると、『音曲神戸節』一一六首と関連のある潮来節は合計一五六首にのぼる。歌謡集別にまとめると、『笑本板古猫』三十二首、『潮来絶句』二十八首、『潮来考』二十六首（浅野氏指摘は十八首）、『江戸いたこほん』十三首、『潮来風』五十二首（浅野氏指摘は三十二首）、

『新編常陸国誌』四首、『潮来図誌』一首の都合一五六首の潮来節が数え上げられるのである。この一五六首を、浅野氏がＡＢＣＤで分類したように、歌詞の異同の状態で分類してみれば、Ａが浅野氏指摘の十七首に新たに二十二首が加わり合計三十九首。Ｂが浅野氏指摘の十八首に二十四首が加わり合計四十二首。Ｃが浅野氏指摘の八首に十四首が加わり合計二十二首。Ｄが浅野氏指摘の七首に五首が加わり合計十二首となる。『音曲神戸節』は全部で五三七首であるから、一一六首は全体の二一・六％に当たり、今日集成できる潮来節との関係だけに絞っても、その五分の一以上を関連歌謡が占めていることがわかる。すなわち、浅野氏の「予想以上に両者に共存する歌は少ない」という見解は修正が必要であろう。また、それを根拠として結論的に述べた「神戸節の詞・曲が共に潮来節から脱化した、明らかに創作歌謡であることを物語るもの」という見解も、修正されなければならないものと考える。それは類型表現の存在からも窺うことが可能である。次に管見に入った類型表現を五十音順に掲出しておく。

「逢うて嬉しさ別れの辛さ」「あけの烏がなかなほり」「あとくやむ」「あるわいな」「いとひはせぬが」「いとやせぬ」「いはうとままよ」「いやなお客」「いやな座敷」「うかうかと」「おまへがたより」「ぐちになる」「心意気」「心がらとは」「心で泣いて」「五大力」「こちの人」「じつぢや」「そうてみしよ」「そのつらさ」「添はねばならぬ」「それに邪見なことばかり」「茶わん酒」「勤めする身と」「どこのいづくでとまるやら」「ないわいな」「なみだぐむ」「なるわいな」「にくや烏が」「ぬし」「のろい」「人に恨みは」「ほれた」「枕紙」「まことぢや」「またふさぐ」「ままならぬ」「身ではなし」「身のつらさ」「胸にある」「むりばかり」「めでたくかしく」「目に涙」「物思ひ」「やぼ」「夢の浮世に夢を見て」「わしや言ひながら」「わしやつらい」「わしやなけれども」「わしや持ちながら」「居《ゐ》るわいな」

この中でも特に、傍線を施した「客」「座敷」「ぐち」「じつ」「邪見」「勤め」「ぬし」「のろい」「ほれた」「枕紙」「まこと」「やぼ」「わし」などは潮来節と神戸節に共通して多用される語彙と言える。これらは遊里で日常的に用いられる語彙で、両者がともに遊里での流行歌謡であることを示している。そして単にそれだけではなく、歌謡史的観点からすれば、潮来節の語彙や表現を神戸節が継承したことを意味していると言える。

三　『音曲神戸節』と近世流行歌謡

ここでまた浅野氏「音曲「神戸節」について」から次のような記述を取り上げたい。

潮来節にも神戸節にも近世の流行小歌として人口に膾炙した名歌をそのまま踏襲したものがかなり存する。例えば神戸節においては、少なくとも次にあげるような歌群を、極めて伝播率の高い名歌としてあげることができよう。

この記述に続けて浅野氏は、「橋の上から文とりおとし、水にふたりが名をながす」以下三十三首の『音曲神戸節』所収歌謡を掲出する。これらに神戸節以外の流行歌謡の出典が明記されていないのは、誠に残念であるが、確かにそれらが人口に膾炙した有名な流行歌謡であることは間違いない(4)。このように浅野氏の指摘によれば、『音曲神戸節』所収歌謡は潮来節以外にも、相当数の流行歌謡の歌詞が流入していることがわかる。しかし、実はこれも小著を活用することによってさらに関係の深さを具体的に確認することができる。次に小著によって検索できる『音曲神戸節』と関連を持つ近世流行歌謡（潮来節を除く）を［表II］として掲出しておく。［表I］と同様に、末尾括弧内にその歌が収録される歌謡集の略称（漢字一字）と歌番号を掲出した。歌謡集の略称は、成立順に盤珪『臼引歌』を〝臼〟、『延享五年小哥しやうが集』を〝延〟、『春遊興』を〝春〟、『山家鳥虫歌』を〝山〟、『艶歌選』を〝艶〟、『越風石臼歌』を〝越〟、『和河わらんべうた』を〝和〟、『賤が歌袋』を〝賤〟とする。また、出典の明記がないものの、浅野氏に指摘のある例には※を施した。

［表Ⅱ］

『音曲神戸節』	近世流行歌謡
①ちやうのはかまの、ひだとるよりも、ぬしの心が、とりにくい（六八）	・繻子の袴の、襞とるよりも、様の機嫌の、とりにくさ（山一六）
②おまへ前髪、とらんすならば、わしもとめましよ、ふり袖を（九二）	・千世の前髪、下ろさば下ろせ、わしも留めましよ、振袖を（山三八二）
③思ひきれとは、しねとの事か、しねば野山の、つちとなる（一一〇）	・思ひ切れとは、死ねとの事か、死なにや思ひの、根は切れぬ（延四九〇）
④わしが事かえ、志賀から崎の、ひとつ松とは、たよりない（一一九）	・わしが事かや、志賀唐崎の、一つ松とは、頼りなや（山二四四）
⑤わしがむねでは、火をたくけれど、けむりださねば、ぬしやしらぬ（一三〇）	・胸に蛇身の、火を焚くけれど、烟たたねば、人しらぬ（賤一三〇）
⑥わしが事かえ、川ばた柳、水の流れを、見てなげく（一三三※）	・なにを嘆くぞ、川端柳、水の出ばなを、嘆くかや（山六二）
⑦かねがなるかえ、しゆもくがなるか、かねとしゆもくの、あひがなる（一四三※）	・鐘が鳴るかや、撞木が鳴るか、鐘と撞木の、間が鳴る（山七六）
⑧竹にすずめは、しなよくとまる、とめてとまらぬ、我がおもひ（一六二※）	・竹に雀は、品よくとまる、止めてとまらぬ、我が思ひ（春五） ・竹にすずめは、品よくとまる、とめてとまらぬ、色の道（賤一二四）
⑨たてばしやくやく、すわればぼたん、あるくすがたは、ゆりの花（一六八※）	・立てば芍薬、座れば牡丹、歩く姿は、百合の花（延一八六）
⑩そめてくやしや、江戸むらさきに、もとのしらぢに、してほしい（一七七）	・染めてくやしの、似せ紫よ、もとの白地が、ましぢやもの（延四八五） ・染めて悔しや、藍紫に、もとの白地が、ましぢやもの

⑪つとめする身と、帆かけたふねは、人目らくさうで、くはたえぬ（一八〇）
⑫いせぢでるときや、涙ででたが、今は吹き来る、風もいや（二四〇※）
⑬おもひだすのは、わすれるからよ、思ひ出さずに、わすれずに（二四六※）
⑭くがいする身は、浦山ぶきの、花はさけども、みはならぬ（二四八）
⑮まつがつらいか、わかれがういか、まつはたのしみ、わかれうい（二七八）
⑯恋にこがれて、なくせみよりも、なかぬほたるが、身をこがす（二九七）
⑰こいでこいでと、まつ夜はこいで、またぬ夜にきて、かどにたつ（三〇二※）

（越二）
・わしが勤めと、帆掛けた船は、人目は楽なやうで、苦でごんす、ほんほに苦しき、勤めぞやと（春一三）
・田辺出る時、涙で出たが、今は田辺の、風もいや（延九〇）
・嫌と思へば、其の傍らの、そよと吹き来る、風も嫌（延三一三）
・思ひ出だすは、忘れぬ故に、思ひ出さねば、忘れぬよ（臼三七）
・思ひ出すとは、忘るるからよ、思ひ出さずや、忘れずや（延四二六）
・思ひ出せとは、忘るるからよ、思ひ出さずに、忘れまい（山三七九）
・様とわしとは、山吹育ち、花は咲けども、実はのらぬ（山五七）
・待つが辛いか、別れが憂いか、待つは楽しみ、別れは辛い（山三五九）
・恋し恋しと、鳴く蟬よりも、鳴かぬ蛍が、身を焦がす（延二八三）
・恋に焦がれて、鳴く蟬よりも、鳴かぬ蛍が、身を焦がす（山一一）
・来いで来いでと、待つ夜は来いで、待たぬ夜に来て、外に立ち、うろうろするわいな（春一二）
・月夜うたてや、闇ならよかろ、待たぬ夜に来て、門に立つ（山九〇）
・来いで来いでと、待つ夜は来いで、待たぬ夜は来て、門

⑱あひたみたさは、とびたつけれど、かごの鳥かや、ままならぬ（三二八※）

⑲酒はさかやに、よい茶は茶やに、ぬしはどこかの、どこやらに（三三七※）

⑳さいた桜に、なぜ駒つなぐ、こまがいさめば、花がちる（三四〇※）

㉑きりやうのよいのと、すがたにやほれぬ、人はみめより、ただこころ（三五一※）

㉒みれば見わたす、さをさしやとどく、なぜにとどかぬ、我がおもひ（三七九※）

に立つ（艶五八）

・来いで来いでと、待つ夜にやこいで、またぬ夜あけの、門にたつ（賤三五）

・逢ひた見たさは、飛び立つばかり、籠の鳥かや、恨めしや（延一一五）

・様を思へば、飛び立つばかり、籠の鳥かや、恨めしや（延五五九）

・逢ひた見たさは、飛び立つごとく、籠の鳥かや、恨めしや（山一九八）

・酒は酒屋に、よい茶は茶屋に、女郎は都の、島原に（延三七九）

・鳥羽で咲く花、ヤアレ、女郎は大坂の、新町に、ヤアレヤレヤレ、酒は酒屋に、よい茶は茶屋に、ヤアレヤレヤレ（山一三一）

・咲いた桜に、なぜ駒繋いだ、駒が勇めば、花が散る（延二三一）

・咲いた桜に、何故駒つなぐ、駒が勇めば、華が散る（春八）

・咲いた桜に、なぜ駒繋ぐ、駒が勇めば、花が散る（山一二三）

・咲いた桜に、なぜ駒つなぐ、駒が勇めば、花が散る（艶五四）

・見目にや迷はぬ、姿にや惚れぬ、心ばせにぞ、諸事迷ふ（延四〇七）

・見れば見渡す、竿さしや届く、何故に届かぬ、我が思ひ（延三四七）

㉓しんぢゆうしましよか、かみきりましよか、かみははえもの、身はだいじ（三九六）
㉔人のいひなし、北山しぐれ、くもりなき身は、晴れてゆく（四一三）
㉕ひろいせかいに、わしやすみながら、せまうたのしむ、すきのみち（四二三）
㉖せん里はしるやうな、虎の子がほしい、たよりきいたり、きかせたり（四四一※）
㉗くるかくるかと、沖へ出て見れば、はまの松風、音ばかり（四四九※）
㉘もみぢふみわけ、鳴く鹿の毛は、恋の文かく、筆となる（四五〇）

・心中しましよか、髪切りましよか、ヤアレ、髪は生えもの、身は大事、ヤアレヤレヤレ（山一三二）
・人の言ひなし、北山時雨、曇りなき身は、晴れてのく（山六〇）
・人のいひなし、北山時雨、曇りなければ、晴れてのく（賤二六三）
・広い世界に、住みながら、せまう楽しむ、まこと誠、こんな縁が、唐にもあろか（艶五一）
・千里走るやうな、虎の子が欲しや、やるぞ此の文、富士までも（山二三五）
・千里走るやうな、虎の子がほしや、さまの便りを、きこずもの（賤二六九）
・ござるござると、浮き名は立ちて、浜の松風、音ばかり（延一六四）
・来るか来るかと、川下見れば、伊吹蓬の、影ばかり（山一六一）
・ござるござると、浮き名を立てて、様は松風、音ばかり（山二八六）
・ござるござると、浮き名を立てて、様は松風、音ばかり（山三八八）
・来るか来るかと、川しも見れば、河原蓬の、影ばかり（賤二八）
・紅葉踏む鹿、憎いといへど、恋の文書く、筆となる（延二〇七）
・紅葉踏む鹿、憎いといへど、恋の文書く、筆となる（山八八）

	・もみぢ踏む鹿、憎いといへど、恋の文かく、筆と成る（越一〇）
㉙いとしあなたも、小藪の雀、なくも落つるも、人しらず（四七七）	・わしとおまへは、小藪の小梅、なるも落つるも、人知らぬ（山二四八）
㉚思ひ染め川、わたらぬ先は、かほど深いと、露しらず（五〇九）	・思ひ染め川、わたらぬさきは、かほど深きと、白浪だ（越二）
㉛月はまん丸、ひえてはいれど、心さえねば、いつもやみ（五一四）	・月はまんまんと、さえたよさまよ、心さえねば、いつもやみ（和四八）
㉜まさか思ひを、汲みわけさんせ、やぼなおまへぢや、有るまいし（五一五）	・不粋なお前ぢや、あるまいし、無理言い掛けて、気もせさせ、お前の心が、済むかいな（艶七七）
㉝花にたんざく、付けなもよいが、ぬしの有る枝、手折るまい（五二九）	・花に短冊、つけるはよいが、余所に主有る、枝をるな（越一五）

例えば一例目の『音曲神戸節』六八番歌「ちょうのはかまの、ひだとるよりも、ぬしの心が、とりにくい」には、『山家鳥虫歌』一六番歌「繻子の袴の、襞とるよりも、様の機嫌の、とりにくさ」が類歌として指摘できる。以下、三十三首の『音曲神戸節』所収歌謡について、合計五十六首の近世流行歌謡を共在歌・類歌として指摘できることになる。近世流行歌謡の出典の内訳は、盤珪『臼引歌』一首、『延享五年小哥しやうが集』十五首、『春遊興』四首、『山家鳥虫歌』二十一首、『艶歌選』四首、『越風石臼歌』四首、『和河わらんべうた』一首、『賤が歌袋』六首となる。ところで、表中の三十三首は浅野氏指摘の三十三首と同一ではない。両者に重なる歌は十四首であるので、結果として※が十四個付けられている。実は浅野氏指摘のうち十九首は小著では検索できない。その理由のひとつには、小著の対象外である室町小歌や近世初期流行歌謡に遡る例があるということが挙げられる。しかし、逆に言えば小著によって浅野氏が指摘しなかった十九例を新たに指摘できることも見逃せない。また、指摘が重複する十四

例も浅野氏が出典を明示しなかったものを、具体的に指摘できるのである。さらにこれらの歌謡に共通する「類型表現」も存在する。すなわち、『音曲神戸節』所収歌謡の表現のうち、近世流行歌謡に広く見られる表現が存在する。次に五十音順に掲出しておく。

「逢ひた見たさは飛び立つばかり」「ありがたいぞや」「ある故に」「思ひ切れとは」「籠の鳥」「門に立つ」「袖しぼる」「ただひとり」「たたみざん」「床の内」「名を流す」「腹が立つ」「腹の立つ時」

以上のように、『音曲神戸節』所収歌謡には潮来節以外にも、多くの近世流行歌謡の歌詞が用いられていることがわかる。ただし、本節では触れることができない重要な問題に、これらの歌謡の音楽面での関係の問題がある。すなわち、例えば『音曲神戸節』所収歌謡の歌詞が『延享五年小哥しやうが集』所収歌謡と同じ歌詞だとしても、その曲節が異なっていたのではないかということに他ならない。神戸節と節の名が歌謡名に付与されている以上、独特の節回しがあったはずである。本節ではあくまでも問題を歌謡詞章に限定しての報告ということになる。

おわりに

『音曲神戸節』所収歌謡のその後について簡単に触れておきたい。これは『音曲神戸節』所収歌謡に限ったことではなく、近世流行歌謡全般について言えることであるが、子守歌（主として守子歌）への流入という興味深い現象が見られる。例えば『童話伝説』との関係について指摘しておきたい。『童話伝説』は東京大学附属図書館南葵文庫所蔵の写本で、『南葵文庫旧蔵わらべ唄』などとも称される。(5)『童話伝説』二〇番歌「寝たらねんぶつ、おきたらつとめ、つらい勤も、せにやならぬ」の「つらい勤も」、二三番歌「わしとお前と、お蔵の米で、いつか世に出て、まゝになる」の「わしとお前と」などは潮来節や神戸節に特徴的に見られる表現である。また、四三番歌「ほれてつまらぬ、御ざいの人にョー、喰はにやなろまい、麦飯をョー」の「ほれてつまらぬ」は『音曲神戸節』四九番歌と一致する表現でもある。一方、二二番歌「来るか来るかと、浜へ出て見れば、浜の松風、音ばかり」は近世流行歌謡を代表する一首で、多くの歌謡集に収録される歌詞であるが、(6)『音曲神戸節』四四九番歌（［表II］㉗に掲出）にもっとも近似している。さらに、『童話伝説』八九番歌「しかと抱きしめ顔打ながめョー、こふもみちやになるものかョー」は『潮来風』三五番歌にも類歌があるが、『音曲神戸節』三九一番歌（［表I］㊼に掲出）の歌詞により近似している。このような近世流行歌謡の子守歌への流入の例は他にも多く存在する。これはおそらく子守歌を歌う若い子守娘の間でも近世流行歌謡が口ずさまれ、それが子守歌として書き留められた結果によるものと推察できる。これらの例のような近世流行歌謡と子守歌の間の共在歌・類歌の発見も、小著を通して見ることのできる景観のひとつである。

以上、「近世流行歌謡をめぐる諸問題」と題して論じてきた。なお、小著に取り上げた歌謡集に見られる「人名」と「地名」を検討することによって、それらに収録される歌謡の性格を知ることができることも指摘しておきたい。知名度の高い人物や地名が歌い込まれた歌謡ほど、流行の度合いが高い歌で、地方の無名な人物や地方の小地域を表す語が歌い込まれた歌ほどローカルな歌謡集であることが考えられる。その意味で結論すれば、小著収録の歌謡集のうち、『延享五年小哥しやうが集』と『淡路農歌』の二集成は地方色溢れる歌謡を多く収録しており、『山家鳥虫歌』にも一定の地方色豊かな歌謡が収録されていることがわかる。しかし同時に、それらの歌謡集にも多くの流行歌謡が収録されていることを併せて指摘して、本節を閉じることとしたい。

注

（1）『延享五年小哥しやうが集』四一八番歌、『賎が歌袋』二一五番歌に類歌が見られる。

（2）『延享五年小哥しやうが集』二四番歌・四〇三番歌、『絵本倭詩経』一九番歌、『山家鳥虫歌』二八五番歌に類歌が見られる。

（3）『延享五年小哥しやうが集』五二〇番歌、『山家鳥虫歌』三六番歌に類歌が見られる。

（4）中でも『音曲神戸節』一三四番歌「わしはぬしない、野にさく花よ、をらばをらんせ、ちらぬさき」、二〇二番歌「何がふそくで、枕をなげた、なげた枕に、とがはない」、二四六番歌「おもひだすのは、わすれるからよ、思ひ出さずに、わすれずに」、二四七番歌「逢ふてたつ名が、たつ名の内か、あはでこがれて、浮き名たつ」、三二八番歌「あいたみたさは、とびたつけれど、かごの鳥かや、ままならぬ」、三七九番歌「みれば見わたす、さをさしやとどく、なぜにとどかぬ、我がおもひ」の六首は、少なくとも近世初期の流行歌謡に遡れる。さらに言えば、このうち二〇二番歌、二四六番歌、二四七番歌などは室町小歌に類歌を求めることもできる。

（5）『日本庶民文化史料集成』第五巻・歌謡には『南葵文庫旧蔵わらべ唄』の表題で翻刻紹介がなされている。

（6）『延享五年小哥しやうが集』一六四番歌、『山家鳥虫歌』一六一番歌、『賤が歌袋』二八番歌などに類歌が見られる。

第三節　物売り歌謡研究序説

はじめに

室町時代後期成立の『誹諧連歌抄』[1]諸伝本のうち穎原退蔵氏旧蔵本、比叡山真如蔵旧蔵本の両本の雑部に次のような付合を見出すことができる。

　れいの声こそ高くきこゆれ
谷越しに笠召せやつ《(笠めせ〳〵)》と呼ばはりて

前句は誹諧連歌に多い性的な暗示を与える思わせ振りな句である。付句は「れい（例）の声」を男女の情交の際の声という性的な連想から切り離して、遠く「谷越し」を歩く笠売りが「笠召せやつ《(笠めせ〳〵)》」と大きな売り声を上げている場面に取り成したのである。その場合「れいの声」は笠売りの振る鈴の音、すなわち「れい《(鈴)》の声」と解釈されたことになる。この付合によって当時の笠売りの営業の様態が如実に知られることになろう。

ところで、『閑吟集』[2]の中にも笠売りの声がそのまま当時の流行小歌に仕立て上げられた例を指摘できる。その一五〇番歌は狭義小歌に属する次のような歌謡である。

　笠を召せ、笠も笠、浜田の宿にはやる菅の白い尖り笠を召せなう、召さねば、お色の黒げに

『閑吟集』研究の泰斗浅野建二氏はこの小歌について、早く「女が男に―自分の愛人に言いかけた意か。一説に、笠売りの呼び声とする」（『閑吟集研究大成』〈昭和43年・明治書院〉三九七頁）としていたが、後には「笠売りの呼び声をもとにした歌であろう」（『新訂　閑吟集』〈平成元年・岩波文庫〉一二三頁）とした。また、『閑吟集』の

最新の注釈である新日本古典文学大系本（真鍋昌弘氏校注）も「実際の笠売りの売り声」との見解を示している。管見でもこの歌は笠売りの言い立て（売り声）と考える。「〜召せ」というのは「〜候」と並んで、商人が商いの際に人々に言い立てる常套的表現であったからに他ならない。例えば当時の商人の言葉を書き留めている『七十一番職人歌合』(3)の画中詞を一瞥しただけでも、「酒作」が「先酒召せかし。はやりて候。うすにごりも候」、「白物売」が「百けも、なからけもいくらも召せ。いかほどよき御しろいが候ぞ」、「魚売」が「魚は候。あたらしく候。召せかし」とそれぞれ言い立てている。『閑吟集』一五〇番歌はこの言い立ての表現を有しており、言い立ての文句がしばしば節付けされたことも重ね合わせれば、物売りの言い立てと流行歌謡とがきわめて親近していた可能性を措定することができる。すなわち、この小歌は浅野氏の指摘の通り「笠売りの呼び声」と考えてよいものと思われる。

なお、『閑吟集』一五〇番歌の類歌に狂言台本『鷺保教本』（享保年間〈一七一六〜一七三六〉成立）小舞謡の「柳ノ下ノ御児様、朝日ニ向フテ御色ガ黒、御色ガ黒ハ笠ヲ召セ、笠も〳〵、イッキョトガリ笠、ヲソリ笠(4)」や『巷謡篇』下・土佐郡じよや「笠を召せ〳〵、めさねば顔が黒ひ(5)」、『柿原氏本田植唄集』巳の下刻の歌「笠を召せ、召さねばお色が黒いよ、笠は買うたが大仙町はどこやら(6)」等がある。これらのうち『鷺保教本』小舞謡は「笠を召せ」を笠売りの言い立てとせず、笠を着なさいという恋人から稚児への忠告と解釈した方が相応しい。しかし、『柿原氏本田植唄集』所収歌は前半の笠売りの言い立て「笠を召せ、召さねばお色が黒いよ」に対し、後半で笠を買った人が「笠は買うたが……」と応じた掛け合いの歌と考えてよいであろう。このように「笠を召せ」という日常の口語を折り込んだ歌謡が流行した背景には、中世以降の庶民生活のなかに笠売りの言い立ての声が定着していたからに他ならないであろう。

本節では「物売り歌謡研究序説」と題して、中世以降に見られる物売り歌謡のうちの若干例を取り上げ、その歌謡史的位置付けを試みる第一歩とするものである。なお、物売り歌謡には前述の『閑吟集』一五〇番歌のような、物売りの声をもとにした歌謡（売り声の歌）の他に、物売りの歌う言い立ての歌謡（物売りの歌）があり、本節ではその両者を考察の対象とする。

一　『七十一番職人歌合』にみる商人・芸能者の歌謡

『七十一番職人歌合』には商人や芸能者が、その科白としての画中詞とともに描かれていることは前述の通りである。二十四番右の「煎じ物売」に付された画中詞は「おせんじ物〱」である。商品名のみを連呼するきわめて単純な売り声であるが、これにかかわる歌謡が狂言の中で歌われる。すなわち『大蔵虎明本』所収「煎じ物」に「せんじ〱、せんじ物めせ、せんじ物めせ、ちんひ（陳皮）かんきょう（乾薑）くわへて、せんじたる、おせんじものめせ、せんじ物めせ……」と見える。これは和泉流においても天理本『狂言六義抜書』や和泉家古本『六議抜書』等、また鷺流でも『鷺賢通本』にほぼ重なる歌謡詞章を確認することができる。「煎じ物売」の言い立てが歌謡として狂言舞台で演じられた例と言える。

『七十一番職人歌合』九番右「小原女」の画中詞は、同じ番の左「炭焼」との対話となっており、売り声ではない。しかし、この「小原女」の言い立てを含む歌謡は、早く『梁塵秘抄』(7)に見えるのをはじめ、『西国盛衰記』(8)所収「大友宗麟風流躍見物事」、狂言歌謡（『大蔵虎明本』、天理本『狂言六義抜書』、『鷺賢通本』等）、初期歌舞伎踊のうち女歌舞伎踊歌「をはらぎ」、『業平躍歌』、『似我蜂物語』等に散見する著名な歌が存在する。このうち『梁塵秘抄』四句神歌・三八九番歌には「禁闈朱《きんだちす》雀《ざか》は木の市、大原静原長谷岩倉八瀬の人集まりて、木や召す炭や召す盥船、品良しや、法師に杵換へ給べ京の人」とあり、「大原」や周辺地域の薪売りの「木や召す炭や召す」という売り声が活写されている。また、『西国盛衰記』には「「小原木〱、召せや召せ、小原静原、芹生の里、朧の清水の陰は八瀬の里、人しらず梅の匂ふや、此里の春風、松かさき散る花までも、雪はのこりて、春寒し、小原木召されよ、小原木召され候へ」と声面白く謡をどる、中躍りも金の小原木をいただき、又は荷ひてをどり舞ふ」とある。これは天正二年（一五七四）七月二十七日のこととされている。続く狂言歌謡以下の歌はこの『西国盛衰記』所収歌謡の詞章を踏襲しているのである。また、それらとは別に綾子舞「小原木」の「八瀬や小原の賤しき者は、沈や麝香は持たねども、匂うて来るは薫物……」という歌謡もある。都の人々にとって「小原木」を売り歩く「小原女」が身近な存在であったことが裏付けられよう。そして『西国盛衰記』以下の歌謡は「小原女」の言い立て「小原木召せ」を取り込んだ歌謡として、先掲の「煎じ物売」の歌謡と同軌と言える。これらが歌謡化されたのは、もとの言い立てが節付けされており、歌謡と親和性があったことによるものと考えられる。(9)

次に物売りの言い立てを摂取した歌謡とは異なるが、同じく『七十一番職人歌合』に見える芸能者にかかわる歌謡に言及しておきたい。四十九番は左が「放下」、右が「鉢扣」である。「放下」の画中詞は「うつゝなのまよひや」、「鉢扣」の画中詞は「昨日みし人今日問へば」となっている。前者の「うつゝなのまよひや」は放下師が歌い歩いた歌謡と考えられるものの出典が未詳である。一方、後者の「昨日みし人今日問へば」は『無常和讃』に「きのふみし人はいづくとけふとへば、谷ふくあらし、みねの松かぜ」とある他、和讃系歌謡の常套的詞章で、空也僧としての「鉢扣」が茶筅を売りながら歌い歩いた歌謡と思われる。「鉢扣」は芸能者的性格を有するものの、茶筅売りとしての一面を持ち、商人としての性格も併せ持っている。これは「煎じ物売」や「小原木」の場合のように言い立てが歌謡化されたものとは異なり、元から歌謡を言い立てに用いていたことになる。「鉢扣」の歌謡についてはは次にやや詳しく述べることとする。

二　「鉢扣」の歌謡
——『歓喜踊躍念仏和讃』の紹介——

「鉢扣」の歌謡をめぐる今日最新の成果は井出幸男『中世歌謡の史的研究』（平成7年・三弥井書店）第二章第十節「「鉢たゝき」の歌謡考」である。同書では『続日本歌謡集成』巻二所収「空也僧鉢たゝきの歌」をもとに、従来言われてきた「鉢扣」の歌謡が三種に分類整理できることを指摘した。すなわち、「長夜の眠は独り覚め……」（『続日本歌謡集成』巻二に「空也僧鉢扣歌」として収録）、「諸法実相と聞くときは……」（『続日本歌謡集成』巻二に「南禅寺普明国師の作」として収録）、「よき光ぞと影たのむ……」（『続日本歌謡集成』巻二に「鉢たゝきの歌」として収録）の三種がそれである。このうち第三番目の「よき光ぞと影たのむ……」は諸書に引用され、もっとも著名である。この歌謡は狂言にも大蔵流の『大蔵虎明本』（万集類「はちたゝき」）、『文政松井本』（「輪蔵」間狂言・「福部の神」）に見え、和泉流にも古典文庫本（「瓢の神」）や現行本（「瓢の神」）に見える。さらに鷺流では『宝暦名女川本』（「鉢叩匏神」）、『鷺賢通本』（「鉢叩」）に採られている。井出氏はこれらの冒頭部分の詞章に謡曲「山姥」の摂取を指摘する。これは卓見であるが、『文政松井本』以下ではさらに末尾「仏法あれバ世法あり、煩悩あれば菩提あり、柳は緑、花はくれなゐのいろ〳〵なれば……」（古典文庫本の本文による）にも謡曲「山姥」のクセの摂取が認められる。[10] また、末尾の「なむまみはらうだ、はうばいとう、茶せん茶せん」は『嬉遊笑覧』が指摘するように「鉢扣」の売り声をそのまま取り込んだものであろう。

また、第二番目の「諸法実相と聞くときは……」は『安斎随筆』巻之二十九「鉢叩のうた」、『嬉遊笑覧』巻六上・音曲及び巻十一・乞士の項に紹介されている。末尾に用いられる「唱ふれば仏も我もなかりけりなむあみだ仏〳〵」は空也上人の詠歌ではなく、一般に時衆の開祖一遍上人の作とされる道歌と小異である。

一方、第一番目に掲出した「長夜の眠は独り覚め……」で始まる詞章にかかわる新出資料を翻刻紹介しておきたい。ここに紹介するのは外題に『歓喜踊躍《ゆやく》念仏和讃』と銘打つ架蔵の板本一冊である（〔図32〕〔図33〕参照）。管見に入った他の伝本には国学院高等学校藤田・小林文庫蔵本があり、さらに未見ながら東京国立博物館蔵本も存在しているという。本節では架蔵本を中心に紹介し、藤田・小林文庫蔵本との相違点等について若干の言及を加えるに止める。

架蔵本『歓喜踊躍念仏和讃』は刊年不明の仮綴の板本で、表紙共全五丁、大きさは縦二五・〇糎×横一七・三糎である。別に「空也堂歓喜踊躍念仏図」（縦二四・九糎×横三四・四糎）（〔図34〕参照）、「当山伝来瓢箪之略縁起」（縦二四・八糎×横三四・二糎）の一枚摺各一紙、都合二枚が添えられている。[11] 板本の第一丁表は表紙で、中央に大きく撥の棒（細い竹か）とともに瓢箪を描き、そのなかに「歓喜踊躍念仏和讃　空也堂蔵板」と外題を記す。第一丁裏は左手に鹿角の杖を持ち、胸に木鉦を提げ、右手に撞木を持ち、念仏らしき息を口から吐く空也上人の肖像が描かれる。その右上には「我朝念仏弘通開山醍醐天皇第二之宮空也上人御真影」と見える。第二丁目以降はいわば本編に相当し、一面八行の本文が摺られている。この本編を以下の翻刻の対象とするので、ここでは概要のみを摘記しておく。まず第二丁表は「空也上人示曰」で和歌二首を掲載する。第二丁裏から第三丁表途中の五行目までが「空也上人御和讃」二十四句で、続く第三丁表六

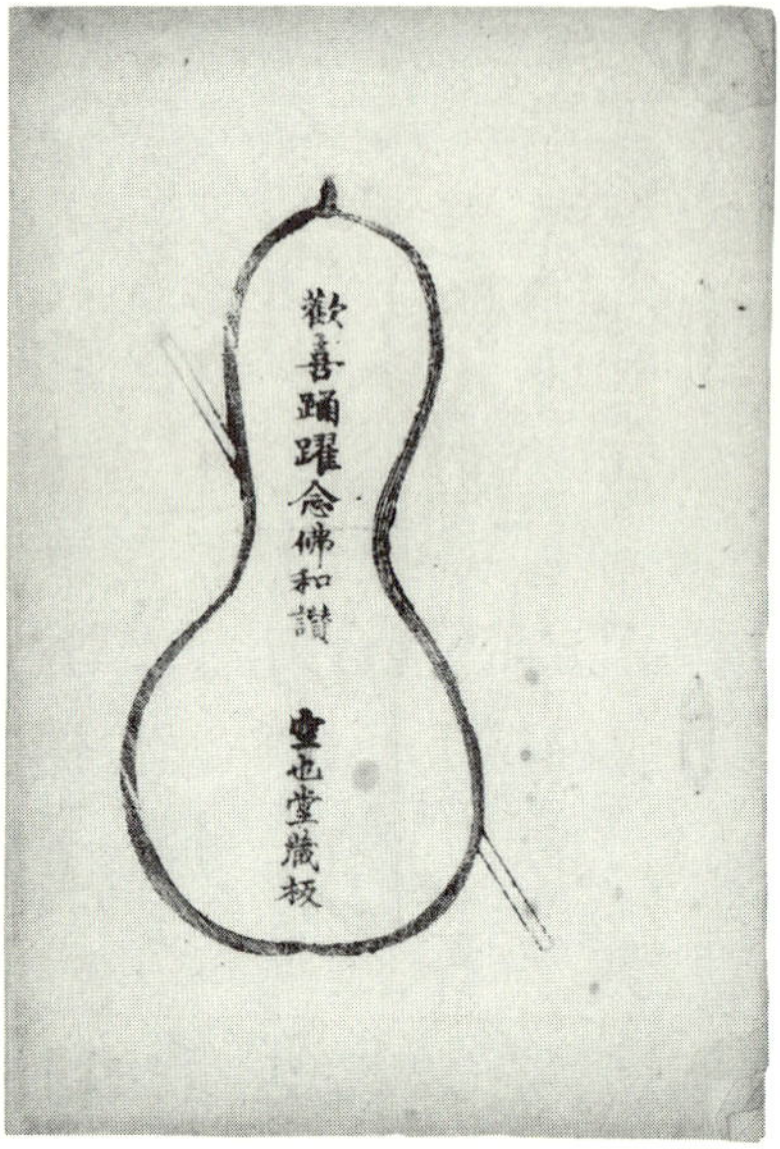

〔図32〕『歓喜踊躍念仏和讃』表紙

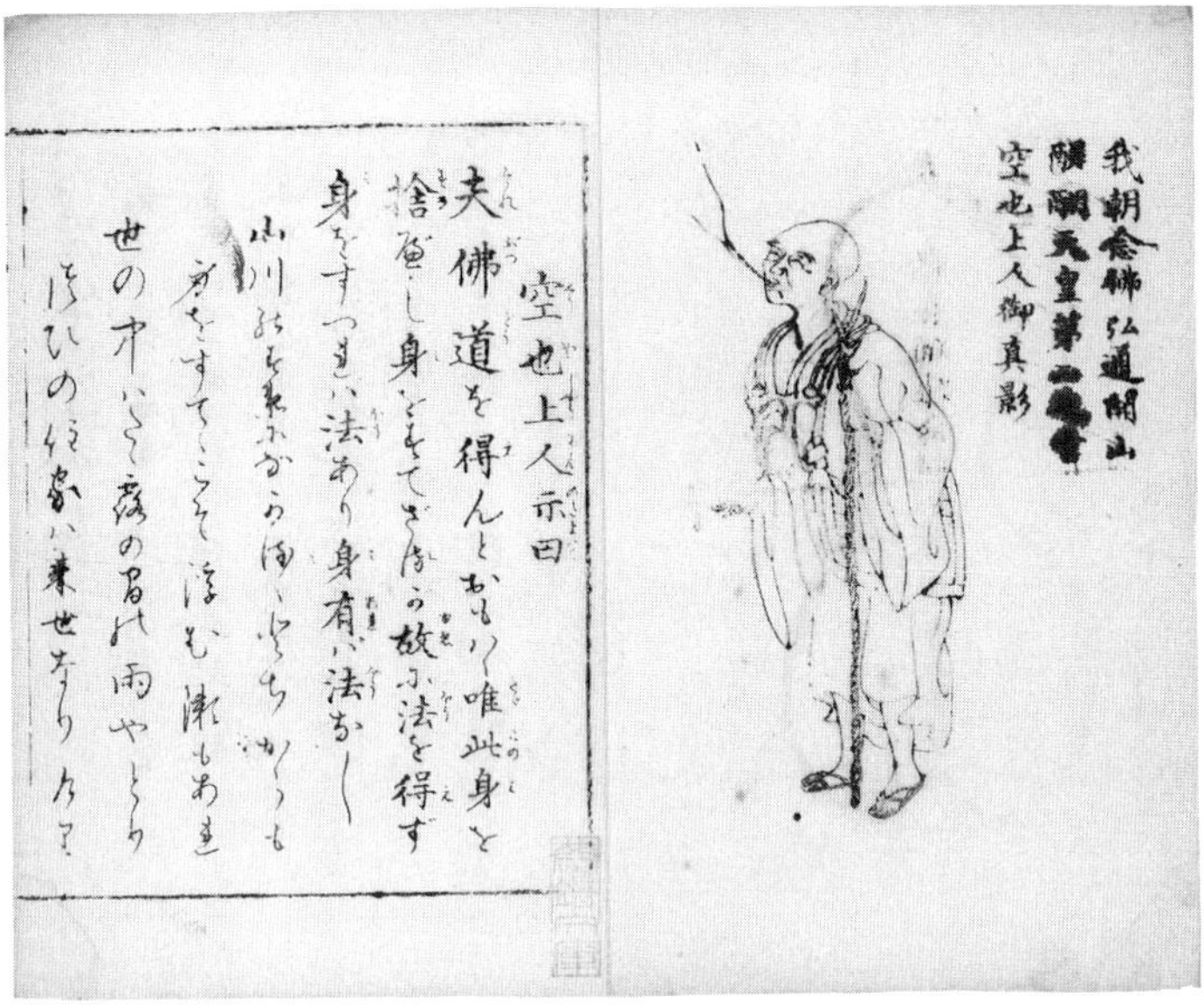

〔図33〕『歓喜踊躍念仏和讃』表紙見返し・第一丁表

行目から第三丁裏が「上人の御うた五首」である。第四丁表から第五丁表の三行目までは「歓喜踊躍」と銘打つ三十五句からなる和讃が掲載されている。そして、第五丁表には刊年のない刊記が三行で記されている。第五丁裏はいわば裏表紙で白紙となっている。以下に翻刻を掲出しておく。翻刻に際しては通行の字体に改めるとともに、新たに句読点を施した。

[翻刻]

空也上人示曰

夫《それ》仏道《ぶつどう》を得《え》んとおもはゝ、唯此身《たゞこのみ》を捨《すつ》べし。身《み》をすてざるが故《ゆゑ》に、法《ほう》を得《え》ず。身《み》をすつれば法《ほう》あり。身《み》有《あれ》ば法《ほう》なし。

山川のすゐになかるゝとちからも身をすてゝこそ浮む瀬もあれ

世の中はたゝ露の間の雨やとりつひの住家は来世なりけり

空也《くうや》上人《しやうにん》御和讃《ごわさん》

長夜《ちやうや》の睡《ねふり》は独覚《ひとりさめ》　五更《ごかう》の夢《ゆめ》にぞおどろきて

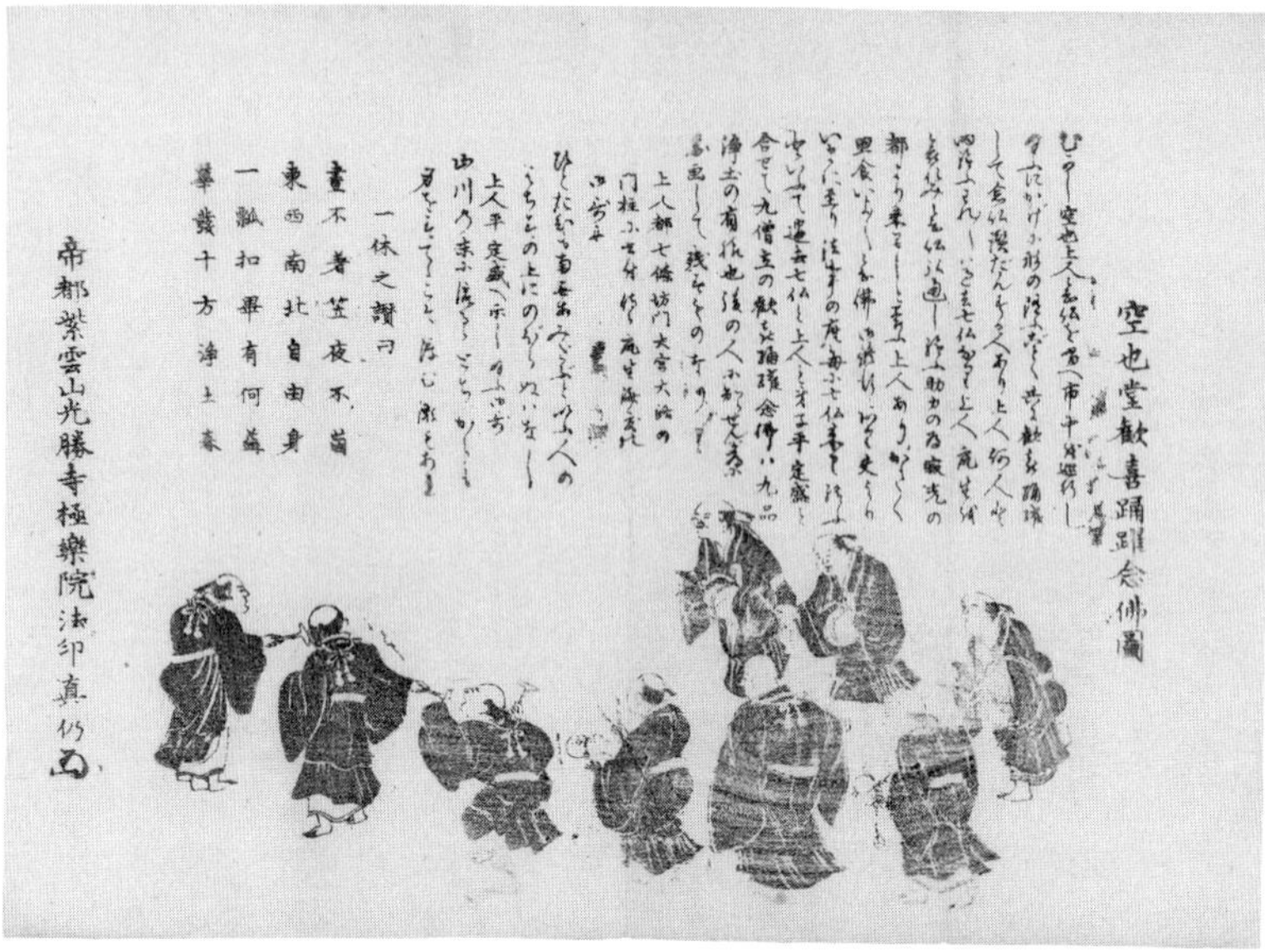

〔図34〕『空也堂歓喜踊躍念仏図』

静《しづか》に浮世《うきよ》を観《くはん》ずれば　僅《わづか》に刹那《せつな》の程《ほど》ぞかし
時候《じかう》程《ほど》なく移《うつり》来《き》て　五更《ごかう》の天《そら》にぞ成《なり》にける
念々《ねん〱》無常《むじやう》の我命《わがいのち》　何日《いつか》生死《しやうじ》に陥《おと》されむ
人命《にんめい》無常《むじやう》停《とゞ》まらず　山水《さんすい》よりもはなはだし
僅《わづか》に今日《けふ》まで持《たも》てども　明日《あす》の命《いのち》は期《ご》がたし
三界《さんがい》処《ところ》広《ひろ》けれど　来《きた》りて留《とゞま》る所《ところ》なし
四生《ししやう》の形《かたち》は多《おほ》けれど　生《しやう》じて死《し》せざる体《たい》も無《な》し
三界《さんがい》すべて無《む》常也《じやうなり》　四生《ししやう》何《いづれ》も幻化《げんけ》なり
此中《このなか》にすむ人《ひと》は皆《みな》　譬《たとへ》ば夢《ゆめ》にぞ似《にた》りける
東黛前後《とうたいせんご》の夕煙《ゆふけむり》　昨日《きのふも》靉靆《たなびき》今日《けふも》作立《たち》
北芒朝暮《ほつぼうちやうぼ》の草露《くさのつゆ》　後前《おくれさきだつ》ためしあり

上人の御うた五首

をしめともいちとは野辺に捨る身のあはれはかなき人のはてかな
人のはて何になるそとよく見れはけふりとなりてあとさきもなし
にしへゆくこゝろひとつかたかはすはほねとかはとにみはならはなれ

ひとたひも南無あみた仏といふ人のはちすの上にのほらぬはなし
極楽ははるけきほとゝきゝしかとつとめていたるところなりけり

歓喜踊躍

おもへばうきよは程《ほど》も無《な》し　栄華《ゑいぐは》は皆是春《みなこれはる》の夢《ゆめ》
名利《みやうり》の心《こゝろ》をとゞめて　急《いそ》ひで浄土《じやうど》を願《ねが》ふべし
願《ねが》ふ浄土《じやうど》は他《た》にあらず　聖衆《しやうじゆ》の来迎時《らいかうとき》を待《まつ》
死《し》する所《ところ》は二《ふた》つ無《な》し　最期《さいご》は念仏《ねんぶつ》ばかりなり
あらありがたの法《のり》の声《こゑ》　人間界《にんげんかい》へ生《うま》れ来《き》て
末法《まつほう》なれどもおのづから　念仏行者身《ねんぶつぎやうじやのみ》とぞなる
観音勢至《くはんおんせいし》の来迎《らいかう》は　声《こゑ》をたづねて迎《むかへ》ある
十悪五逆《じうあくごぎやく》の雲《くも》はれて　するは蓮花《れんげ》の開《ひら》くなり
末《すゑ》の法《ほう》はもろともに　解脱《げたつ》は何《いづれ》もおとらねど
末代慈悲《まつだいじひ》の御教《おんきやう》は　念仏往生《ねんぶつわうじやう》すぐれたり
念仏十念種《ねんぶつじうねんたね》として　往生浄土《わうじやうじやうど》の花開《はなひら》く
菩提《ぼだい》と此身成《このみなる》をりは　利益修行《りやくしゆぎやう》も成就《じやうじゆ》する
八万四千《はちまんしせん》の経文《きやうもん》は　無明《むみやう》滅《めつ》せん為《ため》なり
利剣即是《りけんそくぜ》の名号《みやうがう》は　唯一声《たゞひとこゑ》に罪《つみ》きゆる
女人《によにん》が仏《ほとけ》に成《な》らぬとは　難行道《なんぎやうどう》の言葉《ことば》なり

去《さ》れどもみだの誓《ちかひ》には　女人悪業《によにんあくごう》えらばれず
摂取不捨《せつしゆふしや》の光明《かうみやう》は　念《ねん》ずる処《ところ》をてらす也
南無阿弥陀仏《なむあみだぶつ》

鉢扣念仏宗本山
紫雲山光勝寺極楽院
空也堂蔵板

まず冒頭に据えられた「空也上人示曰」に見える二首は作者不詳の和歌である。次に「空也上人御和讃」として掲出した二十四句の和讃が従来から「鉢扣」の歌とされている一首に当たる。これは既に井出氏によっても指摘されているように「空也和讃」を抄出した詞章となっている。すなわち「空也和讃」[12]の全二七六句のうち、冒頭第一句目から第八句目と、第二十一句目から三十六句目までをこの順で抄出した形となるのである。[13]続く「上人の御うた五首」は空也上人の詠歌と伝承される和歌五首を列記したものと思われる。第一首目から第三首目までの出典は管見には入らない。第四首目は『拾遺和歌集』哀傷・一三四四番歌に空也上人の詠として収録されるものである。[14]一方、第五首目は『千載和歌集』雑下（誹諧歌）・一二〇一番歌に空也上人の詠とされるものの、それ以前の『拾遺和歌集』には哀傷・一三四三番歌、すなわち前掲の第四首目「ひとたひも……」の歌の直前に配列され、作者は仙慶法師と見える一首である。この歌は『袋草紙』に千観内供の詠として掲出される。[15]一方、『和漢朗詠集』『梁塵秘抄』には作者名不記で採られてもいる。もと作者不明の伝承歌を後代に空也の作と仮託したものであろう。[16]源為憲の『空也誄』にもこの歌が見えるから、後には空也作との伝承がかなり広範に伝わったものと考えてよい。次に

「歓喜踊躍」とある三十五句の和讃はこの書全体の外題にもなったもので、本書の中核的作品と言ってよい。『日本歌謡集成』巻四には「歓喜踊躍和讃」と題する四十句の和讃が収録されている。この出典は不明であるものの、「歓喜踊躍」と比較すると構成面では末尾の句の反復が多いだけの相違で、本文に若干の異同が認められる他、基本的には同じ和讃と知られる。「踊躍」と言えば空也の在り方を踏襲した一遍の時衆において盛んに行われた踊躍念仏が想起される。前述のように一遍の和歌「唱ふれば……」を併せ持つ「鉢扣」の歌謡もあり、空也僧と時衆との関係の親密さについては改めて注目させられる。末尾にはこの書の刊記が見え、光勝寺極楽院空也堂の蔵板によるものとわかる。

藤田・小林文庫蔵『歓喜踊躍念仏和讃』は架蔵本と同様に表紙共全五丁の仮綴本で刊年は不明である。縦二三・〇糎×横一六・〇糎である。板本の第一丁表は表紙で、架蔵本と同じく中央に撥の棒と瓢簞を描き、その中に「歓喜踊躍念仏和讃　空也堂蔵板」と外題を記す。その裏は架蔵本と同一の空也上人の肖像が描かれるが、右上の文字はなく、口からは道歌「世の中はたゝ露の間の雨やとりつひの住家は来世なりける」が吹き出しのように記される。一方、右下には「空也堂春雅謹画（印）」の落款が刻まれる。第二丁目表から裏五行目にかけては「空也上人御和讃」二十四句が一面八行で摺られている。続く六行目から第三丁表が「上人の御うた五首」である。第三丁裏から第四丁裏の三行目までは「歓喜踊躍」という三十五句の和讃が掲載される。以上は本文的には小異を含むものの、架蔵本の第二丁裏から第五丁表三行目までに一致する。ただし、藤田・小林文庫本は第四丁裏四行目から五行目に「南無現在西方極楽世界三十六万億一十一万九千五百同名同号阿弥陀仏」とあり、次の刊記は「帝都鉢扣宗本山空也堂八十一世沈奝法印春雅真仍識（花押）」「印彫施主中川某」と見える。しかし、架蔵本と同様に刊年はない。第五丁表は「皆人の無量寿福におほふくのまさまし草をふりたてゝめせ　一瓢主人自画賛」という賛の入った茶筅売りの「鉢扣」の絵と空也堂の茶筅の由来が記されている。第五丁裏は裏表紙で白紙である。すなわち架蔵本との大きな相違点は、「空也上人示曰」がなく、代わりに第五丁表の絵入りの由来が存在する点に他ならない。両本の刊年の前後関係の究明も今後の課題である。

以上に紹介した『歓喜踊躍念仏和讃』を踏まえるならば、空也僧として茶筅を売りながら布教に努めた「鉢扣」の歌謡には、従来から言われてきた「空也上人御和讃」二十四句があるが、さらに「歓喜踊躍」なる三十五句の和讃も存在したと見てよいであろう。このうち「歓喜踊躍」の方は茶筅を売り歩く際に歌われたとまでは確言できないが、少なくとも茶筅売りをしていた空也僧たちが歌い管理していたと考えることはできる。両和讃はともに空也上人の浄土思想を反映した詞章を持つが、空也僧が町々で歌うことによって浄土思想に縁の薄い多くの庶民を教化する役割をも担っていたのである。今日、福島県河沼郡河東村（現、会津若松市）冬木沢の八葉寺の民俗芸能に踊躍念仏踊が残るのは、このような空也僧の活躍の名残を留めるものであろう。(20)

三　都鄙の売り声
——『蓮如上人子守歌』・宗長の長歌——

従来『蓮如上人子守歌』という題で親しまれてきた「ヤシヤウメ《（優女）》〱（優女）、京ノ町ニヤシヤウメ《（優女）》……」で歌い始める歌謡が存在する。(21)近年古写本が大阪の浄照坊から発見され、蓮如の真筆と思われる古態を残していることが報告された。しかし、時を同じくしてこの歌謡が実は伝承のような子守歌ではなく、散所民や唱聞師などが正月に行う千秋万歳の歌謡であったことも指摘されたのである。この歌謡の中には当時の「女商人」の売り声が多く挿入されている。後藤紀彦氏は「これらの商人の呼び声のなかに「餅」「御和」「一文字（葱）」などの女房言葉・女性言葉が使われ、商品を頭に載せて往来する「販女」が登場し、その「御和召せ」の売り声を「潮（愛嬌）無クゾ聞へタ」と評している(22)」とする。これは一般に戦国時代と称される時代に、京の町に暮らした人々の生き生きとした姿を今に伝えてくれる格好の資料であるが、そこに商人の売り声が大きく貢献したことは重要である。『真宗法要典拠』によれば、蓮如は謡曲「山姥」の作者に擬せられたことが知られるが、世阿弥作のこの曲には一休作との説話も存在することは周知である。高橋喜一・源義春「蓮如上人子守歌について―千秋万歳歌の一形態―」（『藝能史研究』第五十九号〈昭和52年10月〉）によれば、「「山姥」が一休の作とも伝承されていることは、蓮如と一休の交遊に関する説話が示すように、一休と蓮如を結びつける意識があって、ある場合には蓮如と振り分けて伝承されたのであろう」とする。

　蓮如とほぼ同じ時期に一休と深い交遊関係を持っていたことが確実な人物に連歌師の宗長がいた。宗長は駿河国に居住し、地方の商人の売り声を書き留めている。すなわち『宗長手記』(23)大永五年（一五二五）条の「京の知人のかたへ、書きのぼせ」た長歌に「みな月のあつさをあらふけふの雨……我いほはするがのこうのかたはらに竹あみかくるまどごしの不尽のけぶりは蚊やり火の夕顔しろきかきつゞき小家がちなるあたりにて市め商人ありあへずな候いも候なすび候しろふり候とこゑぐ〵に門はとをれどいつとなく我今日明日の飛鳥川かはるべき瀬も絶えぬればみゝにのみふれすごす夏かな」とある。駿河宇津山の柴屋軒の傍を「市め《（女）》商人」が「な《（菜）》候」「いも《（芋）》候」「なすび《（茄子）》候」「しろふり《（白瓜）》候」と「こゑぐ〵《（声々）》に」売り歩く姿が活写されている。

四　江戸期物売りの言い立てと歌謡

　最後に江戸期の物売りの言い立てと歌謡についてごく簡潔に述べる。これにかかわる資料はきわめて多く、今後歌謡史や芸能史からの研究が切に望まれる領域である。かつて拙稿「近世童謡の世界―「蝶々」をめぐって―」（『日本・アジア言語文化コース彙報』第四号〈平成3年12月〉／小著『近世歌謡の諸相と環境』（平成11年・笠間書院）所収）の中で述べたが、元文年間（一七三六〜一七四一）頃の舞台で市川海老蔵が「蜻蛉売」に扮して、「てふてふとまれ。菜の葉にとまれ。菜の葉がいやなら手にとまれ」（行智『童謡古謡』の本文による）の伝承童謡を歌い大評判を取った。そのため、以後「納豆売」「玉屋（シャボン玉売）」にもこの歌が用いられたという。これらの元祖は子供用の玩具で、竹の先に糸を付け、そこへ紙製の蝶を付けた蝶々の玩具売りが歌った伝承童謡を援用したものであろう。伝承童謡「蝶々」の成立は江戸中期を大きく遡らないので、海老蔵はその歌をいち早く取り入れたものと考えられ注目される。

江戸期には多種多様の飴が生産され、それぞれに特徴的な「飴売」がいた。その多くは言い立ての歌謡を歌って売り歩いたことが知られる。なかでも「あんなんこんなん唐人飴売」の歌謡は唐人歌とかかわり注意される。また、近世随筆類にその歌謡が記された飴売も多い。例えば、陸奥国の「土平飴売」の歌謡は『半日閑話』『続飛鳥川』『明和誌』等に、また「あんけら《（安家来）》こんけら《（金家来）》飴売」の歌謡は『続飛鳥川』に、「歌念仏飴売」の歌謡は『放屁論』後編に歌詞が記載されている。このうち「念仏飴売」については、「空也上人の鉢叩茶筅売より思ひ付、歌念仏を趣向して六字を飴にねりまぜ、うまいだうまい陀うまいだより様々の替唱歌……」とあって、本節で述べた「鉢扣」をもとに考案した商売であった点が興味深い[24]。これらの他、歌によって売り歩いた飴売に「取替平飴売」「お駒飴売」「お万が飴売」等もあり、「玄女節」も飴売によって世に広められたという。

おわりに

以上、物売り歌謡研究の第一歩としてやや概説的な論に止まらざるを得なかった。ここでは中世以降に見られる物売り歌謡のうち、『七十一番職人歌合』所収の画中詞、「鉢扣」の歌謡、『蓮如上人子守歌』、宗長の長歌、江戸期の物売り歌謡を取り上げ、その歌謡史的意味を述べた。この分野の体系的な先行研究はほとんどなく、藤田徳太郎氏が『近代歌謡の研究』（昭和12年・人文書院）の中で若干の例を紹介している程度に止まっている。今後さらなる検討の必要性を痛感しつつ筆を擱く。

注

（1）引用は鈴木棠三『犬つくば集』（角川文庫）所収本文による。なお、引用本文の底本は穎原退蔵氏旧蔵本により、括弧内は比叡山真如蔵旧蔵本の本文を対校したものである。

（2）引用は新日本古典文学大系所収本文による。

（3）引用は新日本古典文学大系所収本文による。

（4）狂言歌謡の引用は池田廣司『狂言歌謡研究集成』所収本文による。なお、これを直接継承したと見られる歌謡に「柳の下のおひでり様は朝日にてられてお色が黒イ。お色が黒けりや、ひんがらかさめしやれ、ひんがらかさ京へたづねておいて、御簾をあげて、まちまんしよ、〳〵」（『江戸盆哥』七番歌）、「柳の下の乙姫様よ、なぜ色くろい〳〵、おいろがくろけりや日傘をめされ、日傘は京都へあつらへたれば、京ではやるみもぢ（ママ）笠〳〵。もみぢの笠に千鳥をかけて、あちらむけ千鳥ことらむけ千鳥、やれおもしろや花千鳥〳〵」（『熱田手毬歌盆歌童謡附』五二番歌）の他、『越志風俗部　歌曲』二番歌、『あづま流行時代子供うた』四五番歌、『日本歌謡集成』第十二巻所収東京府童謡等々がある。

（5）引用は新日本古典文学大系所収本文による。

（6）真鍋昌弘『中世近世歌謡の研究』（昭和57年・桜楓社）二一頁所引本文による。

（7）引用は新日本古典文学大系所収本文による。

（8）引用は『通俗日本全史』第十五巻所収本文による。

（9）この歌には「隆達節歌謡」に「三草山《みくさやま》より出づる柴人、荷負ひ来ぬればこれも薫物《たきもの》」という類歌がある。ともに三段なぞ的な発想の面白さに立脚した歌謡で、「匂うて来る」に「荷負うて来る」が掛けられている。

（10）注（4）掲出池田氏著書に既に指摘がある。
（11）江戸期随筆の『耽奇漫録』に梅園が光勝寺空也堂発行の茶筅に添えられた由来書を紹介している。架蔵の二紙とは本文上異同が多いものの内容的にはほぼ重なっている。架蔵の二紙ももとは茶筅に添えられる性格のものであったと推定される。なお、『耽奇漫録』には茶筅売りの空也僧の木鉦と撞木、瓢簞と撥の竹等の絵が収録されている。また、「空也上人和讃」として四十五句の和讃を掲載する。架蔵本の中の「空也上人御和讃」の冒頭八句はこの「空也上人和讃」の冒頭八句と共通し、第九句目から二十句目までは「空也上人和讃」の第二十一句目から第三十二句目に相当する。一方、「空也上人和讃」四十五句のうち第三十三句目から三十七句目の「女人成仏することは、一言弥陀の名号に、空に紫雲の棚引て、迷の雲の只はれて、安養浄土に往生せん」は「空也和讃」二七六句の中にも見えない詞章であり、他の「鉢扣」の歌謡にも見えない。その意味できわめて注目される。
（12）『続日本歌謡集成』巻二、武石彰夫編『仏教和讃御詠歌全集』（昭和60年・国書刊行会）等に所収。
（13）尊経閣文庫蔵『方丈記』巻末に南北朝時代頃に書き入れられた今様形式の和讃があるが、その第五首目には「長夜のねふりひとりさめ、五更に夢おとろきて、しつかにこの世を観すれは、わつかに刹那のほとそかし」、第四首目には「時光程なくうつりきて、五更のそらにそ成にける、念々無常のわかいのち、いつか死王にをかされん」とあって、「空也上人御和讃」の冒頭八句とほぼ重なることが知られる。
（14）『拾遺抄』雑下・五七九にも収録される。
（15）『袋草紙』にはこの和歌に続いて空也上人と名のみ見えて例歌のない系統本も存在する。このようなところから、この歌を空也上人作と誤って考えられるようになった可能性もあながち否定し去ることはできない。
（16）勅撰集に採られた空也上人の和歌には、この他『新勅撰和歌集』釈教・五七五の「有漏《うろ》の身は草葉にかかるつゆなるをやがてはちすにやどらざりけむ」がある。
（17）『日本歌謡集成』巻四所収「歓喜踊躍和讃」の末尾六句は「遍《（ママ）》へに弥陀を頼むべし、遍《（ママ）》へに弥陀を頼むべし、南無阿弥陀仏、南無阿弥陀、南無阿弥陀仏、南無阿弥陀」となっていて、本節で紹介する「歓喜踊躍」の末尾「南無阿弥陀仏」を増補反復した形となっている。

（18）時衆和讃が先行する「空也和讃」を多く摂取したことは、早く多屋頼俊『和讃史概説』一一一頁以下に詳述されている。多屋氏は「空也和讃が口々に諷唱せられて居る中に、誰が作為したともなく、空也和讃の一部分を独立せしめて、これに然る可き文句を追加したものと解す可きであると思ふ」と指摘する。これは注（13）に挙げた点を併せ考えれば、まさに首肯すべき見解であろう。なお、空也僧と時衆との関係については堀一郎『空也』（昭和38年・吉川弘文館）にも言及がなされている。

（19）「空也和讃」の古写本は今日伝存せず、『続日本歌謡集成』巻一所収本文は国会図書館蔵『紫雲山極楽院空也堂歌和讃』と題した近代の写本をもとにしている。まさにこの光勝寺極楽院空也堂が後代の空也及び空也僧関係のセンターのような役割を果たしていたことが知られるのである。空也堂の「鉢扣」については『閑室漫録』巻之二に『奇遊談』からの抄録として「極楽院空也堂、世人鉢敲と云、此寺の人々つねは茶筌を製してなりはひとす、法会又は常にも市中を瓢をうちたゝき、仏名をとなへ躍こと也」と見える。

（20）真田市郎『空也上人と八葉寺』（昭和7年・永楽庵）、『福島県史』第二十三巻・民俗Ⅰ等による。

（21）この歌は後代に大きな影響を与えた。『嬉遊笑覧』巻五・歌舞の項には江戸期の千秋万歳歌として「やしよめ〳〵、京の町のやしよめ、うつたるものなに〳〵、大鯛小だひ、ぶりの大うを、あはびさゞゐ、はまぐりこ〳〵云々、そこを打過そばたなみたれば、きんらんどんす云々」と見える。これに類似する詞章の例は近松門左衛門『大経師昔暦』所収の「やしよめ〳〵……」がある。また、『今道念節』の「万歳をどり」に類歌が見える。さらに興味深いのは『穿当珍話』の「口合だんだん」に「やしよめ〳〵、京の町のやしよめ、やしよめ、久松さいもんで、さいもんではらの地蔵菩薩、菩薩とめましやこなたへと、たへとのふろふきせうがみそ、みそのつとめは島原で、ばらでござかし牛うらぬ、うらぬ暮雪の雪よりも……」という尻取り歌が収録されている。

（22）「「蓮如上人子守歌」の世界」（『週刊朝日百科』第三号〈昭和61年4月〉）

（23）引用は『宗長日記』（岩波文庫）所収本文による。

（24）ここには日本語のことば遊びの一種である地口（口合）が活用されているが、注（20）の尻取り歌の例などと合わせて、物売り歌謡におけることば遊び的要素についても今後考察する必要がある。

第四節　物売り歌謡続考

はじめに

大蔵流及び和泉流狂言のひとつに「昆布売」という曲がある。粗筋は次のようである。一人で外出した大名（大蔵流による、和泉流では何某）が都への途上、若狭国小浜の昆布売と道連れとなる。大名は昆布売を脅して太刀を持たせ、従者扱いとする。その仕打ちに腹を立てた昆布売は逆に太刀で大名を脅して、昆布を売ることを強要する。大名は最初は「昆布を買へ、昆布買へ」と、いかにも大名らしく高飛車な売り声を発するが、昆布売はそれをたしなめ、「昆布召され候へ、昆布召され候へ」と慇懃に売るように叱る。太刀を取られている大名は仕方なく、昆布売の言うとおりに売る。すると、調子に乗った昆布売は、さらに小歌節、平家節、踊り節など（和泉流では浄瑠璃節も見える）の節付けをした売り声で売るように要求し、大名は次々にそれに従う。しかし、昆布売はなかなか大名に太刀を返さずに遂には逃げ出すので、大名がそれを追い込む。

この曲では、「昆布召され候へ、昆布召され候へ」という昆布売の売り声が示されるとともに、それを小歌節、平家節、踊り節、浄瑠璃節などの様々な節付けによって歌うことの面白み、すなわち、音曲尽くしの趣向がひとつの眼目となっている。狂言における同様の趣向は大蔵流の「呼声」や諸流の「名取川」などの曲にも見られる。

ところで、踊り節と浄瑠璃節には特徴的な囃子詞が付されていることも興味深い。踊り節には「コノシャッキヤシャッキヤ、シャッキシャッキシャッキヤ」というしゃぎりの音の囃子詞が、また浄瑠璃節には「ツレテンツレテン、テレテレテン」という口三味線の囃子詞が付されている。売り声をそれぞれ当代の代表的な曲節に合わせるという発想自体が、物売りの声を歌謡に近いものと見做していた証拠であろう。この「昆布売」は近世成立の浄瑠璃節を用いない形式で、早く『天正狂言本』にも見え、中世以来の曲であったことが知られるが、江戸時代に入ってからも人気曲であったらしく、大蔵流・和泉流ともに江戸期の多くの台本に採られている。

この狂言「昆布売」が好評を博していた江戸時代は、市場経済が定着して近代に近い消費生活の確立を見た。巷間には様々な品を売り歩く多くの物売りが登場し、歌謡やそれに類する節を持った売り声を響かせていた。いま、文政十二年（一八二九）に成立したとされる滝沢馬琴『流行商人絵詞廿三番狂歌合並附録』[1]を繙いてみれば、「お駒飴」「与勘平膏薬」「あめこかひな飴」「朝鮮の弘慶子」「唄ねぶつ飴」「七色番椒売」「茶碗果子（ママ）売」「熊の伝三膏薬」「三番叟売」「蝶々売」「三間張おぢい飴」「枇杷葉湯売」「粟の岩おこし売」「徳平膏薬」「亀山のお化」「どんどん飴」「曲突心太売」「三吉飴」「狐飴売」「からんぽう薬」などの名を拾いあげることができる。これらの行商人たちはそれぞれ特徴のある、言い立ての歌謡を持って街路を売り歩いたのである。

著者は前節「物売り歌謡研究序説」のなかで、主として中世の物売り歌謡について論じ、末尾に江戸期の物売り歌謡についての見通しを述べた。本節では前節でほとんど触れる余裕のなかった江戸期の資料をもとに、物売り歌謡のうち、飴売の諸相とその歌謡についてさらに考察を深めていきたい。

一　飴売商人の位置

先に引用した『流行商人絵詞廿三番狂歌合並附録』は、江戸時代末期の物売りの様子を具体的に伝える代表的な資料のひとつである。そのなかには「お猿めでた」「榛田稲荷代垢離願人」「小僧勧化」といった門付芸の願人坊主と見られる名称も存在する。これらの職種は広義の芸能者と考えてよい。芸能者を商人と同一土俵の上で取り上げるのは、中世の職人歌合以来の伝統を継承していると言える。

ところで、『流行商人絵詞廿三番狂歌合並附録』のなかにもっとも多く見られる商人は飴売に他ならない。「お駒飴」「あめこかひな飴」「唄ねぶつ飴」「三間張おぢい飴」「どんどん飴」「三吉飴」「狐飴売」という七種の飴売がそこには見えている。この狂歌合には合計二十三種の職種が収録されるが、うち三種は願人坊主であるので、今日的観点から商人と認定できる残りの二十種中七種が飴売である。すなわち、三分の一以上が飴売で占められることになる。これはこの文献における特殊な傾向ではなく、同様の傾向は他の文献からも認められる。当時いかに多くの飴売が巷間に出ていたかが窺えるのである。そもそも飴売のルーツは中世の地黄煎売（『三十二番職人歌合』所収）に求めることができるので、長い行商の伝統を持っていると言ってよい。ここでは歌謡を歌って飴を売った商人をおよそ登場時代順に整理し、具体的な特徴を指摘していきたい。同様の研究には既に花咲一男『江戸の飴売り』（昭和46年・近世風俗研究会）があるが、この本は今日では稀覯本である上に、学術的観点からすると引用文献や年代考証において必ずしも厳密とは言えない憾みが残る。そこで本節において、改めて江戸期の飴売を辿ることによって、その歌謡史的意義や問題を浮き彫りにする第一歩としたい。

二　飴売商人の諸相

①取替平《とつかへべい》

青山白峯『明和誌』[2]に「明和時代までは、飴売に「とりかへこしやふ」とよび、きせるの首、何によらず、古かなるものとあめと取替商ふ、今はなし」と見える飴売がいた。この飴売はその言い立てから取替平と通称されるが、芝蘭室主人『江戸塵拾』[3]（明和四年〈一七六七〉自序）にも次のように記されている。

江戸の町を飴を荷て、「とつかへべい、〳〵」と売あるくものあり。古かねとあめを取替てあきのふなり。此おこりは正徳のころ浅草俵町に紀の国屋善右衛門といへる者あり。生れは紀州の者なり。ある時、紀州道成寺の僧、当寺のつりがねをこんりふせんとおもひ立、江戸に下り、善右衛門を尋て来り。しだいをかたり、合力して給はれといふ。善右衛門生得正直成者にて、尤の思召立なり。拙者事も生国の儀なれば、力を合せ可ㇾ申とて、ふとおもひ付てあめを製して、江戸町々をふるかねと飴と取替売る。此古かねを以て鐘を建立せんとの存付なり。是古かねと飴と取替る始なり。其後、すたれて其沙汰なかりしが宝暦三の年、神田小柳町甚右衛門といふ者、飴と古銅との利徳を言度にとり工夫して、是を仕出し、異大なる声にて「とつかへべい、〳〵」とよびあるく。もつぱらさかんになりし事は、宝暦九年の頃なり。

この記述によれば、この起源は正徳年間（一七一一～一七一六）頃の紀の国屋善右衛門なる人が道成寺の鐘復興のために、古鉄と飴との交換を始めたことに遡るという。そして、その後宝暦三年（一七五三）に神田小柳町の甚右衛門という人が再びこの商売を始めたとされる。しかし、これを批判する記述もあった。石塚豊芥子『近世商賈尽狂歌合』[4]（嘉永五年〈一八五二〉自序）の「とつかへべい」考証には「柳亭翁云」として柳亭種彦の次のような説が紹介されている（［図35］参照）。

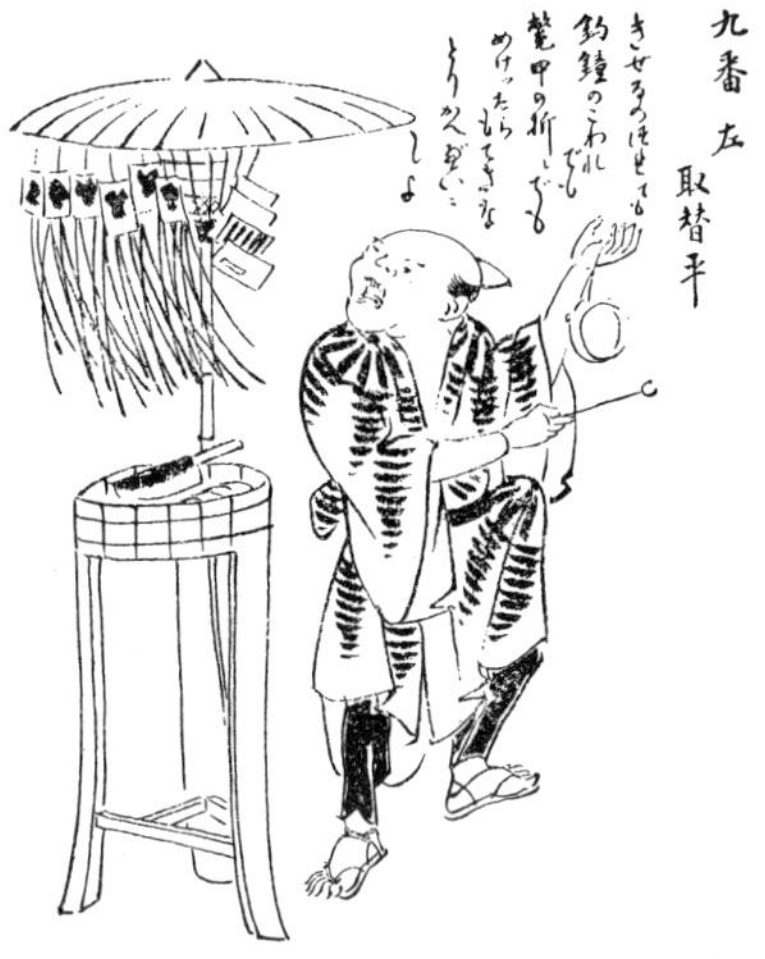

［図35］『近世商賈尽狂歌合』所収「取替平」

貞享、元禄の頃の浄瑠璃『仮名太平記』と云あり。軍場へとつけい平のあめや来る事あり。太刀のおれでもとつけいべいとは軍中の事なる故、洒落て書し。此事古くあり。正徳の頃より起るといふは、其事をしらざる歟。又、支考の

『本朝文鑑』五之巻に、佐渡国左角がいへる、地黄煎の町に古鉄きせるの雁首とかへるあり、といふ事見えたり。此書、正徳以前に書しものなるべし。

この記述内容は浄瑠璃本や俳書に造詣の深かったいかにも種彦らしい内容となっており、考証家としての種彦の面目躍如の観がある。言うまでもなく、この種彦説は妥当である。

すなわち、取替平の飴売は貞享・元禄年間（一六八四～一七〇四）には既に巷間に出て、商いを始めていたものと考えられる。その後、別の人物が金属と交換するという同様の営業形態で飴を売ったようである。それがいわば二代目・三代目のような形となって、断続的に江戸の町に行われたらしい。正徳年間（一七一一～一七一六）や宝暦・明和年間（一七五一～一七七二）頃にも同様の商売を行う飴売が出たと記録されているのは、そのような二代目・三代目に当たる飴売のことであろう。けだし、今日のちり紙交換業の江戸時代版と言えよう。平成のちり紙交換が古紙とトイレットペーパーとの交換であるのに対し、金属と飴との交換が取替平であった。

一方、この飴売の言い立てであるが、『明和誌』に「とりかへこしやふ」、『江戸塵拾』に「とつかへべい、〳〵」と簡単に紹介される。しかし、喜多村筠庭『嬉遊笑覧』(5)（文政十三年〈一八三〇〉自序）ではこの飴売の言い立てを「めげたらしよ、きせるの古いととつかへべにしよ」と紹介し、さらに『諸艶大鑑』の例を用いて「めげたらとは、つぶれたるきせるを云ふなり」と説明している。

②千年飴売

元禄・宝永年間（一六八八～一七一一）頃、江戸浅草の七兵衛なる者が飴売を始めた。商った飴の名は「千年《せんねん》飴」また「寿命糖」と言ったが、その後「千歳《せんざい》飴」とも呼ばれるようになった。喜多村筠庭『筠庭雑考』(6)（天保十四年〈一八四三〉自序）に「今も細長き飴袋に千歳飴とかけるも是也」とあるように、後の七五三行事に欠かせないものとなった「千歳飴《ちとせ》」のルーツに当たる。柳亭種彦『還魂紙料』(7)（文政九年〈一八二六〉刊）によれば「大道に肩をぬぎて天に指ざしし、広いお江戸にかくれなし、京にもよい若者まけぬを踊て……」とあって、天を指差して歌を歌い、踊って飴を売ったようである。享保年間（一七一六〜一七三六）に歌舞伎の道外方役者の中村吉兵衛が森田座で、この七兵衛に扮したと言われ、それを描いた一枚絵がかつて残されていた。それは『還魂紙料』に収録されているが、画賛には「ぶしゆうとしまのこおりゐどこびき《（武州豊島郡江戸木挽）》町、せんねん《（千年）》じゆめうとう《（寿命糖）》、いとびんせんねんなりけり」と見える。また、曾我物らしき他の歌舞伎狂言の一枚絵にも、この千年飴売に扮したあま酒六郎次なる人物が描かれているが、そこには次のような画賛が入れられている。

　千年寿命糖、されば日本は小国なれども、しうしの数が八宗中に浄土のそし善導大師八十夜の晩、二句を取、四十八文がなめ口より三寸のすりこぎを吹出す。またほつ花は日蓮ゆいが浜にて九月十二日のなんの節、せう〱夜三文がなめあやうきなんをのがれしによって、今に鎌倉に小このよるのあめ是なり。壱文がなめれば、千年さ何せんねん〱〱〱。

さらに土佐節の浄瑠璃本に「千年うり」という曲があるが、その冒頭部分は次のようである。

　千ねん〱、三千年、是はめでたきじゆみやうとう、松に花さくはるはいつきたる事ぞと七つ子が里のおきなに東ぼうさく、又浦しまが長命もこのあぢはひの徳とかや、いざやめせ〱、じゆみやうとう

これらはおそらく千年飴売の言い立てをもとに構成されたものであろう。そして、その言い立ては歌謡に類似した節付けがなされていたはずである。

また、享保四年の其角十三回忌追善の句に「駒形へあがるは旅人お侍」という蓮之の前句に、「笠で見知るは清十郎千年」という只尺の付句が見える。これは千年飴売にお夏清十郎の悲恋譚で有名な清十郎節を付けたものである。この句からは千年飴売が当時の流行歌謡の清十郎節をも持ち歌として、歌い歩いた可能性を窺わせる。

③天満飴売

上方狂歌絵本の一書『絵本御伽品鏡』(8)（享保十五〈一七三〇〉刊）に天満飴売という商人が絵入りで掲載されている。狂歌は「やんりやこりや、こりや〱てんまの、菊やとて、かくれ御座らぬ、あめが下哉」である。絵によれば飴売は二人いて、風流傘の下でそれぞれが左手に持った太鼓を右手の撥で叩いている。二人の間には角型の荷箱が置かれ、その中央部はやはり角型に穴が開けられ、そこに丸型の桶がはめ込まれている。そして、その桶の中には飴が入っている。太鼓を叩いているのは、それに合わせて歌謡調の口上を述べたことを反映したものと考えられる。狂歌の「やんりやこりや、こりや〱」からもその調子のよさが窺えよう。狂歌からはこの飴売の屋号が「天満の菊屋」であったものと推測できる。『絵本御伽品鏡』は作者絵師が大坂車町の長谷川光信で、版元は大坂天満九町《（丁）》目の紀伊国屋宇兵衛である。すなわち、飴売の名の天満は言うまでもなく大坂の地名天満から由来したもので、数少ない上方の飴売の資料として貴重である。

④土平飴売

土平飴売は江戸時代の飴売の中でも比較的よく知られた商人である。土平は飴売の名前で、明和年間（一七六四〜一七七二）に江戸の町に現れたという。奥州の出身で、当時五十歳余であったらしい。この人物については大田南畝『売飴土平伝』(9)（明和六年〈一七六九〉自序）に詳しい。冒頭部分のみ挙げておく。

土平奥州人也、頭レ戴帽口唱レ歌、売二飴東都市一。皐比外套疑二鬼之犢鼻一、紅縐紗蓋似二祭之警固一、紋画二鬼首枸骨一、衣書二土平土平一、偶有二買レ飴者一、則新歌一曲節以二土平土平一、故其為二土平一最著、雖二五尺童子一莫レ不レ口二于其歌一也

この土平については他にも多くの記述が残されている。次に掲出しておく。

○明和の頃、土平といふ飴売来る。木綿の袖なし羽織、黄に染て虎斑を黒く染、紅絹裏を附、羽織の紐はいかにも大く、くけ紐を付、浅黄の木綿頭巾をかぶり、飴を両懸に致、日傘をさし、江戸中売歩行。世人かたき討也と評せり。其唄に、「土平があたまに蠅が三疋とまつた、只もとまれかし、雪駄はいてとまつたとへ〳〵、土平といふたらなぜ腹たちやる、土平も若い時色男とへ〳〵」（『続飛鳥川』(10)）

○明和の頃までは、飴うり・修行者の類、異風なる形をするものなし。土平といふ飴うり、日がさをさし、土平〳〵と染出したる袖なし羽織を著、土平飴とよび、二丁町・両国辺をあるき、歌をうたふ。其うたに、「土平とゆたとてなぜはらたちやる、土平もわかひときやい引、ろおとこへ、どへ〳〵」とうとふ。（『明和誌』）

○是年奥州土平といふ飴売、歌をうたひ町々をあるく。其歌一二を記す。「いゝいイいつさんいろ〳〵のいんちやるれんいらゝ〳〵いらかひすりて一たんだるまのいら眼いイさらばアさらけエとうじんソレなんきん木綿十三反なんばん木めん三反半」「仙台の〳〵大橋普請のあつた時に鼠一疋ア、ふんまへて天窓剃つて髪ゆふてやき餅うりに出したれば前の猫めが重箱ぐるみにしてやつた二度は出すまい餅うりにさんしよのせどうへ〳〵」「どこへゆたとてなぜはらたちやるどへもわかいときや色男さんしよのせツどうへ〳〵」「申姉さん聞んしたかばんの夜食にうどんはいやよわしはおまへのそばがよいさんしよのせどうへ〳〵」「どへが娘にほれないものか猫か鼠かおいなりさまか扨はお寺のお所化さまかさんしよのせどうへ〳〵」「はやす子供衆には此飴しんじよいたづら小供(ママ)衆には火吹竹が御薬じやさんしよのせどうへ〳〵」（大田南畝『半日閑話』(11)）

○袖なし羽折、浅葱木綿の頭巾に、紅絹の縁をとりて、黄木綿の虎斑のすり込したる紐に、わた入れしを頤にむすび、飴の荷箱に青傘にたれ絹つけしを挿したり。かくて小唄を板して飴かふ人にあたへしなり。唱歌「いイいイいイ、いんたらの〳〵、仙台の仙台の、大橋ふしんのあるときに、ねずみを三疋とらまへて、あかやきそつて髪ゆふて、もちうりに出したれば、隣のねこめがゐぢわろで、重箱ぐるみしてやつた、二度とだすまいもちうりに、さんしよのせどへい〳〵、まうしあねさんうどんはいやよ、わたしやおまへのそばがよい、さんしよのせどへい、さんしよのせどへい」（『流行商人絵詞廿三番狂歌合附録』先集附録）

○亦宝暦の末より明和にいたりて、巷路を飴売あるくものに、土平といふありけり。予が五ツ六ツばかりなりしころはふるびにけれど、なほ土平〳〵と唄ひつゝ来にけり。飴を買んといふ童には、おのが像を画き、その小うたさへしるせしを板して、漉かへしといふ紙におしたるをあたへき。予その一枚を蔵るをもて、因に下もに模出す。かの土平は眼円にて声いと訛たる、年の齢は五十あまりなるをのこにぞありける。

江戸中御ひやばんおうしうどへあめうり「いゝいィいッさんいろ〳〵のいんぢやうれんいらゝ〳〵いらがいするて一ッたんだるまのまなこだま〳〵いィさらばァさらけェとうじんそれ一なんきんもめん十三たんなんばんもめん三だんはん」「せんだいの〳〵大はしぶしんのあるときにねずみ一ひきとらまへてあたまそつてかみゆつてやきもちうりにだしたればまへのねこめがぢうばこぐるみにしてやつた二どとだすまいもちうりにさんしよのせどうへ〳〵〳〵」「どうへとゆたとてなぜはらたちやるなどへもわかいときやいろおとこさんしよのせどうへ〳〵〳〵」「申あねさまきかんしたかばんのやしよくにうどんはいやよわしはおまへのそばがよいさんしよのせどうへ〳〵〳〵」（滝沢馬琴『燕石雑志』[12]・文化八年〈一八一一〉刊）

以上のように、土平は明和年間の江戸の町ではきわめて注目を集めた飴売であったことがわかる。また、その歌謡もかなりの数が書き留められている。それぞれの記述で若干の異同があるものの、ユーモア溢れる歌詞が人々に受けたものと思われる。『半日閑話』『流行商人絵詞廿三番狂歌合附録』『燕石雑誌』などに収録される歌詞に「さんしよのせ」と見えるのは、これより先の享保年間（一七一六〜一七三六）頃の流行歌に見られる囃子詞で、当時の読売唄や伝承童謡にも散見する。土平の歌謡の囃子詞はかつての流行歌のそれを復活させたものである。また、土平飴の太さは煙管の羅宇のようで、長さは一寸くらいであり、罌粟をかけてあったという。

土平は天明四年（一七八四）九月二十九日に没した。法名を得善信士と言い、墓は谷中の常在寺にある。

⑤あめこかひな飴売

安永年間（一七七二〜一七八一）は江戸の町に多くの飴売が登場した時期であった。それらについては後述するが、ここに挙げるあめこかひな飴売もその一人である。売り歩いた際の言い立てが「あめこかひな」であったところから、名が付けられた飴売である。販売の際に踊りを見せたらしい。『流行商人絵詞廿三番狂歌合附録』には次のように記載される。

○三番　あめこかひな飴

あめこかひなよ、あめかひな、いちもんこや、二もんこじや、おこりこがねへ、大こんばたけのまんなかで、せきだかふてくりよとて、わしよだまいた、あゝわしよだまいた、サアおかひなさい〳〵、おどりはあめの御あいきやう、おかひなさい〳〵。

左

仙台の土平の後なるあめこうりこも安永のはじめなりけり

右勝

からき世をわたりかねてやおどるらむかくまであまきあめを売れども

左の歌にのみあはしたる土平飴は、明和に出ていたく行はれたる。その身まかりて跡をつぎたるもの、安永のはじめに出たり。かゝるゐせあき人のとそあまたすたれずして、二代つゞきたるは稀なり。さるを画まきにもれたればよみあはせしならん。土平はおどらずあめこは踊れり、あめこが小うたは、いよ〳〵さとびていとさわがしきものにぞ有ける。右はまたあまが塩やくからき世は、飴の甘きもなほうりたらでや、恥がまじき猿がうの、甘しともあまかりけるを、あさましと見てよめるなるべし。詼諧劇談甘如飴蜜と王充がいへるにもかなふべくや、右こそまさりて聞え侍れ。

このあめこかひな飴売は『半日閑話』巻十三にも「此頃（安永三年〈一七七四〉）山の手をうたひ舞などして歩行く飴売あり。破れたる布子に菅笠を冠る。四谷町に住す」と記されて、次のような歌謡が掲出されている。

○チイタラパアタラ、パアタラチイタラ〳〵、一夜ねるとも振袖の上折かへしの袖枕ダア
○十七八とねた時は、五尺のからだが三尺とけて、跡の二尺がちんぬるやうだの引、ヲ、ちんぬるやうだのコウダ
○よもぎ畠の真中でせきだやろかうてくりよとておりよだまいた、これも弘法様の御利生だヲ、利生だへコウダ
○さいの河原のけちやばさまおへこにけゝこがいぼこもない
○今のはやりのなんばぐし、おもよにさゝせて先立て、跡からすんだら兵衛が長羽織ダ、ヲ、ながばおりだコウダ

このうち、「十七八」の歌謡は中世以来の流行歌や民謡に頻出する表現で、娘盛りの若い女性を指す。これを用いる歌謡の大半は、男からみた愛欲的な歌詞で占められるが、この飴売の歌謡も同様である。「よもぎ畠」の歌謡は異同があるものの、前掲の『流行商人絵詞廿三番狂歌合附録』所収「大こんばたけ」と同一の歌であろう。この飴売にとってはこの歌が十八番であったらしく、かぶった菅笠には「今のはやり十七八」という文字が書かれてあったという。

⑥お駒飴売

山崎美成『海録』(13)巻之十八に「安永五正月　おこま飴」とあるように、安永五年（一七七六）頃から江戸の町に

登場した飴売にお駒飴売があった。後掲するように、寛政八年（一七九六）にも記述があるので、この飴売は複数人いたと考えられ、寛政年間（一七八九～一八〇一）頃まではこの飴が売られ続けていたらしい。お駒という名の由来は、後述するように薩摩浄瑠璃に登場する著名な女性名から出たものである。次にこの飴売に関する記述を掲出しておく。

○壱番　お駒飴

　おぢやぢやぢや、さんべらぼん〳〵、やくしやこはいろおらのみ次第、しほからごゑでじやみッつら、いろはくろいが、あめは太白、かはぬおかたは聞えませぬ、才三さんではないかいな。

　左持

評判は千さとをはしるお駒あめ八百八町ひくにまかせて

　右

髷の先につくる蜻蛉の看板も蜘蛛のすあめにかゝるなりはひ

左は千里を走る評判のお駒飴、八百八町の人にひかれて一時の流行さもあるべし。さはれこは安永《ママ》のはじめつかた、昔八丈てふあやつりわざをぎのいたくおこなはれしにより、思ひつきたる猿がうなれば、お駒てふ名にかなひこそすれ、これこの飴をのみいはんは過たり。右も亦髷の間より安房上総を見するといふ助六のせりふはあれど、蜻蛉は何の為につけたる、当時その意をしるものなく、評するものも亦あらで只異なるを笑ひしをよめる歟。左の歌にくらぶれば、蒼蠅驥尾に附くに似たれど、蜘蛛のすあめの口つきの甘きにめでゝ持たるべし。（『流行商人絵詞廿三番狂歌合附録』）

○（寛政八年丙辰）六月九日、鳥越明神祭礼出し練物出る。其後中絶、此時お駒飴と呼者、奴凧之形に成、大若衆是を揚る学びあり。此飴売りは安永四年薩摩座操芝居にて、恋娘昔八丈と云新上るり大いに行はれて、ソリヤ聞へませぬ才三さんと云文句、童子までも唱へたりとぞ。才三お駒之衣服之染かた流行しは其翌年なり。其頃此飴売りも飴を買、かの文句唄ひし故、人に知られし也。寛政の此頃は、春さき向島の秋葉の山に遊人多く、水茶屋に酒食持ち行きて楽めり。彼飴売必ず爰に来ておどけたることなど云へり。

お駒飴「おぢやぢやぢや、さんべらぼん、さんべらぼん、役者こはいろはお好み次第しほからごゑで、じやみつつら、色は黒いが飴は太白、買ぬおかたは聞えませぬ、才三さんではないかいな」

（喜多村筠庭『きゝのまにまに』[14]）

これらの記述から、お駒飴売は有名な薩摩浄瑠璃『恋娘昔八丈』の白木屋お駒の声色を使う芸で、人々を喜ばせた飴売であったことが知られる。これは、いわゆる物真似芸であろう。『盲文画話』によれば、後には声色以外にも滑稽なことを言って飴を売ったようである。また、『燕石雑志』に「髷をいと長やかにして、蜻蛉のとまれるやうにしたるもありき」とあるように、この飴売は複数人いて、その中に髷を蜻蛉が止まれるほどに長く伸ばしていた者もいたようである。

⑦歌念仏飴売

安永六年（一七七七）刊の平賀源内『放屁論』[15]後編に、「哥念仏を趣向して、六字を飴にねりまぜ、うまひだ、うまい陀仏、うまいだより様々の替唱哥、扨当世の立者は仲蔵、幸四良（郎）、三五郎、また半道のきゝ者は、時に大谷友右衛門、贔屓市川団十郎は、木場についでの親父分、其癖年は若いだ、若い陀仏、若陀と売歩行、大評判に預り」と見える飴売がいた。この飴売は「南無阿弥陀仏」の六字名号を囃子詞にした歌謡を歌いながら、その六字を練り交ぜた飴を売り歩いたので歌念仏飴売と呼ばれた。江戸の町ではよく知られた飴売であったようで、『流行商人絵詞廿三番狂歌合附録』にも、次のように登場している。

○五番　唄ねぶつ飴

これは江戸中御ひやうばんの、なまいだぶし、おいでなさい〳〵、チヤチヤチヤン、さて当世のたてものは、仲蔵、幸四郎、半四郎、ひいき市川団十は、木場についてのおやぢかぶ、そのくせとしはわかァーいだァ、わかァーいだん、アア、ア、わかァーいだァー、ひやうばん〳〵。

左勝

うたねぶつ十方世界はやるなりあめの下まち須弥の山の手

右

飴うりの手にはすり鉦腰ごろも優婆そく興のゑせねぶつうた

左は十方世界に流行すといふ天を飴にみたるもをかし。須弥の山の手高きをいとふ下里巴人には聞えやすくて、和するものゝ多かりしをよめる歟。そもそもこの唄念仏は、安永のなかばに出たり。飴うりのすり鉦をうち鳴らしつゝ、うたひしは是をもてはじめとすべし。右はまた僧に似て、僧ならぬうばそく、興のうたねぶつ、悉皆成仏のたねなるべくは、すなはち持戒の持たるべし。

この他、歌念仏飴売の歌謡を摺った瓦版が藤田徳太郎氏によって紹介されている。[16] 次に掲出しておく。

本家《あまいだむまいだ》おどけねんぶつ

△先づ初春の咲きそめは、百福寿草梅の花、椿はふだんたしなみのよい花嫁の、紅や鉄漿、襟のまはりにむく〳〵と、うぶげだらけの桃の枝、桜に藤の姫顔は、おぼこ娘のなりふりと、萩や桔梗は、水際の竜田の川の唐錦、時雨の紅葉おしなべて、一しほ色は、赤いだ〳〵。

△今で名取の相撲には、稲川玉垣千田川、根からはへたる力士立、その名も伊達が関取と、引けど動かぬ友綱に、津々浦々や越の海、どつとほめたる手拍子に、声和泉川苫が島、ひいきもともに、強いだ〳〵。

△忠臣義士の趣向には、祇園一力揚屋にて、由良大臣ともてはやす。中にもおのが邪智深く、呑み置きさすと蛸肴、口には喰へど心には駒の手綱を締めあぐる、お軽足軽笑止がる。御免候へ。たわいだ〳〵。

△さて世の中に見てよいは、夫婦睦まじ中ぞよし、また姑の目を忍び、毎晩夜なべの汗仕事、細工は段々し上げまでいつかお腹に溜水、その塊はおしきせの、久しいものぢやが、妊んだァ〳〵。

△さて名にし負ふ山々は、筑波白山浅間山、花見かけては三吉野の、山の白雪積りては、夏さへ消へぬ山間は、都の比叡をはたちほど、重ねたなりは駿河なる、これ日の本の御山はどこから見ても、高いだ〳〵。

△一つ長屋の左次兵衛さん、二人の連衆は帰りける、猿の身なれば宿もなく、せん方なさに畠にて、寝やうとすれば、百姓が、そこは畠じや寝かしやせぬ。やう〳〵昨日、なあまいだ〳〵。

△扨逢ふ時の甘い事、女子同志の口車、もしもほんかと嬉しさに、積る話も出ぬゆへに、明日も必ずござんせと、云ゑばあちらも合点して、来うと云ふたが、だました〳〵。

△さて太刀打の名人は、八百蔵小団蔵三津五郎、名は町中に広右衛門、気に大谷の広次は、上る坂田の半五郎、愁嘆事は、凄いだ〳〵。

△扨当世の色役者、常世雄次郎民蔵に、きりやう吉沢崎之助、恋のいろはに筆染めて、根強き悪は介五郎、勘左衛門を三甫右衛門お家の目玉は、怖いだ〳〵。

△我らが奢を聞き給へ。いかなる盧生も邯鄲（肝膽）の砕いて案ずるばかりなり。京の女郎に長崎の、衣裳出立で吉原の、張を持たせて大阪の、揚屋で遊ぶ夢を見て、騒いだ〳〵。

△扨初恋の仲立は、まだ薄色の若煙草、あるひはもぎの没義道に、口説く時には雁首を、叩きたてたる脂下り、国府に義理を立て通す。中にも山梨山な奴、まいてしまへば継羅宇の、長いに困る不粋には、そりかくして吸口へ、悪悪戯の唐辛子知らでずは〳〵吸いつけて、辛いだ〳〵。

藤田氏は『近代歌謡の研究』所収「唐人歌」のなかで、この歌念仏飴売と後述するあんけらこんけら飴売とが同じ飴売であった可能性を説く。しかし、後述するように鳴物を持って歌う点は同様であるものの、歌謡の種類や飴売の装束出立ち、また記述の年代にも若干の相違があり、やはり別種の飴売と考えたい。

⑧あんけらこんけら飴（糖）売

『平日閑話』巻十四に安永七年（一七七八）五月のこととして、「此節あんけらこんけら糖売の歌大に流行す」と見える。また、『海録』巻十九にも安永七年五月のトピックとして「あんけらこんけら糖」と記されている。すなわち、先の歌念仏飴売が安永六年以前に登場して既に人々に知られていたのに対し、あんけらこんけら飴（糖）売の物売り歌謡はその翌年に、同じ江戸の町に流行したことが知られる。また、『続飛鳥川』には次のように記される。

> 安永の頃、四斗樽を縄にて巻、薄き箱を置、其上に青張の傘をひろげ、傘の廻りへ、短冊其外色々の物を下げ、二人にてかつぎ、すりがねを図のごとくして二ツかけ、[絵] 如此物にてたゝき、色々の歌をうたひて歩行、三人も有り又一人も有り。摺鐘一ツ掛たるも有り。浅黄頭巾紅のへり取りひとへ、色々の袖なし羽織を着、常の服の上に伊達染のひとへを着せり。唱歌は忘れたり。唱歌の句切〳〵に、定めて、「ちや〳〵ちやんとう、屁人の女房と枯木の枝は、あんけらこんけら、登りやの本百本《(ほるほヵ)》と、あんけらこんけら」といふ歌也。

この記述に従えば、あんけらこんけら飴（糖）売の名の由来はその歌謡の囃子詞から来ていることが確認できる。また、その出立ちは浅黄頭巾に紅色のへりを付け、様々な色の袖なし羽織を着て、摺鐘を摺って歌い歩いたという。前述の歌念仏飴売は六字名号をすり込んだ飴を売り、その六字を囃子詞とした歌謡を歌い、僧形に類する装束で巷間に出ていたのであるから、明らかに別種の飴売と考えられる。

安永八年（一七七九）刊の黄表紙『はやり歌　あんけらこんけら　止而道致虚録《やんしたどうしたきよろく》』(17)はこの飴売り歌を題材とした作品で、そのなかには次のような地の文と歌謡が見える。

あんけらこんけらの両ぼうづ遊ちらし、おどりちらして、そのうへにあんけらが思ひつきにて、大じんと名をしられたく歌のうちへ、あんけらこんけらの名を入てつゞり、あめうりのしゆこうにして、うたふげいしや歌吉ともにうたひしやれる、

「むすこ〳〵はむかしのことよ、してやんしてどうしたのふかよや、かよふほど、ハアあんけらこんけら、こんけらあんけらすいとなる、ハアやつさもつさそつちでせいへん〳〵、へこ〳〵、へんきん〳〵、様かいのふ、イヤあつあいのふ」「しやみがへたでもひくこがよけりや、してやんしてどうしたのふ、すくふてごとも、コリヤおさへるてごともおもしろい、やつさもつさ、めもとのよいならこつちへせいへん〳〵、へこ〳〵、へんコリヤ中の町でげいしや様かいのふ、おいのふおつおいのふ」

あんけらこんけら飴（糖）売はお駒飴売、あんなんこんなん唐人飴売、お万飴売などと並んで江戸期を代表する著名な飴売で、多くの書物のなかに記録されている。なお、今日も栃木県の馬頭町周辺地域では「さんざん」の意で「あんけらこんけら」という方言が残っているという。

⑨三間張おぢい飴売

安永年間（一七七二～一七八一）から寛政年間（一七八九～一八〇一）にかけて江戸の巷間に見られた飴売に、三間張《さんげんばり》と言われるほどの長細い飴を売る商人がいた。担ぎ桶の上に縦長の箱を置いて、そのなかに飴を入れて売り歩いたという。この飴売について『流行商人絵詞廿三番狂歌合附録』は次のように記す。

○十二番　三間張おぢい飴

おぢいが来たぞ〳〵、さんげんばりいつぽん四もん、すてきにながい、おぢいが来たぞ。

左持

あめうりの九尺店よりいでながら三間ばりはかけねなるべし

右

汝がほこる飴よりながき春の日にとけずもあれとうりあるくらむ

左の歌は理窟にて、九尺二間の店子なるもの、三間ばりはうつばりのはりにもかよふを笑へども、これらの勘定あはねばこそ、おぢいとはいふなるべし。右は糀売の日影をいとひ、飴あき人の南風をうらみたる人情、まことにさることあり。これは店子の泣事なれば、おふ屋の理窟もすてられず。五人組持店の持たるべきものになん。

この飴売の名は、飴の長さ「三間」と、言い立ての文句「おぢいが来たぞ」から由来したものである。ただし、大田南畝『奴だこ』などの記述によれば、飴自体は大きいばかりでまずかったようである。

⑩飴細工売

『近世商賈尽狂歌合』には七番左に「飴曲吹」として商人の絵と「サア〳〵〳〵、ごろふじろ、御望次第あめの曲ふき、チイサイ瓢箪、四文〳〵〳〵」という詞書が見える。また、補遺にも次のように記されている。

或老人ノ話に、安永年中、葺屋町河岸小芝居にて、大坂下り、飴の曲ふき見せ物いでゝ評判なりしと。其以前もありしや。文化年中、西両国広小路にて見せたり。当時は是迄あり来りし飴細工の仕出しにて、図のごとく大きなるざるを高くし、是ニ大なるふくべの如く吹て看板にいだし、其外、大小の瓢簞を吹、其曲甚だ妙なり。

飴曲吹熊吉などと名を出せしもの尤上手なりき。

これによれば、曲吹の飴細工売が安永年間（一七七二〜一七八一）の江戸市中に出たことが知られる。大坂の出身者であったが、江戸の葺屋町で商いを行ったという。それ以降も文化年間（一八〇四〜一八一八）頃にも両国界隈で営業を続けていたらしい。

⑪狐飴売

享和年間（一八〇一〜一八〇四）頃に江戸の町に出た飴売に狐飴売があった。『流行商人絵詞廿三番狂歌合附録』には次のように見える。

○廿二番　狐飴売

　サアおどります〱、オイこん〱よ、あめをくんねへ、ざまを見ろ、だれがこはがるものか、よしねへ、あめと見せてうまのふんだもしれねへによ。

　左

太郎いなり渡すまつりはなかりしをおの〱だしにつかふあき人

　右 勝

あさましやちくしよう道にこの世から入谷わたりのきつねあめうり

此きつね飴うりは、いづれの頃に出たるにや。しばしば人に尋れども、皆しらずといへり。或はいふ、こは享和年間、太郎稲荷はやりし比、かゝるあき人ありけるとぞ。あはれ梭江子の集めたる当時の筆記に、この事なければ必とすべからず。左のうたは或説によりてよめるなり。江戸の方言に、祭の引万度をだしといふ、こゝろは聞えたりけれども、各といへばこのあめうり一人に限るにあらず。右の歌も或説にしたがはざるにあらねども、奇を好むものは、奇禍ありといふいましめの心をよめり。畜生道は甚しけれども、ことわりなれば、右を勝とす。

この飴売は享和年間（一八〇一〜一八〇四）頃、太郎稲荷のある江戸入谷の界限で営業していたようで、稲荷に因んで狐の装束や格好をしていたらしい。飴を買うと「こんこん」という狐の鳴き声を囃子詞に入れた歌謡を歌い、踊って見せたという。『近世流行商人尽詞』には「子供ヲ風ノ子ト云筈ダ。南ケデオレガ代物ト同ジヤウニダラケオツテ子カラカヒニコ子へ、コノ商売モアトアシコン〳〵チキダ」とある。これもこの飴売が歌った歌謡であろう。

⑫八百屋お七飴売

文化年間（一八〇四〜一八一八）の江戸の町に八百屋お七の物語をからくり人形に仕立てて、歌いながら飴を売った商人がいた。『流行商人絵詞廿三番狂歌合附録』には次のように見える。

お七が事をゑせ小（うカ）がたにつくりて、飴をうりたるもの一時流行して、よみうりといふものにも、これをうたへり。そのうたに、「八百屋御商売なさるれば云々、わたしや本郷へゆくわえな、いちだんのぼればほろと泣きな」といふことあり。当時、京伝が著せし八百屋お七の合巻くさぞうしは、この事をむねとして作りたり。

また、『近世商賈尽狂歌合』附録にはより詳しく、次のように見える。

馬琴翁云、お七が事をゑせ小唄につくりて、飴をうりたるもの一時流行して、読うりといふものにも是をうたへり。斯書れしは飴売ながら小唄をうたひしものにや。予、幼年の頃には、お七が事をからくりにして見せ、両脇に糸引もの懸合に唄ひし事也。［割註］今は一人りにてもする也。」此文句の内に、「伝馬町から引出され、髪の島田の油町、からきうきめの塩町にあふを見に出し見物は、爰やかしこに橘町、富沢町を引廻す。姿やさしき人形町、しやばと冥土の堺町、扨もあわれやふびんやと、てんでに涙を葺屋町、雨も降ぬに照ふり町、江戸橋こへて四日市、日本橋へと引出だす。（下略）豊芥按、御牢内にて罪人にシヤクリと云ものあるよしいへり。南北御奉行所御加役の御屋敷へ行道筋など、小うたに作りうたふ事なり。右の文章からくり唄に似たり。其シヤクリにふしを付、からくりうたにものせしなるべし。［頭書］からくりうた、今は甚みぢかし。此唄はやりて、当時小夜中山、かゞみ山、小栗判官など、お七のうたのよふに唄て見せる事なり。」

この飴売が歌ったのは江戸名所を列挙した道行歌謡で、罪に問われたお七が江戸市中を引き回される場面に他ならない。

⑬あんなんこんなん唐人飴売

文政年間初期（一八一八～一八二三）頃に江戸の町に登場して、爆発的な人気を博した飴売にあんなんこんなん唐人飴売があった。『近世商賈尽狂歌合』には四番左に「安南こんなん飴」という当て字で見え、絵が描かれるが、その上には「唐のナア唐人のネ言には「アンナンコンナン、おんなかたいしか、はへらくりうたい、こまつはかんけのナア、スラスンヘン、スヘランシヨ、妙のうちよに、みせはづじよう、チウシヤカヨカパニ、チンカラモ、チンカラモウソ〳〵、かわようそこじやいナア、パア〳〵〳〵」」と書き入れられている。また、『近世商賈尽狂歌合』には補遺部分にも次のように見える（［図36］参照）。

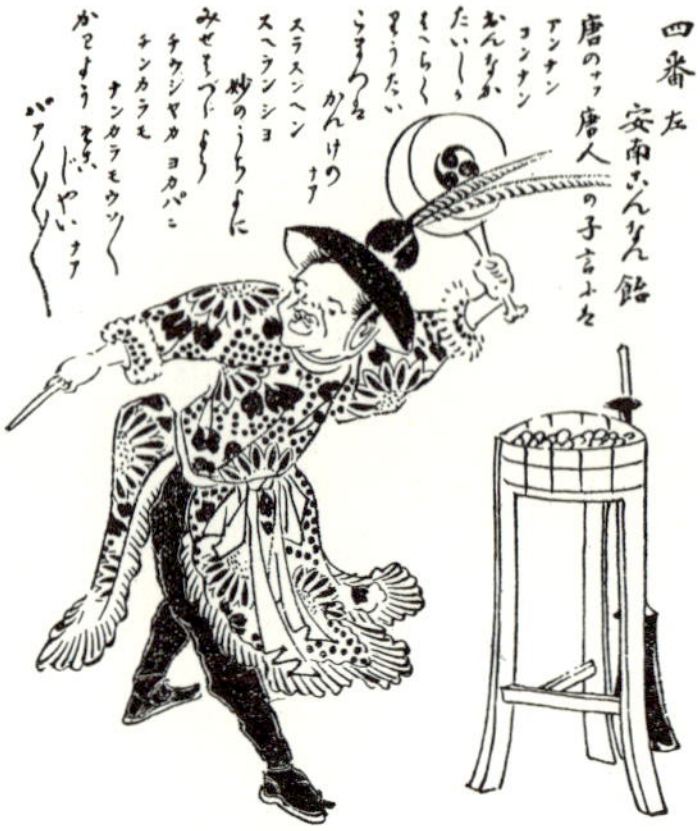

［図36］『近世商賈尽狂歌合』所収
「安南こんなん飴」

面部痘瘡の跡あり。なをる〳〵あばたがなをると戯言しあるく也。是も文政の初より、年の頃五十位ひの男、図の如き姿にて「あんなんこんなん」とわからぬ事を、声よく面白く唄ふ。のちく〳〵は替り唱歌も作り、青物尽し鳥尽し、其外いろ〳〵出来たり。市中の子供等皆真似せし也。文政十二の丑ノ三月中村座にて、第一ばんめ『五大力艶湊』、第二番目大切所作事『其九絵彩四季桜』［割註］中村歌右衛門、梅玉、九変化の内。」酒屋の丁稚にて、此飴うりの所作あり。大にはやりしものなり。

これによれば、この飴売は五十歳くらいの顔に痘瘡の痕のある男で、「なをる〳〵あばたがなをる」と言いながら飴を売り歩いたという。その姿は唐人服を着て、大きな唐人笠に雉の尾を付け、片手に太鼓を、もう一方の手に撥を持った格好であったらしい。また、「あんなんこんなん」という囃子詞入りの意味不明の歌謡や青物尽し、鳥尽しの替歌[18]も歌ったという。ここに挙げられた意味不明の歌謡はいわゆる唐人歌で、早く江戸時代初期の寛文・延宝年間（一六六一～一六八一）頃から流行した。詳細は小著『近世歌謡の諸相と環境』（平成11年・笠間書院）第一章第一節「近世歌謡の絵画資料」において述べた。唐人歌は初期は本当の中国語音を写したものであったが、後には出鱈目な音を連ねたナンセンス歌謡となって、宴席などの騒ぎ歌として持て囃された。この飴売の歌謡も意味不明のナンセンス歌謡と考えてよいであろう。藤田徳太郎氏は前掲論文のなかで、唐人飴売を実際の中国人による飴売と考えたが、おそらくは日本人の扮装によるものであろう。そして、『其九絵彩四季桜』の歌舞伎狂言で中村歌右衛門が酒屋の丁稚に扮し、この飴売の所作をしたところから大評判を呼んだという。

［図37］『新板江戸市中物売尽し』

なお、唐人に扮した飴売はこの「あんなんこんなん」と歌う飴売だけではなく、似て非なる商人が何人も登場したようである。ちなみに岡本綺堂『平七捕物帳』に「唐人飴」という一話がある。その話では唐人飴売が殺されるが、その飴売は「カンカンノウ」という囃子詞を持つ唐人歌を歌う虎吉という名の男であった。ちなみに、いせ辰版の『新板江戸市中物売尽し』にも「唐人飴売」が見えているので掲出しておく（[図37]参照）。

⑭どんどん飴売

文政十二年（一八二九）成立の『流行商人絵詞廿三番狂歌合附録』には、どんどん飴売という商人が登場している。次に掲出しておく。

○十八番　どん〳〵飴

まだ子どもが師匠さまからかへるめへ、今に八つさがりだから、こゝらへおろしてやらかすべい。

左

ふしもなく唱歌もあらでふく笛と太鼓をあめのおとなひにして

右 勝

ものいはぬふたりあき人つゞみうち笛のねだんも安うりの飴

左の歌はどん〳〵飴に雨をかけて、あめのおとなひとよみたるは、太鼓の音も雨にや似たる。松風の音を琴かと疑ひ、磯うつ浪を鼓に似たりとこそ、ふるくよりいふなれ。太鼓の音は雨にもまがふべからずかし。右もさしたるふしはなけれど、唐人笛てふ飴うりすたれて、此あめうりの出たるかひに、笛のねだんのやすらかなれば、右を勝とすべし。

この飴売は唐人飴売の後を継ぐような時期に江戸の町に登場し、笛と太鼓を用いて音楽を奏でて囃したようであるが、唐人飴売のように節や唱歌がなかったと言われる。

⑮三吉飴売

文政十二年（一八二九）成立の『流行商人絵詞廿三番狂歌合附録』には、次のような江戸市中に出た飴売が記載されている。

○廿一番　三吉飴

はるの日ぐらしあすか山、ぬしに王子の花ざかり、なつは両国高なはに、はな火〱のすゞみきやく、さん吉がてんかすべるなどつこい、オーさてがてんだ〱。

左持

売溜のおあしつかれて帰るらむ三吉あめはめの子勘定

右

うたふ親のたはけ思へば飴にまぶるこのさかしさもあはれなりけり

此三吉はめの子なりき。これをもて世わたりにせしかば、算盤なしにつきつけたるめのこ勘定さもあるべし。日毎におどりくらしたる、売溜のおあしつかれ、はなしても三百里にむかはんとなり。右はまた、うきたる親をいましめて、飴にまぶる粉に子をあはれむ、是も亦味ひあり。おや子商売相もちのたがひつみなき。持たるべし。

この三吉飴売は親子連れで、親が鉦を打ち、子が踊ったと言われている。三吉は子どもの名であったらしい。踊りながら歌う歌謡は冒頭の「はるの日ぐらしあすか山……」であった。江戸名所の飛鳥山、王子、両国、高輪が歌い込まれ、末尾に息子の三吉に「がてん《合点》か、すべ《滑》るな、どつこい」と呼び掛ける、調子がよくコミカルな歌詞が評判を呼んだものであろう。

⑯お万が飴売

天保年間（一八三〇〜一八四四）の江戸市中の一世を風靡した飴売に、お万が飴売があった。四壁庵茂蔦『わすれのこり』[19]（文政七年〈一八二四〉自序）には次のように見える。

鮫が橋より来れりと、三十ばかりの男にて、黒き塗り笠をかむり、くろき着物に黄なるおびを前にてしめ、桃色木綿の前だれをかけ、赤き鼻緒の草履をはき、口に紅をつけ、女のすがたに出立ち、いやらしき目遣ひをし、お万が飴だに、いつしゆが四文じや、と呼び来たる、飴をかふ者あれば、可愛けりやこそ神田から通ふ、とうたふ、小さきをかつぎておどる。

これによれば、黒い着物に黄色い帯、桃色の前垂れを着け、赤い鼻緒の草履を履き、黒い塗り笠をかぶった女装の三十男の飴売であったようである。きわめて異相の飴売で、「いやらしき目遣ひをし」という記述が、いかにも当時の耳目を多く集めたことを窺わせ、種々の記録に残されている[20]。次に掲出しておく。

○三番　左　おまんが飴
かわいけりやこそ神田からかよふ、にくてかんだからかよわりよか、おまむがあめじやに、一ッてふが四もんじや。
（『近世商賈尽狂歌合』）（［図38］参照）

［図38］『近世商賈尽狂歌合』所収「おまんが飴」

○もと家根職人なり。当時、四ツ谷鮫ケ橋に住居と云。当時はやりもの〻随一なり。其音声いやみなる身ぶり、また外に類ひなし。芸者、素人、子供にいたるまで、是を真似るもの多し。且天保十亥春狂言中村座大名題、『岩井歌曾我対面』第二ばん目大切所作事、江戸名所見立八景の内に、おまんが飴の身ぶり、此所作大出来にて、翫雀より飴売に仕着いたし、是より猶々大評判になりし。上るり名題は、『花翫暦色所八景』。(『近世商賈尽狂歌合』補遺)

これらによれば、この飴売はもと屋根職人で、その歌謡が「かわいけりやこそ神田からかよふ、にくてかんだからかよわりよか」であったことが知られる。また、天保十年(一八三九)春の中村座狂言『花翫暦《はなごよみ》色所八景《いろのしょわけ》』で四世中村歌右衛門(翫雀)が真似たことにより、大評判を呼んだという。お万の名の由来は定かではないが、この飴売が女装して自らに命名したものであろうと推測される(21)。

⑰おたさん飴売

藤岡屋由蔵『天言筆記』巻四所収の弘化三年(一八四六)十一月の記述に次のように見える。

此節専流行にて、おたふく金太郎其の外の面形、飴の中より出る。大坂下り細工飴売大勢出るなり。背中におかめの面付し、花色木綿の半天を着し、「飴の中からおたさんが、にこ〳〵笑てとんで出るよ、とんで出る〳〵、とんで出るよ」と言て売歩行くなり。虚心按に、飴の中からは上の如くいひて売り来りたれど、後には「飴の中からおたさんが、にこ〳〵笑てとんで出たよ、おたさんがいやなら金太さんにしよう、金太がいやなら法界坊にしよう」といひたり。

この飴売は今日に伝わる金太郎飴の元祖に当たる。すなわち、長い棒状の飴のどこを切っても金太郎の顔が出てくるという定番の商品である。弘化三年の時点で既に金太郎の顔が商品化されていたことが分かるとともに、当時はおたふくやその他もあったことも知られ注目される。おたふくは、おかめとも呼ばれる江戸庶民のアイドルキャラクター的な存在で、白隠慧鶴の禅画にもしばしば登場する他、おもちゃ絵にも散見する。

この飴売は『近世商賈尽狂歌合』補遺には「胸腹一切　薬名翁丸」という物売りの項に次のように見える。

初メ鎌倉横町代地より［割註］柳原土手下竜閑町横、大工町代地。」出たり。尤夏より秋迄なり。また冬より春えかけ《ママ》、役者紋飴のごとくにのばしたるを、小口より切て［割註］一ト切四文ヅヽ。」売し。画はおふく塩吹、或は鯛など出たり。「あめの中からおたやんがにこ〳〵笑ふてとんでたヨウと、うたひながらあるきし也。今は弁慶橋角へ見せを開き、翁の面を附、翁丸といふ金看板をいだし、年中、街をあるく事也。

この胸腹一切は夏から秋にかけては翁丸という名の薬を売り、冬から春にかけては飴を売った。この商人が胸腹一切と呼ばれたのは、おそらく薬を売るときにこのように言い立てたところからであろう。その宣伝文句からして、薬の効能は癪もしくは胃炎、腸炎用であったものと思われる。そして、この商人は冬場にはおたふくの顔などの絵が入った飴を売り、おたさん飴売と称されたのである。おたさんの「おた」は「おたふく」から由来していることは言うまでもない。

⑱越後節飴売

嘉永年間（一八四八～一八五四）頃の江戸の町に越後節を歌って飴を売り歩く女の商人がいた。『近世商賈尽狂歌合』附録には「女飴売」という名で、「一人にて鉦うちならし、越後節を唄ひて歩行もあり。又三四人連れにてあるくもあり。此内に五十余の老女、道化踊に妙を得たり。唱歌さま〴〵あり」と説明される。この飴売は飴を買うと、景品に小さな半紙凧を出したとも言われている。

⑲鎌倉節飴売

嘉永年間（一八四八～一八五四）に日本橋界隈の江戸市中に出た商人に、三味線伴奏で鎌倉節を歌い歩く飴売がいた。鎌倉節とは三崎で歌われる「十七八節」とも呼ばれる歌謡であった。(22) この飴売は三尺ほどの台の上に据えたからくり人形を動かすが、その人形が鉦を鳴らす仕掛けとなっており、いわば三味線の相方となったようである。

『江戸府内絵本風俗往来』（明治38年・東陽堂）[23]下巻には次のように見える。

> 高さ三尺ばかりの台の上に人形を据えて、その人形が鉦打ち鳴らして三味線の相方となり、謡の調子を助くる仕掛は、子供の御意に入相まで、四十路の坂を越えても、日本橋より数丁四方を朝から出でて廻るなり。始めはこの鎌倉節の飴売は、三筋の糸の懸け値なし飴を商い、その愛嬌に三味線を引きて人形に鉦を打ち鳴らさせ、子供衆の慰みに叶いたしとの考えなりしも、此処彼処と売り巡れば何時しか覚えし芸、手拭かぶりて顔は包むといえども、包めぬ物は声の艶麗、忽ち粋士の耳を敧《そばだ》たしめしが、鎌倉節の鳴り出づる一撥当てし根緒とは成りぬ。三味線の皮は四乳にあらざれども、演ずる場所は市中の辻々、一度び荷をおろすや二度び上げる暇なく、続々唄の望み絶えず。飴は子供衆の鼻薬、謡は大人の楽しみ、財布の潤うに引き代えて音声を枯らし、一日の業二、三日は休むも、三寸の咽喉は潤いたり。この頃、俳優尾上菊五郎、未だ市村羽左衛門といいし頃にて、この鎌倉節の評判の高きを聞いて、舞台にて演じて見たく思い立ちしかば、この飴売を家に招き、よくもその節々を自得なし、猿若町二丁目市村座に於いて演じけるが、これまた大きに好評を得しかば、随って鎌倉節も市中にてまた格別に贔屓せられて、その評よく、羽左衛門よりは、己が紋所染め出だしたる衣類を、寒暑両度年々贈りしかば、その衣類を着て家業に出でたりけるは、これまた当人の誉れなりし。

これによれば、その頃新進の歌舞伎役者であった市村羽左衛門（後の尾上菊五郎）が舞台上で、この鎌倉節を真似て歌ったことにより、大評判を取ったという。

⑳その他

以上の他、寛政八年（一七九六）頃にもと会津地方の民謡であった玄女節を江戸で歌い歩いた飴売、文化八年

（一八一一）に髯長半三郎という名の男が商った豊年飴売、文政三年（一八二〇）に越後民謡ダンボサンの歌を江戸で流行させた飴売、慶応年間（一八六五～一八六八）に出た飴売紅勘などが知られている。また、現代のチンドン屋の原形とも言われるよかよか飴売やアマタイ飴売、小僧飴売、下り飴売、飴宝引などと呼ばれた飴売がいたことも記録されている。

おわりに

へ　ハアー私しゃ商売飴売り商売　鉦コたたいて　毎日廻る

これは、今日秋田の代表的な民謡とされる一曲「秋田飴売り唄」の一番の歌詞である。鉦太鼓を一人で囃し、踊り歌いながら飴を売った商人の持ち歌だったという。飴売り歌はこの他、各地に伝承され、山形・新潟・大阪にも残されている。それらはすべて江戸時代に流行し、巷間を彩った飴売商人の歌に濫觴を求めることができる。本節は日本中世の物売りの歌謡を掘り起こすことを試みた前節の後を承け、江戸期の物売り歌謡の代表格である飴売り歌謡を位置付けたものである。「秋田飴売り唄」に見られるように、江戸の飴売り歌はまさに今日にも生き続けているのである。

注

（1）引用は『曲亭遺稿』（国書刊行会）所収本文による。
（2）引用は『鼠璞十種』第二巻所収本文による。
（3）引用は『燕石十種』第三巻所収本文による。

（4）引用は『日本随筆大成』第三期第四巻所収本文による。
（5）引用は『日本随筆大成』別巻第十巻所収本文による。
（6）引用は『日本随筆大成』第二期第八巻所収本文による。
（7）引用は『日本随筆大成』第一期第十二巻所収本文による。
（8）引用は『狂歌大観』第二巻所収本文による。
（9）引用は『新百家説林』第二巻所収本文による。
（10）引用は『日本随筆大成』第二期第十巻所収本文による。
（11）引用は『日本随筆大成』第一期第八巻所収本文による。
（12）引用は『日本随筆大成』第二期第十九巻所収本文による。
（13）引用は国書刊行会本による。
（14）引用は『未刊随筆百種』第十一巻所収本文による。
（15）引用は日本古典文学大系『風来山人集』所収本文による。
（16）『近代歌謡の研究』（昭和12年・人文書院）一五八頁。引用に当たってはルビ及び「引」「ユリ」などの歌唱法にかかわる記号を省略した。
（17）引用は国立国会図書館蔵版本による。
（18）これと同類の歌謡に『新板はやりおんど　お七吉三あを物づくし』（藤田・小林文庫蔵）、『風流手まりうた　あを物さかなづくし』（東京都立中央図書館蔵）、せんだい節「本郷二丁目の……」などがある。また、周辺のことば遊び資料として『浪花みやげ』所収「青物尽奉公人請証文」「鳥づくししゃれ文」「魚づくししゃれ文」などの瓦版もある。
（19）引用は『続燕石十種』第一巻所収本文による。
（20）これら以外にも青葱堂冬圃『真佐喜のかづら』、斎藤月岑『百戯述略』、石塚豊芥子『続歌舞伎年代記』巻九などにも「お万が飴売」に関する記述が見える。また、「可愛いけりゃこそ神田から通ふ」という歌が挿入されたおもちゃ絵の尻取り歌資料も存在する。

（21）歌謡史における「お万」の名については、伝承童謡の「おまん（万）が紅、鰯雲」や「お月さん幾つ、十三七つ……お万に抱かしょ、お万どこへ行た、油買いに茶買いに……」の他、著名な流行歌謡「高い山から谷底見れば、お万かわいや布晒す」などを考慮に入れる必要がある。この点については小著『子ども歌を学ぶ人のために』（平成19年・世界思想社）第二章Ⅰ「子ども歌の古典」参照。

（22）この「鎌倉節」の原歌は「鎌倉の御所のお庭（宮）で、十七小女郎が酌をとる……」という歌謡である。この歌謡は白隠慧鶴が禅画の画賛にも用いた。詳細は小著『近世歌謡の諸相と環境』（平成11年・笠間書院）第三章第九節「白隠慧鶴と近世歌謡」、及び『絵の語る歌謡史』（平成13年・和泉書院）Ⅵ「白隠と仙厓—禅画と歌謡」参照。

（23）引用は東洋文庫（平凡社）所収本文による。

第五節　おもちゃ絵の歌謡考

はじめに

近年、歌謡研究が多方面にわたり活発に行われていることは周知のことである。その多方面に展開された歌謡研究のうちのひとつに、歌謡と絵画資料との関係についての研究、もしくは絵画資料に書き込まれた歌謡の研究がある。この絵画資料については、歌謡研究のみならず、日本文学研究上のエポックを画す役割を果たしている観がある。これをテーマとした様々な論集が刊行され、学燈社『国文学』では第四十一巻第四号（平成8年3月）に特集「視覚の古典史―かたち・色・ことば」が組まれ、至文堂『国文学　解釈と鑑賞』でも第六十三巻第八号（平成10年8月）に特集「文学と絵画」が組まれている。一方、歌謡研究においても、このテーマ、すなわち「歌謡における絵画資料」の研究は早くから着手され、既に優れた論考も多く発表されている。(1)

本節は「おもちゃ絵の歌謡」と題して、子ども向けに発行されたおもちゃ絵を取り上げて、歌謡研究の側面から位置付けを行うが、これは歌謡における絵画資料研究の一端であることを明言しておきたい。(2)

一　おもちゃ絵の周辺

まず、おもちゃ絵の定義であるが、おもちゃ絵とは江戸時代末期から明治時代にかけてさかんに摺られた、子ども向けの大判錦絵版画のことで、一枚摺りを主とし、それを複数枚まとめて組としたものもある。そしてこれは別に「絵草紙」「子ども絵」「玩具絵」などとも称されたことからもわかるように、子どものことば習得のための教科書的役割を果したと言われている。

おもちゃ絵には、実に様々な形態や内容のものがある。アン・ヘリング氏は「おもちゃ絵考」（『季刊　銀花』第二十一号〈昭和50年3月〉／後に『江戸児童図書へのいざない』〈昭和63年・くもん出版〉所収）という論文のなかで、次のように分類している。

①細工用おもちゃ絵

イ、千代紙　ロ、姉さま・きせかえ・人形関係の絵　ハ、役者のかつら絵

ニ、写し絵　ホ、組上げ灯籠　へ、組立て絵　ト、折返し芝居・変わり絵

チ、回り灯籠用の絵　リ、折り紙・切り絵用の絵　ヌ、のし紙　ル、節句用の絵　ヲ、紙角力

ワ、その他

②書籍の代理

イ、豆本・豆絵巻　ロ、豆本以外の物語・唄・ことば遊び　ハ、なぞなぞ

ニ、判じ絵　ホ、「ものづくし」絵　へ、擬人絵　ト、子ども風俗絵

チ、教訓絵と絵解き　リ、いろは絵・単語図解絵　ヌ、その他

③玩具、遊具用の絵

イ、双六　ロ、十六武蔵　ハ、かるた絵　ニ、絵合わせ　ホ、あてもの

へ、福笑い　ト、投扇興　チ、その他

以上のうち、「②書籍の代理」のなかの「イ、豆本・豆絵巻」「ロ、豆本以外の物語・唄・ことば遊び」と名付け

られた資料群のなかには歌謡とかかわるおもちゃ絵が多く見出される。また、「③玩具、遊具用の絵」のうち、「イ、双六」についても、歌謡とかかわる資料の存在を指摘することができる。これらの歌謡とかかわるおもちゃ絵のうちの何点かについては、既に写真入りで紹介した。[3] 以下ここでは、おもちゃ絵が子ども向けの遊び絵であるところから、子ども向け絵画資料と歌謡の歴史について簡単に振り返っておく。

二　おもちゃ絵以前の児童向け絵画と歌謡

幕末から明治時代にかけて行われたおもちゃ絵以前の子ども向け絵画における歌謡という観点で文学史を遡れば、赤本の判じ物に辿り着くこととなる。

赤本における歌謡として、もっとも重要なものは、石野広通『蹄渓随筆』所収記事である。次に引用する。

> 広通わらはにて侍りし比、享保の中年、童部のもてあそぶ赤き表紙かけたる本に、鯉を絵がき、苧《を》を絵がき、せ文字を左字《ひだりじ》にかき、田をかき、矢をかき、小判を鎗にて男の突所を絵書、是を解して云、「恋をさせたやかねつく人に」云り。誠に愚なる古風の戯本也。しかしながら、此哥世に流布して、人よくしりたればこそかくは書きたるらめ。おもひ出るまゝに記之。

これはクイズ的な、ことば遊びの一種の判じ物（判じ絵とも言う）に関する記述である。判じ物とは、日本語の同音異義、すなわち、〝しゃれ〟を活用して、しかもそれを絵画化したことば遊びである。この赤本の例で説明すれば、恋愛の意味の「恋」を魚の「鯉」を描くことで表現し、助詞の「を」は麻糸の「苧《を》」の絵によって表現している。次は左字、すなわち今日では平仮名習得途上にある子どもが、しばしば裏返しした形の字を誤って書いてしまうものに類した字で、今日では「鏡字」などとも呼ばれているものである。江戸期にはこれを、左字と言っていた。

この赤本では左字の「せ」という平仮名が書いてあったことになる。ここでは、これを左の「せ」、左は左右の「さ」であるから、「させ」と読ませている。

次に田圃の絵で「た」、弓矢の「矢」の絵で「や」、男が小判を鎗で突いている絵で「かねつく人」、この場合の「かね」は小判の「金《かね》」と同音の寺院などにある「鐘」を表している。

以上を続けて読むと、「恋をさせたや鐘撞く人に」となる。これは「隆達節歌謡」の一首「恋をさせたや鐘撞く人に、人の思ひを知らせばや」の途中までを、判じ物によって表現していることになる。著者の石野広通はこの赤本を、享保年間中頃に見たと言っているので、文禄・慶長年間に流行していた「隆達節歌謡」が後代にまで長く流布していたことを窺わせるが、この歌は「隆達節歌謡」の中でも数少ない近世小唄調（三・四／四・三／三・四／五）の歌形であるので、三味線伴奏にも合わせられ、特別に生き長らえた小歌と推定される。いずれにしても、子ども向けのクイズに歌謡の歌詞が絵画化されていた資料として重要と言える。

さらに、同じく赤本に『はんじ物づくし　当世なぞの本』という題の一本があり、現在大東急記念文庫に所蔵されている。そこには扇面形の中に判じ物が描かれている。その廿（二十）九番には、まず向かって右上に「作」という漢字が四つ並べられている。その「作」の字のもっとも中央寄りの字の下には「丹波の」とある。そしてその右には「馬」の絵が描かれている。次は再び上に戻って、中央上部に「かたなれど」という平仮名五文字が置かれている。先に読んだ「丹波の」の左隣に〇囲みの「今」という漢字があるので、これを「いまわ（は）」と読ませる。さらにその左に行って、「お江どの」と見える。一番左端には刀を差して歩く侍の絵、そして一番下には、蛇（＝じゃ）の絵が描かれている。

以上を解読すると、「与作丹波の馬方なれど、今はお江戸の二本差しじゃ」という有名な江戸時代の流行歌謡〝小室節〟の歌詞がその答えとなる。これも子ども向け絵本である赤本の歌謡を題材にした判じ物の例である。

そもそも、こういった赤本の時代より以前にも、歌謡の歌詞を判じ物に仕立てた先例があった。それは『兎園小説外集』の馬琴の記事中に見える。次に掲出する。

津藩の博士塩田ぬし、ふるき盃を携来て、予に鑑定せよといふ。こは同藩なる佐伯環てふぬしのものなりとぞ。おそらく塩田ぬしも得かんがへず、ひろき津の人々も、思ひとくよしなきものを、いかにして予が知るべきと思ひつゝ、つら〳〵見るに、径りは匠尺三寸九分、盃の底あさうして、今やうとおなじからず。盃中に蒔絵あり。竜頭人身異形のもの、冠をいたゞきて束帯せず、麁服にして圏中に六曜の紋つけたる裳をすこし袺《つまはさ》み、酒樽ひとつ銭五百ばかり肩にして、挑灯（ママ）を引提たり。そがあとへに歌舞伎野郎の良き羽織を着て、一刀を帯たるが従ひゆくさまなり。下のかたに水ありて波たかく立てり。水中に蓮の花さきたると、あし一もとあり。又流るゝくゝり枕あり。波底に沈みなん〳〵とせし半体を画きたり。又盃のうらにもまき絵あり。こゝには机に積のぼしたる仏経七巻ばかり、毎巻に標題あり。繍弥勒仏と読るゝが如し。いと細書なれば老眼の定かならず。そが左右に払子と大筆あり。机のかたへに筝の琴あり。琴のほとりに硯箱一具と料紙あり。料紙は銀泥をもてまきたるが、その銀やけて薄ずみ色になりたり。画は当時の俗画なれども、蒔絵の精妙なる、金粉の佳品なる、今の細工に得がたきものなり。按ずるに、この盃は延宝貞享の比の製作なるべし。もしさらずとも、元禄以後のものにはあらず。いかにとなれば、当時はんじ物のいたく行れたればなり。……（中略）……よりておもふに、この盃にまき絵したるも、当時の流行にしたがへるはんじ物とは見ゆれども、定かには解がたかり。試みにそのこゝろをいはゞ、竜頭の人はのむといふはんじ物、これに冠をいたゞかせしは、大臣といふはんじ物なるべし。凡遊興に耽る黄金家を、大じんといふ事、今なほしかなり。そが肩にしたる樽は酒といふ事、銭は買ふといふはんじ物なり。又ひさげたる挑灯（ママ）は、一寸先はやみの夜といふ世話のはんじ物なるべし。又野郎はいろといふはんじ物なるべし。野郎はいろ子といへばなり。又蓮はさすといふはんじ物ならん。蓮の和名をはちすといふも、その実の蜂房に似たればなり。よりて、はちすを蜂巣にかけて、さすと解せん為なるべし。又葭は管といふはんじ物歟。よしあしは多く管に造るものなり。又まくらの半体を画きしは、まくといふはんじ物ならん。水波は只蓮とあしのとり合せまでにて、させるこゝろなるらんを、強て説をなすときは、すいちうといふはんじ物ぞといはんも由あり。かくはんじつゝ、連続してこれをとけば、色と、酒、買ふ、すいちうの、大臣は、のんだり、さしたり、くだを、まく、一寸先はやみの夜。かくのごとくなるべきか。いまだ当否をしらねども、当時のはやりうたを、はんじ物にせしものなるべし。

ここで馬琴は、盃の判じ物が歌謡の歌詞に基づくものと推測している。

以上、おもちゃ絵以前に、子ども向けの絵画に歌謡が書き込まれた例を紹介するとともに、そのルーツとして、歌謡が判じ物とされた先例を確認してきた。

三　おもちゃ絵の歌謡資料の分類

以下、本節の中心的考察対象であるおもちゃ絵に限定して、歌謡とのかかわりを整理していきたい。まず、これまでに管見に入ったおもちゃ絵資料のうち、歌謡とかかわる例を分類整理し、次に掲出しておく。分類の後の括弧内は個々のおもちゃ絵の外題である。

①はやり歌

・ちんわん節（『しんばん』『しん板ちんわんぶし』『しん板ちんわんぶし』(4)『新板手遊づくし』『ちんわんぶし(甲)』『ちんわんぶし(乙)』(5)『しん板狆狛ぶし』『しんぱんちんわんぶし』『しんばんちんはんづくし』『子供哥ちんわんぶし』『新ばん手遊ちんわん』『新板ちんわんねこぶし』『江戸絵草紙二

しん板手まり歌』[6]『ちんわん青物づくし』『ちんわんぶし稚双六』『新板ちんわん寿ご六』『新板ちんわんねこの双六』『ちんわんかるた』）

・仙台節（『せんだいぶし』『新板先代ぶし』『流行せんだいぶし（甲）』『流行せんだいぶし（乙）』[7]『りきうぶし』『しんぱんりきうぶし』『しん板りきうぶし』）

・大津絵節（『新板大津絵ぶし』）

・看々踊（『新版看々踊双六』）

・都々逸（無題）

②伝承童謡

・手毬歌（『新板まりうたづくし』『しん板手まり唄』『新版まりうた』『しん板手まり哥』『江戸絵草紙一　しん板手まり歌』）

・遊戯歌（『しん板子供哥づくし（甲）』『しん板子供哥づくし（乙）』『新板子供哥尽』『友《とも》寿《す》々《ず》女《め》美《み》知《ち》具《く》佐《さ》数《す》語《ご》呂《ろ》久《く》』『智《ち》恵《ゑ》競《くらべ》　幼稚《おさな》雙六《すごろく》』『子宝遊寿雙六』『新板子供擲廻り寿古六』『春のあそび子供すご六』『子供あそびすごろく』）

③ことば遊び歌

・尻取り歌（『流行しりとりうた』『新作開化しりとり』）

④説話・伝承歌

・口説き音頭（『しん板鈴木もんど白糸もんく』『鈴木主水白糸くどき』）

⑤邦楽関係

・長唄（『しん板四季のをさらい』）

・清元（『新版清元おちうどもんく尽し』『梅の春』）
・めりやす（不詳〈瀬田貞二『落穂ひろい』紹介〉）

まず、①として〝はやり歌〟が挙げられる。これまでのところちんわん節のおもちゃ絵が、実に十八点（うち二点は別版元からの求版であるので十六種）もの数が管見に入った。この歌は「ちんわん、猫にゃあちゅう、金魚に放し亀、牛もうもう、こま犬に鈴がらりん」と続くわらべうたであるが、流行歌的な要素が強かった。(8)この十八点のなかには、双六形式のものが三点、カルタのデザインによるものが一点含まれている。しかし、あくまでも大半は豆本に仕立てられるように摺られたコマ絵となっている。コマ絵とは縦横に仕切られた枠の一コマ一コマに絵が描かれ、少量の歌詞も併せて書き込まれたもので、全体を通じて意味を持つ歌謡一首（「ちんわん節」の場合）、もしくは歌謡数種（後述する〝手毬歌〟や〝遊戯歌〟の場合）が浮かび上がって来る。これを横一列に細長く切って、後で貼り合わせれば、豆本が仕立てられるようになっっているのである。〝はやり歌〟にはちんわん節以外にも〝仙台節〟(9)〝大津絵節〟〝看々踊〟〝都々逸〟などのおもちゃ絵がある。(10)

次に②として〝伝承童謡〟が挙げられる。これは〝手毬歌〟と、その他の〝遊戯歌〟とに分類することができる。

〝手毬歌〟には「わしが姉さん三人ござる」及び「大晦日、大晦日」で始まる長編の手毬歌を載せる二種（『しん板手まり唄』『新版まりうた』）、「おいも、いも、いも、いもやさん」「むかふよこ丁のおいなりさんへ」他全部で五首を載せる一枚（『新板まりうたづくし』）、またその二首に加えて新たに二首の全部で四首を載せるもの（『しん板手まり哥』とその後の求版改題一枚物『江戸絵草紙一　しん板手まり歌』）がある。

〝遊戯歌〟には「ずいずいずっころばし」「かごめ、かごめ」など現代でも知られる、著名な伝承童謡が見える。全五首を収録する『しん板子供哥づくし（甲）』、全七首を収録する『しん板子供哥づくし（乙）』、そして全十三首を収録する『新板子供哥尽』が管見に入った。これらの詳細については、既に紹介したので、(11)本節では省略に従うこととする。

本節では、それら三種とは異なる双六形式の錦絵のうち、代表格の『友寿々女美知具佐数語呂久《ともすずめみちくさすごろく》』について、具体的に後述していきたい。

次に③として〝ことば遊び歌〟がある。この〝ことば遊び歌〟は、広い意味では②の〝遊戯歌〟に含めて考えることもできるが、ここでは細分化をはかり別項目に立てておく。ここに分類されるおもちゃ絵には〝尻取り歌〟二点が管見に入った。このうち『流行しりとりうた』の方は、「牡丹に唐獅子、竹に虎、虎をふんまへて和藤内、内藤様は下がり藤、富士見西行後向き」で始まる、著名な尻取り歌がコマ絵の中に摺られている。一方、『新作開化しりとり』には「坂は照る照る、鈴鹿は曇る」という〝小室節〟が見える。

次に④の〝説話・伝承歌〟には〝口説き音頭〟が入る。著名な「鈴木もんど」を扱った『しん板鈴木もんど白糸もんく』『鈴木主水白糸くどき』というおもちゃ絵がある。

最後に⑤として〝邦楽関係〟を立項した。これには長唄・清元・めりやすのおもちゃ絵が確認できる。

以上がこれまでに管見に入った、歌謡にかかわるおもちゃ絵のすべてであるが、これ以外にもかなりの数の資料が残されているものと思われるので、今後さらに博捜を続けていきたい（その一部については次節「おもちゃ絵の歌謡続考」において紹介した）。

四　『友寿々女美知具佐数語呂久』紹介

さてここで、おもちゃ絵のうち双六資料『友寿々女美知具佐数語呂久』を紹介する(12)（［図39］参照）。このおもちゃ絵は、錦絵摺りの回り双六形式で、絵師は二代目安藤広重を名乗った歌川重宣である。万延元年（一八六〇）の

［図39］『友寿々女美知具佐数語呂久』

出版、版元は未詳であるが、後述するように内容からして江戸版ということになる。回り双六であるから、「振り出し」と「上り」があり、そこまでの間に三十七のコマと「いろは横丁」と称される「い」から「と」までの七コマが別にある。「振り出し」は右下にあり、そこから外周を時計回りに進む。第八番目のコマに止まると、「いろは横丁」に入り、「と」の「早使」から、二十四番のコマに飛ぶことができる。

ところで、この双六は歌謡資料としてもきわめて貴重なものである。すなわち、各コマには絵とともに子どもの遊びの名称、もしくは遊びに際して歌われる歌謡の一節が記されているのである。いま他の文献と比較対照することによって、伝承童謡の一節と確認できる十八のコマが存在する。

まず、第七コマ目の書き入れ「いもむし《（芋虫）》ごろごろ」であるが、これには早く享和三年（一八〇三）成立の『阿保記録』に歌詞の記録があり、その後も『嬉遊笑覧』（文政十三年〈一八三〇〉刊）、『幼稚《おさな》遊《あそび》昔《むかし》雛形《ひながた》』（天保十五年〈一八四四〉刊）、『守貞謾稿』（嘉永六年

〈一八五三〉成立）などの江戸期の書物に書き留めがある。さらには明治期の伝承童謡集成にも『流行《あづま》時代子供うた』（明治二十七年〈一八九四〉刊）、『江戸府内絵本風俗往来』（明治三十八年〈一九〇五〉刊）に収録されている。以上のうち、『幼稚遊昔雛形』には双六と同様に絵が見える。また『守貞謾稿』には、このわらべうたの東西における歌詞の違いについて言及した記述がある。「京坂にては「晩のいもむし、尾はちんがら、ちんがらよ、〳〵」とくり返す。江戸にては「いもむしころころ、ひょうたんぽっくりこ」」とある。ここから、このおもちゃ絵は江戸地域の伝承童謡を書き留めていることが確認される。

九コマ目の「子をとろ《（取）》子とろ《（取）》」は著名な童謡であり、『阿保記録』『童謡古謡』（文政三年〈一八二〇〉頃成立）、『幼稚遊昔雛形』『守貞謾稿』『流行《あづま》時代子供うた』などの他の文献にも多く採られている。これらのうち、『幼稚遊昔雛形』と『守貞謾稿』には双六と類似する絵が見える。この遊びは『尾張童遊集』にも「道成寺」という名で描かれている。さらに『守貞謾稿』には「京坂にて「ちうりや取てくりや」」、江戸にては「子を取ことろ」」とあり、ここでもこの歌詞が江戸地域の伝承童謡であったことがわかる。

同様に、第十三コマ目の「まはり《（回）》のまはり《（回）》の小ぼとけ《（仏）》は、なぜせい《（背）》がひくい《（低）》な」についても、『阿保記録』『童謡古謡』『嬉遊笑覧』『幼稚遊昔雛形』『守貞謾稿』『流行《あづま》時代子供うた』などに見える。これらのうち、『守貞謾稿』の記事によれば、京坂では「中の中の小坊主」と歌い始め、江戸では「まわりのまわりの小仏」と歌い始めることが示されている。これも江戸での歌詞と一致していることが知られる。なお、『幼稚遊昔雛形』と『守貞謾稿』には絵が見える。

第十六コマ目以下については、次に一覧を掲出しておく。絵のあるものには［絵］と付す。

○第十六コマ目「だうちう《（道中）》かごや《（駕籠屋）》、から《（空）》かごや《（駕籠屋）》」

『童謡古謡』、『嬉遊笑覧』、『幼稚遊昔雛形』［絵］、『流行《あづま》時代子供うた』

○第十七コマ目「おかめじょんぢょろまき」
『流行《あづま》時代子供うた』
○第十八コマ目「むま《（馬）》かうし《（牛）》か、うし《（牛）》のものはおき《（起）》ろ」
『嬉遊笑覧』
○第二十コマ目「め《（見）》へため《（見）》へた、だれ《（誰）》がめ《（見）》へた」
『幼稚遊昔雛形』［絵］
○第二十二コマ目「どうだう《（堂々）》めぐり、どう《（堂）》めぐり」
『諺苑』（寛政九年〈一七九七〉序）、『童謡古謡』、『幼稚遊昔雛形』［絵］、『流行《あづま》時代子供うた』
○第二十三コマ目「むかふのおばさん、おちや《（茶）》あがれ」
『守貞謾稿』［絵］
○第二十五コマ目「ちゃんちゃんぎりや、ちゃんぎりや」
『幼稚遊昔雛形』［絵］、『流行《あづま》時代子供うた』
○第二十六コマ目「ざうり《（草履）》きんじょ、ざうり《（草履）》きんじょ、おてんまてんま」
『鄙廼一曲』（文化六年〈一八〇九〉頃成立）、『諸国風俗問状答書』（文化十年〈一八一三〉～文政年間末〈一八三〇〉頃）、『童謡古謡』、『嬉遊笑覧』、『幼稚遊昔雛形』［絵］、『流行《あづま》時代子供うた』
○第二十七コマ目「おしり《（尻）》のようじん《（用心）》、こようじん《（用心）》、けふ《（今日）》は二十八日」
『流行《あづま》時代子供うた』
○第三十コマ目「おやま《（山）》のおやま《（山）》のおこんさんわへ」
『幼稚遊昔雛形』［絵］

○第三十二コマ目「なん《（何）》のはな《（花）》がひら《（開）》いた、れんげ《（蓮華）》の花がひら《（開）》いた」

『流行《あづま》時代子供うた』

○第三十三コマ目「かごめ《（籠目）》、かごめ《（籠目）》」

『諺苑』、『童謡古謡』、『幼稚遊昔雛形』［絵］、『流行《あづま》時代子供うた』

○第三十四コマ目「おに《（鬼）》のゐないうち、せんたく《（洗濯）》しよな」

『諺苑』、『童謡古謡』、『弄鳩秘抄』（文政七年〈一八二四〉以前成立）、『嬉遊笑覧』、『尾張童遊集』（天保二年〈一八三一〉成立）、『流行《あづま》時代子供うた』

○第三十五コマ目「てんたう《（天道）》さまさま、このとほり」

『童謡古謡』

○第三十七コマ目「おやま《（山）》のぬし《（主）》はおれ《（俺）》ひとり」

『尾張童遊集』、『幼稚遊昔雛形』［絵］、『流行《あづま》時代子供うた』

以上のうち、第二十三コマ目の「むかふのおばさん、おちや《（茶）》あがれ」については『守貞謾稿』が「京坂にては衆童各互に云て曰、「むかひばゞさんちやのみごんせ」「おにがこおふてようさんじません」「そんならてつぽうかたげてよつささ」と云て走り移らんとす。江戸にては、衆童各互に云、「むかうのおばさんちよとおいで」「おにがこはくてゆかれません」「そんならむかひにまいりましよ」と云走りうつる」と記している。これによれば、「茶」という語を用いるところは上方（京坂）の歌詞に近いものの、語法的には江戸に近い。江戸にもいく通りかの歌詞のバリエーションがあったものと考えられるから、他の遊戯歌の歌詞を考えあわせれば、第二十三コマ目の「むかふのおばさん、おちや《（茶）》あがれ」の歌詞も江戸の伝承童謡と認定してよいであろう。

一方、第四コマ目「やま《（山）》こえ《（越）》て、たに《（谷）》こえ《（越）》て、もふちとおさき《（先）》」、第十二コマ目「ここはどこどこ、ゆしま《（湯島）》の

（街道）」、第十五コマ目「あがりこ、さんがりこ」、第二十八コマ目「竹の子をおくれ」、第三十一コマ目「いしころめっかりこ」などは、遊戯歌と思われるにもかかわらず、他の文献での書き留めが管見に入らない。今後、さらに調査を進めなければならないが、あるいは珍しい遊戯歌か、他の遊戯歌の替歌に当たるものかもしれない。いずれにしても、絵を伴っている『友寿々女美知具佐数語呂久』は必ずしも多いとは言えない江戸時代末期から明治時代初期の伝承童謡集成を補完する資料として貴重であることがわかる。ここには一例として『友寿々女美知具佐数語呂久』を取り上げたが、前掲の『智恵競幼稚雙六』『子宝遊寿雙六』『新板子供摝廻り寿古六』『春のあそび子供すご六』『子供あそびすごろく』など、伝承童謡のなかでも遊戯歌に属する双六資料は『友寿々女美知具佐数語呂久』とほぼ同様の性格を有している。(13)

おわりに

以上、児童を対象とした歌謡である伝承童謡資料としておもちゃ絵が存在することを指摘し、それ以前の伝承童謡資料である赤本の判じ物なども視野に入れつつ述べてきた。また、おもちゃ絵資料の歌謡研究における有効性について、『友寿々女美知具佐数語呂久』をもとに具体的に検討した。おもちゃ絵は子ども向けの錦絵であるため、伝承童謡・はやり歌等の歌謡が多く書き留められ、その方面の研究にとっては今後欠くことのできない歌詞資料となる。また、それらの歌が歌われた具体的な場面の絵も必ず描かれているので、歌謡の享受の場という観点からも重要な資料と言える。すなわち、おもちゃ絵は歌謡研究における絵画資料の重要性を改めて認識させてくれる数少ない資料のひとつに他ならないのである。

注

（1）「お伽草子絵巻の歌謡」としては徳江元正氏「やれことうとう考」（『口承文藝の展開』〈昭和50年・桜楓社〉／後に『室町藝能史論攷』〈昭和59年・三弥井書店〉所収）が先鞭をつける形で出され、続いて真鍋昌弘氏の「室町期物語に見える歌謡」（『文学・語学』第八十・八十一合併号〈昭和53年3月〉／後に『中世近世歌謡の研究』〈昭和57年・桜楓社〉所収）、「『鼠の草子』に見える小歌」（『国文　研究と教育』第三号〈昭和54年3月〉／後に『中世近世歌謡の研究』〈昭和57年・桜楓社〉所収）の二論考が発表された。真鍋氏の論考のうち前者は、歌謡における絵画資料研究のもっとも基礎的かつ研究史上重要な論考で、室町時代物語作品中に出てくる歌謡、及び絵巻に書き入れられた歌謡について総合的な見通しをつけ、後続論文を引き出す役割を果たした。次に徳田和夫氏「室町期物語の一絵詞資料―お伽草子性・座頭の語り・狂言と室町小歌―」（『国文学研究資料館紀要』第五号〈昭和54年4月〉／後に『お伽草子研究』〈昭和63年・三弥井書店〉所収）、「「弥兵衛鼠」の絵詞歌謡」（『お伽草子研究』〈昭和63年・三弥井書店〉）の二論考も、歌謡研究史に大きな足跡を残した。また、この分野の最近の成果には、友久武文氏「『是害房絵』の歌謡」（『中世文学の形成と展開』〈平成8年・和泉書院〉）、青木祐子氏「『藤の衣物語絵巻』にみる遊女と歌謡」（『日本歌謡研究』第四十号〈平成12年12月〉）の優れた論文がある。一方、江戸時代初期の風流踊を描いた絵画資料に関する資料紹介と分析に、佐々木聖佳氏「国立国会図書館蔵『おどりの図』―江戸初期盆踊の絵画資料―」（『藝能史研究』第一〇六号〈平成元年7月〉）、同「『おどりの図』所載歌謡考」（『日本歌謡研究』第三十号〈平成2年12月〉）、関口静雄氏「センチュリー文化財団蔵「踊尽草紙」をめぐりて」（『水茎』第八号〈平成2年3月〉）の諸論考がある。これらの論考は、当時の風流踊ブームの実態を、踊る姿とその歌謡で描き出した資料をもとに解明しており貴重である。なお、著者も近年歌謡の絵画資料に関心を持ち、「判じ物（絵）」や「おもちゃ絵」における歌謡の検討を行っている。さらには近世初期風俗画、近世美人画、禅画、夢二絵はがき、などに書き込まれた画賛形態の歌謡について若干の指摘も行った。それらについては小著『絵の語る歌謡史』（平成13年・和泉書院）参照。

（2）おもちゃ絵の歌謡資料に関する言及は、従来きわめて少ない。管見に入った範囲では藤沢衛彦氏が『明治流行歌史』（昭和4年・春陽堂）に、主として明治時代に発行された歌謡にかかわるおもちゃ絵資料を紹介しているのが特記すべきものに過ぎない。その他には藤田徳太郎氏が『近代歌謡の研究』（昭和12年・人文書院）所収の「民謡が流行歌になった例」のなかで、後述する仙台節のおもちゃ絵資料に触れていることが挙げられる。また、近年の研究では、西沢爽氏『日本近代歌謡史』（平成2年・桜楓社）所収「明治前期の民衆唄」で、藤田氏と同じ仙台節のおもちゃ絵を何点か紹介する程度である。

（3）拙稿「「狆わん」の歌謡考」（『近世歌謡の諸相と環境』〈平成11年・笠間書院〉所収）、拙稿「近世歌謡の絵画資料」（『歌謡―文学との交響―』〈平成12年・臨川書店〉）、拙稿「〝ちんわんの歌謡〟続考」（『学大国文』第四十三号〈平成12年2月〉）

（4）この二種の『しん板ちんわんぶし』はともに芳藤画の同一内容のおもちゃ絵で、後者は前者の別版元からの求版。

（5）この二種（『ちんわんぶし（甲）』『ちんわんぶし（乙）』）は同一題名であるものの、その絵や歌詞には異同があり、内容的には別種のものである。

（6）この二種（『新板ちんわんねこぶし』と『江戸絵草紙二　しん板手まり歌』）は同一内容のおもちゃ絵で、後者は前者の別版元からの求版。

（7）この二種（『流行せんだいぶし（甲）』『流行せんだいぶし（乙）』）は同一題名であるものの、前者は一枚摺の三枚組であるのに対し、後者は一枚物（西沢氏は二枚組とするが、藤田氏紹介写真によれば明らかに一枚物である）で、その絵や歌詞にも大異がある。

（8）ちんわん節については注（3）掲出拙稿参照。

（9）注（2）掲出藤沢氏著書、及び藤田氏、西沢氏両論文参照。

（10）これらの他、明治期になると歌謡にかかわるおもちゃ絵の刊行はきわめて多種にわたる。藤沢氏の紹介にしたがえば、「しょんがえ節」「縁かいな節」「とんやれ節」「ひとつとせ節」「オッペケペー節」「ちゃちゃらかちゃんちゃん節」「ホーカイ節」「ゆんべ節」「やあとこせ踊唄」等々がある。

（11）拙稿「近世歌謡の絵画資料」（『歌謡―文学との交響―』）のなかで『しん板子供哥づくし（甲）』と『新板子供哥尽』を紹介した。また、小著『絵の語る歌謡史』（平成13年・和泉書院）のなかで『しん板子供哥づくし（乙）』について紹介した。

（12）この双六は高橋順二『日本絵双六集成　改訂版』（平成6年・柏美術出版）に写真入りで紹介される。また、くもん子ども研究所編『浮世絵に見る江戸の子どもたち』（平成12年・小学館）にも写真が掲載され、翻字も行われている。

（13）東京都立中央図書館特別文庫室で閲覧させていただいた伝承童謡の書き入れのある双六資料三点を紹介しておく。まず、『智恵競《ちゑくらべ》幼稚《おさな》雙六《すごろく》』（［図40］参照）は文久元年（一八六一）に東都横山町三丁目の菊屋市兵衛を版元として刊行された錦絵摺り大判の双六である。仮名垣魯文の作で、一恵斎歌川芳幾の絵、彫工は小泉兼五郎と記される。東京都立中央図書館には東京誌料文庫に所蔵され、五人の男子を描いた錦絵入りの袋が付属している。絵にも示されているように主として男児の遊戯が題材として採り上げられている。まず、下方中央の「ぢゃんけん」を振り出しに、「石なげ」「竹の子ぬき」「からまし凧」「ぞうりかくし《（草履隠し）》」「すまう《（相撲）》」「ばいごま《（貝独楽）》」「鬼わたし」「らんかんわたり《（欄干渡り）》」「ゆびすまう《（指相撲）》」「かけせうぎ《（賭け将棋）》」などのコマを経て「書初」が上がりとなっている。このうち、「らんかんわたり《（欄干渡り）》」には橋の欄干をバランスをとって渡る男児の姿が描かれ、傍らに「おらァうしわかよしつねだァ、五でうのはしのつなわたり、ヲットあぶねへ、けんのんさまだぞ、おにさんござれ、ゆらどんのおにはてのなるほうへ、さつさとござれ、チョチ、チョチ、チョチ」という書き入れがある。これは実際にこの遊びをするときに、男の子たちが囃したことばであろう。次に『新板子供遊《しんぱんこどもあそび》廻《まわ》り寿古六《すごろく》』（［図41］参照）は明治八年（一八七五）に東京浅草並木町の山清を版元として刊行された横大判の錦絵摺り双六で、歌川周重《ちかしげ》の画である。「めんおどり《（面踊り）》」以下三十四種類の子どもの遊戯が描かれる。それらは『友寿々女美知具佐数語呂久』と重なるものも見られる。「たけむま《（竹馬）》」「子とろ子とろ」「いもむしころころ《（芋虫）》」などがそれに当たる。それ以外の例としては、「をにわたし《（鬼）》」「子供ずもふ《（相撲）》」「たこあげ《（凧揚げ）》」などの男児の遊び、「まりつき《（毬突き）》」「はねつき《（羽子突き）》」「おてだま《（お手玉）》」などの女児の遊びがあり、さらに「こどもしばい《（子ども芝居）》」「角兵衛じひ《（獅子）》」「がくこうゆき《（学校行き）》」「せんじかんおんさま《（千手観音様）》」「ふくわらひ《（福笑い）》」「はるごま《（春駒）》」などの他に見られない珍しい遊びも採られている。なお、それらのうち「子とろ子とろ」には「こ《（子）》とろこ《（子）》とろ、どのこ《（子）》がめつき、さァとつてみいさいな」、「いもむしころころ《（芋虫）》」には「ひやうたん《（瓢箪）》ぶつくりこ」、「たこあげ《（凧揚げ）》」には「かぜ《（風）》ふけ《（吹）》なふけ《（吹）》、かぜ《（風）》のかみ《（神）》やよは《（弱）》いな、をてんとうさま《（お天道様）》おきついな」、

「まりつき《毬突き》」には「つき《突》くらおこくら、さァおいでおいで」、「はねつき《羽子突き》」には「ひと《一》ごにふた《二》ご、み《三》わたしよ《四》めご」、「おてだま《お手玉》」には「おひと《一》おひと《一》、おふた《二》おふた《二》」という書き入れがある。それぞれの遊戯に付属した伝承童謡の記録として貴重である。最後に、『子供あそびすごろく』（［図42］参照）は東京都立中央図書館の東京誌料文庫に所蔵される。明治十一年（一八七八）十一月に東京本郷森川町十九番地の真下常信が版行した錦絵摺りの双六で、画工は上野北大門町十一番地の橋本直義とある。この双六資料が注目されるのは、描かれた十六種類の子どもの遊戯がすべて伝承童謡にかかわるもので占められている点である。順に紹介すれば、まず「お月さまいくつ《幾》」の項には、続く歌詞の「十三ななつ《七》」を傍らに書き入れる。以下、「ひとつ《一》ぼし《星》み《見》つけた」に「てうじや《長者》になァれ」、「ももくりさんねん《桃栗三年》」に「かき《柿》はち《八》ねん《年》」、「ぼたん《牡丹》にからくさ《唐草》」に「たけ《竹》にとら《虎》」、「いもむし《芋虫》ころころ」に「ひよふたん《瓢箪》ほつくりこ」、「なべ《鍋》の、なべ《鍋》の」に「そこ《底》ぬけ《抜》」、「こ《子》をとろ、こ《子》とろ」に「どのこ《子》がめづき」、「ちんちん」に「もぐら《土竜》」、「かあごめ《籠目》、かあごめ《籠目》」に「かご《籠》のなか《中》のとり《鳥》は」、「ぞふり《草履》きんじよ、ぞふり《草履》きんじよ」に「おそだんこだま」、「とざん《登山》するのは」に「おふじ《富士》さん」、「とんび《鳶》とろろねづ《鼠》やろな」に「てんき《天気》にしたらあげ《揚》やろな」、「てんとさま《天道様》つよ《強》ひな」に「かあぜ《風》のかみ《神》はよわ《弱》いな」、「からす《烏》、からす《烏》」に「かんざゑむ《勘左衛門》」、「がん《雁》、がん《雁》」に「みつ《三》つづけ《続》、」「ちやんちやん」に「ぎりや、ちやんぎりや」とそれぞれ伝承童謡の歌詞を続ける。これらには絵も付属しているので、子どもたちが実際に歌いながら遊んでいた様子を後代に伝えるきわめて貴重な資料と言えよう。

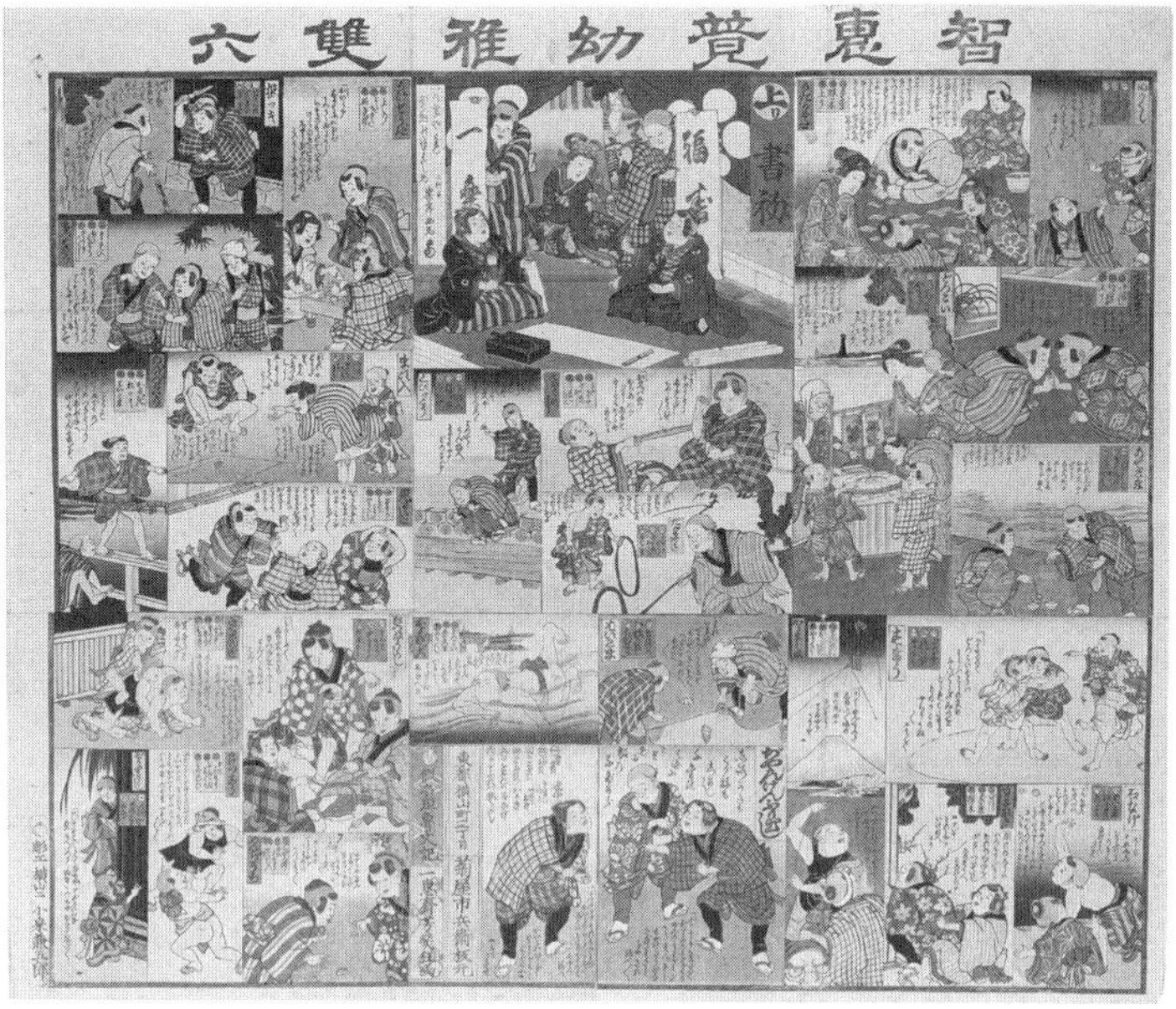

［図40］『智恵競幼稚雙六』

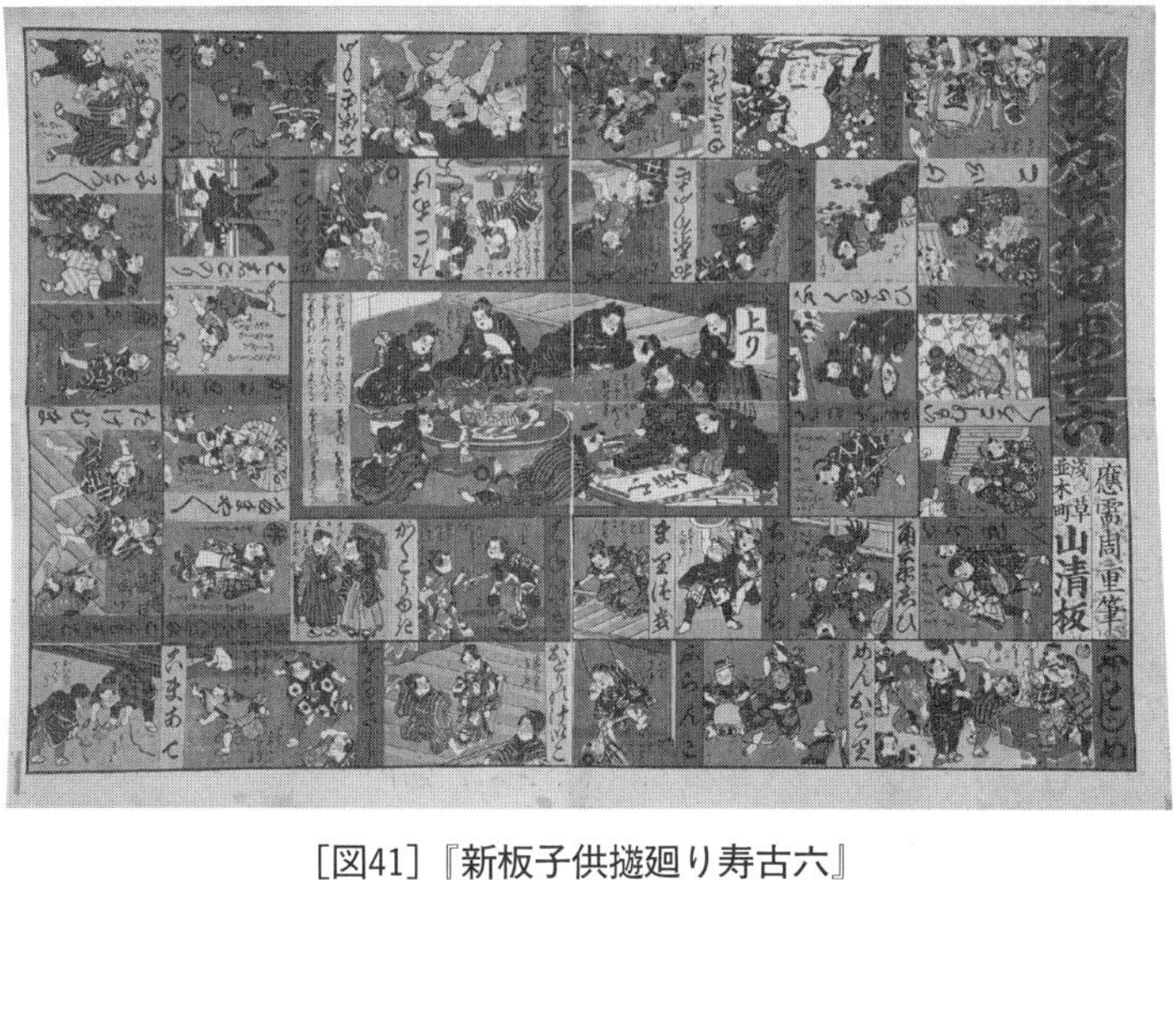

［図41］『新板子供擲廻り寿古六』

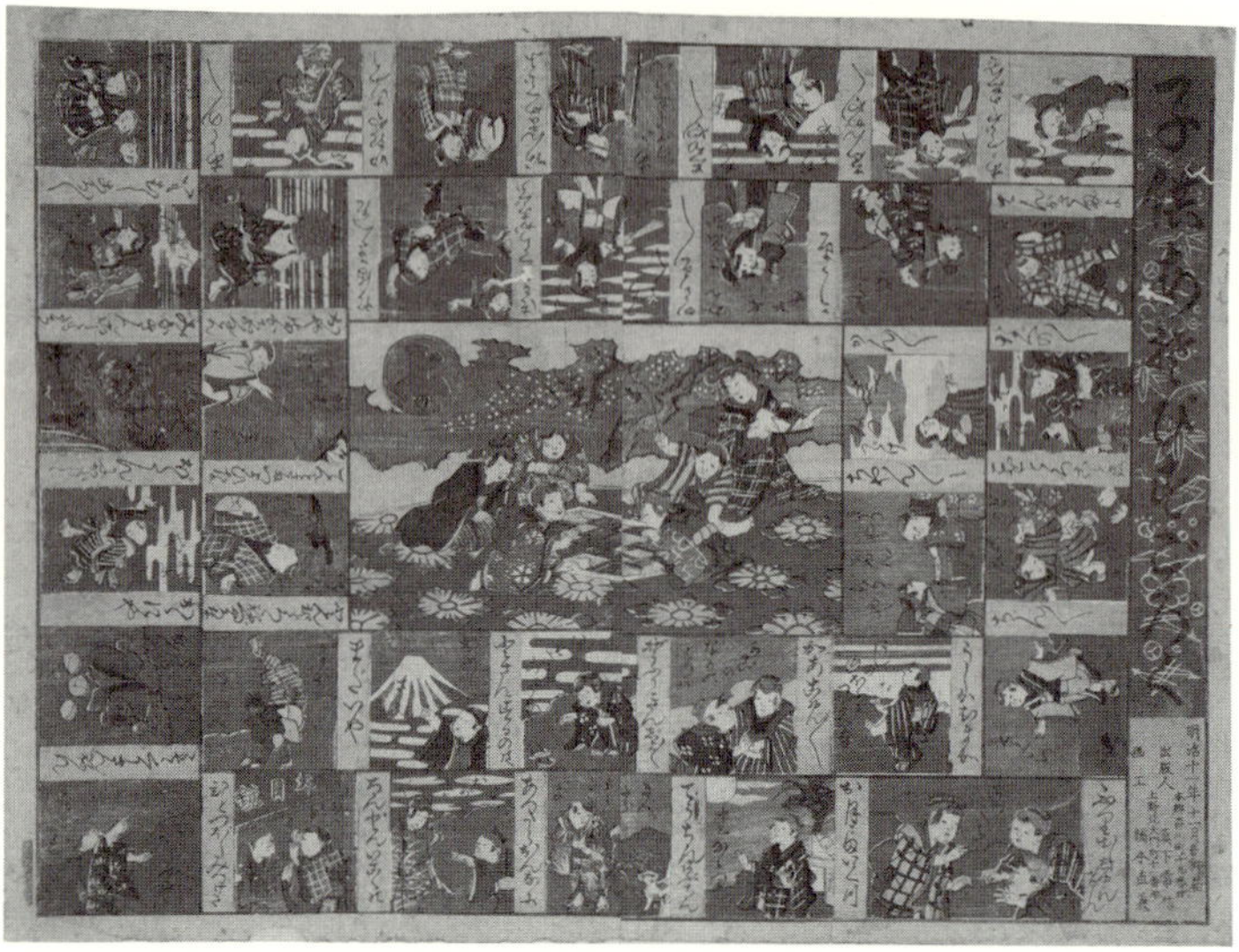

［図42］『子供あそびすごろく』

第六節　おもちゃ絵の歌謡続考

はじめに

江戸時代末期から明治時代にかけて子ども向けの一枚の摺り物が多く刊行された。それらは〝おもちゃ絵〟と称されているが、その中には歌謡資料として貴重なものも散見する。このおもちゃ絵と歌謡との関係については既に、小著『絵の語る歌謡史』（平成13年・和泉書院）のなかで言及した。また、その後に管見に入ったおもちゃ絵の歌謡資料については、「おもちゃ絵の歌謡」（『日本歌謡研究』第四十一号〈平成13年12月〉／本書第四章第五節所収）において紹介した。本節では近時管見に入った歌謡にかかわるおもちゃ絵四種（手毬歌・遊戯歌資料一種、手毬歌資料二種、〝せんだい節〟資料一種）を紹介し、位置付けを行いたい。

一　芳春画『しん板昔物かたりなぞ』

手毬歌と遊戯歌を収録するおもちゃ絵として紹介したい一点は『しん板昔物かたりなぞ』（大阪教育大学小野研究室蔵）である（［図43］参照）。版元は馬喰町二丁目九バンチ（番地）の荒川藤兵衛で、明治十一年（一八七八）五月の届出となっている。おそらく、その直後の刊行であろう。画工（絵師）は浅草並木町十番地の歌川幾三郎

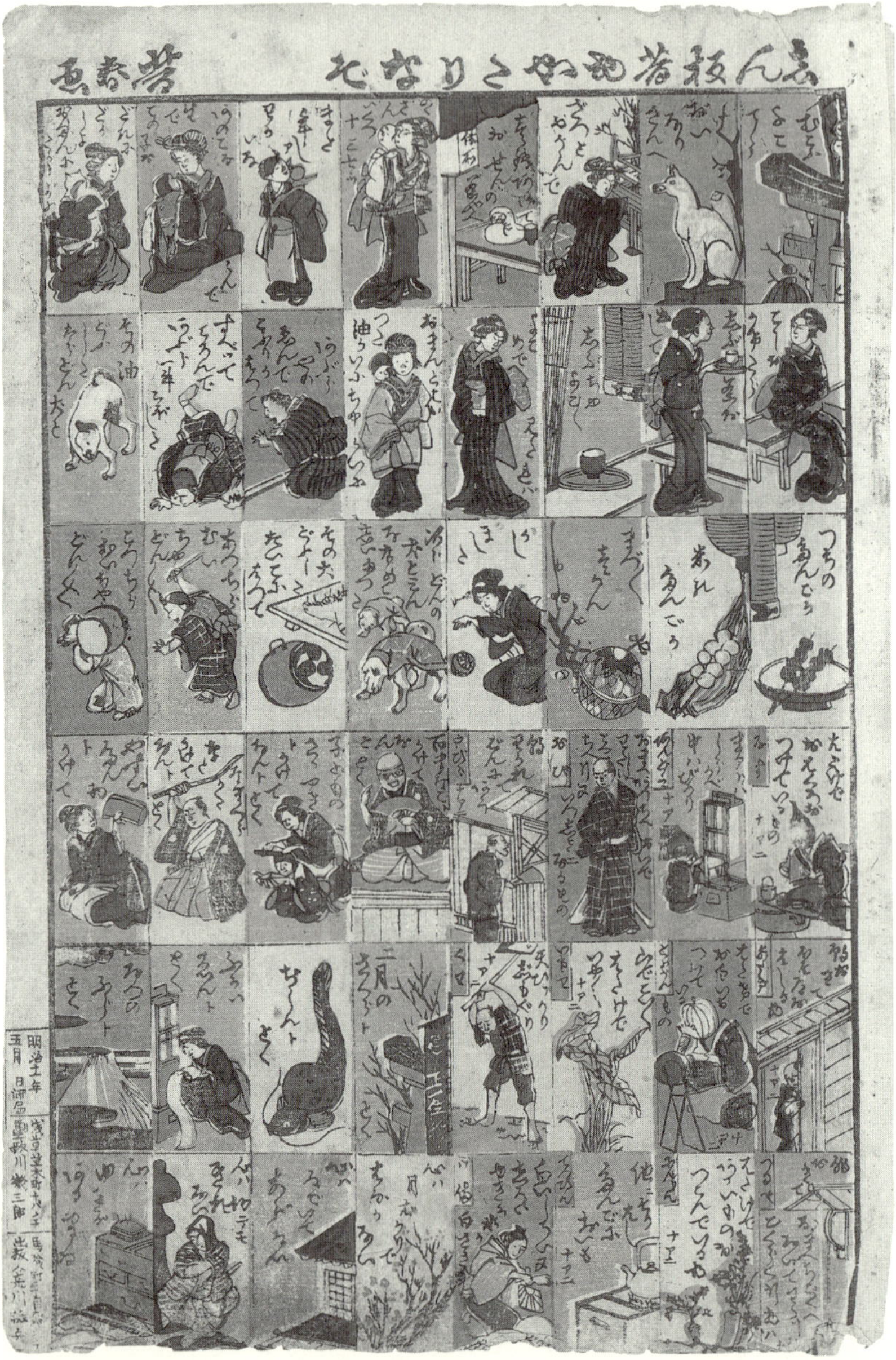

［図43］『しん板昔物かたりなぞ』

（芳春）である。このおもちゃ絵は横八コマ、縦六段の四十八コマからなるが、他のおもちゃ絵とは異なり、まず第一段目の右から中央までの四コマを読み、続いて第二段目の右から四コマ、第三段目の右から四コマという具合に十二コマを読む。すなわち、全体の右上四分の一部分を読み進めていくと、そこには「むこふよこてう……」という手毬歌一首が絵とともに書き入れられていることがわかる。

次に、第一段目の右から五コマ目から左端の八コマ目まで、第二段目の右から五コマ目から八コマ目まで、第三段目の右から五コマ目から八コマ目までの順に読んでいくと、そこには「のゝさんいくつ……」という一首の遊戯歌が浮かび上がってくる。

第四段目から最下段の第六段目までは、右側四コマずつの合計十二コマに二段なぞとその解が絵とともに摺られている。一コマのなかに問いと答えが摺られているので、都合十二題の二段なぞが収録されていることになる。また、第四段目から第六段目までの左四コマずつの十二コマは、三段なぞ四題が絵とともに摺られている。すなわち、四題は各々第四段目に「～とかけてなんととく」という出題、第五段目に「～ととく」という解、そして第六段目に「心は」といういわば落ちに当たる説明が置かれているのである。

次にこのおもちゃ絵に摺られた歌謡二首（手毬歌・遊戯歌各一首）の歌詞を翻刻掲出する。各歌の頭には／を付し、コマ毎に摺られた歌詞の切れ目に読点を付して、原文通りの表記で示すこととする（以下、同様）。

［翻刻］

／むこふよこてう、おいなりさんへ、ざつとおがんで、壱銭あげておせんの茶やへ、こしおかけたら、しぶ茶お出して、しぶちやよこ〳〵、よこめで見たれば、つちのたんごか、米のたんごか、まづ〳〵壱かん、かしました、／のゝさんいくつ十三七つ、まだ年しァわかいな、あのこを生でこの子おうんで、だれにだかしよおまんにたかしよふ、おまんどこいつた油かいにちやかいに、あぶらやのゑんでこふりかはつて、すベッてころん

であぶら一舛こぼした、その油どふした太郎どん犬と、次郎どんの犬とみんななめてしいまつた、その犬どふ
したたいこにはつて、あつちらむいちやどん〳〵、こつちらむいちやどん〳〵

一首目の手毬歌「むこふよこてう、おいなりさんへ……」は、『大江戸てまり哥』（笠亭仙果『おし花』第十一編所収、天保三年〈一八三二〉頃成立）や岡本昆石『あづま流行時代子供うた』（明治二十七年〈一八九四〉刊）等に収録される人口に膾炙していた手毬歌である。また、『新板まりうたづくし』（歌川芳藤画・明治三年〈一八七〇〉・文正堂版）、『しん板手まり哥』（歌川芳藤画・明治初期・樋口版）などのおもちゃ絵にも見えている。『日本伝承童謡集成』にも関東地方の他、長野・福井・広島といった各地の手毬歌として採集されている。

二首目の遊戯歌「のゝさんいくつ、十三七つ……」は「お月様いくつ、十三七つ……」としてあまねく知られた童謡である。早く太田全斎『諺苑《げんえん》』（寛政九年〈一七九七〉序）、行智『童謡古謡』（文政三年〈一八二〇〉頃成立、収録歌は行智の幼年時代に当たる天明年間〈一七八一〜一七八九〉頃の伝承童謡）、『弄鳩《ろうきゅう》秘《ひ》抄《しょう》』（文政七年〈一八二四〉以前成立）、万亭応賀『幼稚遊昔雛形』（天保十五年〈一八四四〉刊）や仙厓「指月布袋図」の画賛にも書き入れられている。江戸時代中期にまで遡ることのできる数少ない伝承童謡の一首で、『守貞謾稿』（嘉永六年〈一八五三〉成立）にも「月を観て小児及び小児かしづきの女の詞に」として紹介されている。すなわち、子ども自身が歌う歌でもあり、同時に守子の娘が子ども向けに歌ってあやす子守歌でもあったということになる。また、『守貞謾稿』には「京坂にては」として「お月様いくつ」の歌詞を、「江戸にては」として「のゝさんいくつ」の歌詞を掲げている。これにしたがえば、このおもちゃ絵の歌詞は江戸で歌われたものと認定される。一首目の手毬歌も江戸で歌われたものであるので、このおもちゃ絵は版元が、地元江戸の伝承童謡を上梓したことになるであろう。(1)

二　国明画・木宗版『新板手まりうたづくし』

次に、著名な手毬歌二首を収録するおもちゃ絵として紹介したい一点は木宗版『新板手まりうたづくし』（大阪教育大学小野研究室蔵）である（［図44］参照）。版元は馬喰町三丁目十番地の小森宗治郎（木宗）で、明治十六年（一八八三）二月二十日の届出となっている。おそらく、その直後の刊行であろう。画工（絵師）は千年町三十番地の蜂須賀国明とある。(2) 頭部に青墨摺りの扇形の枠があり、その中に「五十号」とあるが、これが何を意味しているかは不明である。木宗版のおもちゃ絵としてこの『新板手まりうたづくし』が第五十番目に発行されたものであるということか、もしくは『新板手まりうたづくし』を複数摺った、その第五十番目の一枚であるということか、どちらかの意味であろうか。

絵のコマ割りは横八コマ、縦六段の四十八コマからなる。第一段目の右から順に左へ読み、以下二段目以降を同様に読む。次に歌詞を翻刻掲出する。

［翻刻］

／おらがあねさん三人ござる、ひとりあねさんたいこがじやうず、ひとりあねさんつゞみがじやうず、ひとりあねさん下やにござる、下や一ばんだてしやでござる、五両でおびをかつて三両でくけて、くけめ〳〵に口べにさしておりめ〳〵に七ふささげて、こ年はじめて花みに出たら、てらのおせうにだきとめられて、よシやれはなシやれおびきらシヤるな、おひのきれたもたゐじもないが、ゐんのきれたわむすばァれぬ、ゐんの切たはむすびよがござる、まるでむすんでうしろでしめて、しめたところへいろはとかいて、いろは子どもしうはいせ〳〵まゐる、いせの長者の茶の木のしたで、七つ子女郎が八つ子をはらんで、うむにやうまれずおろすにや

[図44]『新板手まりうたづくし』

おりず、むこふとうるはゐシやではないか、いシやはゐシやたがくすりばこもたぬ、くすりよふならたもとにござる、これお一ふくせんじてのめば、むしもおりよがその子もおりる、もしもこの子がおとこの子なら、京へのぼせてきやうげんさせて、てらへのぼせて手ならいさせて、てらのお尚があらきの人で、ゐんのうへからつきおとさァれた、こうがひおとしかまくらおとし、／おせんや〳〵おせんぢよろ、そなたのさしたるかうかひは〳〵ひろたかもろたかうつくしや〳〵、ひろいももらいもいたさねど〳〵、いちゑむどんのいちむすこ〳〵、にようぼがないとてりんきする〳〵、にようぼはかめやのおつるとて〳〵、にようぼのはりばこあけてみたれば、めん鳥おん鳥中よしこよしホヽ、ほらのかひよひらのかひ、よい〳〵わい〳〵はやいちごまの、あぶらはんしよのまごじやというて、いうにいわれぬだてしやなおとこ、なつはたびはくはらおのせきだ、せうなり〳〵とぬひはくばかり、そこでをはやが心をつけて、どうでござんすまご八さんや、さけおかんせうかならちやおとろか、さけもいやならちやもいやよ、わたしやおまへのそばがァよい

ここに見える二首はともに著名な手毬歌である。第一首目「おらがあねさん三人ござる……」は類歌が『日本伝承童謡集成』に秋田・山形・福島・埼玉・島根の手毬歌に見える。また、後半の「しめて、しめたところへいろはとかいて」以下は『大江戸てまり哥』一番歌に採られている。江戸時代末期から江戸の町の子どもたちに愛唱されていた手毬歌と考えられる。なお、この歌は『しん板手まり唄』（歌川芳藤画・明治初期・丸鉄版）、『新版まりうた』（春暁画・明治初期・版元不詳）といったおもちゃ絵にも摺り入れられている。

第二首目「おせんや〳〵おせんぢよろ……」は読本『童唄故実今物語』（宝暦十一年〈一七六一〉刊）にも見える手毬歌で、その後『熱田手毬歌盆歌童諺附』（文政年間〈一八一八〜一八三〇〉成立）二一番歌としても収録されている。『日本伝承童謡集成』には千葉・新潟の手毬歌として採集されている。なお、『新板まりうたづくし』（歌川芳藤画・明治三年〈一八七〇〉・文正堂版）にも採られている。

三　むさしや版『しん板まり哥づくし』

既に紹介した木宗版『新板手まりうたづくし』と近似した内容のおもちゃ絵資料に、むさしや版『しん板まり哥づくし』（大阪教育大学小野研究室蔵）がある（［図45］参照）。版元は日本橋区本石町二丁目九番地の小宮山昇平で、明治十六年（一八八三）の届出となっている。おそらく、同年の刊行であろう。小宮山昇平は「画工兼出板人」とあって、別に絵師の名がないので、このおもちゃ絵は昇平自らが描いた可能性が高い。絵のコマ割りは横八コマ、縦六段の四十八コマからなる。第一段目の右から順に左へ読み、以下二段目以降を同様に読む。前掲の木宗版『新板手まりうたづくし』とコマ割り、絵、歌詞のいずれもきわめて近似している。次に歌詞を翻刻掲出する。

【翻刻】

〵おらがあねさん三人ござる、ひとりあねさんたいこがじやうず、ひとりあねさんつゞみがじやうず、ひとりあねさん下やにござる、下や一ばんだてしやでござる、五両でおびおかつて三両でくけて、くけめ〳〵に口べにさしておりめ〳〵に七ふささげてこ年はじめて花みに出たら、てらのおせうにだきとめられて、よシやれはなシやれおびきらシやるな、おびのきれたもたゐじもないが、しんのきれたわむすばァれぬ、ゑんの切たはむすびよがござる、まゐでむすんでうしろでしめて、しめたところへいろはとかいて、いろは子どもしうはいせ〳〵まゐる、いせの長者の茶の木の下で、七つ子女郎が八つ子おはらんで、うむにやうまれずおろすにやおりず、むこふとおるはゐシやてはないか、ゐシやはゐシやだかくすりばこもたぬ、くすりよふならたもとにござる、これお一ふくせんじてのめば、むしもおりよがその子もおりる、もしもこの子がおとこの子なら、京へのぼせてきやうげんさせて、てらへのぼせて手ならいさせて、てらのおしよがあらきな人て、ゑんのうへからつ

［図45］『しん板まり哥づくし』

きおとされた、こふがいおとしかまくらおとし、〱おせんや〱おせんぢよろ、そなたのさしたるかうがいわ〱ひろたかもろたかうつくしや〱、ひろいももらいもいたさねど〱、いちゑむどんのいちむすこ〱、にようぼかないとてりんきする〱、にようぼはかめやのおつるとて〱、にようぼのはりばこあけて見たれば、めんどりおんどり中よしこよしホフ〱ほらのかひとひらのかひ、よい〱わい〱はやいちごまの、あぶらばんしよのまごじやというて、いうにいわれぬだてしやなおとこ、なつはたびはくはらおのせきだ、せうなり〱とぬひはくばかり、そこでをはやが心をつけて、どうでござんすまご八さんや、さけおかんせうかならちやがとろか、さけもいやならならちやもいやよ、わたしやおまへのそばがァよい

このおもちゃ絵資料に掲載された二首の手毬歌は、同じ明治十六年に出た木宗版『新板手まりうたづくし』と同一である。若干の仮名遣いの相異は見られるものの、各コマに割り当てられた歌詞の長さも共通している。また、絵の構図もまったく同一である。したがって、両おもちゃ絵の間に何らかの関係を想定しなければならないであろう。巧拙から言えば、こちらのむさしや版に分があるが、木宗版は出版人とは別に画工（絵師）の名「蜂須賀国明」が明記されているところからすれば、木宗版がオリジナルで、むさしや版はそのコピー商品であろう。

四　友弥版『新板まりうた』

「むかふよこてふの……」で始まる著名な手毬歌を掲載するおもちゃ絵は数多い。本節で既に紹介した芳春画『しん板昔物かたりなぞ』の一首目の歌がそれに該当する。ここでは通常の大判おもちゃ絵の四分の一の大きさに相当する小型判のおもちゃ絵である友弥版『新板まりうた』（架蔵）を紹介する（［図46］参照）。大きさは縦一七・八糎×横一二・一糎である。おもちゃ絵には大判一紙を田の字のように上下左右に四分割して一枚摺りにする

［図46］『新板まりうた』

例も見られるから、これも本来は大判一紙に摺られたものを四分割した可能性が高い。版元については右下部分に「友弥」と見えるのみで詳細については未考である。絵のコマ割りは横四コマ、縦四段の十六コマである。第一段目の右から順に左へ読み、以下二段目以降を同様に読み進める。手毬歌の歌詞は三段目の終わり、すなわち十二コマ目までで終了し、四段目は祝言のことばが絵とともに書き入れられている。また、一段目の右から二コマ目、つまり読み順に数えて最初から二コマ目は絵のみで文字が書き入れられていない。次に翻刻を掲出する。

［翻刻］

／むかふよこてふのおいなりさんへ、さつとおがんで一銭あげて、おせんの茶やへ、こしおかけたらしぶちや、おだして、しぶちやよこ〳〵、よこめで見たれば、つちのだんごか、米のだんごか、まづ〳〵一かん、かしました、おめでたや、おさかづき、たい、ひらめ

右の翻刻のうち「むかふよこてふのおいなりさんへ」から「かしました」までが手毬歌の歌詞である。最後の四段目に当たる四コマに書き入れられた「おめでたや」「おさかづき」「たい」「ひらめ」は前述のように手毬歌とは無関係な祝言のことばで、このおもちゃ絵が正月用に摺られた可能性を示唆している。

五　大倉四良兵衛版『流行新文句　せんだいぶし』

最後にコマ絵とは体裁を異にするおもちゃ絵資料から紹介したい。江戸時代末期から明治時代初期にかけて流行した歌謡に〝せんだい節〟があるが、そのおもちゃ絵が何種類か摺られた。その全貌はいまだ明らかにされていないが、かなりの数にのぼるものと考えられる。そのうち、大蔵四良（郎）兵衛版『流行新文句　せんだいぶし』の架蔵本をここで紹介したい（［図47］［図48］［図49］参照）。このおもちゃ絵は美濃版全紙大の三枚組で第一枚目に六首、二枚目に八首、三枚目に八首の合計二十二首の〝せんだい節〟が収録されている。絵師は歌川国貞門の梅堂政信で、三色摺りである。「画工兼出板人」として神田鍛冶町廿四番地の大蔵四良（郎）兵衛の名が見える。届出は明治十九年（一八八六）二月十日とある。

この資料は既に藤田徳太郎氏『近代歌謡の研究』（昭和12年・人文書院）、西沢爽氏『日本近代歌謡史』（平成2年・桜楓社）に言及があり、本節でも歌謡としての〝せんだい節〟の性格について後述したい。なお、先行研究のうち、西沢氏は同書において本資料の翻刻紹介も行っているが、若干の問題点を含んでいるので、ここで改めて翻刻及び位置付けを行うこととしたい。

次に歌詞を翻刻掲出する。翻刻に際しては一首毎の頭部に○を付すとともに、適宜読点を施すこととする。

［翻刻］

○大さかてんまの、まんなかごろで、からかさまくらで、してやつた、こんなくさいもの、したことァない、ちりがみさんじやう、コレなんだい、ただすてた

○くさ木もねむる、うし三つごろに、ぬしとふたりで、とこのうへ、わたしのねがひは、かなふたが、こんなお

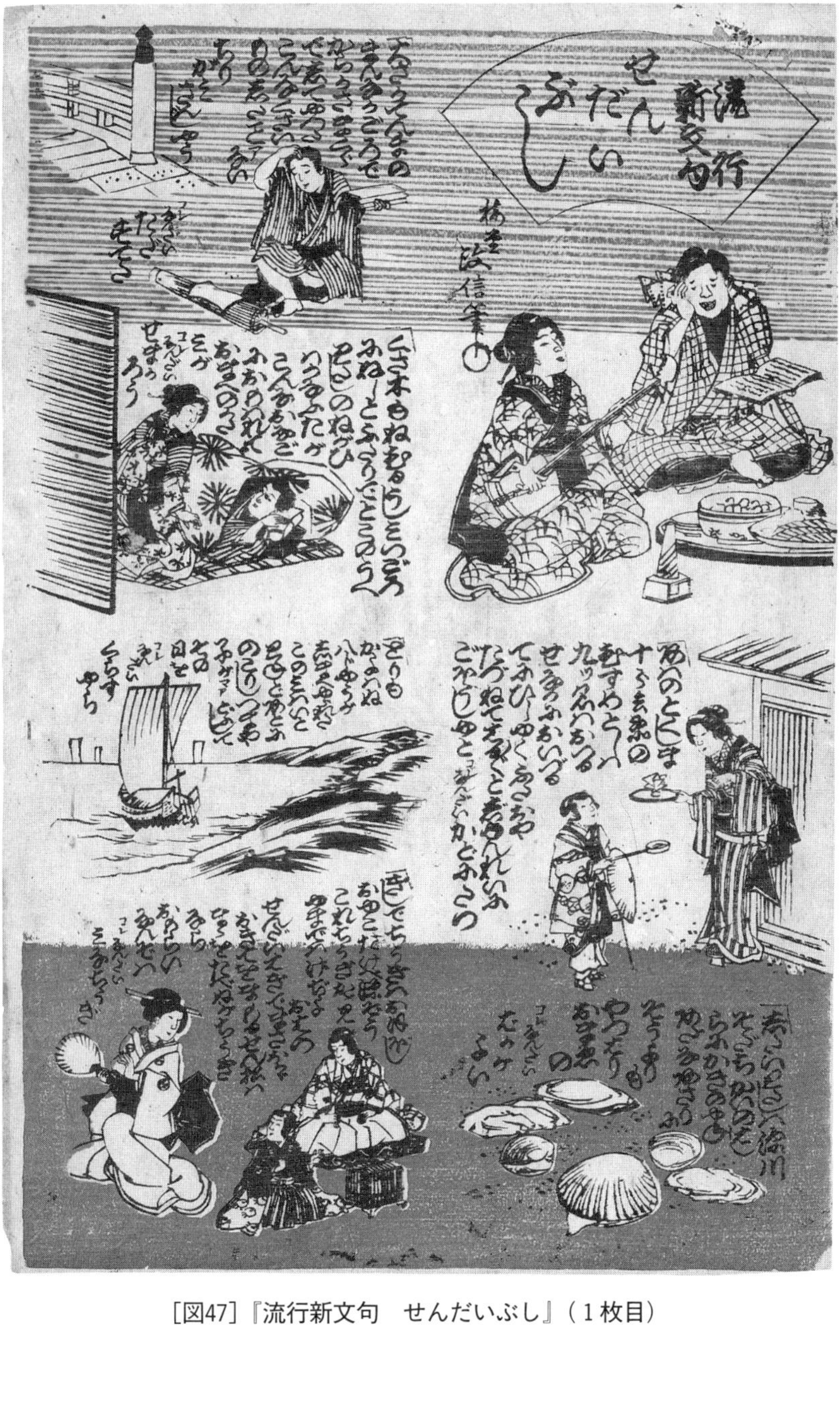

［図47］『流行新文句　せんだいぶし』（１枚目）

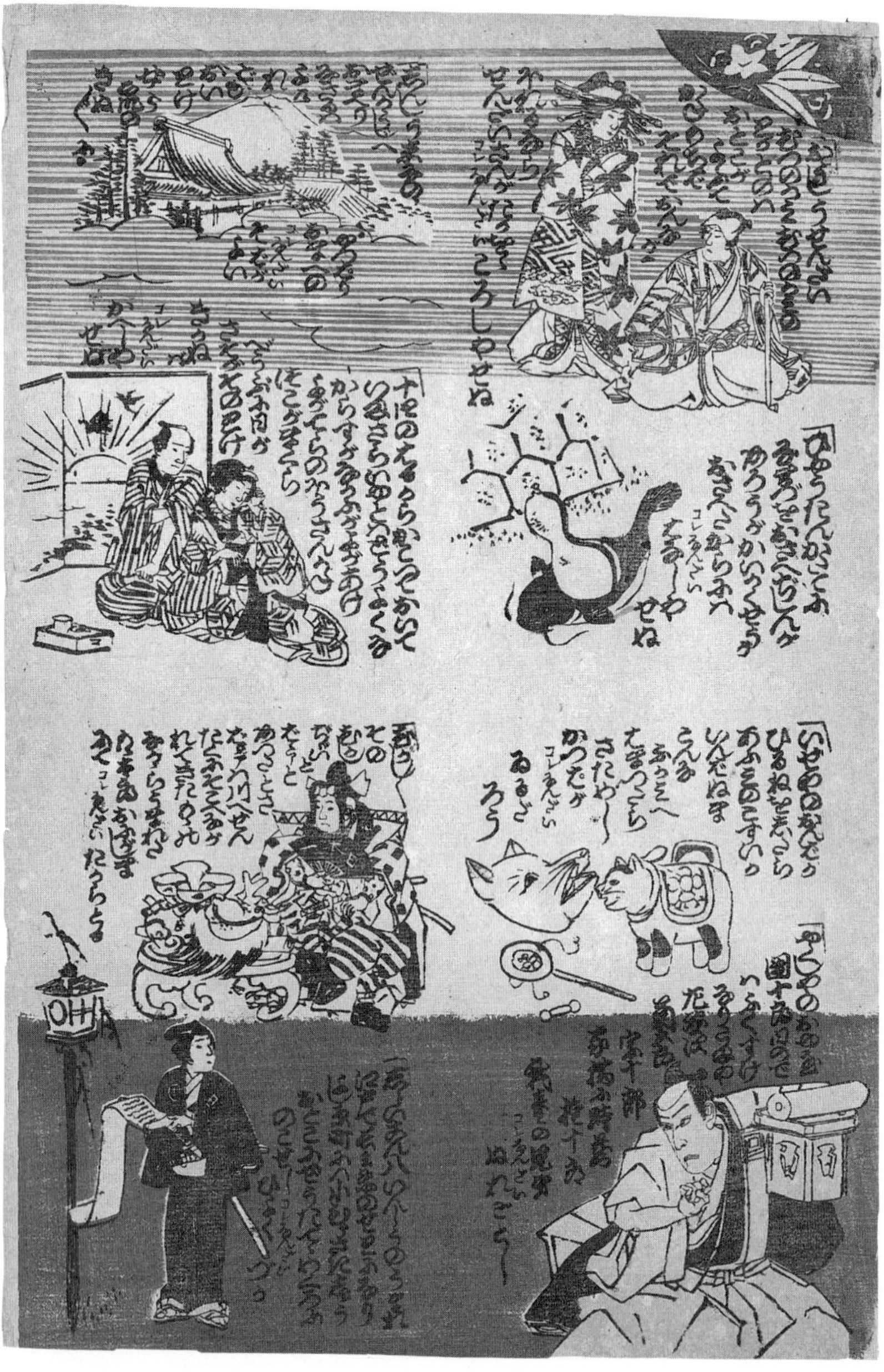

［図48］『流行新文句　せんだいぶし』（２枚目）

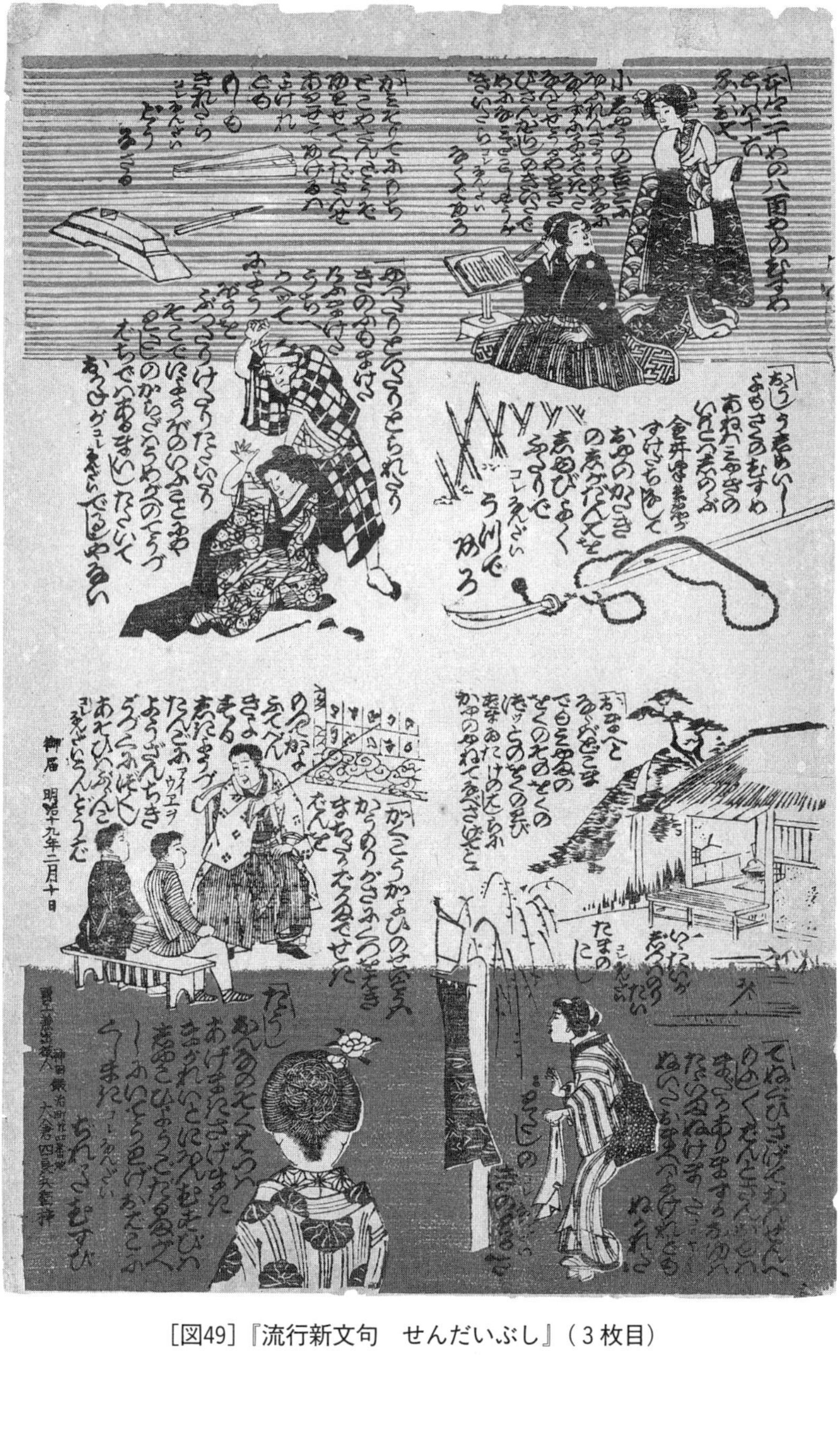

［図49］『流行新文句　せんだいぶし』（３枚目）

なごに、おもはれて、おまへのかたみが、コレなんだい、せまかろう

○あはのとくしま、十郎兵衛のむすめ、としは九ッ、名はおつる、せなかにおいづる、てにひしやく、ふたおやたづねて、はる〲と、じゆんれいに、ごほうしやと、コレなんだい、かどにたつ

○とりもかよはぬ、八じやうがしまへ、やられたこのみは、いとわねど、あとにのこりし、つまや子が、マア、どふしてその日を、コレなんだい、くらすやら

○じたいわたしは、深川そだち、かいのはしらに、かきのやね、あだなあさりに、そうよりも、やつぱりおまゑの、コレなんだい、ばかがよい

○ぎしでちうぎは、おほぼしおやこ、たけべ源ぞう、これちうぎ、かゞみやまでは、げぢよおはつ、せんだいはぎで、まさおかゞ、おきてをまもるせん松は、まゝをたべぬが、ちうぎなら、おもらいなんぞは、コレなんだい、みなちうぎ（以上、一枚目）

○おうしうせんだい、むつのかみ、むつのかみの、わかとのは、おとこがよふて、かねもちで、それでおんなが、ほれるなら、せんだいさんが、たかをゝ、コレなんだい、ころしやせぬ

○しんしうしなのゝ、ぜんかうじへ、おまへりなさるは、よけれども、おいわけ女郎衆の、きぬ〲に、やつぱりおまへの、コレなんだい、そばがよい

○ひやうたんかたてに、なまづをおさへ、ぢしんがあろうが、かいかくせうが、おさへたからには、コレなんだい、はなしやせぬ

○十四のはるから、かこつておいて、いまさらいやとは、どうよくな、からすがなかふが、よがあけよが、てらのほうさん、かねつこが、まくらべうぶに、日がさそが、そのわけきかねば、コレなんだい、かへしやせぬ

○いせやのおんばが、ひるねをしたら、あふみのこすいか、いんばぬま、こんなふかみへ、はまつたら、さため

しかつぱが、コレなんだい、ゐるだろう
○むかし〳〵、そのむかし、ぢゞいとばゞアと、あつたとさ、ばゞアは川へ、せんたくに、そこへながれて、きたもゝの、なかゝらうまれた、もも太郎、おにがしまにて、コレなんだい、たからとる
○やくしやのおや玉、団十郎、日のではふくすけ、なりこまや、左団次、菊五郎、宗十郎、家橘、時蔵、権十郎、我童の兄弟、コレなんだい、ぬれごとし
○しらいこん八、いんしうのうまれ、江戸で長兵衛の、せわになり、よし原町には、小むらさき、しゞうおとこに、ぜうたてゝ、めくろにのこせし、コレなんだい、ひよくづか（以上、二枚目）
○本郷二丁目の、八百やのむすめ、としは十六、名はお七、小しやうの吉三に、ほふれんさう、よめなにならずに、子ができた、なんとせうがや、わさびさん、からしのきいたで、めになみだ、こしやうがきいたら、コレなんだい、なくであろ
○かみそり手にもち、とこやさん、どうぞあわせて、くださんせ、あわせてあげるは、よけれども、もしもきれたら、コレなんだい、どうなさる
○おうしうしらいし、よもさくのむすめ、あねはみやぎの、いもとはしのぶ、金井半兵衛が、すけだちなして、おやのかたきの、しがだん七を、しゆびよくふたりで、コレなんだい、うつであろ
○やつたりとつたり、とられたり、きのふもまけた、けふまけた、うちへかへつて、にようぼうを、ぶつたりけたり、たたいたり、そこでにようぼうの、いふことにや、わたしのからだは、うめがへの、てうづばちでは、あるまいし、たたいておかねが、コレなんだい、でるじやない
○おまへとならば、どこまでも、みやまのをくの、そのをくの、ずつとをくの、わびずまゐ、たけのはしらに、かやのやね、てなべさげてと、いゝたいが、じつはのりたい、コレなんだい、たまのこし

○がくこうかよひの、せいとうは、かうもりがさに、くつをはき、まちたかばかまで、せきばんを、もつてかよふて、べんきよする、しきようづたんごに、アイウエヲ、ようざんちきうづ、くにづくし、あそびはぶらんこ、コレなんだい、うんどうば

○てぬぐひさげて、おんせんへ、もふし〳〵、ばんとさん、おゆはまだか、ありますか、おゆはたゞいま、ぬけました、コリヤ〳〵、ぬいたおまへは、よけれども、ぬかれたわたしの、コレなんだい、まのわるさ

○たうじおんなの、そくはつは、あげまきさげまき、まがれいと、にほんむすびは、しやこひようご、だるまがへしに、いてうわげ、おばこにくしまき、コレなんだい、ぢれつたむすび（以上、三枚目）

ここに紹介した歌謡は、もともと出雲国周辺地域の発祥と考えられ、その後上方で一大流行を喚んだ江戸時代末期のはやり歌であった。(3)元歌は「十四の春から、勤めをすれど、いまだに請け出す、人もない、身は高山の、石灯籠、今宵はあなたに、点《とぼ》されて、明日はどなたに、トコなんだい、点《とぼ》さりよか」という歌詞で、安来節に似た曲節で歌われたという。この時点ではまだ〝せんだい節〟の名はなく、〝出雲節〟〝なんだい節〟などと称されていた。さらにその後、名古屋を中心とした尾張でも流行し〝尾張甚句〟と称された。そして遂に明治十八・九年（一八八五・六）頃になると、仙台にまで流行が広がり、同じ曲節で「男よいとて、権体《けんたい》振るな、男が好うて、金持ちで、それで女が、惚れるなら、奥州仙台陸奥守、伊達の御殿の、殿様に、まあ何故に高尾が、コレなんだい、惚れなんだ」という替歌が行われ、大流行が巻き起こったため、〝せんだい節〟と呼ばれるようになったという。その後この歌謡はさらに、盆踊口説で歌われる「巡礼お鶴」「白井権八」「八百屋お七」「白石噺」などの題材まで摂取したことがわかる。

〝せんだい節〟にはおもちゃ絵や錦絵などの資料が多く存在した。おもちゃ絵にはこの歌謡を〝りきう節〟と題したものも多く見受けられるから、〝せんだい節〟はまた〝りきう節〟とも称されたことが知られる。〝せんだい

節〃がこのように多くの別称で呼ばれたことは、この歌謡の流行地域の広さを示すことに他ならず、きわめて象徴的な事例と言えよう。ここでは〃せんだい節〃にかかわる他のおもちゃ絵資料を掲出するに留める。

○『新板先代ぶし』（明治十九年〈一八八六〉二月廿三日・歌川国利画・浅草瓦町二番地森本順三郎版）一枚物、九コマのコマ絵、九首の歌謡を収録

○『流行せんだいぶし』（明治十九年二月・梅堂歌川国政画・深川仲町廿四番地高沢房次郎版）二枚組、十六首収録、一枚目に読売の男二人を描き六首の歌謡を掲載し、二枚目に客の二人の女と十首の歌謡を掲載する

○『せんだいぶし』（明治十九年三月・浅草瓦町二バンチ森本順三郎版）一色摺りの一枚物、田字のような四コマからなるコマ絵が、田字のように四つ組まれる、十六首の歌謡を収録

○『しん板りきうぶし』（明治十九年一月・浅草区花川戸町十九番地安田藤□□（判読不能）版）一枚物、六色摺り、五首収録

○『りきうぶし』（明治前期刊・歌川幾歳画・浅草区森田町廿番地奥井忠兵衛版）一枚物、七色摺り、独立した九コマのコマ絵、九首の歌謡を収録

おわりに

以上、近時管見に入ったおもちゃ絵の歌謡資料四種（手毬歌・遊戯歌資料一種、手毬歌資料二種、〃せんだい節〃資料一種）を写真入りで翻刻紹介し、位置付けを行った。歌謡にかかわるおもちゃ絵資料は今後も多く発見されるものと予想されるので、逐次紹介を重ねながら、その全体像に迫っていきたい。

注

（1）ちなみに、このおもちゃ絵に収録された二段なぞと三段なぞについても紹介しておく。

[二段なぞ]

○はたけでおはくろをつけているものナアニ、なす
○まアりはしらかべ中はぴかりナアニ、あんどう
○おまへあつちへおいでわたしはこつちへ行又いつしよになるもの、おび
○朝わかれてばんにあうナアニ、戸びら
○朝おきてほそ道おはしる物ナアニ、あま戸
○はたけでお白いおつけているものナアニ、とうがん
○山でこい〳〵はたけでいや〳〵ナアニ、いもせ
○天ひッかりじもぐりナアニ、くわ
○朝おきておまへぢごくへおいてわたしはごくらく行物はナアニ、つるべ
○はたけであかいものおつこんでいる物ナアニ、にんじん
○池にそりはしたんごにおいもナアニ、てつびん（この二段なぞは江戸時代中期から既に著名であったものと思われ、白隠慧鶴の禅画「皿回し布袋図（乙）」「猿曳の翁図」の画賛に「……かたすそは梅の折枝、中は小池〈「北野」とも〉のそりはし……」とある例は、このなぞを踏まえたものと推測される）
○白いしろい又しろいゆきか氷か白さきか、□□（判読不能）

[三段なぞ]

○百まなこトかけてなんととく、二月のさくらトとく、心は目ばかりではながない
○子どものさかやきトかけてなんトとく、ぢしんトとく、心はゐでいてあぶない
○なまくらがたなとかけてなんトとく、ふかいゐんトとく、心は切テモきれない
○やすいたん物トかけて、なつのふじトとく、心はゆきがあ□□□（判読不能）

（2）この絵師が描いたと思われる伝承童謡関係のおもちゃ絵は他にも二種が管見に入った。いずれも絵師を「国あき」とする本所横網町二丁目十八番地の鎌田在明版のおもちゃ絵である。まずひとつは小著『絵の語る歌謡史』（平成13年・和泉書院）一五九頁に紹介した『新板子供哥づくし』で、七首の遊戯歌を収録する。刊年は明治十八年（一八八五）で、一段七コマ、六段からなる。もう一種は近時の東京古典会下見展観大入札会に出品された同じ鎌田版の『新板手まり哥づくし』で、やはり明治十八年（一八八五）の刊である。一段六コマで六段からなり、「むこふよこ丁のおいなりさんへ……」「おん正しやうぐ正月は……」「とゥとおからくだつたおいもやさん……」「おせんやぐおせんぢよろ……」の四首を収録する。この四首のうち第三首目までは『しん板手まり哥』（歌川芳藤画・明治初期・樋口版）とまったく一致し、第四首目のみが異なる。しかし、この第四首目「おせんやぐおせんぢよろ……」も人口に膾炙した著名な手毬歌で、おもちゃ絵にも『新板まりうたづくし』（歌川芳藤画・明治三年〈一八七〇〉・文政堂版）の他、本節紹介の『新板手まりうたづくし』（蜂須賀国明画・明治十六年〈一八八三〉・木宗版）、『しん板まり哥づくし』（明治十六年〈一八八三〉・むさしや版）にも採られている。

（3）藤田徳太郎氏『近代歌謡の研究』（昭和12年・人文書院）の指摘によれば、天保五年（一八三四）の序を持つ『鸚鵡似言語』という地目の写本にも「大阪てんまのまんなかで」「ちり紙半帖ただすてた」「きりやうがよいとてけんたいぶるな」「男がよふて金もちで」などの〝せんだい節〟の歌詞が見えるという。また、西沢爽氏『日本近代歌謡史』によれば、『鸚鵡似言語』より早く『文化秘筆』（文化十年〈一八一三〉）や石塚豊芥子『豊芥子日記』文化十年条に「大阪てんまのまんなかで」の替歌が見えるとの指摘がある。

第七節　『琴曲抄』影印と翻刻

〔解題〕

箏曲は近世音楽・近世歌謡を代表する一分野である。この分野の研究史は何といっても、第一人者であった故平野健次氏を抜きにして語ることはできない。箏曲に関する多くのレコードのプロデュースを行い、研究書にも匹敵するような詳細かつ精緻な解説を執筆された。また、数々の論文の中でも、常に箏曲研究の立ち遅れを憂い、研究を積極的に推進する必要性を力説されていた。しかし残念ながら、その平野健次氏を亡くしてからは、箏曲研究はやや停滞気味であるように思われる。

著者は室町小歌を中心とした中世歌謡の研究者であるが、箏曲の詞章に王朝物語や伝統和歌といった古典文学作品の摂取が認められる点や、末尾四音止めの表現に室町小歌との共通性を見出し、歌謡史上の流れを想定できるとの見通しを持つに至った。そのため、箏曲に関する若干の拙論も発表し(1)、また専門研究者による研究の動向にも少なからず注意を払ってきたつもりである。そのような折に迎えた平野氏の突然の逝去は、著者に大きな衝撃を与えることとなった。なかでもとりわけ残念であったのは、平野氏が何度も予告しながら、様々な理由から遂に刊行できなかった『琴曲抄』の複製と翻刻である。すなわち、平野氏は『日本歌謡研究資料集成』第六巻（昭和53年・勉誠社）解説四五七頁において次のように記す。

（略）箏組歌本としては、最も代表的な文献である『琴曲抄』は、いまだかつて、影印複製も、信用すべき活字翻刻も、まったくなされてこなかったということは、まことに不思議というより他はない。そこで、この『日本歌謡研究資料集成』には、その『琴曲抄』をはじめ、その類書を、まず収録すべきであったのであるが、この代表書の信用すべき翻刻もないという事実からすれば、むしろ翻刻付影印を刊行すべきであるという結論に至り、その刊行作業を同時に行うことを前提として、この『第六巻』からは、あえて除外した。しかし、本書の刊行後、ほど経ずして、「箏曲資料集」として、『琴曲抄』及びその類書の翻刻付影印を公刊することに、責任を持つものである。

このように、平野氏は『琴曲抄』の複製翻刻を含む「箏曲資料集」刊行の構想を持っておられたことが明らかである。ここに挙げられた「箏曲資料集」については、平野氏の論文「近世初期芸術歌謡の成立」(『国語と国文学』第六十巻第十号〈昭和58年10月〉一〇頁に、次のようにみえる。

箏歌が近世芸術歌謡史上、いかに重要であるかということについては、すでにこれまでしばしば論じてきたところであるが、その際公言してしまった、元禄期の三味線歌謡書の代表たる『松の葉』に比すべき、箏の歌謡書たる『琴曲抄』などの翻刻ないし影印公刊については、「箏曲資料集」としてまとめたものの公刊はできずじまいになっているが、少くとも『琴曲抄』の翻刻は、レコードアルバムではあるが、『継山流箏組歌』においてはたしてあることをおことわりしておきたい。

この後、平野氏による「箏曲資料集」や『琴曲抄』影印翻刻についての言及は管見に入らない。他の周辺の貴重な箏曲資料が、次々と複製や翻刻の形で紹介されたのとは対照的に、最後まで残された『琴曲抄』は、今日まで遂に公刊されなかったようである。ただし、平野氏自身が記すように、昭和五十六年十月に東芝ＥＭＩから発売されたレコード『継山流箏組歌—八橋十三組と秘曲—』(ＴＨＸ—９００９４〜７)解説に、初めて『琴曲抄』の翻刻が掲載された。しかし、この翻刻には若干の誤りがある上に、今日ではこの解説自体が一般の邦楽愛好家はもとより、研究者でさえも稀覯に属している。

『琴曲抄』は前掲のように、平野氏によって「箏組歌本としては、最も代表的な文献である」（『日本歌謡研究資料集成』第六巻〈昭和53年・勉誠社〉解説四五七頁）、「元禄期の三味線歌謡書の代表たる『松の葉』に比すべき、箏の歌謡書」（『国語と国文学』第六十巻第十号〈昭和58年10月〉）等と評される。(2) 平野氏亡き今日でも、『琴曲抄』の資料としての重要性はけっして変わるものでない。著者はかつて箏曲も含む近世歌謡に関する拙稿を、まとめて一書として刊行する機会を持った。(3) その編集中には平野氏の存在の大きさを改めて痛感するとともに、『琴曲抄』の影印翻刻が未刊に終わったことの氏にとっての無念さ、また学界にとっての損失に思いを致すことたびたびであった。

以上のように、『琴曲抄』は日本音楽史上きわめて重要な資料であることは言うまでもないが、実は日本歌謡史、さらには日本文学史においても貴重な文献である。例えば『琴曲抄』を日本歌謡史の観点から考える際には、所収歌詞のなかに室町小歌の系譜を確認することが可能となる。また、『琴曲抄』所収歌謡は詞章そのものがきわめて高い文学性を有しており、『源氏物語』や八代集を中心とした古典和歌を多く摂取していることも指摘できる。また、『琴曲抄』には歌詞の注釈も収録されているので、日本古典文学享受の具体的な様相を見る上でも有意義である。従来、日本文学研究の立場からはほとんど顧みられることのなかった『琴曲抄』を、あえて紹介する意図はまさにそこにあることを改めて述べておきたい。本書『韻文文学と芸能の往還』の編集意図とするところは文学と芸能の交流に他ならない。その意味において、本書で紹介するのにもっともふさわしい資料と考える次第である。

ところで、『琴曲抄』には数多くの伝本が残されているが、個人蔵の本が多く、所在の公表が憚られる例が少なくない。以下には文字通り管見に入ったなかで、目録が公刊されているものと公表の許可が得られたごく少数の伝本のみを掲出しておくに留める。

『琴曲抄』の初版は元禄八年[4]（一六九五）の前半で、本節に影印と翻刻を掲載させていただく東京大学文学部国文学研究室蔵本の他、上野学園日本音楽資料室蔵本、京都市立芸術大学日本伝統音楽研究センター蔵本、宮城道雄記念館吉川文庫蔵本、大阪教育大学小野研究室蔵本などがある。また、その元禄版を元にした写本に東京芸術大学図書館蔵本と架蔵本がある。続いて元禄版を復刻した再版本として宝暦十三年（一七六三）版がある。伝本としては上野学園日本音楽資料室蔵本、東京大学総合図書館蔵青洲文庫本、宮城道雄記念館吉川文庫蔵本（第二冊のみの零本）、架蔵本がある。さらに宝暦十三年版の版木を用いて奥付を追加した体裁を採る文化版がある。山根陸宏氏蔵本が管見に入った。

以上の元禄版、宝暦版、文化版には基本的に大きな本文異同は見られない。ただし、宝暦版と文化版は同一の本文と言ってよいが、それら二種の版本と元禄版との間にはルビを中心に若干の本文異同が見られる[5]。構成上は元禄版の第一冊（表組）末尾に置かれる「京都琴師」「同（京都）琴糸師」「同（京都）琴爪師」という箏にかかわるそれぞれの職人のリスト一丁分を宝暦版・文化版では欠いている。そのため元禄版では第一冊（表組）が全三十五丁であるのに対して、宝暦版・文化版では全三十四丁となっている。なお、第二冊（裏組）はともに全二十八丁である。元禄版の版元は京都寺町第五橋の梅村弥右衛門[6]、同じく京都寺町四条下ル町の尾崎七左衛門、江戸日本橋萬町の松葉清四郎の連版である。

さて、本節での影印翻刻の底本となる東京大学文学部国文学研究室蔵本について簡単な書誌事項を記す。同本は函架番号「国文学／近世／一六、二／九」の版本二冊本。大きさは縦一二・四糎×横一七・七糎のいわゆる横本である。表紙は縹色を地とする。第一冊（表組）は表紙左上部分に「琴曲鈔　新組入　表」の文字を摺り入れた題簽を貼付。第二冊（裏組）は落剥のためにこれを欠いている。本文は第一冊目は全三十三丁で、序と菜蕗組以下表組の七組、四十三首を収録し、第二冊目は全二十八丁で薄衣組以下新曲も含めた八組、四十六首を収録する。挿絵は半丁分の大きさで、第一冊目に七葉、第二冊目に九葉が見える。

次に東京大学文学部国文学研究室蔵の『琴曲抄』元禄版の影印と翻刻を掲出する。

注

（1）拙稿「仮称『花の下のおどり』について」（『早稲田大学大学院文学研究科紀要（文学・芸術学編）』別冊第十二集〈昭和61年1月〉）、「仮称『花の下のおどり』考―内容及び成立時期をめぐって―」（『日本歌謡研究』第二十六号〈昭和62年2月〉）、「徳川美術館蔵「徳川光友筆歌謡」考」（『学大国文』第三十六号〈平成5年2月〉）、「寛永期歌謡の諸相と周辺文芸」（『伝承文学研究』第四十二号〈平成6年5月〉）、「徳川光友の文芸―和歌資料の紹介を中心として―」（『学大国文』第三十八号〈平成7年2月〉）。いずれも、小著『近世歌謡の諸相と環境』（平成11年・笠間書院）所収。

（2）平野氏は早く「この時代（著者注、八橋検校の晩年に当たる十七世紀終わり頃）の代表的なもの」（『歌謡文学としての箏曲―筑紫箏と俗箏組歌の資料と問題―』〈『国語と国文学』第三十五巻第四号（昭和33年4月）〉）九二頁とも評している。

（3）小著『近世歌謡の諸相と環境』（平成11年・笠間書院）

（4）刊記には「元禄七甲戌九月日」とあって、元禄七年（一六九四）九月の刊であることを歌うが、序文には「元禄龍飛乙亥如月下浣」のとあるので、世に出たのは早くとも刊記の翌年の元禄八年二月下旬以降である。

（5）底本とした元禄版と宝暦版・文化版との本文異同を次に示す。（元）は元禄版の本文、（宝）は宝暦版・文化版の本文である。×はその本文が存在しないことを意味する。

4番歌注……「祝」のルビ　いわゐ（元）――いわい（宝）
12番歌注……「年老」（二度目）のルビ　としおい（元）――×（宝）
47番歌注……「琴」のルビ　こと（元）――×（宝）

49番歌注……本文　御うしろみゆへ（元）——御うしろみ給へ（宝）
53番歌注……本文　その夜（元）——この夜（宝）
60番歌注……「詩」（二度目）のルビ　し（元）——×（宝）
61番歌注……「扇」のルビ　あふぎ（元）——×（宝）
74番歌　……第二句本文　おもはれで（元）——おもはれて（宝）
80番歌注……「（中の）君」のルビ　きみ（元）——×（宝）
86番歌注……「宿」のルビ　やど（元）——×（宝）
86番歌注……「岩」のルビ　いは（元）——×（宝）
89番歌注……「四智円明」（二度目）のルビ　しちゐんめう（元）——×（宝）
89番歌注……「（一）切智」のルビ　さいち（元）——×（宝）
89番歌注……「得（て）」のルビ　え（元）——×（宝）
89番歌注……「円明」のルビ　ゑんめう（元）——×（宝）
89番歌注……「都」のルビ　みやこ（元）——×（宝）
89番歌注……「須磨」のルビ　すま（元）——×（宝）
89番歌注……「浦」のルビ　うら（元）——×（宝）

（6）この梅村弥右衛門が同時期に刊行した別の箏組歌集に無題の袖珍本（縦八・一糎×横五・九糎）がある。刊記は「元禄八乙亥十一月日／京寺町五条はしつめ／梅むら弥へもん板」である。

［影印・翻刻］

［凡例］

　翻刻に際しては、引用し易い本文を旨とし、私に句読点、清濁を施す（序文については原文の句点を参考にして句読点を施した）。用字は原則として通行の字体とし、旧字体の漢字は新字体に改める（ただし、一部には「哥」などのように、旧字を残したものもある）。他は、基本的には原文のままとする。各歌には頭に歌順による歌番号を付した。なお、「と（斗）がけ」「ゐ（為）がけ」「七かけ」「八かけ」のような箏曲のかけ爪の手法名などの音楽的な注記や符号は、翻刻の対象とはしない。それらは重要なものであることは言うまでもないが、翻刻としては煩雑に過ぎるので、影印によって参照いただきたい。

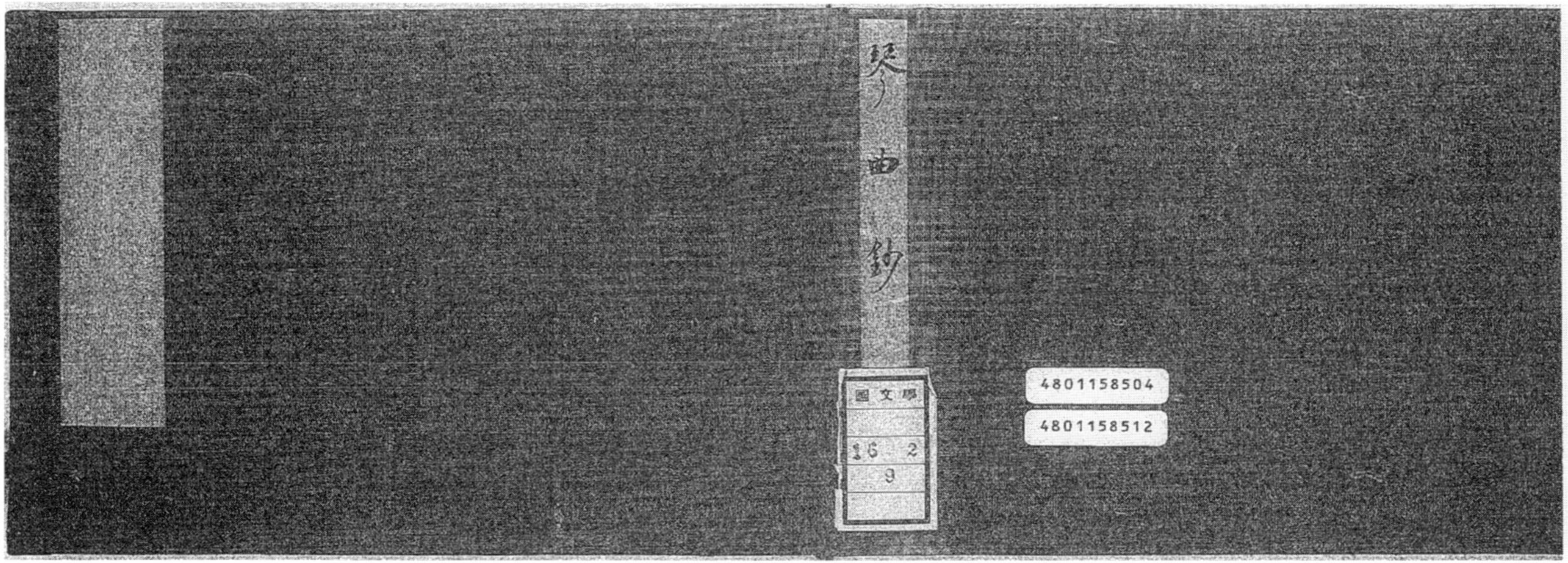

［帙］

〔第一冊表紙〕

琴曲鈔 新組入 表

［第一冊表紙見返し］

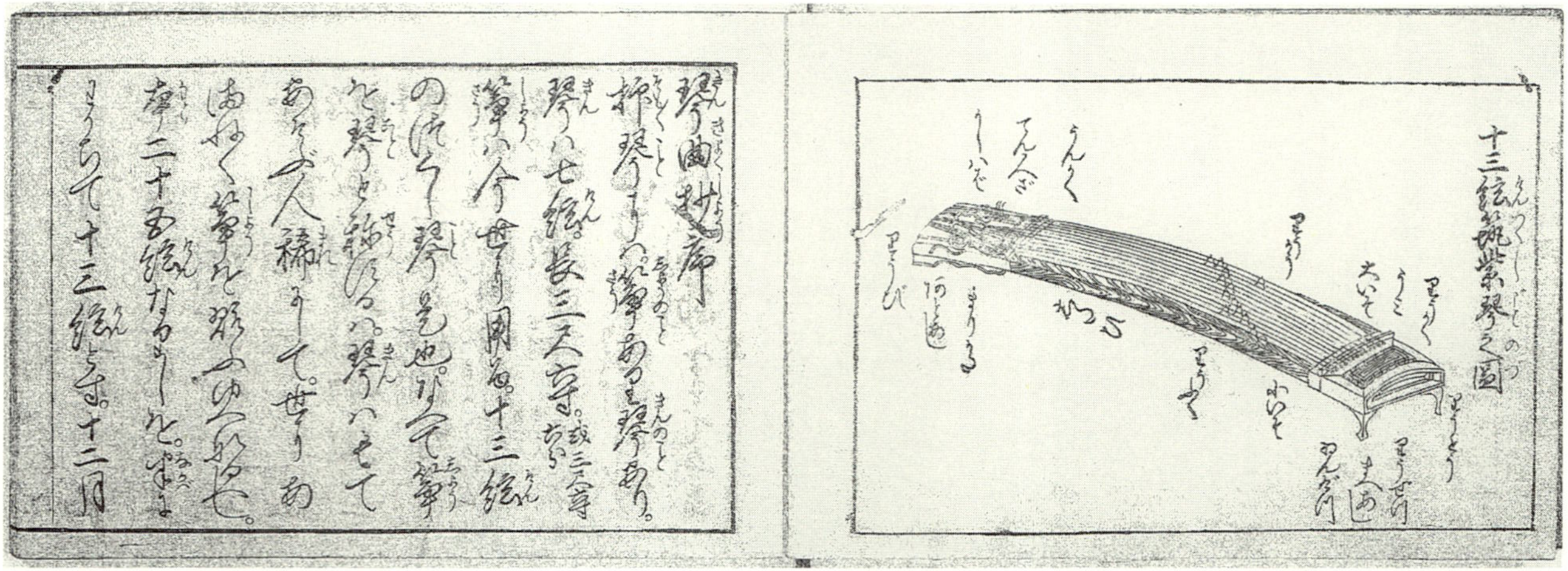

十三絃筑紫琴之図《げんつくしごとのづ》

琴曲《きんきょく》抄《しょう》序

抑《そもく》琴《こと》には、箏《しょうのこと》《さう》 あり琴《きんのこと》 あり。琴《きん》は七絃《げん》、長三尺六寸、或三尺六寸六分 箏《しょう》《さう》は今世に用る。十三絃《げん》のつくし琴《ごと》是也。なべて箏《しょう》を琴《こと》と称《せう》するは、琴《きん》はもてあそぶ人稀《まれ》にして、世にあまねく箏《しょう》を翫ぶゆへなるべし。本《もと》二十五絃《げん》なりしを、半《なかば》にわかちて十三絃《げん》とす。十二月

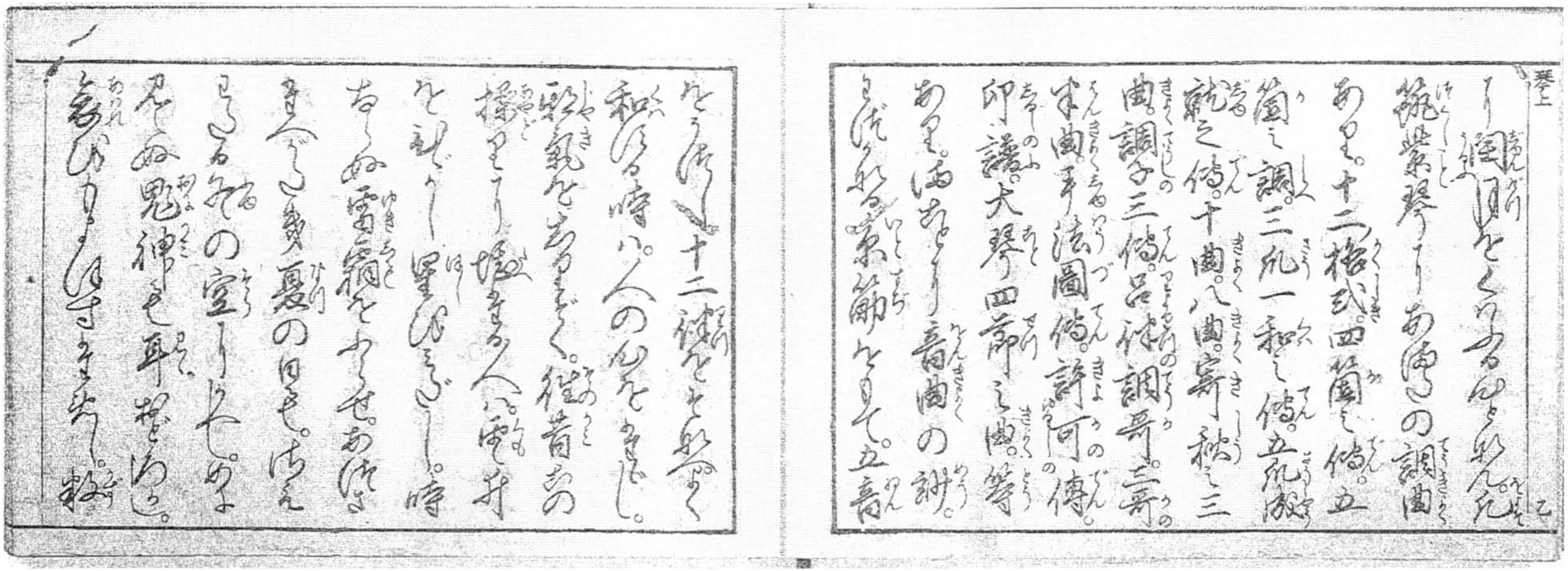

に閏《うるふ》月《じゆんげつ》をくはふる心となん。凡《をよそ》筑紫《つくし》琴《ごと》にあまたの調曲《てうきよく》あり。十二ノ格式《かくしき》、四箇《か》之伝《でん》、五箇《か》之調《しらべ》、三爪《さう》一和《くは》之伝《でん》、五爪成就《さうじやうじゆ》之伝《でん》、十曲《きよく》、八曲《きよく》、寄秋《きしう》之三曲《きよく》、調子《てうしの》三伝《でん》、呂律《りよりつの》 調哥《てうか》、三哥半曲《かのはんきよく》、手法図伝《しゆはうづでん》、許可伝《きよかのでん》、印譜《しるしのふ》、大琴《こと》四節《せつ》之曲《きよく》、等《とう》あり。まことに音曲《をんぎよく》の妙《めう》、わづかなる糸筋《いとすぢ》をもて、五音《ゐん》をうつし、十二律《りつ》をそなへ、よく和《くは》する時は、人の心をたゞし、邪気《じやき》をしりぞく。往《その》昔《かみ》この操《あやど》りに堪《たへ》たる人は、雲ゐをひゞかし星《ほし》をみだし、時ならぬ雪霜《ゆきしも》をふらせ、あつさたへがたき夏《なつ》の日も、さえわたる冬《ふゆ》の空《そら》にかへし、めに見えぬ鬼神《おにがみ》も耳《みゝ》おどろかし、哀《あはれ》をもよほすためし、数《かず》

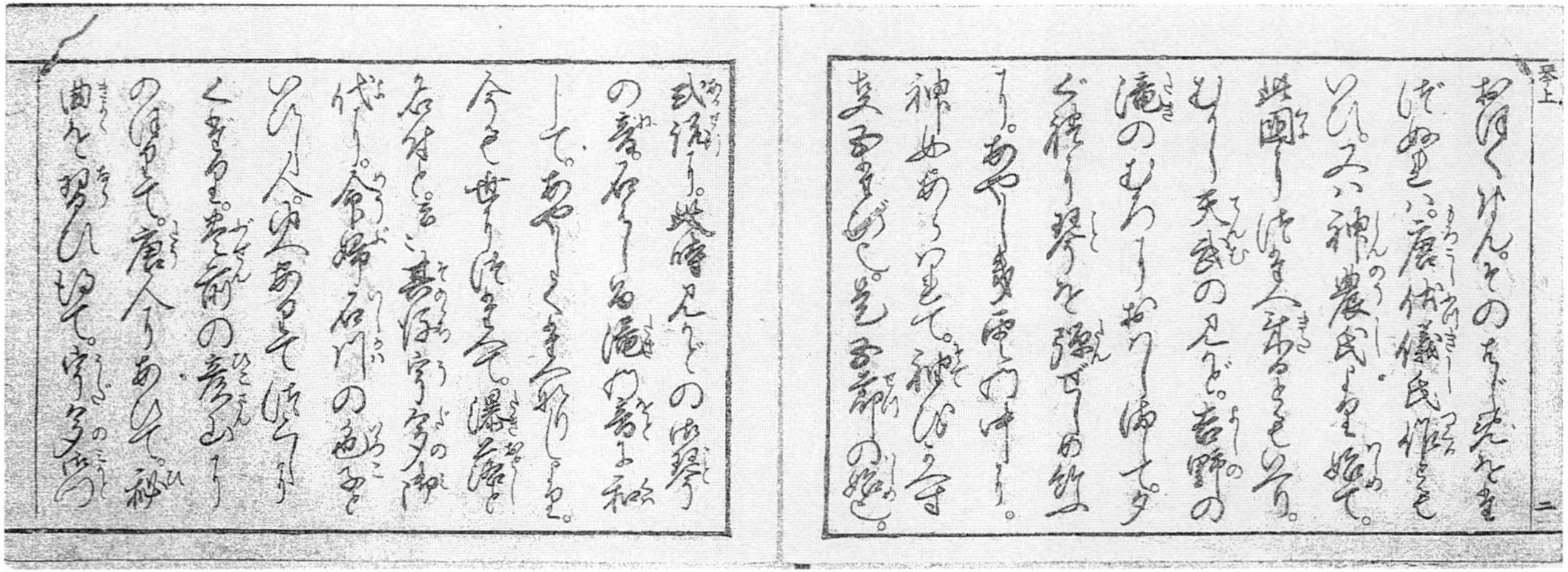

おほくなん。そのはじめをたづぬれば、唐《もろこし》 伏儀氏《ふつぎし》作《つくる》ともいひ、又は神農氏《しんのうし》より始《はじめ》て、此国《くに》につたへ来《きた》るともいへり。むかし天《てん》武《む》のみかど、吉野《よしの》の滝《たき》のむろにおはしまして、夕ぐれに琴《こと》を弾《だん》ぜしめ給ふに、あやしき雲の中に、神女あらはれて、袖《そで》をかへす事五たび也。是五節《せつ》の始《はじめ》也。或説《あるせつ》に、此時みかどの御琴《こと》の音《ね》、石ばしる滝《たき》の音《をと》に和《くは》して、あやしくたへなりしより、今も世につたへて、瀑落《たきおとし》と名付と云々。其後《そのゝち》宇《う》多御《だのみ》代《よ》に、命婦《めうぶ》石川《いしかは》の色《いろ》子《こ》といひし人、ゆへありてつくしにくだり、豊前《ぶぜん》の彦山《ひこさん》にのぼりて、唐《たう》人にあひて、秘曲《ひきよく》を習《なら》ひ得て、宇《う》多御《だのみ》門《かど》

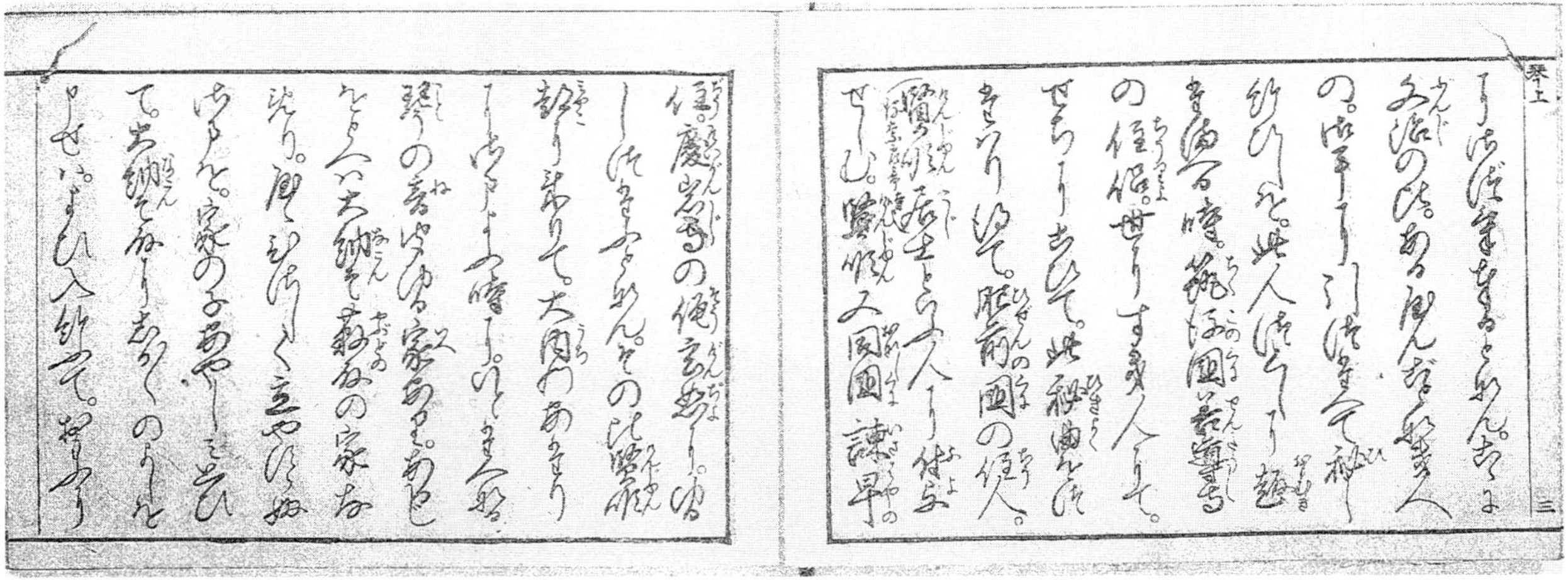

にさづけ奉るとなん。こゝに文《ぶん》治《じ》の比、あるやんごとなき人の、御手に引つたへて秘《ひ》し給ひしを、此人つくしに趣《おもむき》たまへる時、筑後国善導寺《ちくごのくにぜんだうじ》の住侶《ぢうりよ》、世にすき人にて、せちにこひて、此秘曲《ひきよく》をつたはり得て、肥前国《ひぜんのくに》の住《ぢう》人、賢順《けんじゆん》（後奈良帝時也）居士《こじ》といふ人に付与《ふよ》せしむ。賢順《けんじゆん》、又同国《おなじくに》諫早《いさはや》住《ぢう》、慶岩寺《けいがんじ》の僧玄恕《そうげんぢよ》に、ゆるしつたふとなん。その比賢順《けんじゆん》都《みやこ》に来りて、大内《うち》のあたりにつまよぶ時に、いとたへなる琴《こと》の音《ね》聞ゆる家《いへ》あり。あるじをとへば大納《な》言藪殿《ごんやぶどの》の家なめり。やゝひさしく立やすらふつまを、家の子あやしみ思ひて、大納言《なごん》殿にしかぐ〵のよしを申せば、よび入給ふて、おもふに

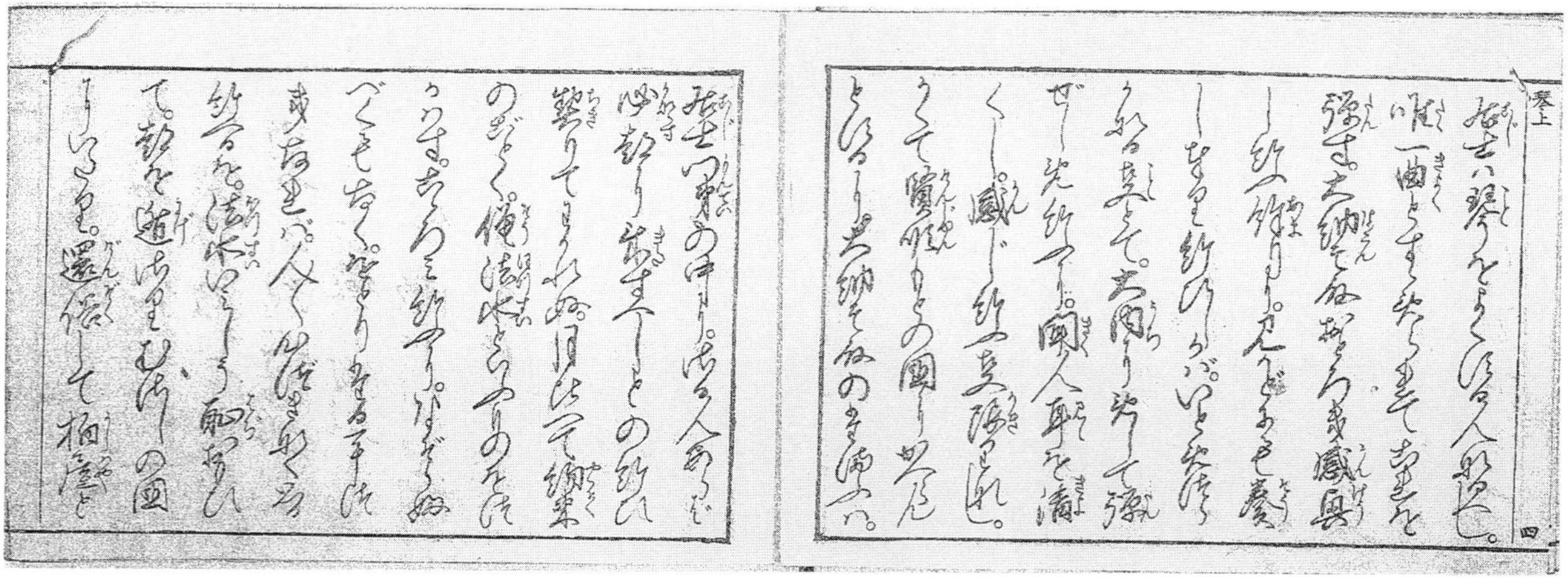

居士《こじ》は琴《こと》をよくする人なるべし。唯《たゞ》一曲《きよく》とすゝめられてこれを弾《だん》ず。大納言《なごん》殿おどろき感興《かんけう》し給ふ余《あま》りに、みかどにも奏《そう》し奉り給ひしかば、いとめづらかなる事《こと》とて、大内《うち》にめして弾《だん》ぜしめ給ふに、聞《きく》人耳《みゝ》を清《きよ》くし、感《かん》じ給ふ事限《かぎ》りなし。かくて賢順《けんじゆん》もとの国にかへらんとするに、大納言殿のたまふは、居士門弟《こじもんてい》の中に、さる人あらば必《かならず》都に来《きた》すべしとの給ひ契《ちぎ》りてわかれぬ。月比へて約束《やくそく》のごとく、僧法水《そうほつすい》といふものをつかはす。こゝろみ給ふに、なぞらふべくもなく、をどりたる手つきなれば、人々心づきなく思ひ給へるを、法水《ほつすい》いみじう恥《はぢ》おもひて、都を遁《にげ》さりむさしの国にいたり、還俗《げんぞく》して柏屋《かしはや》と

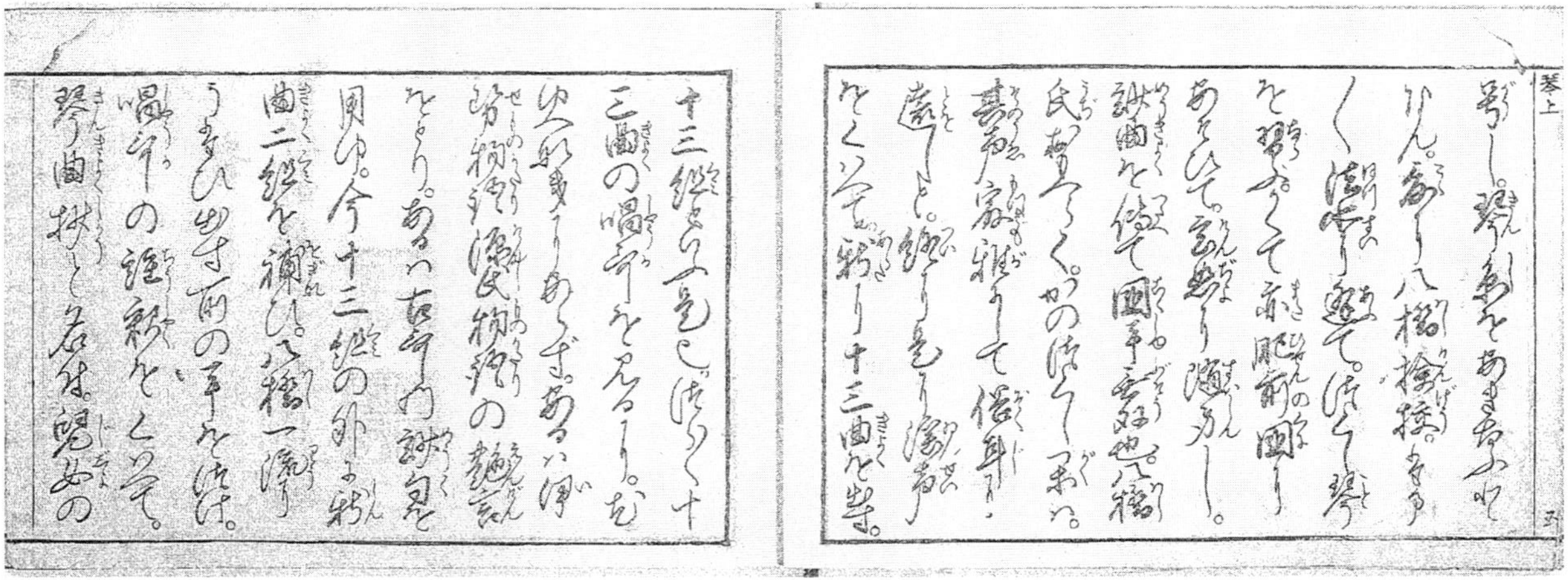

号《がう》し、琴糸《きんし》をあきなふとなん。爰《こゝ》に八橋検校《はしけんげう》、たま〳〵法水《ほつすい》に逢《あふ》て、つくし琴《ごと》を習《なら》ふ。かくて亦肥前国《またひぜんのくに》にあそびて、玄恕《げんぢよ》に随身《ずいじん》し、妙曲《めうきよく》を伝《つたへ》て国手無双《こくしゆぶさう》也。八橋氏《はしうぢ》おもへらく、かのつくし楽《がく》は、其声最《そのこゑもつとも》　雅《が》にして俗耳《ぞくじ》に遠《とを》しと。終《つひ》に是に陰声《ゐんせい》をくはへて、新《あらた》に十三曲《きよく》を出す。十三組《くみ》といふ是也。つら〳〵十三曲《きよく》の唱哥《しやうが》を見るに、尤ゆへなきにあらず。あるは伊勢物語《いせものがたり》　源氏《げんじ》物語《ものがたり》の艶言《えんげん》をとり、あるは古哥の妙句《めうく》を用ゆ。今十三組《くみ》の外に新曲《しんきよく》二組《くみ》を補《おぎな》ひ、八橋《はし》一流《りう》にうたひ出す前の手をつけ、唱《しやう》哥《が》の註釈《ちうしやく》をくはへて、琴曲《きんきよく》　抄《しよう》と名付。児女《じじよ》の

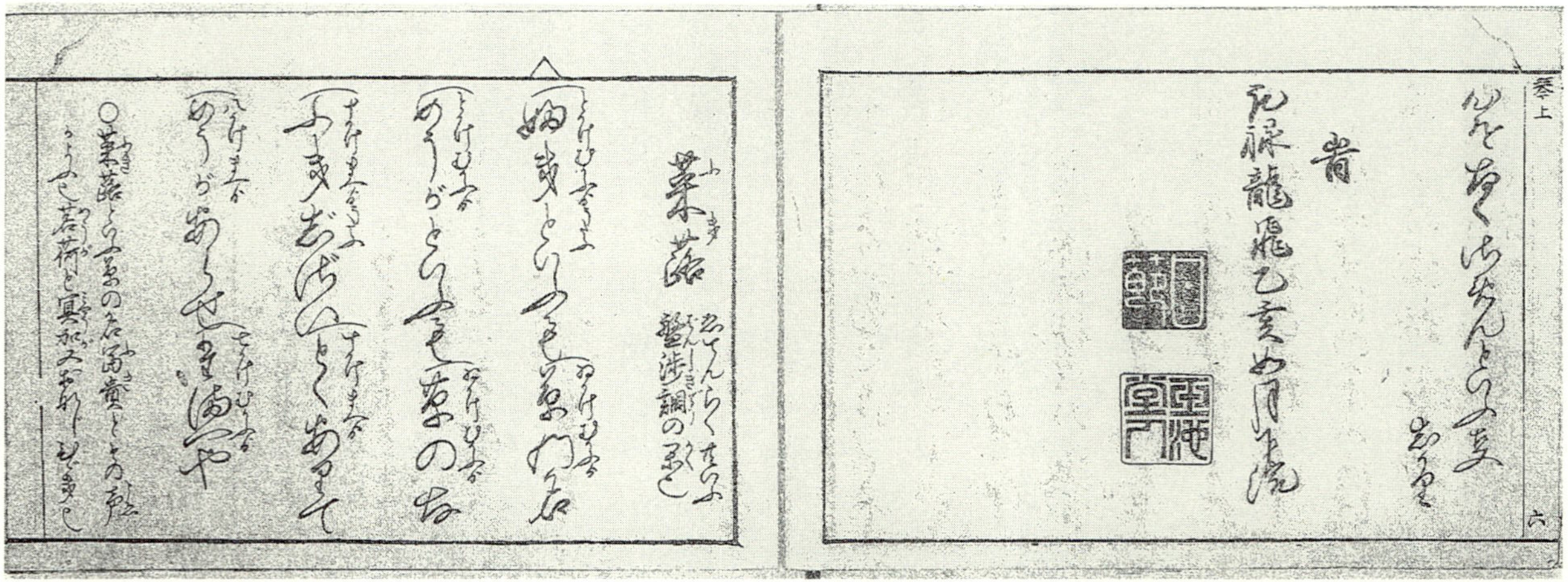

心をなぐさめんといふ事しかり。

□

元禄龍飛乙亥如月下浣

[印] [印]

菜蕗《ふき》　ゐてんらく共いふ　盤渉調《ばんしきでう》の楽《がく》也

1ふきといふも草の名、めうがといふも草のな、ふきじざいとくありて、めうがあらせたまへや

○菜蕗《ふき》といふ草の名、富貴《ふき》とその声《こゑ》かよふ也。茗荷《めうが》と冥加《みやうが》、又おなじひゞき也。

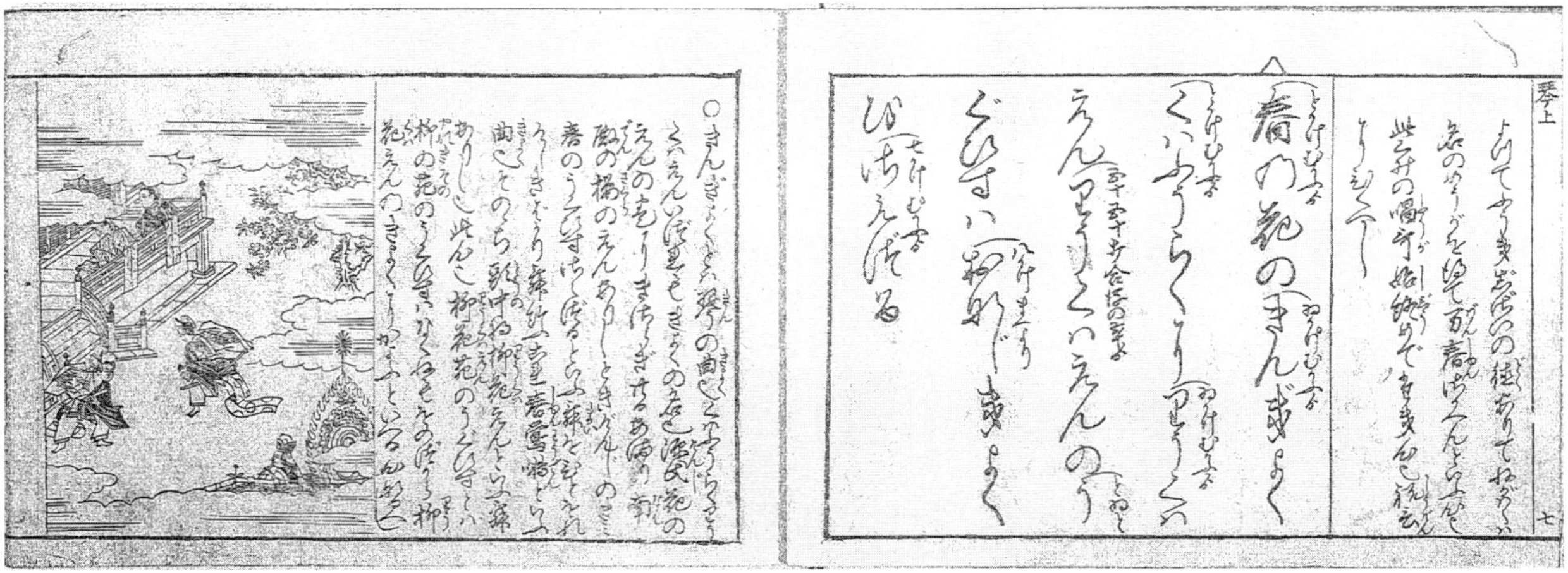

よつてふうきじざいの徳《とく》ありて、ねがはくは名のめうがを得て、万《ばん》春《しゆん》さかへんといふ心也。此くみの唱《しやう》哥《が》始《し》終《じう》めでたき心也。祝言《しうげん》にひくべし。

2春の花のきんぎよく、くはふうらくにりうくはえん、りうくはえんのうぐひすは、おなじきよくをさえづる

○きんぎよくとは琴《きん》の曲《きよく》也。くはふうらく、りうくはえん、いづれもきよくの名也。源氏《げんじ》花のえんの巻に、きさらぎ廿日あまり南殿《なんでん》の桜《さくら》のえんありしとき、げんじのきみ春のうぐひすさえづるといふ舞《まい》を、ひとをれけしきばかり舞給ふ。これ春《しゆん》鶯囀《わうでん》といふ曲《きよく》也。そのゝち頭《とうの》中将柳花《りうくは》えんといふ舞ありし也。此心也。柳花苑《りうくはえん》のうぐひすとは、柳《やなぎ》の苑《その》のうぐひすはなくねも、をのづから柳花《りうくは》えんのきよくにかよふといへる心なるべし。

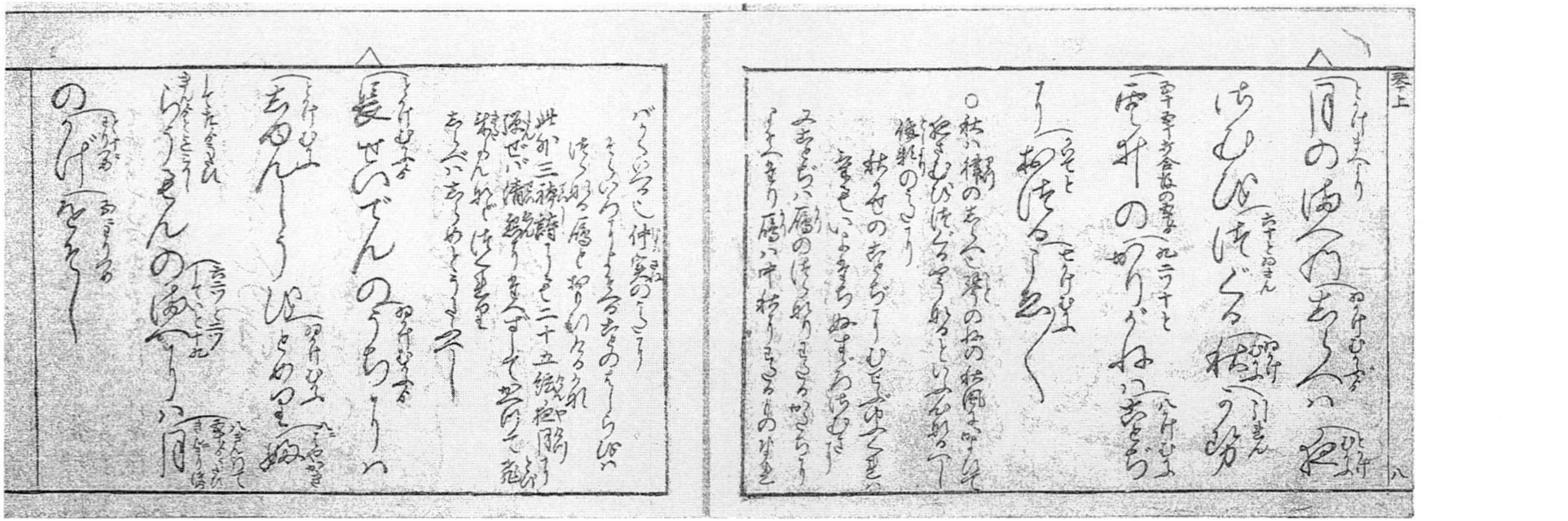

3月のまへのしらべは、夜さむ
をつぐる秋かぜ、雲ゐのかり
がねは、ことぢにおつるこゑ
ぐ

○秋は律《りつ》のしらべ也。琴《こと》のねの秋風
にかよひて夜さむをつぐるやうな
るといふ心なるべし。俊頼《としより》のうた
に、

秋かぜのことぢにむせぶゆふぐ
れは気もいよたちぬすゞろさむ
さに

又ことぢは雁《かり》のつらなりわたるか
たちによそへたり。雁《かり》は中秋にわ
たるものなればかくいへる也。仲《なか》
実《ざね》のうたに、

そらいろによそへることのはし
らをばつらなる雁とおもひける
かな

此外三体詩《ていし》にも二十五絃《げん》夜《や》月《げつ》に弾《だん》
ぜば清怨《せいゑん》にたへずしてかへつて飛《とび》
来《きた》らんなどつくれり。しらべはし
らめとうたふべし。

4長せいでんのうちには、しゆ
んじうをとめり、ふらうもん
のまへには、月のかげをそし

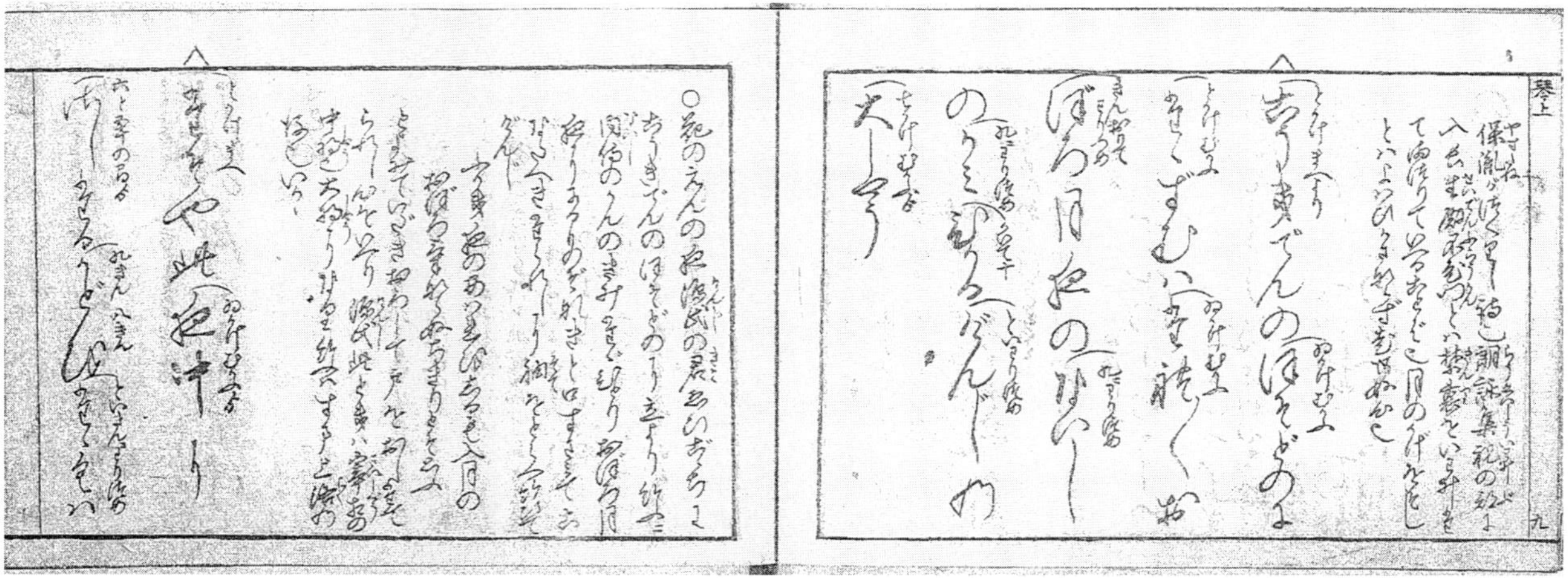

○保胤《やすたね》がつくりし詩也。朗詠集祝《らうゑいしういわゐ》の部《ぶ》に入。長生殿《せいでん》不《ふ》老門《らうもん》とは禁裏《きんり》をいわゐたてまつりていへることばゝ也。月のかげをそしとは、よはひかさならず老せぬ心也。

5 こうきでんのほそどのに、
たゝずむはたれ〳〵、おぼろ
月夜のないしのかみ、ひかる
げんじの大しやう

○花のえんの夜、源氏《げんじ》の君《きみ》ゐひごゝちに、こうきでんのほそどのに立より給ふに、内侍《ないし》のかんのきみたゞひとりおぼろ月夜ににるものぞなきと口ずさみて、こなたへきたられしに、袖《そで》をとらへ給ひて、げんじ、

ふかき夜のあはれをしるも入月のおぼろけならぬちぎりとぞ思ふ

とよみて、いだきおろして、戸をおしたてられし心をいへり。源氏《げんじ》此ときは宰相《さいしやう》の中将《じやう》也。大将《しやう》になり給ふはすま上洛《らく》の後也。いかゞ。

6 たそや此夜中に、さしたるかどをたゝくは、

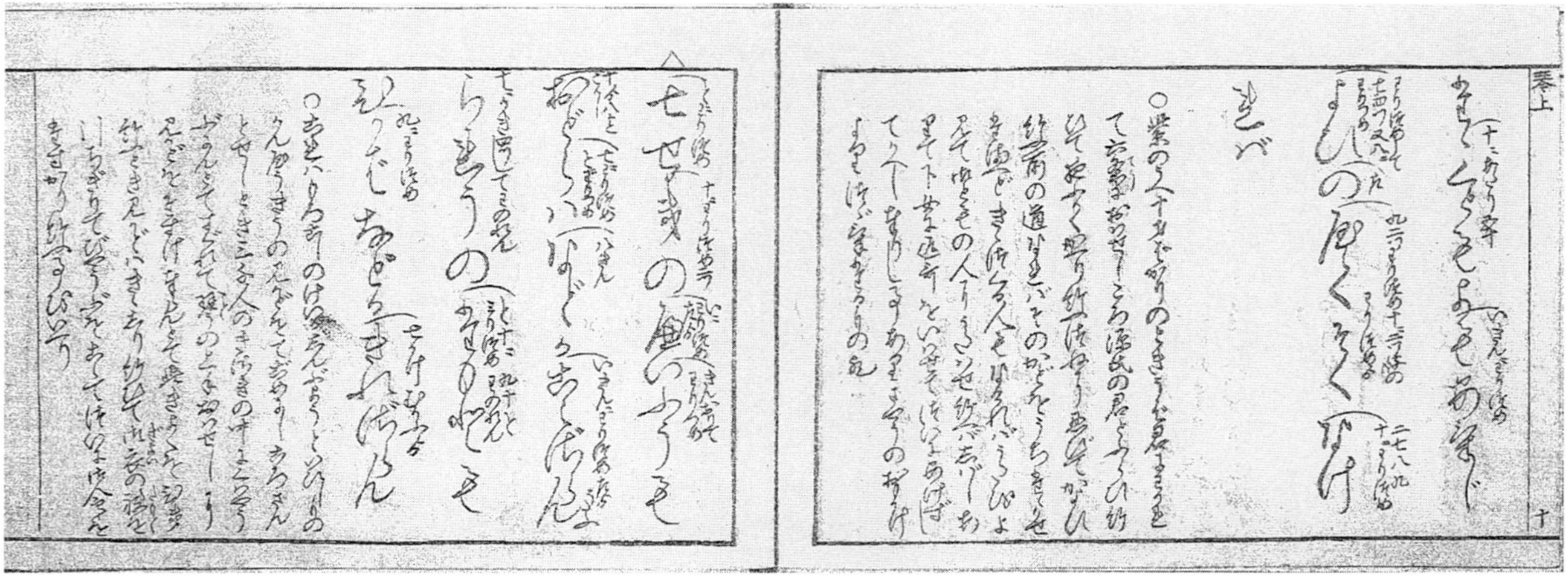

たゝくともよもあけじ、よひのやくそくなければ

○紫のうへ十才ばかりのとき、うば君にわかれて六条《でう》におはせしころ、源氏の君とぶらひ給ひて、夜ふかくかへり給ふ。つねに忍びてかよひ給ふ所の道なれば、そのかどをうちたゝかせたまへど、きゝつくる人もなければ、うたをよみて御ともの人にうたはせ給へば、しばしありて下女に返哥をいはせて、ついにあけずしてかへし奉りし事あり。さやうのおもかげよりつゞけたるもの歟。

7七せきのへいふうも、おどらばなどかこえざらん、られうのたもともひかば、などかきれざらん

○これはもろこしのけいかしんぶようといひしもの、かんやうきうのみかどをてごめにし、ころさんとせしとき、三千人のきさきの中に、くはやうぶにんとてすぐれて琴《こと》の上手おはせしに、みかどをたすけ奉らんとて、此きよくをひき給ふとき、みかどはきゝしり給ひて、御衣《ぎよい》の袂《たもと》を引ちぎりてびやうぶをこえて、ついに御命をたすかり給ふ事をいへり。

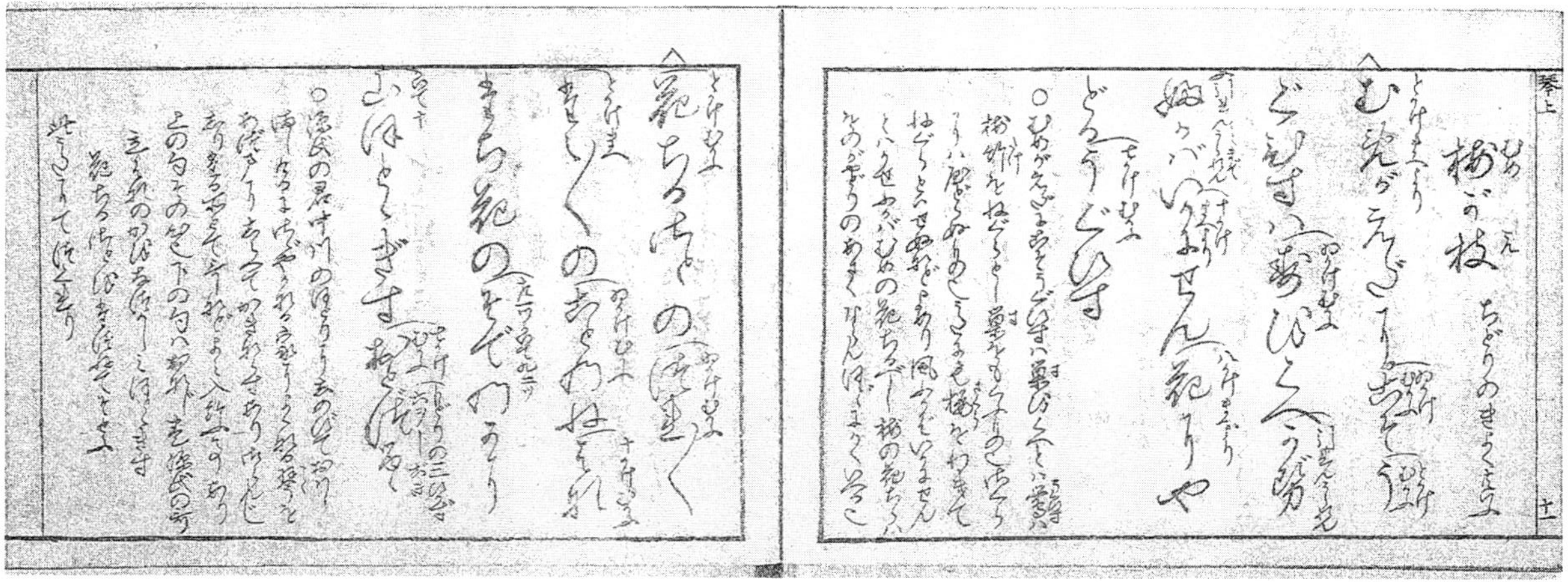

梅《むめ》が枝《え》　ちどりのきよく共いふ

8むめがえだにこそ、うぐひすはすをくへ、かぜふかばいかにせん、花にやどるうぐひす

○むめがえだにこそ、うぐひすは巣《す》をくへとは、鶯《うぐひす》は梅竹《たけ》をねぐらとし、巣《す》をもくふもの也。さくらにはやどらぬもの也。うたにも、桜《さくら》をわきてねぐらとはせぬ、などよめり。風ふかばいかにせんとは、かぜふかばむめの花ちるべし。梅の花ちらば、をのがやどりのあさくならんほどにかくいへる也。

9花ちるさとのつれ〴〵、たえ〴〵のことのね、はなたち花のそでのかに、山ほとゝぎすおとづるゝ

○源氏の君、中川のほとりにしのびておはしましけるに、さゝやかなる家に、よくなる琴《こと》をあづまにしらべてかきならすあり。御らんじしりたる所とて、哥などよみ入給ふ事あり。上の句その心也。下の句はおなじ巻源氏の哥、

立ばなのかをなつかしみほとゝぎす花ちるさとをたづねてぞとふ

此うたにてつくれり。

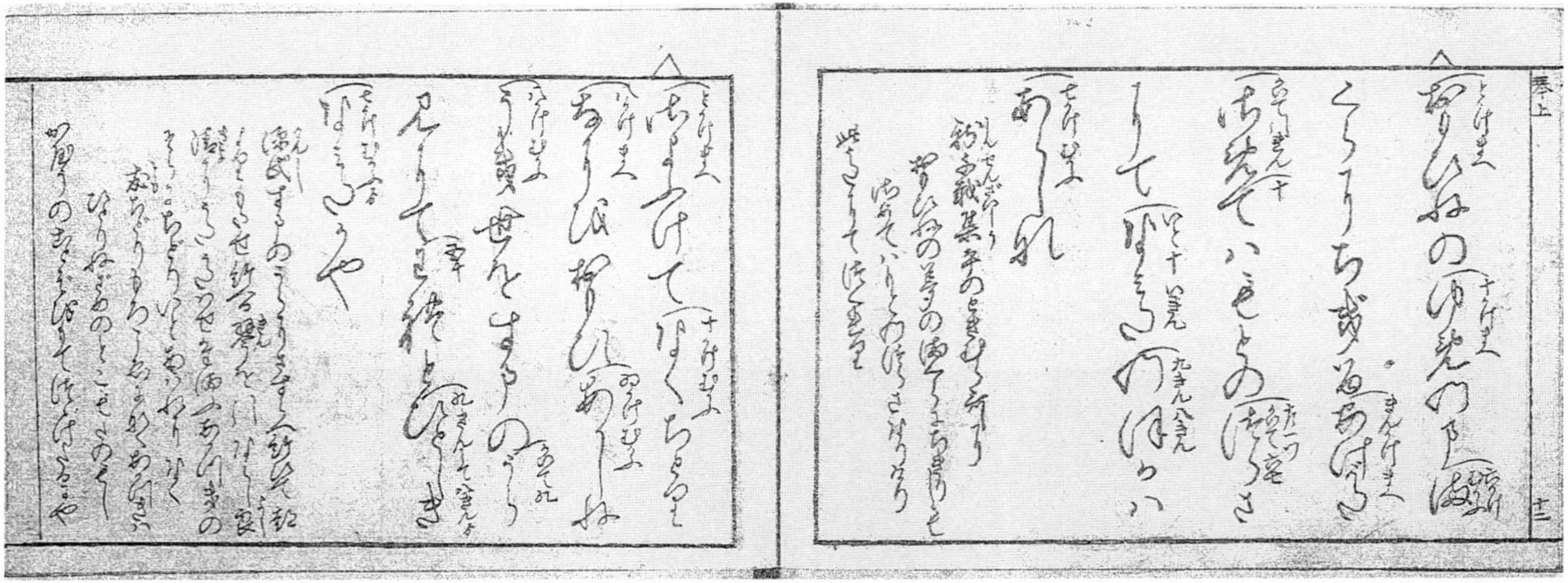

10 おもひねのゆめのま、まくらにちぎるあけがた、さめてはもとのつらさにて、なみだのほかはあらじな

○新千載集《しんせんざいしう》平のときむら哥に、

おもひねの夢のまくらにちぎり
しもさめてはもとのつらさなり
けり

此うたにてつくれり。

11 さよふけてなくちどり、なにをおもひあかしぬ、うき世をすまのうらみにて、われとひとしきなみだかや

○源氏《げんじ》すまのうらにさすらへ給ひて、都よりもたせ給へる琴《きん》を引ならし、良清《よしきよ》にうたうたはせたまふ。あかつきのそらにちどりいとあはれになく。

友《とも》ちどりもろこゑになくあかつ
きはひとりねざめのとこもたの
もし

かやうのことばをもてつゞけたるにや。

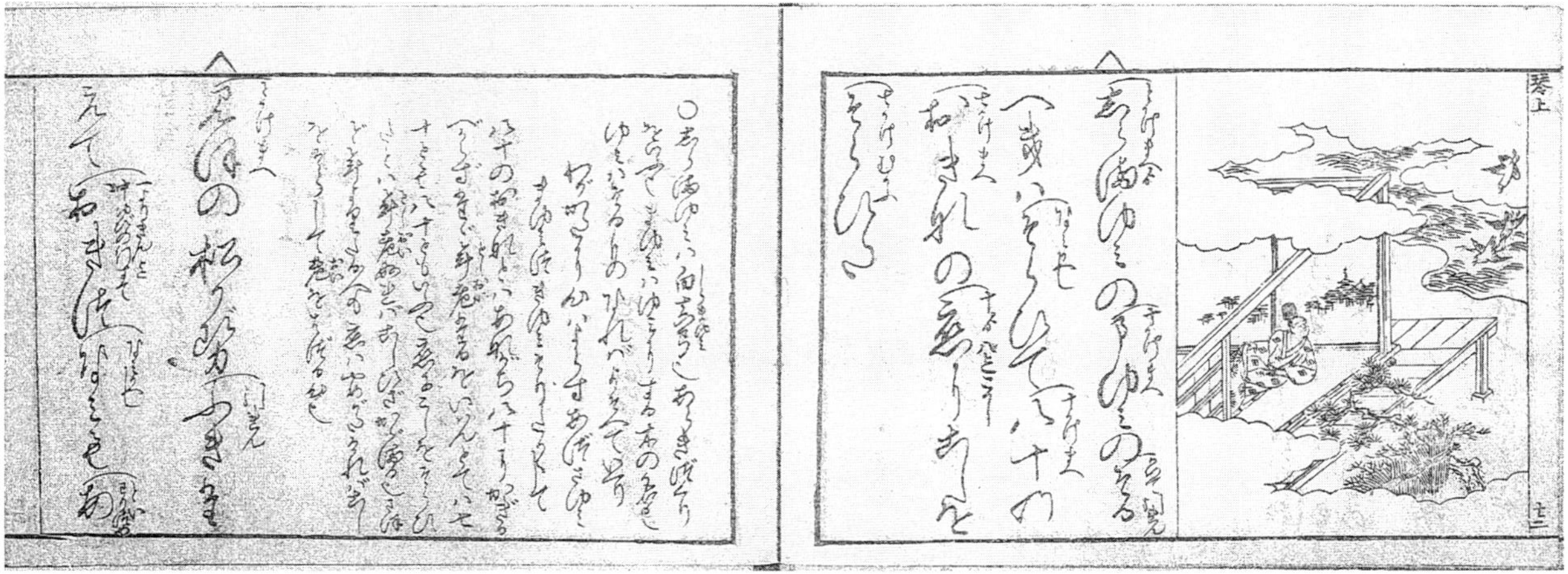

12しらまゆみのまゆみの、そるべきはそらひで、八十のおきなの、恋にこしをそらひた

○しらまゆみは白真《しらま》弓《ゆみ》也。あらきづくりをいふ也。まゆみはゆみにする木の名也。ゆみはそるものなれば、よそへていへり。

わがかたに心はよらずあづさゆみまゆみつきゆみそりたかくして

八十のおきなとはあながち八十にかぎるべからず。たゞ年老《としおい》たるをいはんとては七十とも八十ともいふ也。恋にこしをそらひたとは年《とし》老《おい》ぬれば、こしひざかゞまる也。さほど年よりたる人も、恋はやめがたければ、こしをそらして老《おい》をはづる心也。

13みほの松かぜふきたえて、おきつなみもあ

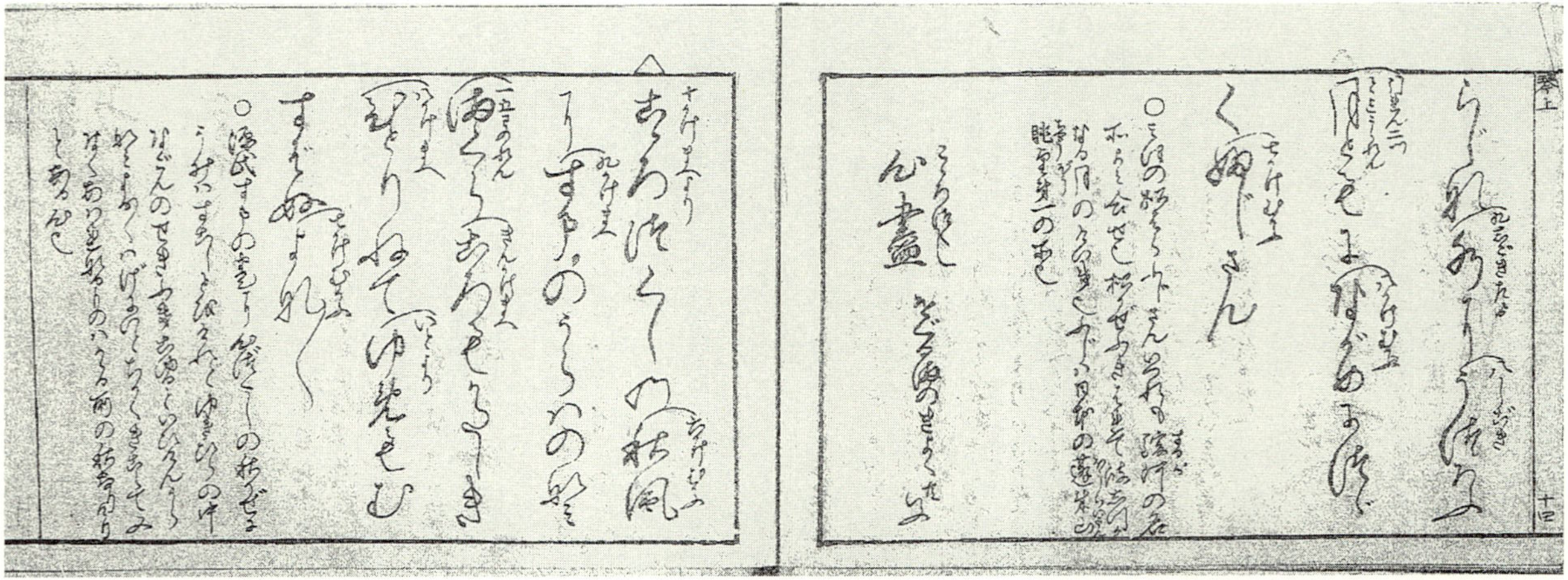

らじな、水にうつろふ月とも
に、ながめにつゞくふじさん

○みほの松ばら、ふじさん、いづれも駿河《するが》の名所よみ合せ也。松かぜふきはれて波しづかなる月のけいき也。ふじは日本の蓬萊山《ほうらいさん》、眺《ちやう》望《ぼう》第一の所也。

心尽《こころづくし》　をぐるまのきよく共いふ

14 こゝろづくしの秋風に、すま
のうらはのなみまくら、ころ
もかたしきひとりねて、ゆめ
もむすばぬよなく／＼

○源氏すまの巻に、心づくしの秋かぜにうみはすこしとをけれど、ゆきひらの中なごんのせきふきこゆるといひけんうらなみよなく／＼は、げにいとちかくきこえて、又なくあはれなるものは、かゝる所の秋なりけりとある心也。

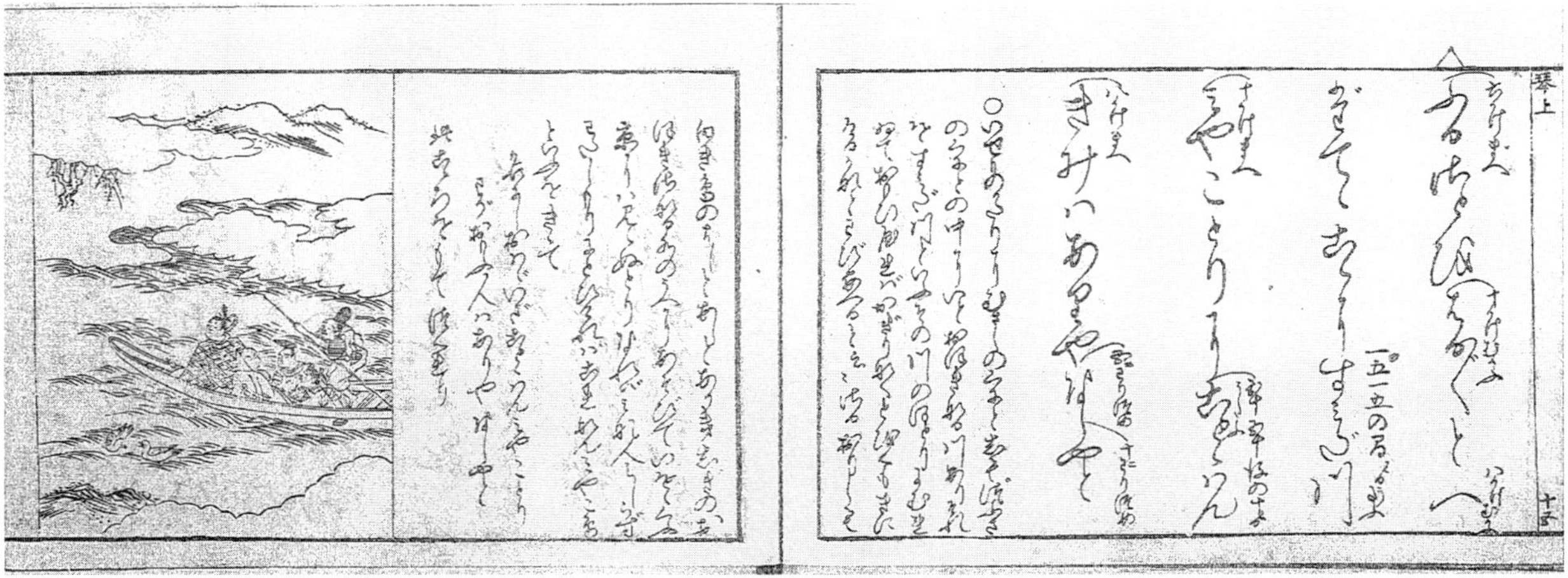

15ふるさとをはるぐ〳〵と、へだ
てゝこゝにすみだ川、みやこ
どりにことゝはん、きみはあ
りやなしやと

○いせものがたりに、むさしのくにとしもづふさのくにとの中に、いとおほきなる川あり。それをすみだ川といふ。その川のほとりにむれゐて、おもひやればかぎりなくとをくもきにけるかなとわびあへると云々。さるおりしも白き鳥のはしとあしとあかき、しぎのおほきさなる、水のうへにあそびていをゝくふ。京には見えぬとりなれば、みな人みしらず。わたしもりにとひければ、これなんみやこ鳥といふをきゝて、

名にしおはゞいざことゝはんみやこどりわがおもふ人はありやなしやと

此こゝろをもてつくれり。

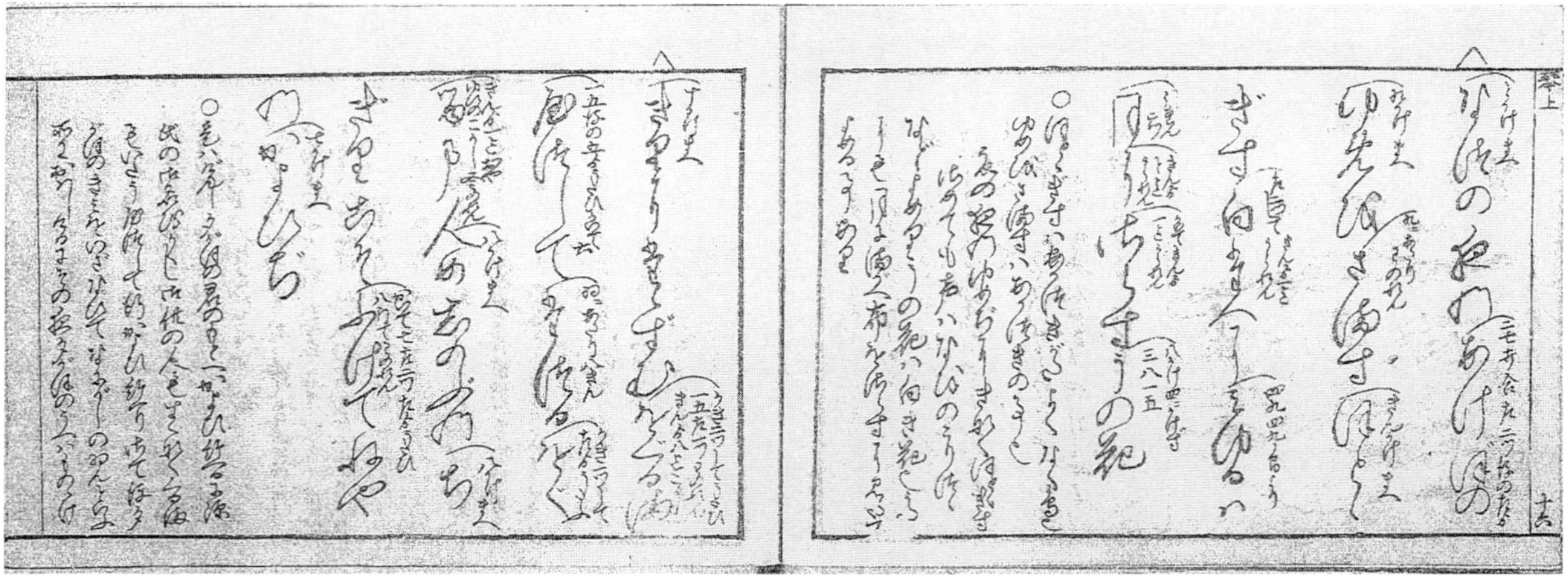

16なつの夜のあけぼの、ゆめを
　さますほとゝぎす、白たへに
　みゆるは、月にちらすうの花

○ほとゝぎすはあかつきがたよくなく鳥也。ゆめをさますはあかつきの事也。

　夏の夜のゆめぢにきなくほとゝぎすさめても声はなをのこりつゝ

などよめり。うの花は白き花也。うたにも月にまがへ、布をさらすに見たてよめる事あり。

17きりにたゝずむをぐるま、やつしてたつるをぐるま、人めしのぶのちぎりこそ、ふけてねやのかよひぢ

○是はげんじ夕がほの君のもとへかよひ給へるに、源氏の御名をかくし、御供の人もすくなく、くるまもいたうやつして行かよひ給へり。さて後、夕がほのきみをいざなひて、なにがしのゐんといふ所におはしけるに、その夜、夕がほのうへはものゝけ

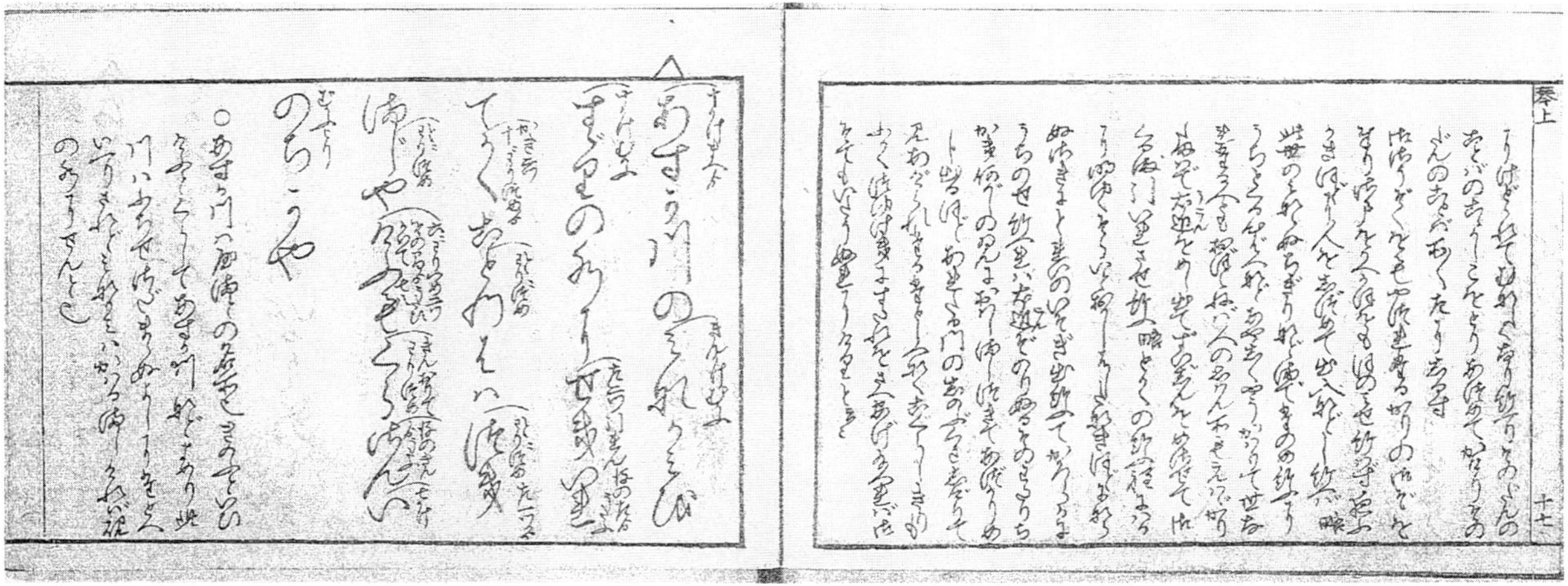

にけどられて、むなしくなり給へり。そのだんのことばのこゝかしこをとりあつめてかけり。そのだんのことば所々左にしるす。

御さうぞくをも、やつれたるかりの御ぞを奉り、さまをかへ、かほをもほのみせ給はず、夜ふかきほどに、人をしづめて出入などし給へば、略、此世のみならぬちぎりなどまでたのめ給ふに、うちとくる心ばへなど、あやしくやうかはりて、世なれたる人ともおぼえねば、人の思はん所もえはゞかりたまはで、右近《うこん》をめし出て、ずいじんをめさせて、御くるま引いれさせ給ふ。略、とかくの給ふ程、にはかに明ゆくそらいとおかし。はしたなきほどにならぬさきにと、れいのいそぎ出給ふて、かろらかにうちのせ給へれば、右近《こん》ぞのりぬる。そのわたりちかき何がしのゐんにおはしましつきて、あづかりめし出るほど、あれたる門のしのぶぐさしげりて見あげられたる、たとしへなくこぐらし。きりもふかくつゆけきに、すだれをさへあげ給へれば、御そでもいたうぬれにけりと云々。

18あすか川のみなかみを、すゞりの水にせきいれて、かくことのははつきまじや、けふもくらさんいのちかや

○あすか川はやまとの名所也。きの

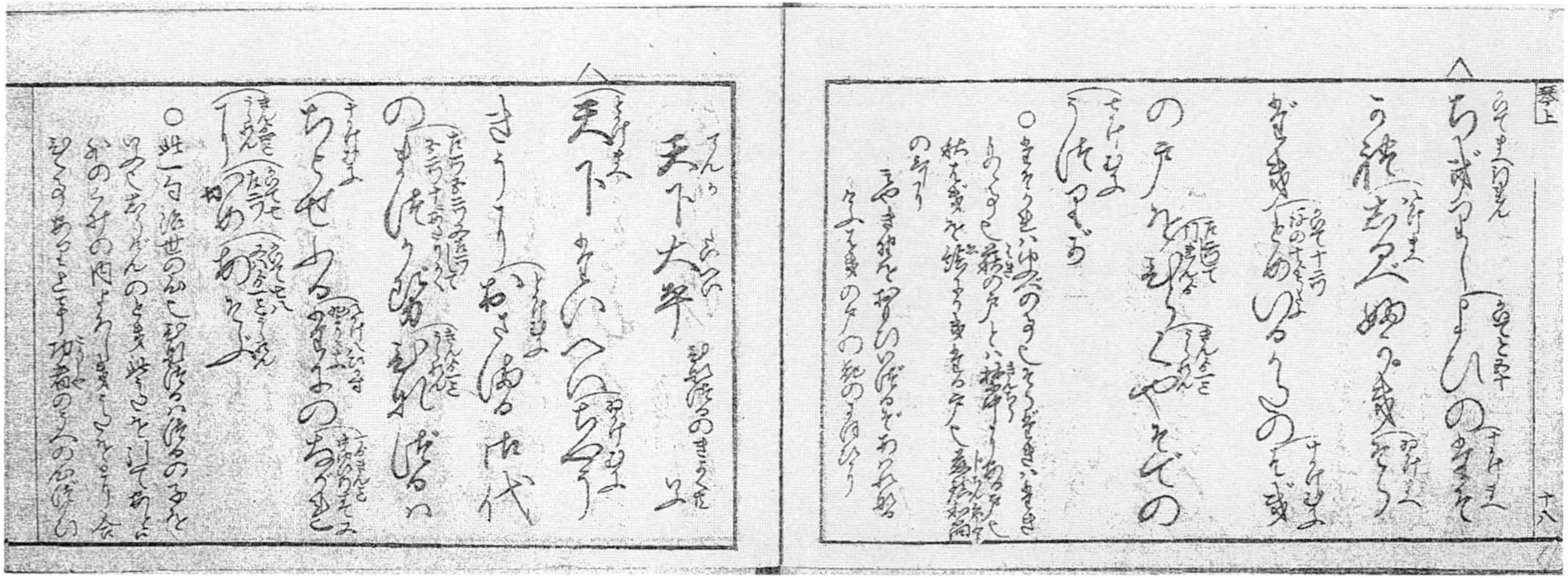

ふといひけふとくらしてあすか川などよめり。此川はふちせさだまらぬよしにたとへいへり。されど、みなかみはかはるまじければ、硯の水にせんと也。

19ちぎりしよひのたそがれ、しるべふかきそらだき、とめいるかたのはぎの戸を、ひらくやそでのうつりが

○たそがれはゆふべの事也。そらだきはたきものゝ事也。萩《はぎ》の戸とは禁中《きんちう》にある戸也。秋はぎを絵《ゑ》にかきたる戸也。慈鎮和尚《じちんくはしやう》の哥に、

みやぎ野をおもひいづるぞあはれなるけふはぎの戸の花のにほひに

天下大平《てんかたいへい》　ひなづるのきよく共いふ

20天下たいへいちやうきうに、おさまる御代のまつかぜ、ひなづるはちとせふる、たにのながれにかめあそぶ

○此一句、治世の心也。ひなづるはつるの子をいふ也。しうげんのとき此うたを引て、あとは外のくみの内よろしきうたをとり合、ひく事あり。上手功者《こうしや》のうへの心づかひ

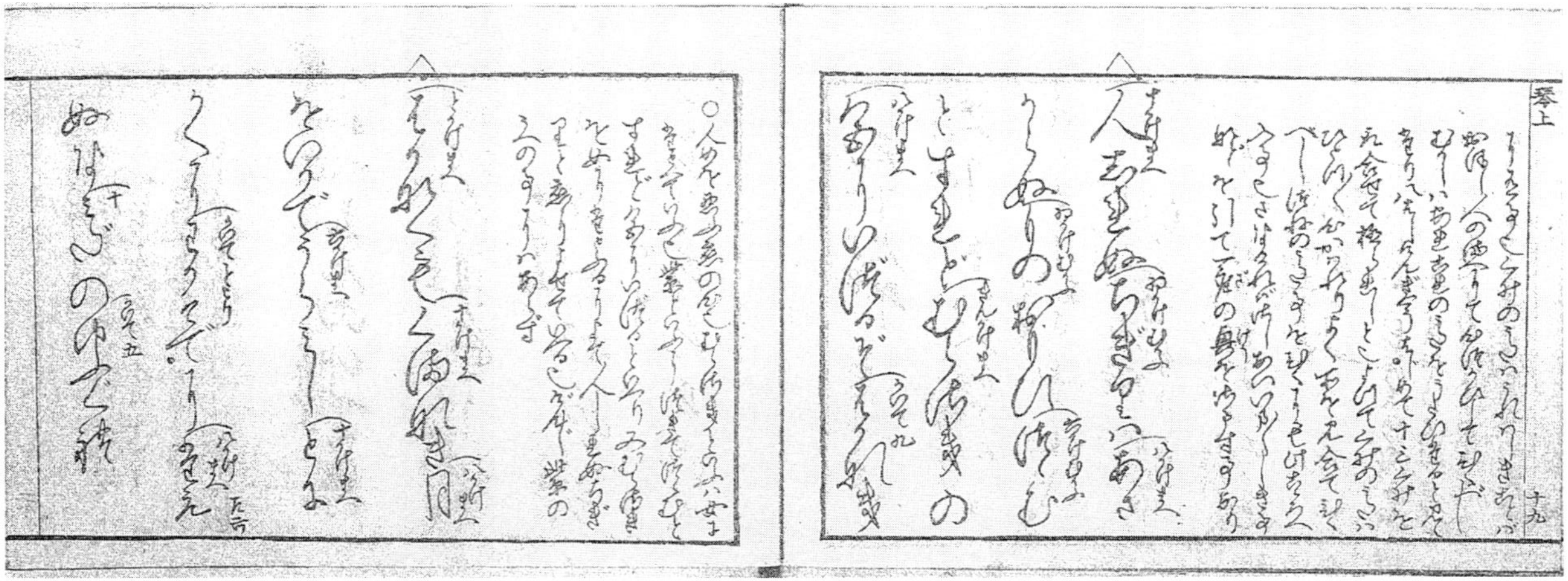

に有事也。くみのうたはうれはしきことばおほし。人のまへにて心づかひしてひくべし。むかしはあれこれのうたをうたひたると見えたり。八はしけんぎやうはじめて十三くみを取合せて、極られしと也。よつてくみのうたは、ひとつ〳〵心かはれり。よく所を見合てひくべし。つねのうた事をひくにも、此こゝろへ入事也。さなければさしあい、いま〳〵しき事などを引て、一座《ざ》の興《けう》をさます事あり。

21人しれぬちぎりは、あさからぬものおもひ、つゝむとすれどむらさきの、色にいづるぞはかなき

○人めを忍ぶ恋の心也。むらさきといふは女にたとへていふ也。紫といふにつきて、つゝむとすれど色にいづるといへり。又、むらさきを女にたとふるによて、人しれぬちぎりと恋によせていへる也。げんじ紫のうへの事にはあらず。

22はかなくもくまなき、月をいかでうらみし、とにかくにわがそでに、たえぬなみだのゆふぐれ

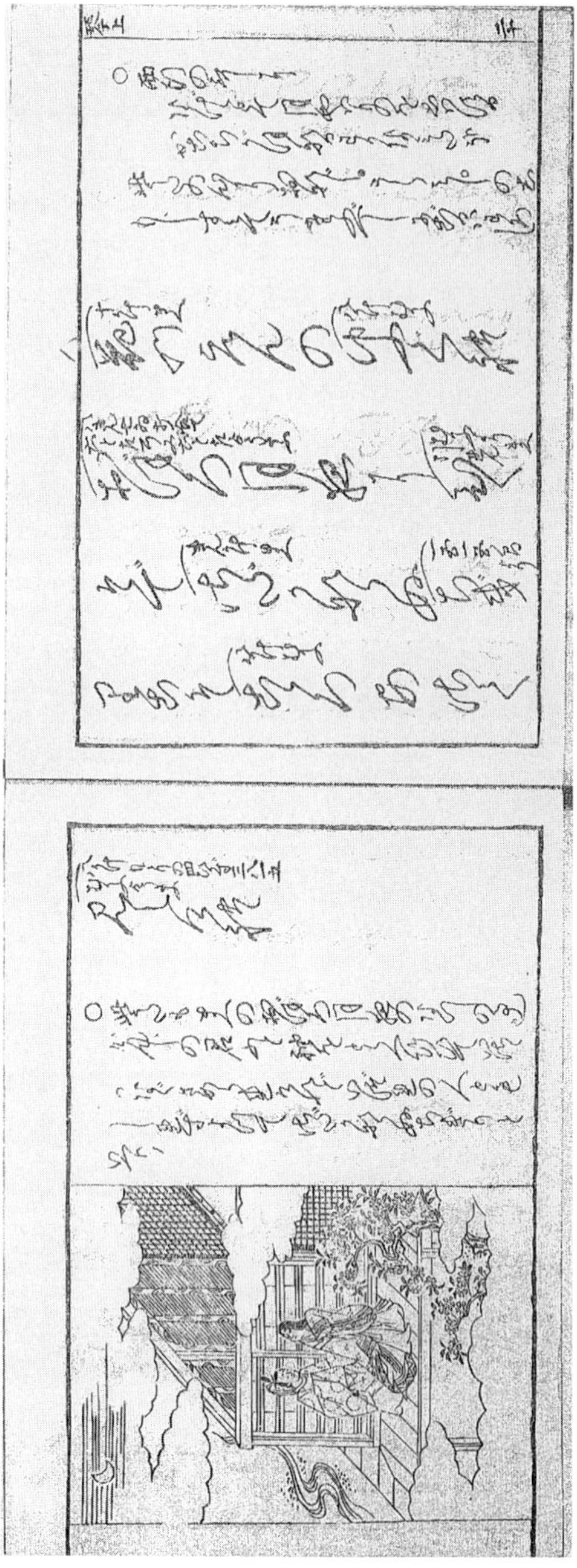

○西行の哥に、

なげゝとて月やはものを思はするかこちがほなるわがなみだ哉

此うたの心におなじ。うらみしのしもじすみてうたふべし。にごるはわろし。

23 花のえんのゆふべ、おぼろ月夜にひくそで、さだかならぬちぎりこそ、こゝろあさく見えけれ

○此うたもまへのおぼろ月夜のないしの事也。げんじの君ふと袖をとらへ給ひて、いさゝかなぐさめられけれど、いづれの人ともしれず。よつて、さだかならぬちぎりといへり。

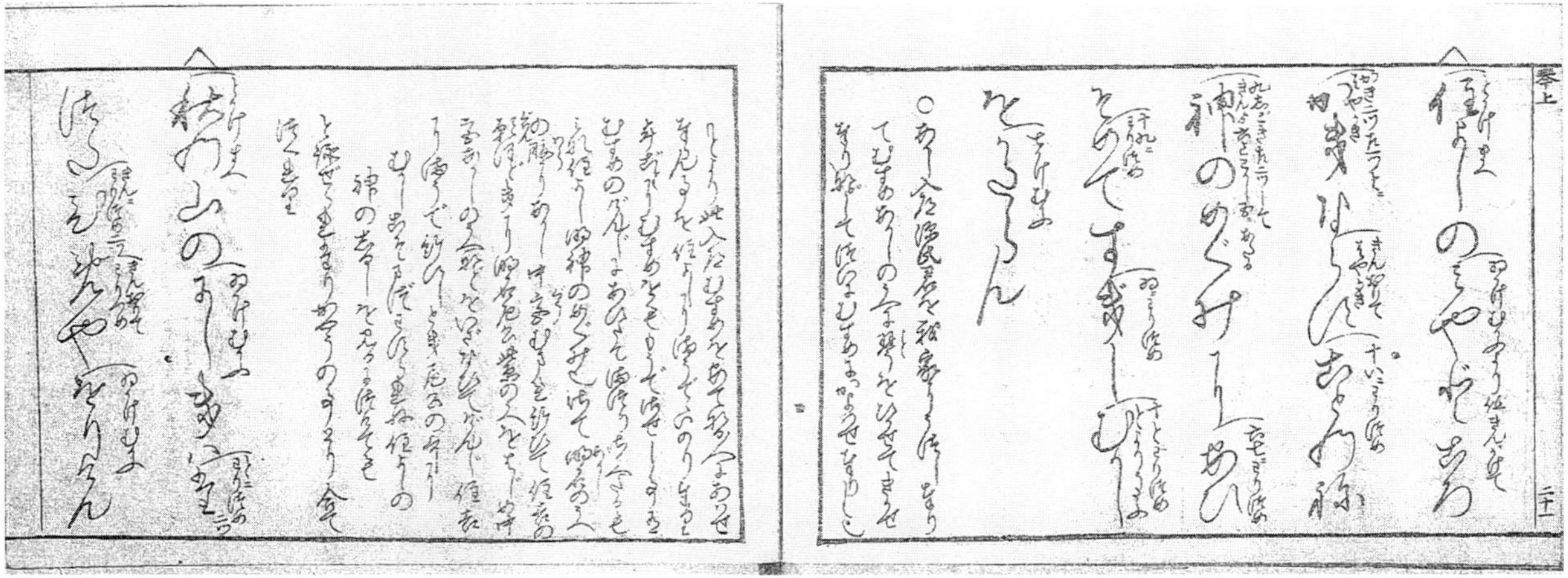

24住よしのみやどころ、かきならすことのね、神のめぐみにあひそめて、すぎしむかしをかたらん

○あかし入道源氏君を我家にうつし奉りて、むすめあかしのうへに琴《こと》をひかせてきかせ奉りなどして、ついにむすめにかよはせ奉りし也。もとより此入道、むすめをあてなる人にあはせ奉らん事を、住よしにまうでゝいのり奉り、年ごとにむすめをもうでさせし事有。むすめのげんじにあひたてまつり、さかへたるもみな住よし明神のめぐみ也。さて、明石《あかし》のうへの腹《はら》にあかし中宮《ぐう》むまれ給ひて、住吉の願《ぐはん》ほどきに明石尼公、紫のうへをはじめ、中宮あかしのうへなどをいざなひて、げんじ住吉にまうで給ひしとき、尼公の哥に、

むかしこそまづわすられね住よしの神のしるしを見るにつけて

も

と詠ぜられたり。かやうの事とり合てつくれり。

25秋の山のにしきは、たつたひめやをりけん、

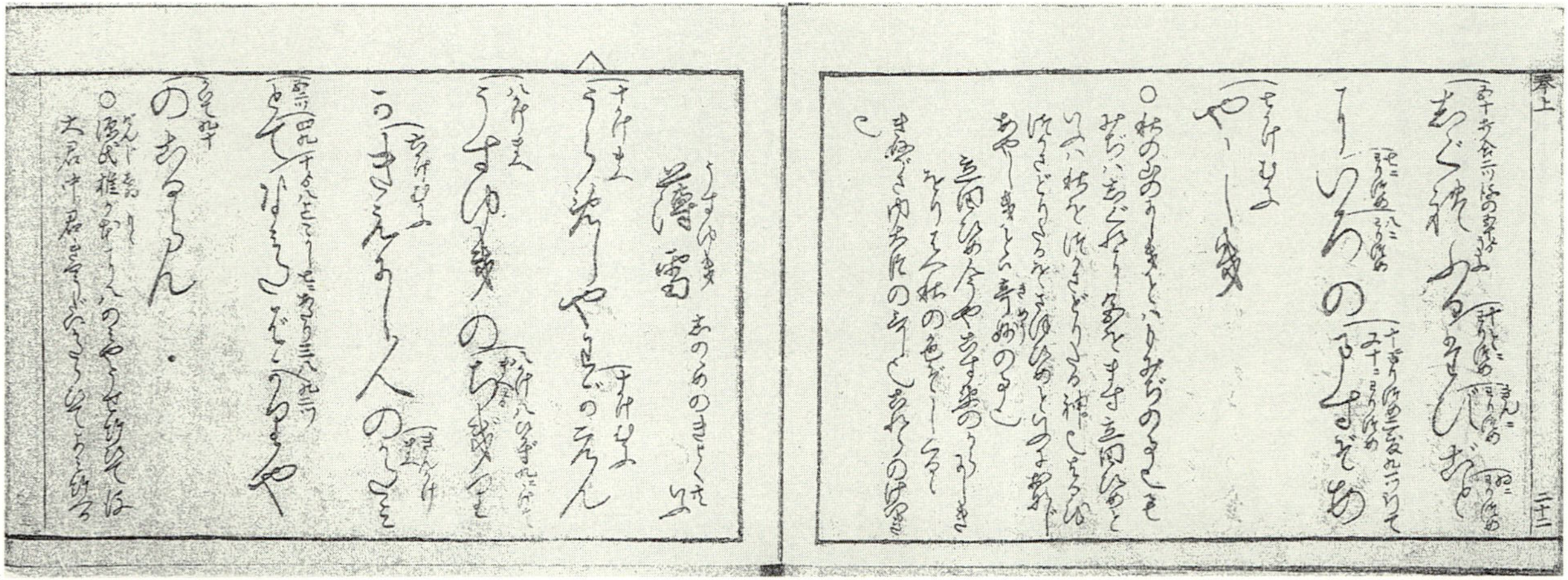

しぐれふるたびごとに、いろのますぞあやしき

○秋の山のにしきとはもみぢの事也。もみぢはしぐれに色をます。立田ひめといふは秋をつかさどりたる神也。はるをつかさどりたるを、さほひめといふにおなじ。あやしきとは奇妙《きめう》の事也。

立田ひめ今やこずゑのからにしきをりはへ秋の色ぞしぐるゝ

きぬがさ内大臣の哥也。これらのけいき也。

26

薄雪《うすゆき》　しのゝめのきよく共いふ

うらめしやわがえん、うすゆきのちぎりか、きえにし人のかたみとて、なみだばかりやのこるらん

○源氏《げんじ》椎《しゐ》が本《もと》に、八のみやうせ給ひて後、大君中ノ君きやうだいかたらひてよみ給へる

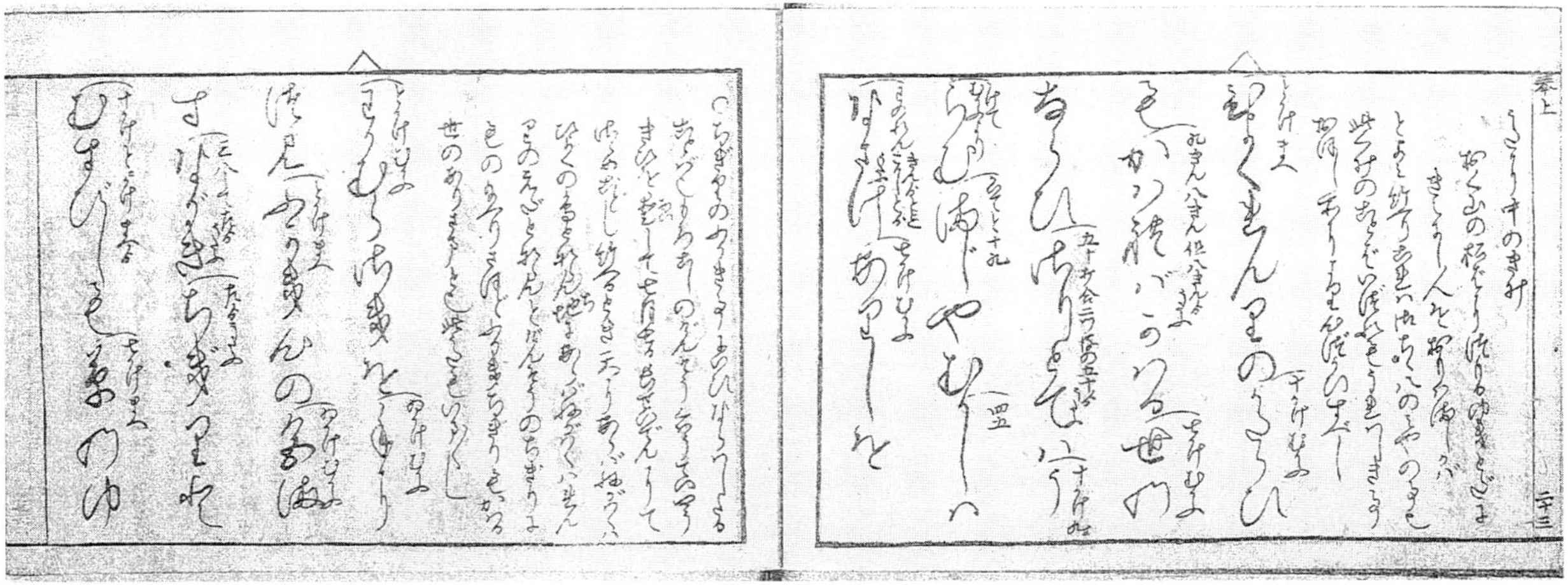

うたに、中のきみ
おく山の松ばにつもるゆきとだにきえにし人をおもはましかばとよみ給へり。これは御ちゝ八のみやの事也。此くみのことばいづれもうれはしき事おほし。所によりて心づかひすべし。

27ひよくれんりのかたらひも、かはればかはる世のならひ、さりとてはうらむまじや、むかしはなさけありしを

○ちぎりのふかき事にいひならはしたることば也。もろこしのげんそうくはうていやうきひを愛《あい》して、さゝめごとし給へるとき、天にあらばねがはくは、ひよくの鳥とならん、地《ち》にあらばねがはくは、れんりのえだとならんと。げんそうのちぎりにもの給へり。さほどふかきちぎりも、かはる世のありさまと也。此うたもいまくくし。

28わかむらさきを手につみ、ふかき心の色ます、ながきちぎりとむすびしも、草のゆ

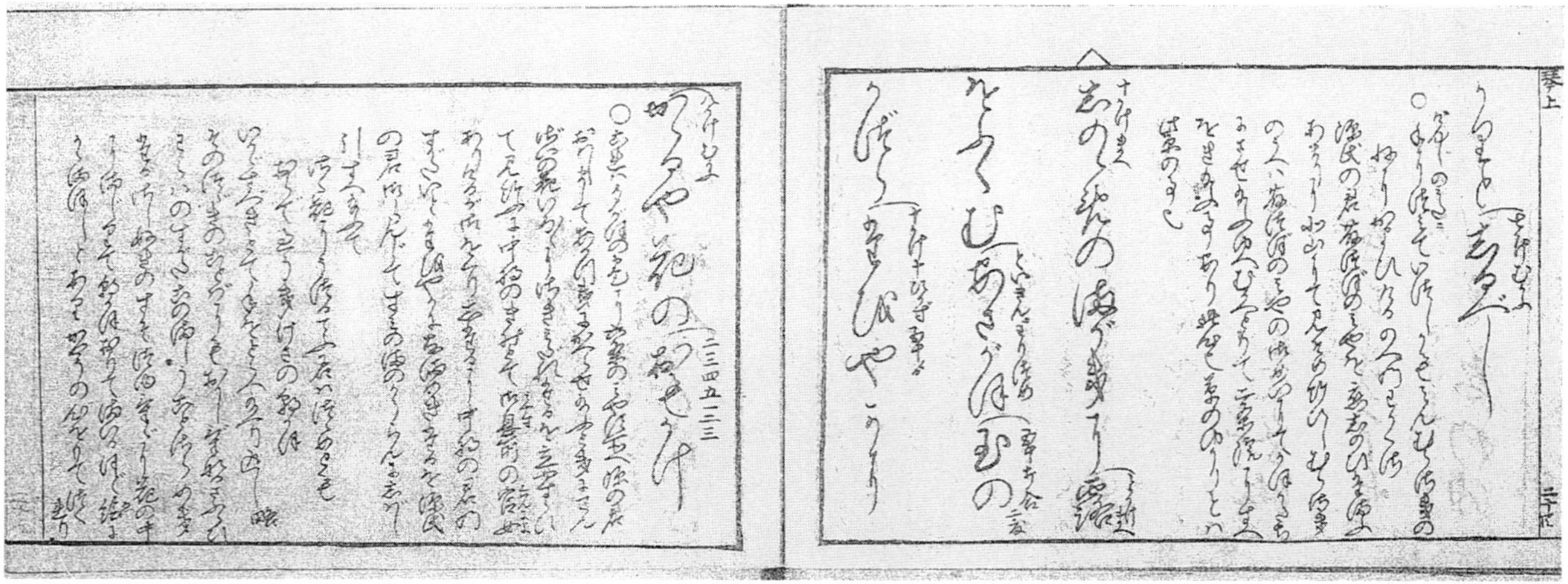

かりとしるべし
○げんじのうたに、
　手につみていつしかもみんむらさきのねにかよひけるのべのわかくさ
源氏の君、藤つぼのみやを恋しのびたまふあまりに、北山にて見そめ給ひしむらさきのうへは藤つぼのみやの御めいにて、かほかたちにさせ給ふゆへ、むかへとりて、二条院にすへをき給ふ事あり。此心也。草のゆかりとは紫の事也。

29 しのゝめのまがきに、露をふくむあさがほ、玉のかづらたをやかに、かゝるや花のおもかげ
○これは夕がほの巻に、六条のみやす所へ源の君おはしまして、あかつきにかへらせ給ふときに、せんざいの花いろ〳〵にさきみだれたるを、立やすらひて見給ふに、中将のきみとて、御息《みやす》所の官女《くはんによ》ありけるが、御をくりしたるに、中将の君のすがたいとたをやかになまめきたるを、源氏の君御らんじて、すみのまのかうらんにしばし引すへ給ふて、
　さく花にうつるてふ名はつゝめどもおらで過うきけさの朝がほ
いかゞすべきとて手をとらへ給へり。返し、略、そのつゞきのこと

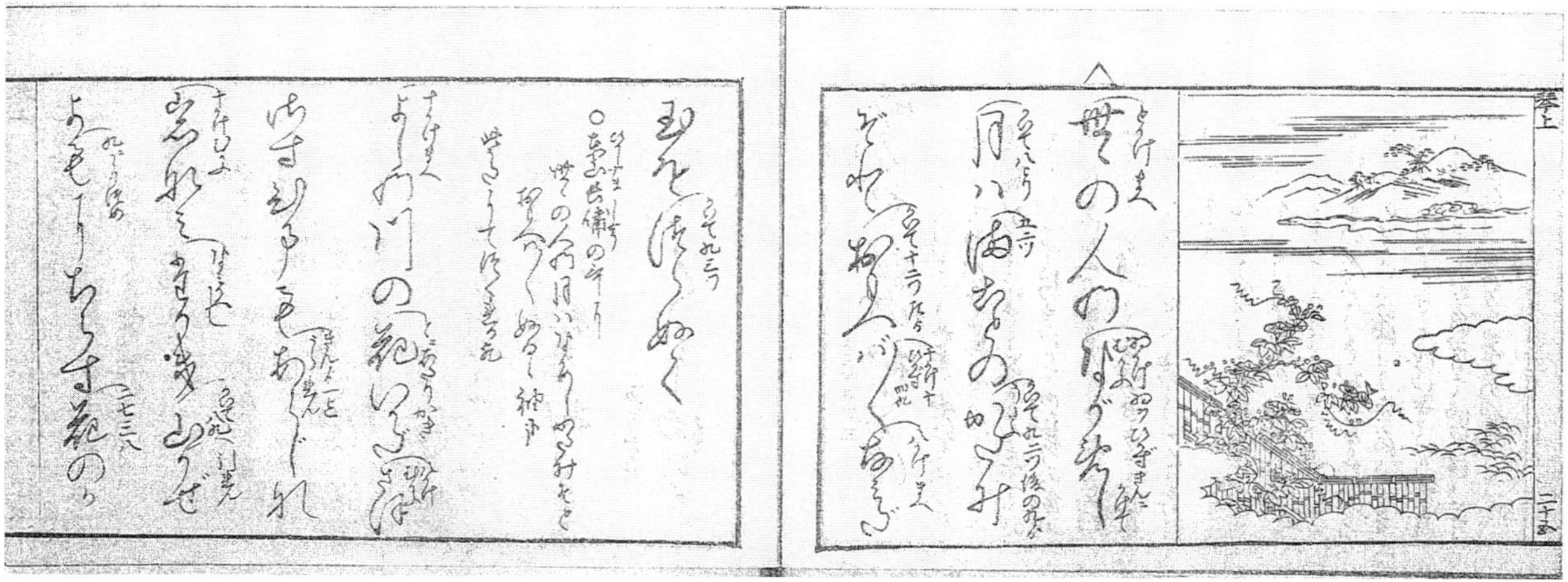

ばにも、おかしげなるさぶらひわらはの、すがたこのましうことさらめきたる、さしぬきのすそつゆけゞに、花の中にまじりて、朝がほおりてまいるほど、絵《ゑ》にかゝまほしとあり。かやうの心をもてつくれり。

30世々の人のながめし、月はまことのかたみぞと、おもへばくく、なみだ玉をつらぬく
○東《ひがしやま》山長嘯《しやう》の哥に、
世々の人の月はながめしかたみぞとおもへばくくぬるゝ袖哉
此うたにてつくれる歟。

31よしの川の花いかだ、さほさすひまもあらじな、岩なみたかき山かぜ、よもにちらす花のか

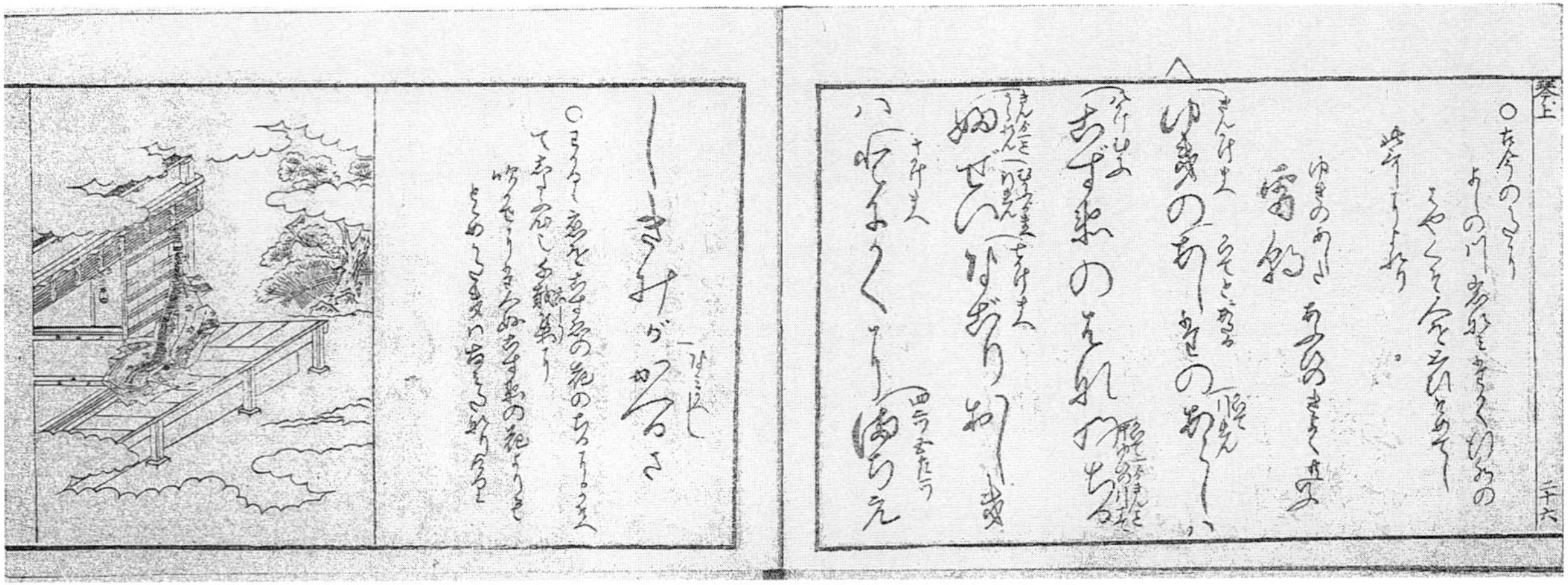

○古今のうたに、
よしの川岩なみたかく行水のはやくぞ人を思ひそめてし
此哥によれり。

雪朝《ゆきのあした》　あふひのきよく共いふ

32ゆきのあしたのあらしは、こずゑのはなのちるふぜい、なごりおしきはとにかくに、まちえしきみがかへるさ

○わかるゝ恋をこずゑの花のちるによそへてしたふ心也。千載集《ざいしう》に、
吹かぜにたへぬこずゑの花よりもとゞめがたきはなみだなりけり

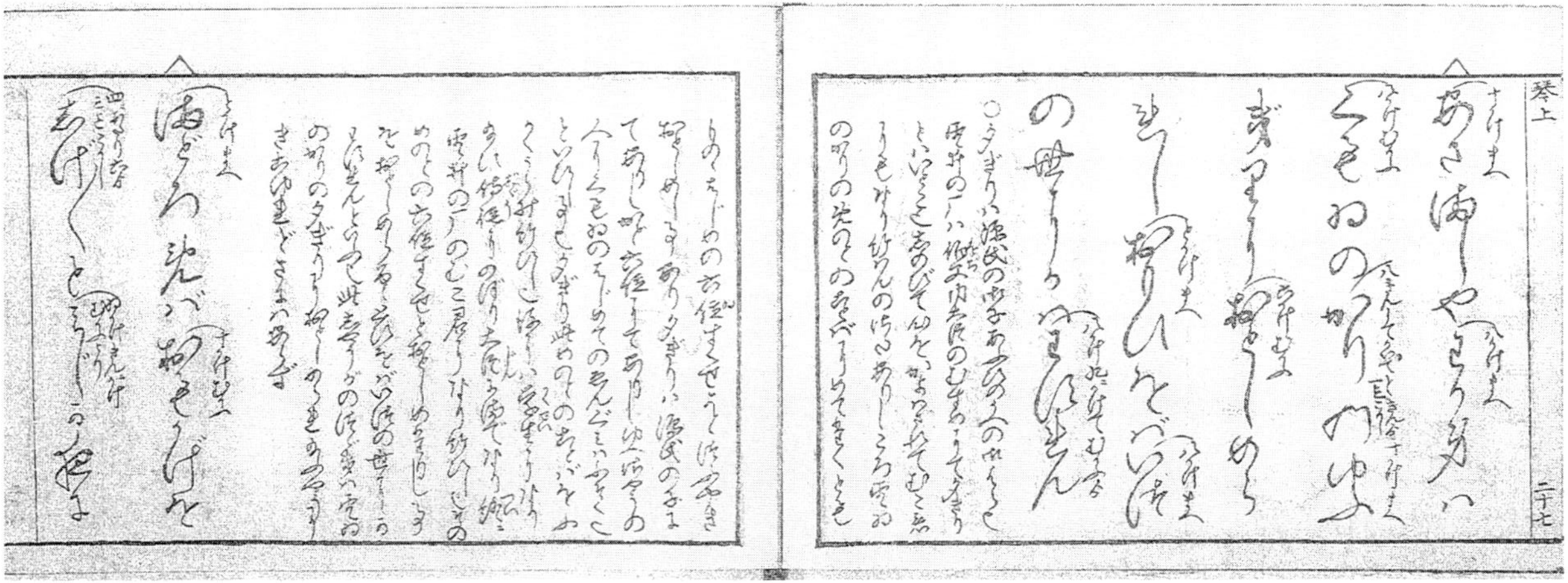

33あさましやわが身は、くもゐのかりのゆふぎりに、おとしめられしおもひをば、いつの世にかはわすれん

○夕ぎりは源氏の御子、あふひのうへの御はら也。雲ゐの雁は伯父《をぢ》内大臣のむすめにて、夕ぎりとはいとこ也。しのびて心をかよはされて、むこ君にもなり給はんのさたありしころ、雲ゐのかりのめのとのことばに、めでたくとももの〻はじめの六位《ゐ》すくせよとつぶやきおとしめし事あり。夕ぎりは源氏の子にてありしかど、六位にてありしゆへ、さやうの人に、くもゐのはじめてのゑんぐみはふそく也といひし事也。夕ぎり此めのとのことばをふかくうらみ給ひし也。後には学生《がくせい》になり給ひ、侍従《じゞう》にのぼる。大臣《じん》にまでなり、終《つい》に、雲ゐの雁のむこ君になり給ひし也。そのめのとの六位すくせとおとしめたりし事を、おとしめらる〻思ひをばいつの世にかわすれんといふ也。此しやうがのつゞきは雲ゐのかりの夕ぎりにおとしめられ給ふやうにきこゆれど、さにはあらず。

34まどろめばおもかげを、しげ〳〵とみじか夜に、

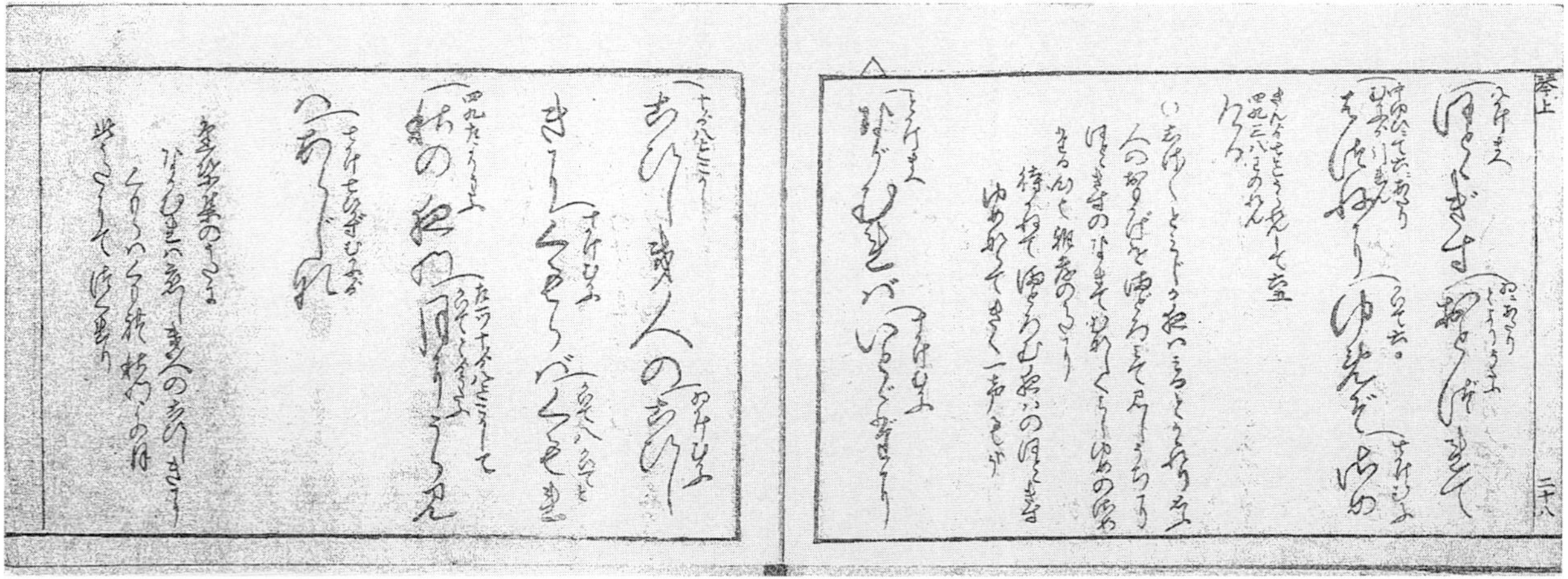

ほとゝぎすおとづれて、はつねにゆめぞさめける

○しげ〳〵とみじか夜はみるとかゝれり。思ふ人のおもかげをまどろみて見しうちに、ほとゝぎすのなきて、むなしくみしゆめのさめたる心也。雅孝のうたに、

待かねてまどろむ夜はのほとゝぎすゆめならできく一声も哉

35 ながむればいとゞだに、こひしき人のこひしきに、くもらばくもれ秋の夜の、月にうらみはあらじな

○金葉集のうたに、

ながむれば恋しき人のこひしきにくもらばくもれ秋のよの月

此うたにてつくれり。

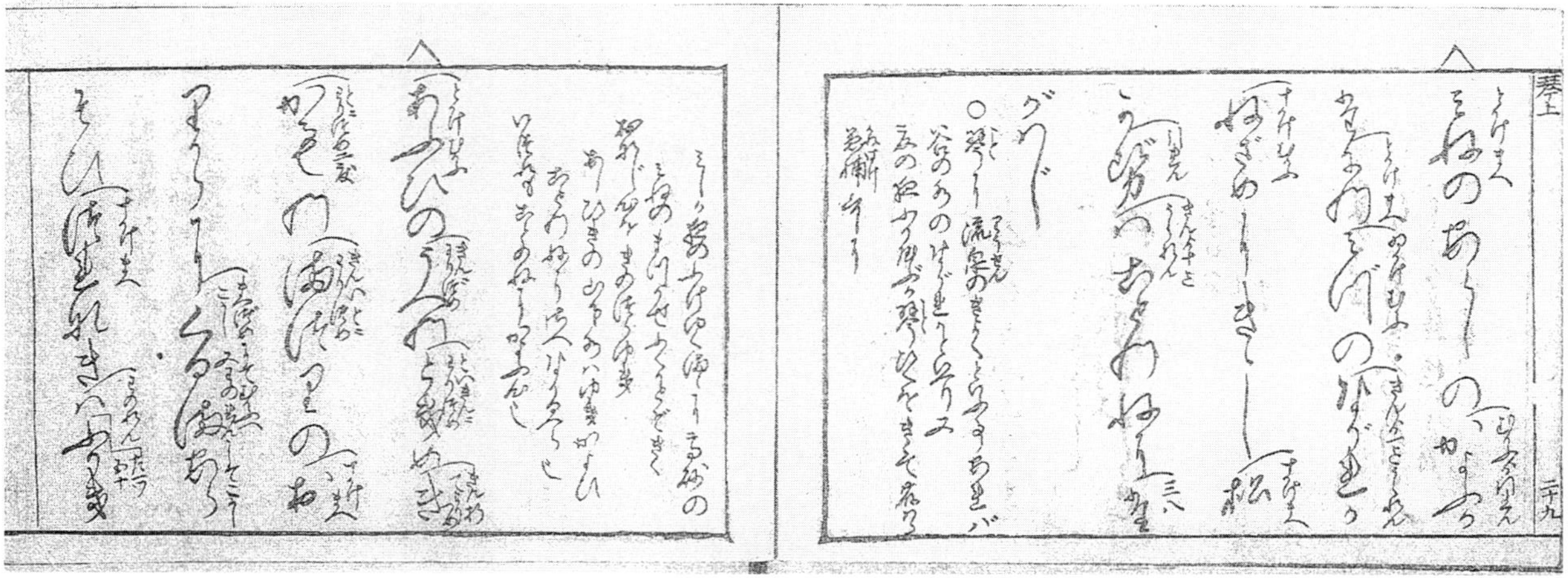

36みねのあらしのかよふか、た
にのみづのながれか、ねざめ
にきゝし松かぜは、ことのね
にたがはじ

○琴《こと》に流泉《りうせん》のきよくといふ事あれば、
谷の水のながれかといへり、又、
夏の夜ふかやぶが琴《こと》ひくをきゝて、
藤はら兼輔《かねすけ》哥に、
　みじか夜のふけゆくまゝに高砂
　のみねのまつかぜふくかとぞき
　く
おなじ心をきのつらゆき、
　あしひきの山下水はゆきかよひ
　ことのねにさへながるべら也
いづれもことのねにかよふ心也。

37あふひのうへのときめき、か
ものまつりのおりからに、く
るまあらそひつれなきは、ふ
かき

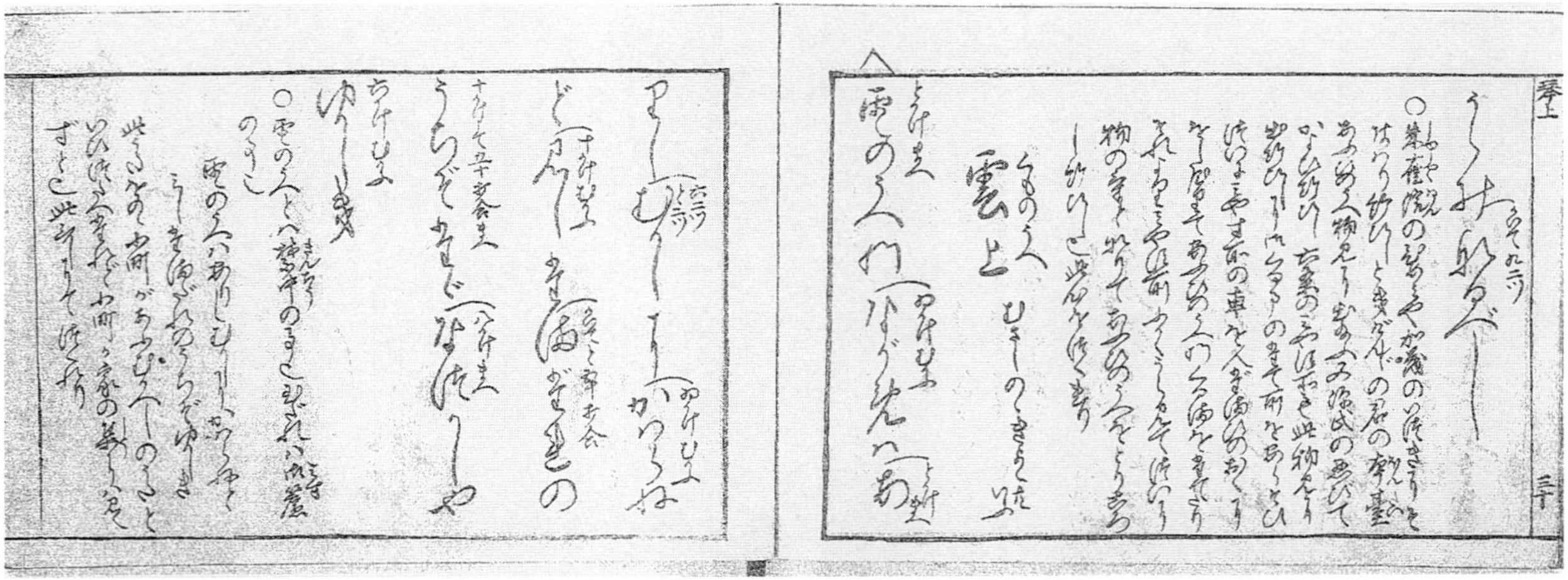

うらみなるべし

○朱雀院《しゆじやくゐん》のひめみや、加茂のいつきにそなはり給ひしとき、げんじの君の本台《ほんだい》あふひのうへ物見に出給ふ。又、源氏の忍びてかよひ給ひし六条のみやす所も、此物見に出給ひしに、御くるまのたて所をあらそひ、ついにみやす所の車を人だまひのおくにをしやりて、あふひのうへのくるまをたてたり。それよりみやす所ふかくうらみて、ついに物のけとなりて、あふひのうへをとりころし給ひし也。此心をつくれり。

雲上《くものうへ》　むさしのゝきよく共いふ

38雲のうへのながめは、ありしむかしにかはらねど、見したまだれのうちぞ、たゞなつかしやゆかしき

○雲のうへとは禁中《きんちう》の事也。玉だれは御簾《みす》の事也。

雲のうへはありしむかしにかはらねどみしたまだれのうちぞゆかしき

此うたをのゝ小町があふむがへしのうたといひつたへたれど、小町が家の集《しう》には見えずと也。此哥にてつくれり。

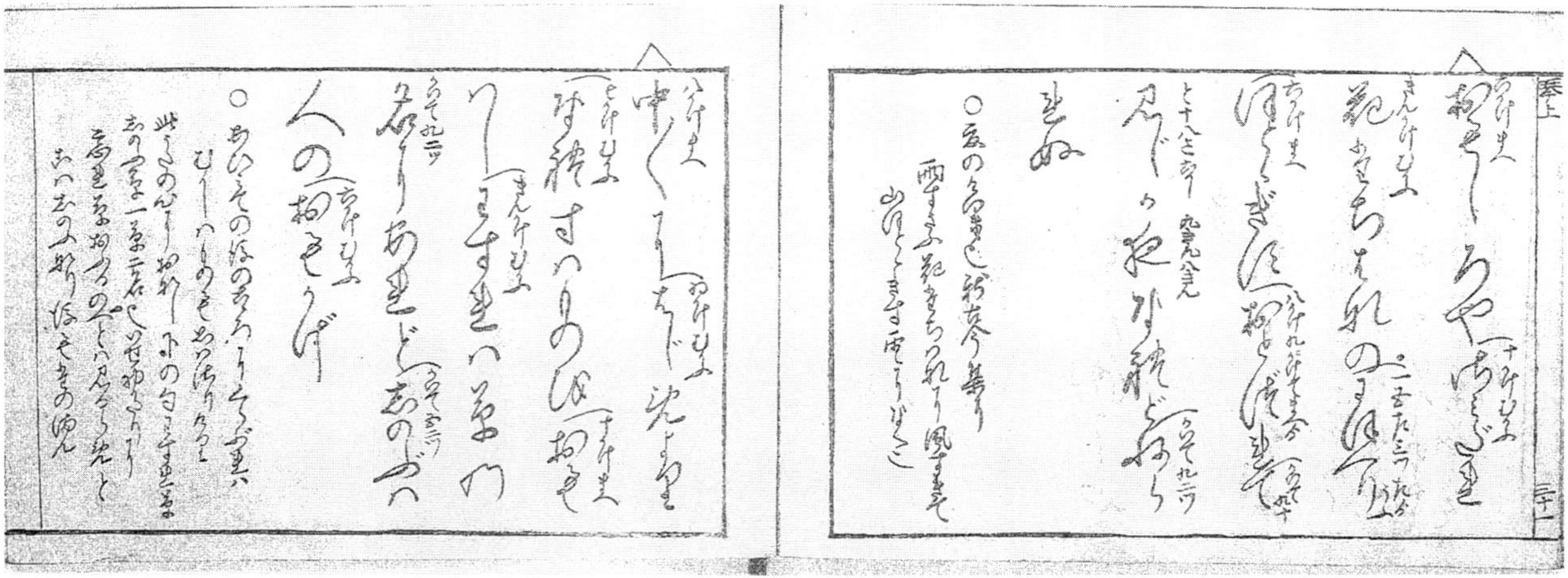

39おもしろやさみだれ、花たちばなのにほへり、ほとゝぎすおとづれて、みじか夜なれどねられぬ

○夏のけいき也。新古今集に、
　雨すさぶ花たちばなに風すぎて
　山ほとゝぎす雲になく也。

40中々にはじめより、なれずはものをおもはじ、わすれは草の名にあれど、しのぶは人のおもかげ

○　あひみての後のこゝろにくらぶればむかしはものも思はざりけり

此うたの心におなじ。下の句わすれ草、しのぶ草、一草二名也。いせ物がたりに、
　忘れ草おふるのべとは見るらめどこはしのぶなり後もたのまん

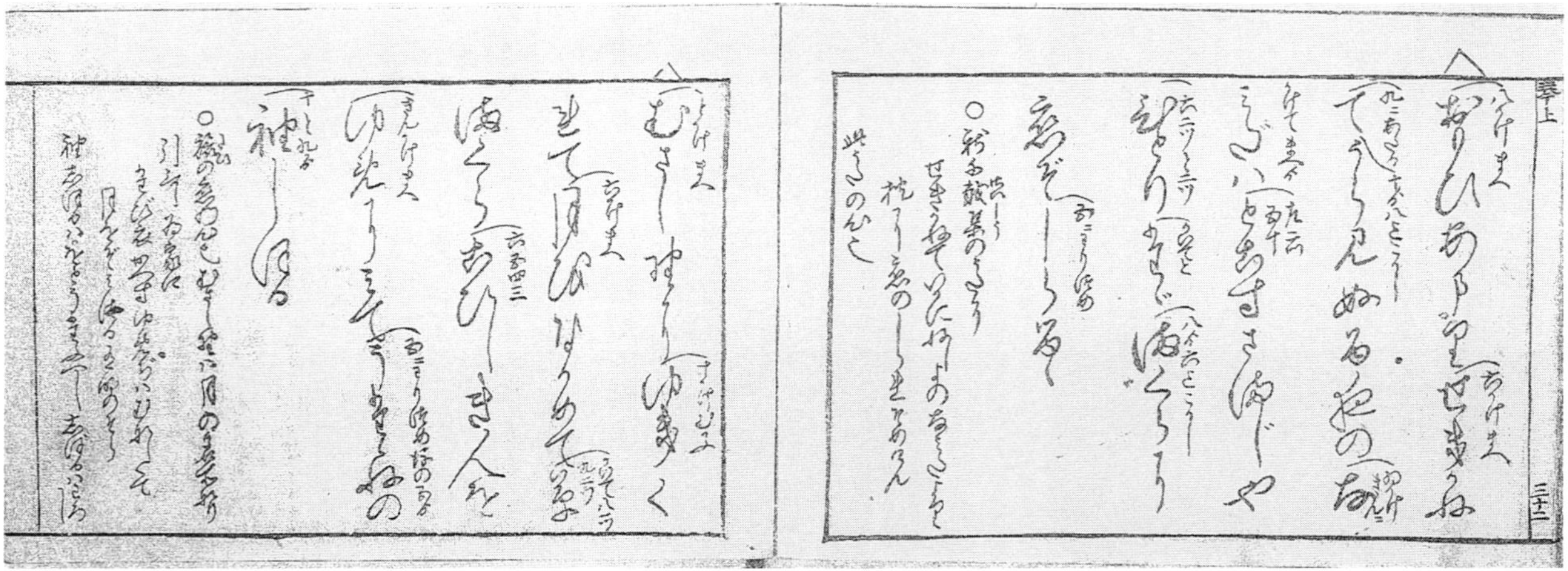

41おもひあまりせきかねて、うらみぬる夜のなみだは、とこすさまじやひとりたゞ、まくらに恋ぞしらるゝ

○新千載集《ざいしう》のうたに、

せきかねていかにねしよのなみだより枕に恋のしられそめけん

此うたの心也。

42むさし野にゆきくれて、月をながめて草まくら、こひしき人をゆめにみて、うたゝねの袖しほる

○旅《たび》の恋の心也。むさし野は月の名所なり。引哥為家卿、

たび衣かへすゆめぢはむなしくて月をぞみつる有明のそら

袖しほるは、を、とうたふべし。しぼるはわろし。

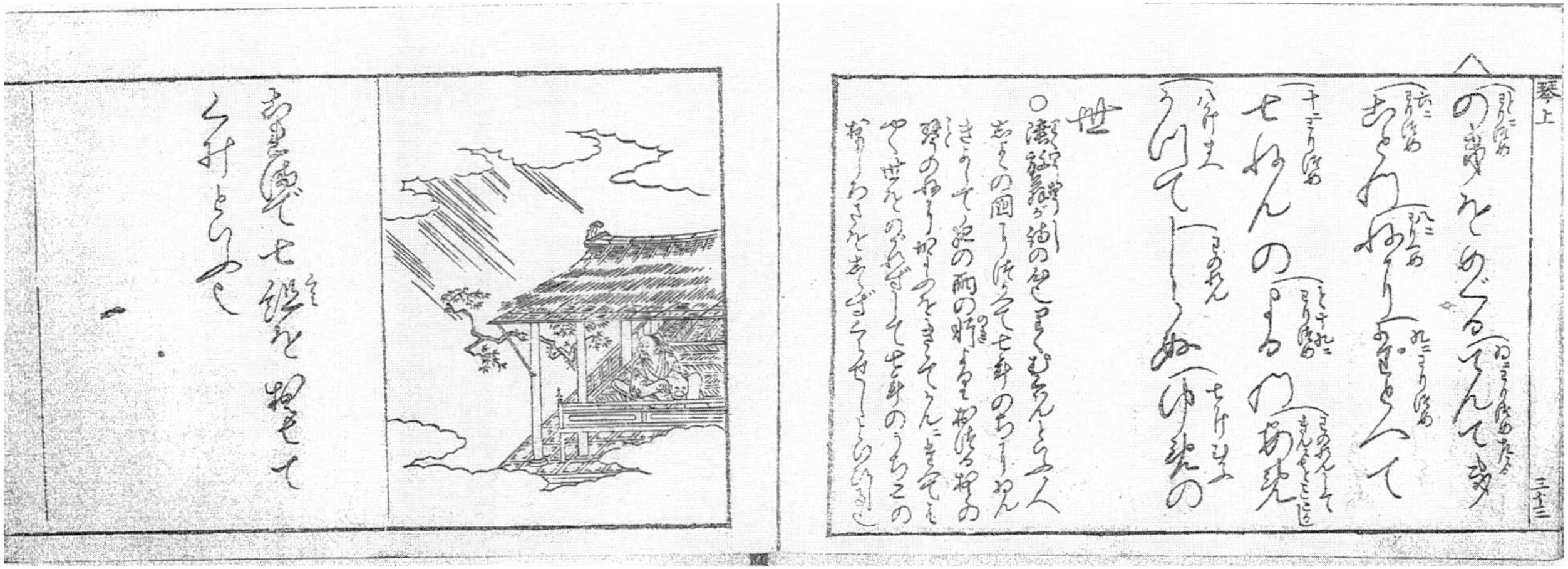

43のきをめぐるてんてき、ことのねにたとへて、七ねんのよるのあめ、かつてしらぬゆめの世

○陸放翁《りくはうおう》が詩《し》の心也。りくむくはんといふ人しよくの国につかへて、七年のちにゐんきよして、夜の雨の軒《のき》よりおつるおとの琴《こと》のねにかよふをきゝて、かんにたへて、はやく世をのがれずして、七年のうちこのおもしろさをしらずくらせしといひし事也。

これまで七組《くみ》をおもてぐみといふ也。

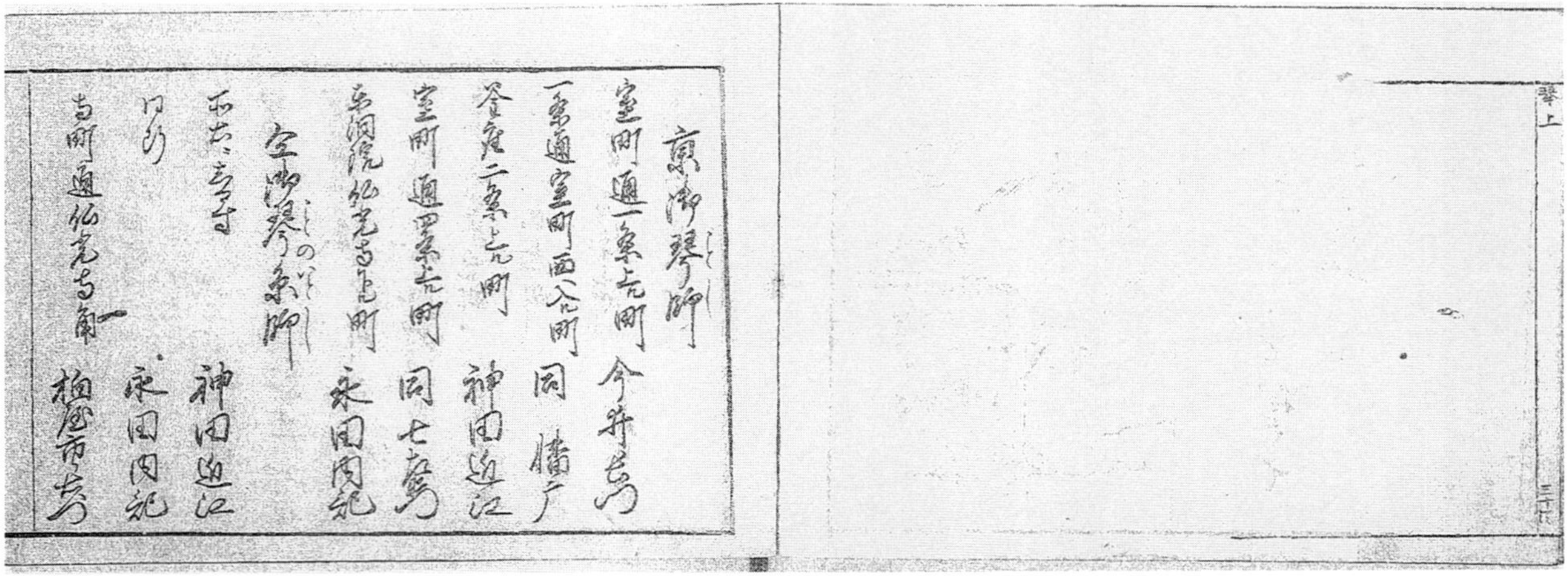

京御琴師《ことし》

室町通一条上ル町　今井長門

一条通室町西へ入ル町　同播磨

釜座二条上ル町　神田近江

室町通四条上ル町　同七左衛門

東洞院仏光寺下ル町　永田内記

同御琴　糸師《ことのいとし》

所右にしるす　神田近江

同断　永田内記

寺町通仏光寺角　柏屋市郎右衛門

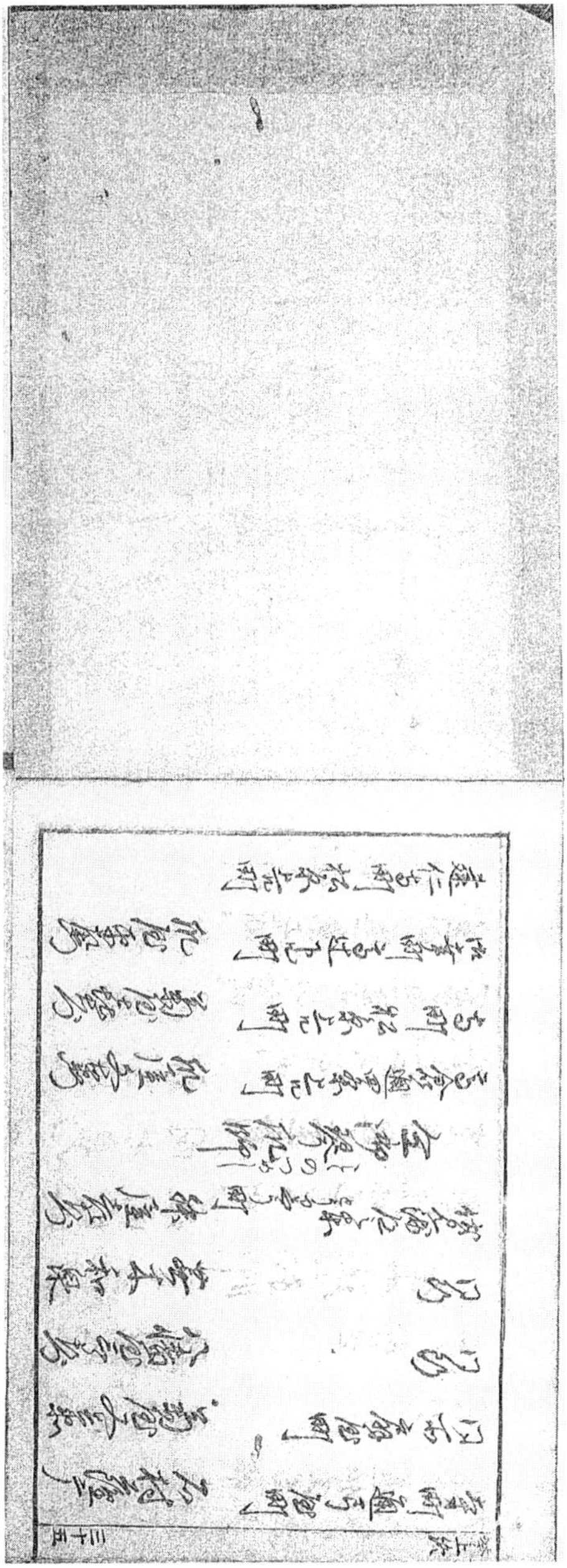

寺町通弓屋町　石村薩摩
同所扇屋町　菊屋又兵衛
同断　八幡屋三郎左衛門
同断　蕪木和泉
伏見海道之東とうりやう町　舛屋彦左衛門
同　御琴爪師《ことのつめし》
高倉通四条上ル町　爪屋文右衛門
寺町松原上ル町　菊屋琵右衛門
御幸町高辻下ル町　爪屋平左衛門
建仁寺町松原上ル町

［第一冊裏表紙見返し］

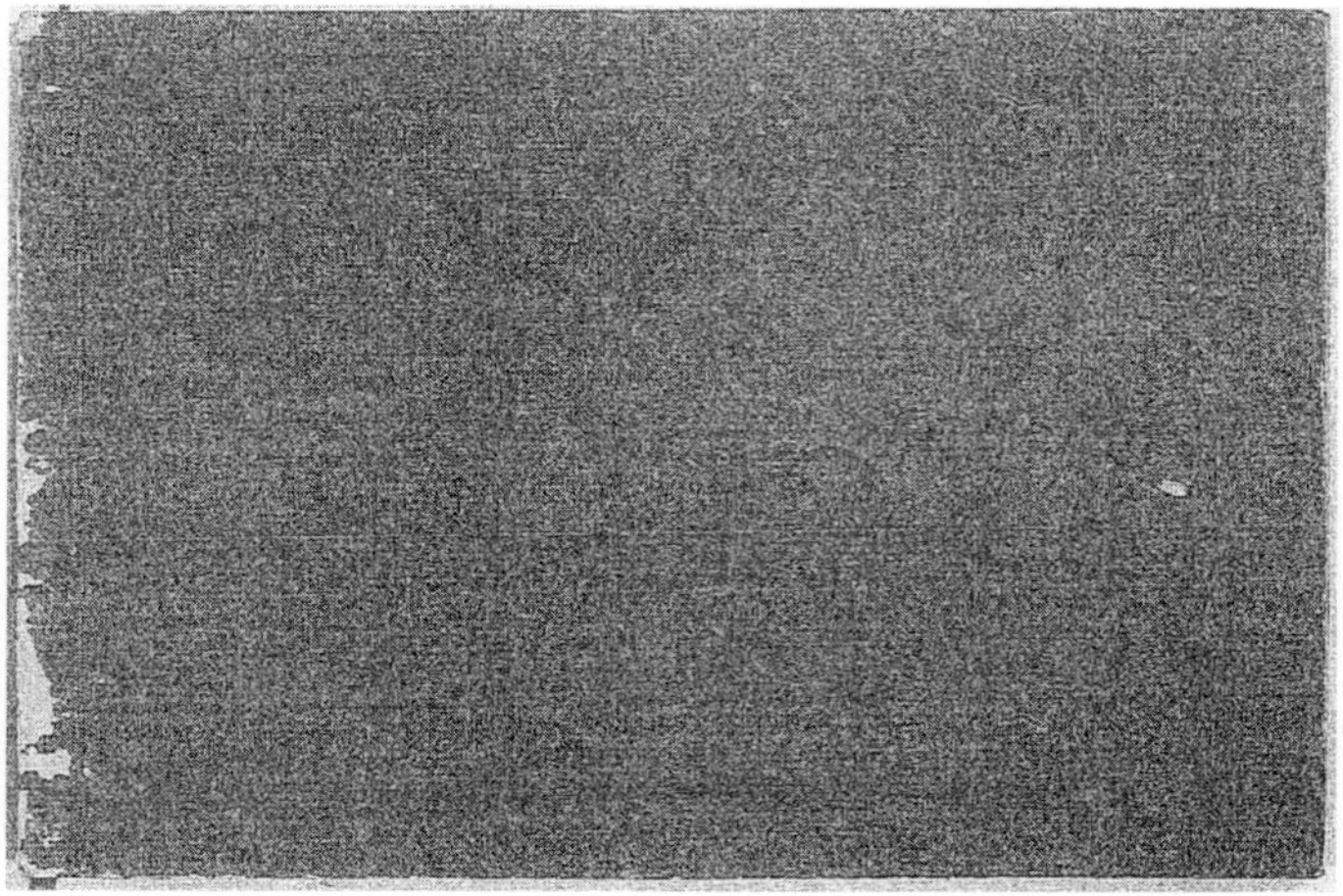

［第二冊表紙］

［第一冊裏表紙］

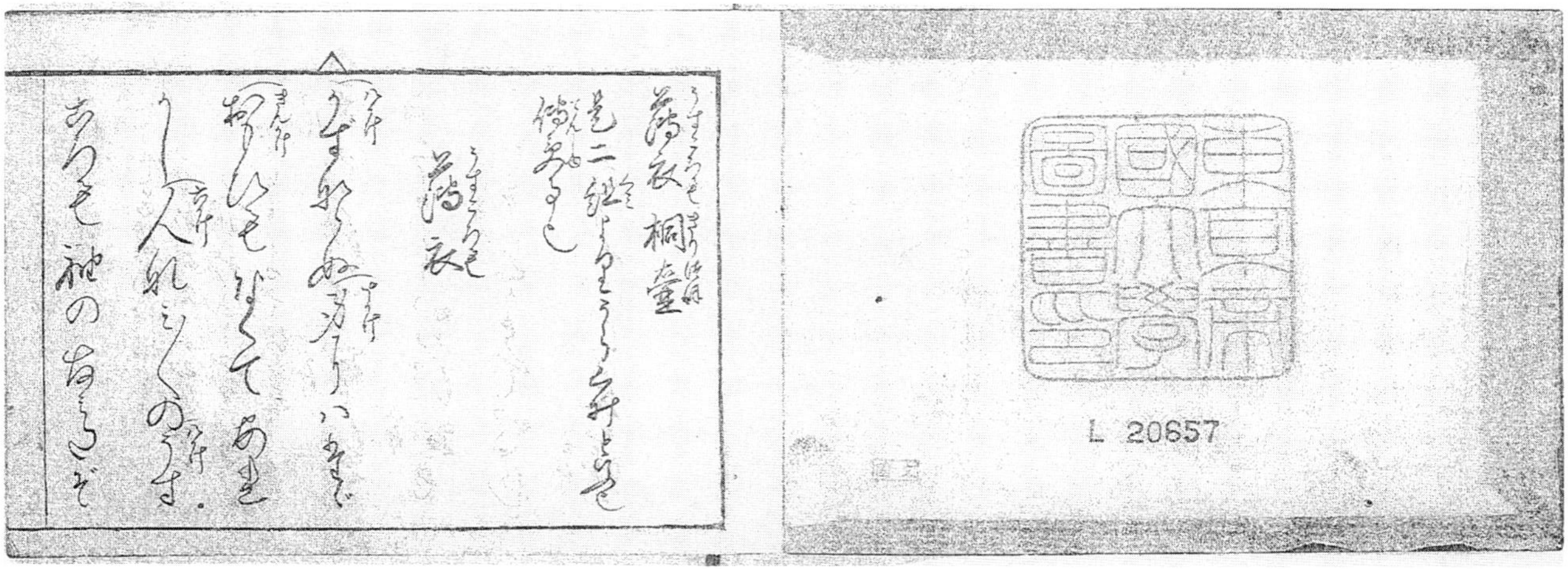

［第二冊表紙見返し］

薄衣《うすころも》　桐壺《きりつぼ》
是二組《くみ》よりうらくみといふ也。
伝受《でんじゆ》事也。

薄衣《うすころも》

44かずならぬ身にはたゞ、おも
ひもなくてあれかし、人なみ
〳〵のうすころも、袖のなみ
だぞ

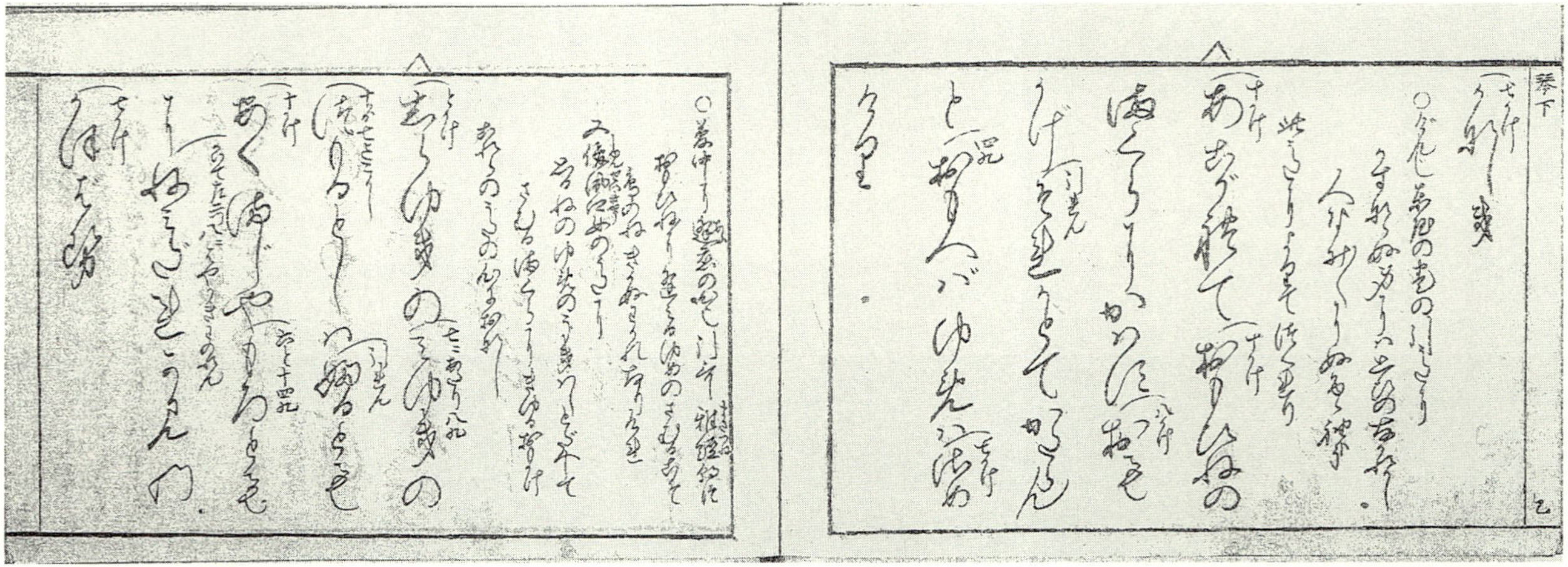

かなしき
○げんじ東屋の巻の引うたに、
かずならぬ身には思ひのなかれかし人なみ〳〵にぬるゝ袖哉
此うたによりてつくれり。

45 あこがれておもひねの、まくらにかはすおもかげ、それかとてかたらんと、おもへばゆめはさめけり

○夢中に逢《あふ》恋の心也。引哥雅経《まさつね》朝臣、
おもひねに逢みるゆめのさむるこそ鳥のねきかぬわかれなりけれ
又、俊成卿《しゆんぜいきやう》女のうたに、
思ひねのゆめのうきはしとだへしてさむるまくらにきゆるおもかげ
これらのうたの心におなじ。

46 しらゆきのみゆきの、つもるとしはふるとも、あくまじやもろともに、ねみだれがみのかほばせ

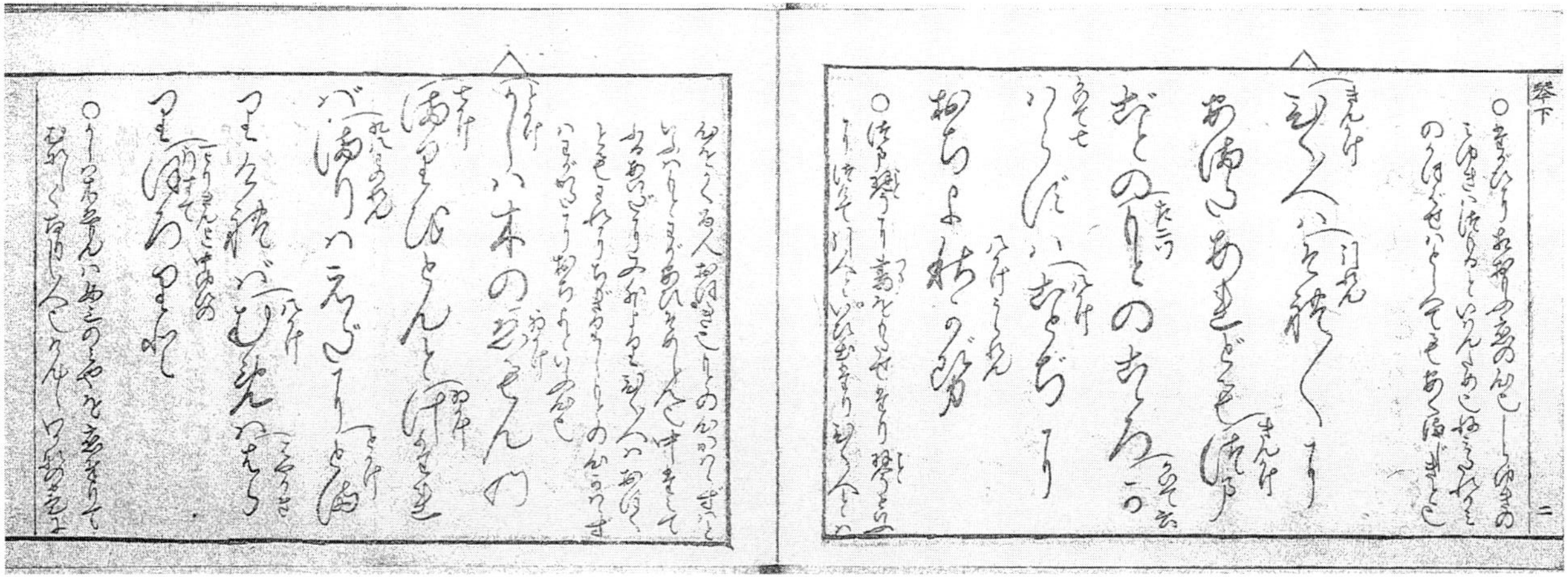

○たがひに相おもふ恋の心也。しらゆきのみゆきはつもるといはんため也。ねみだれがみのかほばせは、としへてもあくまじきと也。

47
ひく人はそれ〴〵に、あまたあれどもつまごとの、もとのこゝろかはらずは、ことぢにおちよ秋かぜ

○つま琴《ごと》に妻《つま》をもたせたり。琴《こと》といふにつけて、引人といひ出たり。ひく人とは心をかくる人おほき也。もとの心かはらずはといふは、もとわがあひそめし人也。中たえてふるあいだに、又外よりひく人はおほくとも、われにちぎりしもとの心かはらずは、わがかたにおちよといふ心也。

48
かしは木のゑもんのまりを、とんとけたればまりは、えだにとまりければ、むめははらりほろりと

○かしは木ゑもんは女三のみやを恋奉りて、むなしくなりし人也。げんじわかなの巻に、

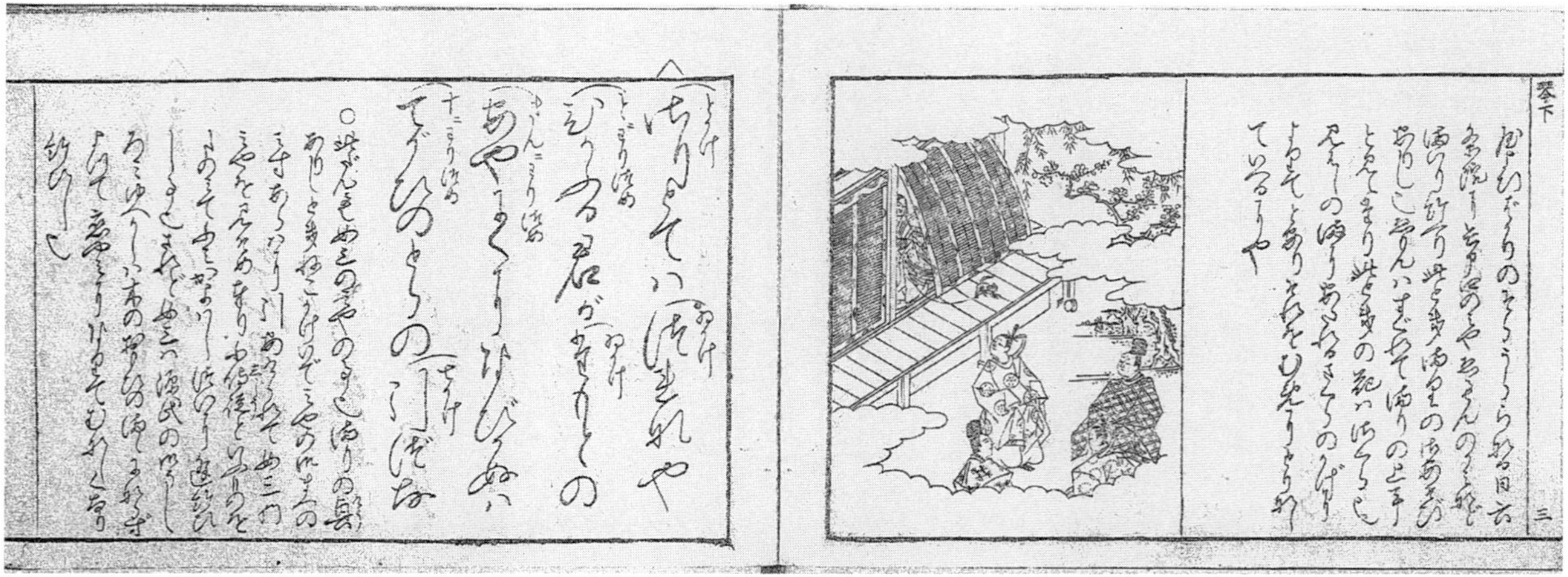

やよひばかりのそらうららなる日、六条院に兵部卿のみや、ゑもんのかみなどまいり給へり。此ときまりの御あそびありし也。ゑもんはすぐれてまりの上手と見えたり。此ときの花はさくら也。みはしのまにあたれるさくらのかげによりてとあり。それをむめにとりなしていへるにや。

49 さりとてはつれなや、むかふる君がたもとの、あやにくになびかぬは、てがひのとらの引づな

○此だんも女三のみやの事也。まりの興《けう》ありしとき、ねこかけいで、みやの御まへのみすあらはに引あけられて、女三のみやを見そめ奉り、小侍従《じじう》といふものをたのみて、ふみかよはし、ついに逢給ひし事也。されど女三は源氏の御うしろみゆへ、かしは木のおもひのまゝにならず。よつて恋やみになりて、むなしくなり給ひし也。

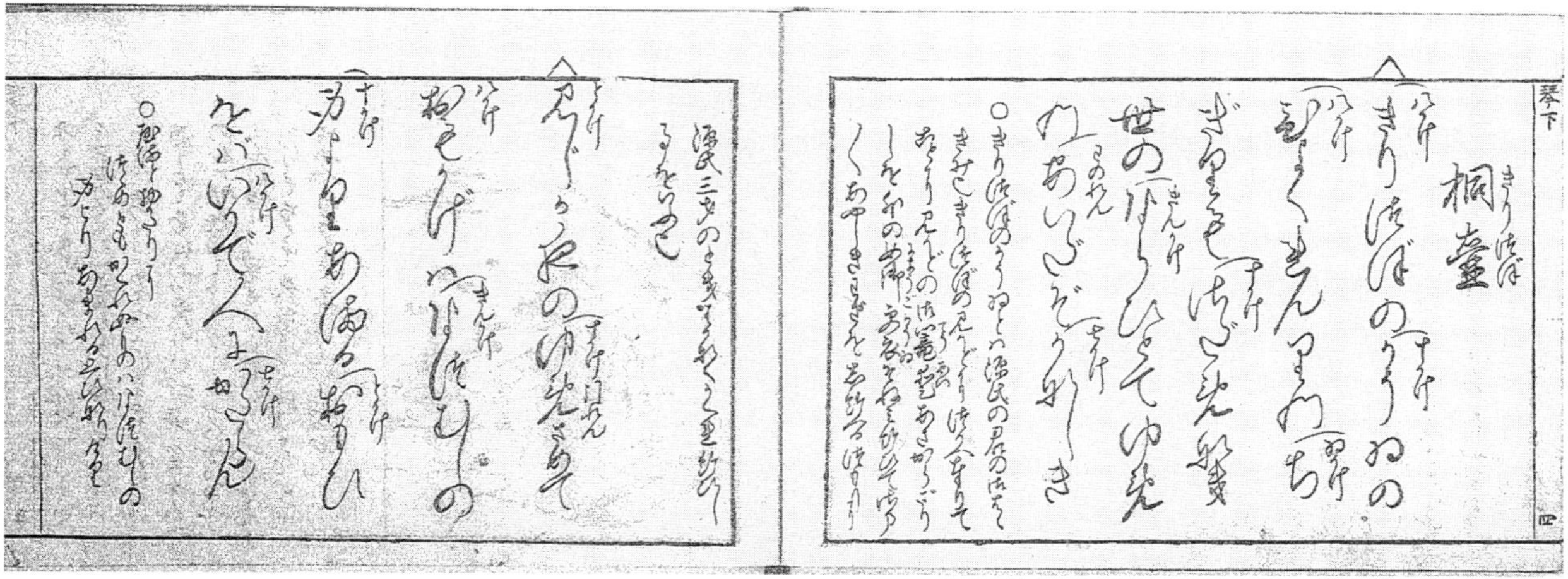

桐壺《きりつぼ》

50きりつぼのかうゐの、ひよく
れんりのちぎりも、さだめな
き世のならひとて、ゆめのあ
いだぞかなしき

○きりつぼのかうゐとは源氏の君の
御はゝぎみ也。きりつぼのみかど
につかへ奉りて、ことにみかどの
御寵愛《てうあい》あさからざりしを、外の女《にようご》
御更衣《かうゐ》そねみ給ひて、さまぐ\あ
やしきわざをし給へるつもりに、
源氏三才のとき、はかなくかくれ
給ひし事をいふ也。

51みじか夜のゆめさめて、おも
かげはなつむしの、身よりあ
まるおもひをば、いかで人に
かたらん

○やまと物がたりに、
つゝめどもかくれぬものはなつ
むしの身よりあまれる思ひなり
けり

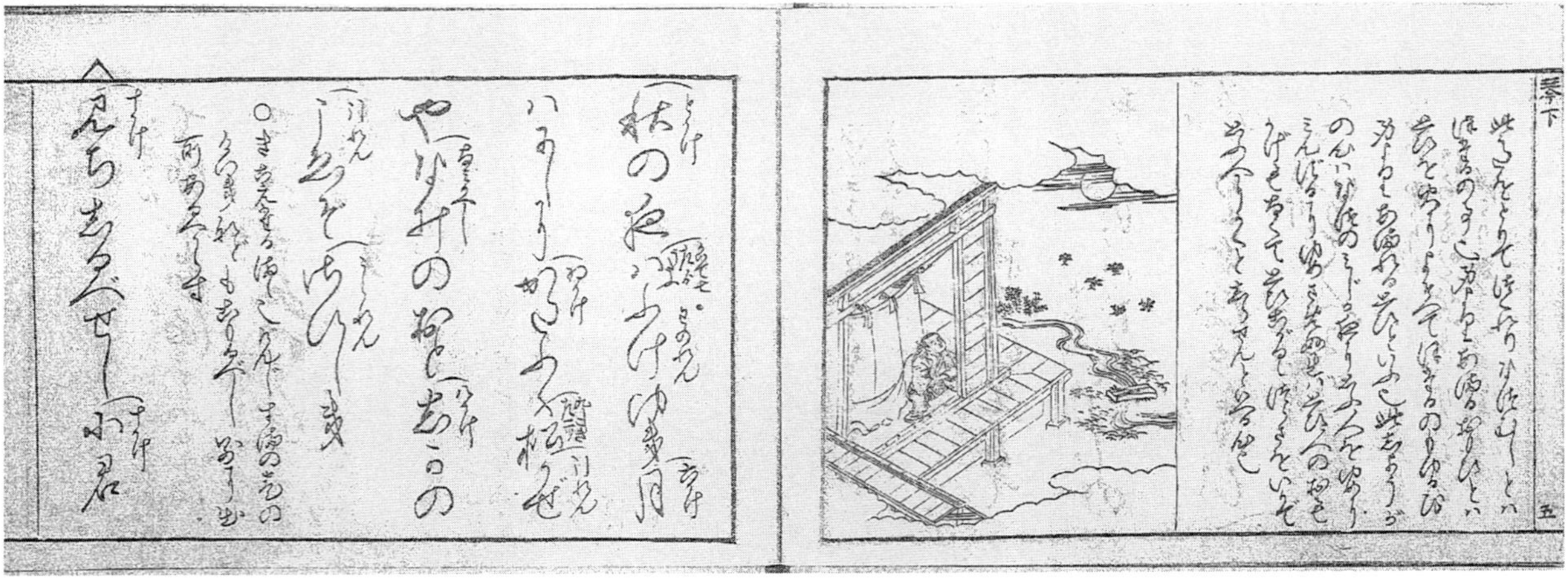

此うたをとりてつくれり。なつむしとはほたるの事也。身よりあまるおもひとは、思ひを火によそへて、ほたるのもゆるを身よりあまれる思ひといふ也。此しようがの心は、なつのみじか夜に思ふ人をゆめにみんづるに、ゆめさめぬれば思ひ人のおもかげもなくて、思ひこがるゝつらさをいかで思ふ人にかくとしらせんといへる心也。

52秋の夜はふけゆき、月はにしにかたぶく、松かぜやなみのおと、しかのこゑぞさびしききこえたるまゝ也。げんじすまの巻のけいきなどもこもるべし。別に出所あるべからず。

53みちしるべせし小君

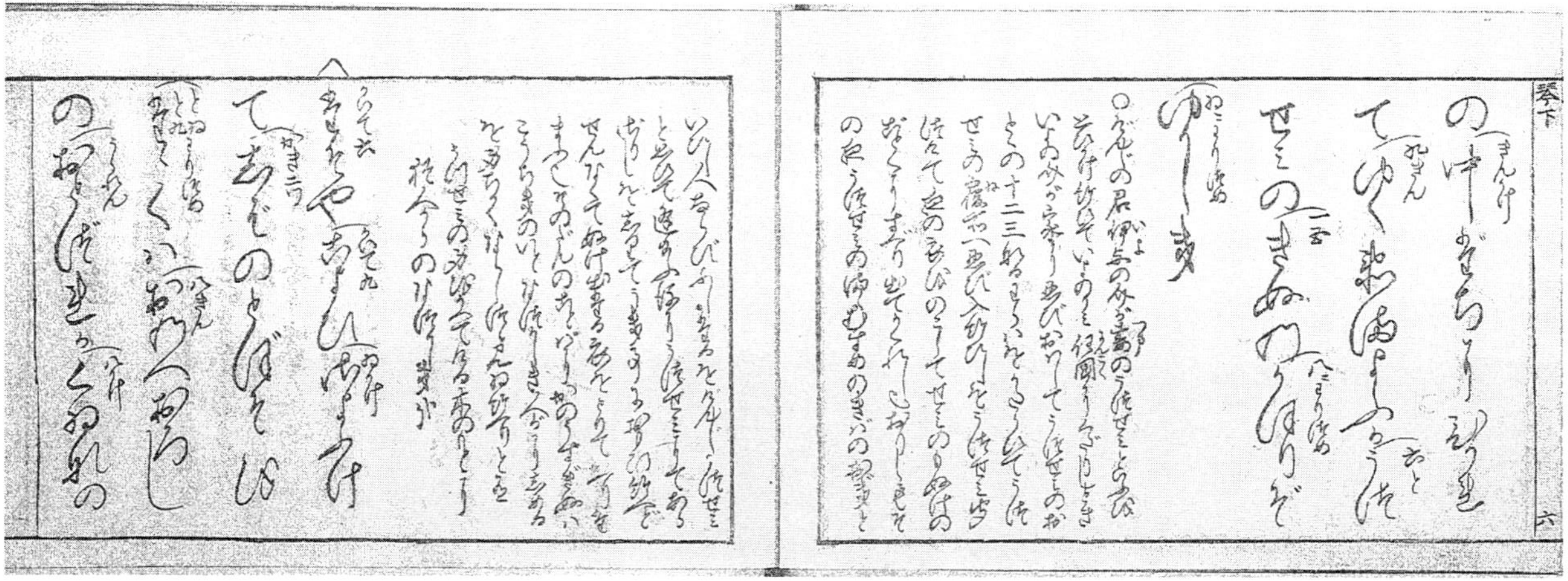

の、中だちにひかれて、ゆくゑまよふかうつせみの、きぬのかほりぞゆかしき

○げんじの君、伊予《いよ》の介が妻《つま》のうつせみといふを思ひかけ給ひて、いよのかみ任国《にんこく》にくだりしとき、いよの介が家に忍びおはして、うつせみのおとゝの十二三なるわらはをかたらひて、うつせみの寝《ね》所へ忍び入給ひしを、うつせみ聞つけて、夜の衣をのこして、せみのもぬけのごとくにすべり出てかくれし也。おりしもその夜、うつせみのまゝむすめのきばのおぎといひし人、ならびふしたるを、げんじうつせみと思ひて逢給ふ。後にうつせみにてあらざりしをしりて、うき事におもひ給へど、せんなくてぬけ出たる衣をとりて、かへりたまふ也。そのだんのことばに、かのうすぎぬはこうちぎのいとなつかしき人がにしめるを、身ちかくならしつゝ見ゐ給へりと有。

　うつせみの身をかへてける木の
　もとに猶人がらのなつかしき哉

54 たそやこよひさよふけて、しばのとぼそをたゝくは、おのへおろしのおとづれか、くゐなの

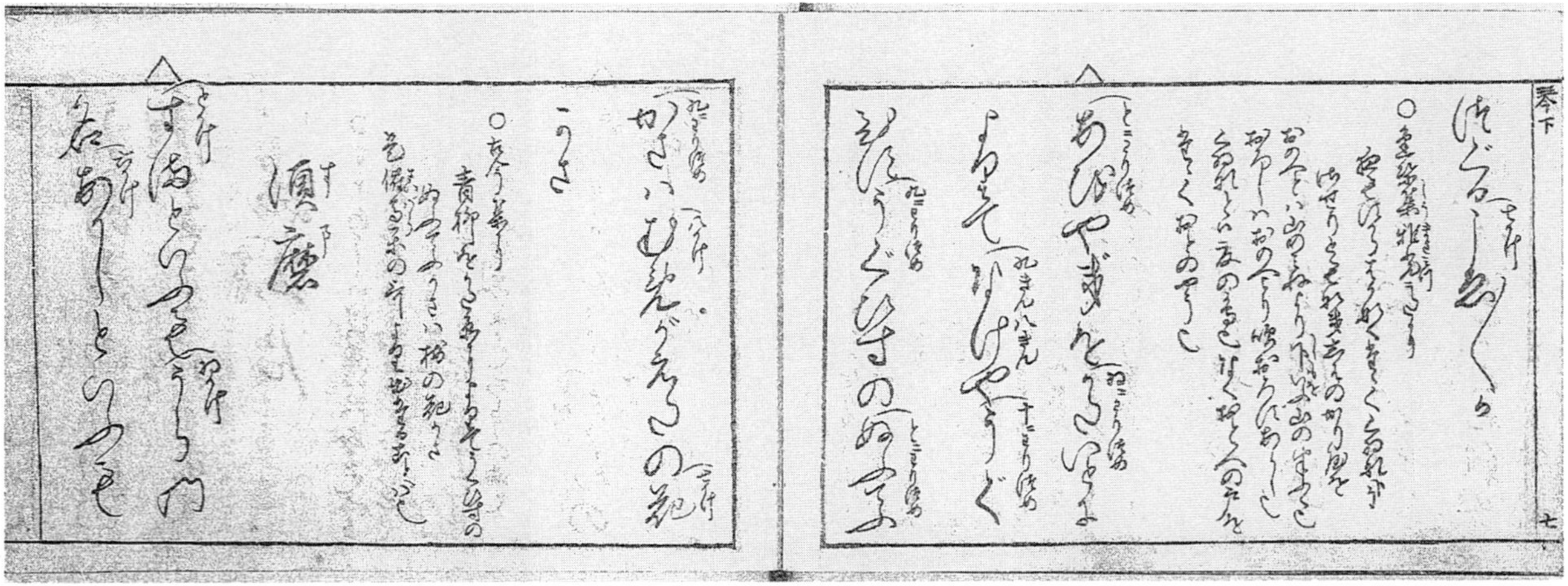

つぐるこゑぐか
○金葉集雅光《しうまさみつ》うたに、
夜もすがらはかなくたゝくくゐな哉させりともなきしばのかり屋を
おのへとは山のみねより下《しもを》いふ。山の峯ふく也。おろしはおのへより吹おろすあらし也。くゐなとは夏の鳥也。なくおと人の戸をたゝくおとのやう也。

55あをやぎをかたいとに、よりてなけやうぐひす、うぐひすのぬふてふかさは、むめがえだの花がさ
○古今集に、
青柳をかた糸によりてうぐひすのぬふてふかさは梅の花がさ
是、催馬楽《さいばら》の哥より出たることば也。

須磨《すま》
56すまといふもうらの名、あかしといふも

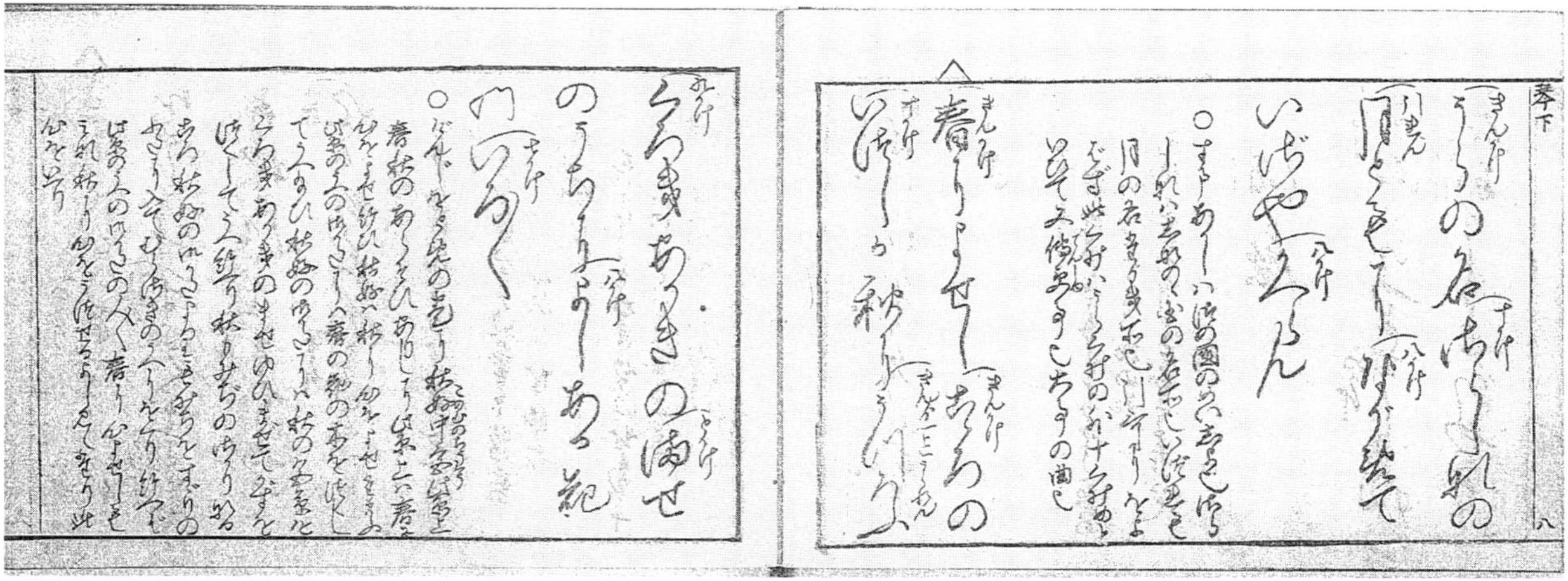

うらの名、さらしなの月とも
に、ながめていざやかへらん

○すまあかしはつの国のめいしよ也。さらしなはしなのゝ国の名所也。いづれも月の名だかき所也。引哥にをよばず。此くみはうらくみの外十くみめといひて、又伝受《でんじゅ》事也。大事の曲也。

57春によせしこゝろの、いつし
か秋にうつろふ、くろきあか
きのませのうちに、よしある
花のいろ〳〵

○げんじをとめの巻に、秋好中宮《このむのちうぐう》、紫上春秋のあらそひありしに、秋好は秋に心をよせたまふ。紫のうへの御かたには春の花の木をつくしてうへ給ひ、秋好の御かたには秋の色草をくろきあかきのませゆひまぜて、かずをつくしてうへ給へり。秋もみぢのさかりなるころ、秋好の御かたよりもみぢをすゞりのふたに入て、むらさきのうへにをくり給へば、紫のうへの御かたの人々、春に心よせしもみな秋に心をうつせるよし見えたり。此心をいへり。

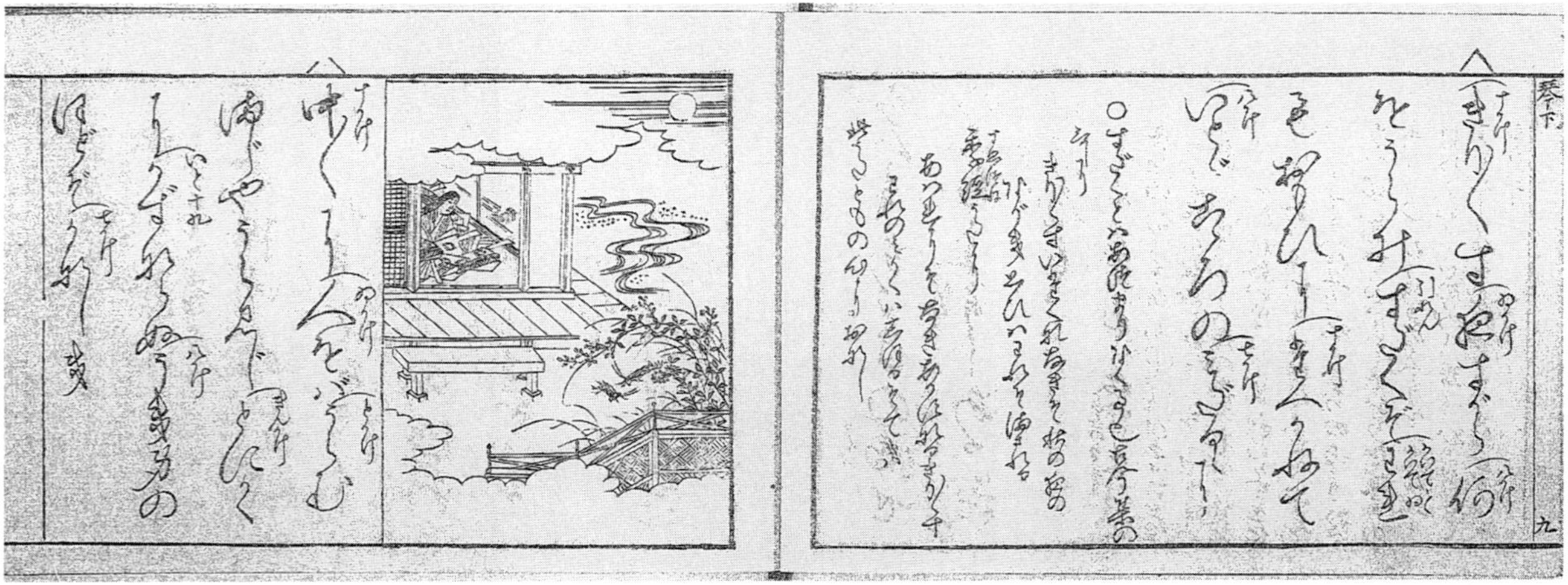

58きりぐ〱す夜すがら、何をうらみすだくぞ、われもおもひにたへかねて、いとゞこゝろのみだるゝに

○すだくとはあつまりなく事也。古今集の哥に、

きりぐ〱すいたくななきそ秋の夜のながき思ひはわれぞまされる

季経《すゑつね》うたに、

あはれにぞなきあかすなるきりぐ〱すわれのみかくはしほるそでかは

此うたども心におなじ。

59中々に人をば、うらむまじやうらみじ、とにかくにかずならぬ、うき身のほどぞかなしき

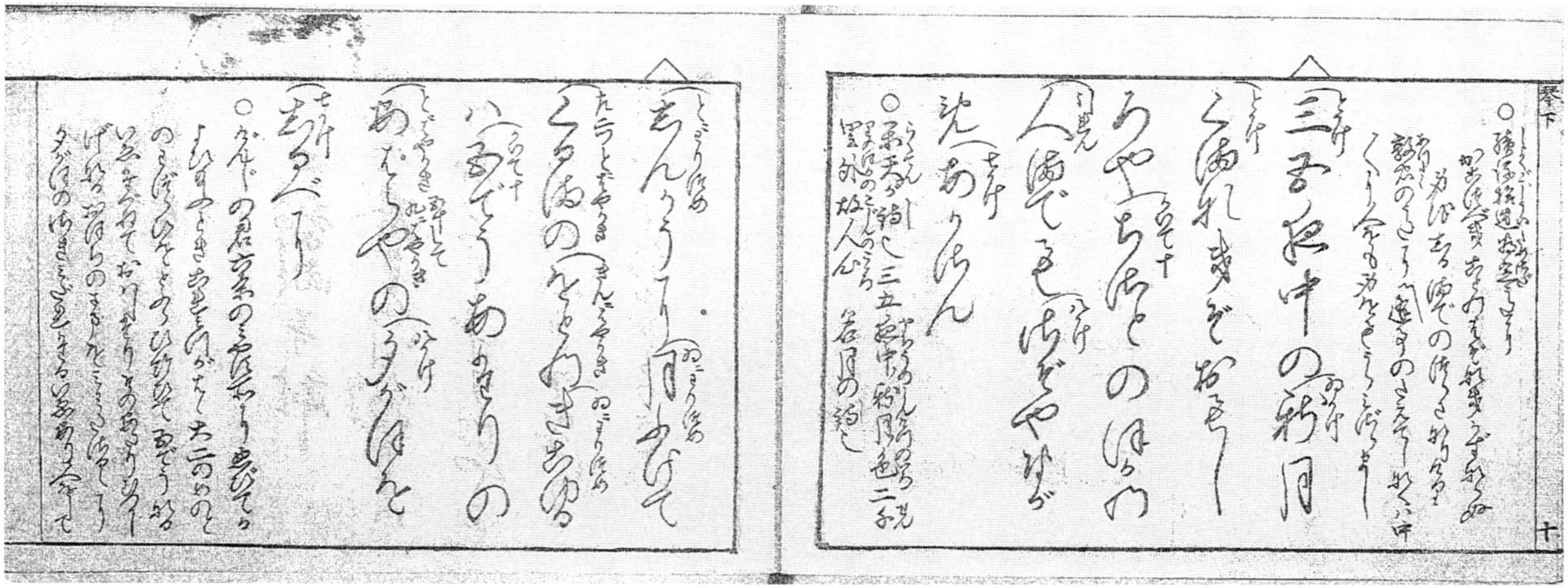

○続《しょくご》後拾遺《しゅうい》為定《ためさだ》うたに、
かこつべきことのはぞなきかずならぬ身をしるまでのつらさなりけり
敦忠《あつたゞ》のうたに、〽逢事のたえてしなくは中々に人をも身をもうらみざらまし

60三五夜中の新月、くまなきぞおもしろや、ちさとのほかの人までも、さぞやながめあかさん

○楽天《らくてん》が詩《し》也。三五夜《や》中《ちうの》新月《しんげつの》色《いろ》二千里外《せんりのほかの》故《こ》人《じんのこゝろ》心。名月の詩《し》也。

61しんかうに月ふけて、くるまのをとのきこゆるは、五でうあたりのあばらやの、夕がほをしるべに

○げんじの君、六条のみやす所に忍びてかよひ給ふとき、これみつがはゝ大二のめのとのわづらひをとぶらひ給ひて、五でうなるいゑたづねておはしたり。そのあたりむづかしげなるおほぢのさまをみわたさるゝに、夕がほのさきみだれたるいゑあり。人をして

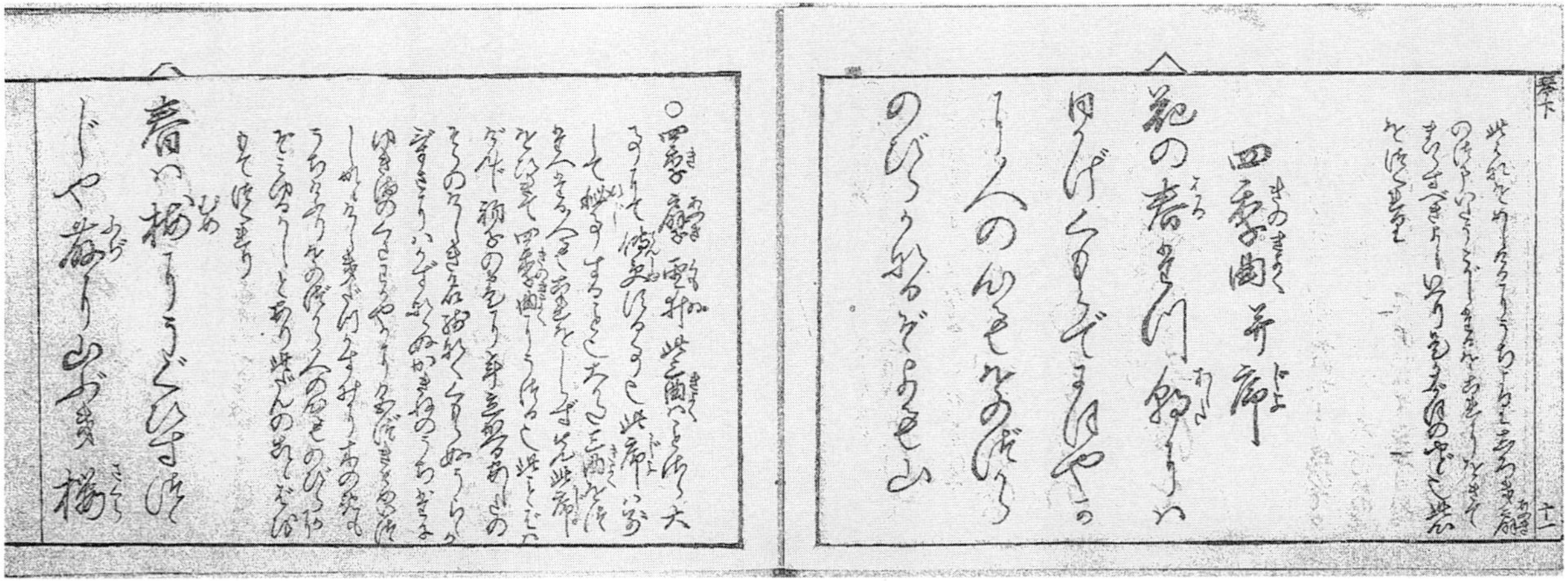

此はなをめしけるに、うちよりしろき扇《あふぎ》のつまいたうこがしたるを、これにをきてまいらすべきよしいへり。是夕がほのやど也。此心をつくれり。

四季曲《きのきよく》 并序《じよ》

62花の春《はる》たつ朝《あした》には、日かげくもらでにほやかに、人の心もをのづから、のびらかなるぞよも山

○四季《き》、扇子《あふぎ》、雲井《くもゐ》、此三曲《きよく》はことさら大事にて、伝受《でんじゆ》する事也。此序《じよ》は別して秘事《ひじ》すること也。大かた三曲《きよく》をつたへたる人はこれをしらず。先此序《じよ》をひきて、四季曲《きのきよく》にうつる也。此ことばはげんじ初子の巻に、年立かへるあしたのそらのけしき、名残なくくもらぬうらゝかげさには、かずならぬかきねのうちだに、ゆきまのくさわかやかに、色づきそめ、いつしかとけしきだつかすみに、木のめもうちけぶり、をのづから人の心ものびらかにぞみゆるかし、とあり。此だんのことばをもてつくれり。

63春は梅《むめ》にうぐひす、つゝじや藤《ふぢ》に山ぶき、桜《さくら》

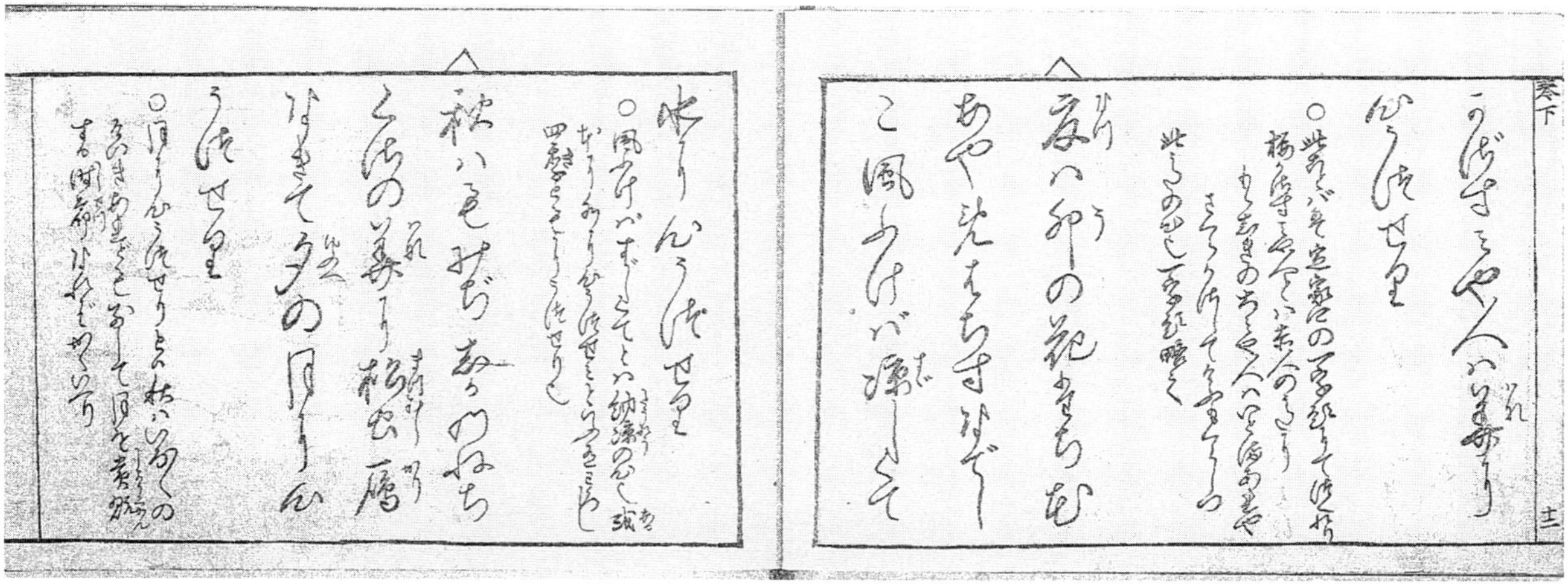

かざすみや人は、華《はな》に心うつせり

○此ことばは定家卿の一字題にてつくれり。桜かざすみや人とは、赤人のうたに、

　もゝしきの大みや人はいとまあれやさくらかざしてけふもくらしつ

此うたの心也。一字題略之。

64夏《なつ》は卯《う》の花たち花、あやめはちすなでしこ、風ふけば涼《すゞ》しくて、水に心うつせり

○風ふけばすゞしくてとは納涼《だうれう》の心也。或《ある》本に水に心うつせみといふ有。わろし。四季《き》ともにうつせり也。

65秋はもみぢしかのね、ちくさの華《はな》に松虫《まつむし》、雁《かり》なきて夕《ゆふべ》の、月に心うつせり

○月に心うつせりとは、秋はいろ〳〵のけいきあれども、別して月を賞翫《しようぐはん》する時節《じせつ》なれば、かくいへり。

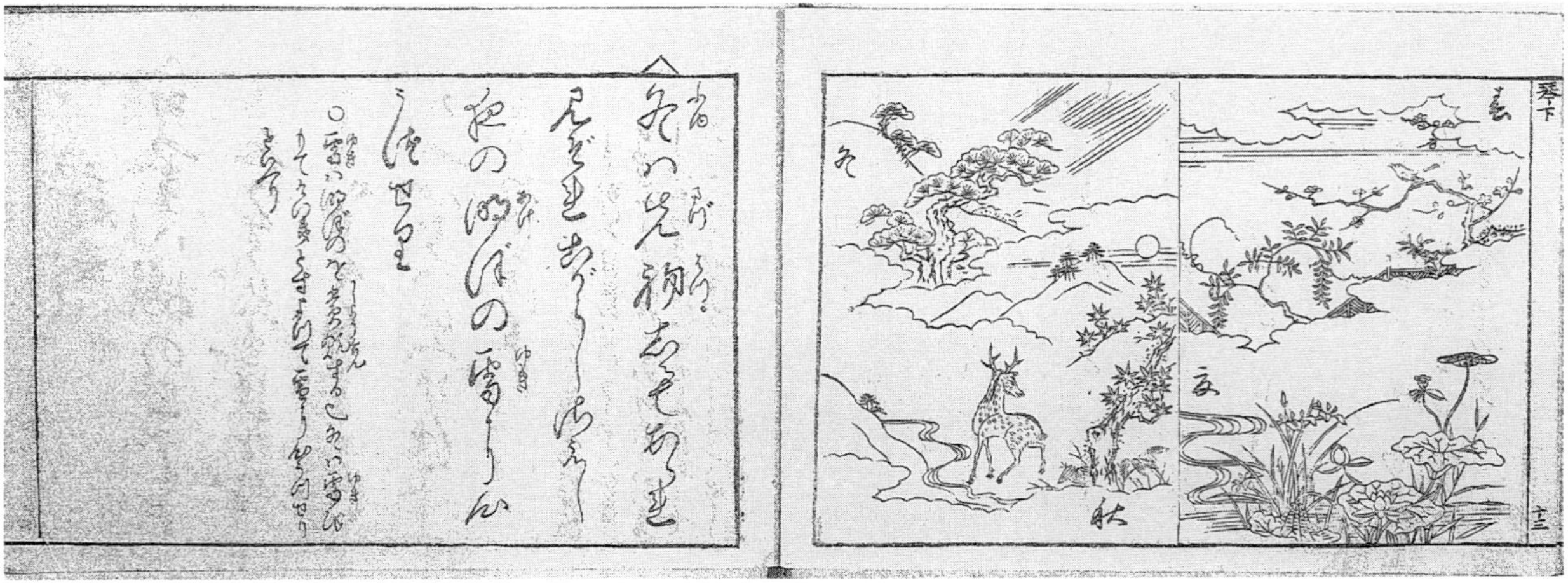

66冬《ふゆ》は先初《まづはつ》しも、あられみぞれ
こがらし、さえし夜の明《あけ》ぼの、
雪《ゆき》に心うつせり

○雪《ゆき》は明ぼのを賞翫《しようぐはん》する也。冬は雪《ゆき》をもてけいきとす。よつて雪に心うつせりといへり。

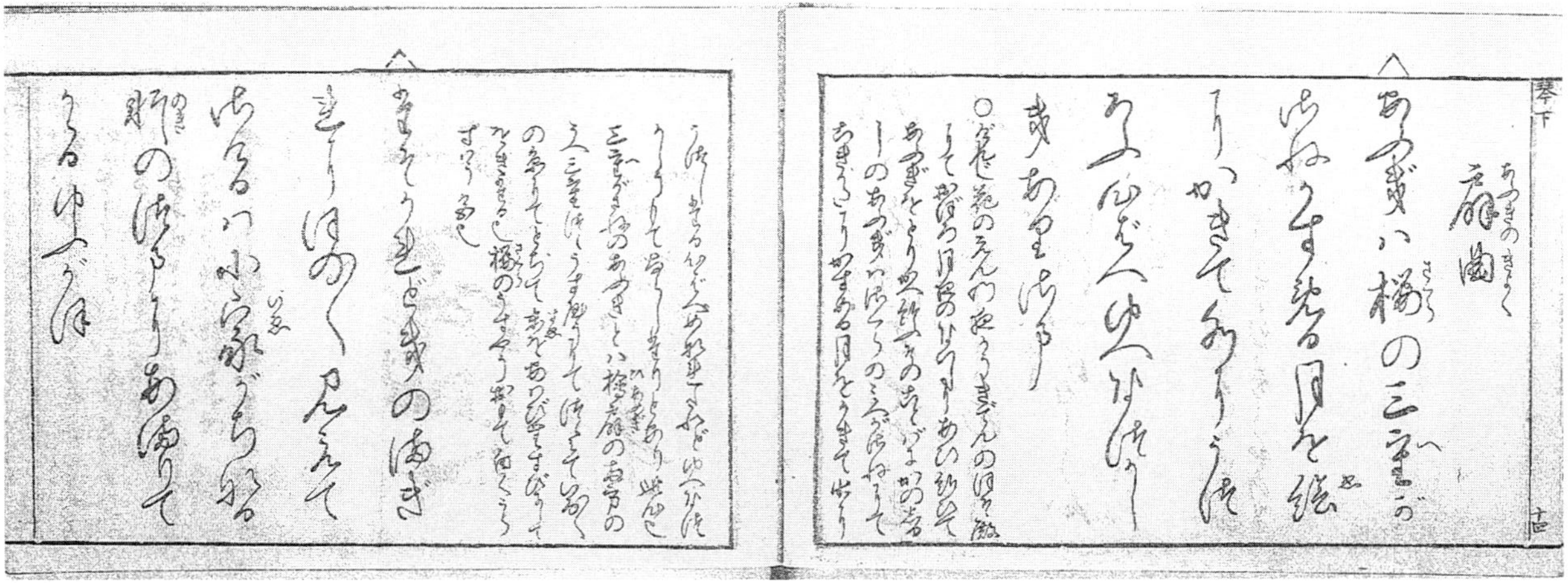

扇曲《あふぎのきよく》

67 あふぎは桜《さくら》の三重《へ》がさね、かすめる月を絵《ゑ》にかきて、水にうつろふ心ばへ、ゆへなつかしきありさま

○げんじ花のえんの夜かうきでんのほそ殿にて、おぼろ月夜のないしにあひ給ひて、あふぎをとりかへ給ふ。そのことばに、かのしるしのあふぎは、さくらのみへがさねにて、こきかたにかすめる月をかきて水にうつしたる心ばへ、めなれたれど、ゆへなつかしうもてならしたり、とあり。此心也。三重《へ》がさねのあふぎとは、檜扇《ひあふぎ》の両方のうへ三重づゝうすやうにてつゝみて、いろ〳〵の糸にてとぢて、末《すゑ》をあはびむすびにしてをきたる也。桜《さくら》のうすやうおもて白く、うらすはう色也。

68 たそかれどきのまぎれに、ほの〴〵見えてさけるは、小家《いゑ》がちなる軒《のき》のつまに、あまりてかゝるゆふがほ

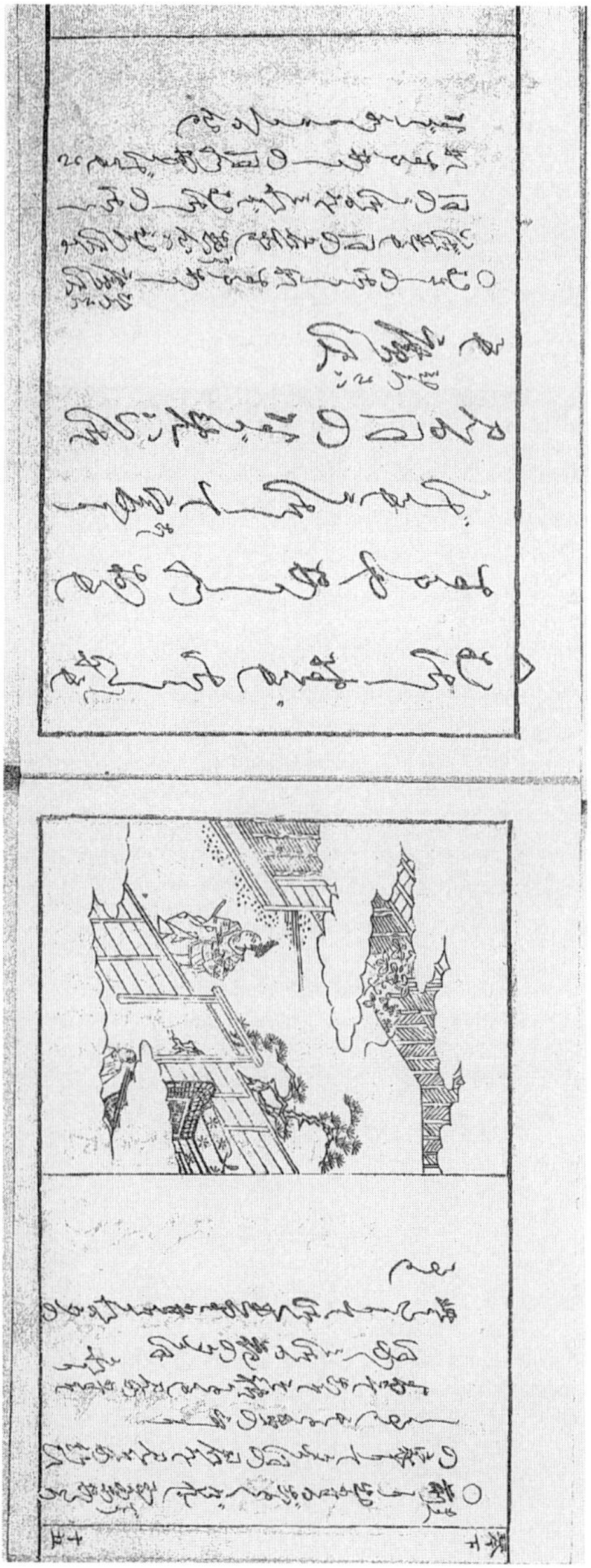

69むさし野もさらしなも、すまやあかしのおもかげも、うつして愛《こゝ》に見る月の、ながめはいつも広沢《ひろさは》

○むさしの、さらしな、すま、あかし、広沢《ひろさは》いづれも月の名所也。惣《そう》の心はひろ沢に月のうつるをみれば、むさしの、さらしな、すま、あかしの月のおもかげも、さながら水にうかべる心也。

○前《まへ》に出たるごとく、げんじ五条《でう》あたりの家にて夕がほの君を見そめ給ひし事也。其ときの哥に、よりてこそそれかとも見めたそかれにほの〲みつる花の夕がほ 此うたにてつくれり。たそかれは夕の事也。

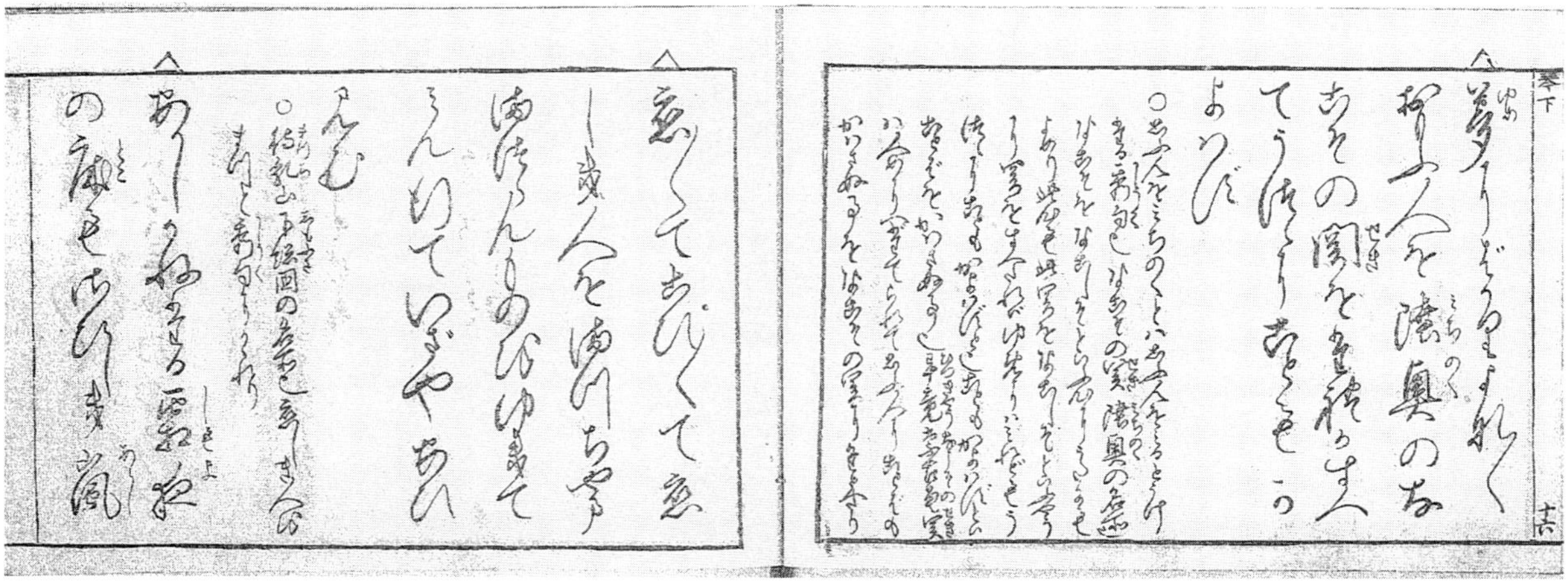

70夢《ゆめ》にばかりよなく〳〵、おもふ人を陸奥《みちのく》の、なこその関《せき》をたれかすへて、うつゝにこともかよはず

○思ふ人をみちのくとは、思ふ人をみるとかけたる秀句《しうく》也。なこその関《せき》、陸奥《みちのく》の名所也。なこそをなこしそといふ心にうたにもよめり。此心も此関をなこしそといふやうに関をすへたれば、ゆめにはみれどもうつゝにこともかよはずと也。こともかよはずとはことばをかはさぬ事也。畢竟《ひつきやう》奈《な》古《こ》曾関《そのせき》は人めにへだてられて、思ふ人にことばもかはさぬ事を、なこその関にたとへたり。

71恋々てこひ〳〵て、恋しき人をまつちやま、まつらんものをゆきてみん、行ていざやあひ見む

○待乳《まつち》山、下総《しもふさ》国の名所也。恋しき人をまつと秀句《しうく》にかゝれり。

72あかしかねたる霜夜《しもよ》の、床《とこ》もさびしき嵐《あらし》

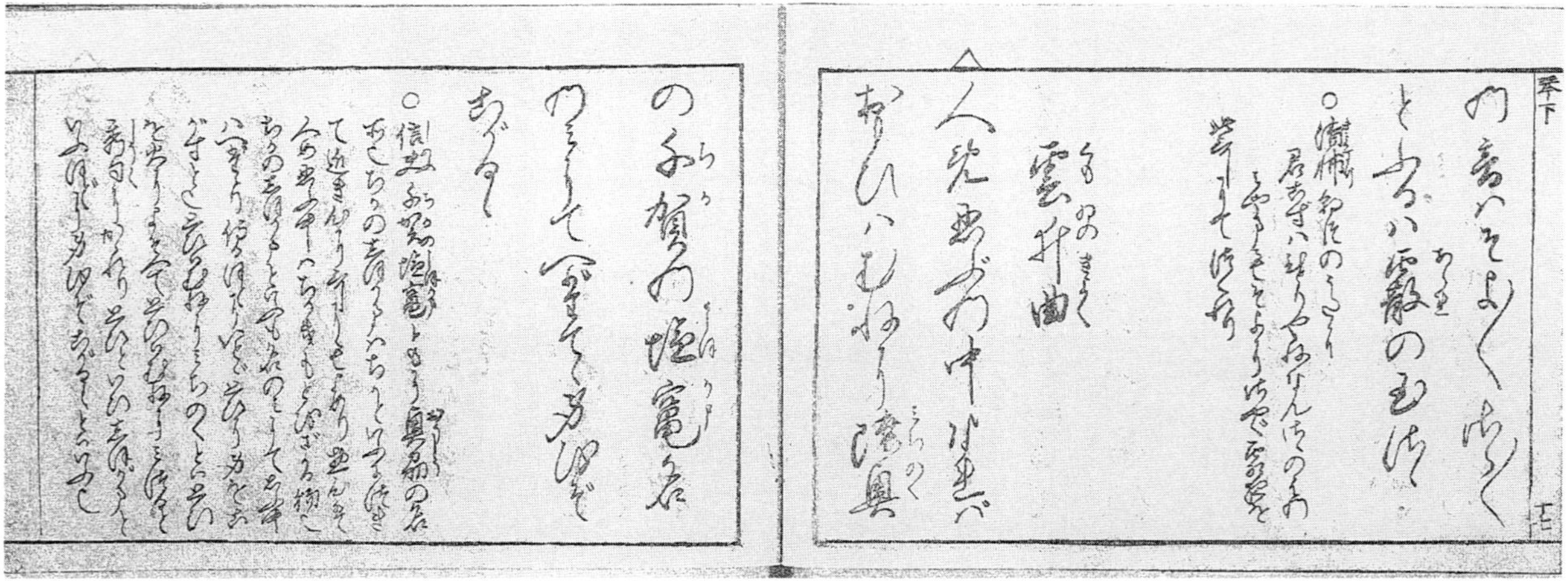

の音は、そよ〳〵さら〳〵と、
ふるは霰《あられ》の玉ざゝ
○清輔《きよすけ》朝臣のうたに、
君こずはひとりやねなんさゝの
はのみやまもそよにさやぐ霜夜
を
此哥にてつくれり。

雲井曲《くもゐのきよく》

73人め忍ぶの中なれば、おもひ
はむねに陸奥《みちのく》の、千賀《ちか》の塩竈《しほがま》
名のみにて、へだてゝ身をぞ
こがるゝ

○信夫《しのぶ》、千賀塩竈《ちかのしほがま》ともに奥州《おうしう》の名所
也。ちかのしほがまは、ちかとい
ふにつきて近き心に哥にもよめり。
惣心は人め忍ぶ中はちかきもとを
ざかる物也。ちかのしほがまとい
ふも名のみにて、思ふ中はへだゝ
り侍るほどに、いとゞ思ひに身を
こがすと也。思ひはむねにみちの
くとは思ひを火によそへて、思ひ
はむねにみつると秀句《しうく》にかゝれり。
思ひといひ、しほがまといふほど
に、身をぞこがるゝとはいふ也。

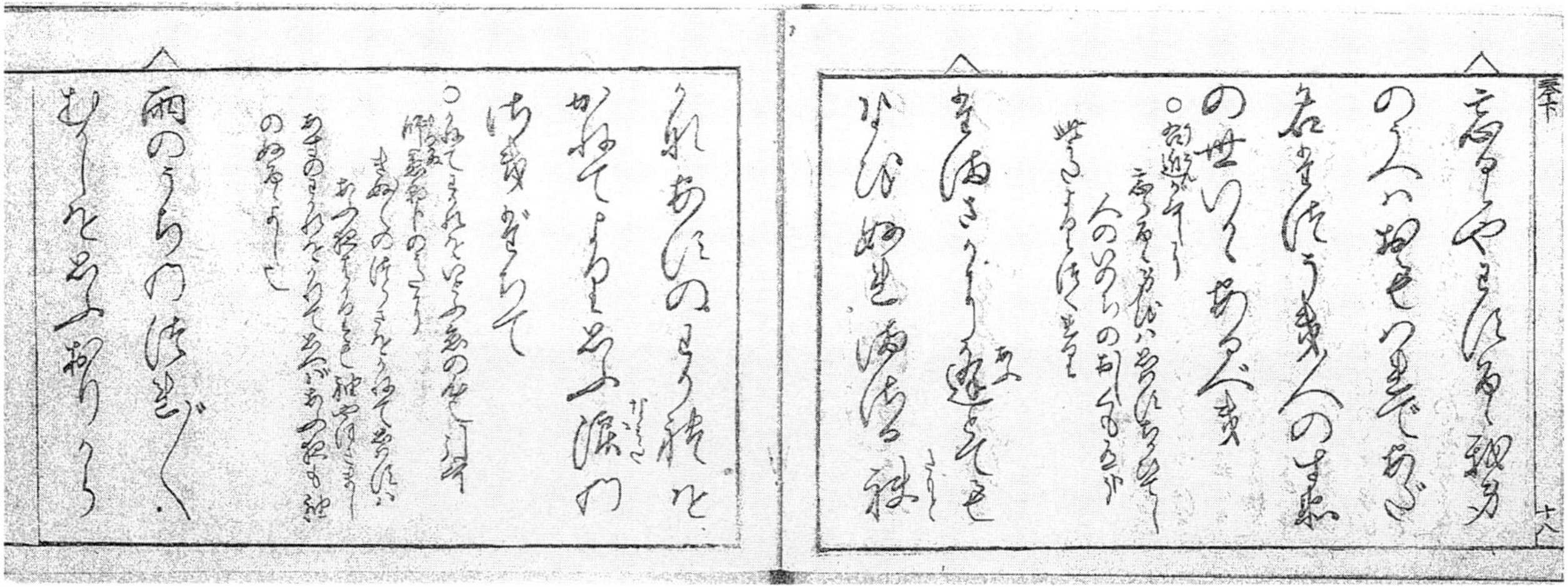

74 忘るゝやわするゝ、我身のうへはおもはれで、あだ名たつうき人の、すゑの世いかゞあるべき

○右近《うこん》が哥に、

忘らるゝ身をば思はずちかひてし人のいのちのおしくも有哉

此うたよりつくれり。

75 たまさかに逢《あふ》とても、なをぬれまさる袂《たもと》かな、あすのわかれをかねてより、思ふ涙《なみだ》のさきだちて

○かねてわかれをいとふ恋の心也。

引哥師兼《もろかぬ》朝臣のうたに、

きぬ〴〵のつらさをかねて思はずはあふ夜ばかりも袖やほさまし

あすのわかれをかねて思へば、あふ夜も袖のぬるゝよし也。

76 雨のうちのつれ〴〵、むかしを思ふおりから、

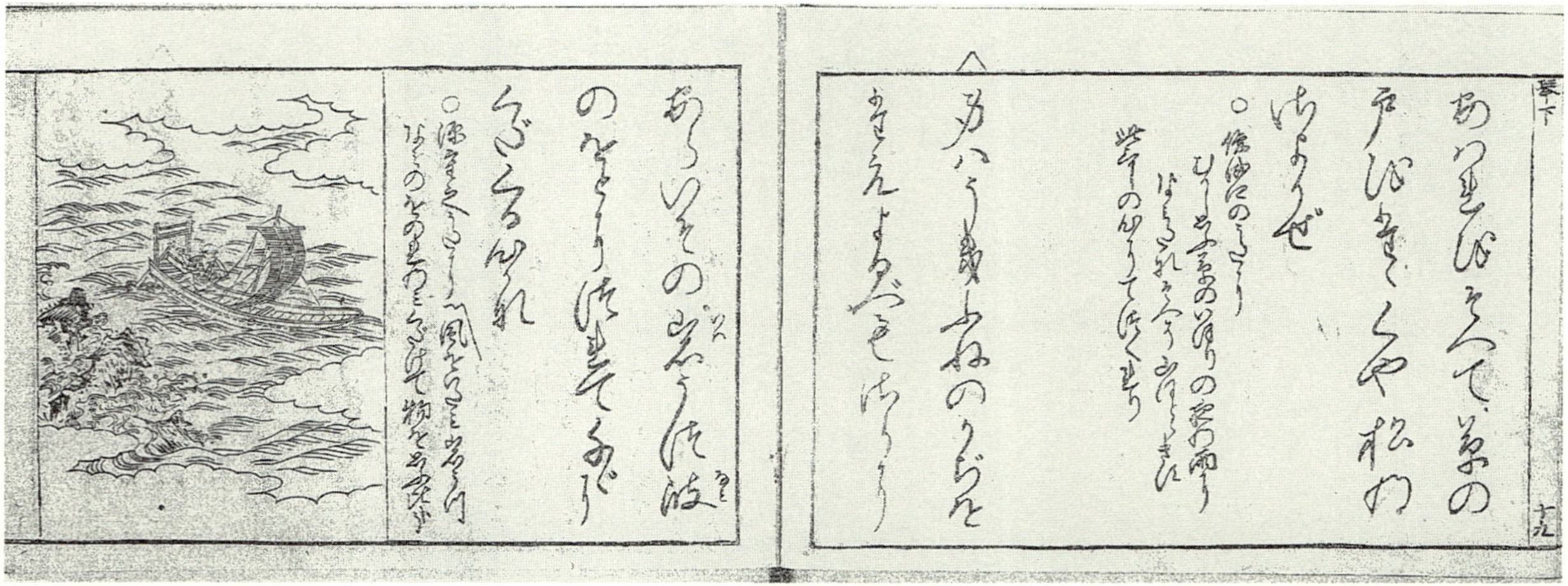

あはれをそへて草の戸を、
たゝくや松のさよかぜ
○俊成卿のうたに、
むかし思ふ草のいほりの夜の雨になみだなそへそ山ほとゝぎす
此哥の心にてつくれり。

77身はうきふねのかぢをたえ、
よるべもさらにあらいその、
岩《いは》うつ波《なみ》のをとにつれて、
千々にくだくる心かな
○源重之うたに風をいたみ岩うつなみのをのれのみくだけて物を思ふ比哉

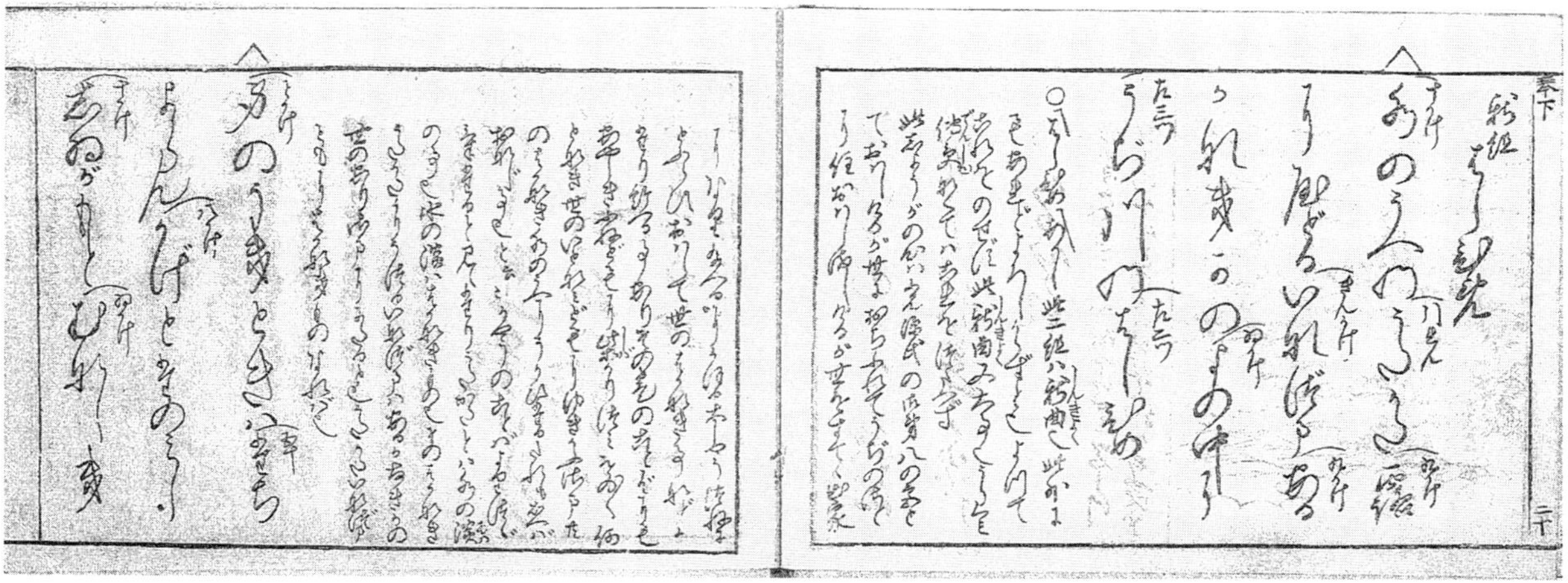

新組

はしひめ

78水のうへのうたかた、露にやどるいなづま、あるかなきかのよの中に、うぢ川のはしひめ

○〽はしひめ、〽あかし、此二組は新《しん》曲《きよく》也。此外にもあれどよろしからずと也。よつてこれをのせず。此新曲《しんきよく》又大事也。うらくみ伝受《でんじゆ》なくてはこれをつたへず。

此しようがの心は、光源氏の御弟八の宮とておはしけるが、世におちぶれてうぢのさとに住おはしましけるが、世をすてゝ出家になり給へるに、かほる大しやうつねにとぶらひおはして、世のはかなき事などかたり給へる事あり。その巻のことばにも、あやしきふねどもに柴《しば》かりつみ、をの〳〵何となき世のいとなみどもに、ゆきかふさま共のはかなき水のうへにうかびたる。たれも思へばおなじ事也と云々。かやうのことばよりつゞけたると見えたり。うたかたとは水の淡《あは》の事也。水の淡ははかなきもの也。そのはかなきうたかたにうつるいなづまは、あるかなきかの世のありさまににたると也。うたかた、いなづま、ともにはかなきものなれば也。

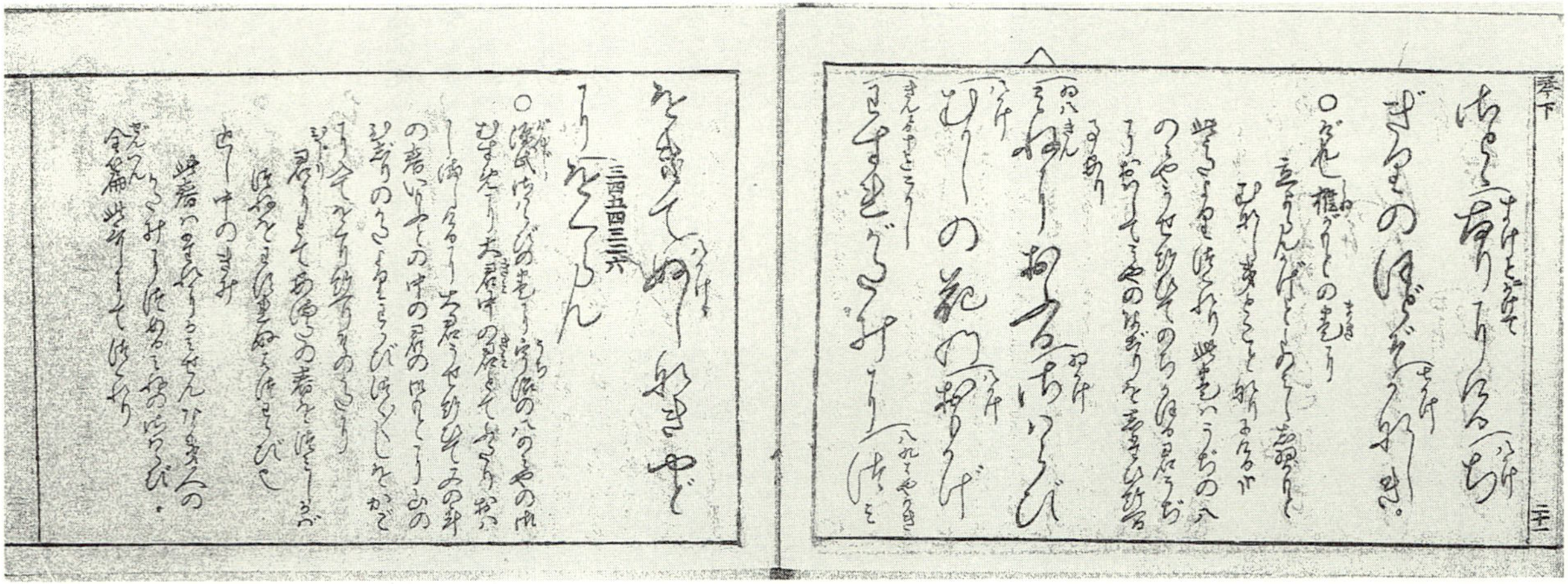

79身のうきときはたちよらん、
かげとたのみししゐがもと、
むなしき

さとゝなりにける、ちぎりの
ほどぞかなしき
○げんじ椎《しゐ》がもとの巻《まき》に、
立よらんかげとたのみししゐが
もとむなしきとことなりにける
哉
此うたよりつくれり。此巻はうぢ
の八のみやうせ給ひてのち、かほ
る君うぢにおはして、みやのなご
りをしたひ給へる事あり。

80みねにおふるさはらび、むか
しの花のおもかげ、わすれが
たみにつみをきて、ぬしなき
やどにをくらん
○源氏《げんじ》さはらびの巻に、宇治《うぢ》の八の
みやの御むすめに大君《きみ》、中の君《きみ》と
てふたりおはしましけるに、大君
うせ給ひて又の年の春、いもふと
の中の君の御もとに山のひじりの
かたより、わらびつく〴〵しをか
ごに入てをくり給へり。そのうた
に、
ひじり、
君にとてあまたの春をつみしか
ばつねをわすれぬはつわらび也
返し、中のきみ、

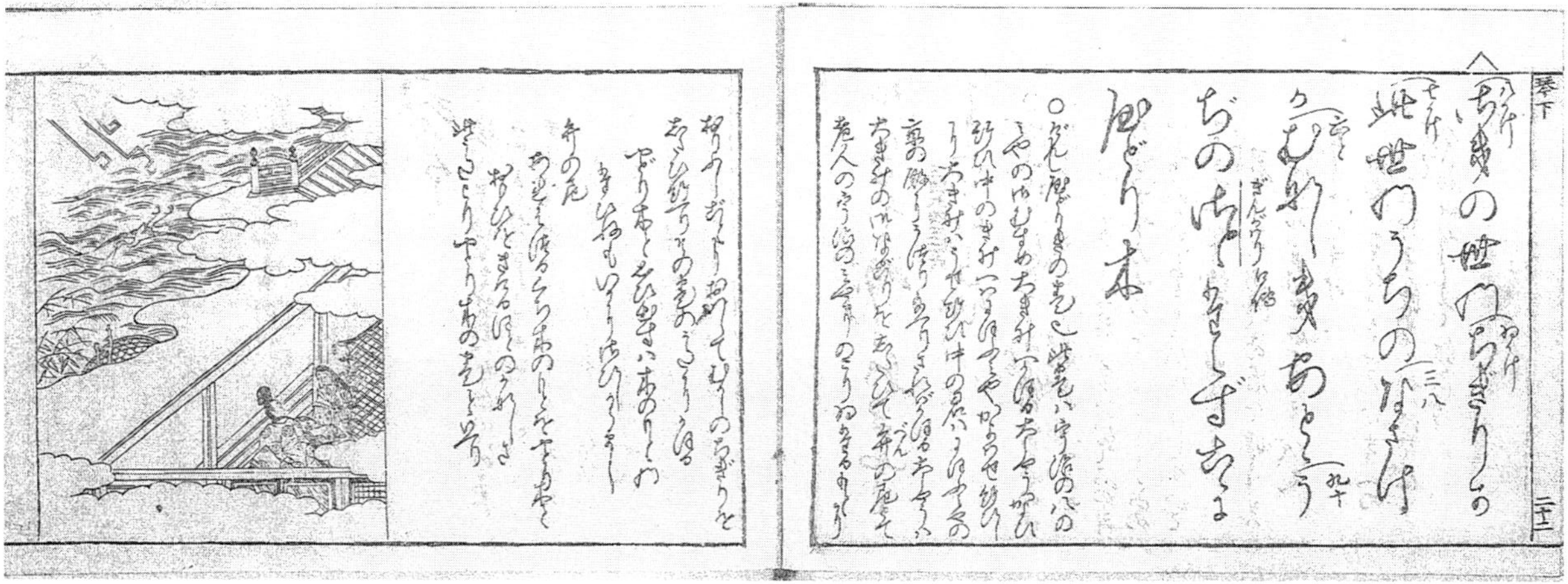

此春はたれにかみせんなき人の
かたみにつめるみねのさはらび
全篇《ぜんぺん》此哥にてつくれり。

81 さきの世のちぎりか、此世の
うちのなさけか、むなしきあ
と〻うぢのさと、たえずこ〻
にやどり木

○げんじやどりぎの巻也。此巻は宇治の八のみやの御むすめ大きみへかほる大しやうかよひ給ひ、中のきみへはにほふみやかよはせ給ひしに、大きみはうせ給ひ、中の君はにほふみやの京の殿にうつり給へり。されば、かほる大しやうは大きみの御なごりをしたひて、弁《べん》の尼とて老人の宇治のみやにのこりゐたるもとに、おりふしごとにおはして、むかしのちぎりをしたひ給へり。その巻のうたに、かほる、

やどり木と思ひ出すは木のもとのたびねもいかにさびしからまし

弁の尼、

あれはつるくち木のもとをやどり木とおもひをきけるほどのかなしさ

此うたより、やどり木の巻といへり。

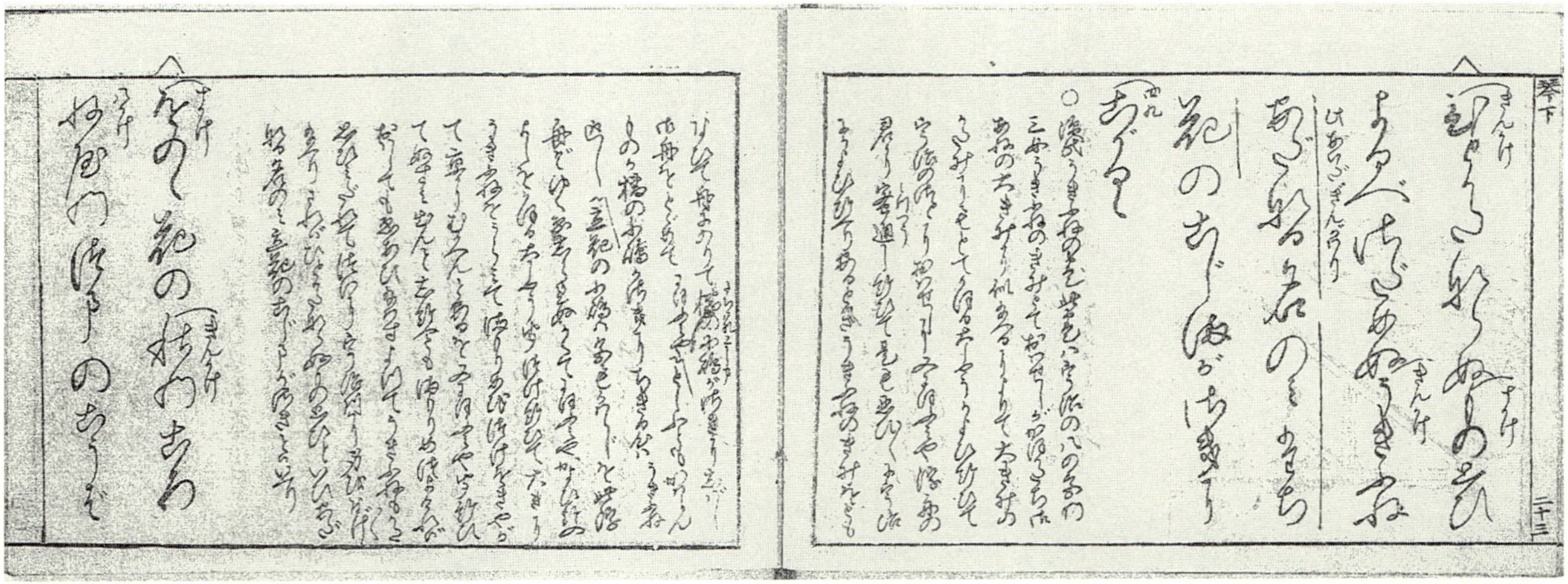

ひとかたならぬもの思ひ、よるべさだめぬうきふね、あだなる名のみたち花の、こじまがさきにこがるゝ

○源氏うきふねの巻、此巻は宇治の八の宮の三女うきふねのきみとておはせしが、かほかたち御あねの大きみに似給へるによりて、大きみのかたみにもとて、かほる大しやうかよひ給ひて、宇治のさとにおはせしに、又にほふみや浮舟の君に密通《みつつう》し給ひて、是も忍び〱に宇治にかよひ給へり。あるとき、うきふねのきみをともなひて舟にのりて、橘《たちばな》の小嶋《こじま》がさきにしばし御舟をとゞめて、にほふみや、〽としふともかはらんものか橘の小嶋がさきにちぎる心は、うきふね返し、〽立花の小嶋は色もかはらじを此浮舟ぞゆくゑしられぬ、かくてにほふみやかよひ給ふよしをかほる大しやう聞つけ給ひて、大きにうきふねをうらみて、まもりめをつけをき、やがて京にむかへんとあるを、又にほふみや聞給ひて、ぬすみ出んとし給へども、まもりめつよければ、おはしてもゐあひ給はず。よつて、うきふねもかた〲思ひみだれて、ついに宇治川に身をなげ給へり。さればひとかたならぬもの思ひといひ、あだなる名のみ立花のこじまがさき

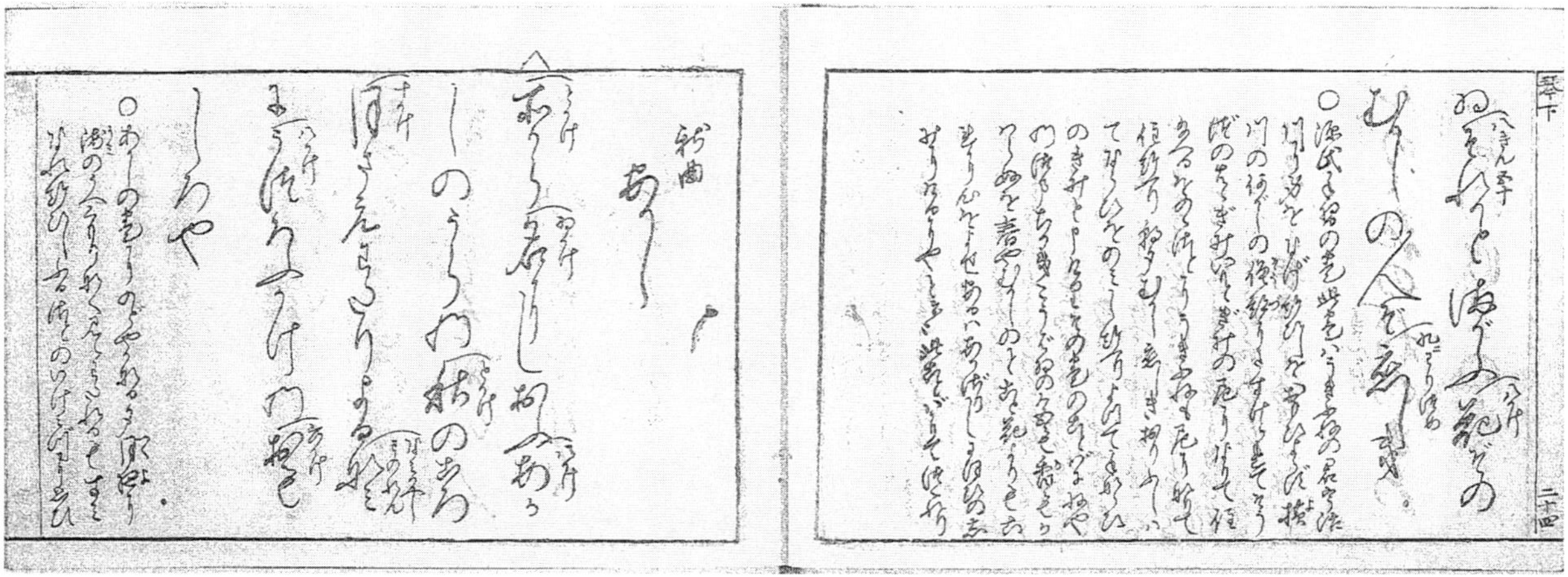

といへり。

83をのゝ花の秋のころ、ねやの
つまのこうば

ゐ、それかとまがふ花ぞの、
むかしの人ぞ恋しき

○源氏手習の巻、此巻はうきふねの君、宇治川に身をなげ給ひしを、おもひよらず横《よ》川の何がしの僧都《そうづ》にたすけられて、そうづのはゝぎみいもとぎみの尼になりて、住給へるをのゝさとに、うきふねも尼になりて住給へり。朝夕むかし恋しきおりふしは、てならひをのみし給へり。よつて手習ひのきみと申けり。その巻のことばにねやのつまちかきこうばゐの色も、香《か》もかはらぬを春やむかしのと、こと花よりも、これに心をよせ、あるはあかざりしにほひのしみにけるにやと云々。此ことばにてつくれり。

新曲

あかし

84所がら名にしおふ、あかしのうらの秋のころ、月さえわたりよるなみに、うつろふかげのおもしろや

○あかしの巻に、のどやかなる夕月《づく》

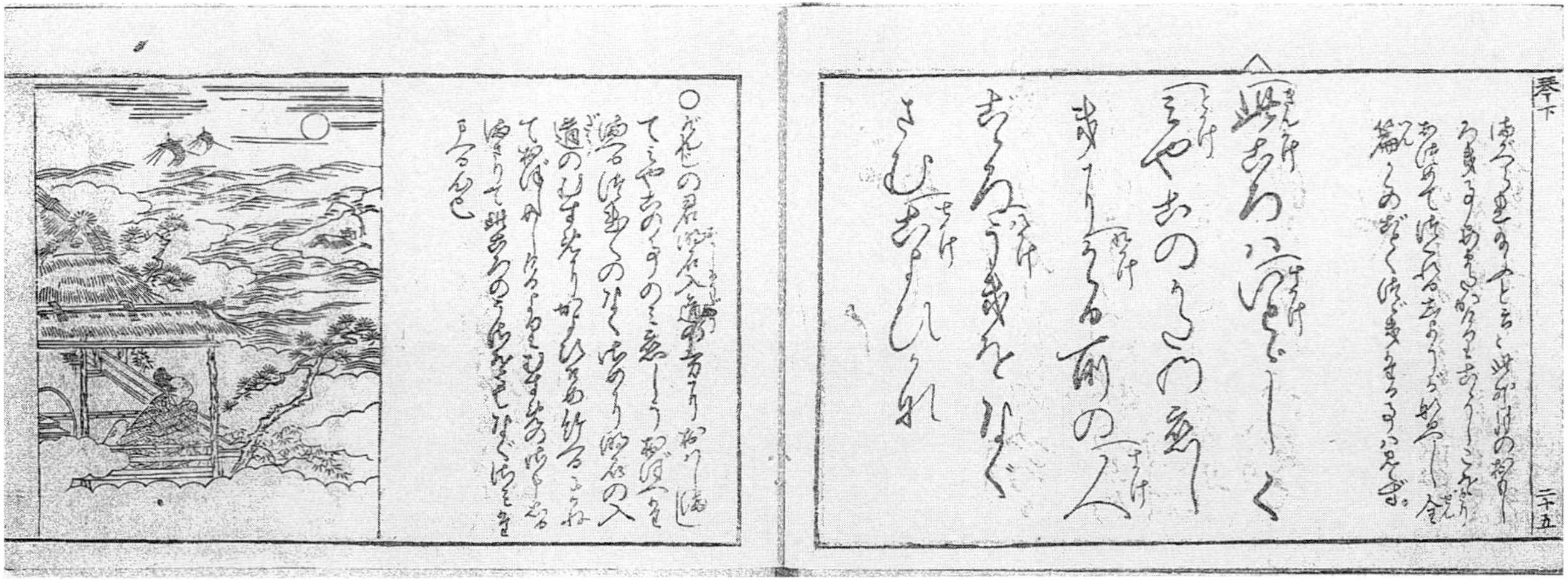

夜《よ》に、海《うみ》のうへくもりなく、見えわたれるも、すみなれ給ひしふるさとのいけみづに思ひ

まがへられ給ふと云々。此外月のおもしろき事あまたかけり。こゝかしこをとりあつめてつくれるしようがなるべし。全篇《ぜんへん》かくのごとくつゞきたる事は見えず。

85 此ごろはいとゞしく、みやこのかたの恋しきに、かゝる所の人ごゝろ、うきをなぐさむこよひかな

○げんじの君、明石入道《あかしにうだう》の方におはしまして、みやこの事のみ恋しうおぼへたまへるつれぐ〳〵のなぐさめに、明石の入道《だう》のむすめにかよひそめ給へるに、かねておぼしめしけるより、むすめのさま思ひまさりて、此ごろのうさをもなぐさみたまへる心也。

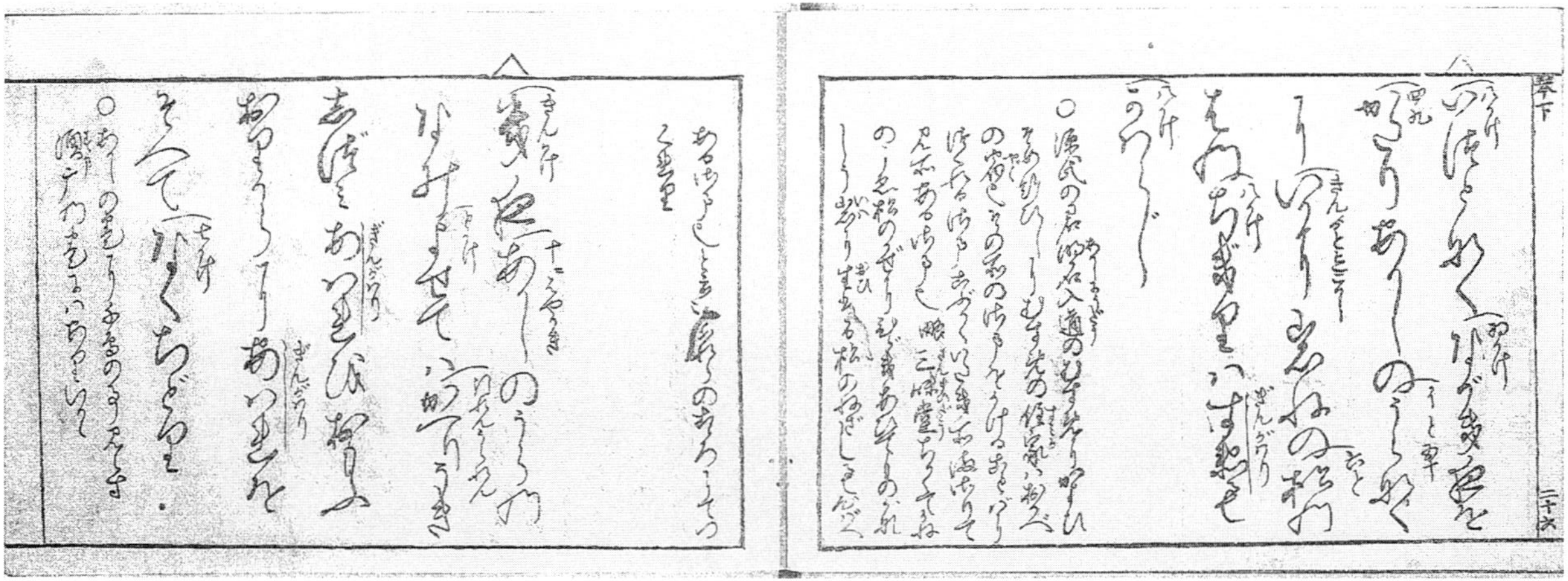

86いつとなくながき夜を、かたりあかしのうらなくに、いかに岩ねの松のはの、ちぎりはするゑもかはらじ

○源氏の君、明石入道《あかしにうだう》のむすめにかよひそめ給ひしに、むすめの住家《すみか》はおかべの宿《やど》也。その所のさまをかけることばに、つくれるさまこぶかく、いたき所まさりて見所あるさま也。略、三昧堂《さんまいだう》ちかくて、かねのこゑ、松のかぜにひゞきあひて、ものがなしう岩《いは》に生《おひ》たる松のねざしも心ばへあるさま也、と云々。これらのこゝろにてつくれり。

87幾夜あかしのうらのなみ、よせてはかへりうきしづみ、あはれをおもふおりからに、あはれをそへてなくちどり

○あかしの巻に、千鳥の事見えず。須磨《すま》の巻にはあり。いかゞ。

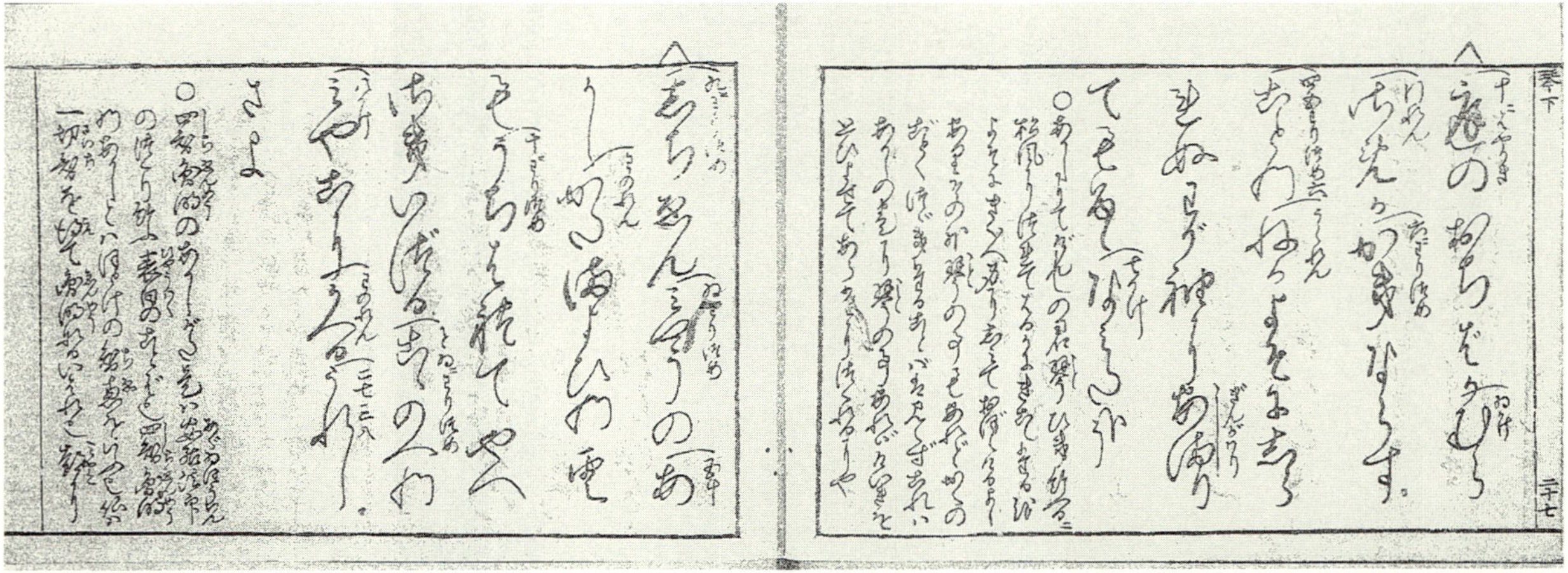

88庭のおちばかむらさめか、かきならすことのねか、よそにしられぬわが袖に、あまりてもるゝなみだ哉

○あかしにてげんじの君、琴《こと》ひき給へるに、松風につれて、はるかにきこえたるを、よそにきく人、身にしみておぼえけるよしあり。その外琴《こと》の事もあれど、かくのごとくつゞきたることばは見えず。これはあかしの巻に、琴《こと》の事あれば、けいきを思ひよせてあらたにつくれるにや。

89しちゑんみやうのあかしがた、まよひの雲もうちはれて、やへさきいづるこゝのへの、みやこにかへるうれしさよ

○四智《しち》円明《ゑんめう》のあかしがた、是は安居《あぐゐ》法印《ほういん》のつくり給ふ表白《ひやうばく》のことば也。四智《しち》円明《ゑんめう》のあかしとは、ほとけの智恵《ちゑ》をいふ也。仏は一切智《さいち》を得《え》て、円明《ゑんめう》なるいはれ也。都《みやこ》に

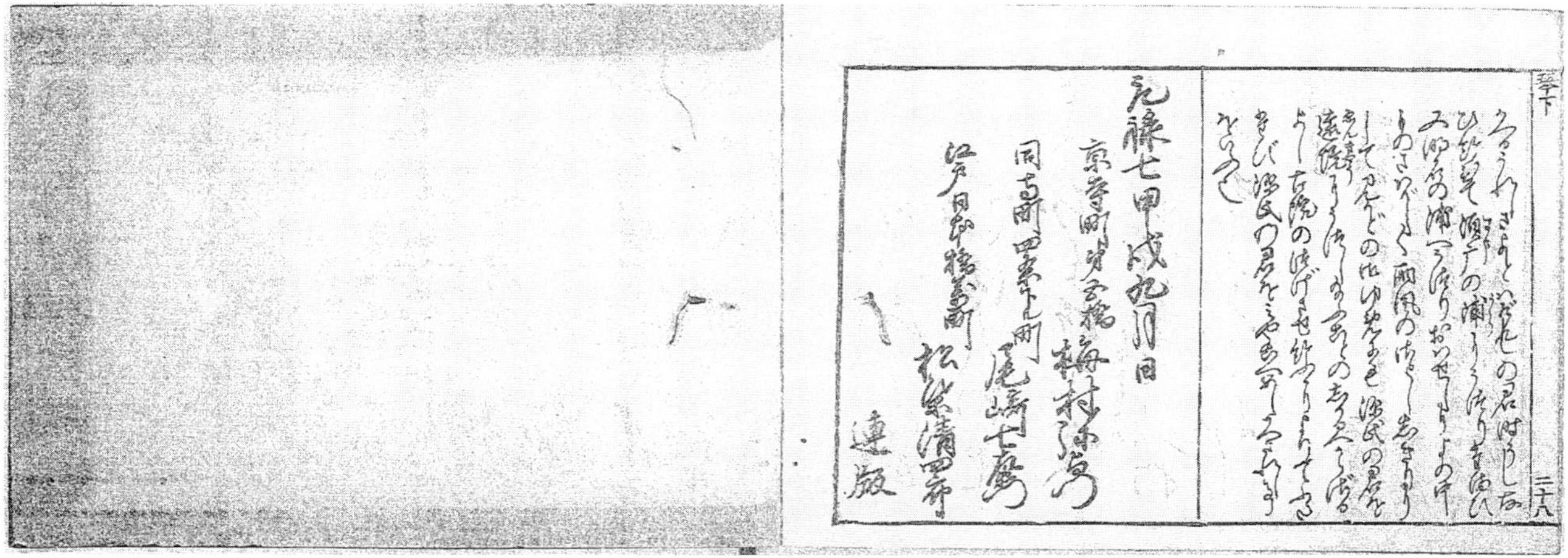

かへるうれしさよとはげんじの君、時うしなひ給ひて、須磨《すま》の浦《うら》にうつりたまひ、又明石の浦へうつりおはせしに、よの中ものさはがしく、雨風のさとしきりにして、みかどの御ゆめにも、源氏の君を遠境《ゑんきやう》にうつし給ふことのしかるべからざるよし古院のつげさせ給ふによりて、ふたたび源氏の君をみやこへめしかへされし事をいふ也。

元禄七　甲戌九月日
京寺町第五橋　　梅村弥右衛門
同寺町四条下ル町　尾崎七左衛門
江戸日本橋萬町　　松葉清四郎
連版

［第二冊裏表紙見返し］

［第二冊裏表紙］

II　資料編

第一章　『美楊君歌集』総索引

『美楊君歌集』は室町小歌の新出資料として貴重である。この歌謡集をめぐっては「中世小歌と書物」（『文芸と批評』第六巻第五号〈昭和62年3月〉／『中世歌謡の文学的研究』第三部第一章第二節所収）、「歌謡の諸相」（『国文学　解釈と鑑賞』第五十六巻第三号〈平成3年3月〉／『中世歌謡の文学的研究』第三部第一章第一節所収）、「『美楊君歌集』小考」（『大阪教育大学紀要（第Ⅰ部門）』第四十八巻第一号〈平成11年8月〉／本書論考編第三章第五節所収）という三編の拙稿において、正確な紹介と基礎的な考察を終えた。現時点における最大の課題は、研究者を含めた多くの人々にこの歌謡集を資料として、積極的に利用してもらうことに他ならない。本節では以上のことを踏まえて、この歌謡集が活用できるように総索引を作成することとした。

はじめに

『美楊君歌集』は慶長九年（一六〇四）に幸若大夫の職安が編集したと考えられる小歌集である。慶長九年は歴史的時代区分から言えば、江戸時代の最初に当たる。その前年の慶長八年に徳川家康が江戸に開幕した時点から江戸時代が始まるとされるからである。しかし、この時期は文化的には、前代の安土桃山時代、さらに遡って室町時代後期の継続と言うべき時期であった。歌謡においては、いまだ室町小歌の旋律や詞章が受け継がれていたのである。したがって、『美楊君歌集』も室町小歌集のひとつと称してもよい。このことについては、前掲「中世小歌と書物」、「歌謡の諸相」、「『美楊君歌集』小考」という一連の拙稿の中で繰り返し言及した。

本節はその室町小歌の貴重な新出資料である『美楊君歌集』の校訂本文を掲げ、併せて総索引を掲載するものである。序と跋、さらには歌謡に詞書や左注を有するこの資料の、すべての語彙索引は中世後期から近世初期にかけての文学研究や同時代の日本語研究にとって必要不可欠な得がたい資料となるであろう。

〔凡例〕

一、本節収録の歌謡本文は拙稿「『美楊君歌集』小考」（『大阪教育大学紀要（第Ⅰ部門）』第四十八巻第一号〈平成11年8月〉／本書論考編第三章第五節所収）において掲出した〔釈文〕をもとに、すべて歴史的仮名遣いに改めるなどの改定を施した校訂本文である。

二、本文編には各歌謡の頭に歌番号を算用数字で、また序・替歌・詞書・左注・跋にはそれらの略称一文字を示し、二行以上にわたる場合には併せてその行数を丸囲み数字で示した。

三、索引編は本文編に掲出した校訂本文の全語彙を検索することを目的とし、歌謡番号及び「序」「替」「詞」「跋」などの一文字の略称と①以下の行番号によってその位置を示した総索引である。

四、索引編収録の各語の配列と表記は以下の通りとする。

1、見出し語は歴史的仮名遣いによって示し、五十音順に配列した。

2、記載様式は平仮名で立項し、その語の意味を代表する漢字を（　）内に示した。

3、名詞以外の品詞及び接頭語には、その略称を〔　〕内に示した。なお、動詞・補助動詞については略称〔動〕〔補助動〕に続けて、〔四〕〔下二〕など活用の種類の略称も併記した。また、助動詞は〔助動〕の略称に続けて、意味用法を（　）内に掲げた。助詞については〔格助〕〔接助〕などと下位分類とともに略称した。

4、同じ形の見出し項目が複数存在する場合は、体言、用言、その他の自立語、付属語の順に掲出した。

5、活用語は語幹と語尾の間に「・」印を入れて終止形で立項した。また、各活用形は下位項目として、「—」に続けて語尾のみで示した。なお、形容詞及び形容動詞の語幹の用法には「=」の記号を用いた。

6、活用語において、異なる活用形で同一の語尾を持つものについては「未」「用」などの活用形の略称一文字を用いて区別した。

7、各見出し語の数字は、本文編で示した各歌謡の歌番号並びに序・替歌・詞書・左注・跋の略称と行数字である。

五、索引の作成に当たっては、小著『「隆達節歌謡」全歌集　本文と総索引』（平成10年・笠間書院）をもとに、それとほぼ同じ基準によって作成することを心がけた。

本文編

序①　それ世の中に、言業《ことわざ》多しと雖も、人の心を慰むるは、真
序②　に小歌よりよろしきはなし。さるにより、節博士を付け、
序③　千早振る神をも涼しめ、歌ひ侍る物なり。しかれば、男
序④　女の仲立ちともなり、朝なけに浦漕ぎ渡る舟人、折に合
序⑤　へば、早苗取る賤《しづ》の女に及ぶまで、小歌に思ひを陳《の》ぶと
序⑥　かや。松の葉の散り失せず、青柳のいと長く、末の世ま
序⑦　でも、弄《もてあそ》びしは小歌の道なるべし。爰《ここ》に山城の国伏見の
序⑧　里に遊君あまた侍りける中に、見目《みめ》形《かたち》優なる女一人あり
序⑨　けり。その名を小柳とぞ言ひける。小柳の小は、小歌の

序⑩　小を取れり。柳は又そのかみ、唐土《もろこし》に聞こえける昭君に
序⑪　譬へん為なり。或る人、柳の緑といふ事を小歌に作り、
序⑫　末の世までの慰みと為すとかや。

美楊君歌集

1　楊柳の、春の風に靡くが如くなる、なり振りをして、なふ難面《つれな》や
2　君は楊柳観音の化身《けしん》かの、心を掛けぬ人はなし
3　打ち見には打ち解け顔に、見ゆれども、誰か結ぶや、青柳の糸
4　柳に交じる藤の花、乱れて垂《しだ》れたか、しゆんなよの
5　一つ柳の木の下に、清水《しみづ》なけれど立ち寄れば、心乱れて、日を暮らす、日を暮らす
6　柳に掛かる藤の花、垂《しだ》れた振りは柳よの
7　唐土《もろこし》の昭君は、形見に柳を植へ(ゑ)置きし、君は名に付く、小柳と
8　花にまされる柳の木立、見るに心のたよたよたよとなる、たよたよと
9　垂《しだ》れ小柳の振りこそ好けれ、桜も今は何にかはせむ
10　とても焦がれて死ぬる身を、一つ柳の糸で、締めて給ふれよの
10替①　思ひ乱れて遣る瀬や、一つ
10替②　情あれとは及びなや、一つ
11　柳の糸の枝垂《えだた》れて、春風に誘はれて、あはれ我にも、お靡きあれ
12　青柳の露重げなる有様を、見れば心も乱れ候

13　風により候、柳の枝も、松の風にはそよそよと
14　柳の糸の乱れた振りを、誰か引くやらん、たよたよと、たよたよと
15　垂《しだ》れ小柳いとお（ほ）しの振りや、な乱れそよの、いとど心の乱るるに
16　雨に靡く柳の糸の乱れたる
17　青柳のいと心ある陰なれや、神もしばしは立ち宿るらん
18詞　男返し
18　しばしとて柳の下に立ち寄りし、神も今将《はた》心留めけり
18左注　右の歌に神といふ事、彼の男に子細ありての事なり。
19詞①　つくづくと世の有様を思ふに、遊び戯るる事も皆夢とな
19詞②　りぬれば、
19　何事も現《うつつ》とはなき世の中を、思ひ渡るぞ夢の浮橋

跋①　生は又死の初めなど、様々思ひ続け侍るとなん。紫式部
跋②　は石山の観音の衆生済度の為、仮に現れ給ふとなり。彼
跋③　の小柳は楊柳観音、無縁の輩《ともがら》を、狂言綺語を以て、讃仏
跋④　転法輪の道に引き入れ給はん為かとぞ覚ゆる。柳の緑は
跋⑤　花の紅に勝りたりとぞ。
奥書　慶長九季初夏日　幸若大夫　職安（花押）

索引編

【あ行】

あさなけに（朝）［連語］　序④
あそ・ぶ（遊）［動四］
—び　19詞①
あはれ［感］　11
あ・ふ（合）［動四］
—へ已　序④
あまた（数多）［副］　序⑧
あめ（雨）　16
あらは・る（現）［動下二］
—れ用　跋②
あ・り（有）［動ラ変］
—り用　序⑧・18注
—れ命　10替②・11
ありさま（有様）　12・19詞①
ある（或）［連体］　序⑪
あをやぎ（青柳）　序⑥・3・12・17
いうくん（遊君）　序⑧
いう・なり（優）［形動］
—なる　序⑧
いしやま（石山）　跋②
いちにん（一人）　序⑧
いと（糸）　3・10・11・14・16
いと［副］　序⑥・17
いとど［副］　15
いとほ・し［形］
—し　15
い・ふ（言）［動四］
—ひ　序⑨
—ふ体　序⑪・18注
いへども（雖）［連語］　序①
いま（今）　9・18
うきはし（浮橋）　19
う・す（失）［動下二］
—せ未　序⑥
うた（歌）　18注
うた・ふ（歌）［動四］
—ひ　序③
うちとけがほ（打解顔）　3
うちみ・る（打見）［動上一］
うちみ用　3
うつつ（現）　19
うら（浦）　序④
う・う（植）［動下二］
—ゑ用　7
えだ（枝）　11・13
お［接頭］　11
お・く（置）［動四］
—き　7
おほ・し（多）［形］
—し　序①
おぼ・ゆ（覚）［動下二］
—ゆる　跋④
おもげ・なり（重）［形動］
—なる体　12
おもひ（思）　序⑤
おも・ふ（思）［動四］
—ひ　10替①・19・跋①
—ふ体　19詞①
およびな・し（及無）［形］
＝10替②
およ・ぶ（及）［動四］
—ぶ体　序⑤

【か行】

か［係助］　序⑥・序⑫・2・3・4・9・14・跋④
が［格助］　1
かか・る（掛）［動四］
—る体　6
か・く（掛）［動下二］

—け未　2
かげ(陰)　17
かぜ(風)　1・13・13
かたち(形)　序⑧
かたみ(形見)　7
かの(彼)[連体]　18注・跋②
かへし(返)　18詞
かみ(神)　序③・17・18・18注
かり(仮)　跋②
き(木)　5
き[助動](過去)
し体　序⑦・7・18
きこ・ゆ(聞)[動下二]
—え用　序⑩
きみ(君)　2・7
きやうげんきぎよ(狂言綺語)　跋③
くに(国)　序⑦
くら・す(暮)[動四]
—す止　5・5
くれなゐ(紅)　跋⑤
くわんおん(観音)　跋②
けしん(化身)　2
けり[助動](過去)
けり　序⑨・18
ける　序⑧・助⑨・序⑩
こ(小)　序⑨・序⑩
こうた(小歌)　序②・序⑤・序⑦・序⑦・序⑨・序⑪
こが・る(焦)[動下二]
—れ用　10
こ・ぐ(漕)[動四]
—ぎ用　序④
ここ(爰)　序⑦
こころ(心)　序①・2・5・8・12・15・18
こころあ・り(心有)[動ラ変]
—る　17
こそ[係助]　9
こだち(木立)　8
こと(事)　序⑪・18注・18注・19詞①
ごとくな・り(如)[形動]
—る　1
ことわざ(言業)　序①
こやなぎ(小柳)　序⑨・序⑨・7・跋③

【さ行】

さくら(桜)　9
さそ・ふ(誘)[動四]
—は　11
さと(里)　序⑧
さなへ(早苗)　序⑤
さまざま(様々)　跋①
さるに[接]　序②
さんぶつてんぽふりん(讃仏転法輪)　跋③
し(死)　跋①
しかれば[接]　序③
しさい(子細)　18注
した(下)　5・18
しだ・る(垂)[動下二]
—れ用　4・6
しだれこやなぎ(垂小柳)　9・15
しづ(賤)　序⑤
し・ぬ(死)[動ナ変]
—ぬる体　10
しばし[副]　17・18
しみづ(清水)　5
し・む(締)[動下二]
—め用　10
しゆじやうさいど(衆生済度)　跋②
しゆん・なり[形動]
—な　4
す(為)[動サ変]
せ　9

し　1
ず[助動](打消)
ず用　序⑥
ぬ　2
すずし・む(涼)[動下二]
―め用　序③
するゑ(末)　序⑥・序⑫
せ(瀬)　10替①
せい(生)　跋①
せうくん(昭君)　序⑩・7
そ[終助]　15
ぞ[係助]　序⑨・19・跋④・跋⑤
その(其)[連体]　序⑨
そのかみ(其上)　序⑩
そよそよと[副]　13
それ[接]　序①
そろ(候)[補助動]　12・13

【た行】

たちやど・る(立宿)[動四]
―る止　17
たちよ・る(立寄)[動四]
―り　18
―れ已　5
たと・ふ(譬)[動下二]
―へ未　序⑪
たはぶ・る(戯)[動下二]
―るる　19詞①
ため(為)　序⑪・跋②・跋④
たま・ふ(給)[動四]
―は　跋④
―ふ止　跋②
たま・ふ(給)[動下二]
―ふれ　10
たよたよたよと[副]　8
たよたよと[副]　8・14・14
たり[助動](完了・存続)
たり止　跋⑤
たる　16
た　4・6・14
た・る(垂)[動下二]
―れ用　11
たれ(誰)　3・14
ちはやぶる(千早振)　序③
ち・る(散)[動四]
―り　序⑥
つ・く(付)[動四]
―く止　7
つ・く(付)[動下二]
―け用　序②
つくづくと[副]　19詞①
つく・る(作)[動四]
―り　序⑪
つづ・く(続)[動下二]
―け用　跋①
つゆ(露)　12
つれな・し(難面)[形]
=1
て[接助]　1・4・5・10・11・11・18・18注
で[格助]　10
と[格助]　序④・序⑨・序⑪・序⑫・7・18・18注・19詞①・19
と[接助]　序①・序⑤・序⑫・10替②・跋①・跋②・跋④・跋⑤
ど[接助]　5
とても[副]　10
とど・む(留)[動下二]
―め用　18
ども[接助]　3
ともがら(輩)　跋③
と・る(取)[動四]
―る体　序⑤
―れ已　序⑩

【な行】

な(名)　序⑨・7
な[副]　15
なか(中)　序⑧
なが・し(長)[形]
　―く用　序⑥
なかだち(仲立)　序④
なぐさみ(慰)　序⑫
なぐさ・む(慰)[動下二]
　―むる　序①
なさけ(情)　10替②
な・し(無)[形]
　―し　序②・2
　―き　19
　―けれ　5
な・す(為)[動四]
　―す止　序⑫
など[副助]　跋①
なに(何)　9
なにごと(何事)　19
なび・く(靡)[動四]
　―き　11
　―く体　1・16
なふ[終助]　1
なむ[係助]　跋①(なん)
なり[助動](断定)
　なり止　序③・序⑪・18注・跋②
　なる　序⑦
　なれ已　17
なりふり(為振)　1
な・る(成)[動四]
　―り　序④・19詞①
　―る止　8
に[格助]　序①・序④・序⑤・序⑤・序⑦・序⑧・序⑧・序⑩・序⑩・序⑪・1・3・3・4・5・6・7・7・8・8・9・11・11・13・13・16・18・18注・18注・跋②・跋④・跋⑤
に[接助]　15・19詞①
ぬ[助動](完了)
　ぬれ　19詞②
の[格助]　序①・序④・序⑤・序⑥・序⑥・序⑥・序⑥・序⑦・序⑦・序⑦・序⑨・序⑨・序⑪・序⑫・序⑫・1・1・2・3・4・5・5・6・7・8・8・9・10・11・11・12・13・13・14・14・15・15・16・16・17・18・18注・18注・19詞①・19・跋①・跋②・跋②・跋②・跋③・跋④・跋④・跋⑤
の[終助]　2・4・6・10・15
の・ぶ(陳)[動四]
　―ぶ止　序⑤

【は行】

は(葉)　序⑥
は[係助]　序①・序②・序⑦・序⑨・序⑩・2・2・3・6・7・7・9・9・10替②・13・17・19・跋①・跋②・跋③・跋④
ば[接助]　序⑤・5・12・19詞②
はじめ(初)　跋①
はた(将)　18
はな(花)　4・6・8・跋⑤
はべ・り(侍)[動ラ変]
　―り用　序⑧
　―る　序③・跋①
はる(春)　1
はるかぜ(春風)　11
ひ(日)　5・5
ひきい・る(引入)[動下二]
　―れ用　跋④
ひ・く(引)[動四]

―く止　14
ひと（人）　序①・序⑪・2
ひとつ（一）　5・10・10替①・10替②
ふしはかせ（節博士）　序②
ふしみ（伏見）　序⑦
ふぢ（藤）　4・6
ふなびと（舟人）　序④
ふり（振）　6・9・14・15
べし［助動］（当然）
　べし　序⑦

【ま行】

まことに（真）［副］　序①
まさ・る（勝）［動四］
　―り　跋⑤
　―れ已　8
まじ・る（交）［動四］
　―る止　4
また（又）［副］　序⑩・跋①
まつ（松）　序⑥・13
まで［副］　序⑤・序⑥・序⑫
み（身）　10
みぎ（右）　18注
みだ・る（乱）［動下二］
　―れ用　4・5・10替①・12・14・
15・16
　―るる　15
みち（道）　序⑦・跋④
みどり（緑）　序⑪・跋④
みな（皆）　19詞①
みめ（見目）　序⑧
み・ゆ（見）［動下二］
　―ゆれ已　3
みる（見）［動上一］
　みる体　8
　みれ　12
む［助動］（意志・婉曲）
　む止　9・序⑪（ん）・跋④（ん）
むえん（無縁）　跋③
むす・ぶ（結）［動四］
　―ぶ止　3
むらさきしきぶ（紫式部）　跋①
も［係助］　序③・序④・序⑦・9・11・
12・13・17・18・19詞①・19
もつて（以）［連語］　跋③
もてあそ・ぶ（弄）［動四］
　―び　序⑦
もの（物）　序③
もろこし（唐土）　序⑩・7

【や行】

や［係助］　序⑥・序⑫・1・3・10替
①・10替②・14・15・17
やうりう（楊柳）　1
やうりうくわんおん（楊柳観音）　2・
跋③
やなぎ（柳）　序⑩・序⑪・4・5・6・
6・7・8・10・11・13・14・16・
18・跋④
やましろ（山城）　序⑦
や・る（遣）［動四］
　―る体　10替①
ゆめ（夢）　19詞①・19
よ（世）　序⑥・序⑫・19詞①
よ［間投助］　4・6・10・15
よ・し（好）［形］
　―けれ　9
よのなか（世中）　序①・19
より［格助］　序②・序②
よ・る（寄）［動四］
　―り　13
よろ・し（宜）［形］
　―しき　序②

【ら行】
らむ［助動］（現在推量）
　らむ止　14（らん）・17（らん）
り［助動］（完了）
　り止　序⑩
　る　8
る［助動］（受身）
　れ用　11
【わ行】
わた・る（渡）［動四］
　―る体　序④・19
われ（我）　11
を［格助］　序①・序②・序③・序⑤・序⑨・序⑩・序⑪・1・2・5・5・7・10・12・14・19詞①・19・跋③・跋③
をとこ（男）　18詞・18注
をとこをんな（男女）　序③
をり（折）　序④
をんな（女）　序⑤・序⑧

第二章　近世初期流行歌謡五種　本文と各句索引

はじめに

我が国には歴史的に多くの歌謡が興り、そして消滅して行った。とりわけ近世と呼ばれる江戸時代には、多くの流行歌謡が興亡を繰り返し、文献資料にもそれらのうち一部の歌詞が記し残されるに至った。しかし、今日それらの歌謡に目が向けられることは稀である。研究という観点から言っても、同じ韻文文芸の和歌には五・七・五・七・七の各句ごとに検索できる索引機能を持った『国歌大観』『新編国歌大観』が備わっているのに対し、歌謡には同様のものは存在しない。

一方、江戸時代の文学作品にはしばしば、その時代を代表する流行歌謡が記し留められているが、今日それらがいつ頃のどういう性格の歌謡であるのかを調査することも容易ではない。そこで著者は、平成十四年度科学研究費補助金（研究成果公開促進費）の交付を受け、『近世流行歌謡　本文と各句索引』（平成15年・笠間書院）を刊行した。同書は盤珪永琢『臼引歌』から『淡路農歌』に至る十九種の歌謡集と二種の地誌に掲載された三一五八首の七・七・七・五調流行歌謡を対象として、校訂本文を作成するとともに、各句ごとに五十音順に配列した索引を収録した一書である。いわば、江戸時代中後期の流行歌謡版『新編国歌大観』と言ってもよいであろう。ただし、残念ながら同書には単独の歌謡集を持たない江戸時代初期の七・七・七・五調流行歌謡については、収録の対象外とせざるを得なかった。

　そこで、本節ではそれら江戸時代初期の流行歌謡を諸歌謡集や随筆類から集成して、新たに校訂本文を作成し、併せて各句の五十音順に配列した索引を収めることとした。したがって、本節は小編著『近世流行歌謡　本文と各句索引』の続編に当たると同時に、同書を補完する役割を担っていることになる。

　以下、凡例を掲げる。

[凡例]

一、本節は江戸時代初期の近世小唄調（七〈三・四〉／七〈四・三〉／七〈三・四〉／五）流行歌謡五種（弄斎節・片撥・投節・かはりぬめり歌・のほほん節）を対象として、本文編に歌謡本文を収録するとともに、索引編として七・七・七・五の各句ごとの索引を作成したものである。

二、歌謡本文は諸歌謡集や随筆類から集成し、依拠した原本の表記を尊重しつつ、歴史的仮名遣いに基づいた校訂本文とした。なお、「投節」集成に関しては、野間光辰氏「なげ節考」（『近世文芸』第十八号〈昭和45年7月〉・第十九号〈昭和46年4月〉）をもとにして校訂本文を作成した。

三、歌謡本文の漢字・仮名の当て方は依拠した原本に従った。また、踊り字については使用を避け、漢字と仮名による本文に開いた。

四、歌謡本文には各句の区切りとすべき部分に読点を施した。

五、歌謡本文に異文が存在する場合には、当該句の後に（　）を用いて異文句を掲出し、索引にも収録した。ただし、助詞一字程度の小異の異文については、これを省略した。

六、歌謡本文に続けて（　）内にその歌謡を収録する歌謡集や随筆類の書名を左記の一字の略称で示した。なお、同じ歌謡集に二度重複して採られている場合は、略称を二度示す。

吉＝吉原はやり小哥そうまくり、異＝異本洞房語園、当＝当世小歌揃、当〈江〉＝当世小歌揃「江戸弄斎」、淋＝

淋敷座之慰、ぬ＝ぬれぼとけ（〈　〉内は遊女名）、筆＝筆三味線、投＝新町当世投節、松＝松の葉、世＝世話鹿子、新＝新投節、朝＝朝倉治彦蔵本投節、山＝山家鳥虫歌、好＝好色伊勢物語、鄙＝鄙雑俎、若＝若緑、万＝万葉歌集、落＝落葉集、大＝大幣、延＝延享五年小歌しやうが集、姫＝姫小松、都＝都色欲大全、失＝吉原失墜、紫＝紫の一本

七、収録歌謡は各流行歌謡ごとに冒頭の五十音順に配列し、歌番号を付した。

八、索引編については各句冒頭の五十音順に掲出し、流行歌謡名を左記の一字の略称で示し、続いて歌番号を算用数字で掲げ、最後に第何句目にあたるかという句番号を、丸囲みの数字で示した。また、異文句については丸囲み数字の下に「異」と明記した（［例］参照）。

弄＝弄斎節、片＝片撥、投＝投節、か＝かはりぬめり歌、の＝のほほん節

［例］弄1①＝弄斎節第1番歌第1句目、弄27①異＝弄斎節第27番歌第1句目異文句

本文編

「弄斎節」集成

1　逢うた其の夜の、明け六つ鐘を、まつり替へたや、暮れ六つに（吉）

2　逢うて立つ名が、立つ名のうちか、あはで立つこそ、立つ名なれ（異）

3　秋は夜長し、訪ふ人もなし、明かしかねたる、今宵かな（異）

4　阿波の鳴門にの、身は沈むとも、君の仰せはの、背くまい（当〈江〉）

5　海人《あま》の釣り舟、身は焦がるれど、甲斐もなき世の、浦に住む（淋）

6　いつの月日に、相馴れ染めて、今は離りようか、恨めしや、何の因果に、相馴れ染めて、人目つつめば、憂や

辛《つら》や、泣くも泣かれず（当）
7 出づる月日の、短の命、絶えぬ思ひの、恨めしや（淋）
8 いとどその夜もの、嘆きて明かす、床《とこ》もの枕も、浮くばかり（当〈江〉）
9 今や今やと、待つ転寝《うたたね》に、知らで明けぬる、夜ぞ辛《つら》き（ぬ〈出羽〉）
10 うつらつらつら、君故我は、野辺の草木も、知らで切る（ぬ〈明石〉）
11 表短の、更紗の小袖、恨みながらも、着ておよれ（吉）
12 思ひ思ひて、逢ふ夜はしばし、鳥のそら寝も、止めよかし（ぬ〈和泉〉）
13 思ひ切るとは、遣る方なさよ、心乱るる、捨て言葉（ぬ〈内記〉）
14 思ひ切ろとはの、便りの情、実はの浮世の、捨て言葉（当〈江〉）
15 思ひ捨つるな、叶はぬとても、縁と浮世は、末を待て（吉）
16 思ひ出すとは、忘るる故よ、思ひ出さぬよ、忘れねば（異）
17 思ひ出す夜は、枕と語ろ、枕もの言《ゆ》へ、焦がるるに（吉・淋）
18 思ふまいもの、心を尽くし、よそに心の、ある様を（淋）
19 返す返すも、この夕暮は、いとど昔が、偲ばるる（ぬ〈采女〉）
20 神も仏も、浮世も要らぬ、君が捨てにし、身ぢやものを（ぬ〈越後〉）
21 神や仏を、恨むは輪廻、過去《くわこ》の因果よ（過去の約束）、是非もなや（吉）（淋）
22 君は紅、我綟衣《もぢころも》、八重につつめど、色に出る（淋）
23 君は照る日か、わりや降る雪か、見れば心の、消え消えと（吉）
24 君を見たさに、行きては帰り、何の因果の、末ぢややら（吉）

25 槿花《きんくわ》一日、変はらぬ我が身、頼み少なき、世ぞ辛き（ぬ〈千歳〉）

26 源氏狭衣、菖蒲《あやめ》も嫌よ、君の姿を、花と見る（吉）

27 焦がれ焦がれて（恋に焦がれて）、露とも消えば、後《あと》はとにかく、君頼む（淋）（当）

28 恋を始めた、人恨めしや、今の我が身の、辛《つら》き故（淋）

29 さても恋には、死なれぬものよ、生きて甲斐なの、賤《しづ》が身や（ぬ〈美穂〉）

30 覚めて淋しき、恨みの床や、君に添ひ寝の、夢を見て（ぬ〈主殿〉）

31 しだれ小柳、乱れて見せそ、つれて心の、羨まるるに（淋）

32 すすぐまいもの、形見の小袖、馴れし昔が、薄くなる（吉）

33 住めば浮世に、思ひのますに、月と入らばや、山の端に（異）

34 立つる錦木、甲斐なく朽ちて、添はで年経る、身ぞ恨み葛の葉（当）

35 頼み掛け置く、結ぶの神の、誓ひ変はるな、古《いにしへ》に（淋）

36 頼むまいぞのの、辛《つら》きの君を、逢瀬逢瀬に、変はる身を（当〈江〉）

37 月の訪ひ来る、其の夜な夜なは、思ひ遣られて、袖絞る（淋）

38 辛《つら》き人よりの、つれなき命、さても儚《はかな》の、我が身やな（当〈江〉）

39 連れてござれや、いづくへなりと、たとへ葎《むぐら》が、宿なりと（異）

40 とても縁ない、仲にてあらば、などや初めの、辛《つら》からぬ（淋）

41 永き別れと、かねても知らば、恨み口説きは、せまいもの（ぬ〈花月〉）

42 嘆きある世も、月日を送る、さても命は、あるものか（異）

43 寝ても覚めても、忘れはせまい、今朝の別れの、睦言《むつごと》を（ぬ〈長門〉）

44 寝ても寝られぬ、この明月は、君の面影、身に添ひて（ぬ〈小塩〉）
45 花の盛りを、徒《あだ》にぞ暮らし、昔恋しき、賤《しづ》が身や（ぬ〈吉田〉）
46 花は散りても、また春咲くが、君と我とは、一さかり（吉）
47 花は散りても、またもや咲くが、老いに萎《しを》るる、身ぞ辛《つら》き（ぬ〈丹州〉）
48 離れ離れの、あの雲見れば、明日の別れも、あの如く（淋）
49 文は遣りたし、我が身は書かず、物を言へかし、白紙が（吉）
50 枕ならでは、知る人もなや、誰に語らむ、憂き辛《つら》さ（ぬ〈金吾〉）
51 枕並べて、語りしことを、忘ればしすな、後の世も（ぬ〈淡路〉）
52 枕引き寄せ、涙とともに、何とせうぞと、独り言（ぬ〈籬垣〉）
53 枕屏風に、書き置く程に、恋しかろ時や、起きて見よ（吉）
54 松の林の、木《こ》の下陰《したかげ》も、君が御座らにや、恨めしや（当）
55 裳裾踏むほど、馴れにし君も、人目つつめば、語られぬ（ぬ〈立田〉）
56 山の端に、住めば浮世に、思ひのますに、月と入ろやれ、山の端に（淋）
57 山の端に、情ないぞの、身は鴛鴦《をしどり》の、言はで年経る、身ぞ辛《つら》き（当）
58 山の端に、西へ東へ、渡りし里も、月の光は、独りものかは（当）
59 夢に見てさへ、其様のことを、はらと泣いては、消え消えと（吉）
60 夢の世に、見たや聞きたや、山時鳥《ほととぎす》、姿ならずは、声なりと（当）
61 よしや今宵は、曇らば曇れ、とても涙で、見る月を（異）
62 よしや嘆かじ、叶はぬとても、定めなきこそ、浮世なれ（異）

63 忘れ草がなの、一本《ひともと》欲しや、折りての育てて、見て忘りよ（当〈江〉）

「片撥」集成

1 あこがれて、我は桔梗の花よ、情に一夜《ひとよ》、宿をかるかや（吉）
2 浅茅が原の、露とも消えよ、迷ひし我も、隅田川かや（ぬ〈高松〉）
3 逢ふ夜は後の、思ひの種よ、別れの明日を、かねて思へば（ぬ〈玄蕃〉）
4 あら懐かしの、松虫の声や、声聞くたびに、おりん恋しや（吉）
5 恨みのあるも、思ひのあまり、思はぬ君には、恨みなや辛《つら》や（吉）
6 思ひ寝の床《とこ》ぞ、一方《ひとかた》ならね、夢にも絞る、袖の白露（ぬ〈唐崎〉）
7 くすむで我に、思はせ振りは、嫌なら置きやれ、ふつと止《や》めべい（ぬ〈逢坂〉）
8 焦がれて死なば、浮き名や立たむ、死にての後は、とにもかくにも（ぬ〈八千代〉）
9 此の夕暮は、一入《ひとしほ》涙、頼みし君に、恨み振られて（ぬ〈難波〉）
10 声は聞けども、姿は見えじ、君は深みの、きりぎりす（吉）
11 さす盃は、三世の機縁、二世まで契る、さすぞ盃（吉）
12 忍びしことの、もし顕れば、それやそれまでよ、忍べ戯《たはぶ》れよ（ぬ〈高瀬〉）
13 せめては夢に、まみえてたもれ、夢には浮き名、関はすわらじ（ぬ〈河内〉）
14 空飛ぶ雁は、常磐《ときは》へ行くか、我らも故郷《こきやう》、都恋しや（吉）
15 たまさかに君と、語ろとすれば、別れを告ぐる、鳥ぞ物憂き（ぬ〈若狭〉）
16 包むとすれど、色にぞ見ゆる、心に余る、花のかほばせ（ぬ〈柏木〉）

17 つれなき君に、相馴れそめて、浮き名は龍田、思ひ深草（吉）
18 寺々の鐘は、撞《つ》きても鳴るが、縁尽きぬれば、ならぬものかな（吉）
19 涙の袖に、宿れる月は、君にも告げよ、夜半《よは》の月影（ぬ〈一学〉）
20 錦の床も、独りは嫌よ、葎《むぐら》の宿に、袖を敷きても（ぬ〈高尾〉）
21 後《のち》の世までと、契りし仲も、別れて後は、夢の戯《たはぶ》れ（ぬ〈白玉〉）
22 一方《ひとかた》ならぬ、思ひをすれば、枕も聞けよ、夜《よ》こそ寝られね（吉）
23 短夜の月よ、語りも足らぬ、山時鳥《ほととぎす》、初音《はつね》恋しや（吉）
24 身は病葉《わくらば》か、問ふ人もなや、恨みは須磨の、浪の数々（ぬ〈常世〉）
25 見れば見渡す、棹さしや届く、何故に我が恋、届かぬぞ（吉）
26 もろきは露と、誰が言ひ初めた、我が身も草に、置かぬばかりよ（ぬ〈吉野〉）
27 破れた橋は、渡るが大事、主《ぬし》ある貴様《きさま》を、引くが大事よ（吉）
28 夢とは知らで、手を打ち掛けた、覚むればもとの、独り寝の床《とこ》（ぬ〈石州〉）
29 夢の間の浮世、死んでは要らぬ、お情あらば、命あるうちに（吉）
30 我が身は伯牙、子期かや君は、別れは誰に、弾いて聞かせん（ぬ〈田村〉）
31 別れは憂いと、思へど我は、嬉しき君が、宵の手枕（ぬ〈三笠〉）

「投節」集成

1 あいはちかうて（あいはちかきに）、かたりはならず（かたりはせいで）、ちがのしほがま、身をこがす、（筆）
（投）（松）

2　あうていひたや、つかのまなりと（露のまなりと）、せめて思ひの、あらましを（筆）（投）

3　あうて立つ名が、たつ名のうちか、あはでたつこそ、たつなれ（うき名なれ）（筆）（投）（世）（異）

4　あかぬなごりに、又ねのとこの、夢はふたたび、袖ぬらす（筆）

5　あきの夜すがら、くまなき月を、ひとりみるよは、うらめしや（新）（投）

6　秋はつねさへ、物がなしきに、いとどくもゐの、かりの声（筆）（朝）

7　あきもあかれも、せぬ仲なれど、ときのくぜつで、かたられぬ（投）

8　あけもせぬ夜に、はやきみかへす、きつねはめがな、あのとりを（新）

9　あけもやらぬに、はや君かへる、きつねはめなで、くたかけを（筆）

10　あさなゆふなに、おもへど君が、いかでしらなみ、たつ名さへ（筆）

11　あさのかへりに、きみにはわかれ、とこはなみだで、うくばかり（新）

12　あだな契りに、うき名の立ちて、人めはづかし、いまさらに（今しばし）（筆）（新）

13　あだなちぎりを、むすびていまは、わがみひとつの、うきおもひ（松）

14　あだになすなよ、その夜のちぎり、かはすことばの、一すぢに（朝）（投）

15　あはでかへれば、おもひのやみよ（こころのやみよ）、月はさゆれど、道みえず（筆）（松）

16　あはできえめや、うたかた人に、心ふかめて、おもひ川（筆）

17　あはでぬるよは、そでひぢまさる、ゆめはまくらの、いとまなや（松）

18　あはでまたるる、こよひのそらは、月になぐさむ、わがこころ（朝）

19　あはぬうらみは、ふつふつせまい、つらきうらみを、おもひては（朝）

20　あはぬつらさを、こがれしよりは、あうてわかるる、うきなみだ（松）

21 あはぬむかしと、あひ見てのちと、いづれおもひは、いかならん（朝）（当）
22 あはぬよごとを、あふよのかずに、おもひかへても、うきなみだ（筆）
23 あはばわかれの、うからん物と、おもひなせども、このゆふべ（筆）
24 あはれなりけり、おやはらからで、ためにしづみし、こひのふち（新）
25 あはれなる哉、梅若丸は、しらぬ東に、隅田川（淋）
26 あひたみたさは、とび立つばかり、かごの鳥かや、うらめしや（筆）（投）（山）
27 あふぎならでも、みはふるさるる、あきのながめよ、つゆばかり（松）
28 あふさきるさに、みだれてけさも、をばながくれに、たちどまる（松）
29 あふさきるさの、おもひのいろを（おもひをせめて）、人のとへかし、かたりたい（筆）（朝）
30 あふにかへなば、命もすてよ、よしやうき名の（よもにうき名の）、たたばたて（筆）（当）（朝）
31 あふもわかれも、みないとによる、なみだつらぬけ、かた見にも（松）
32 あふ夜みじかし、あはぬよながし、こころからとは、いひながら（新）
33 あへばおもひの、せきくるゆゑか、なにとばかりの、ひざまくら（新）
34 あへばつれなき、かぎりをみれど、うきものかは、あはぬには（筆）
35 あまのかがりび、うらみてあかす、きみのこころの、つらきゆゑ（朝）
36 あまのすてぶね、よるべもしらで、ひとりなみだに、ふししづむ（松）
37 あまのたくなる、もしほのけぶり、ひとのたちゐの、しほとなる（松）
38 雨のふるよに、ひとしほゆかし、いつにおろかは、なけれども（筆）（新）（松）（当）（朝）
39 あられふるらし、とやまのかづら、いろにみゆるを、いかにせん（松）

40 ありしちかひを、わすれし人の、かへり命が、をしまるる（筆）
41 いかなよもよも、ひとこそしらね、ねやはなみだの、ふちとなる（筆）（投）（松）
42 いかにへだてし、おぼつかなさぞ、しめてねるよも、あかぬみの（松）
43 いきて命は、あすまであらじ、とはばとへかし、このゆふべ（筆）
44 いくへかさなる、やまかはなりと、こころへだつな、たびごろも（松）
45 いくよしほれて、きぶねのかはも、そでのなみだに、たまぞちる（松）
46 いくよねざめの、なみだのふちせ、なみのうねうね、うきまくら（松）
47 いくよふるとも、もらさぬみづの、したにかよふや、いはねぶみ（松）
48 いざや君たち、しやみひくまいか、とこで二丁の、つれびきを（新）
49 いざやともない、あのしまばらへ、のべにほたるが、みつとんだ（新）
50 いそのまつがね、なみうちかけて、たつなわりなき、こひのふち（松）
51 いつにわすりよぞ、寝乱れ髪の、顔《かほ》にかかりし、おもかげを（投）
52 いつのゆふべに、そでふりわかれ、もはやあさぢも、せにあまる（松）（松）
53 いつもうらみは、あり明月を、わきてつれなき、わかれぢに（筆）
54 いつもなれども、こよひの夜ほど、君の恋しき、夜さもなや（投）
55 いつもねられぬ、手ずさみなれや、鴫《しぎ》のはねがき、かきあつめ（筆）
56 いとどさびしき、ねざめのとこに、なみだなそへそ、ほととぎす（松）（当）（新）
57 いまはたよりの、ふみさへたえつ、なにいのちは、かけてまし（松）
58 いまはみだれて、うきやまどりの、ながきつらさの、おもはるる（松）

59 いまはみにしる（いまはみにしむ）、あいべつりくの、うさをおもへば、なかなかに（松）（投）
60 今はむなしき、たよりの文を、過ぎし御げんと、くりかへし（筆）
61 いやぞふけゆく、月をばみまい、なにとなくても、袖しぼる（筆）
62 いろにしづみて、きえゆくみなら、ひきはかへさじ、すてをぶね（松）（松）
63 うきみうきくさ、しづみもはてぬ、そこのこころを、つきやしる（松）
64 うき身うらめし、なれずばかほど、ものはおもはじ、さりとては（新）
65 うきもつらきも、世にすむゆゑよ（世にすむうちよ）、しなざやむまい、わがおもひ（筆）（投）
66 うき世つらさに、み山にいれば、おもふ人こを、ほだしなれ（筆）
67 うきをしのびて、まつべきことの、するにありとは、しらねども（筆）
68 うきをつみたる、柴舟なれば、たかぬさきより、こがれゆく（筆）
69 うしときつる、鳥のねばかり、人はのこらぬ、ねやのうち（筆）
70 うしやこの身は、親はらからの、ためにしづみし、恋の淵（好）（松）
71 うぢのはしもり、あはれと人は、いはでとしふる、そでのいろ（松）
72 うちやうたれし、まくらのふちも、いまはいくせの、あすかがは（松）
73 うつつながらの、御《ご》げんもたえて、夢にみせばや、わがこころ（筆）
74 うつつならでも、わすれずながら、みしやおもかげ、はかな夢（筆）
75 うづらなくなる、ふか草ならで、今はしゆじやかの、野べになく（筆）
76 うづらなくなる、ふか草なれば、我はしゆじやかの、露なみだ（筆）（投）
77 鶉《うづら》鳴くなる、深草野辺の、我は朱雀《しゆじやか》の、野べの露（鄙）

78 うはのそらなる、そのかぜだにも、松の音する、ならひあり（筆）
79 うらみあれども、かたりはせまい、もしもえんあり、そはぬとき（新）
80 うらみかこつは、うきよのならひ、きみにそむかじ、わがこころ（新）
81 うらみながらも、またうちながむ（またうちむかふ）、月はゆかりか、うき人の（新）（当）（松）（若）
82 うらみながらも、またなつかしや、つらきことばの、するゐまでも（新）
83 うらみられたり、うらみもしたが、今は問はれず、とひもせず（投）
84 えんとじせつの、有りとはいへど、露の命が、たのまりよか（筆）
85 沖の石とは、ほかにはあらじ、恋をする身の、袖を見よ（筆）（万）
86 おきもねもせで、あられぬときは、なみだほかには、ふみばかり（新）
87 おきも寝もせで、思ひの泪《なみだ》、石の枕も、うくばかり（投）
88 おくり返せば、淋しやねやに、枕ばかりと、鳥の声（鄙）
89 おなじこの世を、わかれんものか、恋もしねとの、つれなさは（筆）
90 おもひあまりて、まみえしゆめよ、さめてなみだの、ほかぞなき（松）
91 おもひあまりて、をりたくしばの、ふぶりさびしき、ゆふまぐれ（松）
92 思ひ出だして、寝られぬこよひ、枕なりとも、伽《とぎ》となれ（投）
93 おもひいでじと、しのぶることも、わすれわびぬる、恋しさに（筆）
94 思ひ思ひて、書きやるふみを、ときも見もせで、返さるる（投）
95 思ひかけたは、むげにはせまい、いしにたつやも、あるものを（新）
96 おもひかさねて、くるしやいまは、あはでいのちも、たえなまし（松）

97 おもひきれとは、きままのうきよ、たれかはきらん、わがこひは（新）
98 思ひこしかた、行末かけて、かたる其のまに、とりがなく（投）
99 おもひこほりて、うき身のつらら、あはれ春日《はるひ》の、君ならで（筆）
100 おもひそめたよ、こきくれなゐの、そではちしほの、なみだかな（新）
101 おもひたえなで、立つなもくるし、あまのいそやの、ゆふけぶり（新）
102 おもひだすとは、わするるゆゑよ、おもひださずや、わすれねば（筆）（異）
103 おもひつづけて、なみだのしぐれ、さだめなきこそ、うきよなれ（松）
104 おもひねざめの、そのあか月は、とりもはらはら、われもなく（新）
105 おもひふかくさ、こがれてわれは、かよひくるまの、かひぞなき（朝）
106 おもひまはせば、世の中なるに、わが身ひとりと、なげくかな（筆）
107 おもひみだれて、あしやのさとに、あまのたくひか、とぶほたる（松）
108 おもひみだれの、さはべのほたる、われもこひぢに、むねをやく（朝）
109 おもひやるせの、なき身をとはば、かたわ車の、我ひとり（筆）（投）
110 おもひやるせの、身はすてをぶね、せめてやどかせ、こぎとめて（新）
111 おもひよらずの、なさけをうけて、こひにくちなん、身ぞつらき（朝）
112 おもひわするな、ちよふるとても、ちぎりかはせし、かねごとを（朝）（当）
113 おもふ一ねん、むげにはせまい、かたき石にも、矢のたつに（筆）
114 かぎりある身に、さりとは人の、とほきゆくゑを、おもへとや（松）
115 かくとしらさで、きえゆくならば、つらきむくいの、ありやせん（松）

116 かぜにまかするゝ、はなぢやとままよ、せめて一よは、とまれかし（新）
117 風はふかねど、うつろふものは、人の心の、はなのいろ（筆）
118 かなたこなたに、よるかたいとの、たえずくるしき、たまのをや（筆）
119 かはす枕の、かずかずなるを、しりてうとまぬ、うき恋ぢ（筆）
120 かはす枕は、数々なれど、こころとまるは、君ひとり（投）
121 かはづなくさへ、うらみのあるに、ましてねざめの、ほととぎす（松）
122 かはる心と、ゆめゆめしらで、とはずがたりの、はづかしや（筆）
123 かへるのみちの、あさぢにやどる、つゆにそへたる、わがなみだ（松）
124 かよひなれにし（かよひきなれし）、しゆじやかののべの、つゆはものかは、わがなみだ（松）（朝）
125 かよふ心の、ものいふならば、日にはいくたび、こととはん（筆）
126 かよふこころは、くもゐのよその、なかにすぎゆく、つきひかな（松）
127 かりのやどりを、もとめし人のその名さすがに、にしへゆく（筆）
128 かをる橘、さもむつまじや、やまとなれしは、ふぢの花（投）
129 きえぬこころの、なかばはくもに、かよふあらしを、よすがにて（松）
130 君があたりの、ゆふべのそらは、くものはたてに、ものおもふ（筆）
131 君が手なれの、此のしやみひけば、おもひみだるる、いとのいろ（筆）
132 きみとたつなは、ねがひのままよ、おそくしれたよ、いまさらに（朝）
133 君とぬる夜は（君とあふ夜は）、はにふの小屋も、玉のうてなに、まさるもの（筆）
134 きみともろとも、しにたやわれは、いのちありても、そはぬもの（新）（朝）

135 君と我とが、ちぎりのするゑは、いかでしらなみ、うみのはて（筆）

136 君と我とが、ちぎりのするゑは、海とくもとの、はてもなし（筆）

137 君と我とが、契りの道は、いつもたえすな、来世まで（投）

138 君と我とは、二葉のまつよ、ちれどちらねど（おちてもろとも）、もろともに（二せまでも）（筆）

139 きみにうらみは、みしまのこゆみ、ゆふてなにしよぞ、きくにこそ（新）

140 君に怨みは、われこそまされ、さのみなきそ、きりぎりす（投）

141 きみのこころに、ふくあきかぜは、しづが身にしむ、おもひかな（新）

142 君の心は、つれなや扨《さて》も、いきの松ばら、とひもせず（投）

143 君のすがたを、たとへにとれば、花やもみぢは、かずならぬ（新）

144 君のなさけの、うれしきままに、うき名立つとも、思はれず（投）

145 きみのなさけは、うすもみぢにて、こきはわがみの、おもひかな（新）

146 君のなさけを、忘れはせまい、露とわが身は、消ゆるとも（投）

147 君のみるべき、文ぞとしれば、わが手ながらも（わが身ながらも）、うらやまし（はづかしや）（筆）（新）

148 君はかはると、かはりはせまい、なさけわすれぬ、我ならば（筆）

149 君はさくらよ、たれさきそめた、ちらぬ其のまに、契りたや（投）

150 きみはしらじな、しのぶのうらに、たえずこころの、かよふとも（朝）

151 きみはつらくと、うらみはせまじ、こころからなる、みのうさを（松）

152 きみも見よかし、こよひの月を、せめてこころを、かよはせて（朝）

153 きみをおもひに、うき身をこがす、われはさはべの、ほたるかな（新）

154 君を思へば、いはまのたけよ、寝入りかねつつ、夜をあかす（投）
155 槿花《きんくわ》露命の、身をもちながら、さのみ人には、つらかりそ（筆）
156 くずのうらかぜ、みにしみじみと、かへるつらさが、おもはるる（朝）
157 くものはたての、そなたをこひて、すめばすむみぞ、あぢきなき（松）
158 くゆるおもひと、さきにはしらで、つらやぢよさいと、うかむらん（筆）（朝）
159 くるわ住居《ずまひ》も、親はらからよ、ために沈めし、身のほどを（投）
160 くるわはなれて、つみなき月を、いつかみやこの、そらにみん（筆）（朝）（松）（落）
161 げんじさごろも、いせものがたり、見るにつけても、きみこひし（朝）
162 こがれこがれて、つゆともきえば、あとはとにかく、きみたのむ（新）
163 こころごころの、よのなかなれや、はなのうてなの、つゆのいろ（松）
164 こころぼそくも、ともしびふけて、まつはいのちの、きえもせず（松）
165 心ぼそくも、みすぢのいとの、よるべさだめぬ、身の行くへ（筆）
166 こたつきてみよ、かけすりこばち、ちははかはらぬ、わかれんぎ（筆）
167 こぬよあまたの、やまほととぎす、ふるはむらさめ、わがなみだ（松）
168 こぬ夜つらさに、すずりをならし、なみだながるる、ふでのうみ（朝）
169 恋しゆかしと、なげきはすれど、あへばくぜつで、夜を明かす（筆）
170 こひしゆかしは、すぎにしむかし、今はとはれも、とひもせず（大）
171 恋しゆかしは、ただよのつねよ、いふにいはれぬ（わけていはれぬ）、わがおもひ（筆）
172 恋で死んだら、焼かずにすてよ、しんはこがれて、ゆくものを（投）

173 恋にいさめる、心の駒も、かかるくつわに、責めらるる（投）
174 恋にいのちを、すつるといはば、しにもやすかれ、このうき身（筆）
175 こひにくちなん、うき身のうへを、あはれとも見よ、さりとては（朝）
176 こひにこがれて、なくせみよりも、なかぬほたるが、身をこがす（松）（延）
177 恋のふちせに、身はなげぶしの、思ひ沈むは、我独り（投）
178 恋の山ぢの、うきふし柴を、しばしこりても、おもひやも（筆）
179 恋の山とは、わが住む里よ、深き思ひの、つもり来て（投）
180 恋のやみぢに、まよひし身をば、あからさま成る、月ぞうき（筆）
181 こひはせまじや、かたちはやつれ（姿はやつれ）、人のみるめも、はづかしや（新）（投）
182 恋もしなんの、こがるるむねは、契りあさまし、たつけぶり（筆）
183 こよひわかれて、またあすよりは、かはるまくらよ、ぜひもなや（朝）
184 これもさすがに、あはれをそふる、をだのかはづの、くれのたへ（松）
185 こゐにあらはれ、なくむしよりも、いはでほたるの、みをこがす（松）（延）
186 こゐはすれども、姿は見えぬ、君は深野の、きりぎりす（淋）
187 こんど御座らば、もてきてたもれ、伊豆のお山の、なぎの葉を（淋）
188 さしもしらじな、かくとはきみに、つつむおもひの、もゆれども（松）
189 さても気のどく、別れもつらし、あはで忘るる、恋もがな（投）
190 さてもくるしや、わづかのむねに、おもひかずかず、せきみちて（筆）
191 さてもねられぬ、あかつきうしや、すぎしこよひの、しかもいま（松）

192 さてもよしなや、戯《たはぶ》れそめて、今の思ひは、人知らず（投）
193 さらば命の、たえなばたえよ、すめばうらめし、同じ世に（筆）（投）
194 さらばおもかげ、はなれもやらで、ひとのつらさに、ますかがみ（松）
195 さらばやというて、お手うちかけて、心ほそみち、たどたどし（筆）
196 さらばやというて、お手うちかけて、ほろとないたを、いつ忘りよ（筆）
197 さらばやというて、みおくるけさの、心ほそみち、たどたどし（筆）
198 しぐれしぐるる、涙の雨に、袖をもみぢの、色にそむ（投）
199 しげきこひぢの、そのみちしばに、とめてやどかせ、あまをぶね（新）
200 しでの山ぢを、たがふみわけた、ゆきてふたたび、おともせず（新）
201 しのぶこころを、いろにはださじ、ものやおもふと、とふばかり（松）
202 しのぶたもとの、いろ見えそめて、こころにもにぬ、わがなみだ（松）
203 しのぶちぎりの、えんこそなくと、せめてなさけの、ことのはを（朝）
204 しみのすみかを、今こそしりぬ、たづねいでぬる、たまづさに（筆）
205 しらずしられぬ、昔の身なら、くずのうらみも、よもあらじ（投）
206 しんぞかはるな、あはずとままよ、かごとつくせし、なかぢやもの（朝）
207 しんぞ八まん、みるとなづむ、末のおもはく、いかにせん（投）
208 すぎしあまよの、その物がたり、とかくうき世の、しなさだめ（筆）
209 すぐる月日は、われのみしりて、かひもなき身を、うちなげく（松）
210 すすぐまいもの、かた見の小そで、なれしにほひの（なれし昔が）、ちるものを（うすくなる）（新）（吉）

211 せめてかさめせ、くもゐの月も、とまりがらすの、にしへゆく（筆）
212 せめてかさめせ、くもゐの月も、にくやきままに、にしへゆく（筆）
213 せめてねやもる、月かげなりと、しばし枕に、のこれかし（とまれかし）（筆）（投）（松）
214 せめてやどれよ、ごすもるつきも、ひごろもとめし、うきなみだ（松）
215 そでにつつめど、あまれるものは、きみをおもひの、わがなみだ（朝）
216 袖の移り香、夜ごとにかはる、涙ばかりは、かはらぬに（投）
217 袖のしがらみ、君せきとめて、かかる流れの、きみと見よ（投）
218 そでのなみだの、つゆにもやどる、月もなさけは、あるものを（朝）
219 そでのみなとの、よるせをしらば、うれしかるべき、なみだがは（松）
220 染めてくやしき、にせ紫や、本《もと》の白地《しらぢ》が、ましぢやもの（淋）
221 そらにたつ名は、げにうきくもの、さてもあとなき、わがちぎり（筆）
222 たえてしなくば、なかなかひとも、みをもうらみじ、わがこころ（松）
223 たつるにしきぎ、かひなくくちて、そはでとしふる、みぞつらき（新）（松）（当）
224 たとへあはずと、ふみをばかはせ、ふみはいもせの、はしとなる（投）（松）
225 たよりあれかし、つげもややらん、かかるおもひの、くるしさを（筆）
226 たよりまつほの、うらかぜふかば、なびけもしほの、ゆふけぶり（筆）
227 千世を一よの、秋とはあこぎ、さをなぐるまの、御《ご》げんとも（筆）
228 ちらとみそめし、まがきの内の、花に恋ある、しやみの音（筆）
229 月といろとは、みないつはりよ、きみといろやれ、やまのはへ（新）

230 月にうかれて、もろこしまでも、夢ぢながらに、ゆかましを（筆）
231 つきのあけぼの、このむらさめに、いまはわすれぬ、ほととぎす（松）
232 月はさんやの、にしへもいるが、われはつまなき、とこに入る（前）
233 月はどなたへ、かさきてにしへ、さてもかつらの、だてをとこ（新）（姫）
234 つきはひとめの、せきぢもなしや、にしにながるる、よはのそら（松）
235 月やあらんと、かこちしきみも、今はむかしに、なりひらの（新）
236 月やはなやと、ながめし人も、むかしをとこに、なりひらよ（筆）
237 月をたよりに、見し夜はさえぬ、こひのやみぢは、とももなし（朝）
238 つきをみばやと、ちぎりしひとも、こよひそでをや、しぼるらん（松）
239 つゆのたまのを、かぎりはありと、うつるおもかげ、かはるなよ（松）
240 露もしぐれも、おもひのなみだ、そらもなげきか、くもの上（筆）
241 露もしぐれも、なげきのそらか、もとのしづくと、おつなみだ（筆）
242 つらきうき世に、ながらへすむも（ながらへあるも）、ひとつおもひの、あるゆゑに（筆）（新）
243 つらききぬぎぬ、なほこりずまに、あふはうれしき、よひまくら（筆）
244 つらきけしきも、又うれしさも、人のもたせる、わがこころ（朝）
245 つらきこころも、かはりやせんと、さだめなき世を、たのむかや（大）
246 つらき人には、うき恋させて、おもひしらする、神もがな（筆）（新）
247 つらき人より、つれなきいのち、おもひくらすか、いつまでも（朝）
248 つらき別れを、思ふもしらで、いつもながらの、とりの声（投）

249 天と八まん、なみだでくらす、一じよまれぬ、此の文が（大）
250 とかくこひぢは、よしなきものよ、すがたやつれて、うきなたつ（朝）
251 とてもきえなん、命にあらば、こひをしゆじやかの、つゆとなれ（朝）
252 とはばとへかし、このゆふぐれを、あすのいのちも、しらぬまに（松）
253 ともにあはれを、とへかしきみが、とはずがたりを、せまほしや（朝）
254 虎のふす野の、もろこしまでも、ゆきてねなまし、きみゆゑに（筆）
255 鳥とかねとの、なきさともがな、君とぬるよの、かくれ家《が》に（筆）
256 とりにうらみは、あふよのことよ、うたへこよひの、ひとりねに（新）
257 ないてねがほの、なかばはくもに、みえてこぼるる、そでの月（松）
258 ながめなれても、うすはな桜、いとひいとはじ、ちればこそ（筆）
259 ながれはかなき、身はうきくさの、あはれさそはぬ、みづもがな（朝）
260 梛《なぎ》の青葉の、争ひかぬる、いつもしぐるる、みくまのは（筆）
261 なげきせしまに、たもとの露の、あらぬいろにぞ、きえかへる（筆）
262 なげきながらも、月日をおくる、さてもいのちは、あるものか（筆）（投）（異）
263 なげく泪《なみだ》の、ふちともならば、身をもしづめて、思ひやも（筆）
264 なげのなさけや、わすれんとての、おもひいでよと、ちぎりしは（筆）
265 なごりをしやの、命もたえぬ、けさの別れは、なさけなや（投）
266 なさけまつをの、浦風ならば、なびけもしほの、夕けぶり（投）
267 なにといろよき、つばきの花も、物をおもへば、いろかはる（朝）

268 なにとせくとも、かたりはせまい、いのち限りに、おもふもの（投）
269 なにのいんぐわに、さんやのすまひ、きえてくるわに、すみだ川（新）
270 なには入江の、身はすて小舟、きしにはなれて、たよりなや（筆）（投）（松）（淋）
271 なには入江の、身はをし鳥よ、いふにいはれぬ、わが思ひ（筆）
272 なまぜなまなか、なれずはかほど、ものはおもはじ、さりとては（松）
273 なみだ川には、あふせもなくて、おもひこがるる、こひのふち（朝）
274 なみだくらべん、やまほととぎす、われもうきよの、つらければ（松）
275 なみだながらに、見る玉づさは、もじもさだかに、見もわかず（大）
276 なみだならでは、あはれをしらぬ、ふかきおもひの、そのいろを（筆）
277 なみだならでは、あはれをとはじ（あはれをとはぬ）、ふかきおもひの（ふかきあはれの）、そでのいろ（そのいろを）（松）（投）
278 にくやうらみも、あるとはいへど、思ひいだすは、筆のあと（投）
279 ぬれぬものかは、ときはの松も、こころからなる、ひとしぐれ（筆）
280 ねやのともしび、たがきてけした、きみのこひかぜ、そよときて（朝）
281 のがれえぬ身は、まつべきことの、するにありとは、しらねども（筆）
282 のこるうつりが、まくらにそひて、いとどわすれぬ、ねやのうち（松）
283 のこるかたみの、かがみにうつる、つきのさそひし、おもかげは（松）
284 野辺にかはづの、なくこゑきけば、ありしその世が（ありしむかしが）、おもはるる（筆）（投）（世）（松）（延）

285 はげしかれとは、祈らぬものを、あしのかりねの、ひとよをも（投）
286 はつねゆかしや、まだうちとけぬ、きみはやよひの、ほととぎす（新）
287 はつねゆかしや、身はほととぎす、八こゑもろとも、なきあかす（新）（当）
288 はなにおくつゆ、をざさのあられ、こぼれやすきは、わがなみだ（松）
289 はなのあけぼの、ゆふべのあきも、くらべぐるしき、わがこころ（松）
290 花もさくらも、また花さかば、われはときはの、松かげに、（投）
291 はなればなれの、あのくも見れば、あすのわかれも、あのごとく（おもはるる）（筆）
292 はるよかきねの、ゆきにはあらで、きえぬかぎりの、したおもひ（松）
293 ひとつまくらに、しづみしなかも、うきはわかれの、そでのつゆ（松）
294 ひとの言の葉、うれしきもじよ、あはれいつはり、なき世にて（筆）
295 ひとのみちひの、こころもしらで、そこひなげなる、わがなみだ（松）
296 人はひとしき、人にはあらで、むくい返すな、我がこころ（投）
297 人はひとしき、人にはなくと、おもひかへさん、さりとては（筆）
298 人めおもへば、こひしとだにも、いはでこひしき、わがおもひ（朝）
299 人めしげきと、うき名のたつと、さはりがちなる、えにしかな（大）
300 ひとめしのぶの、くさばにむすぶ、つゆのたまむし、ねにぞなく（松）
301 ひとめしのべば、そのなもいはで、おもふあたりの、ことぞきく（松）
302 人めつつめば、袖にはおちず（いろにはださで）、心までくる、わがなみだ（筆）（新）
303 人めわかぬや、おもひのすがた、みだれ心の、うつつなや（投）

304 ひとりあかしの、うらさびしくも、すまのうらみは、かずかずに（朝）
305 ひとりぬる夜の、つらさもよしや、わかれなき身の、おもひでに（筆）
306 ひとりぬるよは、夢こそたのめ、うつる妻戸の、よるの雨（筆）
307 ひるのおもひか、むなしき夜半《よは》か、けさのわかれか、このゆふべ（筆）
308 ひるは人めに、まぎれもするが、よるはまつむし、なきあかす（朝）
309 ふかきおもひを、かたろとすれば、とりもなくなく、しののめに（大）
310 ふかくしのびし、そのことぐさを、又もわすれて、しのばるる（筆）
311 ふかくしのべば、その名はいはで、おもふあたりの、ことぞとふ（筆）
312 更《ふ》けてきぬたの、音かときけば、月ぞしらする、わがなみだ（筆）
313 ふけてきぬたの、おとよりきけば、月におちくる、わがなみだ（松）
314 ふじはふもとの、ゆふべのけぶり、たちやかさねし、こひのふち（朝）
315 ふでにつたゆる、なみだのふみを、あはれあはれと、よめかしく（朝）
316 ほどはくもゐに、そらゆく月の、めぐりあふまで、わするなよ（朝）
317 ほどはくもゐに、へだつるとても、こころかはるな、いつまでも（松）
318 枕なげぶし、あはれときけよ、つらき三すぢの、いとせめて（筆）
319 枕ならでは、あはれをしらぬ、ふかきなみだの、そのいろを（筆）
320 枕ものいへ、ねざめのとこに、ひとりおもへば、くるしきに（筆）
321 まだきわがなの、たちたるとても、おもひそめしを、ひとすぢに（松）
322 またの御《ご》げんは、ひとむらしぐれ、さだめなきよに、そでぬらす（朝）

323 又やねなまし、ただながらの、今朝のうつりが、身に入《し》めて（筆）
324 まちえかねつつ、又あふ時は、うれし涙で、かたられぬ（投）
325 待つがつらいか、別れがういか、待つに別れは、似こそせぬ（投）
326 まつのしぐれに、ゆめうちさめて、よそのあはれが、おもはるる（松）
327 松の葉ごしの、いそべの月は、千世をふるとも（ちとせふるとも）、かはるまい（筆）（松）（延）
328 ままにならぬを、いのちとおもへ、あはばわかれの、つらからん（朝）
329 まれにあひ見し、うきねのとこの、ゆめなさましそ、かねのこゑ（大）
330 まれにあふ夜は、ことばもなくて、とりももろとも、なきあかす（朝）
331 まれにあふよは、ひとめをしのび、かたりつくさん、わがおもひ（松）
332 まれにあふよは、人めをつつむ（人目をしのぶ）、せめてゆめには、うちとけよ（新）（当）
333 見たぞ八まん、後《のち》ほど御《ご》げん、しかし此の身は（されど此の身は）、かごの鳥（筆）（新）
334 みだれみだるる、あのくろかみは、わきていはれぬ（わけていはれぬ）、わがおもし（新）（当）
335 水にかずかく、おもひのたまの、露ときえにし、すゑだにも（筆）
336 みまくほしきは、つれなき君の、かはるこころの、ゆくすゑを（筆）
337 三わの神かや、よるよるかよふ、ひるは人めの、しげければ（朝）（当）
338 みをばなにせん、ちかひし人の、いのちのみこそ、をしまるれ（松）
339 むかしこひしや、みそめてつらや、今のおもひは、人しれぬ（新）
340 むかし見しよの、月かげながら、くゆるなみだに、身をこがす（朝）
341 むぐらしげりて、あれたるやどは、あまはきにけり、人しれず（朝）（当）

342 ものやおもふと、とふひとあらば、いかがこたへん、そでのつゆ（朝）（当）
343 ものやおもふと、とふひとあらば、せめてかたりや、なぐさまん（松）
344 もみぢこがるる、いろとはきけど、するのおちばを、たれかしる（松）
345 もみぢふみわけ、おく山見れば、しかおとづれて、あきをしる（新）
346 やたけごころに、おもへどきみの、いかでしるらん、もらさねば（朝）
347 ゆきとつもりし、おもひの色は、とけてながれの、するたのむ（朝）
348 ゆきのとやまの、あけぼのつらや、かやがのきばの、とりのこゑ（松）
349 ゆくもかへるも、しのぶのみだれ、かぎりしられぬ、わがおもひ（筆）
350 ゆふべゆふべの、そのうつりがは、きみがたもとの、ゆかりとも（松）
351 ゆふべゆふべの、もんさす時ぞ、かへるつらさと、来ぬうさを（投）
352 ゆめになりとも、見し夜はうれし、あはぬつらさに、くらぶれば（朝）
353 ゆめに見てだに、わかれはういに、じつのときには、いかにせん（新）
354 夢のかよひぢ、しばしはとぢよ、袖のこほりの、むすぼほれ（筆）
355 夢のゆめかや、うつつの人を、うつつならでも、おもひねに（筆）
356 夢はかなや、恋しきひとを、見るとおもへば、かいさむる（はやさむる）（筆）（朝）
357 夢はかなや、恋しきひとを、夢はふたみち、さりとては（筆）
358 よしやいとはじ、つらしとわれは、恋のためしに、身をなさぬ（当）
359 よしやうき名は、いとはでわれは、いのちかけたる、君なれば（投）
360 よしやうらめし、馴れずはかほど、物は思はじ、さりとては（投）

361 よしやこの身は、おやはらからの、ためにしづみし、恋の淵（筆）（松）
362 よしやこよひは、くもらばくもれ、とてもなみだで、みる月夜（見る月を）（筆）（当）（異）
363 よしやたつ名も、いとはじわれは、いのちかけたる、君なれば（筆）（都）
364 よしやながれも、いもせのやまの、なかにおつなる、かはなれば（朝）
365 よしやなげかじ、かなはぬとても、さだめなきこそ、うきよなれ（失）（大）（松）（異）
366 よしやなげくな、かなはぬとても、えんとじせつの、末をまて（筆）
367 よしやなげくな、かなはぬとても、さだめなきこそ、うき世なれ（筆）
368 よしや人こそ、つらくとわれは、きみがうきなは、よもたてじ（朝）
369 よそになしても、とへかしひとの、つきはたれゆゑ、そでにすむ（松）
370 よそのしぐれは、みなわがなみだ、こころからとは、おもへども（新）
371 よそのゆふぐれ、あみがさすがた、むかしわすれぬ、わがたもと（筆）
372 よひのくぜつの、しらけたあとを、ないてとほるや、ほととぎす（松）
373 夜の衣を、かへしてみれど、ふすまなければ、夢もなし（筆）
374 わかれぬる身の（わかれぬるよの）、つらさをとふは（つらさをとはば）、後《のち》のあしたの、ふみばかり（筆）（松）
375 わかれゐる身は、ゆめこそたのめ、うつなつまどの、よるのあめ（新）（当）
376 わけてわびしき、三もじのやども、行きてねななん、君ゆゑに（筆）
377 わすれがたきを、わすれん物と、おもふさへこそ、思ふなれ（筆）
378 わたりかよへや、泪《なみだ》の川を、夢のうきはし、かけてまつ（筆）

379 わたりくらべて、世の中見れば、あはのなるとに、なみもなし（浪あらじ）（筆）（松）（紫）
380 われがおもひは、あのうきぐもよ、いづこゆくゑぞ、さだめなき（松）
381 われがおもひは、いは手の山の、たにのむもれ木、くちはつる（新）
382 われがししたら、のにすておけよ、もしもわがきみの、南無の一こゑ（新）
383 われはあやめの、ねにこそなかめ、ひくなたもとの、つゆけきに（松）
384 われはぬしない、のにさくはなよ、をらばとくをれ、ちらぬまに（新）
385 わんざくれぐれ、かよひてくるも、いのちひとつの、あだものよ（新）
386 ゐなのささ原、そよ吹く風も、なさけ有馬の、音づれか（投）
387 衛士《ゑじ》のたく火は、夜こそもゆれ、むねにたく火は、たえやらぬ（筆）（松）
388 をさなけれども、山ぢのつたは、きみがこづまに、はへかかる（新）
389 小田《をだ》のかはづの、なくこゑきけば、ありしその世が、おもはるる（筆）

「かはりぬめり歌」集成

1 浮世に住めば、思ひのますに、月と入ろやれ、山の端に（吉）
2 現《うつつ》か夢か、幻の身を持ちながら、遊べや歌へ、酒飲みて（吉）
3 衣紋《えもん》つくろひ、通へども、相見ることは、程を経て、逢ふは優曇華《うどんげ》、嬉しやな（吉）
4 狩場の鹿は、明日をも知らぬ、戯《たはぶ》れ遊べ、夢の浮世に（吉）
5 菊のませ垣、結《ゆ》ひ立てられて、今はなかなか、すいられぬ（吉）
6 君が来ぬにて、枕な投げそ、投げそ枕に、科《とが》もなや（吉）

7 すすぐまいもの、形見の小袖、馴れし昔が、薄くなる（吉）

8 誰始めし、恋の路、いかなる人も、踏み迷ふ、秋の夜もはや、明け易や、独り寝る夜の、長の夏の夜や（吉）

9 千早振る、神の前での、鈴の音、神楽少女《かぐらをとめ》の、さつさつの声（吉）

10 ちらりちらりと、花珍しき、雪の振袖、ちらと見初めしより、今は思ひの、種となる（吉）

11 てんと八幡、此の上からは、立つや浮き名は、無にせまい（吉）

12 名にも似ず、白波立てる、隅田川、見ても見飽かぬ、吉野桜（吉）

13 未生《みしやうい》以前《ぜん》が、遥かにましぢや、何の因果に、娑婆へ来て（吉）

14 見ぬまでも、夢現《うつつ》とも、思ひしを、今見焦がるる、そもじ故かな（吉）

「のほほん節」集成

1 あのやおてきを、譬へてみれば、桜花をば、柳に咲かせ、梅の匂ひの、ある君ぢや（淋）

2 色に出さねど、我が身の恋は、袖の涙で、人が知る（淋）

3 梅の梢に、鳴く鶯を、刺すな触るな、優しきに（淋）

4 君と我とは、川瀬の蛍、人につつめど、萌え出づる（淋）

5 君の姿は、春立つ花よ、馴れて添ひたや、下草に（淋）

6 君は川向かひ、我は川前よ、立ちて並べど、見たばかり（淋）

7 君は他国へ、身は武蔵野に、留まる心を、思ひ遣れ（淋）

8 君は深山《みやま》の、あの遅桜、我は先立つ、しば桜（淋）

9 君は深山《みやま》の、降り積む雪よ、我は谷間の、薄氷（淋）

10 恋ひて辛気《しんき》や、身は蜻蛉《かげろふ》の、いつか廻《めぐ》りて、君に逢はう（淋）

11 恋の路には、浮き名が立つに、ひらに起きやれの、清玄坊《せいげんばう》（淋）

12 小紫とは、誰が名を付けた、色に染《そ》みては、上がない（淋）

13 咲いた桜を、何故眺めぬぞ、春の標《しるべ》に、咲く花を（淋）

14 様と我とは、二葉の松よ、千代を経るとも、変はらねば（淋）

15 敵と見るなら、白癩《びやくらい》切るき、敵ぢやないもの、君ぢやもの（淋）

16 敵に別れて、土手さを来れば、涙《なだ》が零《こぼ》れて、憂い面（淋）

17 丁稚《でっち》持て来い、擂鉢笠《すりばちがさ》を、ここさ被《かぶ》せろ、獄門へ（淋）

18 長い刀も、指し様が御座る、後ろ高にて、前下がり（淋）

19 何とつつめど、色には出でて、顔《かほ》に紅葉《もみぢ》が、散り掛かる（淋）

20 花に短冊、誰《た》がまた付けた、枝を手折《たを》れば、花が散る（淋）

21 向かひ通りやる、お若衆様に、余り言葉の、掛けやうがなさに、紙が落ちます、鼻紙が（淋）

22 やいさお閻魔、助けてたもれ、是さお閻魔、助けてたもれ、とても遣りやらば、吉原へ（淋）

23 やいさ同類、勲《いさお》すまいか、藤屋太郎吉が、やかはねへ（淋）

24 行《ゆ》けば極楽、帰れば地獄、体窶《やつ》しの、吉原よ（淋）

索引編

【あ】

あいはちかうて（投1①）
あいはちかきに（投1①異）
あいべつりくの（投59②）
逢うた其の夜の（弄1①）
あうていひたや（投2①）
あうて立つ名が（弄2①）
逢うて立つ名が（投3①）
あうてわかるる（投20③）
明かしかねたる（弄3③）
あかつきうしや（投191②）
あかぬなごりに（投4①）
あかぬみの（投42④）
あからさま成る（投180③）
秋とはあこぎ（投227②）
あきのながめよ（投27③）
あきの夜すがら（投5①）
秋の夜もはや（か8⑤）
秋はつねさへ（投6①）
秋は夜長し（弄3①）
あきもあかれも（投7①）
あきをしる（投345④）
あけぼのつらや（投348②）
明け六つ鐘を（弄1②）
あけもせぬ夜に（投8①）
あけもやらぬに（投9①）
明け易や（か8⑥）
あこがれて（片1①）
浅茅が原の（片2①）
あさぢにやどる（投123②）
あさなゆふなに（投10①）
あさのかへりに（投11①）
あしのかりねの（投285③）
あしやのさとに（投107②）
あすかがは（投72④）
あすのいのちも（投252③）
明日の別れも（弄48③）
あすのわかれも（投291③）
あすまであらじ（投43②）
明日をも知らぬ（か4②）
遊べや歌へ（か2④）
あだな契りに（投12①）
あだなちぎりを（投13①）
徒にぞ暮らし（弄45②）
あだになすなよ（投14①）
あだものよ（投385④）
あぢきなき（投157④）
後はとにかく（弄27③）
あとはとにかく（投162③）
あのうきぐもよ（投380②）
あの遅桜（の8②）
あの雲見れば（弄48②）
あのくも見れば（投291②）
あのくろかみは（投334②）
あの如く（弄48④）
あのごとく（投291④）
あのしまばらへ（投49②）
あのとりを（投8④）
あのやおてきを（の1①）
あはずとままよ（投206②）
あはでいのちも（投96③）
あはでかへれば（投15①）
あはできえめや（投16①）
あはで立つこそ（弄2③）
あはでたつこそ（投3③）
あはでぬるよは（投17①）
あはでまたるる（投18①）
あはで忘るる（投189③）
あはぬうらみは（投19①）
あはぬつらさに（投352③）
あはぬつらさを（投20①）
あはぬには（投34④）
あはぬむかしと（投21①）
あはぬよごとを（投22①）
あはぬよながし（投32②）
あはのなるとに（投379③）
阿波の鳴門にの（弄4①）
あはばわかれの（投23①）
あはばわかれの（投328③）
あはれあはれと（投315③）
あはれいつはり（投294③）
あはれさそはぬ（投259③）
あはれときけよ（投318②）
あはれと人は（投71②）
あはれとも見よ（投175③）
あはれなりけり（投24①）
あはれなる哉（投25①）
あはれ春日の（投99③）
あはれをしらぬ（投276②）
あはれをしらぬ（投319②）
あはれをそふる（投184②）
あはれをとはじ（投277②）
あはれをとはぬ（投277②異）
あひたみたさは（投26①）

相馴れ染めて　（弄6②）
相馴れ染めて　（弄6⑥）
相馴れそめて　（片17②）
あひ見てのちと　（投21②）
相見ることは　（か3③）
あふぎならでも　（投27①）
あふさきるさに　（投28①）
あふさきるさの　（投29①）
逢瀬逢瀬に　（弄36③）
あふせもなくて　（投273②）
あふにかへなば　（投30①）
逢ふは優曇華　（か3⑤）
あふはうれしき　（投243③）
あふもわかれも　（投31①）
あふよのかずに　（投22②）
あふよのことよ　（投256②）
逢ふ夜はしばし　（弄12②）
逢ふ夜は後の　（片3①）
あふ夜みじかし　（投32①）
あへばおもひの　（投33①）
あへばくぜつで　（投169③）
あへばつれなき　（投34①）
あまのいそやの　（投101③）
あまのかがりび　（投35①）
あまのすてぶね　（投36①）

あまのたくなる　（投37①）
あまのたくひか　（投107③）
海人の釣り舟　（弄5①）
あまはきにけり　（投341③）
余り言葉の　（の21③）
あまれるものは　（投215②）
あまをぶね　（投199④）
あみがさすがた　（投371②）
雨のふるよに　（投38①）
菖蒲も嫌よ　（弄26②）
争ひかぬる　（投260②）
あら懐かしの　（片4①）
あらぬいろにぞ　（投261③）
あらましを　（投2④）
あられぬときは　（投86②）
あられふるらし　（投39①）
あり明月を　（投53②）
ありしその世が　（投284③）
ありしその世が　（投389③）
ありしちかひを　（投40①）
ありしむかしが　（投284③異）
有りとはいへど　（投84②）
ありやせん　（投115④）
ある君ぢや　（の1⑥）

ある様を　（弄18④）
あるとはいへど　（投278②）
あるものか　（弄42④）
あるものか　（投262④）
あるものを　（投95④）
あるものを　（投218④）
あるゆゑに　（投242④）
あれたるやどは　（投341②）

【い】

いかがこたへん　（投342③）
いかでしらなみ　（投10③）
いかでしらなみ　（投135③）
いかでしるらん　（投346③）
いかなよもよも　（投41①）
いかならん　（投21④）
いかなる人も　（か8③）
いかにせん　（投39④）
いかにせん　（投208④）
いかにせん　（投353④）
いかにへだてし　（投42①）
いきて命は　（投43①）
生きて甲斐なの　（投29③）
いきの松ばら　（投142③）
いくへかさなる　（投44①）

いくよしほれて　（投45①）
いくよねざめの　（投46①）
いくよふるとも　（投47①）
勲すまいか　（の23②）
いざや君たち　（投48①）
いざやともない　（投49①）
いしにたつやも　（投95③）
石の枕も　（投87③）
いせものがたり　（投161②）
いそのまつがね　（投50①）
いそべの月は　（投327②）
一じよまれぬ　（投249③）
いつかみやこの　（投160③）
いつか廻りて　（の10③）
いづくへなりと　（弄39②）
いづこゆくゑぞ　（投380③）
いつにおろかは　（投38③）
いつにわすりよぞ　（投51①）
伊豆のお山の　（投187③）
いつの月日に　（弄6①）
いつのゆふべに　（投52①）
いつまでも　（投247④）
いつまでも　（投317④）
いつもうらみは　（投53①）

いつもしぐるる（投260③）
いつもたえすな（投137③）
いつもながらの（投248③）
いつもなれども（投54①）
いつもねられぬ（投55①）
出づる月日の（弄7①）
いづれおもひは（投21③）
いつ忘りよ（投196④）
いとせめて（投318④）
いとどくもゐの（投6③）
いとどさびしき（投56①）
いとどその夜もの（弄8①）
いとど昔が（弄19③）
いとどわすれぬ（投282③）
いとのいろ（投131④）
いとはじわれは（投363②）
いとはでわれは（投359②）
いとひいとはじ（投258③）
いとまなや（投17④）
古に（弄35④）
いのちありても（投134③）
命あるうちに（片29④）
いのち限りに（投268③）
いのちかけたる（投359③）

いのちかけたる（投363③）
いのちとおもへ（投328②）
命にあらば（投251②）
いのちのみこそ（投338③）
いのちひとつの（投385③）
命もすてよ（投30②）
命もたえぬ（投265②）
祈らぬものを（投285②）
いはでこひしき（投298③）
言はで年経る（弄57④）
いはでとしふる（投71③）
いは手の山の（投381②）
いはでほたるの（投185③）
いはねぶみ（投47④）
いはまのたけよ（投154②）
いひながら（投32④）
いふにいはれぬ（投171③）
いふにいはれぬ（投271③）
今こそしりぬ（投204②）
いまさらに（投12④）
いまさらに（投132④）
今しばし（投12④異）
今の思ひは（投192③）
今のおもひは（投339③）
今の我が身の（弄28③）

いまはいくせの（投72③）
今は思ひの（か10⑤）
今はしゆじやかの（投75③）
いまはたよりの（投57①）
今は問はれず（投83③）
今はとはれも（投170③）
今はなかなか（か5③）
今は離りようか（弄6③）
いまはみだれて（投58①）
いまはみにしむ（投59①異）
いまはみにしる（投59①）
今はむかしに（投235③）
今はむなしき（投60①）
いまはわすれぬ（投231③）
今見焦がるる（か14④）
今や今やと（弄9①）
いもせのやまの（投364②）
いやぞふけゆく（投61①）
嫌なら置きやれ（片7③）
いろかはる（投267④）
いろとはきけど（投344②）
いろにしづみて（投62①）
色に染みては（の12③）

色にぞ見ゆる（片16②）
色にそむ（投198④）
色に出さねど（の2①）
色に出る（弄22④）
色には出でて（の19②）
いろにはださじ（投201②）
いろにはださで（投302②異）
いろにみゆるを（投39③）
いろ見えそめて（投202②）

【う】

うかむらん（投158④）
うからん物と（投23②）
うきおもひ（投13④）
うき恋させて（投246②）
うき恋ぢ（投119④）
憂き辛さ（弄50④）
浮き名が立つに（の11②）
うきなたつ（投250④）
うき名立つとも（投144③）
うき名なれ（投3④異）
うき名の立ちて（投12②）
うき名のたつと（投299②）
浮き名は龍田（片17③）

うきなみだ (投20④)
うきなみだ (投22④)
うきなみだ (投214④)
浮き名や立たむ (片8②)
うきねのとこの (投329②)
うきはわかれの (投293③)
うき人の (投81④)
うきふし柴を (投178②)
うきまくら (投46④)
うきみうきくさ (投63①)
うき身うらめし (投64①)
うき身のうへを (投175②)
うき身のつらら (投99②)
うき身をこがす (投153②)
うきもつらきも (投65①)
うきものかは (投34③)
うきやまどりの (投58②)
うき世つらさに (投66①)
浮世なれ (弄62④)
うきよなれ (投103④)
うきよなれ (投365④)
うき世なれ (投367④)
浮世に住めば (か1①)
うきよのならひ (投80②)
浮世も要らぬ (弄20②)

うきをしのびて (投67①)
うきをつみたる (投68①)
浮くばかり (弄8④)
うくばかり (投11④)
うくばかり (投87④)
うさをおもへば (投59③)
うしときつる (投69①)
うしやこの身は (投70①)
後ろ高にて (の18③)
薄くなる (弄32④)
うすくなる (投210④異)
薄くなる (か7④)
薄氷 (の9④)
うすはな桜 (投258②)
うすもみぢにて (投145②)
うたかた人に (投16②)
うたへこよひの (投256③)
うちとけよ (投332④)
うちなげく (投209④)
うぢのはしもり (投71①)
うちやうたれし (投72①)
現か夢か (か2①)
うつつながらの (投73①)
うつつなや (投303④)
うつつならでも (投74①)

うつつならでも (投355③)
うつつの人を (投355②)
うつなつまどの (投375③)
うつらつらつら (弄10①)
うづらなくなる (投75①)
うづらなくなる (投76①)
鶉鳴くなる (投77①)
うつるおもかげ (投239③)
うつる妻戸の (投306③)
うつろふものは (投117②)
うはのそらなる (投78①)
上がない (の12④)
海とくもとの (投136③)
うみのはて (投135④)
梅の梢に (の3①)
梅の匂ひの (の1⑤)
梅若丸は (投25②)
憂や辛や (弄6⑧)
浦風ならば (投266②)
うらかぜふかば (投226②)
うらさびしくも (投304②)
浦に住む (弄5④)
うらみあれども (投79①)
うらみかこつは (投80①)
恨み口説きは (弄41③)

うらみてあかす (投35②)
恨みながらも (弄11③)
うらみながらも (投81①)
うらみながらも (投82①)
恨みなや辛や (片5④)
うらみのあるに (投121②)
恨みのあるも (片5①)
恨みの床や (弄30②)
恨みは須磨の (片24③)
うらみはせまじ (投151②)
恨み振られて (片9④)
うらみもしたが (投83②)
うらみられたり (投83①)
恨むは輪廻 (弄21②)
恨めしや (弄6④)
恨めしや (弄7④)
恨めしや (弄54④)
うらめしや (投5④)
うらめしや (投26④)
うらやまし (投147④)
羨まるるに (弄31④)
憂い面 (の16④)
うれしかるべき (投219③)
嬉しき君が (片31③)
うれしきままに (投144②)

うれしきもじよ（投294②）
うれし涙で（投324③）
嬉しやな（か3⑥）

【え】

枝を手折れば（の20③）
えにしかな（投299④）
衣紋つくろひ（か3①）
えんこそなくと（投203②）
縁尽きぬれば（片18③）
縁と浮世は（弄15③）
えんとじせつの（投84①）
えんとじせつの（投366③）

【お】

老いに萎るる（弄47③）
置かぬばかりよ（片26④）
起きて見よ（弄53④）
沖の石とは（投85①）
おきもねもせで（投86①）
おきも寝もせで（投87①）
おく山見れば（投345②）
おくり返せば（投88①）
おそくしれたよ（投132③）
おちてもろとも（投138③異）
おつなみだ（投241④）
お手うちかけて（投195②）
お手うちかけて（投196②）
音かときけば（投312②）
音づれか（投386④）
おともせず（投200④）
おとよりきけば（投313②）
お情あらば（片29③）
おなじこの世を（投89①）
同じ世に（投193④）
おぼつかなさぞ（投42②）
おもかげは（投283④）
おもかげを（投51④）
表短の（弄11①）
思はせ振りは（片7②）
思はぬ君には（片5③）
おもはるる（投58④）
おもはるる（投156④）
おもはるる（投284④）
おもはるる（投291④異）
おもはるる（投326④）
おもはるる（投389④）
思はれず（投144④）
おもひあまりて（投90①）
おもひあまりて（投91①）
思ひ出だして（投92①）
思ひいだすは（投278③）
おもひいでじと（投93①）
おもひいでよと（投264③）
思ひ思ひて（弄12①）
思ひ思ひて（投94①）
思ひかけたは（投95①）
おもひかさねて（投96①）
おもひかずかず（投190③）
おもひかな（投141④）
おもひかな（投145④）
おもひ川（投16④）
おもひかへさん（投297③）
おもひかへても（投22③）
思ひ切るとは（弄13①）
おもひきれとは（投97①）
思ひ切ろとは（弄14①）
おもひくらすか（投247③）
おもひこがるる（投273③）
思ひこしかた（投98①）
おもひこほりて（投99①）
思ひ沈むは（投177③）
思ひしに（か14③）
おもひしらする（投246③）
思ひ捨つるな（弄15①）
おもひそめしを（投321③）
おもひそめたよ（投100①）
おもひたえなで（投101①）
おもひださずや（投102③）
思ひ出さぬよ（弄16③）
思ひ出すとは（弄16①）
おもひだすとは（投102①）
思ひ出す夜は（弄17①）
おもひつづけて（投103①）
おもひでに（投305④）
おもひては（投19④）
おもひなせども（投23③）
おもひねざめの（投104①）
おもひねに（投355④）
思ひ寝の床ぞ（片6①）
思ひのあまり（片5②）
おもひの色は（投347②）
おもひのいろを（投29②）
おもひのすがた（投303②）
思ひの種よ（片3②）
おもひのたまの（投335②）
思ひの泪（投87②）
おもひのなみだ（投240②）
思ひのますに（弄33②）

思ひのますに（弄56③）
思ひのますに（か1②）
おもひのやみよ（投15②）
思ひ深草（片17④）
おもひふかくさ（投105①）
おもひまはせば（投106①）
おもひみだるる（投131③）
おもひみだれて（投107①）
おもひみだれの（投108①）
おもひやも（投178④）
思ひやも（投263④）
思ひ遣られて（弄37③）
おもひやるせの（投109①）
おもひやるせの（投110①）
思ひ遣れ（の7④）
おもひよらずの（投111①）
おもひわするな（投112①）
思ひをすれば（片22②）
おもひをせめて（投29②異）
おもふあたりの（投301③）
おもふあたりの（投311③）
おもふ一ねん（投113①）
おもふさへこそ（投377③）
思ふなれ（投377④）
おもふ人こそ（投66③）
思ふまいもの（弄18①）
思ふもしらで（投248②）
おもふもの（投268④）
おもへど君が（投10②）
おもへどきみの（投346②）
おもへども（投370④）
おもへとや（投114④）
思へど我は（片31②）
おやはらからで（投24②）
親はらからの（投70②）
おやはらからの（投361②）
親はらからよ（投159②）
おりん恋しや（片4④）
お若衆様に（の21②）

【か】

かいさむる（投356④）
かがみにうつる（投283②）
かかるおもひの（投225③）
かかるくつわに（投173③）
かかる流れの（投217③）
かきあつめ（投55④）
書き置く程に（弄53②）
書きやるふみを（投94②）
かぎりある身に（投114①）
かぎりしられぬ（投349③）
かぎりはありと（投239②）
かぎりをみれど（投34②）
かくとしらさで（投115①）
かくとはきみに（投188②）
神楽少女の（か9④）
かくれ家に（投255④）
かけすりこばち（投166②）
かけてまし（投57④）
かけてまつ（投378④）
掛けやうがなさに（の21④）
かこちしきみも（投235②）
かごとつくせし（投206③）
かごの鳥（投333④）
かごの鳥かや（投26③）
かさきてにしへ（投233②）
かずかずなるを（投119②）
数々なれど（投120②）
かずかずに（投304④）
かずならぬ（投143④）
かぜにまかする（投116①）
風はふかねど（投117①）
かたき石にも（投113③）
かたちはやつれ（投181②）
かた見にも（投31④）
形見の小袖（弄32②）
かた見の小そで（投210②）
形見の小袖（か7②）
語られぬ（弄55④）
かたられぬ（投7④）
かたられぬ（投324④）
語りしことを（弄51②）
かたりたい（投29④）
かたりつくさん（投331③）
かたりはせいで（投1②異）
かたりはせまい（投79②）
かたりはせまい（投268②）
かたりはならず（投1②）
語りも足らぬ（片23②）
かたる其のまに（投98③）
語ろとすれば（片15②）
かたろとすれば（投309②）
かたわ車の（投109③）
かなたこなたに（投118①）
叶はぬとても（弄15②）
叶はぬとても（弄62②）
かなはぬとても（投365②）

かなはぬとても（投366②）
かなはぬとても（投367②）
かねごとを（投112④）
かねて思へば（片3④）
かねても知らば（弄41②）
かねのこゑ（投329④）
かはすことばの（投14③）
かはす枕の（投119①）
かはす枕は（投120①）
川瀬の蛍（の4②）
かはづなくさへ（投121①）
かはなれば（投364④）
かはらぬに（投216④）
変はらぬ我が身（弄25②）
変はらねば（の14④）
かはりはせまい（投148②）
かはりやせんと（投245②）
かはる心と（投122①）
かはるこころの（投336③）
かはるなよ（投239④）
かはるまい（投327④）
かはるまくらよ（投183③）
変はる身を（弄36④）
かひぞなき（投105④）
甲斐なく朽ちて（弄34②）
かひなくくちて（投223②）
かひもなき身を（投209③）
甲斐もなき世の（弄5③）
返さるる（投94④）
かへしてみれど（投373②）
返す返すも（弄19①）
かへり命が（投40③）
かへるつらさが（投156③）
かへるつらさと（投351③）
かへるのみちの（投123①）
帰れば地獄（の24②）
顔にかかりし（投51③）
顔に紅葉が（の19③）
紙が落ちます（の21⑤）
神の前での（か9②）
神もがな（投246④）
神も仏も（弄20①）
神や仏を（弄21①）
かやがのきばの（投348③）
かよはせて（投152④）
かよひきなれし（投124①異）
かよひくるまの（投105③）
かよひてくるも（投385②）
かよひなれにし（投124①）
かよふあらしを（投129③）
かよふ心の（投125①）
かよふこころは（投126①）
かよふとも（投150④）
通へども（か3②）
体窶しの（の24③）
かりの声（投6④）
かりのやどりを（投127①）
狩場の鹿は（か4①）
かをる橘（投128①）

【き】

きえかへる（投261④）
消え消えと（弄23④）
消え消えと（弄59④）
きえてくるわに（投269③）
きえぬかぎりの（投292③）
きえぬこころの（投129①）
きえもせず（投164④）
きえゆくならば（投115②）
きえゆくみなら（投62②）
きくにこそ（投139④）
菊のませ垣（か5①）
きしにはなれて（投270③）
きつねはめがな（投8③）
きつねはめなで（投9③）
着ておよれ（弄11④）
きぶねのかはも（投45②）
きままのうきよ（投97②）
君があたりの（投130①）
きみがうきなは（投368③）
君が御座らにや（弄54③）
きみがこづまに（投388③）
君が来ぬにて（か6①）
君が捨てにし（弄20③）
きみがたもとの（投350③）
君が手なれの（投131①）
きみこひし（投161④）
君せきとめて（投217②）
君頼む（弄27④）
きみたのむ（投162④）
君ぢやもの（の15④）
君とあふ夜は（投133①異）
きみといろやれ（投229③）
きみとたつなは（投132①）
君とぬるよの（投255③）
君とぬる夜は（投133①）
きみと見よ（投217④）
きみともろとも（投134①）
君と我とが（投135①）

君と我とが（投136①）
君と我とが（投137①）
君と我とは（弄46③）
君と我とは（投138①）
君と我とは（の4①）
君ならで（投99④）
君なれば（投359④）
君なれば（投363④）
君に逢はう（の10④）
きみにうらみは（投139①）
君に怨みは（投140①）
君に添ひ寝の（弄30③）
きみにそむかじ（投80③）
きみにはわかれ（投11②）
君にも告げよ（片19③）
君の仰せはの（弄4③）
君の面影（弄44③）
きみのこころに（投141①）
きみのこころの（投35③）
君の心は（投142①）
きみのこひかぜ（投280③）
君の恋しき（投54③）
君の姿は（の5①）
君の姿を（弄26③）
君のすがたを（投143①）

君のなさけの（投144①）
きみのなさけは（投145①）
君のなさけを（投146①）
君のみるべき（投147①）
君は川向かひ（の6①）
君はかはると（投148①）
君は紅（弄22①）
君はさくらよ（投149①）
きみはしらじな（投150①）
君は他国へ（の7①）
きみはつらくと（投151①）
君は照る日か（弄23①）
君は深野の（投186③）
君は深みの（片10③）
君は深山の（の8①）
君は深山の（の9①）
きみはやよひの（投286③）
君ひとり（投120④）
きみも見よかし（投152①）
きみゆゑに（投254④）
君ゆゑに（投376④）
君故我は（弄10②）
きみをおもひに（投153①）
きみをおもひの（投215③）
君を思へば（投154①）

君を見たさに（弄24①）
消ゆるとも（投146④）
きりぎりす（片10④）
きりぎりす（投140④）
きりぎりす（投186④）
槿花一日（弄25①）
槿花露命の（投155①）

【く】

くさばにむすぶ（投300②）
くずのうらかぜ（投156①）
くずのうらみも（投205③）
くすむで我に（片7①）
くたかけを（投9④）
くちはつる（投381④）
くまなき月を（投5②）
くもの上（投240④）
くものはたてに（投130③）
くものはたての（投157①）
曇らば曇れ（弄61②）
くもらばくもれ（投362②）
くもゐの月も（投211②）
くもゐの月も（投212②）
くもゐのよその（投126②）
くゆるおもひと（投158①）

くゆるなみだに（投340③）
くらぶれば（投352④）
くらべぐるしき（投289③）
くりかへし（投60④）
くるしきに（投320④）
くるしさを（投225④）
くるしやいまは（投96②）
くるわ住居も（投159①）
くるわはなれて（投160①）
くれのたへ（投184④）
暮れ六つに（弄1④）
過去の因果よ（弄21③）
過去の約束（弄21③異）

【け】

今朝のうつりが（投323③）
けさのわかれか（投307③）
今朝の別れの（弄43③）
けさの別れは（投265③）
げにうききもの（投221②）
源氏狭衣（弄26①）
げんじさごろも（投161①）

【こ】

焦がるるに（弄17④）

こがるるむねは（投182②）
焦がれ焦がれて（弄27①）
こがれこがれて（投162①）
こがれしよりは（投20②）
焦がれて死なば（片8①）
こがれてわれは（投105②）
こがれゆく（投68④）
こきくれなゐの（投100②）
こぎとめて（投110④）
こきはわがみの（投145③）
獄門へ（の17④）
御げんとも（投227④）
御げんもたえて（投73②）
ここさ被せろ（の17③）
こころかはるな（投317③）
こころからとは（投32③）
こころからとは（投370③）
こころからなる（投151③）
こころからなる（投279③）
こころごころの（投163①）
こころとまるは（投120③）
心に余る（片16③）
こころにもにぬ（投202③）
心の駒も（投173②）
こころのやみよ（投15②異）
心ふかめて（投16③）
こころへだつな（投44③）
こころぼそくも（投164①）
心ぼそくも（投165①）
心ほそみち（投195③）
心ほそみち（投197③）
心までくる（投302③）
心乱るる（弄13③）
こころもしらで（投295②）
心を尽くし（弄18②）
ごすもるつきも（投214②）
こたつきてみよ（投166①）
ことぞきく（投301④）
ことぞとふ（投311④）
こととはん（投125④）
ことのはを（投203④）
ことばもなくて（投330②）
来ぬうさを（投351④）
こぬよあまたの（投167①）
こぬ夜つらさに（投168①）
このうき身（投174④）
此の上からは（か11②）
木の下陰も（弄54②）
此のしやみひけば（投131②）
此の文が（投249④）
このむらさめに（投231②）
この明月は（弄44②）
この夕暮は（弄19②）
此の夕暮は（片9①）
このゆふぐれを（投252②）
このゆふべ（投23④）
このゆふべ（投43④）
このゆふべ（投307④）
恋しかろ時や（弄53③）
恋しきひとを（投356②）
恋しきひとを（投357②）
恋しさに（投93④）
こひしとだにも（投298②）
恋しゆかしと（投169①）
こひしゆかしは（投170①）
恋しゆかしは（投171①）
恋ひて辛気や（の10①）
恋で死んだら（投172①）
恋にいさめる（投173①）
恋にいのちを（投174①）
こひにくちなん（投111③）
こひにくちなん（投175③）
恋に焦がれて（弄27①異）
こひにこがれて（投176①）
恋のためしに（投358③）
こひのふち（投24④）
こひのふち（投50④）
恋の淵（投70④）
こひのふち（投273④）
こひのふち（投314④）
恋の淵（投361④）
恋のふちせに（投177①）
恋の路（か8②）
恋の路には（の11①）
恋の山ぢの（投178①）
恋の山とは（投179①）
恋のやみぢに（投180①）
こひのやみぢは（投237③）
こひはせまじや（投181①）
恋もがな（投189④）
恋もしなんの（投182①）
恋もしねとの（投89③）
こひをしゆじやかの（投251③）
恋をする身の（投85③）
恋を始めた（弄28①）
こぼれやすきは（投288③）
小紫とは（の12①）

今宵かな（弄3④）
こよひそでをや（投238③）
こよひのそらは（投18②）
こよひの月を（投152②）
こよひの夜ほど（投54②）
こよひわかれて（投183①）
是さお閻魔（の22③）
これもさすがに（投184①）
声聞くたびに（片4③）
声なりと（弄60⑤）
こゑにあらはれ（投185①）
声は聞けども（片10①）
こゑはすれども（投186①）
こんど御座らば（投187①）

【さ】

咲いた桜を（の13①）
さきにはしらで（投158②）
咲く花を（の13④）
桜花をば（の1③）
酒飲みて（か2⑤）
さしもしらじな（投188①）
指し様が御座る（の18②）
さす盃は（片11①）
さすぞ盃（片11④）
刺すな触るな（の3③）
さだめなき（投380④）
定めなきこそ（弄62③）
さだめなきこそ（投103③）
さだめなきこそ（投365③）
さだめなきこそ（投367③）
さだめなきよに（投322③）
さだめなき世を（投245③）
さつさつの声（か9⑤）
さてもあとなき（投221③）
さても命は（弄42③）
さてもいのちは（投262③）
さてもかつらの（投233③）
さても気のどく（投189①）
さてもくるしや（投190①）
さても恋には（弄29①）
さてもねられぬ（投191①）
さても儚の（弄38③）
さてもよしなや（投192①）
さのみなきそ（投140③）
さのみ人には（投155③）
さはべのほたる（投108②）
さはりがちなる（投299③）
淋しやねやに（投88②）
様と我とは（の14①）
覚むればもとの（片28③）
覚めて淋しき（弄30①）
さめてなみだの（投90③）
さもむつまじや（投128②）
更紗の小袖（弄11②）
さらば命の（投193①）
さらばおもかげ（投194①）
さらばやというて（投195①）
さらばやというて（投196①）
さらばやというて（投197①）
さりとては（投64④）
さりとては（投175④）
さりとては（投272④）
さりとては（投297④）
さりとては（投357④）
さりとては（投360④）
さりとは人の（投114②）
されど此の身は（投333③異）
棹さしや届く（片25②）
さをなぐるまの（投227③）
三世の機縁（片11②）
さんやのすまひ（投269②）

【し】

しかおとづれて（投345③）
しかし此の身は（投333③）
しかもいま（投191④）
子期かや君は（片30②）
鴫のはねがき（投55③）
しぐれしぐるる（投198①）
しげきこひぢの（投199①）
しげければ（投337④）
したおもひ（投292④）
下草に（の5④）
したにかよふや（投47③）
しだれ小柳（弄31①）
しづが身にしむ（投141③）
賤が身や（弄29④）
賤が身や（弄45④）
じつのときには（投353③）
実はの浮世の（弄14③）
しづみしなかも（投293②）
しづみもはてぬ（投63②）
しでの山ぢを（投200①）
しなさだめ（投208④）
しなざやむまい（投65③）

死なれぬものよ（弄29②）
したやわれは（投134②）
死にての後は（片8③）
しにもやすかれ（投174③）
しののめに（投309④）
偲ばるる（弄19④）
しのばるる（投310④）
忍びしことの（片12①）
しのぶこころを（投201①）
しのぶたもとの（投202①）
しのぶちぎりの（投203①）
しのぶのうらに（投150②）
しのぶのみだれ（投349②）
しのぶることも（投93②）
忍べ戯れよ（片12④）
しば桜（の8④）
しばしこりても（投178③）
しばしはとぢよ（投354②）
しばし枕に（投213③）
柴舟なれば（投68②）
しほとなる（投37④）
しぼるらん（投238④）
しみのすみかを（投204①）
しめてねるよも（投42③）
娑婆へ来て（か13④）
しやみの音（投228④）
しやみひくまいか（投48②）
しゆじやかののべの（投124②）
白紙が（弄49④）
しらけたあとを（投372②）
しらずしられぬ（投205①）
知らで明けぬる（弄9③）
知らで切る（弄10④）
白波立てる（か12②）
しらぬ東に（投25③）
しらぬまに（投252④）
しらねども（投67④）
しらねども（投281④）
しりてうとまぬ（投119③）
知る人もなや（弄50②）
しんぞかはるな（投206①）
しんぞ八まん（投207①）
死んでは要らぬ（片29②）
しんはこがれて（投172③）

【す】

すいられぬ（か5④）
姿ならずは（弄60④）
姿は見えじ（片10②）
姿は見えぬ（投186②）
姿はやつれ（投181②異）
すがたやつれて（投250③）
すぎしあまよの（投208①）
過ぎし御げんと（投60③）
すぎしこよひの（投191③）
すぎにしむかし（投170②）
すぐる月日は（投209①）
すすぐまいもの（弄32①）
すすぐまいもの（投210①）
すすぐまいもの（か7①）
鈴の音（か9③）
すずりをならし（投168②）
すつるといはば（投174②）
捨て言葉（弄13④）
捨て言葉（弄14④）
すてをぶね（投62④）
すまのうらみは（投304③）
隅田川（投25④）
すみだ川（投269④）
隅田川（か12③）
隅田川かや（片2④）
住めば浮世に（弄33①）
住めば浮世に（弄56②）
すめばうらめし（投193③）
すめばすむみぞ（投157③）
擂鉢笠を（の17②）
すゑだにも（投335④）
すゑたのむ（投347④）
末ぢややら（弄24④）
すゑにありとは（投67③）
すゑにありとは（投281③）
すゑのおちばを（投344③）
末のおもはく（投207③）
すゑまでも（投82④）
末を待て（弄15④）
末をまて（投366④）

【せ】

清玄坊（の11④）
せきくるゆゑか（投33②）
せきぢもなしや（投234②）
関はすわらじ（片13④）
せきみちて（投190④）
せにあまる（投52④）
せぬ仲なれど（投7②）
是非もなや（弄21④）
ぜひもなや（投183④）
せまいもの（弄41④）

せまほしや　（投253④）
せめて思ひの　（投2③）
せめてかさめせ　（投211①）
せめてかさめせ　（投212①）
せめてかたりや　（投343③）
せめてこころを　（投152③）
せめてなさけの　（投203③）
せめてねやもる　（投213①）
せめては夢に　（片13①）
せめて一よは　（投116③）
せめてやどかせ　（投110③）
せめてやどれよ　（投214①）
せめてゆめには　（投332③）
責めらるる　（投173④）

【そ】

そこのこころを　（投63③）
そこひなげなる　（投295③）
其様のことを　（弄59②）
袖絞る　（弄37④）
袖しぼる　（投61④）
そでにすむ　（投369④）
そでにつつめど　（投215①）
袖にはおちず　（投302②）
袖ぬらす　（投4④）
そでぬらす　（投322④）
そでのいろ　（投71④）
そでのいろ　（投277④）
袖の移り香　（投216①）
袖のこほりの　（投354③）
袖のしがらみ　（投217①）
袖の白露　（片6④）
そでの月　（投257④）
そでのつゆ　（投293④）
そでのつゆ　（投342④）
袖の涙で　（の2③）
そでのなみだに　（投45③）
そでのなみだの　（投218①）
そでのみなとの　（投219①）
そではちしほの　（投100③）
そでひぢまさる　（投17②）
そでふりわかれ　（投52②）
袖を敷きても　（片20④）
袖を見よ　（投85④）
袖をもみぢの　（投198③）
そなたをこひて　（投157②）
そのあか月は　（投104②）
そのいろを　（投276④）
そのいろを　（投277④異）
そのいろを　（投319④）
そのうつりがは　（投350②）
そのかぜだにも　（投78②）
そのことぐさを　（投310②）
その名さすがに　（投127③）
その名はいはで　（投311②）
そのなもいはで　（投301②）
そのみちしばに　（投199②）
その物がたり　（投208②）
其の夜な夜なは　（弄37②）
その夜のちぎり　（投14②）
添はで年経る　（弄34③）
そはでとしふる　（投223③）
そはぬとき　（投79④）
そはぬもの　（投134④）
背くまい　（弄4④）
染めてくやしき　（投220①）
そもじ故かな　（か14⑤）
そよときて　（投280④）
そよ吹く風も　（投386②）
空飛ぶ雁は　（片14①）
そらにたつ名は　（投221①）
そらにみん　（投160④）
そらもなげきか　（投240③）
そらゆく月の　（投316②）
それやそれまでよ　（片12③）

【た】

たえずくるしき　（投118③）
たえずこころの　（投150③）
たえてしなくば　（投222①）
たえなばたえよ　（投193②）
たえなまし　（投96④）
絶えぬ思ひの　（弄7③）
たえやらぬ　（投387④）
誰が言ひ初めた　（片26②）
たがきてけした　（投280②）
誰が名を付けた　（の12②）
たかぬさきより　（投68③）
たがふみわけた　（投200②）
誰がまた付けた　（の20②）
助けてたもれ　（の22②）
助けてたもれ　（の22④）
たださながらの　（投323②）
たたばたて　（投30④）
ただよのつねよ　（投171②）
たちたるとても　（投321②）
立ちて並べど　（の6③）
たちどまる　（投28④）
たちやかさねし　（投314③）

たつけぶり（投182④）
たつ名さへ（投10④）
立つ名なれ（弄2④）
たつなれ（投3④）
立つ名のうちか（弄2②）
たつ名のうちか（投3②）
立つなもくるし（投101②）
たつなわりなき（投50③）
たづねいでぬる（投204③）
立つや浮き名は（か11③）
立つる錦木（弄34①）
たつるにしきぎ（投223①）
たどたどし（投195④）
たどたどし（投197④）
たとへあはずと（投224①）
譬へてみれば（の1②）
たとへにとれば（投143②）
たとへ葎が（弄39③）
だてをとこ（投233④）
たにのむもれ木（投381③）
種となる（か10⑥）
たのまりよか（投84④）
頼み掛け置く（弄35①）
頼みし君に（片9③）
頼み少なき（弄25③）
たのむかや（投245④）
頼むまいぞのの（弄36①）
戯れ遊べ（か4③）
戯れそめて（投192②）
たびごろも（投44④）
たまさかに君と（片15①）
たまぞちる（投45④）
たまづさに（投204④）
玉のうてなに（投133③）
たまのをや（投118④）
ためにしづみし（投24③）
ためにしづみし（投70③）
ためにしづみし（投361③）
ために沈めし（投159③）
たもとの露の（投261②）
たよりあれかし（投225①）
たよりなや（投270④）
便りの情（弄14②）
たよりの文を（投60②）
たよりまつほの（投226①）
たれかしる（投344④）
たれかはきらん（投97③）
たれさきそめた（投149②）
誰に語らむ（弄50③）
誰始めし（か8①）

【ち】

ちがのしほがま（投1③）
誓ひ変はるな（弄35③）
ちかひし人の（投338②）
契りあさまし（投182③）
ちぎりかはせし（投112③）
契りし仲も（片21②）
ちぎりしは（投264④）
ちぎりしひとも（投238②）
契りたや（投149④）
ちぎりのすゑは（投135②）
ちぎりのすゑは（投136②）
契りの道は（投137②）
ちとせふるとも（投327③異）
ちはかはらぬ（投166③）
千早振る（か9①）
ちよふるとても（投112②）
千世を一よの（投227①）
千世をふるとも（投327③）
千代を経るとも（の14③）
ちらとみそめし（投228①）
ちらと見初めしより（か10④）
ちらぬ其のまに（投149③）
ちらぬまに（投384④）
ちらりちらりと（か10①）
散り掛かる（の19④）
ちるものを（投210④）
ちれどちらねど（投138③）
ちればこそ（投258④）

【つ】

つかのまなりと（投2②）
月かげながら（投340②）
月かげなりと（投213②）
月ぞうき（投180④）
月ぞしらする（投312③）
撞きても鳴るが（片18②）
月と入らばや（弄33③）
月といろとは（投229①）
月と入ろやれ（弄56④）
月と入ろやれ（か1③）
月にうかれて（投230①）
月におちくる（投313③）
月になぐさむ（投18③）
つきのあけぼの（投231①）
つきのさそひし（投283③）
月の訪ひ来る（弄37①）

月の光は (弄58④)
月はさゆれど (投15③)
月はさんやの (投232①)
つきはたれゆゑ (投369③)
月はどなたへ (投233①)
つきはひとめの (投234①)
月はゆかりか (投81③)
つきひかな (投126④)
月日を送る (弄42②)
月日をおくる (投262②)
月もなさけは (投218③)
月やあらんと (投235①)
つきやしる (投63④)
月やはなやと (投236①)
月をたよりに (投237①)
月をばみまい (投61②)
つきをみばやと (投238①)
つげもややらん (投225②)
つつむおもひの (投188③)
包むとすれど (片16①)
つばきの花も (投267②)
つみなき月を (投160②)
つもり来て (投179④)
つゆけきに (投383④)
露ときえにし (投335③)

つゆとなれ (投251④)
露とも消えば (弄27②)
つゆともきえば (投162②)
露とも消えよ (片2②)
露とわが身は (投146③)
露なみだ (投76④)
つゆにそへたる (投123③)
つゆにもやどる (投218②)
露の命が (投84③)
つゆのいろ (投163④)
つゆのたまのを (投239①)
つゆのたまむし (投300③)
露のまなりと (投2②異)
つゆばかり (投27④)
つゆはものかは (投124③)
露もしぐれも (投240①)
露もしぐれも (投241①)
辛からぬ (弄40④)
つらからん (投328④)
つらかりそ (投155④)
つらきうき世に (投242①)
つらきうらみを (投19③)
つらききぬぎぬ (投243①)
つらきけしきも (投244①)
つらきこころも (投245①)

つらきことばの (投82③)
辛きの君を (弄36②)
つらき人には (投246①)
つらき人より (投247①)
辛き人よりの (弄38①)
つらき三すぢの (投318③)
つらきむくいの (投115③)
辛き故 (弄28④)
つらきゆゑ (投35④)
つらき別れを (投248①)
つらくとわれは (投368②)
つらければ (投274④)
つらさもよしや (投305②)
つらさをとはば (投374②異)
つらさをとふは (投374②)
つらしとわれは (投358②)
つらやぢよさいと (投158③)
つれて心の (弄31③)
連れてござれや (弄39①)
つれなき命 (弄38②)
つれなきいのち (投247②)
つれなき君に (片17①)
つれなき君の (投336②)

つれなさは (投89④)
つれなや扨も (投142②)
つれびきを (投48④)

【て】

敵ぢやないもの (の15③)
敵と見るなら (の15①)
敵に別れて (の16①)
手ずさみなれや (投55②)
丁稚持て来い (の17①)
寺々の鐘は (片18①)
手を打ち掛けた (片28②)
天と八まん (投249①)
てんと八幡 (か11①)

【と】

とかくうき世の (投208③)
とかくこひぢは (投250①)
科もなや (か6④)
伽となれ (投92④)
ときのくぜつで (投7③)
ときはの松も (投279②)
常磐へ行くか (片14②)
ときも見もせで (投94③)
とけてながれの (投347③)

とこで二丁の（投48③）
とこに入る（投232④）
とこはなみだで（投11③）
床もの枕も（弄8③）
土手さを来れば（の16②）
とても縁ない（弄40①）
とてもきえなん（投251①）
とても涙で（弄61③）
とてもなみだで（投362③）
とても遣りやらば（の22⑤）
届かぬぞ（片25④）
とにもかくにも（片8④）
とはずがたりの（投122③）
とはずがたりを（投253③）
とはばとへかし（投43③）
とはばとへかし（投252①）
とび立つばかり（投26②）
とひもせず（投83④）
とひもせず（投142④）
とひもせず（投170④）
とふばかり（投201④）
とふひとあらば（投342②）
とふひとあらば（投343②）
訪ふ人もなし（弄3②）

問ふ人もなや（片24②）
とぶほたる（投107④）
とへかしきみが（投253②）
とへかしひとの（投369②）
とほきゆくゑを（投114③）
とまりがらすの（投211③）
留まる心を（の7③）
とまれかし（投116④）
とまれかし（投213④異）
とめてやどかせ（投199③）
止めよかし（弄12④）
ともしびふけて（投164②）
ともにあはれを（投253①）
とももなし（投237④）
とやまのかづら（投39②）
虎のふす野の（投254①）
とりがなく（投98④）
鳥ぞ物憂き（片15④）
鳥とかねとの（投255①）
とりにうらみは（投256①）
鳥の声（投88④）
とりの声（投248④）
とりのこゑ（投348④）
鳥のそら寝も（弄12③）
鳥のねばかり（投69②）

とりもなくなく（投309③）
とりもはらはら（投104③）
とりももろとも（投330③）

【な】

ないてとほるや（投372③）
ないてねがほの（投257①）
長い刀も（の18①）
ながきつらさの（投58③）
永き別れと（弄41①）
なかぢやもの（投206④）
なかなかに（投59④）
なかなかひとも（投222②）
なかにおつなる（投364③）
なかにすぎゆく（投126③）
仲にてあらば（弄40②）
なかぬほたるが（投176③）
長の夏の夜や（か8⑧）
なかばはくもに（投129②）
なかばはくもに（投257②）
ながめし人も（投236②）
ながめなれても（投258①）
ながらへあるも（投242②異）
ながらへすむも（投242②）

ながれはかなき（投259①）
なきあかす（投287④）
なきあかす（投308④）
なきあかす（投330④）
なきさともがな（投255②）
梛の青葉の（投260①）
なぎの葉を（投187④）
なき身をとはば（投109②）
なき世にて（投294④）
鳴く鶯を（の3②）
なくこゑきけば（投284②）
なくこゑきけば（投389②）
なぐさまん（投343④）
なくせみよりも（投176②）
なくむしよりも（投185②）
泣くも泣かれず（弄6⑨）
嘆きある世も（弄42①）
なげきせしまに（投261①）
嘆きて明かす（弄8②）
なげきながらも（投262①）
なげきのそらか（投241②）
なげきはすれど（投169②）
なげくかな（投106④）
なげく泪の（投263①）
投げそ枕に（か6③）

なげのなさけや（投264①）
なけれども（投38④）
なごりをしやの（投265①）
なさけ有馬の（投386③）
情ないぞの（弄57②）
なさけなや（投265④）
情に一夜（片1③）
なさけまつをの（投266①）
なさけわすれぬ（投148③）
なさけをうけて（投111②）
何故眺めぬぞ（の13②）
何故に我が恋（片25③）
涙が零れて（の16③）
などや初めの（弄40③）
なにといろよき（投267①）
なにとせくとも（投268①）
何とつつめど（の19①）
なにとなくても（投61③）
なにとばかりの（投33③）
なににいのちは（投57③）
なにのいんぐわに（投269①）
なには入江の（投270①）
なには入江の（投271①）
名にも似ず（か12①）
なびけもしほの（名226③）
なびけもしほの（投266③）
なほこりずまに（投243②）
なまぜなまなか（投272①）
浪あらじ（投379④異）
なみうちかけて（投50②）
なみだかな（投100④）
なみだがは（投219④）
なみだ川には（投273①）
なみだくらべん（投274①）
なみだつらぬけ（投31③）
なみだでくらす（投249②）
涙とともに（弄52②）
なみだながらに（投275①）
なみだながるる（投168③）
なみだなそへそ（投56③）
なみだならでは（投276①）
なみだならでは（投277①）
涙の雨に（投198②）
泪の川を（投378②）
なみだのしぐれ（投103②）
涙の袖に（片19①）
なみだのふちせ（投46②）
なみだのふみを（投315②）
涙ばかりは（投216③）
なみだほかには（投86③）
なみのうねうね（投46③）
浪の数々（片24④）
なみもなし（投379④）
南無の一こゑ（投382④）
ならぬものかな（片18④）
ならひあり（投78④）
なりひらの（投235④）
なりひらよ（投236④）
なれしにほひの（投210③）
馴れし昔が（弄32③）
なれし昔が（投210③異）
馴れし昔が（か7③）
なれずばかほど（投64②）
なれずばかほど（投272②）
馴れずばかほど（投360②）
馴れて添ひたや（の5③）
馴れにし君も（弄55②）
何とせうぞと（弄52③）
何の因果に（弄6⑤）
何の因果に（か13③）
何の因果の（弄24③）

【に】

にくやうらみも（投278①）
にくやきままに（投212③）
似こそせぬ（投325④）
錦の床も（片20①）
にしにながるる（投234③）
西へ東へ（弄58②）
にしへもいるが（投232②）
にしへゆく（投127④）
にしへゆく（投211④）
にしへゆく（投212④）
二世まで契る（片11③）
二せまでも（投138④異）
にせ紫や（投220②）

【ぬ】

主ある貴様を（片27③）
ぬれぬものかは（投279①）

【ね】

寝入りかねつつ（投154③）
ねがひのままよ（投132②）
ねざめのとこに（投56②）
ねざめのとこに（投320②）
寝ても覚めても（弄43①）
寝ても寝られぬ（弄44①）
ねにこそなかめ（投383②）

ねにぞなく（投300④）
寝乱れ髪の（投51②）
ねやのうち（投69④）
ねやのうち（投282④）
ねやのともしび（投280①）
ねやはなみだの（投41③）
寝られぬこよひ（投92②）

【の】

のがれえぬ身は（投281①）
のこるうつりが（投282①）
のこるかたみの（投283①）
のこれかし（投213④）
後のあしたの（投374③）
後の世までと（片21①）
後の世も（弄51④）
後ほど御げん（投333②）
のにさくはなよ（投384②）
のにすておけよ（投382②）
野辺にかはづの（投284①）
野べになく（投75④）
のべにほたるが（投49③）
野辺の草木も（弄10③）
野べの露（投77④）

【は】

はかな夢（投74④）
はげしかれとは（投285①）
はしとなる（投224④）
はづかしや（投122④）
はづかしや（投147④異）
はづかしや（投181④）
初音恋しや（片23④）
はつねゆかしや（投286①）
はつねゆかしや（投287①）
はてもなし（投136④）
花が散る（の20④）
鼻紙が（の21⑥）
はなぢやとままよ（投116②）
花と見る（弄26④）
はなにおくつゆ（投288①）
花に恋ある（投228③）
花に短冊（の20①）
はなのあけぼの（投289①）
はなのいろ（投117④）
はなのうてなの（投163③）
花のかほばせ（片16④）
花の盛りを（弄45①）
花は散りても（弄46①）
花は散りても（弄47①）
花珍しき（か10②）
花もさくらも（投290①）
花やもみぢは（投143③）
離れ離れの（弄48①）
はなればなれの（投291①）
はなれもやらで（投194②）
はにふの小屋も（投133②）
はへかかる（投388④）
はやきみかへす（投8②）
はや君かへる（投9②）
はやさむる（投356④異）
はらと泣いては（弄59③）
遥かにましぢや（か13②）
春立つ花よ（の5②）
春の標に（の13③）
はるよかきねの（投292①）

【ひ】

弾いて聞かせん（片30④）
ひきはかへさじ（投62③）
引くが大事よ（片27④）
ひくなたもとの（投383③）
ひごろもとめし（投214③）
ひざまくら（投33④）
人恨めしや（弄28②）
人が知る（の2④）
一方ならぬ（片22①）
一方ならぬ（片6②）
ひとこそしらね（投41②）
一さかり（弄46④）
ひとしぐれ（投279④）
一入涙（片9②）
ひとしほゆかし（投38②）
人知らず（投192④）
人しれず（投341④）
人しれぬ（投339④）
一すぢに（投14④）
ひとすぢに（投321④）
ひとつおもひの（投242③）
ひとつまくらに（投293①）
人につつめど（の4③）
人にはあらで（投296②）
人にはなくと（投297②）
人の心の（投117③）
ひとの言の葉（投294①）
ひとのたちゐの（投37③）
ひとのつらさに（投194③）
人のとへかし（投29③）

ひとのみちひの（投295①）
人のみるめも（投181③）
人のもたせる（投244③）
人はのこらぬ（投69③）
人はひとしき（投296①）
人はひとしき（投297①）
ひとむらしぐれ（投322②）
人めおもへば（投298①）
人めしげきと（投299①）
ひとめしのぶの（投300①）
ひとめしのべば（投301①）
人目つつめば（弄6⑦）
人目つつめば（弄55③）
人めつつめば（投302①）
人めはづかし（投12③）
人めわかぬや（投303①）
ひとめをしのび（投331②）
人目をしのぶ（投332②異）
人めをつつむ（投332②）
一本欲しや（弄63②）
ひとよをも（投285④）
ひとりあかしの（投304①）
ひとりおもへば（投320③）
独り言（弄52④）
ひとりなみだに（投36③）
ひとりぬる夜の（投305①）
独り寝る夜の（か8⑦）
ひとりぬるよは（投306①）
ひとりねに（投256④）
独り寝の床（片28④）
独りは嫌よ（片20②）
ひとりみるよは（投5③）
独りものかは（弄58⑤）
日にはいくたび（投125③）
白癩切るき（の15②）
ひらに起きやれの（の11③）
ひるのおもひか（投307①）
ひるは人めに（投308①）
ひるは人めの（投337③）

【ふ】

ふかきあはれの（投277③異）
深き思ひの（投179③）
ふかきおもひの（投276③）
ふかきおもひの（投277③）
ふかきおもひを（投309①）
ふかきなみだの（投319③）
ふか草ならで（投75②）
ふか草なれば（投76②）
深草野辺の（投77②）
ふかくしのびし（投310①）
ふかくしのべば（投311①）
ふくあきかぜは（投141②）
更けてきぬたの（投312①）
ふけてきぬたの（投313①）
ふししづむ（投36④）
ふじはふもとの（投314①）
ふすまなければ（投373③）
二葉のまつよ（投138②）
二葉の松よ（の14②）
ふちとなる（投41④）
ふちともならば（投263②）
ふぢの花（投128④）
藤屋太郎吉が（の23③）
ふつと止めべい（片7④）
ふつふつせまい（投19②）
ふでにつたゆる（投315①）
筆のあと（投278④）
ふでのうみ（投168④）
ふぶりさびしき（投91③）
ふみさへたえつ（投57②）
文ぞとしれば（投147②）
ふみはいもせの（投224③）
ふみばかり（投86④）
ふみばかり（投374④）
文は遣りたし（弄49①）
踏み迷ふ（か8④）
ふみをばかはせ（投224②）
降り積む雪よ（の9②）
ふるはむらさめ（投167③）

【へ】

へだつるとても（投317②）

【ほ】

ほかぞなき（投90④）
ほかにはあらじ（投85②）
ほだしなれ（投66④）
ほたるかな（投153④）
ほととぎす（投56④）
ほととぎす（投121④）
ほととぎす（投231④）
ほととぎす（投286④）
ほととぎす（投372④）
ほどはくもゐに（投316③）
ほどはくもゐに（投317①）
程を経て（か3④）
ほろとないたを（投196③）

【ま】

まがきの内の　（投228②）
まぎれもするが　（投308②）
枕と語ろ　（弄17②）
枕なげぶし　（投318①）
枕な投げそ　（か6②）
枕ならでは　（弄50①）
枕ならでは　（投319①）
枕並べて　（弄51①）
枕なりとも　（投92③）
まくらにそひて　（投282②）
まくらのふちも　（投72②）
枕ばかりと　（投88③）
枕引き寄せ　（弄52①）
枕屏風に　（弄53①）
枕も聞けよ　（片22③）
枕ものいへ　（投320①）
枕もの言へ　（弄17③）
まさるもの　（投133④）
ましぢやもの　（投220④）
ましてねざめの　（投121③）
ますかがみ　（投194④）
またあすよりは　（投183②）
又あふ時は　（投324②）
まだうちとけぬ　（投286②）
またうちながむ　（投81②）
またうちむかふ　（投81②異）
又うれしさも　（投244②）
まだきわがなの　（投321①）
またなつかしや　（投82②）
又ねのとこの　（投4②）
またの御げんは　（投322①）
また花さかば　（投290②）
また春咲くが　（弄46②）
またもや咲くが　（弄47②）
又もわすれて　（投310③）
又やねなまし　（投323①）
まちえかねつつ　（投324①）
待つ転寝に　（弄9②）
松かげに　（投290④）
待つがつらいか　（投325①）
待つに別れは　（投325③）
松の音する　（投78③）
まつのしぐれに　（投326①）
松の葉ごしの　（投327①）
松の林の　（弄54①）
まつはいのちの　（投164③）
まつべきことの　（投67②）
まつべきことの　（投281②）
松虫の声や　（片4②）
まつり替へたや　（弄1③）
前下がり　（の18④）
幻の身を　（か2②）
ままにならぬを　（投328①）
まみえしゆめよ　（投90②）
まみえてたもれ　（片13②）
まよひし身をば　（投180②）
迷ひし我も　（片2③）
まれにあひ見し　（投329①）
まれにあふ夜は　（投330①）
まれにあふよは　（投331①）
まれにあふよは　（投332①）

【み】

みえてこぼるる　（投257③）
みおくるけさの　（投197②）
みくまのは　（投260④）
短の命　（弄7②）
短夜の月よ　（片23①）
みしまのこゆみ　（投139②）
未生以前が　（か13①）
みしやおもかげ　（投74③）
見し夜はうれし　（投352②）
見し夜はさえぬ　（投237②）
みすぢのいとの　（投165②）
身ぞ恨み葛の葉　（弄34④）
身ぞ辛き　（弄47④）
身ぞつらき　（弄57⑤）
身ぞつらき　（投111④）
みぞつらき　（投223④）
みそめてつらや　（投339②）
見たぞ八まん　（投333①）
見たばかり　（の6④）
見たや聞きたや　（弄60②）
みだれ心の　（投303③）
みだれてけさも　（投28②）
乱れて見せそ　（弄31②）
みだれみだるる　（投334①）
道みえず　（投15④）
身ぢやもの　（弄20④）
みつとんだ　（投49④）
水にかずかく　（投335①）
みづもがな　（投259④）
見ても見飽かぬ　（か12④）
見て忘りよ　（弄63④）
みないつはりよ　（投229②）
みないとによる　（投31②）
みなわがなみだ　（投370②）

みにしみじみと（投156②）
身に入めて（投323④）
身に添ひて（弄44④）
見ぬまでも（か14①）
みのうさを（投151④）
身のほどを（投159④）
身の行くへ（投165④）
身はうきくさの（投259②）
身は蜻蛉の（の10②）
身は焦がるれど（弄5②）
身は沈むとも（弄4②）
身はすてをぶね（投110②）
身はすて小舟（投270②）
身はなげぶしの（投177②）
みはふるさるる（投27②）
身はほととぎす（投287②）
身は武蔵野に（の7②）
身は病葉か（片24①）
身は鴛鴦の（弄57③）
身はをし鳥よ（投271②）
みまくほしきは（投336①）
三もじのやども（投376②）
見もわかず（投275④）
都恋しや（片14④）
み山にいれば（投66②）
見る玉づさは（投275②）
みる月夜（投362④）
見る月を（弄61④）
見る月を（投362④異）
見るとおもへば（投356③）
みるとななづむ（投207②）
見るにつけても（投161③）
見れば心の（弄23③）
見れば見渡す（片25①）
三わの神かや（投337①）
身をこがす（投1④）
身をこがす（投176④）
みをこがす（投185④）
身をこがす（投340④）
身をなさぬ（投358④）
みをばなにせん（投338①）
みをもうらみじ（投222③）
身をもしづめて（投263③）
身をもちながら（投155②）

【む】

昔恋しき（弄45③）
むかしこひしや（投339①）
昔の身なら（投205②）
むかし見しよの（投340①）
むかしわすれぬ（投371③）
むかしをとこに（投236③）
向かひ通りやる（の21①）
むくい返すな（投296③）
むぐらしげりて（投341①）
葎の宿に（片20③）
むげにはせまい（投95②）
むげにはせまい（投113②）
むすびていまは（投13②）
結ぶの神の（弄35②）
むすぼほれ（投354④）
睦言を（弄43④）
むなしき夜半か（投307②）
無にせまい（か11④）
むねにたく火は（投387③）
むねをやく（投108④）

【め】

めぐりあふまで（投316③）

【も】

萌え出づる（の4④）
もし顕れば（片12②）
もしほのけぶり（投37②）
もしもえんあり（投79③）
もじもさだかに（投275③）
もしもわがきみの（投382③）
裳裾踏むほど（弄55①）
持ちながら（か2③）
もてきてたもれ（投187②）
もとのしづくと（投241③）
本の白地が（投220③）
もとめし人の（投127②）
ものいふならば（投125②）
ものおもふ（投130④）
物がなしきに（投6②）
ものはおもはじ（投64③）
ものはおもはじ（投272③）
物は思はじ（投360③）
ものやおもふと（投201③）
ものやおもふと（投342①）
ものやおもふと（投343①）
物をおもへば（投267③）
物を言へかし（弄49③）
もはやあさぢも（投52③）
もみぢこがるる（投344①）
もみぢふみわけ（投345①）
もゆれども（投188④）
もらさぬみづの（投47②）

もらさねば（投346④）
もろきは露と（片26①）
もろこしまでも（投230②）
もろこしまでも（投254②）
もろともに（投138④）
もんさす時ぞ（投351②）

【や】

やいさお閻魔（の22①）
やいさ同類（の23①）
焼かずにすてよ（投172②）
やかはねへ（の23④）
八こゑもろとも（投287③）
優しきに（の3④）
やたけごころに（投346①）
宿なりと（弄39④）
宿れる月は（片19②）
宿をかるかや（片1④）
柳に咲かせ（の1④）
矢のたつに（投113④）
破れた橋は（片27①）
八重につつめど（弄22③）
やまかはなりと（投44②）
山ぢのつたは（投388②）
やまとなれしは（投128③）
山の端に（弄33④）
山の端に（弄56①）
山の端に（弄56⑤）
山の端に（弄57①）
山の端に（弄58①）
山の端に（か1④）
やまのはへ（投229④）
山時鳥（弄60③）
山時鳥（片23③）
やまほととぎす（投167②）
やまほととぎす（投274②）
遣る方なさに（弄13②）

【ゆ】

ゆかましを（投230④）
ゆかりとも（投350④）
行きてねななん（投376③）
ゆきてねなまし（投254③）
行きては帰り（弄24②）
ゆきてふたたび（投200③）
ゆきとつもりし（投347①）
ゆきにはあらで（投292②）
ゆきのとやまの（投348①）
雪の振袖（か10③）
行末かけて（投98②）
ゆくするゑを（投336④）
ゆくもかへるも（投349①）
ゆくものを（投172④）
行けば極楽（の24①）
結ひ立てられて（か5②）
ゆふけぶり（投101④）
ゆふけぶり（投226④）
夕けぶり（投266④）
ゆふてなにしよぞ（投139③）
ゆふべのあきも（投289②）
ゆふべのけぶり（投314②）
ゆふべのそらは（投130②）
ゆふべゆふべの（投350①）
ゆふべゆふべの（投351①）
ゆふまぐれ（投91④）
ゆめうちさめて（投326②）
夢現とも（か14②）
夢こそたのめ（投306②）
ゆめこそたのめ（投375②）
夢ぢながらに（投230③）
夢とは知らで（片28①）
ゆめなさましそ（投329③）
ゆめになりとも（投352①）
夢には浮き名（片13③）
夢にみせばや（投73③）
夢に見てさへ（弄59①）
ゆめに見てだに（投353①）
夢にも絞る（片6③）
夢のうきはし（投378③）
夢の浮世に（か4④）
夢のかよひぢ（投354①）
夢の戯れ（片21④）
夢の間の浮世（片29①）
夢のゆめかや（投355①）
夢の世に（弄60①）
夢ははかなや（投356①）
夢ははかなや（投357①）
夢はふたたび（投4③）
夢はふたみち（投357③）
ゆめはまくらの（投17③）
夢もなし（投373④）
ゆめゆめしらで（投122②）
夢を見て（弄30④）

【よ】

夜こそ寝られね（片22④）
夜ごとにかはる（投216②）
夜さもなや（投54④）
よしなきものよ（投250②）

吉野桜 （か12⑤）
吉原へ （の22⑥）
吉原よ （の24④）
よしやいとはじ （投358①）
よしやうき名の （投30③）
よしやうき名は （投359①）
よしやうらめし （投360①）
よしやこの身は （投361①）
よしや今宵は （弄61①）
よしやこよひは （投362①）
よしやたつ名も （投363①）
よしやながれも （投364①）
やしや嘆かじ （弄62①）
よしやなげかじ （投365①）
よしやなげくな （投366①）
よしやなげくな （投367①）
よしや人こそ （投368①）
よすがにて （投129④）
夜ぞ辛き （弄9④）
世ぞ辛き （弄25④）
よそに心の （弄18③）
よそになしても （投369①）
よそのあはれが （投326③）
よそのしぐれは （投370①）
よそのゆふぐれ （投371①）

世にすむうちよ
（投65②異）
世にすむゆゑよ （投65②）
世の中なるに （投106②）
よのなかなれや （投163②）
世の中見れば （投379②）
よはのそら （投234④）
夜半の月影 （片19④）
よひのくぜつの （投372①）
宵の手枕 （片31④）
よひまくら （投243④）
よめかしく （投315④）
よもあらじ （投205④）
よもたてじ （投368④）
よもにうき名の
（投30③異）
よるかたいとの （投118②）
夜こそもゆれ （投387②）
よるせをしらば （投219②）
よるの雨 （投306④）
よるのあめ （投375④）
夜の衣を （投373①）
よるはまつむし （投308③）
よるべさだめぬ （投165③）
よるべもしらで （投36②）

よるよるかよふ （投337②）
夜をあかす （投154④）
夜を明かす （投169④）

【ら】

来世まで （投137④）

【わ】

わがおもし （投334④）
わがおもひ （投65④）
わがおもひ （投171④）
わが思ひ （投271④）
わがおもひ （投298④）
わがおもひ （投331④）
わがおもひ （投349④）
わがこころ （投18④）
わがこころ （投73④）
わがこころ （投80④）
わがこころ （投222④）
わがこころ （投244④）
わがこころ （投289④）
我がこころ （投296④）
わがこひは （投97④）
わが住む里よ （投179②）
わがたもと （投371④）

わがちぎり （投221④）
わが手ながらも （投147③）
わがなみだ （投123④）
わがなみだ （投124④）
わがなみだ （投167④）
わがなみだ （投202④）
わがなみだ （投215④）
わがなみだ （投288④）
わがなみだ （投295④）
わがなみだ （投302④）
わがなみだ （投312④）
わがなみだ （投313④）
わが身ながらも
（投147③異）
我が身の恋は （の2②）
我が身は書かず （弄49②）
我が身は伯牙 （片30①）
わがみひとつの （投13③）
わが身ひとりと （投106③）
我が身も草に （片26③）
我が身やな （弄38④）
別れがういか （投325②）
わかれぢに （投53④）
別れて後は （片21③）
わかれなき身の （投305②）

わかれぬる身の（投374①）
わかれぬるよの（投374①異）
別れの明日を（片3③）
別れは憂いと（片31①）
わかれはういに（投353②）
別れは誰に（片30③）
別れもつらし（投189②）
わかれゐる身は（投375①）
別れを告ぐる（片15③）
わかれんぎ（投166④）
わかれんものか（投89②）
わきていはれぬ（投334③）
わきてつれなき（投53③）
わけていはれぬ（投171③異）
わけていはれぬ（投334③異）
わけてわびしき（投376①）
わするなよ（投316④）
忘るる故よ（弄16②）
わするるゆゑよ（投102②）
わすれがたきを（投377①）
忘れ草がなの（弄63①）
わすれし人の（投40②）
わすれずながら（投74②）
忘れねば（弄16④）
わすれねば（投102④）
忘ればしすな（弄51③）
忘れはせまい（弄43②）
忘れはせまい（投146②）
わすれわびぬる（投93③）
わすれんとての（投264②）
わすれん物を（投377②）
わたりかよへや（投378①）
わたりくらべて（投379①）
渡りし里も（弄58③）
渡るが大事（片27②）
わづかのむねに（投190②）
わりや降る雪か（弄23②）
われがおもひは（投380①）
われがおもひは（投381①）
われがししたら（投382①）
われこそまされ（投140②）
我ならば（投148④）
われのみしりて（投209②）
われはあやめの（投383①）
我は川前よ（の6②）
我は桔梗の花よ（片1②）
我は先立つ（の8③）
われはさはべの（投153③）
我はしゆじやかの（投76③）
我は朱雀の（投77③）
我は谷間の（の9③）
われはつまなき（投232③）
われはときはの（投290③）
われはぬしなし（投384①）
我ひとり（投109④）
我独り（投177④）
われもうきよの（投274③）
われもこひぢに（投108③）
我綟衣（弄22②）
われもなく（投104④）
我らも故郷（片14③）
わんざくれぐれ（投385①）

【ゐ】

ゐなのささ原（投386①）

【ゑ】

衛士のたく火は（投387①）

【を】

をざさのあられ（投288②）
をさなけれども（投388①）
をしまるる（投40④）
をしまるれ（投338④）
をだのかはづの（投184③）
小田のかはづの（投389①）
をばながくれに（投28③）
をらばとくをれ（投384③）
をりたくしばの（投91②）
折りての育てて（弄63③）

第三章　一枚摺り〝せんだい節〟歌謡集成　本文と各句索引

はじめに

〝せんだい節〟は江戸時代末期から明治時代初期にかけて巷間に流行した歌謡である。もともと出雲国周辺地域の発祥とされるが、後に上方で大きな流行を呼び起こした。元歌は「十四の春から、勤めをすれど、いまだに請け出す、人もない、身は高山の、石灯籠、今宵はあなたに、点されて、明日はどなたに、トコなんだい、点さりょか」で、曲節は安来節に似ていたという。その時点ではいまだ〝せんだい節〟の名称ではなく、〝出雲節〟〝なんだい節〟などと称されていたらしい。この頃の流行を示す資料として『文化秘筆』文化十年（一八一三）条や『豊芥子日記』文化十年条の記事がある。それらは後掲する〝せんだい節〟歌謡本文の8番歌「大坂天満の、真中ごろで……」の替歌を紹介している（この歌は〝せんだい節〟の代表歌のひとつで、今日でも日本各地の伝承歌謡・民謡として伝えられている）。さらにその後、名古屋を中心とする中京地域でも流行するようになり、そこでは〝尾張甚句〟と称されたという。そして、迎えた明治十八・九年（一八八五・六）頃に、陸奥仙台にまでこの歌の流行が広がり、同じ曲節で「男好いとて、けんたいぶるな、男が好うて、金持ちで、それで女が、惚れるなら、奥州仙台、陸奥の守の、若殿に、マア、高尾が、コレなんだい、惚れなんだ」という替歌が生まれ、大流行が巻き起こったため、〝せんだい節〟と呼ばれるようになったという。また、同じこの歌謡を〝りきう節〟と題した摺りものも見受けられるから、〝せんだい節〟はまた〝りきう節〟とも呼ばれたことが知られる。このように、〝せんだい節〟は幕末から明治時代初期の日本各地に伝播し、多くの別称を持ったきわめて重要な流行歌謡のひとつであると言えよう。なお、本節では以下この歌謡を、もっとも一般的な名称である〝せんだい節〟と呼ぶこととする。したがって、本節で呼ぶ〝せんだい節〟はいわゆる〝りきう節〟や〝尾張甚句〟を含む広義の名称ということになる。

この〝せんだい節〟にはおもちゃ絵や錦絵、瓦版の類の一枚摺り資料が何種類か伝えられている。そのひとつ大倉四良兵衛版『流行新文句　せんだいぶし』（三枚組）については、かつて拙稿「おもちゃ絵の歌謡続考」（『大阪教育大学紀要（第Ⅰ部門）』第五十一巻第二号〈平成15年2月〉／本書論考編第四章第六節所収／以下、前稿と呼ぶ）において写真入りで紹介し、同資料に収録される〝せんだい節〟合計二十二首については併せて翻刻もした。詳細は前稿を参照いただきたい。

ところで、〝せんだい節〟の一枚摺り資料は次の七点がこれまで管見に入った。

A『流行新文句　せんだいぶし』（大倉四良兵衛版・梅堂〈歌川〉政信画・明治十九年二月刊・三枚組・二十二首所収／前稿において翻刻紹介）

B『流行せんだいぶし』（高沢房次郎版・梅堂〈歌川〉国政画・明治十九年二月刊・二枚組・十六首所収／新日本古典文学大系・明治編第四巻に翻刻あり）

C『新板先代ぶし』（森本順三郎版・歌川国利画・明治十九年二月刊・一枚物・九首所収）

D『せんだいぶし』（森本順三郎版・絵師未詳・明治十九年三月刊・一枚物・八首所収）

E『しん板りきうぶし』（安田藤□□版・絵師未詳・明治十九年一月刊・一枚物・五首所収）

F『りきうぶし』（奥井忠兵衛版・歌川幾歳画・刊年未詳〈明治前期頃刊〉・一枚物・九首所収）

G『流行葉唄尾張じんく』（版元未詳・修斎国桜画・刊年未詳〈明治前期頃刊〉・一枚物・八首所収）

本節はこれら七種の広義〝せんだい節〟一枚摺り資料に見える歌謡を歌詞冒頭の五十音順に集成し、検索の便宜を図るために、読点で区切った意味の切れ目ごとの句索引を作成したものである。なお、〝せんだい節〟には薄物や版本も存在している。今後それらの調査を追加して、〝せんだい節〟全歌集の作成を志したい。以下、凡例を掲げておく。

〔凡例〕

一、歌謡本文作成に当たっては、意味によって漢字を当て、仮名は歴史的仮名遣いによって校訂した。

二、五十音順に算用数字の歌番号を付した歌謡本文に続けて、その歌謡を収録する一枚摺り資料を前掲の略号A・B・C・D・E・F・Gを用いて（　）内に示した。

三、索引についても五十音順に検索できるように配列し、各句に続けて本文編の歌謡の歌番号（算用数字）と、その歌の中での句番号（丸囲み算用数字）を（　）内に示した。

本文編

1　奥州《あうしう》白石、与茂作《よもさく》の娘、姉は宮城野、妹は信夫《しのぶ》、金井半兵衛が、助太刀なして、親の敵《かたき》の、志賀団七を、首尾よく二人で、コレなんだい、討つであろ（A）

2　奥州仙台、陸奥《むつ》の守、陸奥の守、若殿は、男が好うて、金持ちで、それで女が、惚れるなら、仙台さんが、高尾を、コレなんだい、殺しゃせぬ（A、B、E）

3　飽きも飽かれも、せぬその仲を、浮世の義理なら、是非もない、思ひ聞かんせ、泣かしやるな、わしは泣かねど、こなさんが、マア、泣いて私を、コレなんだい、困らせる（F）

4　頭禿げても、浮気は止まぬ、腹が立つやら、悔しいやら、喰ひ付きたいほど、思へども、マア、生憎《あいにく》入れ歯で、コレなんだい、お気の毒（B、C、F）

5　阿波の徳島、十郎兵衛の娘、年は九つ、名はお鶴、背中に笈摺《おひづる》、手に柄杓《ひしゃく》、二親《ふたおや》尋ねて、はるばると、巡礼に、御報謝《ごほうしゃ》と、コレなんだい、門《かど》に立つ（A、B、C、D、F）

6　伊勢屋の乳母《おんば》が、昼寝をしたら、近江《あふみ》の湖水か、印旛沼《いんばぬま》、こんな深みへ、はまったら、定めし河童《かっぱ》が、コレなんだい、ゐるだろう（A）

7　嘘で涙が、零《こぼ》れるならば、建てし柱に、花が咲く、晴れし月夜に、雨が降る、勤めする身の、はかなさは、マア、誠言うても、コレなんだい、嘘になる（F）

8　大坂天満《おほさかてんま》の、真中ごろで、唐傘枕で、してやった、こんな臭いもの、したことない、塵紙三帖、コレなんだい、ただ捨てた（A、B、C、D、E、G）

9　お前とならば、どこまでも、深山《みやま》の奥の、その奥の、ずっと奥の、侘《わ》び住まひ、竹の柱に、萱《かや》の屋根、手鍋提《さ》げてと、言ひたいが、実は乗りたい、コレなんだい、玉の輿《こし》（A、B、D、E）

10　お前と私は、くらばの粉よ、杵《きね》で搗《つ》かれて、籾《もみ》出され、水攻め火攻めに、逢うた故、マア、苦労し遂げて、コレなんだい、ままとなる（F）

11　学校《がくかう》通ひの、生徒《せいと》は、蝙蝠傘《かうもりがさ》に、靴を履き、襠高袴《まちたかばかま》で、石盤《せきばん》を、持って通うて、勉強する、地形図《ちぎやうづ》単語に、アイウエヲ、洋算《やうざん》地球図、国尽くし、遊びはブランコ、コレなんだい、運動場（A、B、C）

12　剃刀《かみそり》手に持ち、床屋さん、どうぞ逢はせて、下さんせ、逢はせてあげるは、よけれども、もしも切れたら、コレなんだい、どうなさる（A、B、D、G）

13　義士で忠義は、大星親子、武部源蔵、これ忠義、鏡山では、下女お初、先代萩で、政岡が、掟を守る、千松は、

ままを食べぬが、忠義なら、お貰《もら》いなんぞは、コレなんだい、皆忠義（A、B、C、G）

14　義理といふ字が、二字あるならば、一字は私の、腕守り、残る一字を、主《ぬし》さんに、持たせりゃ浮気が、コレなんだい、止《や》むであらう（B、C、G）

15　草木も眠る、丑三つ頃に、主《ぬし》と二人で、床《とこ》の上、私の願ひは、叶うたが、こんな女子《をなご》に、思はれて、お前の肩身が、コレなんだい、狭からう（A、B、F）

16　十四《じふし》の春から、囲って置いて、今さら嫌とは、胴欲《どうよく》な、烏《からす》が鳴かうが、夜《よ》が明けやうが、寺の坊さん、鐘撞かうが、枕屏風に、日が差さうが、その訳聞かねば、コレなんだい、帰しやせぬ（A、B、D、E、G）

17　白井権八《しらいごんぱち》、因州の生まれ、江戸で長兵衛の、世話になり、吉原町《よしはらちやう》には、小紫、始終男に、情《じやう》立てて、目黒に残せし、コレなんだい、比翼塚（A）

18　信州信濃の、善光寺へ、お参りなさるは、よけれども、追分女郎衆の、後朝《きぬぎぬ》に、やっぱりお前の、コレなんだい、側《そば》がよい（A）

19　蕩尽女《たうじんをんな》の、束髪《そくはつ》は、総角《あげまき》下げ巻、曲れ糸、二本結びは、蝦蛄《しやこ》兵庫《ひやうご》、達磨《だるま》返しに、銀杏髷《いちやうわげ》、姨子《おばこ》に櫛巻、コレなんだい、じれったむすび（A、B、C、E）

20　地体《ぢたい》私は、深川育ち、貝《かひ》の柱に、牡蠣《かき》の屋根、婀娜《あだ》な浅蜊《あさり》に、添うよりも、やっぱりお前の、コレなんだい、馬鹿がよい（A、B、C、D）

21　手《て》拭《ぬぐひ》提《さ》げて、温泉へ、もうしもうし、番頭さん、お湯はまだか、ありますか、お湯は只今、抜けました、コリヤコリヤ、抜いたお前は、よけれども、抜かれた私の、コレなんだい、間《ま》の悪さ（A、D、F）

22　鳥も通はぬ、八丈が島へ、遣られたこの身は、厭《いと》はねど、後《あと》に残りし、妻や子が、マア、どうしてその日を、コレなんだい、暮らすやら（A、B）

23　瓢簞《へうたん》片手に、鯰《なまづ》を押さへ、地震があらうが、乖角《かいかく》しょうが、押さへたからには、コレなんだい、放しゃせぬ（A）

24　本郷二丁目の、八百屋の娘、年は十六、名はお七、小姓《こしやう》の吉三《きちざ》に、ほうれん草、嫁菜にならずに、子ができた、何と生姜《しやうが》や、山葵《わさび》さん、辛子《からし》の効いたで、目に涙、胡椒《こせう》が効いたら、コレなんだい、泣くであらう（A、B、G）

25　昔昔、その昔、爺《じじい》と婆《ばばあ》と、あったとさ、婆は川へ、洗濯に、そこへ流れて、来た桃の、中から生まれた、桃太郎、鬼が島にて、コレなんだい、宝取る（A）

26　役者の親玉、団十郎、日の出は福助、成駒屋、左団次、菊五郎、宗十郎、家橘《かきつ》、時蔵、権十郎《ごんじふらう》、我童《がどう》の兄弟、コレなんだい、濡れ事師（A）

27　遣ったり取ったり、取られたり、昨日も負けた、今日負けた、家へ帰って、女房を、ぶったり蹴たり、叩いたり、そこで女房の、言ふことにゃ、私の体は、梅が枝の、手水鉢《てうづばち》では、あるまいし、叩いてお金が、コレなんだい、出るぢゃない（A、D）

28　私が願ひは、他ではないが、あんな殿御を、持ちながら、これが別れの、盃と、哀しさ隠す、笑ひ顔、随分お手柄、功名して、マア、片時夫婦と、コレなんだい、言はれたい（F）

29　男好いとて、けんたいぶるな、男が好うて、金持ちで、それで女が、惚れるなら、奥州仙台、陸奥の守の、若殿に、マア、高尾が、コレなんだい、惚れなんだ（F）

30　女が好いとて、けんたいぶるな、女が好うて、若後家《わかごけ》で、それでこの世を、送るなら、常盤御前《ときはごぜん》が、清盛に、二度の枕は、コレなんだい、交《か》はしゃせぬ（B、C、G）

索引編

【あ行】
アイウエヲ（11⑩）
生憎入れ歯で（4⑧）
奥州白石（1①）
奥州仙台（2①）
奥州仙台（29⑦）
逢うた故（10⑥）
飽きも飽かれも（3①）
総角下げ巻（19③）
遊びはブランコ（11⑬）
婀娜な浅蜊に（20⑤）
頭禿げても（4①）
あったとさ（25④）
後に残りし（22⑤）
姉は宮城野（1③）
逢はせてあげるは（12⑤）
阿波の徳島（5①）
近江の湖水（6③）
雨が降る（7⑥）
ありますか（21⑥）
あるまいし（27⑭）
あんな殿御を（28③）
伊勢屋の乳母が（6①）
一字は私の（14③）
銀杏髷（19⑧）
厭はねど（22④）
言はれたい（28⑭）
言ひたいが（9⑩）
言ふことにゃ（27⑩）
家へ帰って（27⑤）
今さら嫌とは（16③）
妹は信夫（1④）
因州の生まれ（17②）
印旛沼（6④）
浮世の義理なら（3③）
丑三つ頃に（15②）
嘘で涙が（7①）
嘘になる（7⑫）
討つであろ（1⑪）
腕守り（14④）
浮気は止まぬ（4②）
梅が枝の（27⑫）
運動場（11⑮）
江戸で長兵衛の（17③）
掟を守る（13⑨）
お気の毒（4⑩）
送るなら（30⑥）
押さへたからには（23⑤）
鬼が島にて（25⑪）
姨子に櫛巻（19⑨）
追分女郎衆の（18⑤）
大坂天満の（8①）
大星親子（13②）
お前とならば（9①）
お前と私は（10①）
お前の肩身が（15⑨）
お参りなさるは（18③）
思はれて（15⑧）
思ひ聞かんせ（3⑤）
思へども（4⑥）
お貰いなんぞは（13⑬）
親の敵の（1⑦）
お湯は只今（21⑦）
お湯はまだか（21⑤）
温泉へ（21②）
【か行】
乖角しょうが（23④）
蝙蝠傘に（11③）
鏡山では（13⑤）
家橘（26⑧）
牡蠣の屋根（20④）
学校通ひの（11①）
囲って置いて（16②）
片時夫婦と（28⑫）
我童の兄弟（26⑪）
門に立つ（5⑫）
叶うたが（15⑥）
哀しさ隠す（28⑦）
金井半兵衛が（1⑤）
鐘撞かうが（16⑧）
金持ちで（2⑥）
金持ちで（29④）
交はしゃせぬ（30⑪）
貝の柱に（20③）
帰しゃせぬ（16⑬）
剃刀手に持ち（12①）
萱の屋根（9⑧）
唐傘枕で（8③）
辛子の効いたで（24⑪）
烏が鳴かうが（16⑤）
菊五郎（26⑥）
義士で忠義は（13①）
来た桃の（25⑧）
後朝に（18⑥）
杵で搗かれて（10③）

昨日も負けた（27③）
清盛に（30⑧）
義理といふ字が（14①）
草木も眠る（15①）
下さんせ（12④）
靴を履き（11④）
国尽くし（11⑫）
喰ひ付きたいほど（4⑤）
悔しいやら（4④）
苦労し遂げて（10⑧）
暮らすやら（22⑩）
くらばの粉よ（10②）
下女お初（13⑥）
今日負けた（27④）
けんたいぶるな（29②）
けんたいぶるな（30②）
功名して（28⑩）
子ができた（24⑧）
小姓の吉三に（24⑤）
胡椒が効いたら（24⑬）
こなさんが（3⑧）
御報謝と（5⑩）
零れるならば（7②）
困らせる（3⑫）
小紫（17⑥）
コリヤコリヤ（21⑨）
これが別れの（28⑤）
これ忠義（13④）
コレなんだい（1⑩）
コレなんだい（2⑪）
コレなんだい（3⑪）
コレなんだい（4⑨）
コレなんだい（5⑪）
コレなんだい（6⑧）
コレなんだい（7⑪）
コレなんだい（8⑧）
コレなんだい（9⑫）
コレなんだい（10⑨）
コレなんだい（11⑭）
コレなんだい（12⑧）
コレなんだい（13⑭）
コレなんだい（14⑧）
コレなんだい（15⑩）
コレなんだい（16⑫）
コレなんだい（17⑩）
コレなんだい（18⑧）
コレなんだい（19⑩）
コレなんだい（20⑧）
コレなんだい（21⑬）
コレなんだい（22⑨）
コレなんだい（23⑥）
コレなんだい（24⑭）
コレなんだい（25⑫）
コレなんだい（26⑫）
コレなんだい（27⑯）
コレなんだい（28⑬）
コレなんだい（29⑫）
コレなんだい（30⑩）
殺しゃせぬ（2⑫）
権十郎（26⑩）
こんな臭いもの（8⑤）
こんな深みへ（6⑤）
こんな女子に（15⑦）

【さ行】

盃と（28⑥）
定めし河童が（6⑦）
左団次（26⑤）
志賀団七を（1⑧）
爺と婆と（25③）
始終男に（17⑦）
したことない（8⑥）
実は乗りたい（9⑪）
してやった（8④）
十四の春から（16①）
十郎兵衛の娘（5②）
情立てて（17⑧）
蝦蛄兵庫（19⑥）
首尾よく二人で（1⑨）
巡礼に（5⑨）
白井権八（17①）
じれったむすび（19⑪）
信州信濃の（18①）
随分お手柄（28⑨）
助太刀なして（1⑥）
ずっと奥の（9⑤）
生徒は（11②）
石盤を（11⑥）
背中に笈摺（5⑤）
せぬその仲を（3②）
是非もない（3④）
狭からう（15⑪）
世話になり（17④）
善光寺へ（18②）
仙台さんが（2⑨）
先代萩で（13⑦）
洗濯に（25⑥）
千松は（13⑩）
宗十郎（26⑦）
添うよりも（20⑥）

束髪は（19②）
そこで女房の（27⑨）
そこへ流れて（25⑦）
その奥の（9④）
その昔（25②）
その訳聞かねば（16⑪）
側がよい（18⑨）
それでこの世を（30⑤）
それで女が（2⑦）
それで女が（29⑤）

【た行】

蕩尽女の（19①）
宝取る（25⑬）
高尾が（29⑪）
高尾を（2⑩）
竹の柱に（9⑦）
武部源蔵（13③）
叩いたり（27⑧）
叩いてお金が（27⑮）
ただ捨てた（8⑨）
建てし柱に（7③）
玉の輿（9⑬）
達磨返しに（19⑦）
団十郎（26②）

地形図単語に（11⑨）
地震があらうが（23③）
地体私は（20①）
忠義なら（13⑫）
塵紙三帖（8⑦）
勤めする身の（7⑦）
妻や子が（22⑥）
手水鉢では（27⑬）
手鍋提げてと（9⑨）
手に柄杓（5⑥）
手拭提げて（21①）
寺の坊さん（16⑦）
出るぢゃない（27⑰）
どうしてその日を（22⑧）
どうぞ逢はせて（12③）
どうなさる（12⑨）
胴欲な（16④）
時蔵（26⑨）
常盤御前が（30⑦）
床の上（15④）
どこまでも（9②）
床屋さん（12②）
年は九つ（5③）
年は十六（24③）
取られたり（27②）

鳥も通はぬ（22①）

【な行】

泣いて私を（3⑩）
中から生まれた（25⑨）
泣かしやるな（3⑥）
泣くであらう（24⑮）
名はお七（24④）
名はお鶴（5④）
鱠を押さへ（23②）
成駒屋（26④）
何と生姜や（24⑨）
二字あるならば（14②）
二度の枕は（30⑨）
二本結びは（19⑤）
女房を（27⑥）
抜いたお前は（21⑩）
抜かれた私の（21⑫）
抜けました（21⑧）
主さんに（14⑥）
主と二人で（15③）
濡れ事師（26⑬）
残る一字を（14⑤）

【は行】

馬鹿がよい（20⑨）
はかなさは（7⑧）
八丈が島へ（22②）
花が咲く（7④）
放しやせぬ（23⑦）
婆は川へ（25⑤）
はまったら（6⑥）
腹が立つやら（4③）
はるばると（5⑧）
晴れし月夜に（7⑤）
番頭さん（21④）
日が差さうが（16⑩）
日の出は福助（26③）
比翼塚（17⑪）
昼寝をしたら（6②）
深川育ち（20②）
二親尋ねて（5⑦）
ぶったり蹴たり（27⑦）
瓢箪片手に（23①）
勉強する（11⑧）
ほうれん草（24⑥）
他ではないが（28②）
惚れなんだ（29⑬）

第三章　一枚摺り〝せんだい節〟歌謡集成　本文と各句索引　644

惚れるなら　(2)⑧
惚れるなら　(29)⑥
本郷二丁目の　(24)①

【ま行】

マァ　(3)⑨
マァ　(4)⑦
マァ　(7)⑨
マァ　(10)⑦
マァ　(22)⑦
マァ　(28)⑪
マァ　(29)⑩
曲れ糸　(19)④
枕屏風に　(16)⑨
誠言うても　(7)⑩
政岡が　(13)⑧
裲高袴で　(11)⑤
間の悪さ　(21)⑭
ままとなる　(10)⑩
真中ごろで　(13)⑪
水攻め火攻めに　(8)②
皆忠義　(10)⑮
深山の奥の　(9)③
昔昔　(25)①

陸奥の守　(2)②
陸奥の守　(2)③
陸奥の守の　(29)⑧
目黒に残せし　(17)⑨
目に涙　(24)⑫
もうしもうし　(21)③
もしも切れたら　(12)⑦
持たせりゃ浮気が　(14)⑦
持ちながら　(28)⑦
持って通うて　(11)⑦
籾出され　(10)④
桃太郎　(25)⑩

【や行】

洋算地球図　(26)①
役者の親玉　(27)⑦
遣ったり取ったり　(18)⑦
やっぱりお前の　(20)⑦
八百屋の娘　(24)②
止むであらう　(14)⑨
遣られたこの身は　(22)③
夜が明けやうが　(16)⑥
よけれども　(12)⑥
よけれども　(18)④

よけれども　(21)⑪
吉原町には　(17)⑤
嫁菜にならずに　(24)⑦
与茂作の娘　(1)②

【わ行】

若後家で　(30)④
若殿に　(29)⑨
若殿は　(2)④
山葵さん　(24)⑩
わしは泣かねど　(3)⑦
私が願ひは　(28)①
私の願ひは　(27)⑪
私の体は　(15)⑤
侘び住まひ　(9)⑥
笑ひ顔　(28)⑧
ゐるだろう　(6)⑨
男が好うて　(2)⑤
男が好うて　(29)③
男が好いとて　(30)①
女が好うて　(30)③

第四章　『浮れ草』所収近世小唄調歌謡　本文と各句索引

はじめに

流行歌謡はその時代を映す鏡である。我が国には歴史的に多くの歌謡が興り、そして消滅して行った。今日それらの多くは忘却の彼方に追いやられているが、それぞれの時代に生きた人々の喜怒哀楽を、もっとも明瞭に映すことができる鏡はそれら流行歌謡に如くものはない。

江戸時代末期の代表的な流行歌謡集のひとつに『浮れ草』がある。この歌謡集は松井譲屋が文政五年（一八二二）閏正月に当時の流行歌謡を採録して成立したもので、現在国立国会図書館に写本として所蔵される。他に東京大学図書館蔵本、上田万年蔵本（『日本歌謡研究資料集成』第七巻〈昭和51年・勉誠社〉所収『浮れ草』解説の小松田良平氏解説はこれが上田敏蔵本の誤りである可能性について言及する）、佐々醒雪蔵本が存在したが、そのうち東京大学図書館蔵本は関東大震災により焼失し、他の二伝本も現在所在不明のままである。したがって、今日では国会図書館蔵本が天下の孤本と言ってもよい状態にある。全九十六丁。日本各地に流行した歌謡を収録した貴重な集成である。巻末の「国々田舎唄の部」に収録された下の関節以下の歌謡は現行の民謡の原歌とも目され、きわめて重要な資料と言える。編者の松井譲屋は二代目松井幸三のことで、譲屋という名は彼の俳名であったことが知られる。この人は何と言っても歌舞伎狂言の作者として有名であった。

ところで、著者は貴重な流行歌謡の詞章を大方の利用に供することを志し、本文と索引の整備を進めてきた。具体的には歌謡と同じ韻文文芸の和歌に倣い、五音や七音の句ごとに検索が可能な各句索引の整備を進めてきた。これまでに『近世流行歌謡　本文と各句索引』（平成15年・笠間書院）、「近世初期流行歌謡五種　本文と各句索引」（『大阪教育大学紀要（第Ⅰ部門）』第五十二巻第一号〈平成15年9月〉／本書資料編第二章所収）、「一枚摺り〝せんだい節〟歌謡集成　本文と各句索引」（『歌謡　研究と資料』第九号〈平成16年6月〉／本書資料編第三章所収）を発表した。本節はそれらに続く一連の江戸期流行歌謡本文と各句索引の提供ということになる。

以下、凡例を掲げておく。

［凡例］

一、本節は『浮れ草』に収録された流行歌謡群のうち、近世小唄調（七〈三・四〉／七〈四・三〉／七〈三・四〉／五）を基本形とする十一の歌謡群を対象として、本文編に歌謡詞章を掲出するとともに、索引編として七・七・七・五の各句毎の索引を収録するものである。

二、歌謡本文の作成に際しては、底本とした国立国会図書館蔵写本の表記を尊重しつつ、歴史的仮名遣いに基づいた校訂本文とした。

三、歌謡本文の漢字及び仮名の当て方は底本に従った。ただし、送り仮名については通行の形に統一した。また、踊り字の使用は避け、漢字と仮名による本文に開いた。

四、歌謡本文には各句の区切りとすべき部分に読点を施した。

五、歌謡本文は底本の掲出順に、組名と歌謡番号によって配列した。

六、索引編については各句を五十音順に配列し、それぞれの歌謡の所属する組名を左記の一字の略称で示し、続いて歌謡番号を算用数字で掲げ、最後にその歌謡の第何句目に相当するかという句番号を、丸囲みの算用数字で示した［例］参照）。

伊＝伊勢のあらめ、づいとせ＝づ、大工＝大、花に蝶＝花、下の関節＝下関、潮来節＝潮、下田節＝下田、追分節＝追、名古家節＝名、茶摘唄＝茶、おなら＝お
［例］伊1①＝伊勢のあらめ・第一番歌・第一句目、下関3①＝下の関節・第三番歌・第一句目

本文編

伊勢のあらめ

1　伊勢のあらめと、此の君さまは、見れば見る程、しほらしや、しほらしや
2　伽羅《きやら》のかをりと、今宵の客は、幾夜とめても、留めかぬる、留めかぬる
3　君と我とは、くち木の伽羅よ、中のよいのを、人しらぬ、人しらぬ

づいとせ

1　下戸《げこ》の盃、廻《まは》りが早い、さすもおさへも、夏の月、づいとせ
2　臼《うす》と杵《きね》とは、よい恋中よ、日なが一日、つきくらす、づいとせ
3　わたしやだぼはぜ、おまへはたなご、水にいれ共、あい通す、づいとせ

大工

1　わしがゆがまぬ、墨がねなれど、ぬしの心は、まがりがね
2　仇《あだ》なしたはと、鋸《のこぎり》引きよ、ひいきむやみに、のみかんな

3　おもふ心の、ありたけこたけ、ゆうて墨さし、やりかんな
4　無理な口舌《くぜつ》に、あらしてかんな、すまぬ顔して、蛙股《かへるまた》よ
5　いしをたてまへ、手をさけなりで、嬉し顔見て、三つめぎり

花に蝶

1　花に蝶蝶《てふてふ》は、わしや気がもめる、来てはちらちら、迷はせる
2　す顔くしまき、前だれたすき、ぬしのおそばで、針仕事
3　おつと合点だ、みなまでいふな、きれてくれろか、そりやならぬ
4　お名はいはねど、そこらに壱人《ひとり》、命あづけた、ものがある

下の関節

1　船ぢや寒かろ、着て行かしやんせ、わしが着替の、此の小袖、しよんがへ
2　さんざ時雨か、萱家《かやや》の雨か、音もせで来て、濡れかかる、しよんがへ
3　あひた見たさは、飛びたつ斗《ばか》り、籠《かご》の鳥かや、恨めしや、しよんがへ
4　きれてみれんに、又立ち帰り、今度逢ふのは、命がけ、しよんがへ

潮来《いたこ》節

1　いひな（ママ）筑波に、男躰女躰《なんたいにょたい》、外《ほか》に頼まむ、神もなし、しよんがへ
2　いたこ出島の、真菰《まこも》の中に、あやめ咲くとは、露知らず、しよんがへ

3　いやだいやだに、大根《だいこ》に小鮒《こぶな》、外《ほか》にさかなは、ない事か、しよんがへ

4　さまよ鹿島《かしま》に、神あるならば、たすけ給へや、要石《かなめいし》、しよんがへ

下田節

1　伊豆の下田《しもだ》に、急いでなせば、風も梛《なぎ》のは、ないもよく、チヨイトチヨイ

2　来るか来るかと、浜へ出て見れば、浜の松風、音ばかり、チヨイトチヨイ

3　わしが思ひは、此の島山よ、むねに烟《けむり》が、たえやせぬ、チヨイトチヨイ

追分節

1　心よくもて、追分女郎衆、浅間山から、鬼が出る

2　一夜五両でも、妻もちやいやだよ、妻思ひが、恐ろしや

3　晒《さらして》手拭《ぬぐひ》、ちよいと肩にかけ、悪所通ひの、いきなもの

4　あのや追分、沼やら田やら、行くもゆかれず、一足も

5　うすひ峠の、権現さまよ、わしが為には、守り神

6　浅間山では、わしやなけれ共、むねにけむりが、たえやせぬ

7　送りましよかや、おくられませうかよ、責《せ》めて峠の、茶やまでも

名古家《（ママ）》節

1　名古屋お客の、其のくせとして、ゆかず戻らず、たいぎともならぬ

2　やがて行《ゆ》きませよ、名古屋をさして、なれしごうどを、跡にみて
3　宮のごうどに、二瀬《ふたせ》がござる、思ひ切る瀬と、きらぬ瀬を
4　宮のあつたの、明神さまへ、遠ざかれとは、いのりやせぬ
5　一の鳥居越え、二の鳥居越えて、最早《もはや》ごうどは、程ちかし
6　船は出て行く、帆かけてはしる、茶屋の女子が、出てまねく
7　恋の岡崎、情《なさけ》の吉田、なさけないのが、明がらす
8　名古屋の名物、みやげ大根、金のさちほこ、雨ざらし

茶摘唄

1　宇治の茶所、茶は縁所、娘やりたや、聟ほしや
2　わしは新茶の、若い葉なれど、ぬしは落葉の、山吹に
3　阿部や川上、芦久保《あしくぼ》相良《さがら》、うつつ心の、ねもされず

おなら

1　すいたお客は、河童《かつぱ》のおなら、底がしれいで、水くさい、アアしよんがへ
2　野暮なお客は、麝香猫《じやかうねこ》のおなら、やみとのぼせて、鼻につく、しよんがへ
3　ほれたお客は、鼬《いたち》のおなら、われと我がでに、目がくらむ、しよんがへ

索引編

【あ行】
アアしよんがへ（お1⑤）
あい通す（づ3④）
悪所通ひの（追3③）
明がらす（名7④）
浅間山から（追1③）
浅間山では（追6①）
芦久保相良（茶3②）
仇なしたはと（大2①）
跡にみて（名2④）
あのや追分（追4①）
あひた見たさは（下関3①）
阿部や川上（茶3①）
雨ざらし（名8④）
あやめ咲くとは（潮2③）
あらしてかんな（大4②）
ありたけこたけ（大3②）
いきなもの（追3④）
幾夜とめても（伊2③）
いしをたてまへ（大5①）
伊勢のあらめと（伊1①）
急いでなせば（下田1②）
いたこ出島の（潮2①）
鼬のおなら（お3②）
一の鳥居越え（名5①）
一夜五両でも（追2①）
伊豆の下田に（下田1①）
命あづけた（花4③）
命がけ（下関4④）
いのりやせぬ（名4④）
いひな筑波に（潮1①）
いやだいやだに（潮3①）
臼と杵とは（づ2①）
うすひ峠の（追5①）
宇治の茶所（茶1①）
うつつ心の（茶3③）
恨めしや（下関3④）
嬉し顔見て（大5③）
おくられませうかよ（追7②）
送りましよかや（追7①）
恐ろしや（追2④）
おつと合点だ（花3①）
音ばかり（下田2④）
音もせで来て（下関2③）
お名はいはねど（花4①）
鬼が出る（追1④）
追分女郎衆（追1②）
おまへはたなご（づ3②）
思ひ切る瀬と（名3③）
おもふ心の（大3①）
【か行】
籠の鳥かや（下関3③）
風も梛のは（下田1③）
河童のおなら（お1②）
要石（潮4④）
蛙股よ（大4④）
神あるならば（潮4②）
神もなし（潮1④）
萱家の雨か（下関2②）
着て行かしやんせ（下関1②）
来てはちらちら（花1③）
君と我とは（伊3①）
伽羅のかをりと（伊2①）
きらぬ瀬を（名3④）
きれてくれろか（花3③）
きれてみれんに（下関4①）
金のさちほこ（名8③）
くち木の伽羅よ（伊3②）
来るか来るかと（下田2①）
下戸の盃（づ1①）
心よくもて（追1①）
此の君さまは（伊1②）
此の小袖（下関1④）
此の島山よ（下田3②）
恋の岡崎（名7①）
今宵の客は（伊2②）
権現さまよ（追5②）
今度逢ふのは（下関4③）
【さ行】
さすもおさへも（づ1③）
さまよ鹿島に（潮4①）
晒手拭（追3①）
さんざ時雨か（下関2①）
しほらしや（伊1④）
しほらしや（伊1⑤）
麝香猫のおなら（お2②）
しよんがへ（下関1⑤）
しよんがへ（下関2⑤）
しよんがへ（下関3⑤）

しょんがへ　（下関4⑤）
しょんがへ　（潮1⑤）
しょんがへ　（潮2⑤）
しょんがへ　（潮3⑤）
しょんがへ　（潮4⑤）
しょんがへ　（お2⑤）
しょんがへ　（お3⑤）
すいたお客は　（お1①）
す顔くしまき　（花2①）
すまぬ顔して　（大4③）
墨がねなれど　（大1②）
責めて峠の　（追7③）
底がしれいで　（お1③）
そこらに壱人　（花4②）
其のくせとして　（名1②）
そりやならぬ　（花3④）

【た行】

たいぎともならぬ　（名1④）
大根に小鮒　（潮3②）
たえやせぬ　（下田3④）
たえやせぬ　（追6④）
たすけ給へや　（潮4③）
茶は縁所　（茶1②）
茶屋の女子が　（名6③）
茶やまでも　（追7④）
ちよいと肩にかけ　（追3②）
チヨイトチヨイ　（下田1⑤）
チヨイトチヨイ　（下田2⑤）
チヨイトチヨイ　（下田3⑤）
づいとせ　（づ1⑤）
づいとせ　（づ2⑤）
づいとせ　（づ3⑤）
つきくらす　（づ2④）
妻思ひが　（追2③）
妻もちやいやだよ　（追2②）
露知らず　（潮2④）
出てまねく　（名6④）
手をさけなりで　（大5②）
飛びたつ斗り　（下関3②）
遠ざかれとは　（名4③）
留めかぬる　（伊2④）
留めかぬる　（伊2⑤）

【な行】

ない事か　（潮3④）
ないもよく　（下田1④）
中のよいのを　（伊3③）
名古屋お客の　（名1①）
名古屋の名物　（名8①）
名古屋をさして　（名2②）
なさけないのが　（名7③）
情の吉田　（名7②）
夏の月　（づ1④）
なれしごうどを　（名2③）
男躰女躰　（潮1②）
二の鳥居超えて　（名5②）
ぬしのおそばで　（花2③）
ぬしの心は　（大1③）
ぬしは落葉の　（茶2③）
沼やら田やら　（追4②）
濡れかかる　（下関2④）
ねもされず　（茶3④）
鋸引きよ　（大2②）
のみかんな　（大2④）

【は行】

鼻につく　（お2④）
花に蝶蝶は　（花1①）
浜の松風　（下田2③）
浜へ出て見れば　（下田2②）
針仕事　（花2④）
ひいきむやみに　（大2③）
一足も　（追4④）
人しらぬ　（伊3④）
人しらぬ　（伊3⑤）
日なが一日　（づ2③）
二瀬がござる　（名3②）
船ぢや寒かろ　（下関1①）
船は出て行く　（名6①）
帆かけてはしる　（名6②）
外にさかなは　（潮3③）
外に頼まむ　（潮1③）
程ちかし　（名5④）
ほれたお客は　（お3①）

【ま行】

まがりがね　（大1④）
真菰の中に　（潮2②）
又立ち帰り　（下関4②）
廻りが早い　（づ1②）
前だれたすき　（花2②）

守り神　（追5④）
迷はせる　（花1④）
水くさい　（お1④）
水にいれ共　（づ3③）
三つめぎり　（大5④）
みなまでいふな　（花3②）
明神さまへ　（名4②）
みやげ大根　（名8②）
宮のあつたの　（名4①）
宮のごうどに　（名3①）
見れば見る程　（伊1③）
聟ほしや　（茶1④）
娘やりたや　（茶1③）
むねに烟が　（下田3③）
むねにけむりが　（追6③）
無理な口舌に　（大4①）
目がくらむ　（お3④）
ものがある　（花4④）
最早ごうどは　（名5③）

【や行】

やがて行きませよ　（名2①）
野暮なお客は　（お2①）
山吹に　（茶2④）
やみとのぼせて　（お2③）
やりかんな　（大3④）
ゆうて墨さし　（大3③）
ゆかず戻らず　（名1③）
行くもゆかれず　（追4③）
よい恋中よ　（づ2②）

【わ行】

若い葉なれど　（茶2②）
わしが思ひは　（下田3①）
わしが着替の　（下関1③）
わしが為には　（追5③）
わしがゆがまぬ　（大1①）
わしは新茶の　（茶2①）
わしや気がもめる　（花1②）
わしやなけれ共　（追6②）
わたしやだぼはぜ　（づ3①）
われと我がでに　（お3③）

跋

本書に収録した論考、索引の初出時点における原題、発表誌、発表年月は次に掲げるとおりである。今回、一書とするに当たり、補訂を加えたことをお断りしておく。

Ⅰ　論考編

第一章　韻文文学の交流

第一節　催馬楽出自の歌ことば（『歌ことばの歴史』〈平成10年・笠間書院〉）

第二節　和歌と催馬楽（『学大国文』第四十二号〈平成11年2月〉）

第三節　院政期の催馬楽（『歌謡　雅と俗の世界』平成10年・和泉書院〉）

第四節　芸能説話の生成（『国語と国文学』第七十八巻第五号〈平成13年4月〉）

第五節　『琴腹』研究ノート（『日本アジア言語文化研究』第六号〈平成11年3月〉）

第六節　和歌・狂歌と室町小歌（『和歌の伝授と享受』〈平成8年・風間書房〉）

第七節　『一休和尚いろは歌』小考（『大阪教育大学紀要』第五十四巻第二号〈平成18年2月〉）

第八節　古月禅材『いろは歌』研究序説（『日本アジア言語文化研究』第八号〈平成13年3月〉）

第九節　良寛の歌謡と和歌（『学大国文』第四十四号〈平成13年1月〉）

第十節　『道歌　心の策』小考（『禅文化研究所紀要』第二十八号〈平成17年12月〉）

第二章　韻文文学と音楽の交響
第一節　口承と書承の間（『歌謡とは何か』〈平成15年・和泉書院〉）
第二節　歌謡の生態とテキスト（『日本アジア言語文化研究』第十号〈平成15年12月〉）
第三節　子どもを歌う歌謡史（『日本文学』第五十一巻第七号〈平成14年7月〉）
第四節　古代・中世・近世の子ども歌（『国文学』第四十七巻第八号〈平成16年1月〉）
第五節　仏教関連古筆切資料考（『学大国文』第四十七号〈平成16年3月〉）
第六節　音の歌謡史（『国文学』第四十七巻第八号〈平成14年7月〉）

第三章　中世歌謡と芸能の周辺
第一節　室町小歌の音楽（『国文学』第四十四巻第十三号〈平成11年11月〉）
第二節　『閑吟集』に描かれた愛と性（『国文学　解釈と鑑賞』第七十巻第三号〈平成17年3月〉）
第三節　「朝川」考（『学大国文』第四十号〈平成9年2月〉）
第四節　隆達・「隆達節歌謡」と茶の湯（『茶と文芸』〈平成13年・淡交社〉）
第五節　『美楊君歌集』小考（『大阪教育大学紀要』第四十八巻第一号〈平成11年8月〉）

第四章　近世歌謡と芸能の周辺
第一節　近世歌謡の成立（『歌謡の時空』〈平成16年・和泉書院〉）
第二節　近世流行歌謡をめぐる諸問題（『日本歌謡研究』第四十四号〈平成16年12月〉）
第三節　物売り歌謡研究序説（『藝能史研究』第一四一号〈平成10年4月〉）

第四節　物売り歌謡続考（『学大国文』第四十五号〈平成14年3月〉）
第五節　おもちゃ絵の歌謡考（『日本歌謡研究』第四十一号〈平成13年12月〉）
第六節　おもちゃ絵の歌謡続考（『大阪教育大学紀要』第五十一巻第二号〈平成15年2月〉）
第七節　『琴曲鈔』影印と翻刻（『梁塵　研究と資料』第十七号・第十八号〈平成11年12月・平成12年12月〉）

II　資料編
第一章　『美楊君歌集』総索引（『大阪教育大学紀要』第五十二巻第二号〈平成16年2月〉）
第二章　近世初期流行歌謡五種　本文と各句索引（『大阪教育大学紀要』第五十二巻第一号〈平成15年9月〉）
第三章　一枚摺り〝せんだい節〟歌謡集成　本文と各句索引（『歌謡　研究と資料』第九号〈平成16年6月〉）
第四章　『浮れ草』所収近世小唄調歌謡　本文と各句索引（『日本アジア言語文化研究』第十一号〈平成17年12月〉）

本書は著者にとっては、『中世歌謡の文学的研究』（平成8年・笠間書院・※）、『「隆達節歌謡」の基礎的研究』（平成9年・笠間書院・※）、『近世歌謡の諸相と環境』（平成11年・笠間書院・※）に続く四番目の本格的な研究書である。また、この間索引資料として『「隆達節歌謡」全歌集　本文と総索引』（平成10年・笠間書院）、『近世流行歌謡　本文と各句索引』（平成15年・笠間書院・※）を刊行させていただくこともできた。なお、小著末尾の※は科学研究費補助金の研究成果公開促進費による刊行書である。本書も平成十八年度の科学研究費補助金（研究成果公開促進費）による出版であるから、この助成をいただいて刊行した小著は本書で五冊目となる。浅学非才の身にとっては、身に余る光栄と言わざるを得ない。心より御礼を申し上げたい。御礼と言えば他にも様々な方々に申し上げなければならない。母校早稲田大学でご指導いただいた師・先輩・同窓生、日本歌謡学会をはじめ和歌文学会、中世文学会でご教示いただいた諸先生、勤務校大阪教育大学における同僚の先生方やゼミ生、出版に携わって下さる方々、そして家族に深く感謝を申し上げたい。

本書には数多くの資料を写真や翻刻によって紹介したが、その際東京都立中央図書館特別文庫室、東京大学文学部国文学研究室、加藤正俊氏、田中登氏、小林強氏、大垣博氏には格別の御高配に与った。記して御礼申し上げる。また、小著の出版を快くお引き受け下さった和泉書院社主の廣橋研三氏に心より感謝申し上げる。なお、本書には平成十年度から十三年度にわたって交付いただいた文部省科学研究費補助金（基盤研究C）の課題「江戸期流行歌謡資料の基礎的研究」の成果を含んでいる。

本書は「独立行政法人日本学術振興会 平成十八年度科学研究費補助金（研究成果公開促進費）」の交付を受け刊行されたものである。

平成十八年九月

小野恭靖

収録図版一覧

〔図1〕〔図2〕『一休和尚いろは歌』　著者所蔵。

〔図3〕『一休狂歌問答　初編』　著者所蔵。

〔図4〕『一休狂歌問答　弐編』　著者所蔵。

〔図5〕『一休狂歌問答　三編』　著者所蔵。

〔図6〕古月和尚木像　大光禅寺所蔵。『日向佐土原　大光禅寺』（九州歴史資料館編集・発行、平成10年）より転載。

〔図7〕大光寺山門　『日向佐土原　大光禅寺』（九州歴史資料館編集・発行、平成10年）より転載。

〔図8〕〔図9〕『道歌心の策』　著者所蔵。

〔図10〕『道歌心の策』別本　「福地書店和本書画目録　和本・刷物・古美術品・書画特集」（平成17年12月）より転載。

〔図11〕〔図12〕〔図13〕『尾張童遊集』　個人蔵。複製本「兒戯」（昭和52年・未央社）より転載。

〔図14〕「真光院切」（甲）　「京都古書組合総合目録」第15号（平成14年12月）より転載。

〔図15〕「真光院切」（乙）　大垣博氏所蔵。

〔図16〕「真光院切」（丙）　「京都古書籍・古書画資料目録」第4号（平成15年6月）より転載。

〔図17〕「西要抄切」　小林強氏所蔵。

〔図18〕「星切」　大垣博氏所蔵。（「思文閣古書資料目録」181号〈平成15年2月〉に掲載出品）。

〔図19〕「浄土和讃切」（「讃阿弥陀仏偈和讃」）　「思文閣古書資料目録」196号（平成18年5月）より転載。

〔図20〕「浄土和讃切」（「讃阿弥陀仏偈和讃」）　思文閣「名家古筆手鑑集」（昭和48年4月）より転載。

〔図21〕「浄土和讃切」（「大経意」）　「京都古書組合総合目録」第15号（平成14年12月）より転載。

〔図22〕「浄土和讃切」（「弥陀経意」）　「阪急古書のまち　２００６年初夏　古書目録」より転載。

〔図23〕「浄土和讃切」（「諸経意弥陀仏和讃」）　「京都古書組合総合目録」第18号（平成17年12月）より転載。

〔図24〕「浄土和讃切」（「現世の利益和讃」）　「京都古書組合総合目録」第18号（平成17年12月）より転載。

〔図25〕「高僧和讃切」（「曇鸞和尚」）　「京都古書組合総合目録」第15号（平成14年12月）より転載。

〔図26〕「正像末和讃切」（「疑惑罪過和讃」）　田中登氏所蔵。

〔図27〕顕本寺境内歌碑ブロンズ隆達像　顕本寺。

〔図28〕「すみ屋道於老宛本」奥書　現所蔵先不明。

〔図29〕道於筆和歌短冊　「思文閣古今名家筆蹟短冊目録」第26号（平成5年7月）より転載。

〔図30〕隆達画像　顕本寺所蔵。

〔図31〕隆達書状　「思文閣墨蹟資料目録」第224号（平成3年2月）より転載。

〔図32〕〔図33〕『歓喜踊躍念仏和讃』　著者所蔵。

〔図34〕『空也堂歓喜踊躍念仏図』　著者所蔵。

〔図35〕『近世商賈尽狂歌合』所収「取替平」『日本随筆大成4』（昭和52年・吉川弘文館）より転載。

〔図36〕『近世商賈尽狂歌合』所収「安南こんなん飴」『日本随筆大成4』（昭和52年・吉川弘文館）より転載。

〔図37〕『新板江戸市中物売尽し』　著者所蔵。

〔図38〕『近世商賈尽狂歌合』所収「おまんが飴」『日本随筆大成4』（昭和52年・吉川弘文館）より転載。

〔図39〕『友寿々女美知具佐数語呂久』　東京都立中央図書館東京誌料文庫所蔵。

〔図40〕『智恵競幼稚雙六』　東京都立中央図書館東京誌料文庫所蔵。

〔図41〕『新板子供擲廻り寿古六』　東京都立中央図書館東京誌料文庫所蔵。

〔図42〕『子供あそびすごろく』　東京都立中央図書館東京誌料文庫所蔵。

〔図43〕『しん板昔物かたりなぞ』　大阪教育大学小野研究室所蔵。

〔図44〕『新板手まりうたづくし』　大阪教育大学小野研究室所蔵。

〔図45〕『しん板まり哥づくし』　大阪教育大学小野研究室所蔵。

〔図46〕『新板まりうた』　著者所蔵。

〔図47〕〔図48〕〔図49〕『流行新文句　せんだいぶし』　著者所蔵。

索引

［凡例］

一、本索引は本書の論考編を対象として作成するものである。なお、後述する「歌謡索引」の対象とした歌謡は資料編と重複しないものに限定し、表のなかに掲出した歌謡も対象外とする。

二、ここに収録する索引は「人名・書名・事項索引」と「歌謡索引」の二種とし、算用数字はすべて本書の頁を示す。

三、索引項目の配列は五十音順とする。ただし、「歌謡索引」については本文中の歌謡詞章と同じ文字表記を用いる（同一歌謡が異なる文字表記で複数回記載される場合には、そのうちのひとつを代表として掲出する）が、配列は歌詞表記の仮名遣いではなく、歌う際の音の五十音順とする。

四、「歌謡索引」は原則として第二句までを見出しとして掲出したが、区別をつけるため第三句目まで掲出したものもある。ただし、定型でない歌謡のなかには初句までとしたものも一部存在する。また、句読点は省略に従った。

人名・書名・事項索引

【あ行】

「青柳」（催馬楽）　18　19　22　34　38
「我駒」（催馬楽）　22　29
「浅緑」（催馬楽）　23
「葦垣」（催馬楽）　18　19　34
『熱田手毬歌盆歌童謡附』　158　160　253　254　475
『流行《あづま》時代子供うた』　159　256　459〜461　472
「新年」（催馬楽）　23
『淡路農歌』　163　379　399
「石川」（催馬楽）　3　4　6　15　18〜20　34　35　42　43
和泉式部　43　60〜70　72〜74　76〜79　82〜84　198
『和泉式部』　60　67　76　83
「伊勢海」（催馬楽）　23　29
『伊勢物語』　87〜90　101　102　168
『潮《(朝)》来考』　165　382〜384　386〜390
『潮来図誌』　384　391
『潮来絶句』　384〜390
『潮来風』　165　383〜390　399
一休　105　106　111　114　116　119　120　191　195　413
『一休和尚いろは歌』　105〜107　111　114　119　120
『一休和尚往生道歌百首』　111　113　114　204　207
『一休和尚法語』　112〜114　203　207
『一休骸骨』　119　204　207
『一休可笑記』　203　207
『一休諸国物語』　119　207
『一休諸国物語図会』　119
『一休諸国物語図会拾遺』　119
『一休蜷川狂歌問答』　113　114　119　120

『一休蜷川続編狂歌問答』 112〜114
『一休法のはなし』 204 207
『一休咄』 119 203 204 207
『一休水鏡』 119 204 207
『田舎一休狂歌』 112〜114
「妹之門」（催馬楽） 18 19 22 23 25 34 36 40
「婦与我」（催馬楽） 14 15 23 29
『いろは口説』 123 126 127 133 135 137 138 140 142 144 146 148 150 152 153
「いろは歌」（愚堂東寔） 128 131
『いろは歌』（古月禅材） 123 126 127 131〜133 135 138 140 142 144 146 148〜150 152 153
『浮れ草』 168 179
『宇治拾遺物語』 66 68 69 73 75 76 84
『臼引歌』（盤珪） 152 204 379 392 394 397
「梅枝」（催馬楽） 23
『越志風俗部　歌曲』 158 161〜164 166 168 170〜178 184 253
『越風石臼歌』 166 392 394 397
『江戸いたこほん』 384〜387 389 390
『江戸盆哥』 159 254
『笑本板古猫』 163 384〜390
『絵本倭詩経』 400
『艶歌選』 168 170 392 395〜397
『延享五年小哥しやうが集』 163〜168 378 392〜400
『宴曲集』 88 204 285
『宴曲抄』 83 285
『円珠本朗詠要抄』 281
『奥義抄』 17 33 37 43
「逢路」（催馬楽） 18 19 34
『大江戸てまり哥』 253 472 475
『大幣』 236 288 374
『小歌志彙集』 162 166 167
『幼稚遊昔雛形』 250 459〜461 472
『おたふく女郎粉引歌』 152
『遠近草』 100 120
『落葉集』 163 165 167 236 252
『御船歌留』 164
『尾張童遊集』 159 161 250 251 254 256 459 461
『尾張船歌』 166
『音曲神戸節』 160 162 163 165 166 382〜400
「おんごく」 235 254

【か行】

返し物の歌 19 25 27 31 35 37〜39
「鏡山」（催馬楽） 24
『柿原氏本田植唄集』 402
『神楽和琴秘譜』 280 283
『かさぬ草紙』 67 72 81 85
『甲子夜話続篇』 159 254
「葛城」（催馬楽） 11〜16 23 29
鴨長明 11〜13 16
『歓喜踊躍念仏和讃』 406 407 411
『閑吟集』 66 86〜102 168〜170 215〜222 225〜227 229 241 282 284 291 301 304〜311 313〜315 346 352 356〜358 363 366〜370 372 373 375〜378 401 402
「紀伊国」（催馬楽） 13〜15 29
『嬉遊笑覧』 302 405 417 422 459〜461
『究百集』 285
『玉吟抄』 92 93
『玉林苑』 285
『魚山蠆芥集』 258 260〜262
『琴歌譜』 23 280 283
『琴曲抄』 490〜566
『金言和歌集』 93 98
『近世商賈尽狂歌合』 421 435 437 438 442〜444
『金葉和歌集』 10 16
『空也誄』 410
『諺苑』 161 253 255 460 461 472
『弦曲粋弁当』 166 168
『絃曲大榛抄』 374
『源氏物語』 44 87 91 204 354 492
顕昭 17 19〜21 25 29〜31 33 36〜44
『源平盛衰記』 70 71 294
『小唄打聞』 171 185
『巷謡篇』 85 163 402
『古今和歌集』 19 22 23 27 37〜39 101
『古今和歌六帖』 21〜25 204 318
古月禅材 121〜123 126〜128 131〜133 135 137 140 148〜150 152〜154 201
『古今著聞集』 47〜54 57 58 76 77 238〜240
『小唄のちまた』 167
『古事記』 209 211〜214 290 292
『小式部』 60 76 78
『古事談』 68 69 74 76 84

『後拾遺和歌集』　29　43　204
後白河院　49～51　55～58　293　294
『後崇光院上皇宸筆今様之写』　293
『五線録』　374
『琴腹』　60　66　69～73　75　76　78～81
『子もり歌　手まり哥』　256
「更衣」（催馬楽）　18～20　34　35　40　41
『今昔物語集』　73　75　76

【さ行】

西行　14　51　85　86　199
『再昌草』　7　88　89　93　94　96　97　99
『催馬楽略譜』　40　41　281
『讃岐典侍日記』　161　253
『実隆公記』　103　307
『淋敷座之慰』　165　168
「沢田川」（催馬楽）　9　15　22　25　26　29
『山家鳥虫歌』　161　163　165～168　179　220　290　291　380　381　392～397　399　400
『三五要録』　4　280
三条西実隆　7　86　88～91　97　101　191　195　301
『三帖和讃』　268　270～278
『三部仮名抄』　263　265
『地方用文章』　168
『詩経』　160　184　215　227
『重種本神楽歌』　281
『賤が歌袋』　163　392　393　395～397　400
『糸竹初心集』　288
『七十一番職人歌合』　294　403　404
『拾遺和歌集』　6～8　70　410
『拾菓集』　285
『拾菓抄』　285
『袖中抄』　17～21　25　29～31　33　35～44
『主心お婆々粉引歌』　152　189
『春遊興』　166　392～395　397
『松月鈔』　168
彰考館本『催馬楽』　24
『聖霊踊歌』　242
『新曲糸の節』　169　374
『真曲抄』　285
『新古今和歌集』　85
『仁智要録』　4　280
『新編常陸国誌』　384　389　391
「鈴之川」（催馬楽）　24　29
『角力口説』　150
静嘉堂文庫本『声明集』　258　260～262
『施行歌』　132　152　188　206
『雪玉集』　88～90　92　96　97　101　301　321
仙厓義梵　122　156　161　205　472
『千五百番歌合』　9　26
『千載和歌集』　12　410
『宗安小歌集』　99　100　103　104　215　216　218～220　226　227　229　241～243　282　308　316　322～324　326　346　352　356～358　366～370　372　373　375～378
『箏曲考』　168
宗長　86　88　101　216～218　413
『宗長手記』　100　229　294　307　413

【た行】

『體源鈔』　302
『大嘗会悠紀主基和歌』　23　24
『太平記』　204　297
『田植草紙』　171
「高島」（催馬楽）　24
「鷹子」（催馬楽）　20　29　35
「竹河」（催馬楽）　29
橘成季　47　48　50　57
「無力蝦」（催馬楽）　248
『中古雑唱集』　169　174
『中右記』　40
『徒然草』　49　161
『てまり歌』（野田成勝）　252
『天治本催馬楽抄』　4　40　281
『天正の田歌』　172
『道歌心の策』　105　152　186～191　193　201～207
『道歌百人一首麓枝折』　105　121　152　186　189～191　193　201　203　205～207
『東斎随筆』　68　75　76
道命　63～70　73　74～80　82～84
「道命法師」（謡曲）　69　75
『童謡古謡』　158　161　244　247　252　255　414　459～461　472
『童話伝説』　253　256　398　399
『言継卿記』　103　282　297
『俊頼髄脳』　19　29　82

【な行】

「長沢」（催馬楽）　24
鍋島家本『東遊歌神楽歌』　281
鍋島家本『催馬楽』

4　24　40～43　281
『業平躍歌』　403
『日本書紀』　70　71　209　211～214　290　292
『日本風土記』　241　306
『鼠の草子』　221　222　229
『信義本神楽歌』　281

【は行】

白隠慧鶴　121　122　128　132　152　156　163　189　190　192　197　204～207　236　237
『はやり歌古今集』　165
盤珪永琢　152　156　192　196　204　392　397
『半日閑話』　425　426　428　433
『鄙廼一曲』　165　166　169　232　380　460
『姫小松』　167
『美楊君歌集』　215　216　226　227　229　282　283　293　298～301　303　346　347　352～356　358　359　362
「藤生野」（催馬楽）　18　19　29　34
藤原定家　11　12　14　15
藤原孝時　47　48　57～59　239
藤原孝道　47　57　59
藤原成通　48　52　53
藤原師長　48　57
『夫木和歌抄』　9　13　26～28　318
『麓廼塵』　236
『平家物語』　41　293　294
『別紙追加曲』　285
法守法親王　258～261
『宝物集』　84　204　354
『北越月令』　158　160　253
『発句聞書』　88　321
『北国巡杖記』　159

【ま行】

「真金吹」（催馬楽）　18　19　23　27　29　34　38
『松の落葉』　165
『松の葉』　164　169　289　291　374　491　492
「眉止之女」（催馬楽）　18　19　34　39　40
『万葉集』　17～19　21～28　30　31　293　317　319～321
「道口」（催馬楽）　18～20　29　30　34　35
源資賢　40　41　293
源俊頼　4～6　17　19　21　30
「美濃山」（催馬楽）　18　19　24　29　34
「美作」（催馬楽）　13　18　19　23　29　34　38
『むかし女房の一口ものがたり』　78　80　81
『麦春歌』（盤珪）　152
『無常和讃』　404
「席田」（催馬楽）　10　13　15　24　29
『無名抄』　11　82
「本滋」（催馬楽）　24
『守貞謾稿』　235　254　459～461　472
『守武千句』　96　100

【や行】

八木節　127
「山城」（催馬楽）　3～9　15　23　29
『吉原はやり小哥そうまくり』　168

【ら行】

『流行商人絵詞廿三番狂歌合　並附録』　419　426～430　434　436　440　441
「隆達節歌謡」　99　176　215　216　218～220　226　227　229　242　282～284　286　287　291　297　299～302　327　334～346　355～363　366～378　415　452
良寛　155～157　159～164　167　169　170　172～184
『梁塵後抄』　24
『梁塵秘抄』　59　82　225　226　242　249　285　288～290　403　410
『梁塵秘抄口伝集』　41　49　50　57～59　293　294
『蓮如上人子守歌』　412　414
『弄鳩秘抄』　253　256　461　472
『六百番歌合』　20　30　318
『六百番陳状』　17　20　21　30　31　33　35　36　43　44　318

【わ行】

「我家」（催馬楽）　18　19　34　40　42　43
『若緑』　165
『和河わらんべうた』　163　392　397
『和漢朗詠集』　410

歌謡索引

【あ行】

ア、イー竿に瓢箪秋の風が吹けば……　179
ア、イー雪になりたや駒ケ嶽の雪に……　179
相思ふ仲さへ変はる……　341
アヲヤギヲカタイトニヨリテ……　37
あがりこさんがりこ……　462
秋が来たやら鹿さへ啼くに……　162
浅い瀬にこそさざ波もうつ……　162
朝おきて細戸をあけて……　171
浅き瀬にこそさざ波立てど……　162
朝霧に髪結ひあげて……　176
朝けから駒ふきおろせ……　171
朝露に髪結ひあげて……　172
朝露に駒ひき出す……　171
朝日様今朝の日は……　171
あたたうき世にあればこそ……　373
仇な色誰れに見しよとて……　182
あの山陰にもし人あらば……　316
あまり言葉のかけたさに……　85
あまり見たさにそと隠れて……　308
飴の中からおたさ(や)んが……　443　444
雨の降る夜の独り寝は……　342
雨はしきりにふれどもはれる……　160
雨はどんどと降れども晴れる……　160　162
雨降れば軒の玉水……　52
鮎は瀬に棲む鳥は木にとまる……　163
おらァうしわかよしつねだァ……　465
あら美しの塗壺笠や……　98
あら何ともなのうき世やの　342
合はせけん人こそ憂けれ……　371
阿波の鳴門がなに深かろば……　181
あはれさはいつはあれども……　175
安楽勧帰ノコ、ロサシ……　276
いイいイいイいんたらの〱……　425
いゝいイいつさんいろ〱の……　425　426
いくたびか参る心は勝尾寺……　173
幾度も摘め生田の若菜……　94
いくたびも参る心は初瀬寺……　173
いざれ独楽鳥羽の城南寺の……　249
石川の高麗人に……　4
いしころめっかりこ……　462
石の地蔵さん頭が丸い……　179
痛いの痛いの飛んでいけ　295
一度さへ心にかへる……　175
一度さへやせたる殿を……　173
一本植ゑれば千本になる……　171
いづも崎の羽黒町で……　180
いづれの仏の願よりも……　53
幼きをば愛して通せ……　123　132　133　140　148　150
いとし子でござるを……　255
いとど名の立つ不破の関……　358
犬飼星は何時候ぞ……　311
今憂きに思ひくらべて……　89　217
今から神崎まで日が暮れうか……　221
今から誉田まで日が暮れうか……　97　221
今で名取の相撲には……　431
今のはやりのなんばぐし……　428
今は西方極楽の……　51
今まではそれと知らずに……　180
妹と我といるさの山の……　14

芋虫ごろごろひょうたんぽっくりこ　458 459 465 466
嫌々は思ひのあまりの裏……　363
イヤーくにはオホーホーイハー……　138
嫌申すやはただただただ打て……　309
ゐよゐよ蜻蛉よ堅塩参らん……　249
色で痩せたか辛苦が増すか……　163
色と酒買ふすいちうの……　454
色よき花の匂ひのないは……　372
うさぎうさぎ何ょ見て跳ねる……　255
後影を見んとすれば……　220
うつゝのなのまよひや……　404
うつつなや思ふまじとは……　176
茨小木の下にこそ鼬が笛吹き……　249
馬か牛か牛のものは起きろ　460
梅は匂ひ花は紅……　342 363
裏の菊女に買ふてのましよ……　166
裏の口の車戸を細戸に開けて……　171
恨みたけれど身のほどが揃はぬ……　364
恨みたけれどもいや身のほども……　364
羨ましや我が心……　313
お愛しさまの愛しさは……　255
老の波も返るやらん……　89
おいもいもいもいもやさん……　456
扇の陰で日を蕩めかす……　305

祖父御の児になった見さいな……　255
大阪てんまのまんなかで……　489
鸛の羽にやれな霜降れり……　248
大晦日大晦日……　456
おかめじょんぢょろまき　460
沖のかがり火涼しくふけてよ……　179
沖の白鷺立つとは見えて……　182
沖の門中で舟漕げば……　308
奥山の朴の木よなう……　312
小倉山みねのもみぢを……　164
幼顔せで恥ぢずと靡け……　364
お尻の用心こ用心……　460
お仙お仙やなぜ髪結はぬ……　159 160 181
おせんや〳〵おせんぢよろ……　475 478 489
恐れながらも侍筋は……　160
お茶摘む姫子に……　85
お茶の水が遅くなり候……　307
お月さん(ま)幾つ十三七つ……　232～234 244 245 255 256 448 466 472
鬼のゐないうち洗濯しよな……　461
鬼の来ぬ間に大豆拾うて……　255
鬼は外福は内　294
小原木〳〵召せや召せ……　403
小原木買はひ〳〵……　290
おひとおひとおふたおふた……　466

お前ゆへならわしや何処までも……　167
お万が紅鰯雲　448
思ひ切りしに来て見えて……　219
思ひ切りしにまた見えて……　219
思い出すまいとは思へども……　176
思ひ乱れて遣る瀬や……　300 360
思ふまいとは思へども……　176 363
おもへばうきよは程も無し……　409
面影は手にも溜まらず……　345
重くとも罪に祈りを……　173
面白の海道下りや……　67
面白の春雨や……　342
面白やえん京には車……　219
親は邪けんで七つの年に……　235
お山のお山のおこんさんわへ　460
お山の大将おればかり　294
お山の主は俺ひとり　461
親も大事だいすすも大事……　180
おらがあねさん三人ござる……　473 475 476
おらが婆さは焼いた餅が好きで……　179
俺は明年十四になる……　243
尾張に直に向へる……　211
おん正しやう〳〵正月は……　489
女の盛りなるは十四五六歳……　242

【か行】

かへかへせかへさぬかへは…… 176
帰る後影を見んとしたれば…… 220
帰る姿を見んと思へば…… 220
帰るを知らるるは…… 96
隠し置かれた牝獅子をば…… 164
籠目籠目籠の中の鳥は…… 456 461 466
笠島のあげはの水は…… 182
笠を召せ笠も笠…… 401
笠を召せ〳〵…… 402
笠を召せ召さねばお色が黒いよ…… 402
霞に見ゆる菅の笠…… 182
霞分けつつ小松引けば…… 92
風により候柳の枝も…… 300
風吹けな吹け風の神や弱いな 465
葛城の寺の前なるや…… 12
葛城山の雲の上人を…… 342
鐘さへ鳴ればも往なうと…… 373
鐘は初夜鳥は空寝を…… 374
かの昭君の黛は…… 363
鎌倉の御所のお庭で…… 236 448
鎌倉の御所の御前で…… 236
鎌倉の御所の御宮で…… 236
鎌倉の御所の座敷へ…… 236
神風の伊勢の海の…… 212
神むつかしく思すらん…… 100
賀茂の川原を通るとて…… 222
加茂の社の杉さへ見れば…… 163
烏鳥勘左衛門 466
かわいけりやこそ神田からかよふ…… 442 443 447
川原柳の葉の露落ちて…… 182
雁雁三つ続け 466
聞くに心の澄むものは…… 41
聞くもしゆんなり郭公…… 363
きのふみし人はいづくと…… 404
昨日みし人今日問へば…… 404
昨日より今朝の嵐の…… 358
紀伊国の白らの浜に…… 13
君が田と我(が)田とならぶ(び)…… 171
君が田と我が田とならべ…… 171
君に恨みは三島の暦…… 380
君は楊柳観音の化身かの…… 360
君待ちて待ちかねて…… 219 229
来やつたげなや枕の下で…… 166
来やればよし来やらねばとても…… 164
今日の日のたたすこぼうは…… 177
けふの日の田ぬしのおこは…… 177
けふの日は金ニまさる…… 172
今日も一日文書きながめ…… 182
清水の舞台の上で…… 173
きりやうがよいとてけんたいぶるな…… 489
禁闥朱雀は木の市…… 403
久遠実成阿弥陀仏…… 273
国上の舞台の上で舞ふ児は…… 173
国のはじまり大和の国よ…… 146
国はいずくと細かく聞けば…… 137
くには九州日向の国の…… 145
国を申さ(せ)ば日向の国の(よ)…… 135 137 142
来るか来るかと浜へ出て見れば…… 399
呉竹の靡く振りして…… 364
くんぐれくんぐれ山伏…… 251
鶏声茅店月…… 96
今朝よりは一つ谷より…… 164
険しき山のつづら折り…… 169
恋しゆかしと遣る文を…… 221 222
来いといふたとて行かりやうか佐渡へ…… 179
来いと誰が言ふた笹山越えて…… 164
恋をさせたや鐘撞く人に…… 451 452
光雲無碍如虚空…… 269
恒沙塵数ノ如来ハ…… 272

子買を子買を…… 178
久我のどことやらで落いたとなう…… 221
ここはどこどこ湯島の街道…… 461
去年の竹とよ今年の竹とよ…… 164
今年や十三こらえておくれ…… 243
子供ヲ風ノ子ト云筈ダ…… 437
この春は花にまさりし…… 356 358
今宵天満の橋にも寝たが…… 164
是から在所まで日が暮れうか…… 221
これの御庭に一群薄は…… 164
これはほし及べば高し…… 174
子をとろ子とろどの子がめづき…… 250 251 459 465 466

【さ行】

差いた盃いやだら返せ…… 165
さいの河原のけちやばさま…… 428
さい(え)はかのひろさのままに…… 177
坂は照る照る鈴鹿は曇る…… 457
酒は酒屋に魚は納屋に…… 165
笹の葉に降る霰の音の…… 169
扨逢ふ時の甘い事…… 432
さて太刀打の名人は…… 432
扨当世の色役者…… 432
さて名にし負ふ山々は…… 432
さて何とせうぞ一目見し…… 313
扨初恋の仲立は…… 432
さて世の中に見てよいは…… 432
佐渡で咲く花新潟で開く…… 167
佐渡は四十五里波の道…… 180
早苗とる山田の小田の…… 178
寒狭浅瀬のあさ川渡り…… 323
沢田川袖つくばかりや…… 9 25
さんばいは今こそおりやれ…… 171
しひてや手折らまし…… 88
しかと抱きしめ顔打ながめョー…… 399
志賀の浦を通るとて…… 222
垂れ小柳いとおしの振りや…… 356
信濃にあんなる木曽路川…… 41
忍び車のやすらひに…… 91
釈迦弥陀ハ慈悲ノ父母…… 277
尺八の一節切こそ…… 284
しやみがへたでもひくこがよけりや…… 434
十五七はことし初めて…… 232
十七が朝川渡る愛らしや…… 323
十七が朝川わたる可愛さよ…… 322 323
十七が朝河渡るのが…… 322
十七が髪結ひあげて…… 173 176
十七八が浅川わたる…… 322
十七八とねた時は…… 428
十七八と寝て離るるは…… 241
十七八の独り寝は…… 241
十七八は朝川渡る…… 242 316 323
十七八はぃょその山の薄か…… 242
十七八は棹に干いた細布…… 242
十七八は砂山の躑躅…… 242
十七八は長押の埃…… 242
十七八は二度候か…… 241 306
十七八は早川の鮎候…… 241
十七八を先にたて…… 85
十四になるぼこぢやと仰やる…… 242
十四の春から通わせおいて…… 243
繻子の袴の襞とるよりも…… 397
衆善ノ仮門ヒラキテソ…… 271
諸法実相と聞くときは…… 405
辛苦島田に髪結うたよりも…… 380
新茶の茶壺よなう…… 307 311
新茶の若立ち摘みつ摘まれつ…… 306
ずいずいずっころばし…… 456
硯引寄書墨の…… 181
瀬田の唐橋大蛇が巻いて…… 182
瀬田を廻るも矢走を乗ろも…… 165
仙台の〳〵大橋普請の…… 425 426

善導寺の鴉お賽銭ぬすんで……　179
像法転じては薬師の誓ひぞ……　50 51 55 56
草履きんじょ〳〵……　252 460 466
そと隠れて走て来た……　308
そと喰ひついて給ふれなう……　357
そと締めて給ふれなう……　357
そと締めて給ふれの……　357 363
染てくやしき修紫や……　165
染めて悔しや濃き紫に……　165
揃た揃たや踊り子が揃た……　166

【た行】

高い山から谷底見れば……　448
竹の子をおくれ　462
竹ほど直なるものはなけれども……　364
誰そよお軽忽……　241 305
ただ遊べ帰らぬ道は……　342 363
田の神のおのりかけ……　177
煙草ひと葉が千両しよとままよ……　166
誰れか来たかよ流しの隅に……　166
チイタラパアタラパアタラチイタラ……　428
ちうりや取てくりや　459
力なき蝦……　248
父母の恵みも深き……　173
ちゃ〳〵ちゃんとう……　433
ちゃんちゃんぎりゃちゃんぎりゃ　460 466
忠臣義士の趣向には……　432
ちょいと出ました三角野郎が……　127
蝶々とまれや菜の葉にとまれ……　161 166
ちょうのはかまのひだとるよりも……　397
長夜の眠(睡)は独り覚め……　405〜407
蝶よ胡蝶よ菜の葉にとまれ……　166
ちんちんもぐら　466
ちんわん猫にゃあちゅう……　456
突きくらおこくらさァおいでおいで　466
月でもないが星でもないが……　158
月ぬ美しゃ十三日……　232 233
月は傾く泊り舟……　311
月は濁りの水にも宿る……　363 372
つぼいなう青裳……　310
つゆ初様に逢はせて給ふれ……　363
手もたゆく植うる山田の……　178
天上起鳥南蛮味噌著て……　182
天道さまさまこのとほり　461
天道様は強いな風の神は弱いな　466
峠通れば茨が留める……　167
どふじよじ〳〵……　250 251
道中駕籠屋空駕籠屋　459
堂々めぐり堂めぐり　460
唐のナァ唐人のネ言には……　438
道楽さらりとやめて……　182
とヲとおからくだつたおいもやさん……　489
咎もない尺八を……　284
トキニ慈氏菩薩ノ……　278
登山するのはお富士さん　466
とても消ゆべき露の玉の緒……　363
とても消ゆべき露の身を……　363
とても焦がれて死ぬる身を……　300 360
とても辛くは春の薄雪……　363
とても名の立たば宵からおりやれ……　363
殿さ帰りやれ夜が更けました……　182
土平があたまに蝿が三疋とまった……　425
土平とゆたとてなぜはらたちやる……　425 426
どへが娘にほれないものか……　425
取チフ取チフ比丘比丘尼……　251
取テウ取テウヒフクメ……　251
鳥と鐘とは思ひの種よ……　364
鈍な男に緞子の羽織……　167

鳶とろろ鼠やろな　466

【な行】

苗々と呼ばるる声が……　172
苗〱と我よぶ声は……　172
長い長い両国橋は長い……　254
中の中の小坊主……　459
中の中の小仏は……　251
泣くなよい子だこんな物くりよに……　178
情あれただ朝顔の……　363 372
情あれとは及びなや……　300 360
七つ子が今年はじめて……　237
七つ子がさいの河原に……　235
七ツニ成ル子が荘気ナ事云タ……　234
七つ八つから糸引き習うて……　236
七つ八つから苦界の水を……　236
靡かずと靡かずと……　364
靡きやすきは嫌で候……　364
鍋の鍋の底抜け　466
な乱れそよの糸薄……　356
な乱れそよの糸薄よの……　356
南無阿弥陀仏ヲトナフレハ……　275
苗代のいくひろの縄を……　173
苗代のいぬゐのいとは……　173
苗代のいぬゐの隅に……　174
苗代のまん中ごろに……　174
何の花が開いた蓮華の花が開いた　461
新潟女郎衆は錨か綱か……　165
西寺の老鼠……　248
庭の白石殿御と思て……　182
寝たらねんぶつおきたらつとめ……　398
寝ても覚めても忘れぬ君を……　357 373
ねんねころろやねんころにゃァ……　178
ねんねんねんねこよ……　255
の丶さんいくつ十三七つ……　471 472

【は行】

橋の下の菖蒲は……　252
鉢たがき鉢たがき……　182
廿日講のこむなさか……　182
花籠に月を入れて……　312
花にまされる柳の木立……　300 356
花の新潟でもし添はれずは……　167
花の錦の下紐は……　310
花は吉野紅葉は竜田……　373
花よ月よと暮らせただ……　342
早く大きうなれなれ女子……　179
はやす子供衆には此飴しんじよ……　425
春の初めの梅の花……　41 293
はるの日ぐらしあすか山……　441
晩のいもむし尾はちんがら……　459
ひいふうみいよういつ……　181
ひいふうみよ丶の手まりを……　183
東山からお月が出やるげだ……　183
引かば靡けとよ糸薄……　364
引く引く引くとて鳴子は引かで……　90
日暮れて浜辺を行けば……　174
久方の雪野に立てる……　175
人買舟は沖を漕ぐ……　357
人がつんとしたらつんとして御座れ……　183
ひとごにふたごみわたしよめご……　466
一つ長屋の左次兵衛さん……　432
一つ星見つけた長者になァれ　466
一つ目でさへ諸国が見ゆる……　183
一つ柳の木の下に……　359
人の姿は花靭……　93
人は偽るとも偽らじ……　167
人は咎むととがめじ……　167
一夜来ねばとて咎もなき枕を……　313
独り寝てさへ小腹が立つに……　183
独り寝の閨の燈……　175
日は暮るる烏は森に……　175
日は暮れて浜辺を行けば……　174

日は暮れてー浜辺を通れば……　174
仏法あれバ世法あり……　405
舟は出て行く帆掛けて走る……　168
船は出る〳〵帆かけて走る……　168
ふみは遣りたし書く手は持たず……　168
文は遣りたし詮方な……　168
文はやりたしわが身は書かず……　168
振りよき君の情のないは……　357
ふる里をはるばる隔て……　168
降れ降れ粉雪たんばの粉雪……　161　253
へハアー私しゃ商売飴売り商売……　446
ぼたぼた雪ふるなや……　180
牡丹に唐草竹に虎……　466
牡丹に唐獅子竹に虎……　457
ほれてつまらぬ御ざいの人にョー……　398
本郷二丁目の……　447
盆だてがんに茄子の皮の雑炊だ……　179
盆の過ぎたに力のないに……　177
盆々は今日明日ばかり……　254
盆も過ぎれば七夜も過ぎる……　177

【ま行】

まひまひぎっちょ……　251
舞へ舞へ蝸牛……　249
真金吹く吉備の中山……　27　37
ませのうちなるしら菊も……　54　55
待つと吹けども恨みつつ吹けども……　284
先づ初春の咲きそめは……　431
招けど磯へ寄らばこそ……　168
まま親に花奉らしよ……　174
稀になりとも主おりやれ……　376
回りの回りの小仏は……　459
見へた見へた誰が見へた……　460
みかおやの年の寄るきは……　183
三草山より出づる柴人……　415
身は錆太刀さりとも一度……　312
身は鳴門舟かや……　309
美作ヤクメノサラ山……　37
見見ゆると情あれかし……　364　372
都からこれまで連れたる……　164
深山颪の小笹の霰……　169
妙土広大超数限……　270
海松布海松布を取り取り取るとて……　376
見れば惜し及べば高し……　174
向ひ小山のしちく竹……　160
むかひばゞさんちゃのみごんせ……　461
向ひ(の)山に光るものあれなんだ……　158　159
麦ィついてェよォ麦ついてェ……　180
むこう通るは伊勢の道者か……　180
むかふのおばさんお茶あがれ……　460　461
むかうのおばさんちよとおいで……　461
向ウ、このお藪で光アるは何だ……　159
向ふの(御)山で(に)何やら光る……　158　159
向ふ(の)山で(に)光るものは……　157　158
むかふよこ丁のおいなりさんへ……　456　471　472　478　479　489
無上上ハ真解脱……　274
席田の席田の……　10
むすこ〳〵はむかしのことよ……　434
めでたいものは蕎麦の種……　169
めでたきものは蕎麦の花……　169
めでたやな松の下……　92
申姉さん聞んしたか……　425　426
もののしゅんなは春の雨……　363
桃栗三年柿八年　466
唐土の昭君は形見に……　359

【や行】

八百屋御商売なさるれば……　437
薬師の十二の誓願は……　53

ヤー十七八がん浅川渡る…… 323
優女優女…… 412
八瀬や小原の賤しき者は…… 404
柳の枝の郭公…… 356
柳の陰にお待ちあれ…… 93
柳ノ下ノ御児様…… 402
柳の下のおひでり様は…… 415
弥彦山おろちが池の…… 175
弥彦山かたがた起きて…… 183
弥彦山のぼりて見れば…… 174
山越えて谷越えて…… 461
山笹に霰たばしる…… 169
山城の狛のわたりの…… 4
山住みの冬の夕の…… 175
山鳥が谷から峰へ…… 175
山な白雪朝日にとける…… 179
山伏のほらかけころも…… 175
山伏の峰かけ衣…… 175
闇にさへならぬ月にはとても…… 363
やれ面白やえん…… 219
夕暮に川辺をみれば…… 174
夕暮に浜辺を行けば…… 174
雪コンコンヨ御寺ノ茶ノ木ニ…… 253
雪になりたや箱根の雪に…… 179
雪の新潟ふぶきで暮れてよ…… 179
雪は殿さん雨はぞうり持ち 180
雪降ればみぞこみぞこに…… 256
雪やこんこ霰やこんこ…… 254
雪や降れ降れたまれや粉雪…… 161
夢のうき世の露の命の…… 373
夢二人覚めて見たれば…… 371
ゆめゆめいかにも毀るなよ…… 50
楊柳の春の風に靡くが如くなる…… 359
よき光ぞと影たのむ…… 405
与作丹波の馬方なれど…… 452
よしや世の中飲んだがましだ…… 170
よしや我にも情あれ…… 364
世間は霰よなう…… 169
嫁御嫁御あと見て歩け…… 183
よもぎ畠の真中で…… 428
夜や寒き衣や薄き墨の音…… 170
夜や寒き衣やうすきする墨の…… 181
夜や寒き衣や薄き独寝の…… 170
万の仏の願よりも…… 50

【わ行】

我が妻なくとまづ負ひ越やせ…… 316
和歌に勝れてめでたきは…… 82
我が親に花奉らしよ…… 174 175
別れはいつも憂けれども…… 373
和御料思へば安濃津より…… 313
わしが姉さん三人ござる…… 456
わしとお前とお蔵の米で…… 398
わしは遠国越後の者で…… 235
忘れ草なら一本ほしや…… 380
我は讃岐の鶴羽の者…… 309
我らが奢を聞き給へ…… 432

■著者紹介

小野恭靖（おの　みつやす）

昭和33年　静岡県沼津市生まれ。
昭和56年　早稲田大学第一文学部日本文学専攻卒業。
昭和63年　早稲田大学大学院文学研究科日本文学専攻博士課程単位取得退学。
現在　大阪教育大学教育学部教授。奈良教育大学非常勤講師。博士（文学）。日本歌謡学会常任理事。

【主要著書】『中世歌謡の文学的研究』（平成8年・笠間書院／平成7年度日本歌謡学会志田延義賞受賞）、『「隆達節歌謡」の基礎的研究』（平成9年・笠間書院）、『「隆達節歌謡」全歌集　本文と総索引』（平成10年・笠間書院）、『近世歌謡の諸相と環境』（平成11年・笠間書院）、『ことば遊びの文学史』（平成11年・新典社）、『歌謡文学を学ぶ人のために』（平成11年・世界思想社）、『絵の語る歌謡史』（平成13年・和泉書院）、『近世流行歌謡　本文と各句索引』（平成15年・笠間書院）、『和歌のしらべ』（平成16年・ドゥー）、『ことば遊びの世界』（平成17年・新典社）、『日本の歌謡』（共編・平成7年・双文社出版）等。

研究叢書360

韻文文学と芸能の往還

二〇〇七年二月二〇日初版第一刷発行
（検印省略）

著　者　小野恭靖
発行者　廣橋研三
印刷／製本所　大村印刷
発行所　有限会社　和泉書院

大阪市天王寺区上汐五-三-八
〒五四三-〇〇〇二
電話　〇六-六七七一-一四六七
振替　〇〇九七〇-八-一五〇四三

ISBN978-4-7576-0399-8　C3395

研究叢書

351	浜松中納言物語論考	中西　健治 著	八九二五円
352	木簡・金石文と記紀の研究	小谷　博泰 著	一二六〇〇円
353	『野ざらし紀行』古註集成	三木　慰子 編	一〇五〇〇円
354	中世軍記の展望台	武久　堅 監修	一八九〇〇円
355	宝永版本 観音冥応集 本文と説話目録	神戸説話研究会 編	一三六五〇円
356	西鶴文学の地名に関する研究 第六巻 シュースン	堀　章男 著	一八九〇〇円
357	複合辞研究の現在	藤田　保幸 山崎　誠 編	一一五五〇円
358	続 近松正本考	山根　爲雄 著	八四〇〇円
359	古風土記の研究	橋本　雅之 著	八四〇〇円
360	韻文文学と芸能の往還	小野　恭靖 著	一六八〇〇円

（価格は５％税込）